唐诗观止

TANGSHI GUANZHI

中国古典文学观止丛书

ZHONGGUO GUDIAN WENXUE GUANZHI CONGSHU

丛书主编　尚永亮

本书主编　尚永亮

陕西新华出版传媒集团
陕西人民教育出版社

·西安·

撰搞人（以姓氏笔画为序）：

马茂军　马淮滨　王义顺　王丹红　王开桃　王建科
王宪昭　邓相超　宁希元　史小军　冯文楼　兰拉成
艾克利　池万兴　江健　朱德慈　刘生良　刘东风
刘静渊　苏孟墨　李丹　李忠昌　李春祥　李建军
李培坤　李静　余炳毛　余皓明　束有春　宋俊华
宋常立　尚永亮　金荣权　杨新敏　杨燕　吴应驹
吴尊文　张强　张晓春　陈瑜　赵庆元　赵岩
赵俊玠　贺信民　姚秋霞　胡颖　徐子方　徐振贵
郭平安　谢东贵　程瑞钊　喻斌　窦春蕾　潘世东

总　序

　　物华天宝,人杰地灵。在中华文明古国五千年的历史进程中,数不清的文人才士,经过代复一代顽强持续的努力,创作出了难以数计的各种体裁的文学精品,宛如取之不竭、用之不尽的昆山邓林。这些文学精品不仅极大地丰富了中华民族的文化宝库,而且以其超越时空的永恒魅力,在世界范围内发生着越来越深远的影响。作为当代的文化人,我们无比珍视这笔财富,为了做到既对得起昨日的历史,又无愧于今日的时代,使古典文学从高雅的殿堂走向千家万户,我们特在全国范围内约请数百位专家学者,共同编纂了这套大型《中国古典文学观止》丛书。

　　《中国古典文学观止》丛书分诗骚、先秦两汉文、历代小赋、历代小品文、汉魏六朝乐府、唐诗、唐宋八大家文、宋词、元曲、明清小说十册,收录作品2000余篇,总计约500万字。在编写体例上,它不同于时下流行的各类文学选本和鉴赏辞典,除传统的作者简介、注释外,另辟【今译】【点评】【集说】诸栏目。【今译】力求信、达、雅,便于读者对原作的阅读理解;【点评】避免了长篇赏析的空泛,抓住要点难点,既单刀直入、抽笋剥蕉,又提纲挈领、点到为止,给读者留下了广阔的思考空间;【集说】则荟萃了历代对每一作品的具体评说,便于人们从多角度、多层面理解原作,并具有较强的资料性。总之,通过这些方法,我们力争做到探幽抉隐,快人耳目,画龙点睛,开启思维,使得一册在手,专业读者不觉其浅,一般读者不嫌其深,雅俗共赏,老少咸宜。

丛书的顺利完成和出版，得力于各分册主编和作者的协作努力，也得力于陕西人民教育出版社的领导和综合编辑室诸位编辑的无私帮助。值此丛书修订、再版之际，我们谨对参与其事的各位同仁一并致以真诚的感谢！并希望广大读者能在这套丛书数千篇文学精品的游弋中，获得"观止"的感受。

尚永亮

2017 年岁首于珞珈山麓

目　录

1

6

7

9

前　言

　　如同回响在深山古刹的暮鼓晨钟，如同飘逸在万里秋空的清风白云，如同翻腾滚动、崩云裂岸的惊涛骇浪；唐诗，以其卓越的成就和巨大的魅力，丰富和发展了中华民族的文化内蕴，感染并震撼了一代又一代人的心灵。

　　那是一个诗的黄金时代！明人胡应麟这样赞叹道："甚矣，诗之盛于唐也！其体，则三四五言，六七杂言，乐府歌行，近体绝句，靡弗备矣。其格，则高卑远近，浓淡浅深，巨细精粗，巧拙强弱，靡弗具矣。其调，则飘逸浑雄，沈深博大，绮丽幽娴，新奇猥琐，靡弗备矣。其人，则帝王将相，朝士布衣，童子妇人，缁流羽客，靡弗预矣。"(《诗薮》外编卷三)可以毫不夸张地说，这样一种体制完备、众调群集、流派纷繁、内容广博且长时间、大范围、多层面的文化参与和文化创造，在中国诗歌发展史上是空前绝后的，而且也足以和世界任何一国的任何一个文化繁荣时期相媲美。

　　唐诗的巨大成就和高度繁荣，是由多方面的因素决定的，诸如经济的发展，国力的昌盛，政治上的相对开明，思想上的诸家杂糅，文化上的兼收并蓄，统治者的爱好提倡，"诗赋取士"制度的推行，前代诗歌艺术的总结和提高……都对诗歌的创作主体和诗歌的艺术形式产生了种种刺激和推动作用，而其中最关键的因素，还是唐诗拥有一支庞大精锐、各具特色、历三百年而不衰的作者队伍。诗是靠人写的，人的精神气质植根于社会文化；又反作用于社会文化；其间相摩相荡，相激相生，孕育、陶冶出浓郁的文化氛围和阔大不羁的主体意识，从而风云际会，逐鹿诗坛，形成此时代的洋洋大观。从《全唐诗》所录的近三千位诗人的情况来看，才高思深者无虑数百位，而大家、名家有数十位之多。由初唐的沈、宋、四杰、陈子昂，到盛唐的王、孟、李、杜、高、岑，再到中唐的韩、柳、元、白、刘禹锡、李贺，直到晚唐的"小李杜"，无不风流独特，气骨高耸。读他们的诗，感触最明显的，便是那蕴含在美的形

1

式中的强烈激情和高度自觉的社会责任感。激情是时代精神鼓荡化生的产物,责任感奠基于文化传统的贯注和社会现实的需要;唯其激情满怀,所以他们大都充满人生意气的勃发和追求理想的精神,充满"天生我材必有用"的坚定信念和"一醉累月轻王侯"的傲岸心性。唯其责任感强烈,所以他们无不面向现实,把目光射向社会的每一个角落,举凡朝政、吏治、宦官、藩镇、边患、内乱、妇女问题及商人问题等,都得到了深刻的揭示和表现。而其中最为引人注目的,则是对时弊的抨击,对民生疾苦的反映,由此展露出诗人们"许国不复为身谋"的刚直心性和"邑有流亡愧俸钱"的坦诚情怀。

在这激情和责任感的双重催发、导引下,唐代的优秀诗人们始则饮酒、赋诗、交友、漫游、行侠仗义、大漠从军、纵横干谒、平交王侯,放任自己的个性,希望在超乎寻常的际遇中实现人生理想,唱出了一首首"儒生不及游侠人,白首下帷复何益"(李白《行行且游猎篇》)"功名只向马上取,真是英雄一丈夫"(岑参《送李副使赴碛西官军》)的豪歌,展现出了一种发扬蹈厉的主体意识和迥异传统的人生态度;终则蒿目时艰,系心民瘼,凭着自己的社会良知和艺术勇气,发出"穷年忧黎元,叹息肠内热"(杜甫《自京赴奉先县咏怀五百字》)、"但伤民病痛,不识时忌讳"(白居易《伤唐衢》)的沉重悲唱。如果将杜甫的"三吏""三别",元结的《舂陵行》《贼退示官吏》,白居易的《秦中吟》《新乐府》乃至聂夷中的《伤田家》等大量诗作联系起来,那么,一条滚动着满腔热血而勇于为民请命的主线便会清晰地呈现在人们面前。

宋人严羽有言:"唐人好诗,多是征戍、迁谪(谪)、行旅、离别之作,往往能感动激发人意。"(《沧浪诗话》)此语不为无见。盖唐人最重感性,最重兴象,而征戍、迁谪、行旅、离别等传统母题原本就具有令诗人自我生命更为直接的参与性质,所以,当其借助成熟的诗体和精妙的手法表现出来时,自然极易将接受者拉入境中,使他们产生感同身受的美学体验。"与君离别意,同是宦游人。海内存知己,天涯若比邻。"(王勃《送杜少府之任蜀州》)这感喟是如何的将万般无奈化为壮怀激越!"渭北春天树,江东日暮云。何时一樽酒,重与细论文?"(杜甫《春日忆李白》)这极平凡普通却因漂泊江湖难以达成的苦涩愿望,是何等的凝重沉郁!"旅馆谁相问? 寒灯独可亲。一年将尽夜,万里未归人。"(戴叔伦《除夜宿石头驿》)颠沛流离中的孤独无依与对遥远乡关的刻骨思念融为一体,着实凄凉到浸入肌骨;"零落残魂倍黯然,双垂别泪越江边。一身去国六千里，万死投荒十二年。"（柳宗元《别舍弟宗一》）在被抛弃、被拘囚的逆境中体味着历史的严酷，怎能不令人发出这椎心泣血的浩叹？"扬子江头杨柳春，杨花愁杀渡江人。数声风笛离亭晚，君向潇湘我向秦。"（郑谷《淮上与友人别》）这丽景哀意的场面、深微绵邈的声情，令人于回肠荡气中黯然神伤。读着这样的诗句，我们始而惊叹，继而沉思，终则完全为一种无所不在的凄美意境所笼罩，陷入真正的艺术陶醉之中。

唐诗的题材是多种多样的，与此同步，唐代诗人用以表现这些题材的诗体和技巧也是变化多端的，诸如短小精炼、运转自如的绝句，格律精严、凝重整饬的律诗，古朴苍劲、非才力雄大者不能为的古体，以及富于变化、洒脱奔放的乐府和歌行，皆高标独树，竞放异彩，而且在每种体裁中都涌现出了力能扛鼎的诗人。李白之于歌行，杜甫、李商隐之于七律，王昌龄、李白、杜牧之于七绝，杜甫、韩愈之于五、七古，无不气象恢宏，堂庑特大，有所树建。"若无新变，不能代雄。"（《南齐书·文学传论》）唐代的优秀诗人们学古而善于变古，博采而锐意创新，风雅兴寄，风骨兼备，或以古入律，或破偶为奇，或句调拗峭，或议论入诗，甚或以文为诗，从而"风雨纷飞，鱼龙百变"（沈德潜《说诗晬语》），为传统诗歌开辟了一片崭新的表现天地。《河岳英灵集·集论》称赞唐代诗人"既闲新声，复晓古体，文质半取，风骚两挟。言气骨则建安为传，论宫商则太康不逮"；《全唐诗·序》进一步指出："其精思独悟，不屑为苟同者，皆能殚其才力所至，沿寻风雅，以卓然自成其家。又其甚者，宁为幽僻奇谲，杂出于变风变雅之外，而绝不致有蹈袭剽窃之弊，是则唐人深造极诣之能事也。"衡诸实际，堪称确论。

在盛唐诗人那里，由于国力昌盛，格局阔大，风会浸染，英才辈出，所以其诗歌创作最富于发展的意向，并由此凝铸成了融汉魏风骨和江左文风于一体，既悲壮雄浑又自然清新的盛唐之音，造就了雄视千古的"诗仙"李白、"诗圣"杜甫和"诗佛"王维。

安史之乱以后，唐代社会遭到重创，宦官专权，藩镇割据，经济衰落，人心思危。尽管元和时期一度出现过中兴之望，文化艺术领域确曾热闹了一段时间，但从整体上看，社会政治日趋混乱的局面却是客观存在着的。加之此时文人参政意识普遍增强，"永贞革新"夭折，二王刘柳皆被远贬；其他如韩愈、元稹、白居易等亦因参政而触怒君主权要，屡遭贬谪厄运；牛、李党争势同水火,既给众多文人造成了政治上的不幸,也大大萎缩了他们的个性和心理。若与盛唐诗人们那种近似于青年人的骚动、浪漫、狂放相比,中唐诗人多因社会政治的压抑和自身遭际的困厄而增添了一种人生忧患感,从而也多了一份中年人的沉着、成熟、坚刚和果决,反映在诗歌创作上,一方面形成了一种缘于对自我、生命、人生、命运深刻内省的沉重悲凉格调;另一方面也因希望未曾断绝而成就了"为唐诗之一大变"的韩愈、"惟歌生民病"的白居易、"高咏绝嶙峋"的柳宗元以及"平生多感慨"的一代"诗豪"刘禹锡。

然而,"唐自大中间,国体伤变,气候改色,人多商声,亦愁思之感"(余成教《石园诗话》卷二引徐献忠语)。中唐后期,党争未熄,战乱频仍,权豪奢侈,贿赂公行,而"甘露事变"的发生,黄巢农民起义的兴起,无异于给已经"病入膏肓"的唐帝国注入了强烈的催化剂,使之迅速地、无可挽回地走向末路。与此并行,意识形态领域也发生了急剧的变化:受乱离时事影响,中唐文人曾大力标举的儒学道统中断了,他们那种致力中兴、积极进取的参政精神也消隐了,取而代之的,是怀古念旧的思绪,莫知所归的迷惘失落,退避现实的超然解脱和感怀时事的人生悲叹。"夕阳无限好,只是近黄昏。"(李商隐《登乐游原》)在血色残阳的脉脉斜晖中,晚唐诗人便不得不着力在形式技巧的精熟新颖上去寻求心理的平衡,用鲜明的色泽、夸大的局部和繁丽的意象来表现感官的享乐、精神的苦闷、意绪的凄迷。由此影响到诗的格调,便是那浓郁的悲美情思和充满萧瑟秋意的阵阵"商声"。胡应麟曾就盛、中、晚唐的诗歌气象做过一个比较:

> 盛唐句,如"海日生残夜,江春入旧年";中唐句,如"风兼残雪起,河带断冰流";晚唐句,如"鸡声茅店月,人迹板桥霜"皆形容景物,妙绝千古,而盛、中、晚界限斩然。故知文章关气运,非人力。
> (《诗薮》内编卷四)

这里的"气运",指的就是社会盛衰变化的历史规律,在这种规律的制约下,不同历史时期必然呈现出各不相同的兴象风神。如果说,这里所举的盛唐诗句代表着一种阔大广远的进取意象,中唐诗句代表着一种嶙峋瘦劲、悲而不衰的坚韧意象,那么,这里的晚唐诗句代表着一种孤寂清寒、踽踽独行的悲凉意象。其深层流露的是诗人们日趋内向、感伤而又要在形式技巧上独占秋色的补偿型心理情调。

于是，就格局与气象言，唐诗由初至盛再至中、晚的演进，遂形成了一条由低而高、高而复低的发展曲线。于是，处于曲线最底端的晚唐诗自然也就成了人们訾议最多的对象。如云："唐自大中后，诗家日趋浅薄"（陆游《跋花间集》）、"诗至晚唐、五代，气格卑陋"（吴可《藏海诗话》）。的确，从一方面看，这些与盛唐及中唐文学之雄浑激昂、刚劲坚劲、判然有别的晚唐诗作，格调低沉、境界狭仄、意绪纤弱、中乏骨力，极易于使人流于心理的感伤。但从另一方面看，晚唐诗歌中展现的那种精美纯熟的形式技巧、自觉的艺术追求和悲怨美的特征，又标示着诗歌自身的进步和提高。试读杜牧、许浑、温庭筠、李商隐、马戴等人的律诗绝句，或俊爽超迈，或深微绵邈，或豪放壮丽，或清幽明净，无不各具特色，胜境独标。清人叶燮说得好："论者谓晚唐之诗，其音衰飒。然衰飒之论，晚唐不辞；若以衰飒为贬，晚唐不受也。夫天有四时，四时有春秋，春气滋生，秋气肃杀，滋生则敷荣，肃杀则衰飒，气之候不同，非气有优劣也。……盛唐之诗，春花也；桃李之秾华，牡丹芍药之妍艳，其品华美贵重，略无寒瘦俭薄之态，固足美也。晚唐之诗，秋花也；江上之芙蓉，篱边之丛菊，极幽艳晚香之韵，可不为美乎？"（《原诗》卷四外篇下）可见，盛唐有盛唐的华美贵重，晚唐有晚唐的幽艳晚香，它们共同构成了唐诗艺术的丰富与成熟，我们没有理由也不应该厚此薄彼。

作为一部唐诗选本，自应有独到的特色。为了使广大读者能更全面、更深入地了解、学习唐诗，我们在广泛借鉴前人经验的基础上，对各个时期各种题材和体裁的作品进行斟酌，在兼顾思想性的同时，尤其注重诗的艺术性，力争将那些在当时和后世发生过较大影响的作品选录进来。在体例编排上，分别采用了【注释】【今译】【点评】【集说】和按诗体分类、以时间顺序编排这样两种方式。前者旨在帮助读者多层面、多角度地理解原作，特别是【集说】，荟萃了历代对每一作品的具体评说，具有较大的启发性和较强的资料性；至于后者，则在于方便读者阅读并达到对唐诗体裁和发展脉络的整体认识。在数量分布上，考虑到诗的篇幅和质量等因素，我们并未对不同题材和体裁的作品进行等量选取，而是基本遵循了大家多选、名作多选、艺术性强、篇幅较小的多选的原则，其中五古三十一篇，七古四十二篇，五律六十九篇，七律五十五篇，五绝四十二篇（附六绝一篇），七绝一百三十五篇，共计三百七十四篇。这样一个数量,比起就目前所知已达五万余首的唐人诗作来,自然是微不足道的,但"颔下采珠,难求十斛;管中窥豹,但取一斑"(《又玄集·序》),我们仍希望它能达到预期的效果,并盼方家不吝赐教。

尚永亮

五言古诗

魏　徵

魏徵(580—643)，字玄成，钜鹿郡（今河北巨鹿）人。曾随李密起兵反隋，李密败，投奔李渊。后辅佐太宗，为贞观名臣。累官至左光禄大夫，封郑国公，拜太子太师。卒谥文贞。有《魏文贞公集》。

述　怀⁽¹⁾

中原初逐鹿⁽²⁾，投笔事戎轩⁽³⁾。纵横计不就，慷慨志犹存⁽⁴⁾。杖策谒天子⁽⁵⁾，驱马出关门⁽⁶⁾。请缨系南粤⁽⁷⁾，凭轼下东藩⁽⁸⁾。郁纡陟高岫⁽⁹⁾，出没望平原⁽¹⁰⁾。古木鸣寒鸟，空山啼夜猿。既伤千里目⁽¹¹⁾，还惊九逝魂⁽¹²⁾。岂不惮艰险？深怀国士恩⁽¹³⁾。季布无二诺⁽¹⁴⁾，侯嬴重一言⁽¹⁵⁾。人生感意气⁽¹⁶⁾，功名谁复论⁽¹⁷⁾。

【注释】（1）这首诗作于唐高祖李渊初称帝时。当时魏徵投唐不久，希望

能为唐朝有所贡献,便自请赴中原说服李密旧部。此诗即抒发胸襟抱负以及重义气、报国恩的情怀。　(2)中原:指今河南、河北、山东一带。逐鹿:争夺帝位。　(3)"投笔"句:投笔从戎。《后汉书·班超传》载,超年轻时曾任抄写文书的小吏,一日,忽投笔长叹,大丈夫应立功异域,岂能久事笔砚间!这里借班超自喻。事戎轩:从军。戎轩:兵车。　(4)"纵横"二句:战国时,苏秦主张齐楚等六国联合抗秦,南北结成联盟,史称"合纵"之计。张仪则主张诸国应听命于秦,史称"连横"。苏、张因此被称为"纵横家"。作者曾效命于李密,屡陈奇谋,密不听,但他有所作为的志向始终没有改变。故借此以抒怀。志不就:理想没有实现。慷慨:豪情壮志。　(5)杖策谒天子:《后汉书·邓禹传》载,光武帝刘秀安辑河北时,禹杖策谒见,说之以"延揽英雄,务说(同'悦')民心"之策。此指作者投奔李渊。杖策:手持马鞭。亦即驱马之意。　(6)关:指潼关。　(7)"请缨"句:《汉书·终军传》载,终军奉命使南越,临行,向汉武帝说,"愿受长缨(绳子),必羁南越王而致之阙下。"作者借此故事比拟自己出使山东,必有所成就。　(8)"凭轼"句:《汉书·郦食其传》载,秦亡,楚汉相争,郦食其(yì jī)向刘邦请命,愿赴齐,说齐王田广归汉,曰,"臣请得奉明诏,说齐王,使为汉而称东藩。"食其至齐,田广听其言,罢历下兵守战备。韩信闻食其凭轼下齐七十余城,乃夜渡兵袭齐。凭:据,依。轼:车前横木,以供扶据。作者借此故事表明自己能说服李密旧部归唐。

(9)郁纡:山道崎岖难行。陟(zhì):登。岫(xiù):山。　(10)出没:时隐时现。　(11)伤千里目:远望而伤悲。　(12)九逝魂:心事重重,精神不集中。屈原《哀郢》有"魂一夕而九逝"之句。　(13)国士:一国的杰出人物。《史记·刺客列传》载,豫让为晋大夫智伯家臣。赵襄子杀害智伯,豫让发誓要为智伯报仇,曰,"智伯国士遇我,我故国士报之。"意为欲捐躯报主恩。

(14)"季布"句:季布是楚汉相争时期人,以守信用而著称于世。《史记·季布传》引楚人谚语云,"得黄金百斤,不如得季布一诺。"作者引用此事以剖其诚心。　(15)侯嬴:《史记·魏公子列传》载,战国时魏信陵君欲赴赵解救赵国邯郸之围,其门客侯嬴因年老不能随从。语公子曰,"臣宜从,老不能。请数公子行日,比至晋鄙军之日,北向自刭(自杀),以送公子。"公子至军,果北向自刭。作者引此故事以表明自己重守信义。　(16)意气:指言必信、行必果的精神。　(17)论:意指考虑,计较。

【今译】中原激战，未出胜负，大丈夫应该投笔从戎。满腹韬略未得施展，报国的豪气依旧坚定。当我谒见了当今皇帝，便驱马东出潼关远征。我会像汉代请缨的终军，说服南越王归顺朝廷；要像为刘邦效命的郦食其，让千里中原成为唐的藩屏。山道崎岖，步履艰难，不畏险阻，奋力攀登。放眼辽阔的中原大地，平原广袤，山峦纵横。古木上鸟儿发出凄寒叫声，空旷的深山，有夜猿啼鸣。说不尽的艰难险阻，道不完的目怵魂惊。难道我不怕这艰险？国士之恩使我奉献赤诚，要像信守诺言的季布，要像以死报主的侯嬴。人生贵在知恩必报，谁还斤斤计较功名！

【点评】题是述怀。以感叹起笔，以豪迈之气终篇，步趋古人，慷慨陈词。实初唐诗坛少有之佳构。"中原"四句，写壮志未酬之感叹。"杖策"四句，写当今天子委以重任时慷慨激昂之壮怀。以古人作比，痛快淋漓。"郁纡"四句，写征途艰险，极其沉郁。"既伤"四句，写不畏艰险，以报国士之恩，先言"伤""惊"，后以"岂"作提顿，愈显其不畏艰险之壮志。"季布"四句：写其重视信义，不图功名的磊落胸怀。全诗二十句，分五层，感怀、壮怀、伤怀、悲慨、坦荡襟怀，全以"感意气"为一诗之目，层层相辅相成，古朴沉着。

【集说】五言之兴，源于汉，注于魏，汪洋乎两晋，混浊乎梁陈，大雅之音，几于不振。唐氏勃兴，文运丕溢，太宗皇帝，龙凤之姿，天文秀发，延览英贤，首倡斯道。……若夫世南属和，匡君以正；魏徵终篇，约君以礼。……列为唐世五言古风之始。（高棅《唐诗品汇》）

此奉使出关而作也。"国士"句是主意。气骨高古，变从前纤靡之习，盛唐风格，发源于此。（沈德潜《唐诗别裁》）

此唐发始一篇古诗，笔力道劲，辞采英毅，领袖一代诗人。（徐增《而庵说唐诗》）

（杨恩成）

5

五言古诗

王　绩

王绩（585—644），字无功，号东皋子，绛州龙门（今山西河津）人。隋末官至秘书省正字，唐初以原官待诏门下省，后为太乐丞，不久即弃官还乡。他的诗多以田园山水和酒为题材，表现超然避世的思想，隐喻不平之气，诗风质朴自然，不事雕琢。《四库全书总目提要》谓其诗"气格遒健，皆能涤初唐排偶板滞之习，置之开元、天宝间，弗能别也"。后人辑有《东皋子集》。

石　竹　咏⁽¹⁾

　　萋萋结绿枝⁽²⁾，晔晔垂朱英⁽³⁾。常恐零露降⁽⁴⁾，不得全其生。叹息聊自思，此生岂我情！昔我未生时，谁者令我萌？弃置勿重陈，委化何足惊⁽⁵⁾。

【注释】(1)石竹：一名洛阳花，多年生草本，全株粉绿色，叶对生，夏季开花。　(2)萋萋：茂盛貌。　(3)朱英：红花。　(4)零露：露。　(5)委化：委顺自然的变化。

【今译】绿莹莹的枝条何其茂盛，竹叶上垂挂着红色花英。常担忧凄冷的霜露降落，摧残了它那美好的生命。我叹息石竹也思虑自身，此生难道真是我的衷情！在我尚未降临人世之时，究竟是哪一位令我萌生？且抛开这件事不去管它，委顺自然变化决不惊恐。

【点评】前四句从石竹着墨，见其盛，想其衰，一实一虚，在对照中深寓忧患感。"叹息"四句由物及人，转入对生命、人生和自我的思考，表现出对世事的不满和对未来的忧恐，诗意更进一层。结句以自然变化为旨归，旷达超然，振起全篇。全诗语言质朴，格调深沉，在初唐诗坛可谓老到浑成之作。

【集说】非但理至，风味亦适。得句即转，转处如环之无端，落笔常作收势，居然在陶、谢之先。（王夫之《唐诗评选》）

诗之乱头粗服而好者，千载一渊明耳。乐天效之，便伤俚浅，惟王无功差得其仿佛。陶、王之称，余尝欲以东皋代辋川。辋川诚佳，太秀，多以绮思揜其朴趣。东皋潇洒落穆，不衫不履，如"昔我未生时，谁者令我萌？弃置勿重陈，委化何足惊"，真齐得丧、一死生之言。旷怀高致，其人自堪尚友，不徒音响似之。（贺裳《载酒园诗话又编》）

（尚永亮）

7

五言古诗

李 世 民

李世民(598—649)，即唐太宗，唐高祖李渊次子，武德九年(626)即位。在位期间，推行均田制、租庸调法及府兵制度，任人唯贤，虚心纳谏，促进了当时社会经济的发展，史家誉为"贞观之治"。能诗，与群臣多有唱和之作。开初唐诗风之先河。有《唐太宗集》。

幸武功庆善宫(1)

寿丘惟旧迹(2)，丰邑乃前基(3)。粤予承累圣(4)，悬弧亦在兹(5)。弱龄逢运改(6)，提剑郁匡时(7)。指麾八荒定(8)，怀柔万国夷(9)。梯山咸入款(10)，驾海亦来思。单于陪武帐(11)，日逐卫文螭(12)。端扆朝四岳(13)，无为任百司(14)。霜节明秋景(15)，轻冰结水湄。芸黄遍原隰(16)，禾颖积京畿。共乐还乡宴，欢比大风诗(17)。

【注释】(1)这首诗作于贞观六年(632)。庆善宫：在今陕西武功境内。

唐太宗出生于此。　　(2)寿丘:古地名,故地在今山东曲阜东,相传是黄帝生处。　　(3)丰邑:汉高祖刘邦是沛县丰邑人,后世便以丰沛、丰邑指帝王故乡。　　(4)累圣:历代圣人。　　(5)悬弧:古时风俗,家生男孩子则在门左挂一张弓,后世因称生男孩为悬弧。　　(6)弱龄:年轻时。运:此指时局。逢运改:指隋末农民起义。　　(7)匡时:挽救艰危的时局。　　(8)指麾:指挥。八荒:八方荒远之地。　　(9)怀柔:招徕安抚。夷:平。　　(10)梯山:原指缘梯登险山。此指险要之地。款:服顺。　　(11)单于(chán yú):匈奴首领。(12)日逐:匈奴王号,也为官名。螭(chī):传说中无角的龙。隋唐时宫殿陛阶上多以其形为雕饰。卫文螭:指站在殿下听命。　　(13)扆(yǐ):户牖之间画有斧形的屏风,后世称君主的座位为扆座。四岳:相传为唐尧的臣子。(14)无为:即无为而治。百司:百官。　　(15)秋景:秋日。　　(16)芸黄:草木枯黄的样子。隰(xí):低湿之地。　　(17)大风诗:刘邦回故乡丰邑时所作的《大风歌》。

【今译】黄帝诞生的寿丘,已经成为陈迹。汉刘邦的丰邑,只剩下一点根基。我继承历代圣贤,诞生在这片土地。年轻时正逢时局动荡,我手提三尺宝剑,挽救艰危的时局。指点江山,八方平定,怀柔策略,使万国平夷。前来归顺的,有边远的险地,海外的仇敌。武帐有单于相陪,殿阶下外臣恭立。大臣们御座前朝拜,或是无为而治,让百官们尽职尽力。秋天的太阳多明丽,渭水边轻霜熠熠。原野上花草已枯黄,丰收的庄稼堆满京畿。还乡的宴会乐无比,就像刘邦高唱大风歌,凯旋丰邑!

【点评】这首诗是唐太宗回到其诞生地武功庆善宫时所作。全诗二十句,可分三层。开头四句为第一层,以寿丘、丰邑作比,引出自己的诞生地武功庆善宫,自负且自信。“弱龄”以下十句,回忆自己南征北战、平定天下、四海咸服的功绩,显示出一代英主的雄伟气魄。“霜节”以下六句,写庆善宫一带秋景,以及设宴招待群臣之事。结尾以刘邦还沛,歌大风诗为比喻,流露出功成荣归的喜悦之情。全诗感情充沛、乐观自信、格调古雅。

【集说】贞观六年九月,帝幸庆善宫,帝生时故宅也。因与贵臣宴,赋诗。

9

五言古诗

起居郎请平宫商，被之管弦，命曰《功成庆善乐》。使童子八佾为九功之舞，大宴会，与《破阵舞》偕奏于庭。(尤袤《全唐诗话》)

太宗皇帝，龙凤之姿，天文秀发，延揽英贤，首倡斯道。其《幸庆善宫》等作，时已被之管弦。明良满庭，赓歌赞治。(高棅《唐诗品汇》)

（杨恩成）

陈 子 昂

陈子昂(659—702)，字伯玉，梓州射洪（今四川射洪）人。少任侠。武后光宅元年(684)进士，因上《大周受命颂》而得武后赏识，初任麟台正字，后迁左拾遗。万岁通天元年(696)从武攸宜东征契丹，要求分兵万人为前驱，为武攸宜所恶，受到降职处分。圣历元年(698)辞官回乡，武三思指使县令段简诬陷他，下狱，忧愤而死。他主张改革诗风，提倡汉魏风骨，标举风雅比兴，反对六朝柔靡文风，是唐代诗文革新运动的先驱者。今存诗一百二十余首，有《陈拾遗集》。

五言古诗

唐

感 遇[1]

兰若生春夏[2]，芊蔚何青青[3]！幽独空林色[4]，朱蕤冒紫茎[5]。迟迟白日晚[6]，袅袅秋风生[7]。岁华尽摇落[8]，芳意竟何成！

【注释】(1)《感遇》是陈子昂抒发生活感受的组诗，共三十八首，这里选的是第二首，作于诗人解职归里以后。诗借芳草为喻，反映政治上失意，不

能及时有为的苦闷心理。感遇:指有感于遭遇。 （2）兰若:兰,兰草,多年生草本植物,高三四尺,有香气,夏秋间开花。若,杜若,草本药用植物,花很香,春末夏初生于水边。 （3）芊(qiān)蔚:花叶茂密。青青:"菁菁"的借字,繁盛的样子。 （4）幽独:幽雅清秀,独具风采。空林色:空绝林中群芳的秀丽色彩。 （5）朱蕤:朱,红色;朱蕤指红花。蕤(ruí),花下垂的样子,此处指下垂的花。冒:覆盖。 （6）迟迟:慢慢。 （7）袅袅(niǎo):微弱细长貌。(8)岁华:华,古"花"字,泛指草木。草木一年一度荣枯,故曰岁华。摇落:动摇、脱落。

【今译】香兰夏季含苞,杜若暮春开花,枝茎交错,生机勃发,花叶掩映,清幽高雅。红花覆盖紫茎,秀色压倒群葩,树林里仿佛没有了别的野草闲花。白日渐短秋风飒飒,艳丽的香兰杜若,衰败凋零在无情流逝的年华,昔日的芬芳究竟有什么成就可夸!

【点评】这首诗托物寓意,通篇以兰若作比,抒发自己政治上失意,不能及时有为的苦闷。作品首先从兰若的枝叶着笔,用"芊蔚"和"青青"两个同义词,描绘它们独具特色的整体形象:茂盛繁密,欣欣向荣,充满生机。"何"字表示程度,洋溢着无法抑制的赞美之情,暗写其他花卉的不可比拟。"朱蕤冒紫茎",浓墨重彩地从正面写兰若花团锦簇,下垂紫茎的绰约身姿和妩媚情态,突出其与众不同的特点和个性。

正因为兰若"芊蔚何青青""朱蕤冒紫茎",幽雅清秀,独具风采,所以诗人用"幽独空林色"之句,以百卉的相形见绌和黯然失色,反衬兰若的超群秀色,对其进行总的概括和高度的赞美。其中"幽独"和"空"三字,用得极妙,既突出了兰若卓然不群、不同流合污的个性,又体现了全诗孤芳自赏的命意。

诗的后四句由赞美转而感叹。"迟迟",写从夏入秋,白昼日短的逐渐变化特点,用词准确;"袅袅",形容秋风乍起,凉而不寒,形象传神。然而,秋风既生,就不会永远平和。"悲哉秋之为气也,萧瑟兮草木摇落而变衰"(宋玉《九辩》),天长日久,百花凋零是必然的。"岁华尽摇落"是写兰若,也是自比。陈子昂胸怀一腔热血,颇有政治才干,但却屡受压抑,不得为国竭忠尽

智,四十一岁即被害而死,这和"岁华尽摇落"的兰若何其相似! 一个"尽"字,真实形象地表现了风刀霜剑的残酷无情和兰若的悲苦命运。

此诗通篇用比兴手法,前四句以兰若压倒群芳,"幽独空林色"的风姿,比喻自己出众的才华,后四句以"白日晚""秋风生"写兰若枯枝败叶,芳华逝去,隐喻自己不被赏识,虚度青春。"岁华"和"芳意"用语双关,借花草凋零,悲叹自己年华流逝,理想破灭,寓意凄婉。一个"竟"字,道出了诗人深藏已久的悲愤和不平。

【集说】有古律,陈子昂及盛唐诸公多此体。(严羽《沧浪诗话》)

陈正字淘洗六朝,铅华都尽,托寄大阮,微加断裁,而天韵不及。律体时时入古,亦是矫枉之过。(王世贞《艺苑卮言》)

孔文谷曰:"陈子昂之古风,尚矣! 其含光飞文,怀幽吐奇,郎庙而有江山之致,烟霞而兼黼黻之裁。"(谢榛《四溟诗话》引)

阮籍《咏怀》,后人每章注释,失之于凿,读者随所感触可也。子昂《感遇》,亦不当以凿求之。(沈德潜《唐诗别裁》)

吴挚甫先生曰:"此自伤不遇明时。"(高步瀛《唐宋诗举要》引)

(赵常安)

五言古诗

张 九 龄

张九龄(678—740),一名博物,字子寿,韶州曲江(今广东韶关)人。唐中宗景龙初年进士。玄宗时,官至同中书门下平章事、中书令。开元二十四年(736)被李林甫排挤出朝。其诗情致深远,晚年因遭受谗毁,诗风转趋深沉刚劲。有《张曲江集》二十卷。

感　遇(1)

　　江南有丹橘,经冬犹绿林。岂伊地气暖(2)?自有岁寒心(3)。可以荐嘉客(4),奈何阻重深!运命惟所遇(5),循环不可寻(6)。徒言树桃李(7),此木岂无阴(8)?

【注释】(1)开元二十五年(737),张九龄由右丞相贬荆州长史。《感遇》十二首便是在荆州所作。这里选的是第三首。　(2)伊:语中助词。　(3)岁寒心:具有经年耐寒的本性。比喻坚贞不屈的节操。　(4)荐:进奉,奉献。　(5)运命:命运。惟:只因。遇:遭遇。　(6)循环:指命运的好坏变化像圆环不可推寻。　(7)徒言:光说,只说。树:栽种,作动词用。　(8)此木:橘树。岂无阴:难道没有绿荫。阴:同荫。丹橘不仅果实可以荐嘉宾,而且四季不凋,美荫常有,哪点比不上桃李呢?

【今译】江南有茂密的橘林，经过严冬考验依然嫩绿清新。这哪里是因为江南地气温暖，分明是它自有耐寒的本性。鲜美的丹橘本可以用来宴请贵宾，无奈道路阻隔，山高水深。命运使它有这样的遭遇，如同沿着圆圈周而复始，无法将头绪找寻。世人只知道栽种娇艳的桃李，难道丹橘就没有浓郁的树荫？

【点评】这首诗完全采用比拟象征手法，表面歌咏丹橘，实则托物言志，以橘自喻。首二句从丹橘的外部特征写到它的内在本质，点明其产地、外表和品德。一个"犹"字，铿锵有力，充满赞颂之意，表现了丹橘不以岁寒而变节，永远坚定不移的本质特征，隐喻自己不同流合污的高尚品格。"岂伊"二句，先用反诘语反问，又以肯定语给以明确回答。反诘与肯定，一问一答，一"纵"一"收"，跌宕起伏，富有波澜。"岁寒心"，一般是说松柏的，诗人特地赞美丹橘和松柏一样具有耐寒的节操，意味深长。

丹橘"经冬犹绿林"，已实属不易，何况它的鲜美果实还"可以荐嘉客"，奉献于人，这就更显其难能可贵。无奈这样的佳果却因为山重水深，道路阻隔而不能进荐。"奈何阻重深"之句，巧妙地揭示了佳果不能荐嘉客的原因，诗人慨叹栋梁之材难受朝廷重用。

"运命"二句，从丹橘不幸遭遇的具体描写，上升到对一般命运问题的高度概括和深思，感情复杂，含蓄委婉，像是无可奈何的自我宽慰，又像是不便明说的难言隐衷，但在这种自遣与难言中，分明流露出了诗人的悲愤和不平。最后两句，以反诘语气收束全诗，指斥"徒言树桃李"的偏见和不正之风，为经冬不凋的丹橘打抱不平，借以抨击唐玄宗听信谗言，排斥贤良的昏暗政治。这首诗平淡而浑成，三次反诘语气和反问句的运用，使全诗具有正反起伏之势，而温雅醇厚的语气和比拟象征的手法，又使诗人愤怒哀伤的情感不着痕迹，堪称绝妙。

15

五言古诗

【集说】众人不知，徒取目前之色，足以悦人而已。（沈德潜《唐诗别裁》）

本屈子、鲍照。（方东树《昭昧詹言》）

即屈子《橘颂》之意。（高步瀛《唐宋诗举要》）

（赵常安）

孟　浩　然

孟浩然(689—740)，名浩，字浩然，号鹿门处士，以字行，襄州襄阳(今湖北襄樊)人，又称"孟襄阳"。早年隐居家乡，以诗自娱。玄宗开元十五年(727年)曾赴京洛干谒求仕，无成。开元十八年(730)，再度入长安应进士举，失意而归。开元二十五年(737)，张九龄镇荆州，辟为从事。开元二十八年(740)，王昌龄游襄阳，访孟浩然，二人相得欢甚。不久，孟因旧疾复发卒。孟浩然骨貌淑清，风神散朗，是唐代第一个大量写作山水田园诗的作家，诗风恬淡，意境清远。存诗二百多首，有《孟浩然集》传世。

秋登万山寄张五[1]

北山白云里[2]，隐者自怡悦。相望试登高，心随雁飞灭。愁因薄暮起，兴是清秋发。时见归村人，平沙渡头歇。天边树若荠[3]，江畔舟如月。何当载酒来[4]，共醉重阳节。

【注释】(1)万山：在今湖北襄阳西北十里，一名汉皋(gāo)山。张五：当为张谭(yīn)，行五，懂易象，善书画，与孟浩然、王维友善。　(2)北山：万山在襄阳之北,故称北山。 (3)荠:二年生草本植物,花色白,茎叶嫩时可食。
(4)何当:犹言何时。

【今译】北山上白云缭绕,你隐居其间悠然自得,好不舒畅。我因思念你
而登高望远,虽然远不可见,但心已随飞雁来到你的身旁。清秋触发我登高
相望的兴致,因薄暮望不见你,又勾起我的惆怅。只看到晚归的村人暂时停
歇,在沙洲边的渡口上等待。天边的树木如荠菜一般大小,江畔的泊舟如一
弯月亮。你何时才能载酒而来,我们俩再痛饮狂欢,共醉重阳。

【点评】"愁因"两句是一篇关键,上句申述情之所缘,下句补说景之所
生。"时见"四句写景从容不迫,悠闲散淡,自是名家风度。全篇情飘逸而真
挚,景清淡而优雅,尽孟诗之极致。

【集说】刘辰翁评:"('愁因'二句)朴而不厌;('时见'二句)其俚至
此。"(《唐诗品汇》引)
用载酒以变送酒之旧也。诗亦翩跹自得。(吴昌祺《删订唐诗解》)
"愁因"二句,是前后之纽。上句倒透后四句意,下句逆缴前四句意,若
一倒转,则平顺矣。"时见"四句,顶"愁因"句申说,非泛写薄暮之景,正于此
时,写望远之愁心,景中含情,须善领会。(杨逢春《唐诗绎》)

(李浩)

五言古诗

王 昌 龄

王昌龄(698—756),字少伯,长安(今陕西西安)人。开元十五年(727)进士,授汜水尉。又授校书郎,后任江宁丞,又因事贬龙标尉,世称王江宁、王龙标。安史之乱后为刺史闾丘晓所杀。擅长五言古诗和五、七言绝句,其中以绝句成就最高。诗境雄浑开阔,自成一格。明王世贞论盛唐七绝时,认为只有他可与李白争胜,列为"神品"。现存诗一百八十余首,《全唐诗》编为四卷,明人辑有《王昌龄集》。

少 年 行[1]

西陵侠少年,送客短长亭[2]。青槐夹两道,白马如流星。闻道羽书急[3],单于寇井陉[4]。气高轻赴难,谁顾燕山铭[5]。

【注释】(1)少年行:为乐府旧题。　(2)短长亭:古时于道旁五里置一短亭,十里置一长亭,为送行饯别之处。　(3)羽书:军事文书,插鸟羽以示紧急。　(4)单于:汉时匈奴称其君长为单于,此处指进犯边境的少数民族首领。　(5)燕山铭:东汉窦宪破匈奴,登燕然山,刻石纪功,命班固作《燕然山铭》。

【今译】西陵少年豪侠珍重友情,送别朋友历经短亭长亭。槐树青青夹立于大道两旁,白马纵横驰骋,奔如流星。听说羽书传递十万火急,单于拥兵骚扰和平边境。年轻气盛慷慨奔赴国难,哪管燕山有无刻石纪功。

【点评】以西陵侠少寄托怀抱。"送客短长亭",重情而不忍就此分别;"如流星",任侠不同于一般临歧涕泣的痴小儿女,以己之奔马放驰来壮友之远行,颇有些《易水歌》之悲壮。正是如此少年,到了家国有难之际,才会有"气高轻赴难"之义举。一个"轻"字,既传达了少年坦荡无碍、重义轻身的内心,又表现少年胆壮气盛、奋不顾身的个性。以五古写唐边塞事,既得《古诗十九首》之深情苦恨,又体现出了盛唐昂扬向上、刚正健朗的时代精神。

【集说】少伯塞上诗,多能传出义勇。(沈德潜《唐诗别裁》)

(李达武)

五言古诗

王　维

　　王维(692—761),字摩诘,太原祁州(今山西祁县)人。开元九年(721)进士,任大乐丞,累官至给事中。安史乱起,被迫署伪职。两京收复后,获罪贬职,官终尚书右丞,世称王右丞。王维一生究心禅理,中年起,优游于辋川别业,过着半官半隐的闲适生活。历经丧乱后,更是专心事佛。其诗明净清新,精美雅致,擅长描摹自然风光,在盛唐诗坛上,堪与李白、杜甫相提并论,鼎足而三。王维又是杰出的画家,通晓音乐,善以画理、乐理、禅理融入诗歌创作之中,苏轼曾称其"诗中有画""画中有诗"。他的诗各体皆长,尤以五言律、绝成就最高。有《王右丞集》。

渭川田家[1]

　　斜阳照墟落,穷巷牛羊归[2]。野老念牧童,倚杖候荆扉[3]。雉雊麦苗秀[4],蚕眠桑叶稀。田夫荷锄至,相见语依依。即此羡闲逸,怅然吟式微[5]。

【注释】(1)作者因欣慕薄暮下田家闲逸的众生活相,感伤世道的衰败而生归隐之意,故作此诗。渭川:渭水。田家:农家。 (2)墟落:村庄。穷巷:冷僻简陋的小巷。 (3)野老:村老。荆扉:柴门。 (4)雉雊(gòu):野鸡啼叫。秀:禾麦开花。 (5)式微:《诗经·邶风》篇名,其中有"式微,式微,胡不归"。吟《式微》,指作归隐田园之想。

【今译】夕阳斜照着村墟篱落,小巷深处,放牧的牛羊缓缓而归。老人挂念牧童,拄着拐杖在柴门外迎会。小麦扬花,野鸡"咯咯"地鸣啼,蚕儿作茧,桑叶渐渐显得稀疏。农夫扛着锄头立在村口,三三两两,聊不完的话题。这安逸闲适的田园生活多么令人羡慕,我若有所失,不由吟唱起古诗《式微》。

【点评】"斜阳""墟落""牛羊""荆扉""雉雊""麦苗""桑叶""田夫",高度概括出农家特征。初夏季节,丰收在望;傍晚时分,分外宁静,更衬托出农夫平和而自得其乐的心境。因而使"羡闲逸"这一主旨显得十分自然,有画龙点睛之妙。

【集说】此历叙田家之事而起欣慕之心,伤世之衰而欲归隐也。(唐汝询《唐诗解》)

天趣自然,踵武靖节。(高步瀛《唐宋诗举要》)

(王从仁 余娟)

21

五言古诗

李　白

李白(701—762),字太白,号青莲居士,生于安西都护府碎叶城(今巴尔喀什湖南之楚河流域),约5岁时随父迁居绵州昌隆(今四川江油昌隆)青莲乡。青年时即离蜀漫游各地,天宝初供奉翰林,不久即遭谗去职。安史乱起,因参加永王李璘幕府,被牵连得罪,长流夜郎,途中遇赦东还。晚年漂泊于东南一带,卒于当涂。李白心性豪迈,傲岸不羁,诗风雄健奔放,绚丽多彩,极富浪漫情调,被称为"诗仙"。其诗现存九百余首,有《李太白集》三十卷。

古　风(1)

登高望四海,天地何漫漫!霜被群物秋(2),风飘大荒寒。荣华东流水,万事皆波澜。白日掩徂晖(3),浮云无定端。梧桐巢燕雀,枳棘栖鸳鸾(4)。且复归去来,剑歌行路难。

【注释】(1)李白有《古风》五十九首,这是第三十九首。乃感叹人生无常、人世不平的抒愤之作。 （2）被：覆盖。 （3）徂(cú)晖：落日的光辉。徂：逝，落。 （4）枳棘：积木与棘木。因其多刺而称恶木，常用比喻恶人或小人。鸳鸾：鸾凤之类的鸟。鸳与"鹓"相通。《庄子·秋水》曰，"南方有鸟，其名鹓雏……发于南海而飞于北海，非梧桐不止。"这里借用此一故事形象地指出，本来寄居在枳棘中的燕雀，如今竟挤走高贵的鸳鸾，占据了高高的梧桐。而高贵的鸳鸾，只得栖在恶木上，应对艰难的环境。这种黑白颠倒、上下错位的现象，正象征着君子失所、小人得志的社会现实。

【今译】我登高举目，遥望四海，天地之间呵，苍茫无边！寒霜降落，万物皆呈秋色，西风劲吹，荒野一片凄寒。荣华富贵呵，宛如东流之水，万事万物呵，全似水中波澜。看那落晖已遮掩了白日，看那浮云横飘不断变幻。燕雀在那梧桐树上搭起窝巢，而鸾凤，只能栖在枳棘上。还是归去吧，这景象真不忍目睹，持剑昂首作歌，唱一曲行路难！

【点评】前六句写对人生的感慨，以登高望远发端，但见天地之间，浑茫一片，四海八荒，遥无际涯，严霜横被，北风呼啸，万物凋零，肃杀荒寒，这就是自然之秋的变异。由暖到寒，由荣到枯，由生到灭，自然界如此，人生何能例外？荣华富贵似水东流，一去不返；世事无常有如波澜，变化无端。想到这些，怎不令人感慨万千，发无穷之浩叹？"荣华"二句，即是诗人此种心境之真实表现。后六句写对人世的愤懑，充满郁勃不平之气。"白日"二句，既是写景，又是象征：白日被掩，说明君主被惑；浮云飘忽，则意味着小人得志。与此相同，"梧桐"二句进一步象征了君子失所、小人得志的现实。诗的结尾，悲愤杂以苍凉，虽感伤却不颓唐，而"剑歌行路难"五字，尤能给人以苍凉激越之感。有人推断此诗是李白被谗去朝时所作，大致是可信的。

【集说】此篇"登高望四海，天地何漫漫"者，以喻高见远识之士知时世之昏乱也。"霜被群物秋，风飘大荒寒"者，以喻阴小用事而杀气之盛也。"荣华东流水，万事皆波澜"者，谓遭时如此，所谓荣华者如水之逝，万事之无常亦犹波澜之无有底止也。"日"，君象；"浮云"，奸臣也；"掩"者，蔽也；"徂晖"者，日落之光也。以喻人君晚节为奸臣蔽其明，犹白日将落，为浮云掩其

23

五言古诗

辉也。"无定端"者,政令之无常也。"梧桐巢燕雀"者,喻小人在上位而得志也。"枳棘栖鸳鸾"者,喻君子在下而失所也。"且复归去来,剑歌行路难"者,白意盖谓危邦不入乱邦不居,识时知几之士,当此之际,惟有归隐而已。(《李白集校注》引萧士赟语)

琦案:"登高望四海,天地何漫漫",见宇宙广大之意。"霜被群物秋,风飘大荒寒",见生计萧索之意。"荣华东流水",言年华日去,如水之东流,滔滔不返。"万事皆波澜",言生事扰扰,覆反相乘,如水之波澜,无有静时。"白日掩徂晖",谓日将落而无光,如人将有去志而意色不快。"浮云无定端",言人生世上,行踪原无一定,何必恋恋于此? 或以落日为浮云所掩,喻英明之人为谗邪所惑,两句作一意解者亦可。梧桐之木本凤凰所止,而燕雀得巢其上,喻小人得志;枳棘之树本燕雀所萃,而鸳鸾反栖其间,喻君子失所。以上皆即景而寓感叹于间,以见不得不动归来之念。意者,是时太白所投之主人惑于群小而不见亲礼,将欲去之而作此诗。旧注以时世昏乱阴小用事为解,专指朝政而言,恐未是。(王琦注《李太白全集》)

"白日"二语,喻谗邪惑主。"梧桐"二语,喻小人得志,君子失所。(沈德潜《唐诗别裁》)

(尚永亮)

子夜吴歌⁽¹⁾

长安一片月,万户捣衣声⁽²⁾。秋风吹不尽,总是玉关情⁽³⁾。何日平胡虏,良人罢远征⁽⁴⁾。

【注释】(1)子夜吴歌:又名《子夜歌》,乐府《吴声歌曲》调名。内容多为女子对情人的思念。原作四首,此为其三。 (2)捣衣:古代妇女把布放在砧上,用杵捶击,将布捶平,使之柔软,便于制衣。 (3)玉关:玉门关。玉关情:指对远戍玉门关外的丈夫的思念之情。 (4)良人:丈夫。

【今译】长安城中,洒满一片清冽的月光。从城中的千家万户传来阵阵捣衣的声响。浩荡的秋风啊,怎能把这砧声吹尽? 在那每一声中,都饱含思念玉门关外征人的情绪。不知何日才能扫平胡虏,让她们的丈夫从边塞返回故乡?

【点评】前三句写秋月、秋声和秋风,从视觉到听觉再到触觉,都在为第四句的"情"做铺垫:月光是引发相思之情的媒介,捣衣声说明妇女们正为戍边亲人赶制寒衣做准备,其本身即是情的具体化;秋风则最易逗起人的情思和愁绪。三者有一于此,便难以为怀了,何况聚于一途?"总是玉关情",一语作结,力抵千钧,将前三句所见、所闻和所感囊括净尽,极力突出此情充塞天地之间,无所不在。末二句承上转收,使全诗主旨更加深刻,而"玉关情"亦益发浓厚。

【集说】言于月夜捣衣以寄边塞,而此风吹不尽者,皆我思念玉关之情也。安得平胡而使征夫稍息乎?不恨朝廷之黩武,但言胡虏之未平,深得风人之旨。(唐汝询《唐诗解》)

惟万户故吹不能尽,而其情则同,婉而深矣。(吴昌祺《删订唐诗解》)

前四语是天壤间生成好句,被太白拾得。(王夫之《唐诗评选》)

诗贵寄意,有言在此而意在彼者。李太白《子夜吴歌》,本闺情语而忽冀罢征。(沈德潜《说诗晬语》)

一气浑成。有删末二句作绝句者,不见此女贞心亮节,何以风世厉俗?(《唐宋诗醇》)

(尚永亮)

关　山　月[(1)]

明月出天山[(2)],苍茫云海间。长风几万里,吹度玉门关[(3)]。汉下白登道[(4)],胡窥青海湾[(5)]。由来征战地,不见有人还。戍客望边色,思归多苦颜。高楼当此夜[(6)],叹息未应闲。

【注释】(1)关山月:《乐府古题要解》曰,"《关山月》,伤离别也。"属古乐

府《鼓角横吹曲》。 （2）天山：指今甘肃西北部的祁连山。祁连是匈奴语中"天"的意思。 （3）玉门关：故址在今甘肃敦煌西北。 （4）白登：山名，在今山西大同市东。据《史记·匈奴列传》载，汉高帝七年（前200）冬，刘邦率军与匈奴交战，被困于白登山，七昼夜始解围。 （5）青海：指今青海省内的青海湖。唐军曾多次和吐蕃在这一带交战。 （6）高楼：代指住在高楼里的戍客的妻子。

【今译】明月升起在峻伟的天山，满天的云海，苍茫浩瀚。几万里的长风卷地而起，呼啸着吹过了玉门雄关。汉与匈奴在白登山激战，唐军抗胡来到青海湖边。征战之地呵，从古到今，都看不到有人活着归还。戍卒眼望着苍凉的边色，思念起故乡，愁眉不展。他想象妻子在这个夜晚，也应凭栏远眺连声长叹。

【点评】前四句写景壮阔苍茫，"明月""天山""玉门关"，从上到下，从西到东，组成了一幅辽阔无比的边塞图景。在月与山之间，杂有苍茫的云海，在山与关之间，卷动着万里长风，这样的风，这样的云，配上高悬的月，巨大的山，遥远的关，该是何等气象！下四句诗情骤变，以对历史的回顾，极力突出边塞的艰苦、征战的残酷。末四句视线凝聚，借"戍客"之眼观物抒怀，既一变开篇壮阔苍茫之景为苍凉萧瑟，又遥想"高楼"之人叹息情景，以深化戍客思归之情。可谓老到浑成，力透纸背。

【集说】皆气盖一世，学者能熟味之，自不浅矣。……天山至玉门关不为太远，而曰"几万里"者，以月如出于天山耳，非以天山为度也。（《分类补注李太白集》引《吴氏语录》）

（首四句）浑雄之中，多少娴雅！（胡应麟《诗薮》）

去后四句，竟似五言律矣。（吴昌祺《删订唐诗解》）

朗如行玉山，可作白自道语。格高气浑，双关作收，弥有逸致。（《唐宋诗醇》）

（尚永亮）

月下独酌⁽¹⁾

　　花间一壶酒,独酌无相亲。举杯邀明月,对影成三人。月既不解饮,影徒随我身。暂伴月将影⁽²⁾,行乐须及春。我歌月徘徊,我舞影零乱。醒时同交欢,醉后各分散。永结无情游⁽³⁾,相期邈云汉⁽⁴⁾。

【注释】(1)原作四首,此为其一。敦煌写本《唐人选唐诗》题作《月下对影独酌》,《文苑英华》题作《对酒》,并于此首题下注"一作《月下独酌》"。(2)将:与,共。　(3)无情游:因月与影皆不会人情故云。　(4)邈云汉:邈远的云霄之上。

【今译】花间有一壶美酒,自斟自饮无人相亲近。举起酒杯邀请明月,拉扯影子凑成三人。然而明月不懂怎么饮,影子只是附庸我身。姑且陪伴明月和影,在这春宵良辰及时行乐。我行歌时,月也徘徊,我起舞时,影便零乱。清醒之时彼此交欢,酒醉之后各自分散。友谊永存超然俗情,你我相期云霄再见。

【点评】"举杯邀明月"是突发奇想,再拉上影子而凑成三人,更匪夷所思。可谓无中生有,别开生面。而三"人"中,不能饮者居其二,岂不仍未尽兴?"我歌月徘徊,我舞影零乱",形似热闹,回味不免冷清;"永结无情游,相期邈云汉",虽然旷达却又不无"美人如花隔云端"的虚幻和惆怅。诗有世乏知音的寂寞之感,或许是因为此诗是长安失意后所作吧!

【集说】脱口而出,纯乎天籁,此种诗人不易学。(沈德潜《唐诗别裁》)
　　李诗"举杯邀明月,对影成三人",东坡喜其造句之工,屡用之。予读《南史·沈庆之传》,庆之谓人曰:"我每履田园,有人时与马成三,无人则与马成二。"李诗殆本此,然庆之语不及李诗之妙耳。(李家瑞《停云阁诗话》)
　　题本独酌,诗偏幻出三人。月影伴说,反复推勘,愈形其独。(孙洙

五言古诗

千古奇趣,从眼前得之,尔时情景,虽复潦倒,终不胜其旷达。陶潜云"挥杯劝孤影",白意本此。(《唐宋诗醇》）

（周啸天）

沙丘城下寄杜甫⁽¹⁾

我来竟何事,高卧沙丘城。城边有古树,日夕连秋声。
鲁酒不可醉,齐歌空复情。思君若汶水⁽²⁾,浩荡寄南征。

【注释】(1)天宝五载(746)秋,李白与杜甫在鲁郡石门相别,甫归长安,白则回到了位于汶水附近的沙丘城,这首寄怀诗,便是这时写下的。 (2)汶(wèn)水:水名,也叫大汶河,在山东境内,西南流向。

【今译】我来这里究竟是为了什么?独自一人闲待在沙丘城。城边那高大的古树呵,白天和晚上都发出瑟瑟秋声。鲁酒味薄已难以排解忧绪,齐歌悠扬也不能使我动情。思友的情怀就像绵延的汶水,浩荡西流追随你的行踪。

【点评】前六句全从诗人一方着笔,突出渲染离别好友以后所产生的孤寂、怅惘情怀。首二句以问句开篇,含有自悔、自责之意,心境如此,景色亦复苍凉、萧瑟:"城边有古树,日夕连秋声。"如此景象,如此心境,不能不令人忧从中来。"不可醉"说明诗人心事重重,没有兴致去痛饮;"空复情"说明诗人无意欣赏,歌声只能徒有其情。这里,诗人从不同角度、用不同笔法,极力烘托抑郁的心境和落寞的氛围,为下面的正面怀友做好气势的蓄积,而后,便将情感的闸门打开,使满腹情思喷涌而出,并借"浩荡"二字,为全诗增添一种奔放雄阔的色彩。

【集说】白与杜甫相知最深,"饭颗山头"一绝,《本事诗》及《酉阳杂俎》载之,盖流俗传闻之说,白集无是也。鲍、庾、阴、何,词流所重,李杜实尝宗尚之，特所成就者大，不寄其篱下耳。安得以为讥议之辞乎？甫诗及白者十余见，白诗亦屡及甫，即此结语，情亦不薄矣。世俗轻诬古人，往往类是，尚论者当知之。（《唐宋诗醇》）

一片真气，自是李白寄杜甫之作，工拙不必论也。（钟惺《唐诗归》）

（尚永亮）

赠何七判官昌浩⁽¹⁾

有时忽惆怅，匡坐至夜分⁽²⁾。平明忽啸咤⁽³⁾，思欲解世纷。心随长风去，吹散万里云。羞作济南生⁽⁴⁾，九十诵古文。不然拂剑起，沙漠收奇勋。老死阡陌间⁽⁵⁾，何因扬清芬⁽⁶⁾？夫子今管乐⁽⁷⁾，英才冠三军。终与同出处，岂将沮溺群⁽⁸⁾！

【注释】(1)何昌浩事迹不详，从诗中"英才冠三军"一语来看，当与军事有关。判官：采访使或节度使的属员，位在副使之下。　(2)匡坐：端坐。夜分：夜半。　(3)啸咤：愤懑不平的呼叫。　(4)济南生：指汉初济南儒生伏胜，已九十高龄，仍埋头于儒家典籍之中。　(5)阡陌(qiān mò)：田间道路，南北叫阡，东西叫陌。　(6)清芬：美名。　(7)管乐：指春秋、战国时代的能臣名将管仲、乐毅。　(8)沮溺：长沮、桀溺，古时孔子遇到的两位隐士。

29

五言古诗 唐

【今译】有时忽感惆怅，独自端坐到夜半。天明忽而狂喊，想解除浊世纷乱。心随长风飞去，将万里乌云吹散。羞作济南儒生，九十还把经文诵念。不然就拂剑而起，从军沙漠将奇勋创建。若老死于乡村中，如何使美名传播久远？你是当今的管仲乐毅，英风才气在三军为冠。我最终要和你同行，岂肯与长沮桀溺做伴！

【点评】在这首赠人诗中，李白强烈地抒发了自己的用世情怀。开篇便呈露出一颗骚动不安的灵魂。"忽惆怅""忽啸咤"，极写其情绪起伏变化之剧烈，一股不甘沉寂的慷慨激昂之气溢出行墨之外。以下八句以两两相对

或此或彼的方法,分别展现了两种不同的理想境界。在诗人看来,真男儿生在世间,要么乘风破浪,横扫残云,"申管晏之谈,谋帝王之术……使寰区大定,海县清一"(李白《代寿山答孟少府移文书》),要么投笔从戎,仗剑出塞,在疆场大漠杀敌立功,扬名后世,而绝不能像皓首穷经的儒生那样,默默无闻、枯燥乏味地度过一生。"夫子"二句将诗意扳回,切合诗题之赠人意,末二句在抒写怀抱的同时,再次关合赠人之旨,并用"岂将"二字造成强烈的反诘语气,使得诗人义无反顾之情志跃然纸上。

【集说】吴汝纶云:"起接超忽不平,一片奇气,其志意英迈,乃太白本色。"(高步瀛《唐宋诗举要》引)

开口慷慨,便能吞吐凡俗。盖用世之志,由夜及旦,思得同心者并驱建树,以扬芬千古,故既羞为章句宿儒,复不甘与耕隐同类。白自负固高,其赞何亦不浅也。(周珽《唐诗选脉会通评林》)

(尚永亮)

高 适

高适(704—765),字达夫,渤海蓚(今河北景县)人。早岁家贫,客游梁、宋,混迹渔樵之间,落魄失意,后举有道科,授封丘尉。几年后,入河西节度幕,为哥舒翰掌书记。安史乱起,拜左拾遗,迁谏议大夫,出为淮南节度使。历官蜀、彭二州刺史、西川节度使,终散骑常侍,封渤海县侯。高适为人务功名,尚节义,颇以安边自任。其诗雄健苍凉,气骨凛然。其边塞诗与岑参齐名,世称"高岑"。有《高常侍集》十卷。

登 陇[(1)]

陇头远行客,陇上分流水[(2)]。流水无尽期,行人未云已。浅才登一命,孤剑通万里[(3)]。岂不思故乡?从来感知己[(4)]。

【注释】(1)天宝十二载(753),高适离长安前去河西节度使治所凉州(今甘肃武威)上任,此诗当为途中登陇山有感而作。陇山在今陕西省陇县西北,时为去西北的必经之地。《秦州记》载:"陇山东西八十里,登山岭东

五言古诗

望,秦川四五百里,极目泯然,山东之人行役升此而顾瞻者,莫不悲思。"
(2)分流水:《三秦记》载,"陇山顶有泉,清水四注。" (3)命:官阶,一命为最低级的官。时高适将就任左饶卫兵曹、充翰府掌书记,在幕府中为仅次于判官的文职军官,此处为自谦之词。通:一作"适"。 (4)感知己:高适此行是受哥舒翰举荐才来任职的。哥舒翰喜文重义,颇得当时文人的好感,高适亦深感哥舒翰的知遇之恩。

【今译】登上陇山就要远行凉州,遥望秦川流水悠悠。陇水长流,没有尽期,行人似水,哪有止休。我才疏学浅,虽任一介小官,也敢去千里边关仗剑驰走。有情人岂能不眷恋故乡亲友?为报答知己我并无丝毫怨尤。

【点评】承乐府《陇头歌》之意,先写行人到此,有泪如倾之情,次以流水不尽喻行人世代不绝,颇有苍凉之气。后四句笔势一宕,明知远行情苦,却敢孤剑任侠而去,既有感知遇之恩的忠肝义胆,又有慷慨报国的壮志豪情。诗歌先抑后扬,句句写远行,处处蕴情义,可谓深婉有致,格调高远。

【集说】首叙陇头之事,而即以流水兴行人之不休,盖赋而兴也。(唐汝询《唐诗解》)

感知忘家,语简意足。(沈德潜《唐诗别裁》)

(李达武)

李 嶷

李嶷(nì),开元十五年进士,官左武卫录事。《全唐诗》存其诗六首。

少 年 行[1]

十八羽林郎[2],戎衣侍汉王。臂鹰金殿侧,挟弹玉舆傍。驰道春风起,陪游出建章[3]。

【注释】(1)少年行:乐府《杂曲歌辞》,本出于《结客少年场行》,多咏少年游侠重义轻生之事。李嶷有《少年行》三首,此为其一。 (2)羽林郎:官名,后汉置,掌宫中宿卫侍从。其出身多为游侠儿。 (3)建章:汉宫名,武帝时建,后泛称皇家宫阙。

【今译】年轻英俊的羽林郎,一身戎装真威风。金銮殿前擎苍鹰,天子驾旁挟弹弓。唥喇喇车马齐出发,皇家大道刮春风。陪着皇帝去打猎,风驰电掣出汉宫。

五言古诗

【点评】此诗落笔明快,气度俨然。首联直写羽林郎之少年得志,"臂鹰"二句,写整装待发。"臂鹰""挟弹"为静态之描摹,而接以方位词组"金殿侧""玉舆傍",使其静态之状愈著。"侧""傍"二字,更暗示其肃立侍卫之神态。又以堂皇之宫殿,华贵之车马为其背景,则羽林郎"臂鹰""挟弹"之威武形状,乃栩栩然一如浮雕之凸现。此二句拙而能巧,既可于肃穆中见其威严,亦与以下写出猎之动态二句相映衬。"驰道"二句,继上文而写出猎,却无一语为之过渡,忽然一笔宕开,但见驰道上春风起处,人马已绝尘而去。妙笔神来,略去多少枝节。全诗至此戛然而止,而其风驰电掣之景,犹自眩人耳目。

【集说】巍诗鲜净有规矩,其《少年行》三首,词虽不多,翩翩然侠气在目也。(殷璠《河岳英灵集》)

（王朝华　林继中）

唐诗观止

杜 甫

杜甫(712—770)，字子美，号少陵野老，一号杜陵野客、杜陵布衣，原籍襄阳(今湖北襄樊市)，出生于河南巩义。年轻时应进士举，不第，漫游齐、赵，后客居长安十年。安史乱中投奔唐肃宗，授左拾遗。收复长安后被贬为华州司功参军。不久弃官入蜀，定居成都浣花溪草堂。严武任西川节度使时，表为检校工部员外郎。严武死后携家出蜀，漂泊江南，病逝于江湘途中。杜甫成长于一个奉儒守官的家庭，具有强烈的济世热情，特别是安史之乱爆发后，他用诗笔真实地反映了时代的灾难、人民的疾苦及本人的不幸，被誉为"诗史"。他的作品感情深厚、沉郁悲壮，极富现实主义色彩，又被称为"诗圣"。其诗今存一千四百余首，有《杜少陵集》二十五卷。

望　岳⁽¹⁾

岱宗夫如何⁽²⁾，齐鲁青未了⁽³⁾。造化钟神秀⁽⁴⁾，阴阳割昏晓⁽⁵⁾。荡胸生层云⁽⁶⁾，决眦入归鸟⁽⁷⁾。会当凌绝顶，一览众山小⁽⁸⁾。

【注释】(1)此诗大约作于开元二十三年(735)。时杜甫初次应进士试,落第,漫游齐、赵(今山东、河南、河北一带)。诗人并未登泰山,只是近山而望,故题名"望岳"。　(2)岱宗:指泰山。因泰山为五岳之首,故尊之为宗。(3)齐鲁:古时泰山以北为齐国,泰山以南为鲁国。青未了:指泰山高大雄伟,青绿苍翠,在齐鲁之外都可望见其青苍之色。未了:未尽。　(4)造化:大自然。钟:聚集。神秀:神奇和秀美。　(5)阴:山北。阳:山南。割:划分。此句说泰山遮天盖日,致使山南山北明暗悬殊,像白天和黄昏一样。(6)荡胸:荡涤心胸。层云:山中层叠不断的云雾。　(7)决:裂开。眦:眼眶。此形容极力睁大眼睛。　(8)会当:应当。《孟子·尽心上》,"登泰山而小天下。"末二句本此。

【今译】泰山你到底有多么高大?将满山青绿向齐鲁大地伸延。聚集了大自然的神奇和秀美,山南山北判若晨昏一明一暗。望着山间那层叠缭绕的云雾,我心胸开阔意气昂然。目送那归向山林的飞鸟,我久久伫立怡然神远。啊!我一定要登上你的最高顶,饱览脚下那渺远无际的群山!

【点评】诗围绕"望"字,由远而近,由实而虚,层层推进,步步深化,用夸张手笔,从不同角度展示了泰山的磅礴气势。"钟神秀"见其秀美神奇;"割昏晓",见其高大峻伟;"生层云"而冠以"荡胸",直将人与景打成一片,既见云雾之横飘,复见诗人襟怀之阔大;"决眦"而缀以"入归鸟",将视野向远方伸展,境界极辽远,且着一"归"字,点出时间,盖由日而晚也。末二句抒发欲登上山顶饱览群山的心愿,表现了青年杜甫欲与泰山誓比高的博大胸怀,极富浪漫情调,将"望岳"之意推向高潮。

【集说】"齐鲁青未了""荡胸生层云""决眦入归鸟",皆望见岱岳之高大,揣摩想象而得之。故首用"夫如何",正想象光景,三字直管到"入归鸟",此诗中大开合也。"齐鲁青未了",语未必实,而用此状岳之高,真雄盖一世。"阴阳割昏晓",造语亦奇,此实语矣。"荡胸生层云",状襟怀之浩荡也。"决眦入归鸟",状眼界之宽阔也。(王嗣奭《杜臆》)

　　"一览"是忽之之辞,此是望后一种神情。(王尧衢《古唐诗合解》)

"齐鲁青未了"五字，已尽泰山。（沈德潜《唐诗别裁》）

四十字气势欲与岱岳争雄。次句写得高远意出，三四奇峭，所谓语不惊人死不休也。（《唐宋诗醇》）

诗用四层写意：首联远望之色，次联近望之势，三联细望之景，末联极望之情。上六实叙，下二虚摹。……少陵以前题咏泰山者，有谢灵运、李白之诗。谢诗八句，上半古秀，而下却平浅。李诗六章，中有佳句，而意多重复。此诗遒劲峭刻，可以俯视两家矣。（仇兆鳌《杜诗详注》）

（傅绍良）

奉赠韦左丞丈二十二韵⁽¹⁾

纨绔不饿死⁽²⁾，儒冠多误身⁽³⁾。丈人试静听⁽⁴⁾，贱子请具陈⁽⁵⁾。甫昔少年日，早充观国宾⁽⁶⁾。读书破万卷⁽⁷⁾，下笔如有神。赋料扬雄敌⁽⁸⁾，诗看子建亲⁽⁹⁾。李邕求识面⁽¹⁰⁾，王翰愿卜邻⁽¹¹⁾。自谓颇挺出⁽¹²⁾，立登要路津⁽¹³⁾。致君尧舜上⁽¹⁴⁾，再使风俗淳⁽¹⁵⁾。此意竟萧条⁽¹⁶⁾，行歌非隐沦⁽¹⁷⁾。骑驴十三载，旅食京华春⁽¹⁸⁾。朝扣富儿门，暮随肥马尘。残杯与冷炙，到处潜悲辛⁽¹⁹⁾。主上顷见徵⁽²⁰⁾，欻然欲求伸⁽²¹⁾。青冥却垂翅⁽²²⁾，蹭蹬无纵鳞⁽²³⁾。甚愧丈人厚，甚知丈人真。每于百僚上，猥诵佳句新⁽²⁴⁾。窃效贡公喜⁽²⁵⁾，难甘原宪贫⁽²⁶⁾。焉能心怏怏⁽²⁷⁾，祇是走踆踆⁽²⁸⁾。今欲东入海⁽²⁹⁾，即将西去秦。尚怜终南山，回首清渭滨。常拟报一饭⁽³⁰⁾，况怀辞大臣⁽³¹⁾。白鸥没浩荡⁽³²⁾，万里谁能驯。

【注释】(1)此诗约作于天宝七载(748)。天宝六载，唐玄宗诏天下有一艺者皆到长安应试，杜甫也应诏而至。而奸相李林甫却一个也不取，还反而上奏唐玄宗，称野无遗贤。杜甫旅居长安多年，功名无着，非常忧愤，便作此诗以言志。韦左丞：韦济，天宝年间官至尚书左丞。丈：对韦氏的尊称。

37

五言古诗

唐

(2)纨绔:本意是用丝绸做成的裤子,因贵族子弟多穿此服,故后来泛指富贵人家的子弟。 (3)儒冠:儒生戴的帽子,后泛指儒生,此自指。误身:耽误出身,不能获得施展才学的机会。 (4)丈人:对长者的尊称,此指韦左丞。(5)贱子:作者谦称。具陈:详细陈述。 (6)充:充当。观国宾:观看国朝盛况的宾客。此指作者开元二十三年(736)由乡贡参加进士考试之事。 (7)破:耗费,此指通读。 (8)扬雄:西汉大赋家。敌:匹敌。 (9)子建:曹植的字,三国魏著名诗人。亲:亲近。 (10)李邕:盛唐文人。他喜招天下文士,门客甚多。为当时文坛领袖。 (11)王翰:盛唐著名诗人。 (12)挺出:特出,出众。 (13)津:渡口。要路津:此比喻显要的职位。 (14)尧舜:古代理想君王的象征。此句说诗人想尽心辅助皇帝,使他像尧舜一样圣明。 (15)风俗:社会风气。淳:淳厚质朴。 (16)萧条:指自己的志愿无法实现。 (17)行歌:边走边唱,古时隐士多如此。隐沦:隐逸之士。(18)旅食:寄居。京华:京师,指长安。 (19)潜:藏。 (20)顷:不久前。见徵:指天宝六载唐玄宗下诏征召天下贤才之事。 (21)歘(xū)然:忽然。求伸:企图实现自己的志愿。 (22)青冥:青云,青天。 (23)蹭蹬(cèng dèng):遭受挫折。无纵鳞:没有跃起的鱼。纵鳞:跃起的鱼,形容得意。传说鲤鱼跃过龙门则为龙。这两句以鸟和鱼的困窘比喻自己应试的失意。(24)猥:自谦辞,承蒙的意思。此句说韦左丞经常在百官中吟诵杜甫的诗歌,以图推荐他。 (25)贡公:汉代贡禹,他与王吉友善,志趣相投,时有"王阳登则贡公喜"之说。此以王吉比韦左丞,以贡禹自比。 (26)原宪:孔子的学生,十分贫穷,但安贫乐道。此句说自己难以像原宪那样以贫为乐。(27)怏怏:愤愤不平。 (28)踆踆(qūn):行步迟重的样子。 (29)东入海:《论语·公冶长》,"道不行,乘桴浮于海。"此指避世隐居。 (30)报一饭:报恩。《史记·范雎传》,"一饭之恩必偿。" (31)大臣:指韦左丞。(32)白鸥:作者自比。没:出没,形容自在行动。浩荡:指烟波浩渺的大海。

【今译】富家子弟游手好闲,偏偏不会饿死。读书人倒耽误了前程,饱受煎熬。大人您请静静地听着,让我把心中的苦楚细道。年轻时我就有幸观赏国朝的繁华,雄心勃勃进京应考。我熟读了万卷诗书,下笔时才思泉涌似有神助。我的赋能与扬雄匹敌,诗歌又与曹植同好。好贤的李邕想同我结识，多才的王翰择邻相邀。我自以为才华出众，可以一举得官，地位显要。辅佐君王，让他圣明如舜尧，感化天下，使之淳厚行古道。谁料竟名落孙山，壮志萧条。我只能漫步歌吟，又不愿隐遁渔樵。十三年来我骑驴奔走，旅居寄食的滋味难向人道。早晨去叩富人家的朱门大户，黄昏跟着富人的车尘奔跑。一杯杯残酒，一碗碗冷饭，处处都潜藏着酸辛潦倒。不久前圣上下旨征贤才，我满怀希望欣然应召。岂知青云之上鸟折双翅，失势之鱼，龙门难跳。我愧对大人的厚恩，您的真情我也早已知晓。您曾多次在百官之中，称道新写的诗作。我也曾暗自思忖——有您这样的知己，我何愁出头无期？又怎能像原宪那样贫穷难保？如今我不怨恨命运的不平，不想在这杂乱人世中束手束脚，我要东归大海，驾轻舟随长风拥抱波涛。在即将离开长安时，我仍舍不得那壮丽的终南山，清绿的渭水令人频频回眺。一饭之恩我时时难忘，大人，您对我恩重如山，我怎能回报？我此次东去，定要像那洁白的海鸥，在浩渺无际的烟波中，翻飞万里自在游翱！

【点评】这是一篇"不平则鸣"之作。诗人将十几年来的压抑和悲慨化为一行行曲折深厚的诗句，向黑暗的现实宣泄了心中的不满。全诗采用对比的手法，先借"纨绔"二句浓缩了当时不平等的社会现实，然后用大量篇幅叙述诗人的才能和抱负。接着，又转写他在社会中处处碰壁、壮志难酬、生活无着的不幸遭遇，揭示了自己悲苦失意的真正根源。同时，还通过坎坷多艰的生活，凸现了他人生态度的转变：初入长安时，欲"致君尧舜上，再使风俗淳"；几经挫折，萌发了"东入海"的思想；当现实把他逼得无路可走时，他终于发出了"白鸥没浩荡，万里谁能驯"的呼喊，唱出了自己与现实抗争的豪情。全诗从自我与现实的矛盾中突出了强烈的个性精神，塑造了一个深沉、执着，善于忍受但又不甘屈服的主人公形象。

【集说】此篇非排律，亦非古风，直抒胸臆，如写尺牍；而纵横转折，感愤悲壮，缠绵踌躇，曲尽其妙。……宋敏求因鸥不解"没"而改为"波"，真稚子之见。盖烟波浩荡，着一白鸥，谁能见之？故知"没"字之妙。（王嗣奭《杜臆》）

此篇起语兀傲，"甚愧丈人厚"二句叠语归题，别有风神。一结旷达，收

39

五言古诗
唐

转前半，意在言外，所谓"篇中接混茫"也，故前人多取为压卷。总而论之，"读书破万卷，下笔如有神"，学问之根柢也；"致君尧舜上，再使风俗醇"，志愿之端倪也；"尚怜终南山，回首清渭滨"，见恋阙之诚；"白鸥没浩荡，万里谁能驯"，明洁身之义。磊落数语，本末具见，岂寻常赠答、汗漫敷陈者所可比哉！（《唐宋诗醇》）

诗有一篇命意，有句中命意。如老杜上韦见素诗，布置如此，是一篇命意也。至其道迟迟不忍决去之意，则曰"尚怜终南山，回首清渭滨"；其道欲与韦别之意，则曰"常拟报一饭，况怀辞大臣"；此句中命意也。盖如此，然后可谓顿挫高雅矣。（范温《潜溪诗眼》）

董养性曰："篇中皆陈情告诉之语，而无干望请谒之私，词气磊落，傲睨宇宙，可见公虽困踬之中，英锋俊彩，未尝少挫也。"（《杜诗详注》引）

起四句，愤激而有古趣。既以自提，兼提韦丈，开手老到。"甫昔"一段叙壮心也。志大言大，尤妙在"自谓"四句，横空盘郁。"此意"一段，慨失职也。而前八泛述，后四人事，关目清晰。"甚愧"至末，乃赠韦本旨，接法古朴而陡健。（"怏怏""踆踆"，心口问答，进退徘徊之状。朱注云："有去国之思，犹未忍决去，以眷眷大臣也。然去志终不可回，当如白鸥之远。意最委折，而语非乞怜。应与昌黎《上宰相书》同读。"愚按一结高绝，昌黎不及。）（浦起龙《读杜心解》）

（傅绍良）

无　家　别⁽¹⁾

　　寂寞天宝后⁽²⁾，园庐但蒿藜。我里百余家⁽³⁾，世乱各东西。存者无消息，死者为尘泥。贱子因阵败⁽⁴⁾，归来寻旧蹊。久行见空巷，日瘦气惨凄⁽⁵⁾。但对狐与狸，竖毛怒我啼。四邻何所有，一二老寡妻。宿鸟恋本枝⁽⁶⁾，安辞且穷栖。方春独荷锄，日暮还灌畦。县吏知我至，召令习鼓鞞⁽⁷⁾。虽从本州役⁽⁸⁾，内顾无所携。近行止一身⁽⁹⁾，远去终转迷。家乡既荡尽，远近理亦齐。永痛长病母，五年委沟溪⁽¹⁰⁾。生我不得力，终身两酸嘶⁽¹¹⁾。人生无家别，何以

为烝黎⁽¹²⁾？

【注释】(1)这首诗作于乾元二年(759)春夏之交。 (2)天宝：唐玄宗从742—756年所用的年号。这里写的是天宝十四年安史之乱发生以后的事情。 (3)里：唐代的行政建置，以百户为里，五里为乡。每里设置里正一人。 (4)贱子："我"的谦称。 (5)日瘦：日光黯淡。 (6)宿鸟：常栖息于一个地方的鸟。 (7)鞞(pí)：军中用的小鼓。习鼓鞞：意指熟悉、掌握作战方法。 (8)从：参加，从事。 (9)止：同"只"。 (10)委沟谿：死的委婉说法。 (11)酸嘶：哀叹，悲鸣。 (12)烝黎：老百姓。烝：众。

【今译】天宝末年国势衰落，苦难笼罩全国大地。昔日美好的田园村庄，如今遍地蒿草蒺藜。我的家乡百余户人家，为避乱世各奔东西。活着的人难通消息，死去的永远化作尘泥。当唐军打了败仗以后，我逃出来寻旧居。久久地在空巷中徘徊，日色昏暗一片惨凄。只有怒目而视的狐狸，张牙舞爪向我怒啼。想看看四邻都还有谁，只见到几个老弱寡妻。投宿的鸟儿都知道依恋旧巢，我怎能嫌家乡穷困？还是暂且在这里栖息。正是播种的春季，我独自扛锄下地，日落还在灌园整畦。县吏得知我逃了回来，派人传我去操练演习。虽然是在本州服役，家中已无可带的东西。近处服役孑然一身，远去就更叫人迷离。既然家乡一无所有，远近都是一个道理。只可怜我那多病老母，五年前就暴尸沟溪。生下我这没用的儿子，留下终生的遗恨悲凄。人生啊，人生！离去的时候竟无家可别，真不知道老百姓该怎么生活下去？

【点评】这首诗是组诗"三吏""三别"的最后一首。诗以"阵败"归来的"贱子"（我）为叙事主人公，以他归来所见和重新被征入伍时所感，描述了安史之乱时期民不聊生的艰难处境。"寂寞天宝后"八句，以追叙起笔，总写遭逢天宝末年世乱后，田园荒芜，村落凄凉之景象，亦点出"无家"之因乃在"世乱"。景情并至。"久行见空巷"六句，叙说故里荒凉之状。"久行""空巷""寡妻""怒""狐""日瘦气惨凄"，写满目凄凉之景。"宿鸟恋本枝"四句，以"宿鸟"为喻，叙说暂栖故里，荷锄灌畦，聊以为生。寂寞、孤独之情溢于言表。"县吏知我至"以下至末尾，叙说无家可别之痛苦。层层转折，悲痛欲

41

五言古诗

绝。"虽从"句,自幸;"内顾"句,自伤;"近行"句,因无家而伤感;"远去"句,更觉前途之迷茫;"家乡"句,无依无靠;"远近"句,绝望至极。直可感天地,泣鬼神!"永痛"四句,叙说母亡、家破之终生遗恨。末二句,呼天抢地,民不聊生之惨痛,跃然纸上。

【集说】在昔先王中兴,劳来还定安集之,而鸿雁之民获安其居。今肃宗中兴,使民无家,而至于生无以养,死无以葬。其视周宣之民,不亦厚颜也哉!观甫诗,时政之美恶,皆可得而知也。(何汶《竹庄诗话》引《师氏诗说》)

(上数章诗)非亲见不能作,他人虽亲见亦不能作。公以事至东都,目击成诗,若有神使之,遂下千秋之泪。(王嗣奭《杜臆》)

"三别"皆一直下,唯此尤为平净。(王夫之《唐诗评选》)

《无家别》,亦行者之词也。通首只是一片。起八句,追叙无家之由。"久行"六句,合里无家之景。"宿鸟"以下,始入自己,反踢"别"字。言既归来,虽无家,且理生业耳。"县吏"四句,引题。"近行"八句,本身无家之情。其前四极曲,言远去固艰于近行,然总是无家,亦不论远近矣。翻近一层作意。旧未得解。末二,以点作结。"何以为蒸黎",可作六篇总结。(浦起龙《读杜心解》)

自六朝以来;乐府题率多摹拟剽窃,陈陈相因,最为可厌。子美出而独就当时所感触,上悯国难,下痛民穷,随意立题,尽脱去前人窠臼,《苕华》《草黄》之哀,不是过也。乐天《新乐府》《秦中吟》等篇,亦自此出,而语稍平易,不及杜之沉警独绝矣。(杨伦《杜诗镜铨》)

(杨恩成)

赠卫八处士⁽¹⁾

人生不相见,动如参与商⁽²⁾。今夕复何夕,共此灯烛光。少壮能几时,鬓发各已苍。访旧半为鬼,惊呼热中肠。焉知二十载,重上君子堂。昔别君未婚,儿女忽成行。怡然敬父执⁽³⁾,问我来何方。问答未及已,驱儿罗酒浆。夜雨剪春韭，新炊间黄粱⁽⁴⁾。主称会面难，一举累十觞⁽⁵⁾。
十觞亦不醉，感子故意长⁽⁶⁾。明日隔山岳⁽⁷⁾，世事两茫茫。

【注释】(1)黄鹤认为这首诗"恐是乾元二年(759)春在华州时"作。卫八：其人名字不详。　(2)参(shēn)与商：星名。二星此出则彼没，两不相见。　(3)父执：父亲的朋友。　(4)间黄粱：掺和着黄粱。　(5)累：接连。(6)故意：老友的情谊。　(7)山岳：西岳华山。据此，卫八处士可能住在华州与洛阳之间的某个地方。

【今译】人生会面真叫难，就像参星和商星，彼此不能见面。今晚不知是什么好日子，我们在灯下畅谈。人生少壮太短暂，你我都已华发苍颜。询问昔日的老友，许多人早在地下长眠，真令人肝肠寸断。想不到二十年后，我又来到你的堂前。从前我们分手时，你还没结婚，如今儿女竟排成一串！知道我是你的老朋友，他们高兴地问长问短。话儿还没有说够，你又让儿女摆上杯盘。昨夜一场春雨，韭菜又嫩又鲜，还有香喷喷的黄粱饭。你说我们会面太难，一举杯应该杯杯相连。杯杯相连我也没有醉，感谢你情深意远。明天我们分手以后，又是重山阻隔，世事茫茫，何日重见？

【点评】此诗乃诗人与卫八处士久别重逢而作。"人生"二句，慨叹会面之难；"今夕"二句，写相逢之惊喜；"少壮"四句，叹息岁月流逝，故友半已湮没；"焉知"二句，一转，归到今日重逢，大有劫后余生，不胜其慨之深蕴。"昔别"四句，今昔合写，往复跳荡，于前"惊呼"之后，此处又专就卫八处士儿女"成行"、温敬知礼落笔，亦是人生一大慰藉。此数句，似乎淡淡叙出，却见出诗人至情至性。"问答"以下，写与卫八处士饮酒叙旧，末二句，又流露出惜别之心，回应首二句，亦复慨叹山岳阻隔，会期难再。全诗以叙为主，而又处处关情。

【集说】每当近情处，即抗引作浑然语，不使泛滥。熟吟"青青河畔草"，当知此作之雅。杜赠送五言，能有节者，唯此一律。（王夫之《唐诗评选》）
前曰"人生"，后曰"世事"；前曰"如参商"，后曰"隔山岳"，总见人生聚

五言古诗

散不常,别易会难耳。(仇兆鳌《杜诗详注》引周甸语)

张上老曰:"全诗无句不关人情之至,情景逼真,兼极顿挫之妙。"(杨伦《杜诗镜铨》引)

古趣盎然,少陵别调。一路皆属叙事,情真、景真,莫乙其处。只起四句是总提,结两句是去路。(浦起龙《读杜心解》)

读此诗令人忽怀故知。(王尧衢《古唐诗合解》)

(杨恩成)

唐诗观止

44

元　结

元结(719—772),字次山,号漫郎、聱叟,曾避难入猗玗洞,又号猗玗子,河南信阳(今河南鲁山)人。早年曾经历过"耕艺山田""与丐者为友"的生活。天宝十二年(753)进士及第。安史乱起,充山南东道节度参谋,颇立战功。代宗时,任通州刺史,官终容道经略使,政绩斐然。性刚直憨朴,诗风如其人,五古朴质真挚,不剪不伐,多同情民生疾苦之作。有《元次山集》十卷。

去　乡　悲⁽¹⁾

蹢躅古塞关⁽²⁾,悲歌为谁长。日行见孤老⁽³⁾,羸弱相提将⁽⁴⁾。闻其呼怨声,闻声问其方。方言无患苦,岂弃父母乡。非不见其心,仁惠诚所望⁽⁵⁾。念之何可说,独立为凄伤。

【注释】(1)天宝十载(751),元结作《系乐府十二首》,以"上感于上,下化于下"。《去乡悲》是其中一首,写人民离乡背井的逃难生活。　(2)蹢躅:徘徊不前。　(3)孤老:孤儿老人,指逃难人群。　(4)羸弱:指患疾和年幼

五言古诗

唐

者。相提将:扶老携幼。 (5)仁惠:指仁政。诚:的确,真是。

【今译】徘徊在关塞古道上,为谁悲歌一曲长? 每日但见孤儿与老父,老弱蹒跚相扶帮。听他呼和叹,问他来何方? 答我声悲怆:"若不是苦难深,谁会弃家乡!"父老之心谁不见! 所望仁政如雨降。独立复何言,心中满悲伤。

【点评】此诗虽是乐府诗,但并不写实。孤幼老弱流落关外的苦状只以"患苦""不得仁惠"来概括,而不展开。这与后来的新乐府诗有很大不同。后者重在客体对象,叙事性强,此诗则主要是诗人主观感受的抒发。开篇一问,怵目惊心,倍使逃难事件引人注目。中间孤老以反问代答,更见人民对统治者由希望、失望到绝望的心情,最后二句写自己没有什么可说的,显示出无可奈何的心情。同时,把诗人"尝欲济时难"的孤独感和无奈感展示无余。诗极平易但情韵极浓,唯感伤多于愤慨。

【集说】虽已毕达所言,而含者自弘。次山诗唯此不愧《风》《雅》。(王夫之《唐诗评选》)

次山诗令人想见立意较然,不欺其志。其疾官邸、轻爵禄,意皆起于恻怛为民,不独《舂陵行》及《贼退示官吏》,足使杜陵感喟也。(刘熙载《艺概·诗概》)

(蔡阿聪 林继中)

贼退示官吏[1]并序

癸卯岁,西原贼入道州,焚烧杀掠,几尽而去。明年,贼又攻永破邵,不犯此州边鄙而退。岂力能制敌欤? 盖蒙其伤怜而已。诸使何为忍苦征敛,故作诗一篇以示官吏。

昔岁逢太平,山林二十年。泉源在庭户,洞壑当门前。井税有常期[2],日晏犹得眠。忽然遭世变,数岁亲戎旃[3]。今来典斯郡[4],山夷又纷然[5]。城小贼不屠,人贫伤可怜。是以陷邻境,此州独见全。使臣将王命,岂不如贼焉。今彼征敛者,迫之如火煎。谁能绝人命,以作时世贤!思欲委符节(6),引竿自刺船(7)。将家就鱼麦,归老江湖边。

【注释】(1)唐代宗广德元年(763)十二月,广西境内少数民族发动起义,曾攻占道州一月余。次年五月,元结任道州刺史,七月,起义军又攻破邻近的永州(今湖南永州市)、邵州(今湖南邵阳市),没有再攻道州。诗人以义军因怜道州人民而不犯道州,来告诫朝廷使臣,希望他们不要如此横征暴敛,不顾人民死活,否则,就不如"蛮贼"了。 (2)井税:"井田制"赋役法。据说古代将九百亩地分为九区,每区一百亩,中为公田,其余为八家私田,八家共耕公田,因此形为井,后世习称赋税为井税,此指唐时按户口征收的租、庸、调。 (3)遭世变:指遇到安史之乱的社会变故。戎旃:军帐。亲戎旃,即参加军事活动。 (4)典斯郡:管理此州。此指诗人广德二年五月任道州刺史。 (5)山夷:山区的少数民族。 (6)符节:古代官、将受任的凭证。委符节,即弃官。 (7)刺船:用篙竿撑船。

【今译】当年我生活在太平年间,隐居山林悠游二十来年。泉水清清缭绕深深庭院,洞壑幽幽遥对静静门前。赋税征收每年固定不变,安居乐业终日无忧无患。好景不长,忽发安史之乱,参军从戎几年奔赴国难。战乱平定担任道州郡官,山乡夷民纷纷起兵造反。城小物乏贼兵无意洗劫,百姓穷困蛮夷恻隐愍怜。附近郡县全被乱军攻陷,唯有道州城池丝毫不犯。使臣尊奉王命来到道州,难道还比不上盗贼慈善。他们凶神恶煞横征暴敛,催租逼债如同火燎油煎。谁能忍心断绝百姓生路,搜刮民脂换取贤能显官。真心希望解除官职羁绊,撑起竹篙漂流一叶小船。举家迁居鱼米丰饶之地,归老江湖不为苛政慨叹。

【点评】起写昔,次讽今,过往太平风华与当前民不聊生对照,由此引出告诫官吏、揭露腐败弊政的目的。末尾表明心迹,天下无道则隐,宁愿弃官,也不残民邀宠,汲汲于富贵。诗歌缘事而发,指陈时事,无论叙事抒情,都直抒胸臆,体现出对汉乐府质朴简古、平直切正诗风的继承与发展。

五言古诗

唐

【集说】余谓漫叟所以能然者，先民后己，轻官爵，重人命故也。（黄彻《䂬溪诗话》）

杜子美褒称元结《舂陵行》兼《贼退后示官吏》二诗云："两章对秋水，一字偕华星。致君唐虞际，淳朴忆大庭。"又云："今盗贼未息，得结辈数十公，落落然参错为天下邦伯，天下少安，可立待巳。"（葛立方《韵语阳秋》）

仁人之言，溽渶悱恻。读之貌悴而神伤矣。（黄周星《唐诗快》）

愤语以谐出之。

痛自切责，不嫌直遂。

次山诗自写胸次，不欲规模古人，而奇响逸趣，在唐人中另辟门径。（沈德潜《唐诗别裁》）

（李达武）

韦 应 物

韦应物(737—791),京兆万年(今陕西西安)人。少任侠,曾以三卫郎事玄宗,后折节读书,历任滁州、江州、苏州刺史,世称韦苏州。韦诗以写山水田园著名,其五言诗"高雅闲澹,自成一家之体"(白居易《与元九书》)。有《韦苏州集》十卷。

幽　居[1]

贵贱虽异等,出门皆有营。独无外物牵,遂此幽居情。微雨夜来过,不知春草生。青山忽已曙,鸟雀绕舍鸣。时与道人偶[2],或随樵者行。自当安蹇劣[3],谁谓薄世荣[4]。

【注释】(1)此诗当作于诗人辞官闲居时。　(2)偶:为伴。　(3)蹇劣:拙笨愚劣。　(4)薄世荣:《魏志·王粲传》裴注引《先贤行状》曰,"(徐)干轻官忽禄,不耽世荣。"此言自己并非有意鄙薄荣华富贵,而是甘心于淡泊闲静的生活而已。

五言古诗

【今译】世人虽有贵与贱的分别，但出门都在奔忙和经营。我偏偏不愿受外物牵制，实现了独自闲居的衷情。夜里洒下点点细柔春雨，不知不觉春草已经萌生。转眼间天放晴，山峦翠绿，屋舍旁鸟雀又欢畅啼鸣。有时我与道人结伴漫游，有时又随山中樵夫同行。拙笨人对生活没有奢求，并非我鄙薄那富贵显荣。

【点评】起四句世态与自我情志双写，"独无"二字，将自己与世人判然分开，"遂此幽居情"见出对此"幽居"生活向往已久，而今终于实现，真是满身满心的畅快。中六句写幽居之景和日常生活，轻松自如，自然然，无丝毫着力经营处，纯是一幅春来闲适图景，较之谢康乐"池塘生春草，园柳变鸣禽"之景致，王摩诘"行到水穷处，坐看云起时"之行事，更饶野趣和生趣。末二句自明心迹，言并非有意鄙薄世荣，一切顺其自然，心安理得而已。全诗如与友人叙家常、谈事理，娓娓道来，自有一种高远淡雅之趣，非力求此境者所能及。

【集说】苏州诗独立衰乱之中，所短者时伤刻促。此作清，不刻直不促，必不与韩、柳、元、白、孟、贾诸家共川而浴。中唐以降，作五言者唯此公知耻。（王夫之《唐诗评选》）

每过阊阖门时，诵首二句，为之哑然。（沈德潜《唐诗别裁》）

韦诗如"微雨夜来过，不知春草生"……有合于刘须溪所谓"诵一二语，高处有山泉极品之味"也。（余成教《石园诗话》）

（尚永亮）

初发扬子寄元大校书[1]

悽悽惨去亲爱，泛泛入烟雾。归棹洛阳人[2]，残钟广陵树[3]。今朝此为别，何处还相遇。世事波上舟，沿洄安得住[4]。

【注释】(1)此诗作于诗人离开扬州回归洛阳途中。扬子,即扬子津,在长江北岸,近瓜州。元大,姓元,排行老大,事迹不详。校书,即校书郎,掌校勘书籍。 (2)棹:船桨。归棹,犹言归舟。 (3)广陵:今扬州。 (4)洄:逆流。沿洄:指处境的顺与逆。

【今译】悲伤离别扬州至爱亲朋,泛舟驶入长江茫茫烟雾。伫立船头此身将归洛阳,残钟隐隐魂系广陵碧树。今朝无奈在此依依惜别,人生何处觅得重逢路途。世事难料犹如舟行水路,顺逆行止岂能随心自处。

【点评】"凄凄""泛泛"以叠字领起,深谙古诗之旨,活脱出行人无限留恋却又人在江湖、身不由己的内心苦闷。"归棹"二句为传诵名句,将人物置于残钟凄寂、烟柳断肠的背景之中,外来的声响颜色与内在的心曲隐隐交汇。"归""残"似断犹续,一切都是瞬息,一切都将因"归"而过去,保留心壁永不褪色的却是这美好的熟悉。"今朝"以下四句即景生情,以舟行不定喻世事难料,寓抽象于形象,开解之余仍有几缕怨悱。平淡浅显的文字,诚恳平和的意趣,体现出韦苏州五言古诗淡而有味的风格。

【集说】写离情不可过于凄婉。含蓄不尽,愈见情深,此种可以为法。(沈德潜《唐诗别裁》)

今朝之别,似此钟声,他日之期,相遇无定。正以世事纷纷,有如波上之舟,或顺流或回旋,安得有一定之处。(王尧衢《古唐诗合解》)

(李达武)

出 还[(1)]

昔出喜还家,今还独伤意。入室掩无光,衔哀写虚位。
悽悽动幽幔,寂寂惊寒吹。幼女复何知,时来庭下戏。咨
嗟日复老,错莫身如寄[(2)]。家人劝我餐,对案空垂涕。

五言古诗

【注释】（1）此为作者悼念亡妻之作。　（2）错莫：犹杂扰。

【今译】以前出门总是高高兴兴还家，今日归来胸中却生无限悲凄！屋里显得那样幽暗荒凉，满怀哀痛来把我的爱妻奠祭。凄凄凉风吹动着灵前的帐幔，围绕我的是无尽的寂寞空虚。天真幼稚的女儿又知道什么，不时地来到院子里玩耍嬉戏。可叹我一天比一天衰老，浑浑噩噩就好像在人世寄居。家人虽劝我多餐要保重身体，可我难禁哀伤对案空自垂涕。

【点评】韦应物在妻亡之后，曾陆续写了不少悼亡作品，朴素平实，真切感人。此诗抓取细节，通过"还家"之一悲一喜的今昔对比，具体细致地展示了妻子亡故给诗人带来的巨大的心理刺激。室内的陈设、黯淡幽冷的气氛以及幼女的无知，无不勾起诗人对亡人的忆念和自我的感伤。这是一种既悲人又悲己的双重悲哀，双重悲哀汇集一途，凝聚于"对案空垂涕"的举动中，愈发加重了情感的深度，读后觉有无尽悲伤迎面袭来，砭人肌骨。

【集说】因幼女之戏，而己之哀倍深。比安仁《悼亡》较真。（沈德潜《唐诗别裁》）

（尚永亮）

孟　郊

孟郊(751—814),字东野,被张籍私谥贞曜先生。湖州武康(今浙江德清)人。46岁进士登科,50岁授溧阳尉。一生潦倒失意,贫病穷寒,但秉性孤直,不趋炎附势,深得朋友推重。其诗歌创作,在主张"下笔证兴亡,陈词备风骨"的同时,追求"入深得奇趣""逃俗无踪蹊"的奇异之美,艺术风格也明显表现为明白淡素和雕刻奇险两方面,但以瘦硬、苦吟闻名诗坛,诗名与韩愈、贾岛并称。有《孟东野诗集》。

游　子　吟⁽¹⁾

　　慈母手中线,游子身上衣。临行密密缝,意恐迟迟归⁽²⁾。谁言寸草心⁽³⁾,报得三春晖⁽⁴⁾。

【注释】(1)此诗作于贞元十六年(800),题下自注,"迎母溧上作",据《贞曜先生墓志铭》,孟郊任溧阳尉时,曾迎母于任所。游子:古代称远游旅居的人。吟:诗体名称。　(2)三、四两句隐藏着一种民间风俗:家里有人出远门,母亲或妻子为出门人做衣服,必须做得针脚细密,否则出门人的归期

五言古诗

就会延迟。吴越乡间，老辈人至今还知道这种习俗。意恐：担心。　（3）寸草：小草，比喻微小，此指游子报母的孝心。　（4）三春晖：春天三个月的阳光，比喻慈母抚育之恩。

【今译】慈母手中的线，游子身上的衣。每当孩儿出门远行，母亲总用长长的线，给他把衣服细细密密地缝。只怕针脚少一个，会拖延耽误了他的归程。啊，游子的心，寸草般微小的孝敬，母亲的心，三春阳光似的恩情，谁说能够报答，天地间无私的赋予和至诚！

【点评】开篇入笔擒题，将两个独立的词联系起来，表现世界上最纯洁、真挚、神圣的感情。线，密密实实缝在游子衣上，隐藏着母亲不忍割舍的苦痛，寄托着母亲一片深笃的牵挂之心；衣，穿在游子身上，陪伴游子走遍天涯，时时温暖着游子孤寂飘零的心，无论是线还是衣，都渗透着母亲的慈爱。结句用极悬殊的比喻作对比，有力地深化了诗的意蕴，写出了"人人意中所有，人人笔下所无"的伟大母爱，唤醒普天下的儿女，引起世世代代的共鸣。

【集说】孟郊如《游子吟》等篇，精确宛转，人不可及也。（曾季狸《艇斋诗话》）

钟伯敬曰："仁孝之言，自然风雅。"（王尧衢《古唐诗合解》引）

孟东野最为高深，如"慈母手中线……"真是六经鼓吹，当与退之《拘幽操》同为全唐第一。（贺裳《载酒园诗话又编》）

即"欲报之德，昊天罔极"意，与昌黎之"臣罪当诛，天王圣明"，同有千古。（沈德潜《唐诗别裁》）

首二句双起单落，侧重游子，谓须知慈母手中线，即游子身上之衣。其临行时所以密密缝者，深恐迟迟归来，不免有缝绽衣穿之苦。嗟乎！母恩如此，子意何如？譬如阳春化日，草木迎晖，浩荡之恩，如天无极，彼寸草蓬心，如何报得？读至此，欲令普天下游子，同声一哭也。（王文濡《历代诗评注读本》）

（杨晓霭）

游终南山⁽¹⁾

　　南山塞天地,日月石上生。高峰夜留景⁽²⁾,深谷昼未明。山中人自正⁽³⁾,路险心亦平。长风驱松柏,声拂万壑清。即此悔读书,朝朝近浮名⁽⁴⁾。

　　【注释】(1)此诗作于贞元七年(791)孟郊应试长安时。终南山:也称南山,在今陕西西安市南,属秦岭山脉。　(2)景:同影,日光。作者自注曰,"太白峰西,黄昏后见余日。"　(3)中:与"正"同义,指不偏不斜。　(4)浮名:空虚不实的声名。

　　【今译】巍峨耸立,南山塞满四方,太阳月亮,好似升起在山石上。夜幕降临,高峰上仍映着夕阳的余光,白昼晴亮,深谷里还是幽暗苍茫。南山位中,人也正正堂堂,踏着险路,心自平静坦荡。山风起了,松涛震响在万壑千岗,霎时间,登山的我浑身清爽。啊! 如此美好的光景不得久享,悔不该为了浮名,夜夜读书,朝朝奔忙。

　　【点评】王维写《终南山》:远望——进山——登高——下山,行踪明晰可辨,移步换景,情随景出,浑然天成;而孟郊这首《游终南山》,却没有这样的逻辑,完全是"物象由我裁"。天地、日月、夜景、昼晦,这些在同地同时互不相容的意象,被并置于一句诗中,又加入坚挺有力的硬语。"天地"前用"塞"、"日月"后写"石上生",风是"长"的,在"驱"松柏,而声却能"拂"万壑。由长风驱松柏,万壑声起,错综排列成"声拂万壑清",构成通感意象。这些超常的意象并置、词语错综,给了读者新鲜的刺激,唤起奇异的美感享受。在章法上,前四句极力描摹山的高深,五六句忽然议论,继而又写山中闻见,以抒情为收束。这种结构,造成诗意的断裂、跳跃,激发起读者强烈的参与和补充欲望,增强了诗的启发性。

　　【集说】能以一二句隐括一山。(洪亮吉《北江诗话》)

55

五言古诗

盘空出险语。《出峡》诗有"上天下天水，出地入地舟"句，同一奇险。（沈德潜《唐诗别裁》）

每读东野诗，至"南山塞天地，日月石上生。山中人自正，路险心亦平。"……顿觉心境空阔，万缘退听，岂可以寒俭目之？（潘德舆《养一斋诗话》）

（杨晓霭）

白 居 易

白居易(772—846),字乐天,晚号香山居士,下邽(陕西渭南)人。唐德宗贞元十六年(800)登进士第,曾任翰林学士、左拾遗等职。因上书言事获罪,被贬为江州司马。后又去杭州、苏州等地任刺史。晚年以刑部尚书致仕。他是唐代大诗人之一,领导了新乐府运动。其诗具有鲜明的政治倾向,富有情味,语言通俗自然。有《白氏长庆集》。

买 花⁽¹⁾

帝城春欲暮⁽²⁾,喧喧车马度。共道牡丹时,相随买花去⁽³⁾。贵贱无常价,酬直看花数。灼灼百朵红,戋戋五束素⁽⁴⁾。上张幄幕庇,旁织笆篱护。水洒复泥封,移来色如故。家家习为俗,人人迷不悟!有一田舍翁,偶来买花处。低头独长叹,此叹无人谕⁽⁵⁾。一丛深色花,十户中人赋!

【注释】(1)这是《秦中吟》的第十首。《才调集》题作《牡丹》。 (2)帝

城:都城,指长安。 (3)唐代春季赏牡丹的情形,史籍多有记述。唐李肇《国史补》卷中:"京城贵游尚牡丹三十余年矣。每春暮,车马若狂,以不耽玩为耻。……一本有直数万者。"《南部新书》,"长安三月十五日,两街看牡丹,奔走车马。"都可作为这段诗的注解。 (4)素:精细洁白的绢。束:五匹。戋(jiān)戋:形容五束绢堆积一处的样子,用《易经·贲卦》"束素戋戋"语意,不作"浅小""微薄"讲。百朵红花的代价是二十五匹绢,真不算便宜。柳浑诗:"近来无奈牡丹何,数十千钱买一窠。"长安权贵们的奢侈生活是很惊人的。 (5)谕:理解。

【今译】京城的春季将要过去,大街小巷奔驰着车马,都说是牡丹盛开的时节,争先恐后地赶去买花。贵贱没有固定的价格,还要看花朵的数目,鲜艳的红花百朵,精致的白绢五束。上面张起帐幕遮盖,旁边编了篱笆保护,用泥封了又用水浇,移植过来颜色如故。每一家都习以为常,每个人都执迷不悟!有一个种田的老汉,偶然来到买花的地方。低下头深深地叹息,谁理解他为什么感伤,一丛红色的花儿——十户中农的税粮!

【点评】从头至"移来色如故"一大段,着力写出了京城里的富贵人家如疯似狂地赏玩牡丹和以高价购买牡丹的情景。其中的"灼灼百朵红,戋戋五束素"已为结句埋下了伏线。"家家习为俗,人人迷不悟"两句承上启下,同时也表露了作者的思想倾向。"迷不悟"的"人人"指的是帝城中的剥削者、统治者,下面的"此叹无人谕"则与这里的"人人迷不悟"一脉相承,在章法上取得了内在联系。

从"有一田舍翁"至结尾,写一位"田舍翁"来到买花处,目睹了"灼灼百朵红,戋戋五束素"的情景,发出了深长的叹息,而没有直接发表什么意见。他为什么叹息呢?那些"执迷不悟"的"人人"是不会理解的,而作者却能理解,那就是:"一丛深色花,十户中人赋!"这两句诗,不仅说明了牡丹的昂贵,而且说穿了买花钱的来源。"买花"是"家家习为俗"的普遍现象,谁也不注意它有什么社会意义。柳浑写了"近来无奈牡丹何,数十千钱买一窠"的诗句,不过是自叹钱少,买不起那高贵的花儿罢了。白居易却从中看出了,并且尖锐地反映了剥削与被剥削的关系。这关键不在于艺术修养的高低,而在于诗人的心是否和农民相通,敢不敢为农民说话。

【集说】"一丛深色花,十户中人赋。"白乐天谓牡丹也。"岂知两片云,戴却数乡税。"郑云叟谓珠翠也。侈靡之蠹甚矣。(王应麟《困学纪闻》)

乐天《和答微之诗序》云:"每下笔时,辄相顾,共患其意太切而理太周。盖理太周则词繁,意太切则言激。与足下为文,所长在此,所病亦在此。"玩此数语,白傅已自定其诗,杜牧之讥之,直是隔壁语耳。(沈德潜《唐诗别裁集》)

结语,即汉文惜造露台意。(《唐宋诗醇》)

《秦中吟》末篇"一丛深色花,十户中人赋",差可讽咏。(贺裳《载酒园诗话》)

"一丛深色花,十户中人赋",劲直沉痛。诗到此境,方不徒作。(潘德舆《养一斋诗话》)

(霍松林)

五言古诗

柳　宗　元

　　柳宗元(773—819),字子厚,河东郡(今山西永济市)人,世称柳河东。少精敏绝伦,为文卓伟精致。贞元进士,中博学宏辞科,授校书郎,调蓝田尉,升监察御史里行。王叔文执政,擢礼部员外郎。叔文败,贬永州司马。后迁柳州刺史,故又称柳柳州,与韩愈同倡古文运动,并称"韩柳",同列入"唐宋八大家"中。其文、诗、赋,皆开一代风气。有《柳河东集》。

南涧中题⁽¹⁾

　　秋气集南涧,独游亭午时⁽²⁾。回风一萧瑟⁽³⁾,林影久参差。始至若有得,稍深遂忘疲⁽⁴⁾。羁禽响幽谷⁽⁵⁾,寒藻舞沦漪。⁽⁶⁾去国魂已游,怀人泪空垂。孤生易为感,失路少所宜。索寞竟何事⁽⁷⁾,徘徊只自知。谁为后来者,当与此心期⁽⁸⁾。

【注释】(1)此诗于元和七年(812)作于永州贬所。涧,两山间的水流。

南涧在永州朝阳岩东南。　（2）亭午:正午。　（3）回风:旋风。一:全然,非常。　（4）稍:渐渐。　（5）羁禽:寄居之鸟,或曰失侣之鸟。　（6）沦漪:水面上的波纹。　（7）索寞:消沉,闷闷不乐。　（8）期:相遇,相同。

【今译】秋气似乎全都集中在这幽深的南涧,我在正午时分来此独自游玩。山间的旋风吹来,满目萧瑟凄凉,林木在风中晃动,满地树影参差飘摇。刚进这深山水谷,似乎明白了什么。游玩久了,也就忘记了疲劳。孤鸟在幽深的山谷间哀叫,寒藻在清凉的洞水下舞动起沦漪袅袅。离开京都精神恍惚,似乎灵魂已经飞去,怀念故乡的亲友但也只能独自把泪掉。孤独生活最易使人产生几多感慨,迷失道路才感到少有适合归宿的地方。这寂寞、这孤独究竟是怎么回事?徘徊来、彷徨去,也只有自己内心知道。我这一生遭遇也许不会有人理解,后来人如果也有这番经历,希望他能把我此时的心情知晓。

【点评】"秋气"虽无形,而"萧瑟"令人伤感。此气"集"而吾"独游",对比极为强烈。"独"为全诗之眼。伟大与孤独,似有不解之缘。"一"与"久",前为入声,短促而强烈,后为上声,曲折而上扬。换它字万万不可。"有得"盖触景生情,感想良多。"羁禽""寒藻"是所见,亦是所感。"去国"寓含多少辛酸愤慨!有家难归,有国难投,一向为人生之最大失路,宜"魂"去而"游"。"索寞"句自问自答,悲愤难诉,亦因无人可诉也。此生无知音,寄望"后来者",更增添"独""寒""空""孤"之情。

【集说】柳子厚南迁后诗,清劲纡徐,大率类此。（苏轼《书柳子厚南涧诗》）

"秋气集南涧",万感俱集,忽不自禁。发端有力。（何焯《义门读书记》）

曾吉甫曰:"子厚《南涧》诗,平淡有天工,语奇故也。"（王尧衢《古唐诗合解》）

即柳记中石涧。语语是独游。东坡谓柳仪曹《南涧》诗,忧中有乐,妙绝古今,得其旨矣。（沈德潜《唐诗别裁》）

《南涧》一作,气清神敛,宜为坡公所激赏。（施补华《岘佣说诗》）

（吴文治　朱崇才）

五言古诗

中夜起望西园值月上(1)

觉闻繁露坠,开户临西园。寒月上东岭,泠泠疏竹根(2)。石泉远逾响(3),山鸟时一喧。倚楹遂至旦(4),寂寞将何言。

【注释】(1)本诗作于永州。西园:作者在永州愚溪住宅西边的园地。(2)泠泠(líng líng):形容声音清越。 (3)逾:更。 (4)楹:柱子。

【今译】半夜醒来披衣下床,似听见点点露水自天而降。打开门将西园眺望——那越过东岭的是冷冰冰的月亮。泉水穿过稀疏的竹根潺潺流淌。万籁俱寂,石间的泉水愈远愈响,山间的小鸟,不时一阵喧嚷。靠着柱子,看着明月,一直到天亮。这孤独、这寂寞,还有什么话可讲!

【点评】露坠可"闻",似无理而实微妙。夜半"开户",似有事而实无事。"寒"加于"月",似过分而正到好处:心冷夜凉,故觉月寒。"竹根"经"露",湿润似泉,不择地而出,故远处的泉水,似乎更"响"。"鸟喧"愈显此时此地之静。"寂寞"句辛酸至极。戴罪之人,自少有友人交往,而心灵之高洁难和,更与谁人言说?

【集说】即事成咏,随景写情,颇有自得之趣。然毕竟有迁谪二字横于意中,欲如陶、韦之脱,难矣。(王尧衢《古唐诗合解》)

(吴文治　朱崇才)

聂 夷 中

聂夷中(837—884),字坦之,河东郡(今山西永济市)人,出身贫苦,备尝辛酸。唐懿宗咸通十二年(871)进士,曾任华阴县尉。聂夷中是一个以反映社会现实而显示其特色的诗人,以乐府诗著名。其诗多写农民疾苦,讽刺豪门贵族的淫奢,亦表现征夫思妇的哀怨,语言浅近平朴,内容深刻充实。《全唐诗》现存其诗三十二首。

伤 田 家⁽¹⁾

二月卖新丝,五月粜新谷。医得眼前疮,剜却心头肉。
我愿君王心,化作光明烛。不照绮罗筵⁽²⁾,只照逃亡屋⁽³⁾。

【注释】(1)诗题一作"咏田家"。　(2)绮罗筵:豪华的酒宴。　(3)逃亡屋:唐后期封建剥削严重,农民因忍受不了繁重的租税压迫,纷纷弃家逃亡,以至农舍无人。

【今译】二月里来卖新丝,五月又要粜新谷,好像医好了眼前的疮,却似

五言古诗

割去了心头的肉。我愿君王仁慈的心，化作束束光明的蜡烛，不照豪华的酒筵，只照这破败的空屋。

【点评】诗用古风，结构却奇。首四句先用两个"新"字传达出农民窘困的境况，接着用比坐实。后四句以"光明烛"为中心，前承"君王心"，后接"绮罗筵""逃亡屋"，在希冀和对比中揭示全诗悯农的主旨。

【集说】所谓言近意远，合《三百篇》之旨也。（孙光宪《北梦琐言》）

孙光宪谓有三百篇之旨，此亦为诗史。（阮阅《诗话总龟》）

唐时尚有采诗之役，故诗家每陈下民苦情，如柳州《捕蛇者说》，亦其一也。此诗言简意足，可匹柳文。（沈德潜《唐诗别裁》）

（张晓媛）

唐诗观止

七言古诗

卢 照 邻

卢照邻(637?—680?),字升之,幽州范阳(今北京定兴)人,曾为邓王府典签,调新都尉。以疾辞官,隐太白山中,后居阳翟具茨山(今河南禹县),自号幽忧子,与王勃、杨炯、骆宾王齐名,工诗,尤善长篇歌行。有《幽忧子集》。

长安古意⁽¹⁾

长安大道连狭斜⁽²⁾,青牛白马七香车⁽³⁾。玉辇纵横过主第⁽⁴⁾,金鞭络绎向侯家⁽⁵⁾。龙衔宝盖承朝日,凤吐流苏带晚霞⁽⁶⁾。百丈游丝争绕树⁽⁷⁾,一群娇鸟共啼花。啼花戏蝶千门侧,碧树银台万种色⁽⁸⁾。复道交窗作合欢⁽⁹⁾,双阙连甍垂凤翼⁽¹⁰⁾。梁家画阁中天起⁽¹¹⁾,汉帝金茎云外直⁽¹²⁾。楼前相望不相知,陌上相逢讵相识。借问吹箫向紫烟⁽¹³⁾,曾经学舞度芳年。得成比目何辞死,愿作鸳鸯不羡仙。比目鸳鸯真可羡,双去双来君不见。生憎帐额绣孤鸾⁽¹⁴⁾,好取门帘贴双燕。双燕双飞绕画梁,罗帷翠被郁金

香⁽¹⁵⁾。片片行云著蝉鬓⁽¹⁶⁾，纤纤初月上鸦黄⁽¹⁷⁾。鸦黄粉白车中出，含娇含态情非一。妖童宝马铁连钱⁽¹⁸⁾，娼妇盘龙金屈膝⁽¹⁹⁾。御史府中乌夜啼⁽²⁰⁾，廷尉门前雀欲栖⁽²¹⁾。隐隐朱城临玉道⁽²²⁾，遥遥翠幰没金堤⁽²³⁾。挟弹飞鹰杜陵北，探丸借客渭桥西⁽²⁴⁾。俱邀侠客芙蓉剑⁽²⁵⁾，共宿娼家桃李蹊。娼家日暮紫罗裙，清歌一啭口氛氲。北堂夜夜人如月，南陌朝朝骑似云⁽²⁶⁾。南陌北堂连北里⁽²⁷⁾，五剧三条控三市⁽²⁸⁾。弱柳青槐拂地垂，佳气红尘暗天起。汉代金吾千骑来⁽²⁹⁾，翡翠屠苏鹦鹉杯⁽³⁰⁾。罗襦宝带为君解，燕歌赵舞为君开。别有豪华称将相，转日回天不相让⁽³¹⁾。意气由来排灌夫⁽³²⁾，专权判不容萧相⁽³³⁾。专权意气本豪雄，青虬紫燕坐春风⁽³⁴⁾。自言歌舞长千载，自谓骄奢凌五公⁽³⁵⁾。节物风光不相待，桑田碧海须臾改。昔时金阶白玉堂，即今惟见青松在。寂寂寥寥扬子居⁽³⁶⁾，年年岁岁一床书。独有南山桂花发⁽³⁷⁾，飞来飞去袭人裾。

【注释】(1)长安古意：托古人之情事反映长安社会中形形色色的人物及其生活。　(2)狭斜：小巷。　(3)七香车：用七种名贵的香木制成的车子。(4)主第：公主的住宅，泛指贵族之家。　(5)侯家：王侯将相家。　(6)龙、凤：均指车上的装饰物。这是有身份地位的人的标志。　(7)游丝：虫类吐出的黏液遇风而变成的丝，在空中飘拂，故名。　(8)银台：华丽的宫殿楼台。　(9)交窗：花格子窗。合欢：合欢花形。　(10)双阙：汉代未央宫有东阙、北阙。甍(méng)：屋脊。垂凤翼：指汉建章宫圆阙上的金凤。　(11)梁家：指东汉顺帝时的外戚梁冀，此处借指豪门贵族。　(12)金茎：汉武帝在建章宫里所树立的铜柱，上有仙人手托承露盘。　(13)借问：向别人打听。吹箫向紫烟：用秦穆公的女儿弄玉和丈夫萧史吹箫引来仙鹤而升天成仙的传说。向紫烟：飞升成仙。　(14)生憎：特别恨。　(15)"罗帷"句：意谓衾帐都用郁金香薰过。(16)蝉鬓：一种发型。　(17)鸦黄：亦称额黄。是古代女子涂额时用的一种嫩黄色。　(18)铁连钱：青色而有圆钱斑纹的马。(19)娼妇：此指豪门贵族家中的歌舞女。　(20)御史：主管弹劾的官吏。

（21）廷尉：执掌刑法的官吏。　（22）朱城：宫城。　（23）幰（xiǎn）：车帷。金堤：坚固的石堤。（24）借客：助人。　（25）芙蓉剑：《吴越春秋》载，秦人薛烛善相剑，曾评论越王的"纯钩""如芙蓉始生于湘"。此指宝剑。　（26）北堂：娼家屋内。南陌：娼家门外。　（27）北里：长安妓女聚居之地。（28）剧：路交错。三条：三面相通的路。　（29）金吾：即执金吾，统领京城禁军。　（30）屠苏：酒名。（31）转日回天：权力很大。　（32）灌夫：汉武帝时的将军，后被与之争权夺利的田蚡杀害。　（33）判：同"拼"。萧相：指汉宣帝时的萧望之。他曾自谓"备位将相"，结果被石显陷害自杀。　（34）青虬（qiú）、紫燕：均指骏马。（35）五公：汉代五个著名的权贵，即张汤、杜周、萧望之、冯奉世、史丹。　（36）扬子：汉代的扬雄。这里泛指著书立说的知识分子。　（37）南山：终南山。

【今译】雄伟壮丽的长安，大道纵横，四通八达。香车宝马，川流不息，玉辇奔驰，金鞭络绎，出入公主的府第，往来王侯将相之家。龙擎华盖，凤吐彩丝，迎着朝阳，伴着晚霞。游丝飘绕绿树，娇鸟催开百花。皇宫千门万户，蜜蜂戏游，彩蝶飞舞，碧树成荫，楼台掩映，复道凌空，绮窗绣户。双阙高耸，殿宇相连，更有金凤展翅向青天。皇亲贵族有楼阁高耸，建章宫里的金铜仙人，手儿托起玉盘，遥指白云缥纱间。望着楼上的佳人，却难以和她相知；假如在街市上相遇，更难和她结识。人说她美如天仙，学会了歌舞，在贵族家欢度芳年。能和她结成姻缘，像一对和谐的鸳鸯，谁还害怕死亡，也不羡慕神仙。美满的婚姻让人艳美，如鸳鸯双双来去，难道没看见？最恨帏帐上绣一只孤鸾，取下它另换上一对飞燕。双燕齐飞绕着画栋雕梁，罗帏翠帐散发郁金的清香。乌云似的黑发梳成蝉鬓，额上一弯新月淡淡发黄。这美丽的姑娘走下车子，那含娇多姿的情态，和普通女子真不一样。歌童舞女作她的随从，就连她乘的车子，也有一对金龙，雕在亮闪闪的合页上。再看看长安城的夜生活！御史府中乌鸦叫，廷尉门前静悄悄。大道旁的宫城隐隐可见，一辆辆车子驶向金堤边。城南那群飞鹰走狗少年，渭桥西那帮杀人的刺客，一个个耀武扬威携宝剑，一齐来到娼家门前。再看那黄昏时的妓女：身穿紫罗裙，清歌吐香气。堂上的人儿容颜美，门前的狎客齐涌集。在娼妓聚居的北里，大道交错，人聚如云，青槐葱葱，弱柳垂地，车马杂沓，人声鼎沸，搅昏了天，搅昏了地。就连执法的金吾将军，前呼后拥也来到这里。鹦鹉螺的酒

七言古诗

杯，翡翠绿的美酒，一杯接一杯，歌尽舞罢解罗襦，娼妓伴着将军睡。在这长安的上流社会，还有大权在握的权贵！他们互相倾轧，谁也不容谁。赳赳武夫，飞扬跋扈，文臣武将，各不相让。权欲使他们到处称雄，权欲使他们马蹄生风。都自信歌舞长千载，都自信骄奢淫逸过五公。世间最无情的是岁月，沧海桑田，转眼就改。昔日金阶白玉堂，如今只有青松在。扬雄的宅院何等的寂寥！年年岁岁只有书籍作伴。唯独终南山那盛开的桂花，把芳香飞洒在他身后身前。

【点评】这首诗托"古意"而讽今。全诗68句，476字，夸饰铺陈，洋洋洒洒，写长安上层社会的奢侈腐化，并以文人的清苦生活作比照，反映了当时社会的癫狂与堕落。全诗可分为四部分。从开头到"娼妇盘龙金屈膝"为第一部分，描写长安建筑之宏伟壮丽，豪门贵族追逐豪奢的生活。在这一部分，作者先写长安道路纵横，四通八达，建筑壮丽辉煌，然后写豪门贵族的骄奢淫逸，中间用一"借问"作穿插，从而使前后两层的描写更具真实感，避免了纯客观描写所造成的板滞。从"御史府中乌夜啼"到"燕歌赵舞为君开"为第二部分，以北里娼家为中心，写长安各种人的夜生活。"御史府中乌夜啼，廷尉门前雀欲栖"二句，以简洁之笔，表现了社会纲纪松弛，从而引出下面纨绔子弟挟弹飞鹰，不法之徒行暴肆虐，共宿娼家，醉生梦死等种种病态生活，并且连"执金吾"也参与其中。于浓艳中反映社会的堕落。诚如闻一多先生所说："这不是一场美丽的热闹，但这癫狂中有战栗，堕落中有灵性。"从"别有豪华称将相"到"即今惟见青松在"为第三部分，写上层集团争权夺利，互相倾轧。从而反映出这批人情欲的堕落与权欲的膨胀。最后以"昔时金阶白玉堂，即今惟见青松在"作结，以历史的无情，交代了这批人的悲剧结局。"寂寂寥寥扬子居"四句为第四部分。作者以极平易而又饱含沉痛的笔触反映了当时文士的生活，与前面的描写形成强烈的对比，表现了作者安贫乐道的处世情怀。此诗规模宏大，以汉赋的技巧组织成篇，铺陈、夸饰、对比、回应、韵随景换，转换处又采用南朝民歌的连珠体，从而形成情韵绵延不绝的风致，在七言歌行的发展史上具有划时代的意义。

【集说】是将《西京》诸赋改入七言者，但不废诗，则此必不废。然此篇似司马长卿，骆丞《帝京篇》，乃扬雄之下驷，赋心之别，灵蠢见矣。"自言""自

谓"两句颉颃，通篇却似单顶。"别有豪华"一段，总别同异，互入一镜，心神笔力，独凌千古。（王夫之《唐诗评选》）

　　长安大道，豪贵骄奢，狭邪艳冶，无所不有。自嬖宠而侠客，而金吾，而权臣，皆向娼家游宿，自谓可永保富贵矣。然转瞬沧桑，徒存墟墓，不如读书自守者之为得也。借言子云，聊以自况云尔。（沈德潜《唐诗别裁》）

（杨恩成）

七言古诗

王　勃

王勃（650—676），字子安，绛州龙门（今山西河津）人。早年及第，曾任沛王府修撰，后为虢州参军，因罪革职；博学，著述颇丰，名列"初唐四杰"，才高思敏。其作品散文居多，尤善骈文，诗不足百篇，高华洗练，亦不乏清新质朴，显露新旧过渡时期"黎明女神的玫瑰色的曙光"（郑振铎语）。有《王子安集》。

滕　王　阁[(1)]

滕王高阁临江渚[(2)]，佩玉鸣鸾罢歌舞[(3)]。画栋朝飞南浦云[(4)]，珠帘暮卷西山雨[(5)]。闲云潭影日悠悠，物换星移几度秋[(6)]。阁中帝子今何在[(7)]，槛外长江空自流[(8)]。

【注释】(1)滕王阁：故址在江西新建县章江门上，西临赣江。唐显庆四年唐高祖李渊的儿子李元婴为洪州都督时所建。上元二年重阳节，洪州牧阎伯屿宴集阁上，王勃省父路过，适逢其宴，即席作《滕王阁序》，序末附此诗。(2)临：面对。渚：小洲。　(3)佩玉：系在衣带上的玉饰。鸾：通"銮"，系在帝王或贵族的车前横木上的铃。佩玉鸣鸾：此指滕王身系佩玉乘车鸣鸾而去。他曾"在太宗丧，集官属燕饮歌舞"（《新唐书》本传）后，"转洪州都督，又数犯宪章"(《旧唐书》本传),征歌逐舞,不复有节。其人一去则歌舞止歇。 (4)南浦:在今江西南昌市西南。 (5)西山:在今江西南昌市西北。 (6)物换:指四季风物的变化。 (7)帝子:指滕王。 (8)槛:栏杆。

【今译】滕王的楼阁高耸,面对着江中小洲,他佩玉乘车而去,离去后歌歇舞休。彩绘的栋梁,清晨飞来南浦的白云,珠饰的帘幕,黄昏卷进西山的风雨。云彩倒映在碧水中,每天都那么闲悠;风物改换星斗移,岁月冉冉几春秋!阁中的滕王啊,而今又在何处?栏杆外一江秋水,浩浩漫漫空自长流。

【点评】"高阁临江"耸立纸上,气势如"山从人面起"。次句"佩玉鸣鸾"之"歌舞",顺着昔日"滕王"一气奔来。此句浓丽气酣,与起句锱铢相称。"罢"字,将昔日笙歌竟日、曼舞终宵的豪奢摆荡净尽。有人说此写阎公宴罢,大概缘于《序》中的"爽籁(箫管之属)发而清风生,纤歌凝而白云遏",但"鸾"与阎公身份不符。与其说是即事直书,不如说是感于今而伸笔于昔,亦即《序》所云"盛筵难再"之意,而更有意味。"画栋珠帘"言阁之富丽,"飞云"状其高,"南浦西山"见所视者远。飞阁流丹,仍旧昂然;绣闼耀彩,依然无恙。这是作者纵目风物时的"遥襟俯畅,逸兴遄飞"。兴之所尽,悲之即来。"朝""暮"不像"罢"字摆荡劲厉,却富有时间的弹性,将过去珠辉玉映的岁月不露声色地轻轻"飞卷"而去,这自然引出"闲云悠悠""物换星移"的"盈虚"之感慨,表示悠悠之"日"与上又"朝暮"映照,含裹一气。云影在"潭"是说江水深碧,为末句的"自流"伏笔,"日悠悠"给空间意象"闲云潭影"注入浓厚的时间意义。物是人非的怅触涌动于俯仰之间,豁然问起:"阁中帝子今何在"。此非关人之存亡(滕王死于王勃卒后的第七年),意在建阁至此仅二十多年,无多岁月,即令人生"逝者如斯夫"之慨。"槛外长江"溢出"注目寒江倚山阁"的形象感。末句遥应首句,余味回裹全诗。此诗前四句意象丽密,运意较速,而用促声韵,后四句则疏淡徐缓,都是才力闪灼的地方。

【集说】"画栋朝飞南浦云,珠帘暮卷西山雨",王勃以是得名。……然观诗集,平平处甚多,岂皆如此句哉?(葛立方《韵语阳秋》)

浏利雄健,两难兼者兼之。"佩玉鸣鸾"四字以重得轻。(王夫之《唐诗评选》)

(魏耕原)

七言古诗

刘 希 夷

刘希夷(约651—678?),字延之(一作庭芝),汝州(今河南汝州)人,上元进士,善弹琵琶。其诗以歌行见长,多写闺情,辞意柔婉华丽,多伤感情调。其诗起初不为世重,后孙昱撰《正声集》对刘希夷诗极为推崇,由是声誉大振。《全唐诗》编诗一卷。

白 头 吟⁽¹⁾

洛阳城东桃李花,飞来飞去落谁家。洛阳女儿惜颜色,行逢落花长叹息。今年花落颜色改,明年花开复谁在。已见松柏摧为薪⁽²⁾,更闻桑田变成海。古人无复洛城东,今人还对落花风。年年岁岁花相似,岁岁年年人不同。寄言全盛红颜子,应怜半死白头翁。此翁白头真可怜,伊昔红颜美少年。公子王孙芳树下,清歌妙舞落花前。光禄池台文锦绣⁽³⁾,将军楼阁画神仙。一朝卧病无人识,三春行乐在谁边。宛转蛾眉能几时⁽⁴⁾,须臾鹤发乱如丝。但看古来歌舞地,惟有黄昏鸟雀悲。

【注释】(1)拟古乐府,又作《代悲白头吟》,《白头吟》是乐府古题,属《相和歌·楚调曲》。古辞写女子与负心汉决裂。刘希夷此诗旨在咏叹青春易逝、人生短促。　(2)摧:折断。　(3)光禄:官名,此处泛指官宦人家。(4)宛转蛾眉:形容眉毛弯曲,此代指容貌姣美。

【今译】洛阳城东大路旁,桃花李花分外红。花瓣飘落纷纷飞,落入谁家庭院中?洛阳少女见落花,长吁短叹惜青春。今年花落红颜褪,明年花开谁仍存?松柏劈柴时时见,桑田变海亦曾闻。古人如今皆不在,今人犹对落花风。年年岁岁花相似,岁岁年年人不同。劝告年轻人,怜悯垂死白头翁。此翁发白真可怜,当年曾是美少年。公子王孙树下聚,轻歌曼舞在花前。显赫宅第饰锦绣,将军楼阁画神仙。自从卧病遭人弃,三春行乐绝了缘。青春红颜有几日?转眼白发到暮年。请看古来歌舞地,鸟雀黄昏鸣声惨。

【点评】这首诗通过洛阳女儿感伤落花和白头翁的经历抒发了人生短促之感慨,揭示出自然永存而人生易老的哲理,充满了悲怆的生命忧患意识。其中"年年岁岁花相似,岁岁年年人不同"两句写时光易逝、生命有限之感,巧用对比,寓意深刻,郎朗上口,是千古传诵的名句。全诗情景交融,对仗工整,语言优美,音韵和谐,堪称初唐诗坛的一朵奇葩。

【集说】韦绚集刘禹锡之言为《嘉话录》,载刘希夷诗云:"年年岁岁花相似,岁岁年年人不同。"希夷之舅宋之问爱此句,欲夺之,希夷不与,之问怒,以土囊压杀希夷。(魏泰《临汉隐居诗话》)

编故事的人的意思,自然是说,刘希夷泄露了天机,论理该遭天谴。……所谓泄露天机者,便是悟到宇宙意识之谓。从蜣螂转丸式的宫体诗一跃而到庄严的宇宙意识,这可太远了,太惊人了!这时的刘希夷实已跨近了张若虚半步,而离绝顶不远了。(闻一多《唐诗杂论·宫体诗的自赎》)

(孙明君)

七言古诗 唐

郭　震

　　郭震(656—713)，字元振，魏州贵乡（今河北大名北）人，以字显。少有大志，十八岁举进士，为通泉尉。任侠使气，不拘小节。武后因赏其《古剑篇》而授右武卫铠曹参军，进奉宸监丞，后拜凉州都尉。中宗神龙中，迁左骁骑将军、安西大都护。睿宗立，召为太仆卿。景云二年，进同中书门下三品。先知元年，为朔方道大总管，次年，又以兵部尚书复同中书门下三品，封代国公。明皇讲武骊山，因军容不整而流新州。开元元年，起为饶州司马，道病卒。其集共二十卷，今编诗一卷。

古　剑　篇[1]

　　君不见昆吾铁冶飞炎烟[2]，红光紫气俱赫然。良工锻炼凡几年，铸得宝剑名龙泉[3]。龙泉颜色如霜雪，良工咨嗟叹奇绝[4]。琉璃玉匣吐莲花[5]，错镂金环映明月。正逢天下无风尘[6]，幸得周防君子身[7]。精光黯黯青蛇色，文章片片绿龟鳞[8]。非直结交游侠子[9]，亦曾亲近英雄人。何言中路遭弃捐，零落漂沦古狱边。虽复尘埋无所用，犹能夜夜气冲天。

【注释】(1)此诗一作《宝剑篇》。诗人任通泉尉时,因武则天召见而呈此诗。武后读完大加赞赏,命抄写数十篇,给李峤等学士看。杜甫在《过郭代公故宅》诗中,曾盛赞郭震"高咏宝剑篇"。　(2)昆吾:神话传说中的山名。相传山有积石,冶石成铁,作剑,光明如水晶,削玉如切泥。　(3)龙泉:宝剑名,本名"龙渊",因避唐高祖李渊的讳而改称龙泉。龙泉剑相传为春秋时名师欧冶子、干将所制利剑之一。晋时张华、雷焕观察到"宝剑之精上彻于天",后于丰城狱屋基下掘得宝剑两把,龙泉亦在其中。　(4)咨嗟(zī jiē):赞叹。　(5)琉璃:美玉。本名璧琉璃,后省称琉璃。莲花:形容宝剑的光芒。　(6)风尘:风烟,指战事。　(7)周防:周密防卫。一作"用防"。(8)文章:指宝剑上的花纹。　(9)非直:不但。

【今译】您可曾见昆吾神石在炉中腾起青烟,红光紫气冲天而起,交相辉映。身怀绝技的工匠冶炼锻造多年,才铸就出这把名扬天下的龙泉宝剑。宝剑寒光闪闪犹如严霜凝雪,工匠们感慨万端、惊叹奇绝。琉璃玉匣上映出朵朵莲花,镂金错彩的环柄明如皎月。正遇上战事平息,国政清廉,不能斩将夺旗佩戴君子腰间。剑气幽幽色如蛰伏的青蛇,剑纹片片恰似绿龟的鳞斑,不但与游侠少年形影相随,也是英雄豪杰的亲密伙伴。谁想风云突变竟遭弃捐,零落沉沦漂泊丰城古狱旁边。虽然埋于尘土不再被人使用,精气寒光依然夜夜直冲九天。

【点评】开头借良工干将铸剑以喻自己先天禀赋优秀,后天陶冶不凡;然后赞美宝剑的外观与品质,以自显风华并茂,一表人才;又说太平年代宝剑虽缺乏用武之地,却可添君子风采,助豪杰行侠,表明自己操行端正,力求进取;最后以宝剑沦落却能气冲斗牛寄托情怀。诗歌化用传说,比喻贴切,亦剑亦人,形象鲜明,既不乏夸张、想象等浪漫色彩,又直陈现实,议论得失,虽为诗人少年之作,却于豪言壮语之中透露出几许人生失意的感慨。

【集说】高咏宝剑篇,神交付冥漠。(杜甫《过郭代公故宅》)
周防君子,亲近英雄,此岂特为古剑而发哉!(黄周星《唐诗快》)

(李达武)

七言古诗

张　若　虚

张若虚（约647－730），扬州人，曾任兖州兵曹。唐中宗神龙年间，张若虚与贺知章等以吴越名士闻名于京师。玄宗开元初，又与贺知章、张旭、包融并称"吴中四士"。他的诗作多已散佚。《全唐诗》仅存《春江花月夜》和《代答闺梦还》两首。以《春江花月夜》最著名。

春江花月夜[1]

春江潮水连海平，海上明月共潮生[2]。滟滟随波千万里[3]，何处春江无月明。江流宛转绕芳甸[4]，月照花林皆似霰[5]。空里流霜不觉飞[6]，汀上白沙看不见。江天一色无纤尘，皎皎空中孤月轮。江畔何人初见月，江月何年初照人。人生代代无穷已，江月年年只相似。不知江月待何人，但见长江送流水。白云一片去悠悠，青枫浦上不胜愁[7]。谁家今夜扁舟子[8]，何处相思明月楼[9]。可怜楼上月徘徊，应照离人妆镜台。玉户帘中卷不去，捣衣砧上拂还来⁽¹⁰⁾。此时相望不相闻,愿逐月华流照君⁽¹¹⁾。鸿雁长飞光不度,鱼龙潜跃水成文⁽¹²⁾。昨夜闲潭梦落花,可怜春半不还家。江水流春去欲尽,江潭落月复西斜。斜月沉沉藏海雾,碣石潇湘无限路⁽¹³⁾。不知乘月几人归,落月摇情满江树⁽¹⁴⁾。

【注释】(1)春江花月夜:乐府旧题,属《清商曲·吴声歌》。相传创始于陈后主,但本诗除曲调名称仍旧外,其内容、风格和以前供宫廷娱乐的歌曲都不相同。 (2)春江两句:春江涨潮,江海相连,远望明月,似从潮水中涌出。 (3)滟滟:波光荡漾的样子。 (4)甸:郊野。 (5)霰(xiàn):雪珠。(6)空里句:形容月色似霜,故霜飞也就无从察觉。流霜:误认霜和雪一样从空下降,所以称为飞霜。 (7)青枫浦:属今湖南浏阳境内。此处泛指水边送别。(8)扁舟子:指江湖游子。 (9)明月楼:这里指思妇闺楼。 (10)玉户句:"卷不去""拂还来",均指月光。 (11)逐:跟随。月华:即月光。(12)鸿雁二句:先写无边的月光世界。鸿雁无论怎么飞,也飞不出这个世界。次写水中情景,月照江水,极为透明,水中鱼龙泛起的波纹,也看得很清楚。文:同纹。 (13)碣石:山名,在渤海边上。潇湘:潇湘二水在湖南省零陵合流而称为潇湘。碣石潇湘,泛指天南地北,暗含离人相距之远。 (14)落月句:写月光照着江树,树动影摇,象征离人的情思。

【今译】滔滔的春江潮水和大海相连,涨潮之后的春江和大海一样齐平。平静的大海中映着一轮皎洁的明月,远眺明月,它仿佛从潮水中冉冉涌现。明月在水波中吐出滟滟的光华,这壮观的景象覆盖得那么辽远。由此我想到大地上所有奔流的春江,都无不荡漾着明丽的圆月。长满花草的大地是这般的妩媚,被弯弯曲曲的春江切割得如此斑斓。如水的月华辉映着无边的林木花草,淡淡的,仿佛着了层白雪一般。广袤的月空又似下着莹洁的白霜,静穆得令人好像进入奇异的梦幻。再看那散乱在春江中小小的洲儿,洲汀上皑皑茫茫,是沙是霜难以分辨。此刻,春江和天空间竟成了一个色儿,又纯又净,一丁点儿纤尘未染;无边的天空出奇的白亮,只有一轮寂寞的明月静静地窥看人间;此刻,我遐想流着春水的江畔,曾是何人在这儿第一次

把明月窥探？我想那第一次沐浴江畔明月的人儿，请告诉我，是哪一月，哪一年？人生，世世代代没有个穷尽，而春江和明月，更是月复月年复年。我真不知江中痴情的明月在期待何人，只见长江送流水，日日夜夜，波滚浪翻。我仰望高空，那离去的一片白云游游荡荡，瞧那风姿何其逍遥，韵态又何其悠闲。但可知青枫浦上那对将要远别的泪人儿，执手相语，难分难舍，戚戚地哀声长叹。哪家的游子，在今夜春江上划着一叶小小舟儿？莫不是江湖上的客子对月思妇难入眠。又是何处，今夜月满西楼，情思绵绵？莫不是那位思妇祈盼家人早团圆。西楼上，那片片可爱的月光正徘徊，可是，月照妆镜台，台前有愁颜。满屋的月光勾起了思妇多少离愁和别绪？帘儿高卷，浓浓的愁绪仍无法排遣。那月光又惹出了思妇多少迷惘和惆怅？怅惘如月光，从捣衣砧上拂了又还原。这时候，彼此遥望着同一轮圆月，奈关山重重，无法听到对方的欢声和笑言。多情的月华，我愿紧紧跟随你，让温情洒向他，以倾吐我久久的思念。唉！这些都是魂牵梦绕的相思，就连传书的大雁也无法把月华带到他身边。唉！这些都是黯然销魂的相思，就连递信的鱼儿也只能弄水成波澜。是昨夜，在幽娴的深闺里做了个梦，只见风雨摇百花，花瓣翻飞落满园。如今，人在天涯海角未归还，好景不常驻，春光已过半。此时，那滔滔东去的江水流走了春天，月儿落入了江潭又似沉入了西山。西斜的明月，你深深藏在雾海不露面，离人，山重水复相隔得如此遥远。我真不知有几人乘着月儿能归还，若说能归还，又是哪一日，哪一年？看！落月的斜辉洒满了江边的花树，那团团婆娑的影儿，正漾着浓浓的情思波澜。

【点评】将春、江、花、月、夜分开来赏析，是五个迥然不同的艺术形象。如果合起来赏析，却又构成了完整而浑然一体的艺术境界。在这五个分散的、不同的艺术形象中，作者把"月华"作为主体，作为感情的纽带，从"明月共潮生"到"落月摇情满江树"，描写了一个完整的、艺术的心态历程。诗篇把高扬的诗情和冷静的哲理水乳般地融在一起。由奔流的春江夜景联想到时间的无限悠长，空间的无限广阔。又由人生的有限，宇宙的无限，自然过渡到闺楼思妇、江湖游子。这一切都是按照月的运行来布局的。同时也自然、巧妙地把江流、芳甸、花林、沙汀、白云、青枫、绮楼、镜台、石砧等意象编织进了诗人浓浓的情感之网中。

全诗画面清晰、绚丽,想象极为丰富,意境深幽、美丽,情味亦甚隽永,对后世诗歌影响颇大。

【集说】胡应麟曰:"张若虚《春江花月夜》,流畅婉转,出刘希夷《白头翁》上,而世代不可考。详其体制,初唐无疑。"(程千帆《古诗考索》引)

王世懋曰:"句句以春江花月夜妆成一篇好文字。"(《古诗考索》引)

浅浅说去,节节相生,使人伤感。未免有情, 自不能读,读不能厌。

钟惺曰:"将春江花月夜五字炼成一片奇光,分合不得,真化工手。"(《古诗考索》引)

黄家鼎曰:"五色分光,合成一片奇锦,不是补天手,未免有痕迹。"(《古诗考索》引)

王夫之曰:"句句翻新,千条一缕,以动古今人心脾,灵愚共感。其自然独绝处,则在顺手积去,宛尔成章,令浅人言格局,言提唱,言关锁者,总无下口分在。"(《古诗考索》引)

沈德潜曰:"前半见人有变易,月明常在,江月不必待人,惟江流与月同无尽也。后半写思妇怅惘之情,曲折三致。题中五字安放自然,犹是王、杨、卢、骆之体。"(《古诗考索》引)

王闿运曰:"张若虚《春江花月夜》用《西洲》格调,孤篇横绝,竟为大家。李贺、商隐,抉其鲜润;宋词、元诗,尽其支流。宫体之巨澜也。"(《古诗考索》引)

(陈绪万)

七言古诗

陈 子 昂

陈子昂(659—702),字伯玉,梓州射洪(今四川射洪)人。少任侠。武后光宅元年(684)进士,因上《大周受命颂》而得武后赏识,初任麟台正字,后迁左拾遗。万岁通天元年(696)从武攸宜东征契丹,要求分兵万人为前驱,为武攸宜所恶,受到降职处分。圣历元年(698)辞官回乡,武三思指使县令段简诬陷他,下狱,忧愤而死。他主张改革诗风,提倡汉魏风骨,标举风雅比兴,反对六朝柔靡文风,是唐代诗文革新运动的先驱者。今存诗一百二十余首,有《陈拾遗集》。

登幽州台歌⁽¹⁾

前不见古人⁽²⁾,后不见来者⁽³⁾。念天地之悠悠⁽⁴⁾,独怆然而涕下⁽⁵⁾。

【注释】(1)此诗作于武则天万岁通天元年(一说次年)。是年,契丹李尽忠、孙万荣等攻陷营州,陈子昂以右拾遗随军参谋的身份同建安王武攸宜率军征讨。武攸宜身为外戚,不懂军事,胸无将略,其先头部队很快被契丹所破，总管王孝杰也坠崖身亡，几乎全军覆没。武攸宜听到前军败北的消息，惊恐万状，怯敌不前。其间，陈子昂曾请求遣万人作前驱以击敌，武不允；陈又向武进言，武不听，反将陈从参谋降为军曹。诗人屡遭挫折和打击，怀才不遇，眼看"奋身报国"的理想成为泡影，因此登上幽州台，面对辽阔无垠的锦绣山河，眺望苍凉无际的茫茫宇宙，感叹燕昭王重金招贤，中兴燕国的故事，不禁思绪万千，慷慨悲吟，唱出了响彻千古的《登幽州台歌》。幽州台，传说中燕昭王为招贤纳才所筑的黄金台，即今蓟北楼，遗址在今北京市德胜门西北。　（2）古人：古代的圣贤明君。　（3）来者：后代的圣贤明君。（4）悠悠：长久，深远。　（5）怆（chuàng）然：悲伤凄凉的样子。涕，眼泪。

【今译】前瞻，古代求贤若渴的圣主已一去不返，后顾，将来的旷世明君我也不能遇见。感叹苍茫永恒的天地，我倍觉人生的渺小短暂，孤独寂寞中吊古伤今，我止不住涕泪涟涟。

【点评】起笔先声夺人，在古往今来这巨大的时间跨度中，感叹前贤已去，后贤未及，表现了作者生不逢时，怀才不遇的惆怅之情。令人读来，已觉苍凉无限。后二句更瞩目于广阔的空间，想天地苍茫，岁月悠悠，知音何在？谁又能赏识和重用自己？高台悲风，四野茫茫，置身斯时斯境，人何以堪！于是，生不逢时的感伤，仕途失意的郁闷，才略难施的悲愤，知音不遇的寂寥，建功立业的渴望，理想破灭的苦痛，孤高自诩的心性，历史兴亡的反思，顿时全都凝结为满腔的怨恨，情感集中地从这两句诗中喷涌而出。"怆然而涕下"形象逼真地描绘了诗人捶胸顿足、热泪飞洒的情态和悲愤程度。这哪里是写出来的诗句，分明是作者从心灵深处爆发出来的痛苦呐喊，分明是诗人面对宇宙仰天长啸出的历史浩歌。这两句诗，是将个人的存在放到广漠无垠的宇宙背景下来表现的，使个人愈显得渺小孤单，从而把人们引入有限与无限的对比思考，产生出深刻的孤独感，并由此生成一种激发人们超越时空，超越自我，获得自由的强烈愿望，因此，也就使诗的感情显得非常强烈，非常集中。

七言古诗

【集说】其辞简直,有汉魏之风。(杨慎《升庵诗话》)

子昂以亢爽凌人,乃其怀来,气不充体,则亦酸寒中壮夫耳。徒此融液初终,以神行而不以机牵,摇荡古今,岂但其大言之赫赫哉!(王夫之《唐诗评选》)

(赵常安)

唐诗观止

孟 浩 然

孟浩然(689—740),名浩,字浩然,号鹿门处士,以字行,襄州襄阳(今湖北襄樊)人,又称"孟襄阳"。早年隐居家乡,以诗自娱。玄宗开元十五年(727年)曾赴京洛干谒求仕,无成。开元十八年(730),再度入长安应进士举,失意而归。开元二十五年(737),张九龄镇荆州,辟为从事。开元二十八年(740),王昌龄游襄阳,访孟浩然,二人相得欢甚。不久,孟因旧疾复发卒。孟浩然骨貌淑清,风神散朗,是唐代第一个大量写作山水田园诗的作家,诗风恬淡,意境清远。存诗二百多首,有《孟浩然集》传世。

七言古诗

鹦鹉洲送王九之江左[1]

昔登江上黄鹤楼,遥爱江中鹦鹉洲。洲势逶迤绕碧流,鸳鸯鸂鶒满滩头[2]。滩头日落沙碛长,金沙耀耀动飙光[3]。舟人牵锦缆,浣女结罗裳。月明全见芦花白,风起遥闻杜若香,君行采采莫相忘[4]。

【注释】(1)鹦鹉洲:唐时位于汉阳城西南二里左右的长江中,后渐被江

水冲没。东汉末年，黄祖杀祢衡，葬于洲上。祢衡曾作《鹦鹉赋》，洲名鹦鹉，是为了纪念他。王九：即作者友人王迥，行九，号白云先生，家住鹿门山，和作者过从甚密。江左：长江下游以东地区。 （2）逶迤：弯曲延续貌。鸂鶒：水鸟名，似鸳鸯而稍大，羽毛五彩而多紫色，故又名紫鸳鸯。 （3）碛：沙石。耀耀：光明貌。飙（biāo）光：指沙石于阳光下发出闪烁不定的光彩。 （4）杜若：香草名，亦称杜衡，叶子披作针形，味辛香。采采：采摘不停，谓动作反复持续，或谓采采犹事事。

【今译】从前登上黄鹤楼，凭栏远眺，非常喜爱鹦鹉洲。洲势蜿蜒，碧流环绕，各种各样的水鸟落满滩头。傍晚的滩头沙石绵延伸长，在夕照下闪烁着梦幻般的彩光。船夫拉着纤绳，洗衣女喧闹着系紧了衣裳。月光下芦荻白茫茫，风吹起飘来杜若的芬芳，此情此景希望你不要遗忘。

【点评】二、三句与四、五句用顶真辞格，如珠贯穿，四、五句于换韵处用此法，兼绾合上下篇。全诗句句押韵，质朴宛转，自然流畅，有民歌风调。

【集说】笔力强弱，实由性生，不复可强，智者善藏其短耳。如孟襄阳写景、叙事、述情，无一不妙，令读者躁心欲平。但瑰奇磊落，实所不足，故不甚作七言，专精五字。如《鹦鹉洲送王九之江左》曰："月明全见芦花白，风起遥闻杜若香，君行采采莫相忘。"全似《浣溪沙》风调也。（贺裳《载酒园诗话又编》）

（李浩）

王　维

王维(692—761),字摩诘,太原祁州(今山西祁县)人。开元九年(721)进士,任大乐丞,累官至给事中。安史乱起,被迫署伪职。两京收复后,获罪贬职,官终尚书右丞,世称王右丞。王维一生究心禅理,中年起,优游于辋川别业,过着半官半隐的闲适生活。历经丧乱后,更是专心事佛。其诗明净清新,精美雅致,擅长描摹自然风光,在盛唐诗坛上,堪与李白、杜甫相提并论,鼎足而三。王维又是杰出的画家,通晓音乐,善以画理、乐理、禅理融入诗歌创作之中,苏轼曾称其"诗中有画""画中有诗"。他的诗各体皆长,尤以五言律、绝成就最高。有《王右丞集》。

七言古诗 唐

答张五弟⁽¹⁾

终南有茅屋⁽²⁾,前对终南山。终年无客长闭关⁽³⁾,终日无心长自闲。不妨饮酒复垂钓,君但能来相往还。

【注释】(1)张五:即张谓,官至刑部员外郎,善书画,尤工山水,是王维的好友。此诗描写两人隐居终南、朝夕过从的情景。　(2)终南:又名中南山

或南山,其主峰在长安南数十里处。 (3)关:门闩。闭关:即关门。

【今译】终南山下有茅屋,屋门正对终南山。终年无客至,屋门常关掩,终日不用心,心境常安闲。不妨饮美酒,垂钓古塘边,盼君能常来,与君相往还。

【点评】茅屋唯有终南山相对,人则只与茅屋、终南山相伴,颇有"空山不见人"之意,幽静到了极点。在此隐居,饮酒垂钓,与胜友往还,将整个身心融入自然界,从而达到超凡脱俗、物我两忘之境界,这不正是作者所追求的理想所在吗?

【集说】此述幽居之闲逸也。无客则闭关自守,君来则往还其间,终日无心,靡所营矣。然饮酒垂钓,亦无不可,其真与世逍遥不着于物者欤?(唐汝询《唐诗解》)

六句四韵中,包含无限静思。右丞是学道人,出语精微,俱耐人想。古诗中用才情、用绮丽者,居其次矣。四"终"字生出奇趣,亦不经意而出之,非有心安排也。此篇先五言,后七言,故七言重一韵。(王尧衢《古唐诗合解》)

(尚永亮)

夷 门 歌⁽¹⁾

七雄雄雌犹未分⁽²⁾,攻城杀将何纷纷。秦兵益围邯郸急⁽³⁾,魏王不救平原君⁽⁴⁾。公子为嬴停驷马⁽⁵⁾,执辔愈恭意愈下。亥为屠肆鼓刀人⁽⁶⁾,嬴乃夷门抱关者。非但慷慨献奇谋,意气兼将身命酬⁽⁷⁾。向风刎颈送公子,七十老翁何所求。

【注释】(1)夷门:大梁(今河南开封市西北)之东门。此诗为王维借《史记》魏公子信陵君礼贤下士、窃符救赵故事寄托怀抱之作。 (2)七雄:即战国时韩魏燕赵齐秦楚七国。雄雌:此指胜败,强弱。 (3)益围:增强围城的

兵力。邯郸:赵国的都城。 （4）平原君:原名赵胜,战国赵武灵王子,惠文王弟。喜宾客,故宾客达数千人,曾相赵惠文王及孝成王,三去相三复位,封于东武城。与齐孟尝君（田文）、魏信陵君（无忌）、楚春申君（黄歇）并称为战国四公子。 （5）公子:即信陵君魏公子无忌。为魏昭王少子,魏安釐王异母弟。有食客三千,封信陵君,因功高名盛为魏王所忌,遂称病不朝,病酒而卒。嬴:即侯嬴。战国时魏国隐士,亦称侯生。家贫,年七十,为大梁夷门守门小吏,即"抱关者"。因有谋略,被信陵君迎为上宾。驷马:指四匹马所驾的车。"公子"以下四句写信陵君礼贤下士的故事。 （6）亥:朱亥。战国魏勇士,为屠宰店操刀宰杀牲畜的人,即"屠肆鼓刀人"。秦围邯郸,魏王派大将晋鄙率兵救赵,晋鄙因惧怕秦军兵力,逗留而不敢进。信陵君采纳了侯嬴谋略,先以计窃兵符。又恐晋鄙不肯接受,侯嬴便推荐朱亥偕行。朱亥因受信陵君礼遇,所以当晋鄙怀疑有诈,不肯出兵时,便用大铁椎击杀晋鄙,遂进军破秦,解邯郸之围。 （7）"非但"以下四句写侯嬴、朱亥仗义扶危的故事,"身命酬",指侯嬴为了让信陵君能义无反顾地带兵救赵,刎颈自杀,以报答信陵君知遇之恩。

【今译】七雄争霸战国雌雄难判,攻城杀将天下动荡不安。秦兵围赵邯郸频频告急,魏王惧秦不救平原君于危难中。信陵君亲为侯嬴停车驾马,手执车辔态度温良恭谦。朱亥本是屠场宰杀牲畜的勇士,侯嬴原在大梁东门把关。他们不但慷慨献出奇谋,紧要时还舍身报恩大义凛然。侯嬴向风刎颈以壮公子行色,七十老翁献身知己别无他愿。

【点评】将一个众口传诵的历史故事,纳入三幅画面——"窃符救赵""礼贤下士""刎颈谢君"。组接巧妙,形象生动,颇得缩龙成寸之妙。前四句交代背景,粗线勾勒,笔力峻洁雄健。中四句切入信陵君礼贤下士的往事,说明侯嬴、朱亥为魏公子出生入死的原因。末四句既承前段又遥应篇首,以"非但""兼将"的递进句式,剖露侯嬴知恩图报的忠义之心和意气风发的豪迈情怀。

【集说】言老翁之刎颈,岂有所求于公子耶？特以意气相激故耳。（沈德

七言古诗

潜《唐诗别裁》)

　　此歌为意气而发。……右丞慨世无真好士者，故借侯生事而作此歌。
(王尧衢《古唐诗合解》)

　　夷门抱关，屠肆鼓刀，点化二豪之语。对仗天成，已徵墨妙。末句复借用段灼理郑艾语，尤见笔精。使事至此，未许后入步骤。(赵殿成《王右丞集笺注》)

　　此篇三韵三转。(王文濡《唐诗评注读本》)

　　"非但慷慨"以下，转出波澜议论。(方东树《昭昧詹言》)

(李达武)

李　白

李白(701—762)，字太白，号青莲居士，生于安西都护府碎叶城(今巴尔喀什湖南之楚河流域)，约5岁时随父迁居绵州昌隆(今四川江油昌隆)青莲乡。青年时即离蜀漫游各地，天宝初供奉翰林，不久即遭谗去职。安史乱起，因参加永王李璘幕府，被牵连得罪，长流夜郎，途中遇赦东还。晚年漂泊于东南一带，卒于当涂。李白心性豪迈，傲岸不羁，诗风雄健奔放，绚丽多彩，极富浪漫情调，被称为"诗仙"。其诗现存九百余首，有《李太白集》三十卷。

乌 夜 啼⁽¹⁾

　　黄云城边乌欲栖，归飞哑哑枝上啼。机中织锦秦川女⁽²⁾，碧纱如烟隔窗语。停梭怅然忆远人⁽³⁾，独宿孤房泪如雨。

【注释】(1)乌夜啼：本为南朝乐府，相传是宋临川王刘义庆所作。后沿为题，多写离别相思之情。　(2)织锦秦川女：十六国时苻秦的秦州刺史窦

滔因罪流放,其妻苏蕙织锦为回文旋玑图诗相赠,表达思念之情。这里指诗中女主人公。秦川:陕西关中平原地区。　(3)梭:梭子,织布时牵引纬线和经线交织的工具。

【今译】傍晚的城边,黄云片片,归鸦群群,树枝上传来哑哑的啼叫。织布的秦川女,在隔着碧绿如烟的纱窗内视窗外的归鸟,耳闻窗外鸦啼,不禁生出无端的烦恼。她停下织布梭,想起未归人,一颗心全被远方的他牵绕。夜间独宿空房,泪如雨下,真不知这漫漫长夜何时到晓!

【点评】开头四句,以景起情,兴而兼比,借归鸦引出对未归之人的思念,从视觉、听觉两方面渲染感伤、凄迷气氛,为后两句女主人公的情感深化作铺垫。"停梭"二句,一笔写尽人物内心的悲凉,虽无一字言及怨、悲,而怨、悲之情已跳出纸外。

【集说】只于乌啼上生情,更不复于情上布景,兴、赋乃以不乱。直叙中自生色有余,不资炉冶,宝光灿然。(王夫之《唐诗评选》)

含蕴无穷,而节奏亦绝妙。(吴昌祺《删订唐诗解》)

刘辰翁曰:"语有深于此者,然情之所至,皆不如此,则亦不必深也。凡言乐府者,未足以知此。"(《唐宋诗醇》引)

蕴含深远,不须语言之烦。贺知章读《乌夜啼》诸乐府,因重太白,荐于明皇。(沈德潜《唐诗别裁》)

(尚永亮)

白云歌送刘十六归山⁽¹⁾

楚山秦山皆白云⁽²⁾,白云处处长随君。长随君,君入楚山里,云亦随君渡湘水⁽³⁾。湘水上,女萝衣⁽⁴⁾,白云堪卧君早归。

【注释】(1)刘十六:名不详,李白友人。　(2)楚山秦山:分别代指湖南

（古属楚）和唐都长安（古属秦）两地。 （3）湘水:即湘江,湖南最大的河流。 （4）女萝:植物名。

【今译】无论楚山秦山,都飘荡着悠闲白云,无论哪一处白云,都常跟随着你。跟着你,随着你,这次你到楚山去,白云也随你,渡过湘水滨。清丽的湘水上,长满女萝绿茵茵。白云真堪恋,劝你尽早归回。

【点评】诗从山中白云写起,又以白云随君、君归白云告终,将山、云、人三者融为一体,构思精巧,首尾圆合。"皆"字见出山中白云之多,"长"字见出人居山中之久,"白云处处长随君",则云、人相融,自由飘荡,其境界之高远超妙、空灵潇洒,几达无以复加的地步,与此同时,一个高迈脱俗的隐士形象也跃然纸上。

全诗运用顶真句式,形成重叠复沓的格调,一唱三叹,韵味无穷。

【集说】随手写去,自然流逸。（沈德潜《唐诗别裁》）

吐语如转丸珠,又如白云卷舒,清风与归,画家逸品。（《唐宋诗醇》）

（尚永亮）

灞陵行送别⁽¹⁾

送君灞陵亭⁽²⁾,灞水流浩浩⁽³⁾。上有无花之古树,下有伤心之春草。我向秦人问路歧⁽⁴⁾,云是王粲南登之古道⁽⁵⁾。古道连绵走西京⁽⁶⁾,紫阙落日浮云生⁽⁷⁾。正当今夕断肠处,骊歌愁绝不忍听⁽⁸⁾。

【注释】(1)灞陵:汉文帝陵墓,在今陕西西安市东南。附近有灞桥,古人常在此送别。 (2)君:李白朋友,名不详。 (3)灞水:源头出自陕西蓝田东,流入渭河。 (4)路歧:歧路,岔道。 (5)王粲（càn）:东汉末年文学家,其《七哀诗》有"南登灞陵岸,回首望长安"之句。 (6)西京:即长安。 (7)紫阙（què）:皇帝居住的宫殿。 (8)骊歌:古代告别亲友时唱的歌。一

七言古诗

作"黄骊"(见《唐诗解》卷七)。

【今译】送君来到灞陵长亭,亭下灞水奔流浩浩。两岸是还未开花的古树,河边是令人伤心的春草。我向秦人问路,他用手一指告诉我:那就是王粲南行的古道。这古道一直通往长安,回首望长安,皇宫上空浮云片片,落日残照。真令人悲伤呵,今晚这送别的地方,怎忍心再听那骊歌苍凉的曲调!

【点评】始于送别,终于送别,其间围绕灞陵,通过写景、怀古、伤今等多方面的展开,将诗情步步推向高潮,而不失时机地嵌入"紫阙"句,借"浮云""落日"既写景又暗喻朝政之昏暗,深化了诗旨。全诗气势浑灏流转,格调苍凉激楚,境界高远阔大,在太白集中,别具气象。

【集说】水流,古树,春草伤心,昔人亦尝登此道而兴怀矣。今与我友分别而睹薄暮之景,已足断肠,况又闻啼鸟之音乎?(唐汝询《唐诗解》)

西京浮云,乃断肠之由也。(吴昌祺《删订唐诗解》)

夹乐府入歌行,掩映百代。(王夫之《唐诗评选》)

古之伤心人别有怀抱,是诗之谓矣。(《唐宋诗醇》)

叙起。"上有"二句,奇横酣恣,天风海涛,黄河天上来。"我向"句倒点题柄,更横。"古道"句入"送"。(方东树《昭昧詹言》)

(尚永亮)

把酒问月(1)

青天有月来几时?我今停杯一问之。人攀明月不可得,月行却与人相随。皎如飞镜临丹阙,绿烟灭尽清辉发。但见宵从海上来,宁知晓向云间没?白兔捣药秋复春,嫦娥孤栖与谁邻(2)?今人不见古时月,今月曾经照古人。古人今人若流水,共看明月皆如此。唯愿当歌对酒时,月光常照金樽里。

【注释】(1) 李白写过大量咏月的诗篇, 此诗却别开生面, 以"问月"为题, 而且是"把酒"问月。且不说全诗始终围绕"把酒"和"问月"向前推进, 即就诗题看, 已非常新颖奇特了, 难怪清人王夫之击节称赏, 谓为"创调"(《唐诗评选》)。 (2)"白兔"二句: 神话传说月中有白兔、嫦娥。

【今译】什么时候有了明月和浩瀚的青天? 停下手中酒杯, 我请你解答疑难! 明月在夜空高悬, 人怎么能登攀, 可明月的运行, 却时时与人做伴。看那皎洁的月轮, 有时像飞腾的明镜照临宫殿; 有时发出清光逼退墨绿的云烟。只见它夜夜从东海中升起, 怎知它凌晨又消失在云间! 可爱的白兔, 你秋来春往地捣药是为了什么? 美丽的嫦娥, 你独自一人在月宫与谁为伴? 今天的人已见不到古时的明月, 可今天的明月却曾经将古人照遍。古人今人, 像流水般更迭推迁, 他们看过的月, 却始终如此这般。真希望, 真希望饮酒高歌的时候, 那明亮的月光能常照酒杯与我相伴。

【点评】开篇便以倒序, 突发奇问, 造成强烈的气势, 随即以"停杯一问"紧承, 传出浓郁的诗意。两句诗照应题面, 双绾"把酒"和"问月"。以下便从"问月"一面着笔, 写诗人对明月既神往又迷惑的情态, 举出月与人的关系、月的形象和色彩、月的运行轨迹和月中包含的奥秘, 层层写来, 连发数问, 语气或缓或强, 距离或远或近, 色彩或淡或浓, 或直写自我感觉, 或出以想象之笔, 从而将诗人惊奇、疑惑、神往、感叹等一系列情感活动传神地展现出来, 极曲折变幻之致。"今人"以下四句一笔宕开, 由浩渺广阔的空间感受转入悠然无尽的时间感受, 传达出一种饱含哲理的人生意识: 从人的角度看, "今人不见古时月", 则古人亦难见今时月, 今人古人自不能共处同一时空; 从月的角度看, "今月曾经照古人", 则古月亦在照今人, 今月古月何尝稍有不同? 由变的角度看, 古人今人不断更迭, 如流水一去不返; 由不变的角度看, 则无论古人、今人还是后人, 都能看到同一轮明月。既然不变之月如此永恒, 而迭变之人生又如此短暂, 那么还是抓住眼前这皎洁之月和杯中之酒, 切莫虚度此生! 末两句生发此意, 点明题旨, 既与篇首"停杯"遥遥相对, 又使"月光"一线贯穿, 构成首尾圆融、通体浑然的妙境, 给人以无穷的美感享受。

95

七言古诗

【集说】奇思忽生，旷怀如见，"共看明月皆如此"，令延之见之，又当失笑。（《唐宋诗醇》）

吴曰："奇气。"（高步瀛《唐宋诗举要》引）

（尚永亮）

将 进 酒⁽¹⁾

君不见黄河之水天上来，奔流到海不复回！君不见高堂明镜悲白发，朝如青丝暮成雪！人生得意须尽欢，莫使金樽空对月。天生我才必有用，千金散尽还复来。烹羊宰牛且为乐，会须一饮三百杯⁽²⁾。岑夫子，丹丘生⁽³⁾，将进酒，杯莫停。与君歌一曲，请君为我倾耳听。钟鼓馔玉不足贵⁽⁴⁾，但愿长醉不愿醒。古来圣贤皆寂寞，唯有饮者留其名。陈王昔时宴平乐，斗酒十千恣欢谑⁽⁵⁾。主人何为言少钱，径须沽取对君酌⁽⁶⁾。五花马⁽⁷⁾，千金裘，呼儿将出换美酒，与尔同销万古愁。

【注释】(1)此诗当是开元二十三年(735)李白从太原归家后又被元丹丘请至嵩山时作。一说作于天宝十一载(752)。将进酒，乐府旧题，属《鼓吹曲辞·汉铙歌》，古辞乃饮酒放歌之作。　(2)会须：应该。　(3)岑夫子：指岑勋。丹丘生：指元丹丘。李白有《酬岑勋见寻就元丹丘对酒相待以诗见招》记其事。(4)钟鼓馔(zhuàn)玉：代言富贵利禄。钟鼓乃权贵之家的音乐，馔玉谓食物精美如玉。　(5)"陈王"二句：曹植曾被封为陈王，其诗《名都篇》云，"归来宴平乐，美酒斗十千。"平乐，宫观名。　(6)径须：直须。(7)五花马：指名贵的马。唐开元天宝间，马饰有将鬃毛剪作花瓣形者，剪五瓣的称五花马。

【今译】君不见黄河之水从天而来，奔流到大海不再转回！君不见高堂对明镜多么可悲，朝暮之间一头青丝成了白发！人生得意须纵情欢乐，莫使金樽空对着明月。天生我才必然有用，千金散尽还会再来。烹羊宰牛姑且作乐,定要喝他个三百来杯。岑夫子呀,丹丘生,尽兴地干杯不要停。为你们歌上一曲,请你们为我洗耳恭听。金钱和权力有什么可贵,只愿长醉不愿清醒。自古圣贤皆默默无闻,唯有酒徒能享大名。陈王曹植曾在平乐宴饮,斗酒十千狂欢纵情。主人怎么能说囊中羞涩,直须打酒来与君对斟。五花马呀,千金裘,叫小儿拿出换美酒,与你们一同销尽万古愁。

【点评】《将进酒》篇幅不算长,却五音繁会,气象不凡。它笔酣墨饱,情极悲愤而作狂放,语极豪纵而又沉着。诗篇具有震动古今的气势与力量。这诚然与夸张手法不无关系,但其根源却在于诗人充实深厚的内在感情,那潜藏在酒水底下如波涛汹涌的郁怒的情绪。篇法大起大落,忽翕忽张,由悲转乐、转狂放、转愤疾、再转狂放,最后结穴于"万古愁",回应篇首。如大河奔流,有气势亦有曲折,纵横捭阖,力能扛鼎。诗句极错综参差,以散行为主,又以短小对仗语点染,节奏疾徐尽变,奔放而不粗滑,于雄快之中,得深远宕逸之神。

【集说】严羽曰:"一往豪情,使人不能句字赏摘。盖他人作诗用笔想,太白但用胸口一喷即是,此其所长。"(《李太白诗集》引)

此篇虽似任达放浪,然太白素抱用世之才而不遇合,亦自慰解之词耳。(萧士赟《分类补注李太白诗》)

宋人抑太白而尊少陵,谓是道学作用,如此将置风人于何地? 放浪诗酒,乃太白本行。忠君爱国之心,子美乃感辄发。其性既殊,所遭复异。奈何以此定诗优劣也? 太白游梁宋间,所得数万金,一挥辄尽,故其诗曰:"天生我才必有用,千金散尽还复来。"意气凌云,何容易得? (陆时雍《诗镜总论》)

此篇用长短句为章法,篇首用两个"君不见"领起,亦一局也。(王尧衢《古唐诗合解》)

(周啸天)

金陵酒肆留别⁽¹⁾

风吹柳花满店香,吴姬压酒劝客尝⁽²⁾。金陵子弟来相

七言古诗

送,欲行不行各尽觞。请君试问东流水,别意与之谁短长?

【注释】(1)此诗约作于开元十四年(726)暮春。此前,诗人漫游吴中,此后,即入京供奉翰林。故诗虽为留别之作,却意气风发,而无消沉之气。金陵:即今江苏南京。 (2)压酒:压榨新酒。劝:一作"唤"。

【今译】柳花在春风中轻扬,酒店里飘满芳香。那一边压酒一边劝客的,是热情的吴地姑娘。金陵的友人,纷纷来这里为我送行,依依不舍中,我们共尽了杯中之酒。眼前是滚滚的长江水,心中,绵绵友情比江水还长。

【点评】"满店香",有花香,有酒香,借香味写风土之美;"劝客尝",既殷勤,又亲切,借声音写人情之浓。风土人情已堪留恋,何况金陵子弟意气相投,前来送行,岂能遽舍?"欲行不行"刻画心理,于矛盾、犹豫中见出友情之深。结语融情于景,借景衬情,用比喻法、设问句,化抽象为形象,声情悠扬,余韵不尽,堪称神来之笔。

【集说】《诗眼》云:"好句须要好字,如李太白诗'吴姬压酒劝客尝',见新酒初熟,江南风物之美,工在'压'字。"(胡仔《苕溪渔隐丛话》引)

山谷曰:"学者若不见古人用意处,但得其皮毛,所以去之甚远。如'风吹柳花满店香',若人复能为此句,亦未是太白。……至此乃真太白妙处,当潜心焉。"(魏庆之《诗人玉屑》引)

妙在结语。使座客同赋,谁更擅长!(谢榛《四溟诗话》)

景方丽而酒复佳,无论行者当饮,即不行者亦当尽觞,正以别意相缠,如流水之无已耳。(唐汝询《唐诗解》)

供奉一味本色,诗则如此,在歌行诚为大宗。(王夫之《唐诗评选》)

此篇短调急节,情景各胜。(王尧衢《古唐诗合解》)

语不必深,写情已足。(沈德潜《唐诗别裁》)

言有尽而意无穷,味在酸咸之外。(《唐宋诗醇》)

起二句写吴姬。三、四叙。"请君"二句议收。(方东树《昭昧詹言》)

(尚永亮)

行　路　难⁽¹⁾

　　金樽清酒斗十千,玉盘珍羞直万钱。停杯投箸不能食⁽²⁾,拔剑四顾心茫然。欲渡黄河冰塞川,将登太行雪满山。闲来垂钓碧溪上,忽复乘舟梦日边⁽³⁾。行路难!行路难!多歧路,今安在?长风破浪会有时⁽⁴⁾,直挂云帆济沧海。

【注释】(1)此诗当是天宝三载(744)离开长安时作。　(2)箸:筷子。(3)"闲来"二句:传说姜尚未遇周文王时,曾在磻溪钓鱼;伊尹见汤以前,梦乘舟过日月之旁。合用二典,意谓人生穷达变幻莫测。　(4)长风破浪:《宋书·宗悫传》,"悫年少时,炳问其志,悫曰:'愿乘长风,破万里浪。'"

【今译】金樽美酒啊一斗十千,玉盘珍馐价值万钱。停杯投筷不能下咽,拔剑而起四顾茫然。想渡黄河坚冰塞川,将登太行大雪封山。闲来垂钓碧溪之上,忽然乘舟梦到日边。行路难!行路难!歧路多,路何在?长风破浪定有一天,直挂高帆渡过沧海。

【点评】本篇结构最为跌宕多姿。开篇就设下如此盛宴,而接下去却不是大块吃肉,大碗喝酒,反而是食欲饮兴全无。紧接着却又谈及史事,以明壮心不死,自视伯仲伊吕。以下几个短句,又陷入现实苦闷。篇末却振起豪情,如江出夔门,乘长风破万里浪矣。此种篇法,他人不能有,唯太白有之。

【集说】冰塞雪满,道路之难甚矣。而日边有梦,破浪济海,尚未决志于去也。后有二篇,则畏其难而决去矣。此盖被放之初述怀如此,真写得"难"字意出。(《唐宋诗醇》)

"停杯""长风"二联振动易学,"欲渡"二句排宕,则不易,后人但学"停杯"以为豪。渡河、登太行,济世也。冰雪譬小人,犹《四愁诗》之水深雪雾也。溪上梦日边,身在江湖,心存魏阙也。(刘咸忻《风骨集评》)

(周啸天)

七言古诗

梦游天姥吟留别⁽¹⁾

海客谈瀛洲⁽²⁾，烟涛微茫信难求。越人语天姥，云霞明灭或可睹。天姥连天向天横，势拔五岳掩赤城⁽³⁾。天台四万八千丈⁽⁴⁾，对此欲倒东南倾。我欲因之梦吴越⁽⁵⁾，一夜飞度镜湖月⁽⁶⁾。湖月照我影，送我至剡溪⁽⁷⁾。谢公宿处今尚在⁽⁸⁾，渌水荡漾清猿啼。脚著谢公屐⁽⁹⁾，身登青云梯⁽¹⁰⁾。半壁见海日，空中闻天鸡⁽¹¹⁾。千岩万转路不定，迷花倚石忽已暝。熊咆龙吟殷岩泉⁽¹²⁾，栗深林兮惊层巅⁽¹³⁾。云青青兮欲雨，水澹澹兮生烟。列缺霹雳⁽¹⁴⁾，丘峦崩摧。洞天石扉，訇然中开⁽¹⁵⁾。青冥浩荡不见底⁽¹⁶⁾，日月照耀金银台⁽¹⁷⁾。霓为衣兮风为马，云之君兮纷纷而来下⁽¹⁸⁾。虎鼓瑟兮鸾回车⁽¹⁹⁾，仙之人兮列如麻。忽魂悸以魄动，恍惊起而长嗟⁽²⁰⁾。惟觉时之枕席，失向来之烟霞。世间行乐亦如此，古来万事东流水。别君去兮何时还？且放白鹿青崖间⁽²¹⁾，须行即骑访名山。安能摧眉折腰事权贵⁽²²⁾，使我不得开心颜！

【注释】(1)玄宗天宝三年(744)，李白为权贵排挤，被放出京。次年由东鲁(今山东南部)南游越中(今浙江一带)，行前作此诗，向朋友们表白心情。天姥(mǔ)：山名，在今浙江新昌东。　(2)瀛洲：传说中的海上仙山。(3)拔五岳：超出五岳。五岳指东岳泰山、西岳华山、南岳衡山、北岳恒山、中岳嵩山。掩赤城：掩盖了赤城。赤城：山名，在今浙江天台境内。　(4)天台：即天台山，在今浙江天台县北。　(5)因之：因越人的话。吴越：偏义复词，主要指越。　(6)镜湖：又名鉴湖，在今浙江绍兴。　(7)剡(shàn)溪：在今浙江嵊州市，即曹娥江的上游。　(8)谢公宿处：南朝宋代诗人谢灵运游天姥，曾在剡溪投宿。　(9)谢公屐(jī)：谢灵运特制的登山木鞋。鞋底装有活动的锯齿，上山去掉前齿，下山去掉后齿。　(10)青云梯：指高峻入云的山路。　(11)天鸡:古代神话中的鸡。传说天鸡最早见到日出,它一叫,天下所有的鸡都跟着叫。　(12)殷:本是形容词,指声音宏大,这里作动词用,指发出大的声响。　(13)层巅:一层比一层高的山峰。　(14)列缺:闪电。霹雳:迅雷。　(15)訇(hōng)然:形容大声。　(16)青冥:天空。(17)金银台:传说中神仙居住的处所。　(18)云之君:云神。这里泛指从云中下降的群仙。　(19)回车:拉车。　(20)恍:神情不定貌。　(21)白鹿:传说中仙人的坐骑。　(22)摧眉折腰:低眉弯腰,意谓忍受屈辱,小心伺候他人。

【今译】听海外的客人谈到那海上仙山瀛洲,实在是烟涛渺茫难以寻求。听越人说起那南方高山天姥,有时在云霞明灭间或可一睹。天姥山与天相连又向天横去,超出五岳掩盖赤城好不气派。别看天台山高达四万八千丈,比起天姥也要拜倒东南方向。我在梦中来到吴越,一夜间便乘风飞度镜湖明月。月光在湖面上投下我的身影,轻快地把我送到美丽的剡溪。剡溪还有谢灵运住过的遗迹,四周水波荡漾猿声哀转清厉。我脚着谢公穿过的那种木屐,飞身登上缭绕着青云的石梯。半山腰便已望见了海上旭日,听到了空中传来的天鸡鸣啼。千岩万转使得道路曲折多变,依石赏花忽然天色已经昏暗。熊在咆哮,龙在吟叫,声震岩泉,深林为之战栗高山也在惊颤。头顶黑云聚集好像就要下雨,脚下绿水摇荡生出缕缕轻烟。突然间闪电引来了隆隆雷声,雷声中巨大的山峦开始崩陷。山崩后露出了一个山洞石门,这石门轰然一声向两边张开。向里望只见那青天浩渺无际,日月高照神仙住的金银之台。仙人们用云霓为衣,用风当马,从云霞中纷纷扬扬飘然而下。猛虎弹琴凤鸟也为他们驾车,那景象纷繁奇丽真令人眼花。正在这当口竟忽觉动魄惊心,梦醒后猛然坐起我长叹一声。能感觉到的只有眼前的枕席,梦境中那神奇烟霞早已无踪。仔细想来世间行乐也是如此,古来万事都像江水奔流向东。离别了朋友何时才能再见?暂且先在青崖间与白鹿为伴,要走就骑上它寻访天下名山。怎能够低头弯腰去侍奉权贵,使我不得开心欢乐一展笑颜!

【点评】开篇借“海客谈瀛洲”和“越人语天姥”绾起文意,一虚一实,由虚及实,使人初识天姥面目。下四句大胆夸张,力状天姥的挺拔高峻,惊心

七言古诗

动魄,气盖一世。由此看出诗人向往和探求的欲望,为"梦"做好了铺垫。

一个"飞度"揭开"梦吴越"的序幕,此后由镜湖至剡溪,经谢公宿处,登青云石梯,望海日升空,听天鸡高唱,一路行来,变幻莫测,美不胜收。"千岩"句以下,诗情陡变,从高天到厚地,从猛兽咆哮到云雨水烟,再到列缺霹雳,整个空间都充满骇人心魄的场景,可谓濡染大笔!石扉中开之后,诗境愈出愈奇,将人完全带入一个五彩缤纷的神仙世界,诗情也一变而为明丽、轻快,"梦"至此达到高潮。

"忽魂悸以魄动",一笔收转。大梦醒来,万象消失殆尽,诗人由此悟出:一切都在急遽的变化之中,仙人行乐如此,世间行乐亦复如此。既然如此,便绝无必要再留恋朝廷、功名,而应在大自然中去追求自由境界。由是自然引出"别君"一事,关合诗题,表明志趣。结以愤激之语,突现了诗人耿直狂放的性格,大大深化了诗的主题和境界。

全诗气势磅礴,格调激昂,对梦境的描写,更是一波未平,一波又起,极尽曲折变化之能事。加以韵脚的不断变换,四、五、七、九言句式、骚体句式的配合使用,更有力地增强了声情效果,令人耳目为之一新。

【集说】此托言梦游,以见世事皆虚幻也。(唐汝询《唐诗解》)

山既佳而又托之梦中,足以任其挥洒。(吴昌祺《删订唐诗解》)

托言梦游,穷形尽相,以极洞天之奇幻,至醒后顿失烟霞矣!知世间行乐,亦同一梦,安能于梦中屈身权贵乎?吾当别去,遍游名山以终天年也。诗境虽奇,脉理极细。(沈德潜《唐诗别裁》)

七言歌行,本出楚骚、乐府,至于太白,然后穷极,笔力优入圣域。昔人谓其以气为主,以自然为宗,以俊逸高畅为贵,咏之使人飘扬欲仙,而尤推其《天姥吟》《远别离》等篇,以为虽子美不能道。盖其才横绝一世,故兴会标举非学可及,正不必执此。谓子美不能及也。此篇天矫离奇,不可方物,然因语而梦,因梦而悟,因悟而别,节次相生,丝毫不乱。若中间梦境迷离,不过词意伟怪耳。胡应麟以为"无首无尾,窈冥昏默",是真不可以说梦也。特谓非其才力学之,立见颠踣,则诚然耳。(《唐宋诗醇》引)

范杼曰:"梦吴越以下,梦之源也;次诸节,梦之波澜也。其间显而晦,晦而显,非太白之胸次,笔力,亦不能发此。"(《唐宋诗醇》引)

陪起,令人迷。"我欲"以下正叙梦,愈唱愈高,愈出愈奇;"失向"句,收住。"世间"二句,入作意,因梦游推开,见世事皆成虚幻也,不如此,则作诗之旨无归宿。留别意,只末后一点,韩《记梦》之本。(方东树《昭昧詹言》)

起首入梦不突,后幅出梦不竭,极恣肆幻化之中,又极经营惨澹之苦。若只貌其右句字面,则失之远矣。(延君寿《老生常谈》)

(尚永亮)

江 上 吟⁽¹⁾

木兰之枻沙棠舟⁽²⁾,玉箫金管坐两头。美酒樽中置千斛⁽³⁾,载妓随波任去留。仙人有待乘黄鹤,海客无心随白鸥。屈平词赋悬日月,楚王台榭空山丘⁽⁴⁾。兴酣落笔摇五岳⁽⁵⁾,诗成笑傲凌沧洲⁽⁶⁾。功名富贵若长在,汉水亦应西北流。

【注释】(1)此诗当为乾元二年(759)所作(郁贤皓说),一说作于唐玄宗开元二十二年(734)。题一作《江上游》。 (2)枻(yì):短桨。沙棠:木名。(3)斛:十斗为一斛。 (4)楚王台榭:战国时楚王游憩场所,如章华台、阳云台等。台上有屋称榭。 (5)五岳:指东岳泰山、南岳衡山、西岳华山、北岳恒山、中岳嵩山。 (6)沧洲:古时称隐士居处。

【今译】木兰的桨、沙棠的舟,精妙的管乐列置两头。舟中贮有千斛美酒,载着歌姬随波逐流。仙人有待于骑鹤远走,海客无心与白鸥同游。屈平辞赋如日月不朽,楚王台榭只剩荒丘。兴酣落笔摇撼五岳,诗成笑傲凌驾沧海。功名富贵若能够长久,汉水也会西北倒流!

【点评】李白是一个具有深刻矛盾的人物。他既向往个性解放与自由,又渴望建立功业。得意时心血来潮,有极强的功名心,失意时牢骚满腹,出世的想法就占了上风,其骨子里最本质的东西,还是鄙弃庸俗。"屈平词赋悬日月,楚王台榭空山丘"二句,在于把屈原和楚王作为两种人生的典型,鲜

明地对立起来。屈原尽忠爱国,词赋可与日月争光;楚王荒淫无道,卒招亡国之祸,这标志着一种独特的价值取向。

【集说】此达者之辞也。汉水无西北流之理,功名富贵不能长在,亦犹是乎!(萧士赟《分类补注李太白诗》)

"仙人"一联,谓笃志求仙,未必即能冲举,而忘机狎物,自可纵适一时。"屈平"一联,谓留心著作,可以传千秋不刊之文,而溺志豪华,不过取一时盘游之乐,有孰得孰失之意。然上联实承上文泛舟行乐而言,下联又照下文兴酣落笔而言也。特以四古人事排列于中,顿觉五色目迷,令人骤然不得其解。似此章法,虽出自逸才,未必不少加惨淡经营,恐非斗酒百篇时所能构耳。(王琦《李太白全集》)

发端四语,即事之辞也。以下慷当以慨,虽带初唐风调,而气骨迥绝矣。反笔作结,殊为遒健。(《唐宋诗醇》)

(周啸天)

庐山谣寄卢侍御虚舟(1)

我本楚狂人,凤歌笑孔丘(2)。手持绿玉杖,朝别黄鹤楼。五岳寻仙不辞远,一生好入名山游。庐山秀出南斗傍,屏风九叠云锦张(3),影落明湖青黛光。金阙前开二峰长,银河倒挂三石梁。香炉瀑布遥相望,回崖沓嶂凌苍苍。翠影红霞映朝日,鸟飞不到吴天长。登高壮观天地间,大江茫茫去不还。黄云万里动风色,白波九道流雪山(4)。好为庐山谣,兴因庐山发。闲窥石镜清我心(5),谢公行处苍苔没。早服还丹无世情(6),琴心三叠道初成(7)。遥见仙人彩云里,手把芙蓉朝玉京(8)。先期汗漫九垓上(9),愿接卢敖游太清(10)。

【注释】(1)此诗当作于李白流放赦归,由江夏(今湖北武昌)来庐山之时。庐山:在今江西九江市南,东临鄱阳湖,北濒长江,向以秀美壮丽著称。

卢虚舟:李白友人,字幼直,肃宗时任殿中侍御史。　(2)楚狂、凤歌:据《论语·微子》,楚狂接舆嘲孔丘从政,作歌云,"凤兮,凤兮,何德之衰? 往者不可谏,来者犹可追! 已而! 已而! 今之从政者殆而!"这里借楚狂自比,表示要高蹈远引,皈依自然。　(3)屏风九叠:庐山五老峰东北的九叠云屏。下面的"金阙""三石梁""香炉""瀑布"均为庐山名胜奇景。　(4)白波九道:古谓长江流至庐山下分为九条支流。雪山:形容白浪汹涌,堆叠如山。(5)石镜:传说庐山东面有一圆石悬岩,可照人影。　(6)还丹:一种仙丹。道家认为服后能白日升天。　(7)琴心三叠:指道家修炼的功夫很深,宛如琴音多次重叠积淀在丹田之中。　(8)芙蓉:莲(荷)的别名。玉京:传说中道教元始天尊的居处。　(9)期:约。汗漫:犹言冥冥之神。九垓(gāi):九天。　(10)卢敖:传为燕人,秦始皇曾召以为博士,使求神仙,一去不返。《淮南子·道应训》载,卢敖游北海,遇一奇形怪状之人,想同他做朋友,该人笑答曰,"吾与汗漫期于九垓之外,吾不可以久驻。"遂入云中。太清:仙界。

【今译】我原本像古代那位楚国狂人,曾高唱凤歌去嘲笑圣人孔丘。手持着一柄精美的绿玉拐杖,在清晨辞别了江边的黄鹤楼。到五岳求仙学道我不畏遥远,一生中最喜好去名山中漫游。庐山高大秀美就在南斗星旁,山上的九叠屏像云锦般铺张,映入鄱阳湖使湖水泛起青光。再看那金阙前两峰又高又长,银河水仿佛倒挂在三石梁。香炉峰的瀑布与它遥遥相望,回环交错的山峦直插入穹苍。旭日中但见山峦翠绿红霞片片,鸟飞不到更显得这吴天宽广。我登上山巅放眼壮观天地间,只见长江浩浩东流一去不还。高空有风中飘浮的万里黄云,脚下是白波堆起的九道雪山。我满怀喜悦为庐山高唱赞歌,兴致也因为庐山而愈发蓬勃。闲望如镜圆石清爽我的身心,当年谢灵运的行迹早已芜没。真希望服食仙丹从尘世超脱,好在我学道初成已心境澄澈。遥望见五彩云中有一位仙人,手里正拿着莲花去朝拜玉京。我与天上神仙早已在九天有约,愿邀来卢敖同游那太清仙境。

【点评】前二句化用楚狂接舆嘲笑孔丘之典,表明了厌恶现实而欲高蹈远引、皈依自然的志愿。下四句对此生活态度做进一步补充,简笔勾勒出飘逸、洒脱的自我形象,令人读来,神思飞越。"庐山"至"雪山"诸句突出描写

七言古诗

庐山和长江的景色。先由总到分，又由分到合，用笔横出锐入，变化无方，但整个脉络却极其清晰，全承"一生好入名山游"而来。当写到"鸟飞不到吴天长"时，诗人已置身于庐山高处，故以"登高壮观"句领起，仰望俯瞰，一片神行，展现出巨人般的气度和胸怀。若无此等胸怀气度，绝写不出如此豪迈雄阔的诗句来。"好为庐山谣"以下转写游仙，烘托出一个缥缈、神奇的境界，遥应开篇"寻仙不辞远"，给人以通体浑然之感。

　　诗的格调以飘逸为主，而杂以雄豪之气。中间写景一段，缤纷多彩，雄奇壮丽，气势奔腾，情感激扬。末段虽情怀略显消沉，却真实地展现了诗人刚从流放途中归来，厌恶政治、希望超越混浊现实的思想变化，同时，消沉中仍寓浓郁的浪漫气息，颇堪玩味。

　　【集说】山本奇秀，诗又足以发之。（吴昌祺《删订唐诗解》）

　　先写庐山形胜，后言寻幽不如学仙，与卢敖同游太清，此素愿也。笔下殊有仙气。（沈德潜《唐诗别裁》）

　　天马行空，不可羁绁。（《唐宋诗醇》）

　　桂临川曰："全篇开阖跌荡，冠绝今古。即使工部为之，未易及此，高、岑辈恐亦胁息。其襟胸雄旷，辞旨慷慨，音节浏亮，无一不可。"（《唐宋诗醇》引）

　　缘起。"庐山"以下正赋。"早服"数句应起处，而提笔另起，是以不平。章法一线乃为通，非乱杂无章不通之比。（方东树《昭昧詹言》）

（尚永亮）

高　适

高适(704—765)，字达夫，渤海蓨(今河北景县)人。早岁家贫，客游梁、宋，混迹渔樵之间，落魄失意，后举有道科，授封丘尉。几年后，入河西节度幕，为哥舒翰掌书记。安史乱起，拜左拾遗，迁谏议大夫，出为淮南节度使。历官蜀、彭二州刺史、西川节度使，终散骑常侍，封渤海县侯。高适为人务功名，尚节义，颇以安边自任。其诗雄健苍凉，气骨凛然。其边塞诗与岑参齐名，世称"高岑"。有《高常侍集》十卷。

七言古诗

燕　歌　行(1) 并序

开元二十六年，客有从御史大夫张公出塞而还者，作《燕歌行》以示适，感征戍之事，因而和焉。

汉家烟尘在东北(2)，汉将辞家破残贼(3)。男儿本自重横行，天子非常赐颜色。摐金伐鼓下榆关(4)，旌旆逶迤碣石间(5)。校尉羽书飞瀚海(6)，单于猎火照狼山(7)。山川萧条极边土，胡骑凭陵杂风雨(8)。战士军前半死生(9)，美人

帐下犹歌舞。大漠穷秋塞草腓⁽¹⁰⁾，孤城落日斗兵稀。身当恩遇恒轻敌⁽¹¹⁾，力尽关山未解围。铁衣远戍辛勤久，玉箸应啼别离后⁽¹²⁾。少妇城南欲断肠⁽¹³⁾，征人蓟北空回首⁽¹⁴⁾。边庭飘飖那可度⁽¹⁵⁾，绝域苍茫更何有？杀气三时作阵云⁽¹⁶⁾，寒声一夜传刁斗⁽¹⁷⁾。相看白刃血纷纷，死节从来岂顾勋⁽¹⁸⁾？君不见沙场征战苦，至今犹忆李将军⁽¹⁹⁾！

【注释】(1)此诗作于开元二十六年(738)，时作者客宋中。高适曾于开元十八年(730)北赴幽燕，开元二十一年(733)自塞上返长安。序文谓"感征戍之事"当与幽蓟之行有关。开元十八年(730)，契丹可突干弑其主，率众并胁迫奚人叛唐降突厥。边衅由此挑起，以至连年为患。朝廷曾一再用兵于此，连遭失利，东北边塞一度颇为吃紧，首句云"汉家烟尘在东北"即指此而言。契奚之乱，至开元二十二年(734)始为张守珪所平定。《燕歌行》：属乐府《相和歌辞·平调曲》，多言东北征戍之事。　(2)汉家：借指唐朝。下句"汉将"同此。烟尘：烽烟尘土，指战事。　(3)残贼：凶暴的敌人。　(4)摐金伐鼓：敲锣打鼓。摐(chuāng)伐，皆敲击之意。古时军中以鸣金击鼓为进退信号，此指金鼓齐鸣，以壮军威。下：出。榆关：即山海关，在今河北秦皇岛市。　(5)旌旆：指军旗。旌，竿头饰有羽毛之旗；旆(pèi)，大旗。逶迤：连绵相续。碣石：山名，在今河北昌黎县。　(6)校尉：武官名，此为泛称，犹言将军。羽书：插有羽毛的军中紧急文书。瀚海：沙漠。　(7)单于：匈奴君长之称号，此指契奚部族首领。猎火：打猎时燃火以驱赶惊扰野兽。胡人多以围猎为军事演习。狼山：即狼居胥山。此泛称塞外战场。　(8)凭陵：侵凌。杂风雨：风雨交加，言敌骑来势之猛。　(9)半死生：犹言死去活来。(10)穷秋：深秋。腓(féi)：枯槁。　(11)身当：身受。轻敌：藐视敌人，言其勇敢。(12)玉箸：白色如玉的筷子。喻思妇之泪。　(13)城南：唐代长安城北为皇宫，城南为住宅区。此指少妇居处。　(14)蓟北：蓟州(今河北蓟县)以北，泛指东北边塞。　(15)边庭：边境。飘飖：动荡。度：超越。　(16)三时：犹言随时。　(17)刁斗：军中巡更造饭两用的铜器。　(18)死节：为节义而死。　(19)李将军：汉代名将李广。匈奴称之为"飞将军"。一说，指战国时赵将李牧，亦通。

【今译】东北塞上烽烟起，汉家将士去杀敌。纵横疆场本是男儿事，更别说天子还给那么多赏赐来鼓励。敲锣打鼓出关来，摇旗呐喊军号传。沙漠里飞骑军书急，单于的猎火冲天起。平川千里好荒凉，敌骑奔突如风雨。战士阵上多死伤，美人帐里仍歌舞。边城秋深草枯萎，血染落日斗兵稀。身受国恩常轻敌，力气用尽难突围。边地守卫多辛劳，空闺相思直抹泪。莫要伤心休回头，南北相思几千里。塞外茫茫风和雪，关山遥遥无归计。半夜风紧警报传，飞沙走石起杀气。白刀子进去红刀子出，哪个流血为功勋？你可知道沙场征战苦，真叫人怀念李将军！

【点评】此诗作意，多以为是为讥讽张守珪潢水之败而作。其说几乎已成定论。其实，此诗未必为潢水之败而作。前人读诗，好附会史事，求其"大义"，此乃无稽之谈。此因体制所限，未遑置辩。读古人诗固当明其背景，却亦未可轻易坐实。所谓"感征戍之事"，确与开元十八年至二十二年间诗人之塞外经验有关，但诗之所云，并不为某事作注，正不当妄加附会。否则，自不免作茧自缚，以为一字一句尽是影射事实。《燕歌行》主题，论者亦多以为其旨在鞭挞将领之骄奢与不恤士卒。其说大抵以史为证，失之拘泥。

《燕歌行》一诗，其旨实在于言征战之艰苦、惨烈，而见出将士杀身取义之气节。诗写征夫思妇之情，亦正以之烘托将士辞家破敌之艰难，见其节义。"战士军前"与"美人帐下"对举，或是有所抨击，但"战士"之忠勇正因此而突出。此诗妙在气势之点染。首言唐军声势，继状敌人气焰，正是旗鼓相当，势不两立。虽一语未及于战，而一场恶战乃可想见。"校尉羽书"句，着一"飞"字，则恶战将临时的紧张气氛毕现，又写恶战之惨烈而着墨渲染大漠之衰草、孤城之落日，肃杀之气已自憷然可感。更着"斗兵稀"三字，顿令风云惨淡，天地为之变色，而唐人气概正于此生死之际见出。此诗点染之妙，由此可见。再则，全诗善用对仗，有类排律。整饬精警，可壮声情，且能于平仄转韵处，见其行文之变化，故严整而不伤于平板。

【集说】邢昉曰："金戈铁马之声，而有玉磬鸣球之节，非一意抒写以为悲壮也。"（《唐风定》）

七言古诗唐

词浅意深，铺排中即为诽刺。此道自《三百篇》来，至唐而微，至宋而绝。（王夫之《唐诗评选》）

黄培芳曰："句中含双单字，此七古造句之要诀，盖如此则顿跌多姿，而不伤于虚弱。"（《唐贤三昧集笺注》）

七言古中时带整句，局势方不散漫。（沈德潜《唐诗别裁》）

"汉家"四句起；"搅金"句接；"山川"句换；"大漠"句换；"铁衣"句转；收指李牧以讽。（方东树《昭昧詹言》）

（王朝华　林继中）

人日寄杜二拾遗[1]

人日题诗寄草堂，遥怜故人思故乡。柳条弄色不忍见，梅花满枝空断肠。身在南藩无所预[2]，心怀百忧复千虑。今年人日空相忆，明年人日知何处？一卧东山三十春[3]，岂知书剑老风尘。龙钟还忝二千石[4]，愧尔东西南北人[5]！

【注释】(1)此诗作于上元元年（760），高适改任蜀州（四川崇州市）刺史，杜甫从成都赶去探望之后。时高适年近六十，杜甫亦近五十，他乡遇故知，高适遂寄诗草堂以抒怀。人日：正月初七，民间多为思乡之日。　(2)远藩：一作南番，指自己为蜀州刺史事。　(3)卧东山：典出《世说新语·排调》篇，"谢公在东山，朝命屡降而不动，后出为桓宣武司马，将发新亭，朝士咸出瞻送。高灵……戏曰，卿屡违朝旨，高卧东山，诸人每相与言，安石不肯出，将如苍生何！今亦苍生将如卿何！谢笑而不答。"　(4)忝：辱，自谦之词。二千石：《汉书·百官公卿表》曰，"郡守，秦官，掌治其郡，秩二千石。"此指高适为刺史。　(5)"愧尔"句：《礼记·檀弓》上，"孔子曰：今丘也东西南北之人也。"此指自己与杜甫一样同为漂泊不遇之人，自己年迈，虽有一介官职，却不能为朋友引荐，故惭愧。

【今译】正月初七题诗寄至浣花溪草堂，将关爱赠给远方的朋友，把思念的心留在亲爱的故乡。不忍看柳叶一点点绿,不能攀柳条一寸寸长。思心如焚,肝肠欲断也只能任那梅花快快地开,浓浓地香。身在偏远的蜀州无法参与朝政,心有百忧千虑难以平静舒畅。今年此日还能在此空作怀想,明年今日谁知我们会漂流何方?投闲置散抛撒了几十年锦绣时光,岂知文韬武略都在这碌碌风尘中淡忘。如今老态龙钟还享有二千石的职位,不能将你举荐给国家真叫我羞愧难当。

【点评】通篇围绕"怜"与"愧"生发。开头化用薛道衡《人日思归》诗意,春光浓郁催动归心,花柳撩拨乡情,故人愈怜,思乡之心愈炽。然而身当乱世,国步艰难,作客远藩,身不由己,以至"书剑老风尘",唯有"空断肠"而已。又因年迈权小,不能帮助朋友脱离东西南北漂泊、怀才不遇的窘况,唯有"空相忆"而已。"愧"承"空断肠""空相忆"而来,既抒发自己匡时无计,有志难伸的孤愤,又寄托对朋友处境的关怀和歉意,由此见相知之深也。

【集说】其气自密。(王夫之《唐诗评选》)

言羁绊一官,萍踪断梗,转不如遨游四方之为乐也。(沈德潜《唐诗别裁》)

此又转到子美,时不见用,如谢安之卧东山,将如苍生何;又岂知我之书剑亦老於风尘碌碌也。今我龙钟之年,不禁衰老无才,而忝居太守二千石之位,不能荐尔东西南北之人,徒自愧而已。

此篇三解三韵,是古风正调,与《江上吟》同。(王尧衢《古唐诗合解》)

此借以为杜甫怀才沦落鸣不平。(孙钦善《高适集校注》)

黄香石曰:收摄沉顿。(高步瀛《唐宋诗举要》引)

(李达武)

111

七言古诗

杜　甫

　　杜甫(712—770),字子美,号少陵野老,一号杜陵野客、杜陵布衣,原籍襄阳(今湖北襄樊市),出生于河南巩义。年轻时应进士举,不第,漫游齐、赵,后客居长安十年。安史乱中投奔唐肃宗,授左拾遗。收复长安后被贬为华州司功参军。不久弃官入蜀,定居成都浣花溪草堂。严武任西川节度使时,表为检校工部员外郎。严武死后携家出蜀,漂泊江南,病逝于江湘途中。杜甫成长于一个奉儒守官的家庭,具有强烈的济世热情,特别是安史之乱爆发后,他用诗笔真实地反映了时代的灾难、人民的疾苦及本人的不幸,被誉为"诗史"。他的作品感情深厚、沉郁悲壮,极富现实主义色彩,又被称为"诗圣"。其诗今存一千四百余首,有《杜少陵集》二十五卷。

兵　车　行⁽¹⁾

　　车辚辚,马萧萧,行人弓箭各在腰。耶娘妻子走相送,尘埃不见咸阳桥⁽²⁾。牵衣顿足拦道哭,哭声直上千云霄。道傍过者问行人,行人但云点行频⁽³⁾。或从十五北防河⁽⁴⁾，便至四十西营田⁽⁵⁾。去时里正与裹头⁽⁶⁾，归来头白
还戍边。边庭流血成海水，武皇开边意未已⁽⁷⁾。君不闻汉
家山东二百州⁽⁸⁾，千村万落生荆杞。纵有健妇把锄犁，禾
生陇亩无东西。况复秦兵耐苦战，被驱不异犬与鸡。长者
虽有问，役夫敢申恨。且如今年冬，未休关西卒⁽⁹⁾。县官
急索租⁽¹⁰⁾，租税从何出。信知生男恶，反是生女好。生女
犹得嫁比邻，生男埋没随百草。君不见，青海头，古来白骨
无人收。新鬼烦冤旧鬼哭，天阴雨湿声啾啾⁽¹¹⁾。

【注释】（1）此诗约作于唐玄宗天宝十年(751)或十一年(752)。当时唐
出兵西南的少数民族，人民深受其害，诗人不满朝廷穷兵黩武的开边政策，
作诗以讽喻之。　（2）咸阳桥：西渭桥，在今陕西西安市西北，是唐代长安通
向西域的要道。　（3）点行频：频繁地点名强迫应征出行。　（4）北防河：唐
玄宗开元十五年(727)以后，规定每年秋冬调兵赴今甘肃临洮一带，防御吐
蕃贵族统治者的侵扰。　（5）西营田：指到西北一带屯田，以防御吐蕃。
（6）里正：唐制，百户为一里，置里正一人，管户口、纳税等事务。　（7）武皇：
本指汉武帝刘彻，此借指唐玄宗李隆基。　（8）山东：唐建都长安，把华山和
潼关以东称"山东"。二百州：唐代在潼关以东共设二百一十一州，此举其成
数。　（9）关西卒：指籍贯为潼关以西的士兵，亦即"秦兵"。　（10）县官：
官府。　（11）啾啾(jiū)：指哭声。

【今译】兵车辚辚，战马萧萧，出征兵士各把弓箭佩在腰。爷娘妻子赶来
奔走相送，尘埃滚滚淹没了咸阳古道。牵着衣踩着脚拦道痛哭，哭声凄惨直
冲九天云霄。道旁过路人向征夫打探，征夫只说"连年征兵没完了"。有
的十五就去北边防河，到了四十又到西北屯田。初去时里正替他把头裹，归
来后两鬓苍苍还去戍守边关。边境上尸骨成山血流成海，皇帝开边政策没
有一点改变。你没听说潼关以东的二百多州，千村万落荆杞野草长满，即使
有健壮妇人犁地耕田，禾苗长得还是不分东西陇亩混乱。更何况关中子弟
吃苦耐战，调来遣去如同追撵鸡犬。老人家虽然关心下问，我哪敢倾吐心中

的怨愤不满？就说今年短短一个冬天，陇西征兵一直不断。县府还逼着交租纳税，没人耕种，这租税从何处生产？生儿子真是给人带来厄运，还是生个女儿能保平安。女儿还可以嫁给近邻，男子却会惨死在荒草里面。你没听说那青海岸边，自古以来白骨无人掩埋收敛。新死的冤魂不散旧鬼还在哭，阴天湿雨中啾啾哀鸣使人肠断。

【点评】起以白描。笔势细密汹涌，写大军开拔前的一片纷乱与喧嚣，在惨烈浓重的气氛中，为结尾的战争失利、生灵涂炭铺垫。接着借出征战士之口，将开边战争给社会带来的灾难一一展示。"生男""生女"四句，化用古民谣意，关合"爷娘妻子"，恰似家人诀别之语，极为沉痛。结尾虽系想象，却是对现实生活的真实写照和社会问题的无情曝光，读者可从这些可闻可见的具体场景中，获得种种深刻具体的理性思考。歌行体，古诗风，顶真蝉联，句式错落，一唱三叹。

【集说】秦兵，即关中之兵，正此时点行者。秦兵坚劲耐战，故驱之尤迫。今驱民之负耒耜者为兵，所谓不教之民弃之死地耳，何异犬与鸡乎？（王嗣奭《杜臆》）

单复曰："此为明皇用兵吐蕃而作，故托汉武以讽，其辞可哀也。先言人哭，后言鬼哭，中言内郡凋弊，民不聊生，此安史之乱所由起也。吁！为人君而有穷兵黩武之心者，亦当为之恻然兴悯，惕然知戒矣。"

蔡宽夫曰："齐梁以来，文士喜为乐府词，往往失其命题本意。……唯老杜《兵车行》《悲青坂》《无家别》等篇，皆因时事，自出己意立题，略不更蹈前人陈迹，真豪杰也。"

海宁周甸曰："少陵值唐运中衰，其音响节奏，骎骎乎变风、变雅，与骚同功。唐非无诗，求能仰窥圣作、禆益世教如少陵者，鲜矣。"

胡应麟曰："乐府则太白擅奇古今，少陵嗣迹风雅。《蜀道难》《远别离》等篇，出鬼入神，惝恍莫测；《兵车行》《新婚别》等作，述情陈事，恳恻如见。"（仇兆鳌《杜诗详注》引）

以人哭始，以鬼哭终，照应在有意无意。诗为明皇用兵吐蕃而作，设为

问答,声音节奏,纯从古乐府得来。(沈德潜《唐诗别裁》)

方东树曰:"结与起对看,悲惨之极,见目中之行人皆异日之鬼队也。"

又曰:"此篇真《史》《汉》大文,合《诗》《书》六经相表里,不可以寻常目之。"

张廉卿曰:"杜公歌行妙处,与汉、魏古诗异曲同工,如此篇可谓绝诣矣。"(高步瀛《唐宋诗举要》引)

(李达武)

七言古诗

岑　参

岑参(715—770),江陵(今湖北江陵)人。少孤寒,初隐嵩阳,二十岁献书阙下。天宝三年(744)进士。八年(749)入安西四镇节度使高仙芝幕掌书记。十三年(754)充安西北庭节度判官。历虢州长史、嘉州刺史。后罢官,客死成都旅舍。参久佐戎幕,故独擅边塞之作,与高适齐名。其诗风格奇峭雄浑,辞彩瑰丽,气势豪宕。有《岑嘉州集》。

白雪歌送武判官归京⁽¹⁾

北风卷地白草折⁽²⁾,胡天八月即飞雪⁽³⁾。忽如一夜春风来,千树万树梨花开。散入珠帘湿罗幕,狐裘不暖锦衾薄⁽⁴⁾。将军角弓不得控⁽⁵⁾,都护铁衣冷难着⁽⁶⁾。瀚海阑干百丈冰⁽⁷⁾,愁云惨淡万里凝⁽⁸⁾。中军置酒饮归客⁽⁹⁾,胡琴琵琶与羌笛⁽¹⁰⁾。纷纷暮雪下辕门⁽¹¹⁾,风掣红旗冻不翻⁽¹²⁾。轮台东门送君去⁽¹³⁾,去时雪满天山路⁽¹⁴⁾。山回路转不见君,雪上空留马行处。

【注释】(1)天宝十三年(754),岑参再度出塞,充任安西北庭节度使长清的判官。武判官生平不详,或即其前任。为送他归京,岑参写下此诗。判官,节度使下面的助理官吏。 (2)白草:西域牧草,秋天变白色。 (3)胡天:指西域的气候。 (4)狐裘:狐皮袍子。锦衾(qīn):锦缎制作的被子。(5)角弓:以兽角为装饰的硬弓。不得控:因手冻僵,角弓拉不开。 (6)都护:这里指军中将领,与上句"将军"互文见义。铁衣:护身的铁甲。着:穿。(7)瀚海:沙漠。阑干:纵横的样子,犹遍地。 (8)凝:凝结不动。 (9)中军:本是主帅亲率的军队,这里指主帅的营幕。归客:指武判官。 (10)"胡琴"句:古人饮酒时作乐侑觞,胡琴、琵琶、羌笛都是所奏乐器。 (11)古代军营出入处以两车之辕架起作门,成一半圆形,故称营门为辕门。 (12)"风掣(chè)"句:意谓红旗在冰雪中冻住,风吹时也不能飘动了。掣:牵引。(13)轮台:封长清军府所在地。取汉西域地名,唐时置有静塞军,在今新疆米泉境。 (14)天山:山脉横亘新疆东西境内,长六千余里。唐时也称伊州、西州以北一带山脉为天山。

【今译】北风席卷大地,将冻僵的白草吹断,胡地的八月早已飞雪满天。恰似一夜春风忽然吹来,千树万树的冰花像梨花争奇斗艳。白雪飞入珠帘,湿了罗幕,狐袍穿不暖,锦被也单寒。将军的铁弓拉不开,都护的铁衣冻得难穿。浩瀚的大漠冰雪百丈,雪压长空愁云惨淡!中军帐里正在送客行觞,弹奏着胡琴琵琶和羌笛,声调缠绵。日暮的辕门飞雪茫茫,冰雪中,红旗被风吹时已不能飘动。轮台东门外送君别去,只有雪满天山作你一路的忆念。山回路转不见了你的踪影,只留下雪地马行的痕迹片片。

117

【点评】这是一首充满奇思异彩的诗。诗人以"中原"人特有的距离感,对塞外的雪景和苦寒充满了好奇的心得到满足的赞叹和玩味,使人觉得塞外之寒苦和从军的艰难困苦是由于风雪,而塞外之美景、边行之神往也是因为风雪。我们可以从诗中看出诗人一股少年人清新俊逸的情怀。虽然写的是塞外送别、客中送客之情,但并不令人感到惨伤。浪漫的理想和壮逸的情怀使寒苦艰危的现实环境距离化了,从而变成了可具玩味欣赏的对象,变成了可以送人、寄寓相思的礼品。岑参边塞诗之奇,多是在此。"忽如一夜春

风来，千树万树梨花开"，没想到江南的美景在这里以另一种形式展现出来了，其中的喜悦难道不似有他乡遇故旧，相对如梦寐之感么？"胡琴琵琶与羌笛"，虽充满了异国的情调，但不也充满了异国的流连眷念么？"纷纷暮雪下辕门，风掣红旗冻不翻"，帐里的行觞别曲，与帐外那以白雪为背景的鲜红一点，更是与雪景相映成趣。那是冷色调画面上的一星暖色，一股温情，使整个境界显得更洁白、寒冷，也更神奇。末二句写人已去雪仍不止，使人感叹不已。塞外只有白雪为你壮行，并成为关山别后你我共同的忆念，好似"唯有相思如雪色"一般。全诗以白雪起，又以白雪送别作结，一路奇情异彩，终不离雪。诗人眼中，白雪已成为塞外一个既冷又艳的美人矣。

【集说】岑嘉州参，以风骨为主，故体裁峻整，语多造奇。（胡震亨《唐音癸签》）

岑如"瀚海阑干百丈冰，愁云惨淡万里凝""四边伐鼓雪海涌，三军大呼阴山动""剑河风急雪片阔，沙口石冻马蹄脱"等句，皆豪荡感激，以气象胜，严沧浪云"高岑之诗悲壮，读之令人感慨"是也。（许学夷《诗源辩体》）

颠倒传情，神爽自一，不容元、白问花源津渡。"胡琴琵琶与羌笛"，但用《柏梁》一句，神采惊飞。（王夫之《唐诗评选》）

岑嘉州《白雪歌送武判官归京》，奇峭。起飒爽。"忽如"六句，奇才奇气，奇情逸发，令人心神一快。须日诵一过，心摹而力追之。"瀚海"句换气，起下"归客"。（方东树《昭昧詹言》）

（蔡阿聪　林继中）

走马川行奉送封大夫出师西征[1]

君不见走马川行雪海边[2]，平沙莽莽黄入天[3]。轮台九月风夜吼，一川碎石大如斗，随风满地石乱走。匈奴草黄马正肥[4]，金山西见烟尘飞[5]，汉家大将西出师[6]。将军金甲夜不脱，半夜军行戈相拨[7]，风头如刀面如割。马毛带雪汗气蒸，五花连钱旋作冰[8]，幕中草檄砚水凝[9]。虏骑闻之应胆慑，料知短兵不敢接[10]，车师西门伫献捷[11]。

【注释】(1)天宝十三年(754),封长清入朝,摄御史大夫,不久受命为北庭都护,伊西节度使,瀚海军使,奏调岑参为安西北庭节度判官。驻军轮台,西征播仙,岑参作此诗送行。走马川:北庭川,是西征播仙时必经之地。行:古诗的一种体裁。 (2)雪海:在今新疆境内别迭里山西北、哈萨克斯坦伊塞克湖以东一带。《新唐书·西域传》:"北三日行度雪海,春夏带雨雪。"即其地。 (3)莽莽:渺无边际的样子。 (4)匈奴:本是北方部族名,这里借指唐西域的游牧部族。草黄马正肥:游牧民族征战以骑兵为主。秋天草盛,马有了饲料,养得肥壮,正是进行战争的旺季。 (5)金山:阿尔泰山,在新疆北部和蒙古国西部。突厥语呼金为阿尔泰。这里泛指塞外山脉。烟尘:言胡骑进犯,尘土飞扬,烽烟示警。 (6)汉家:即唐王朝。唐代诗人多借汉以指唐。汉家大将,即封长清。 (7)金甲:犹铁衣。拨:因是夜行,故戈戟相碰撞。 (8)旋:立即。 (9)幕:军幕。草檄(xí):起草征讨的文书。(10)虏骑:敌方的骑兵。慑(shè):恐惧。短兵:短兵器,如刀剑。接:交锋。 (11)车师:在今新疆吉木萨尔县西,唐时为北庭大都护府所在地。伫(zhù):等待。献捷:报捷。

【今译】走马川紧靠着雪海边缘,你看那无边沙海黄蒙蒙!轮台夜,九月风,吹得那飞沙走石声隆隆。草黄马肥匈奴傲,铁骑西越金山烟尘冲,将军御敌大军动。铁甲冷,夜沉沉,霜风如刀割脸疼,夜闻行军戈矛相撞声。马毛挂着雪花还汗气蒸腾,五花马的身上转眼结成冰,文书欲起草,幕中砚水凝!军威壮如此,敌军应胆怯,料他短兵不敢来交锋!伫立车师西门外,静候我军捷报传营中!

【点评】首三句展现了一幅悠远古老的历史画卷,"平沙莽莽黄入天"的走马川仿佛处在一片历史的沉思中。接着写现实的兵戈铁马打破了这一片的沉寂,中断了梦幻中的畅想,画面从静态跃入动态。这里,狂风像发疯的野兽,在怒吼,在咆哮。"石乱走",以细节来统御整个画面,让人感到整个世界在为之颤抖。在这样寒苦艰危的环境中,匈奴军旅的进犯之势与唐军将士勇往直前的飒爽英姿互相映衬,互相较量。人与自然,人与人,力与力之

七言古诗

间生死的较量,汇成了一曲雄浑悲壮的交响乐,气势排宕而前,在荒凉古老,无边无际的塞外大漠上,可谓惊天地泣鬼神! 平沙莽莽与铁马金戈在这里找到了它们的交汇点。诗三句一转,换韵频数,情韵灵活流宕,声调激越豪壮。

【集说】《走马川行奉送封大夫出师西征》,奇才奇气,风发泉涌。"平沙"句,奇句。(方东树《昭昧詹言》)

势险节短,句句用韵。三句一转,此《峄山碑》文法也。《唐中兴颂》亦然。(沈德潜《唐诗别裁》)

(蔡阿聪　林继中)

李嘉祐

李嘉祐(719?—779?),字从一,赵州(今河北赵县)人。天宝七年(748)进士,授秘书省正字。肃宗时因事贬为鄱阳令,又徙为江阴令。入为中台郎,上元二年(716)出为台州刺史。代宗大历中,复为袁州刺史。李嘉祐工诗,与刘长卿、严维、冷朝阳、皎然友善,时相过从,其诗绮靡婉丽,有齐梁风。有《李嘉祐集》《台阁集》不同卷本行世。

杂　兴⁽¹⁾

花间昔日黄鹂啭,妾向青楼已生怨⁽²⁾。花落黄鹂不复来,妾老君心亦应变。君心比妾心,妾心旧来深。一别十年无尺素⁽³⁾,归时莫赠路旁金⁽⁴⁾。

【注释】(1)此诗是诗人以妇人口吻写成的一首杂言歌行。　(2)青楼:本专指显贵人家之闺阁,此处泛指闺房。　(3)尺素:素,生绢。古人写文章或书信用一尺长之绢帛,故称尺素。此处用以指代书信。　(4)此句用秋胡戏妻事。《列女传》及《西京杂记》载:春秋时鲁人秋胡娶妻不久,即外出游

121

七言古诗

宦。数年后归家，行至村外遇一美妇人路旁采桑，即赠金调戏，遭妇人严斥。归家后方知向所戏者乃其妻。其妻惭愤，投河而死。

【今译】昔日里，花色艳，黄鹂啾啾恋花间；只恐怕，情短暂，我在闺房已生怨。花零落，色渐衰，昔日黄鹂不再来；我年老，容颜淡，想必你也把心变。你心比我心，看谁情意真；我心常念旧，情意比你深。一别家，十年整，书信杳然无踪影；但愿你，情坚贞，莫学秋胡起外心。

【点评】此诗以妻子口吻写她对年老色衰之忧虑，以及希望丈夫忠于爱情、坚贞不渝之心愿。前四句用起兴法写妻子之忧虑：昔日花开色艳，黄鹂恋花而不去；如今花谢色败，黄鹂弃花而不返。然写花与黄鹂，并非诗之本旨，而是另有寄托，即"先言他物以引起所咏之词"之"起兴"法。所兴者何？乃在夫妻之情：昔日妻子年轻貌美时，丈夫虽然信誓旦旦，而妻子已有不祥之预感；如今妻老色衰，丈夫恐怕也要变心了。"昔日"与"已""不复来"与"亦应变"，由花鸟关系引出对夫妻关系之猜测与担忧，承接极其自然。后四句用对比法写妻子心愿：夫妻相比，妻子更忠于旧情，而丈夫却一别杳无音信。"十年"离家之久，见出丈夫对旧情日益淡漠。结句用典，翻出新意：秋胡戏妻本写丈夫负情而妻子以死抗争事；此则用"莫"字表示一种心愿，希望丈夫莫效秋胡之举，并无愤怒决绝之意。嘉祐诗婉丽而有齐梁风，于此可见；然其并不一味绮靡，其起兴用事，均能得其佳致，此又与齐梁诗风异趣。

【集说】起兴，使事翻新，得其佳致，腕舌灵警，足以传之。（王夫之《唐诗评选》）

（寇养厚）

张　籍

张籍(766?—830?),字文昌,排行十八,原籍吴郡(今江苏苏州),后迁居和州(今安徽和县)。德宗贞元十五年(799)登进士第,历任太常寺太祝、国子助教、国子博士、水部员外郎、主客郎中、国子司业等职,世称"张水部"或"张司业",曾从学于韩愈,世称韩门弟子。其乐府多述民生疾苦,明白晓畅,而简练警策。绝句清新自然,风神秀朗。有《张司业集》,《全唐诗》存其诗五卷。

节　妇　吟[1]

君知妾有夫,赠妾双明珠。感君缠绵意,系在红罗襦[2]。妾家高楼连苑起,良人执戟明光里[3]。知君用心如日月,事夫誓拟同生死。还君明珠双泪垂,恨不相逢未嫁时。

【注释】(1)此诗一本题下注云:"寄东平李司空师道。"李为当时藩镇之一的平卢淄青节度使,曾以书币致聘,张籍此诗,即以节妇忠贞不贰自比,表明政治态度,对李的勾结拉拢婉言拒绝。 (2)罗襦:丝制的短衣。 (3)明

光:汉宫殿名,武帝所置,后代指宫殿。

【今译】你明知我是有夫之妇,却私赠给我一串明珠。我为你的情意所感,将珠系在红色的罗襦。我家高楼一排排,守卫皇宫的大将是我的丈夫。我深知你的一番好意,但我愿与丈夫誓死不分途。奉还你的明珠,泣涕涟涟,只恨我们无缘分,没在我未嫁的当初相逢。

【点评】"妾家"两句是夸夫言辞,自豪之情溢于言表,口吻声气皆从《陌上桑》中罗敷之语脱胎而来。全篇委婉而坚决,述节以明志,即从题面看,亦风情无限,曲尽其意,极古调之致。

【集说】此诗情辞婉恋,可歌可泣。然既垂泪以还珠矣,而又恨不相逢于未嫁时,柔情相牵,展转不绝,节妇之节危矣哉!(贺贻孙《水田居诗筏》)

此篇五七言,后以两句结,却有余韵妙在言外。(王尧衢《古唐诗合解》)

(李浩)

征 妇 怨[1]

　　九月匈奴杀边将,汉军全没辽水上。万里无人收白骨,家家城下招魂葬[2]。妇人依倚子与夫,同居贫贱心亦舒。夫死战场子在腹,妾身虽存如昼烛。

【注释】(1)本诗为新题乐府,以汉喻唐,以匈奴代吐蕃,反映当时战祸的残酷和人民的苦痛。征妇:出征军人的妻子。 (2)招魂葬:古时有招魂的迷信风俗,怕死者的魂灵不知返,要召唤它回来与衣冠一同装入棺内埋葬,因此又叫"衣冠葬"。

【今译】九月匈奴杀我边将,汉军全覆没辽水之上。万里平沙白骨露在野外,城下家家唤魂归来埋葬。妇道人家凭依子与夫,虽处贫贱我也心满意足。而今夫死沙场儿未生,我独存世上宛如白日燃烛。

【点评】诗歌巧于构思,一改前此描写征妇之怨多着眼于良人远征不归、征妇空闺独守之习,在"万里无人收白骨,家家城下招魂葬"的背景下,摄取"夫死战场子在腹"这一最富表现力的镜头,使"怨"字更为惊心动魄。此外,欲抑先扬、骤转陡落的心理描写,巧妙贴切的比喻,亦使该诗颇具特色。

【集说】元陈绎评曰:"张籍祖国风,宗汉乐府。"(胡震亨《唐音癸签》引)

李华《吊古武场文》,篇中可云缩本。(沈德潜《唐诗别裁》)

(李欣)

七言古诗

王　建

　　王建(766？—830？)，字仲初，颍川(今河南许昌)人，出身寒门，大历进士，唐宪宗元和年间始为昭应县尉，已"头白如丝"。穆宗长庆初由太府丞转秘书郎，文宗太和中出为陕州司马，后退职居咸阳原上，境况贫窘。他"四授官资元七品，再经婚娶尚单身"。王诗通俗明晰而凝练精悍，温婉又工丽。其中《宫词》百首尤享盛誉。以组诗纪事，为其创格。有《王司马集》八卷。

短　歌　行⁽¹⁾

　　人初生，日初出，上山迟，下山疾⁽²⁾。百年三万六千朝，夜里分将强半日⁽³⁾。有歌有舞须早为，昨日健于今日时。人家见生男女好，不知男女催人老。短歌行，无乐声。

　　【注释】(1)短歌行：汉乐府旧题。短歌，指音调急促的诗篇。　　(2)上山、下山：比喻人生成就地迟而衰老地快，短短数十年一无是处。　　(3)分将：分去。

【今译】人初降世，日初升起，上山迟迟，下山迅疾。百年三万六千日，白昼短暂黑夜如丝缕。唱吧跳吧及时行乐，君不觉昨日矫捷今日步难移。都说生儿育女好，君不知生儿育女催人老。短歌行呵，短歌行，声音短促调子急。

【点评】诗歌虽沿用乐府旧题，却与旧题专言及时行乐者略有不同。诗人在及时行乐之外，强调人生没有乐趣可言，生儿育女只能加重人生的包袱，催人归向老死。它反映了当时民不聊生的苦况和传统意识的崩溃，而不是颓废思想的流露，是对人生的一种彻悟和讽刺。了解这种"言在此而意在彼"的表现手法，是把握该诗主题之关键。

【集说】刘云："妙合人意，结语更妙。"（沈德潜《唐诗别裁》引）

读此辞，觉世人一生碌碌为儿孙作马牛者，真痴绝也。古乐府神理。（沈德潜《唐诗别裁》）

（李欣）

七言古诗

韩　愈

韩愈(768—824),字退之,河南河阳(今河南孟县)人,自谓郡望昌黎,后世称韩昌黎。贞元八年(792)进士,先后任宣武及宁武节度使判官。贞元末任监察御史,因上书言事贬阳山令。元和末随裴度平淮西,迁刑部侍郎。因上书谏阻宪宗迎佛骨,被贬潮州。穆宗时,召为国子监祭酒,历京兆尹及兵部、吏部侍郎。卒谥文,世称韩文公。韩愈倡导古文运动,提倡散体,务去陈言,其文各体兼擅,为"唐宋八大家"之首,与柳宗元并称"韩柳"。其诗求新求奇,笔力雄健,有时流于险怪,甚或"以文为诗",对宋诗颇有影响。有《昌黎先生集》四十卷,《外集》十卷。

山　石[1]

山石荦确行径微[2],黄昏到寺蝙蝠飞。升堂坐阶新雨足,芭蕉叶大支子肥[3]。僧言古壁佛画好,以火来照所见稀。铺床拂席置羹饭,疏粝亦足饱我饥[4]。夜深静卧百虫绝,清月出岭光入扉[5]。天明独去无道路,出入高下穷烟霏⁽⁶⁾。山红涧碧纷烂漫,时见松枥皆十围⁽⁷⁾。当流赤足踏涧石,水声激激风吹衣⁽⁸⁾。人生如此自可乐,岂必局束为人鞿⁽⁹⁾? 嗟哉吾党二三子,安得至老不更归!

【注释】(1)此诗当作于德宗贞元十七年(801),作者辞去徐州幕职,在洛阳闲居候调,游洛阳城北惠林寺时。 (2)荦(luò)确:山石不平的样子。(3)支子:栀子,常绿灌木,花大,色白,实椭圆。 (4)疏粝(lì):糙米饭。(5)扉:门户。 (6)烟霏:云雾。 (7)枥(lì):同"栎",一种高大的落叶乔木。十围:形容树身粗大。 (8)激激:水流声。 (9)局束:拘束。鞿(jī):马缰绳。这里用作动词,即控制的意思。

【今译】山石险峻,道路狭窄,黄昏到寺时蝙蝠纷飞。登堂后坐阶前欣赏雨后景色,芭蕉叶大栀子花茂盛丰美。热情的僧人夸耀着古壁佛画,拿着火把照看确实稀奇。铺好床席又为我准备羹饭,粗米素菜也足够我填腹充饥。睡下后夜深沉寂静无声,月上山岭,给门户中洒满清辉。天明出去时看不见道路,前后左右弥漫着霭霭云霏。不一会旭日东升,景物明丽,只见苍老粗大的松枥参天而立。我光着脚踏上一块涧石,清流濯足,微风吹衣。游山玩水有乐趣,人生至此已足矣,又何必摧眉折腰被人控制? 堪叹我们这帮人,为何到老还不从官场上归去!

【点评】此诗前半叙述投宿佛寺的经过,后半写漫游半山中景况。末四句表白作者的人生志趣,话虽说得旷达洒脱,但作为儒家道统后继者的韩愈,一生忧道忧君忧民,也不过是一时的激愤罢了。全用赋体,叙事明白,时序清晰,而又清峻高古,趣味益然。既保留诗的优美,又汲取了文的流畅,韵散同体,诗文合一。

【集说】有情芍药含春泪,无力蔷薇卧晚枝。拈出退之《山石》句,始知渠是女郎诗。(元好问《论诗绝句三十首》)

直书即工,无意求工而文自至,一变谢家模范之迹,如画家之有荆、关也。(何焯《义门读书记》)

七言古诗

写景无意不刻，无语不僻。取径无处不断，无意不转。屡经荒山古寺来，读此始愧未曾道着只字，已被东坡翁攫之而趋矣。（查晚晴《十二种诗评附载》）

昌黎诗陈言务去，故有倚天拔地之意。《山石》一作，辞奇意幽，可为《楚辞·招隐士》对，如柳州《天对》例也。（刘熙载《艺概》）

不事雕琢，自见精彩，真大家手笔。许多层事，只起四语了之，虽是顺序，却一句一样境界。如展画图，触目通层在眼，何等笔力！（方东树《昭昧詹言》）

（李浩）

八月十五夜赠张功曹⁽¹⁾

纤云四卷天无河，清风吹空月舒波。沙平水息声影绝，一杯相属君当歌⁽²⁾。君歌声酸辞且苦，不能听终泪如雨。洞庭连天九疑高，蛟龙出没猩鼯号⁽³⁾。十生九死到官所，幽居默默如藏逃⁽⁴⁾。下床畏蛇食畏药，海气湿蛰熏腥臊⁽⁵⁾。昨者州前捶大鼓，嗣皇继圣登夔皋⁽⁶⁾。赦书一日行万里，罪从大辟皆除死⁽⁷⁾。迁者追回流者还，涤瑕荡垢清朝班。州家申名使家抑，坎坷只得移荆蛮⁽⁸⁾。判司卑官不堪说，未免捶楚尘埃间⁽⁹⁾。同时辈流多上道，天路幽险难追攀。君歌且休听我歌，我歌今与君殊科⁽¹⁰⁾。一年明月今宵多，人生由命非由他，有酒不饮奈明何！

【注释】(1)张功曹：即张署。贞元十九年（803），韩愈和张署因天旱进谏德宗减免赋税，为幸臣李实谗毁而遭贬。贞元二十一年（805），顺宗即位，大赦天下，韩、张二人到郴州待命。八月顺宗禅位，宪宗登基，又大赦天下，韩愈改官江陵府法曹参军，张署改为江陵府功曹参军。此诗作于韩愈在郴州获改官消息时。　(2)属：本为倾注，引申为劝酒。　(3)九疑：九嶷山，在今湖南宁远县。鼯鼠：形似鼠而能低飞，也叫大飞鼠，栖树洞中。　(4)如藏逃：如躲藏的逃犯。　(5)畏药：据传南方边远地方用毒虫制成一种叫毒蛊的药,置人于死地。湿蛰:指蛰伏在潮湿地区的虫蛇毒气。　　(6)嗣皇:指唐宪宗。登夔皋:指宪宗继位以后必能进用夔和皋陶(舜时贤臣)那样贤能的大臣。　　(7)大辟:死刑。除死:免死。　　(8)州家:州刺史。使家:湖南观察使。移荆蛮:调往江陵古荆州之地。　　(9)判司:唐代对诸曹参军的统称。(10)殊科:不一样。

【今译】纤云四散卷走繁星没了银河,清风徐徐吹出皓月漫溢白波。静静的夜,平平的沙,声影寂绝,一杯杯酒,一潸潸泪,听君悲歌。你倾诉着世道艰难,人生苦涩,一曲未终我泪下如雨,幽愤难过。九嶷山高峻洞庭湖辽阔,林莽猩鼯悲号蛟龙在深渊出没。九死一生的我们终获赦免待命官所,仍像逃犯闭锁孤馆心事更与谁说?宅外多蛇,饮食多毒,时时惴惴胆怯,潮气瘴气弥漫四野散发腥臊湿热。昨日州衙忽然擂鼓鸣锣,宪宗继位要选用能人贤德。赦书从千里之外京城传来,重刑死罪也一律给予解脱。贬谪的平反昭雪,流放的回归城郭;涤荡腐败弊政,清除朝中邪恶。州刺史提名赦免观察使出面阻遏,只好移居荆蛮再遭仕途坎坷,判司本是卑微小官不值一说,难免要承受鞭笞代人受过。同时流放的都官复原职挣脱枷锁,我无计回朝浩然唱叹岁月蹉跎。沦落天涯我与张君一般寥落,君歌暂停时听我献上旷达之歌。一年之中唯有今宵月华最明,有酒不饮辜负时光无可奈何,人生由命顺应自然走向超脱。

【点评】从中秋夜饮酒领起,借张署之歌,极写南迁生活的艰难苦涩以及遇赦后仍遭压抑的情状。终篇以"人生由命"聊作宽解之词,不怨当朝者弄权,反说自己时违命乖,看似达观,却满纸幽愤辛酸。诗怨而不乱,得《小雅》之风。善以古文,章法入诗,写景叙事,抒情议论,无一联律句,却首尾绾合,词气抑扬,自然浑成。

【集说】汪琬曰:虚者实之,实者虚之,得反客为主之法。观起结自知。
朱彝尊曰:借张作宾主,又借歌分悲乐,总是抑人扬己。
查慎行曰:用意在起结,中间不过述迁谪量移之苦耳。
翁方纲曰:韩诗七古之最有停蓄顿折者。

131

七言古诗

程学恂曰：此诗料峭悲凉，源出楚《骚》。入后换调，正所谓一唱三叹有遗音者矣。

蒋抱玄曰：用韵殊变化，首尾极轻清之致，是以圆巧胜者，集中亦不多见。

高步瀛曰：高朗雄秀，情韵兼美。（钱仲联《韩昌黎诗系年集释》引）

由于先因直谏而遭贬，后又受抑于杨凭，这时身处客馆，举目望月之余，只得强作譬解，自叹命运如此了。（金性尧《唐诗三百首新注》）

（李达武）

听颖师弹琴[1]

昵昵儿女语，恩怨相尔汝[2]。划然变轩昂，勇士赴敌场。浮云柳絮无根蒂，天地阔远随飞扬。喧啾百鸟群[3]，忽见孤凤凰。跻攀分寸不可上[4]，失势一落千丈强。嗟余有两耳，未省听丝篁[5]。自闻颖师弹，起坐在一旁。推手遽止之，湿衣泪滂滂[6]。颖乎尔诚能，无以冰炭置我肠！

【注释】(1)此诗作于元和十年(815)前后。颖师：僧人，为长安诸公弹琴而求诗。 (2)昵昵：亲热的意思。尔汝：对话时你来我去，不讲客套，是关系亲密的表现。 (3)喧啾：喧闹。 (4)跻：登。 (5)丝篁：即丝竹、弦管，泛指乐器，这里借指音乐。 (6)滂滂：流溢貌。

【今译】袅袅升起，缠绵宛转，仿佛小儿女窃窃私语诉衷肠。骤然间昂扬激越，高亢雄壮，又好似勇士金戈铁马赴战场。浮动的白云下摇曳着几丝柳絮，天地畅朗，随风飘扬。忽而如百鸟喧闹，忽而如孤凤长鸣，嘹唳清亮。翩然高举，凌云直上九重霄，瞬息间又跌落悬崖千丈。可叹我虽有双耳，却不懂得音乐欣赏。自从听到颖师弹琴，坐立不安，犹豫彷徨。急忙用手制止他，眼泪早已打湿了衣裳。颖师呀，你的琴技的确高超神妙，请不要再将冰炭置于我肠，使我的感情剧烈动荡。

唐诗观止

【点评】此诗前半部描摹琴音,后半部分抒写听乐感受。"浮云柳絮无根蒂,天地阔远随飞扬……跻攀分寸不可上,失势一落千丈强"数句,即所谓"听声类形",心想形状如此,化听觉形象为视觉形象,既精细入微,鲜明可感,又不落俗,空灵缥缈,神韵悠然,故为后世所推崇。

【集说】写琴声之妙入髓,又一一皆实境。繁休伯称车子,柳子厚志筝师,皆不能及,可谓古今绝唱。六一善琴,乃指为琵琶,窃所未解。纯是佳唐诗,亦何让杜。(朱彝尊《批韩诗》)

《颖师弹琴》,是一曲泛音起者,昌黎摹写入神,乃以"昵昵"二语,为似琵琶声,则"跻攀分寸不可上,失势一落千丈强",除却吟猱绰注,更无可以形容,琵琶中亦有此耶?(薛雪《一瓢诗话》)

白香山江上琵琶,韩退之颖师琴,李长吉李凭箜篌,皆摹写声音至文。韩足以惊天,李足以泣鬼,白足以移人。(方世举《李长吉诗集批注》)

"浮云"句,泛声。"喧啾"句,泛声中寄指声。"分寸"句,吟绎声。"失势"句,顺下声。(方东树《昭昧詹言》)

(李浩)

七言古诗

白 居 易

白居易(772—846),字乐天,晚号香山居士,下邽(陕西渭南)人。唐德宗贞元十六年(800)登进士第,曾任翰林学士、左拾遗等职。因上书言事获罪,被贬为江州司马。后又去杭州、苏州等地任刺史。晚年以刑部尚书致仕。他是唐代大诗人之一,领导了新乐府运动。其诗具有鲜明的政治倾向,富有情味,语言通俗自然。有《白氏长庆集》。

卖 炭 翁[1]

卖炭翁,伐薪烧炭南山中。满面尘灰烟火色,两鬓苍苍十指黑。卖炭得钱何所营[2]?身上衣裳口中食。可怜身上衣正单,心忧炭贱愿天寒!夜来城外一尺雪,晓驾炭车辗冰辙。牛困人饥日已高,市南门外泥中歇。翩翩两骑来是谁[3]?黄衣使者白衫儿[4]。手把文书口称敕,回车叱牛牵向北[5]。一车炭,千余斤,宫使驱将惜不得!半匹红绡一丈绫,系向牛头充炭直[6]!

【注释】(1)这是《新乐府》的第三十二首,作者标明此诗旨意是"苦宫市也"。 (2)何所营:做什么用。 (3)翩翩:轻快的样子。 (4)"黄衣"句:黄衣使者,指宦官。白衫儿:指宦官的随从。 (5)牵向北:唐代长安城市的建置,市在南而宫在北,牵向北,即牵向宫中。 (6)直:同"值"。唐代宫市用绢、绫等丝织品准价,许多史书都有记载。《资治通鉴》卷二三五,"……先是宫中市买外间物,令官吏主之,随给其值。比岁以宦者为使,谓之'宫市'。抑买人物(低价买物),稍不如估(比原价稍低)。其后不复行文书,置白望数百人于两市(注:白望者,言使人于市中左右望,白取其物,不还本价也。两市,长安城中东市西市也)及要闹坊曲,阅人所卖物。但称'宫市',则敛手付与,真伪不复可辨,无敢问所从来及论价之高下者。率用值百钱物,买人值数千物,多以红紫染故衣败缯,尺寸裂而给之。仍索进奉门户及脚价钱(注:门户者,言进奉所经由门户皆有费用。脚价,谓倩人负荷进奉物入内,有雇脚之费),人将物诣市,至有空手而归者。名为宫市,其实夺之。……尝有农夫以驴负柴,宦者称宫市取之,与绢数尺,又就索门户,仍邀驴送柴至内。农夫啼泣,以所得绢与之。不肯受,曰:须得尔驴。农夫曰:'我有父母妻子,待此然后食(注:言待此驴负物贸易然后可以给食),今以柴与汝,不取值而归,汝尚不肯,我有死而已。'遂殴宦者。"韩愈《顺宗实录》卷二所记,与此略同。"宫市"害民的情况,于此可见。

【今译】卖炭的老汉,在终南山上砍柴烧炭。满脸灰尘,受尽了烟熏火燎,两鬓苍苍,十指都变黑了。身上的粗衣口中的淡饭,全靠几文炭钱。可怜他破旧的单衣挡不住寒风,担心炭贱买不上钱,只盼望天气更冷!一夜大雪直落到天亮,套上炭车赶到结冰的路上。牛困人饥,太阳已经爬到高空,才到市南门外的泥中。迎面扑来的,是什么人扬鞭跃马?哦!是黄衣的宦官领着白衫的爪牙。手里摇晃着公文,口传皇帝的命令,大声叱牛,掉过车头直拉向北城。一车炭,一千多斤重,宫使全拉走,心疼又能怎样!一丈薄绫,半匹红纱,挂在牛头上就算是炭价!

【点评】这是一篇脍炙人口的名作。先用四句诗写卖炭翁伐薪烧炭的艰苦劳动,然后设置问答:"卖炭得钱何所营?身上衣裳口中食。"这一问

135

七言古诗

一答,不仅化板为活,使文势跌宕,而且加强了思想性。伐薪烧炭虽然艰苦,但如果为了发家致富,就不足以充分表现"宫市"给人民造成的痛苦,如果是为了维持起码的生活,那就是另一种情况。经过这一问一答,使我们清楚地看到:卖炭翁贫无立锥,别无衣食来源,"身上衣裳口中食",全指望他"满面尘灰烟火色,两鬓苍苍十指黑"烧出的"千余斤"木炭能卖个好价钱。这样,就为后面写宫使掠夺木炭的罪行做好了铺垫。

"可怜身上衣正单,心忧炭贱愿天寒。"是扣人心弦的名句。"身上衣正单",就应该希望天暖,然而这个卖炭翁把解决衣食问题的全部希望寄托在"卖炭得钱"上,所以他"心忧炭贱愿天寒",在冻得发抖的时候,一心盼望天气更冷。诗人如此深刻地理解卖炭翁的艰难处境和复杂的内心活动,又只用十多个字如此真切地表达了出来,产生了激动人心的艺术力量。

这两句诗在章法上是从前半篇向后半篇过渡的桥梁。"心忧炭贱愿天寒",实际上是在等待下雪。"夜来城外一尺雪",这场雪总算等到了!当卖炭翁"晓驾炭车辗冰辙"的时候,占据着他的全部心灵的,不是埋怨下面是冰、上面是"一尺雪"的道路多么难走,而是盘算着那"一车炭"能卖多少钱、能换来多少衣食。……然而结果怎样呢?结果,他遇上了"手把文书口称敕"的"宫使"。在皇宫派出的使者面前,在皇帝的文书和敕令面前,卖炭翁在从"伐薪""烧炭""愿天寒""驾炭车",直到"泥中歇"的漫长过程中所盘算的一切,所希望的一切,全都化为泡影!

所谓"宫市",是指皇宫里需要的物品到市场上去购买。但是实际上,那是一种公开的掠夺,"购买"云云,不过是说得好听而已。这种"宫市"的受害者,当然不止一个卖炭翁,他的遭遇,却更有典型性。诗人通过卖炭翁的遭遇,深刻地揭露了最高统治者及其爪牙公开掠夺人民、把人民推入无衣无食困境的罪行。

【集说】直书其事,而其意自见,更不用著一断语。(《唐宋诗醇》)

如此种诗,不惟悉一时蠹弊,兼可作后世之前车。(贺裳《载酒园诗话又编》)

此篇小序云:"苦宫市也。"盖宫市者,乃贞元末年最为病民之政,宜乐天《新乐府》中有此一篇。且其事又为乐天所得亲有见闻者,故此篇之摹写,极生动之致也。……于此可知白氏之诗,诚足当诗史。比之少陵之作,殊无愧

色。(陈寅恪《元白诗笺证稿》)

(霍松林)

太 行 路

——借夫妇以讽君臣之不终也

太行之路能摧车,若比人心是坦途。巫峡之水能覆舟,若比人心是安流。人心好恶苦不常,好生毛羽恶生疮。与君结发未五载,岂期牛女为参商⁽¹⁾。古称色衰相弃背,当时美人犹怨悔。何况如今鸾镜中⁽²⁾,妾颜未改君心改。为君熏衣裳,君闻兰麝不馨香。为君盛容饰,君看金翠无颜色。行路难,难重陈。人生莫作妇人身,百年苦乐由他人。行路难,难于山,险于水。不独人间夫与妻,近代君臣亦如此。君不见左纳言,右纳史⁽³⁾,朝承恩,暮赐死。行路难,不在水,不在山,只在人情反覆间!

【注释】(1)牛女:牛郎、织女。参商:两颗星的名字,都属于二十八宿。参(shēn)星在西方,商星在东方,此出彼落,永不相见。 (2)鸾镜:李商隐《陈后宫诗》,"侵夜鸾开镜"。冯浩注引范泰《鸾鸟诗序》,罽宾王捕获了一只彩色的鸾鸟,想让它鸣叫,却达不到目的。他的夫人说:我曾经听说鸟见到它的同类,然后鸣叫,可拿镜子照它。罽宾王按她的办法去做,鸾看到它的影子,悲哀地叫了半夜便死去了。因而把镜子叫鸾镜。 (3)纳言、纳史:都是官名。陈寅恪根据《唐六典》卷九,认为纳史应作内史。

【今译】太行山的道路能摧毁车辆,若比起人心,它多么坦荡!巫峡里的水能翻覆船身,若比起人心,它多么平稳!人的心,爱和憎很不正常,爱起来巴不得长上翅膀,憎起来巴不得生个恶疮。我和您结了婚还不满五年,谁料到牛郎和织女变成参商!古人说颜色衰退了就丢在一边,当时的美人还有怨言,何况现在镜子里面,我的颜色没有变,您的心却已改变。为您熏衣裳,您闻到兰花麝香也说不馨香;为您戴首饰,您看见珍珠翡翠也说不漂亮。行

137

七言古诗

路难，说不清！人生千万莫作妇人身，一辈子欢乐痛苦由他人！行路难，险过巫峡水，难过太行山。不仅人家的夫和妻，近代的君臣也像这一般。您不见左纳言、右纳史，早上承恩，晚上赐死？行路难！不在水，不在山，只在人情反复间！

【点评】这首诗，按作者的题注，是"借夫妇以讽君臣之不终"的。先以主要篇幅，写一个年轻貌美的女子刚结婚不久，就被居心险恶、爱憎无常的丈夫所厌弃，陷入痛苦的深渊，发出了"人生莫作妇人身，百年苦乐由他人"的慨叹。这在揭露封建社会男尊女卑、妇女处于任人摆布地位的不合理现象方面，已经很有意义。但作者的主旨还不在这里。接着写道："不独人家夫与妻，近代君臣亦如此。"很自然地由夫妻关系联系到君臣关系。在封建社会里，"夫为妻纲"，妻只能由夫支配。同样，"君为臣纲"，臣只能凭君处置。在这里，只有专制，绝无"民主"可言。"左纳言，右纳史，朝承恩，暮赐死。"这几句诗，概括地反映了处于君主专制淫威之下的比较正直的臣子们的共同命运。

白居易在任左拾遗的时候，为了"救济人病，裨补时阙"，一面向唐宪宗提出了许多意见，一面创作了包括《新乐府》在内的大量讽喻诗。在开始，唐宪宗还采纳了他的一些意见，但是没多久，就对他感到厌烦了。这首《行路难》，就是在这种情况下写的。

【集说】乐天此篇小序云："借夫妇以讽君臣之不终也。"或疑《李相国论事集》贰论白居易事条云，宪宗怒白居易不逊，欲逐之出翰林事，与此有关。考此事亦见于《通鉴》贰叁捌《唐纪·宪宗纪》中，而附记于元和五年六月甲申白居易复上奏以为臣比请罢兵条下。其时间虽似稍晚，但乐天《新乐府》五十首中如《海漫漫》《杏为梁》诸篇，疑亦作于元和四年以后，则此说不为无见。唯可注意者，乐天此时虽居禁近，实为小臣，诗中"左纳言，右纳（内）史"句，乃指宰相大臣而言，非乐天自况之辞也。……复考《白氏长庆集》贰柒有《为人上宰相书》一篇，据其中所言此宰相拜相之日，知必为（韦）执谊无疑。然则执谊虽未赐死，但其进退荣辱，易致乐天之感触，自甚明也。乐天此篇之作，或竟为近慨崖州之沉沦，追刺德宗之猜刻，遂取以讽谏元和天子耶？（陈寅恪《元白诗笺证稿》）

（霍松林）

长 恨 歌[1]

汉皇重色思倾国[2]，御宇多年求不得。杨家有女初长成，养在深闺人未识。天生丽质难自弃，一朝选在君王侧[3]。回眸一笑百媚生，六宫粉黛无颜色[4]。春寒赐浴华清池，温泉水滑洗凝脂[5]。侍儿扶起娇无力，始是新承恩泽时。云鬓花颜金步摇[6]，芙蓉帐暖度春宵。春宵苦短日高起，从此君王不早朝。承欢侍宴无闲暇，春从春游夜专夜[7]。后宫佳丽三千人，三千宠爱在一身。金屋妆成娇侍夜[8]，玉楼宴罢醉和春[9]。姊妹弟兄皆列土，可怜光彩生门户[10]。遂令天下父母心，不重生男重生女。骊宫高处入青云，仙乐风飘处处闻。缓歌慢舞凝丝竹，尽日君王看不足。渔阳鼙鼓动地来[11]，惊破霓裳羽衣曲[12]。九重城阙烟尘生，千乘万骑西南行[13]。翠华摇摇行复止，西出都门百余里[14]。六军不发无奈何，宛转蛾眉马前死[15]。花钿委地无人收，翠翘金雀玉搔头[16]。君王掩面救不得，回看血泪相和流。黄埃散漫风萧索，云栈萦纡登剑阁[17]。峨嵋山下少人行[18]，旌旗无光日色薄。蜀江水碧蜀山青，圣主朝朝暮暮情。行宫见月伤心色[19]，夜雨闻铃肠断声。天旋地转回龙驭[20]，到此踌躇不能去[21]。马嵬坡下泥土中，不见玉颜空死处。君臣相顾尽沾衣，东望都门信马归。归来池苑皆依旧，太液芙蓉未央柳[22]。芙蓉如面柳如眉，对此如何不泪垂！春风桃李花开日，秋雨梧桐叶落时。西宫南内多秋草[23]，落叶满阶红不扫。梨园弟子白发新[24]，椒房阿监青娥老[25]。夕殿萤飞思悄然，孤灯挑尽未成眠。迟迟钟鼓初长夜，耿耿星河欲曙天。鸳鸯瓦冷霜华重[26]，翡翠衾寒谁与共？悠悠生死别经年，魂魄不曾来入梦。临

七言古诗

邛道士鸿都客⁽²⁷⁾，能以精诚致魂魄。为感君王辗转思，遂教方士殷勤觅⁽²⁸⁾。排空驭气奔如电⁽²⁹⁾，升天入地求之遍。上穷碧落下黄泉⁽³⁰⁾，两处茫茫皆不见。忽闻海上有仙山，山在虚无缥缈间。楼阁玲珑五云起⁽³¹⁾，其中绰约多仙子⁽³²⁾。中有一人字太真，雪肤花貌参差是⁽³³⁾。金阙西厢叩玉扃⁽³⁴⁾，转教小玉报双成⁽³⁵⁾。闻道汉家天子使，九华帐里梦魂惊⁽³⁶⁾。揽衣推枕起徘徊，珠箔银屏迤逦开⁽³⁷⁾。云髻半偏新睡觉，花冠不整下堂来。风吹仙袂飘飖举，犹似霓裳羽衣舞。玉容寂寞泪阑干，梨花一枝春带雨。含情凝睇谢君王，一别音容两渺茫。昭阳殿里恩爱绝，蓬莱宫中日月长⁽³⁸⁾。回头下望人寰处，不见长安见尘雾。唯将旧物表深情，钿合金钗寄将去⁽³⁹⁾。钗留一股合一扇，钗擘黄金合分钿。但教心似金钿坚，天上人间会相见。临别殷勤重寄词，词中有誓两心知。七月七日长生殿⁽⁴⁰⁾，夜半无人私语时。在天愿作比翼鸟⁽⁴¹⁾，在地愿为连理枝⁽⁴²⁾。天长地久有时尽，此恨绵绵无绝期。

【注释】（1）这首诗作于元和元年（806）十二月。当时作者任盩厔（今陕西周至）县尉。　（2）汉皇：原指汉武帝，诗中借指唐玄宗。倾国：即美女。（3）"杨家"四句：杨贵妃，小名玉环，蒲州永乐（今山西芮城）人。幼年寄养在叔父杨玄珪家。开元二十三年（735）册封为寿王（唐玄宗的儿子李瑁）妃；开元二十八年（740），玄宗将其度为女道士住太真宫，道号太真。天宝四年入宫，册封为玄宗贵妃，受到宠幸。诗中说"养在深闺人未识"，"一朝选在君王侧"，是一种避讳的说法。　（4）粉黛：原指脂粉之类，这里借指后宫的女子。（5）华清池：在今陕西临潼骊山北麓。唐华清宫内有温泉，俗称华清池。凝脂：形容杨贵妃皮肤柔嫩细白。　（6）金步摇：妇女的头饰，插在发上，随人行走而摇动。故名。　（7）夜专夜：夜夜专宠。　（8）金屋：指汉武帝金屋藏娇的故事。　（9）醉和春：醉意中显示出女性特有的魅力。　（10）杨玉环被册封为贵妃后，她的父亲被追赠为太尉、齐国公，叔父被升为光禄卿，堂兄杨铦、杨锜、杨钊(即杨国忠)先后被任命为鸿胪卿、侍御史、右丞相,三个姐姐被封为韩、虢、秦三国夫人。列土:"列土分茅",指最高统治者给贵族划分土地,以示封赏。可怜:令人羡慕。　(11)"渔阳"句:渔阳郡当时属范阳节度使安禄山管辖。此句指安禄山联合史思明于天宝十四年(755)十一月起兵叛乱。鼙(pí)鼓:骑兵用的小鼓。　(12)霓裳羽衣曲:舞曲名。唐时属宫廷大乐。　(13)"九重"二句:天宝十五年(756)六月初,潼关失守,唐玄宗率领近臣及杨贵妃等仓皇逃出长安,准备到四川避难。九重城阙:指京城长安。　(14)唐玄宗一行来到长安西边的兴平县马嵬驿。翠华:旗子上有翠羽做成的装饰,专指皇帝用的旗帜。行复止:走着走着停下来。这里指唐玄宗的禁军大将陈玄礼受太子李亨的指使,在马嵬驿发动兵变。　(15)禁军不肯前进,在杀了杨国忠以后,又迫使唐玄宗赐死杨贵妃。六军:指皇帝的御林军。唐玄宗时,实际上只有左、右龙武军,左、右羽林军四军。以后才增为六军。蛾眉:指杨贵妃。　(16)花钿、翠翘、金雀、玉搔头:均是首饰。
(17)云栈:栈道。剑阁:由陕入川的南栈道的一部分,在今四川剑阁县境内。
　(18)峨嵋:峨眉山。唐玄宗南逃时只到达成都,并未去过峨眉。这里泛指蜀地。　(19)行宫:皇帝在京城以外的宫殿。　(20)唐肃宗至德二年(757)九月,郭子仪等收复了长安。十二月,肃宗派人到四川接回唐玄宗。天旋地转:指唐王朝又得到了恢复。龙驭:皇帝的车驾。　(21)此:指马嵬驿。踟蹰:指心神不定。不能去:不愿意离去。　(22)太液:太液池,在大明宫内。未央:汉宫名。这里借指唐宫。　(23)西宫南内:唐长安有三大内,大明宫为东内,兴庆宫为南内,太极宫为西内。唐玄宗回到长安后,先住在南内。后来权宦李辅国挑拨唐玄宗和唐肃宗之间的父子关系,假肃宗之名,强行让唐玄宗迁往西内甘露殿,并流贬了跟随唐玄宗多年的高力士、陈玄礼等人。(24)梨园弟子:唐玄宗晓音律,选"坐部伎"子弟三百人,亲自教于梨园,称为皇帝梨园弟子。　(25)椒房:后妃住的房子,因用椒粉和泥,故名。阿监:指后宫女官。　(26)鸳鸯瓦:两片瓦一仰一俯,构成一对。　(27)临邛(qióng):在今四川邛崃市。鸿都:原指汉代藏书和教学的地方,这里借指长安。　(28)方士:炼制丹药以求得道成仙的术士。　(29)排空驭气:腾云驾雾。(30)碧落:即道教所说的东方第一层天,碧霞满空。这里泛指天上。
　(31)五云:五彩祥云。　(32)绰约:柔弱美好的样子。　(33)参差(cēn

cǐ):仿佛。 （34）金阙:道教相传,仙境上清宫有两阙,左金阙,右玉阙。阙:宫门外的门楼。玉扃:玉石门。 （35）小玉:吴王夫差的女儿。双成:西王母的侍女董双成。诗中的小玉、双成均指女侍者。（36）九华帐:非常华丽的帐子。 （37）珠箔:珍珠帘。迤逦(yǐ lǐ):斜垂的样子。 （38）"昭阳"二句:昭阳,汉宫名,此指唐宫,并代指人间。蓬莱宫:神话传说中仙山上的宫,这里代指神仙世界。 （39）钿合:用黄金珠宝嵌成花纹的盒子。 （40）长生殿:在骊山华清宫内。 （41）比翼鸟:传说中有一种鸟只有一目一翼,两只鸟必须并肩在一起才能飞。后世用以比喻感情很深的夫妻。 （42）连理枝:两棵树的枝或干连在一起,像一棵树。后世比喻夫妻。

【今译】爱好女色的汉皇想找个迷人的美女,在他的领土上多少年都没找到。杨家有一个姑娘刚刚长大,养在深深的闺阁里还没人知道。天生丽质怎能不惹人喜爱,果然有一天被选到君王的身侧。眼珠儿一转动就显现出千娇百媚,六宫粉黛都被她比得黯然无色。寒冷的初春赐她洗浴华清池的温汤,美玉似的肌肤洗得更洁白光亮。侍女扶起来娇弱的没有力气,这才是开头儿接受皇恩的时光。乌云般的鬓发装饰着花冠,在暖烘烘的芙蓉帐里欢度春宵。春宵太短啊一直睡到太阳老高,从这里开始君王不再设早朝。不是侍候饮宴就是承受欢宠,春天跟着春游夜晚陪着夜寝。后宫里尽管有三千来个美人,但只宠爱她一个。金屋里化好妆越显出娇媚的神态,玉楼春宴更增添醉人的风韵。姊妹兄弟都享受着高官厚禄,耀眼的光彩笼罩杨家的门户。于是改变了天下父母的想法,不重视生男孩只希望生女孩。骊宫的顶端插到高高的天上,嘹亮的仙乐随着风飘到远方。轻歌曼舞应和着管弦的旋律,君王整天沉醉在欢乐的海洋。渔阳的战鼓传来惊天动地的杀声,惊乱了霓裳羽衣的舞步弦音。滚滚的烟尘弥漫了京城长安,千骑万乘向遥远的蜀川逃奔。龙旗飘飘摇摇行行停停,西出都门才走了百余里路程。将士们不肯前进有什么办法,杨玉环被逼死在马嵬坡下!花钿翠翘金雀还有玉做的搔头,抛在地上没有人收拾。君王捂着脸没有法子挽救,止不住的眼泪和热血涌出!萧瑟的寒风卷起漫天黄色的灰尘,攀上高入云端的栈道过了剑门。峨眉山底下很少有行人的踪迹,凄惨的日光映照着黯淡的旌旗。蜀江水碧油油,蜀山青翠翠,日日夜夜地撩动圣主的感情。行宫里看月亮是伤心的颜色,夜雨中听铃铛是断肠的声音。时局好转了君王从成都归来,到这里徘徊彷徨哪能轻易离开!马嵬坡下仍旧是一片泥土荒凉,看不见杨玉环只有她惨死的地方!君看着臣,臣看着君都流下辛酸的眼泪,朝着京城的方向由着马儿走回。回来看见旧时的池苑仍然如旧,太液的荷花辉映着未央的杨柳。荷花像她的脸,柳叶像她的眉,对着这一切怎能不使人伤悲!熬过了和风吹开桃花的春季,又到了冷雨滴落梧叶的秋天。西宫南内长遍了凄迷的衰草,枯败的落叶也由它堆满阶前。梨园的艺人渐渐地长出白发,椒房的女官慢慢地凋谢了红颜。点点的流萤又带来愁闷的黄昏,挑尽了灯芯还没有入睡的可能。缓慢的更鼓难以送走悠悠的长夜,明净的银河才欲迎接迟迟的黎明。冷冰冰的鸳鸯瓦结满霜冻,寒生生的翡翠衾和谁相共!一生一死分别了多少年月,她的灵魂从没有来到梦中!有个临邛的道士寓居京城,能以诚心招来死者的灵魂。由于同情君王的辗转思念,便接受了命令殷勤地寻找。驾驭空气排开乌云闪电,升入天上钻进地底到处寻遍。上面寻遍青天下面寻遍黄泉,两下里渺渺茫茫都没有寻见。忽然听说大海上有一座仙山,这座山耸立在虚无缥缈之间。玲珑的楼阁缭绕着五色彩云,里面有许多温柔婉丽的天仙。其中有一位仙人名字叫太真,花朵般美艳的容貌还像生前。金阙西边轻叩玉石的院门,请求开门的仙女转告太真。听说汉家天子派来了使者,九华帐里惊动了她的梦魂。穿衣服推枕头出了床帷,珠帘子银屏风逐次打开。半偏着云鬓刚刚睡醒,歪带着花冠就走下堂来。仙风吹拂着衣袖轻轻地飘动,还好像霓裳羽衣的舞态婷婷。寂寞的玉容流满晶莹的清泪,仿佛一枝梨花经受着春雨的欺凌。含着无限深的情感致谢君王,一经分别再没有相见的希望。昭阳殿里断绝了深挚的恩爱,蓬莱宫中消磨着漫长的时光。回过头来下望那遥远的人间,看不见长安只看见尘雾漫漫。唯有拿当年的礼物表达深情,把钿合金钗寄到君王的身边。金钗留下一股钿盒留下一扇,金钗擘开黄金钿盒分了宝钿。只愿心像黄金宝钿一样坚贞,天上人间总会有相见的一天!临别的当儿殷勤地重把话捎,话中的誓言只有两个人知道。七月七日的晚上在长生殿里,夜深人静秘密地立下了盟约。在天上愿作比翼双飞的鸟儿,在地上愿作连理并生的树枝。天再长地再远也有穷尽的时候,这绵绵的爱恨却没有完结的日子!

七言古诗

唐

【点评】白居易在自评其《长恨歌》时曾经说:"一篇长恨有风情。""风情"即男女私情。《长恨歌》的结尾又说:"天长地久有时尽,此恨绵绵无绝期。"可见,《长恨歌》描写了唐玄宗与杨贵妃之间的爱情悲歌。曰"长恨","恨"在何处? 先乐后悲,此一恨;一个皇帝竟无法保住心爱的妃子,马嵬兵变,生离死别,此又一恨。唐玄宗本人,既是悲剧的承受者,又是悲剧的制造者。作者准确地把握了人物个性,全诗融叙事、写景、抒情为一体,塑造了唐玄宗、杨贵妃这两个有血有肉、栩栩如生的艺术形象。格调宛转缠绵、凄艳动人。全诗可分为三部分。第一部分,从开头到"尽日君王看不足",开头六句,以简洁的语言叙写杨玉环被选入宫。接下来,作者从不同的角度描写唐玄宗对杨贵妃的宠爱。这里既有"赐浴""侍宴""春从春游夜专夜""三千宠爱在一身"这种人之常情,也有"春宵苦短日高起,从此君王不早朝"这种失度的荒唐,还有因大封杨氏姊妹弟兄而引起"天下父母""不重生男重生女"的艺术夸张。在沉迷香艳之中蕴含着令人不安的悲剧因素。从"渔阳鼙鼓动地来"到"回看血泪相和流",为第二部分。叙写安史之乱与马嵬兵变造成李杨的生离死别。如同分水岭一样,把李杨爱情生活的乐与悲判然分为前后两个互为因果的阶段。从"黄埃散漫风萧索"到结尾为第三部分,也是全诗的重点所在。这一部分,以抒情为主,表现唐玄宗对杨贵妃的深切思念和杨贵妃在仙界仍对玄宗的一往情深。作者充分发挥其"深于诗而多于情"(陈鸿《长恨歌传》)的艺术才华,借助于伤春悲秋、以乐境写哀情、移情于物、睹物思人等艺术技巧,烘托环境、渲染气氛,把李、杨爱情的悲剧色彩表现得淋漓尽致,情景交融,声情并茂。《长恨歌》在艺术上的巨大魅力也正在于此。

【集说】元微之、白乐天在唐元和、长庆间齐名,其赋咏天宝时事,《连昌宫词》《长恨歌》皆脍炙人口,使读者情性荡摇,如身生其时,亲见其事,殆未易以优劣论也。然《长恨歌》不过述明皇追怆贵妃始末,无他激扬,不若《连昌词》有监戒规讽之意。(洪迈《容斋随笔》)

此讥明皇之迷于色而不悟也。……诗本陈鸿《长恨传》而作,悠扬旖旎,情至文生,本王、杨、卢、骆而又加变化者矣。(沈德潜《唐诗别裁》)

《长恨》一传,自是当时附会之说,其事殊无足论者。居易诗词特妙,情文相生，沉郁顿挫，哀艳之中，具有讽刺。……结处点清长恨，为一诗结穴，戛然而止，全势已足，更不必另作收束。（《唐宋诗醇》）

《长恨歌》一篇，其事本易传，以易传之事，为绝妙之词，有声有情，可歌可泣，文人学士，既叹为不可及，妇人女子，亦喜闻而乐诵之，是以不胫而走，传遍天下。（赵翼《瓯北诗话》）

（霍松林　杨恩成）

琵琶行⁽¹⁾并序

元和十年，予左迁九江郡司马⁽²⁾。明年秋，送客湓浦口⁽³⁾，闻舟中夜弹琵琶者，听其音，铮铮然有京都声。问其人，本长安倡女，尝学琵琶于穆、曹二善才⁽⁴⁾，年长色衰，委身为贾人妇⁽⁵⁾。遂命酒⁽⁶⁾，使快弹数曲⁽⁷⁾。曲罢悯然⁽⁸⁾，自叙少小时欢乐事，今漂沦憔悴，转徙于江湖间。予出官二年⁽⁹⁾，恬然自安⁽¹⁰⁾，感斯人言，是夕始觉有迁谪意⁽¹¹⁾。因为长句⁽¹²⁾，歌以赠之，凡六百一十六言，命曰《琵琶行》。

浔阳江头夜送客，枫叶荻花秋瑟瑟⁽¹³⁾。主人下马客在船，举酒欲饮无管弦。醉不成欢惨将别，别时茫茫江浸月。忽闻水上琵琶声，主人忘归客不发。寻声暗问弹者谁，琵琶声停欲语迟。移船相近邀相见，添酒回灯重开宴⁽¹⁴⁾。千呼万唤始出来，犹抱琵琶半遮面。转轴拨弦三两声，未成曲调先有情。弦弦掩抑声声思⁽¹⁵⁾，似诉平生不得志。低眉信手续续弹，说尽心中无限事。轻拢慢捻抹复挑⁽¹⁶⁾，初为《霓裳》后《六幺》⁽¹⁷⁾。大弦嘈嘈如急雨，小弦切切如私语。嘈嘈切切错杂弹，大珠小珠落玉盘。间关莺语花底滑⁽¹⁸⁾，幽咽泉流冰下难⁽¹⁹⁾。冰泉冷涩弦凝绝，凝绝不通声暂歇。别有幽愁暗恨生，此时无声胜有声。银瓶乍破水浆迸，铁骑突出刀枪鸣。曲终收拨当心画⁽²⁰⁾，四弦一声如裂帛。东船西

七言古诗

舫悄无言,唯见江心秋月白。沉吟放拨插弦中⁽²¹⁾,整顿衣裳起敛容⁽²²⁾。自言本是京城女,家在虾蟆陵下住。十三学得琵琶成,名属教坊第一部⁽²³⁾。曲罢曾教善才服,妆成每被秋娘妒⁽²⁴⁾。五陵年少争缠头⁽²⁵⁾,一曲红绡不知数。钿头银篦击节碎⁽²⁶⁾,血色罗裙翻酒污。今年欢笑复明年,秋月春风等闲度⁽²⁷⁾。弟走从军阿姨死,暮去朝来颜色故。门前冷落鞍马稀,老大嫁作商人妇。商人重利轻别离,前月浮梁买茶去⁽²⁸⁾。去来江口守空船,绕船月明江水寒。夜深忽梦少年事,梦啼妆泪红阑干⁽²⁹⁾。我闻琵琶已叹息,又闻此语重唧唧⁽³⁰⁾。同是天涯沦落人,相逢何必曾相识!我从去年辞帝京,谪居卧病浔阳城。浔阳地僻无音乐,终岁不闻丝竹声。住近湓江地低湿,黄芦苦竹绕宅生。其间旦暮闻何物,杜鹃啼血猿哀鸣⁽³¹⁾。春江花朝秋月夜,往往取酒还独倾。岂无山歌与村笛?呕哑嘲哳难为听⁽³²⁾。今夜闻君琵琶语,如听仙乐耳暂明。莫辞更坐弹一曲,为君翻作琵琶行。感我此言良久立,却坐促弦弦转急。凄凄不似向前声,满座重闻皆掩泣。座中泣下谁最多,江州司马青衫湿⁽³³⁾!

【注释】(1)琵琶行:一本作《琵琶引》。"行",乐府诗歌中的一种体裁。明人徐师曾《文体明辨》:"放情长言,杂而无方者曰'歌';步骤驰骋,疏而不滞者曰'行';兼之曰'歌行'。" (2)予:同"余",我。左迁:古代以右为尊,以左为卑,所以把降职叫左迁。九江郡:本来叫江州,隋朝改为九江郡,唐朝初年又改为江州,治所在今江西省九江市。司马:官名,唐代的司马是刺史(州的长官)的属官。 (3)湓(pén)浦口:在今九江市西,是湓水流入长江的地方,又叫湓口。 (4)善才:唐代把弹琵琶的艺人叫善才。这里说的姓穆、姓曹的两位善才,元稹在《琵琶歌》里也提到过。 (5)委身:托身。贾(gǔ)人:商人。 (6)命酒:叫手下人摆酒。 (7)快弹:畅快地弹。 (8)悯(mǐn)然:悲愁的神色。 (9)出官:由京官贬为外官。 (10)恬(tián)然:心平气和的样子。 (11)迁谪(zhé):降职外调。 (12)长句:七言诗。

（13）瑟瑟：草木被秋风吹动的声音。 （14）回灯：把熄了的灯重新点起来。（15）掩抑：沉郁、忧闷。思：读去声，包括思想感情。 （16）拢、捻（niǎn）、抹、挑：都是弹琵琶的手法。 （17）《霓裳》：曲名，见前。《六么》：或作绿腰，曲名。 （18）间关：鸟声。滑：流。 （19）冰下难：汪本、《全唐诗》本都作"水下滩"，在"水"字下注明"一作冰"，"滩"字下注明"一作难"。清代学者段玉裁在《与阮芸台书》中说，"白乐天'间关莺语花底滑，幽咽泉流水下滩'。'泉流水下滩'，不成语，且何以与上句属对？昔年曾谓当作'泉流冰下难'，故下文接以'冰泉冷涩'。'难'与'滑'对，'难'者，滑之反也。'莺语花底''泉流冰下'，形容滑、涩二境。可谓工绝。"段氏之说极是。

（20）拨：拨弦用的拨子。 （21）沉吟：低吟，迟疑不决的表情。《六书故》，"喜为歌吟，疑为沉吟。" （22）敛容：收敛其散漫弛惰的状态，表现出肃敬的神情。 （23）教坊：唐代置左右教坊，掌管优伶杂技。 （24）秋娘：当时长安很负盛名的歌女，元稹和白居易的诗中有好几处提到她。 （25）五陵：汉代帝王的五个陵墓：长陵、安陵、阳陵、茂陵、平陵。汉代经营帝王的陵墓，又使富豪人家迁住其地，所以五陵多豪华少年。缠头：古代舞女在歌舞时用罗锦缠头，因而观者常赠罗锦作为彩礼，叫作"缠头"，后来多以钱物代之。

（26）"钿头"句：节，又叫拊，是打拍子用的乐器。击节就是打拍子。晋朝人王敦欣赏曹操的诗句"老骥伏枥，志在千里；烈士暮年，壮心不已"。酒后诵读，用如意（如意是瘙痒的东西）击唾壶为节，壶边尽缺。因而"击节"一词又含有赞赏的意思。钿头银篦（bì），是上端镶着金花的银钗。这句诗是说歌女唱曲的时候，五陵少年用钿头银篦给她打拍子，由于很卖力，把钿头银篦都打碎了。 （27）等闲：随随便便。 （28）浮梁：唐代属饶州鄱阳郡，故城在今江西省景德镇市。 （29）阑干：纵横。 （30）唧唧：叹息声。 （31）杜鹃：本名鹃，形体像鹰。相传是古蜀帝杜宇的魂所化，故叫杜鹃或杜宇；子规、子鹃则是它的别名。春天鸣叫，鸣声凄厉，能打动旅客思家的心情，故又称思归、催归，古代诗人常用"啼血"形容它的凄切的鸣声，如"子规夜半犹啼血"之类。 （32）呕（ōu）哑（yā）嘲（zhāo）哳（zhā）：形容声音杂乱。

（33）"江州"句：唐代五品以下的官员穿青衫。白居易时为江州司马，官阶是将仕郎，从九品，故着青衫。

七言古诗

【今译】夜晚在浔阳江头送一个客人，枫叶和荻花传来了沙沙秋声。主人下了马走进客人的船中，拿起酒想喝却没有音乐助兴。闷闷地喝醉了凄凄惨惨地将要分别，要分别的时候茫茫的江水里沉浸着明月。忽然听到水面上飘来琵琶的声音，主人忘记了回去客人也不肯动身。跟着声音悄悄地询问是什么人在弹琵琶，琵琶声停止了其弹奏者想说话却迟迟地没有说话。移近船只请那个人相见，添了酒点上灯重新开宴。再三地呼唤弹奏者才走出船舱，还抱着琵琶遮住半边脸面。扭紧轴子拨动了两三下丝弦，还没有弹成曲调已经充满了情感。每一弦都在叹息每一声都在沉思，好像在诉说不如意的身世。低着眉随手继续地弹啊弹，说尽了无限伤心的事。轻轻地拢慢慢地捻，开始弹的是《霓裳》后来弹的是《六幺》。粗弦嘈嘈好像是疾风骤雨，细弦切切好像是儿女私语。嘈嘈切切错杂成一片，大珠小珠落满了玉盘。花底的黄莺间间关关——叫得多么流利，冰下的泉水幽幽咽咽——流得多么艰难！流泉被冻结了同时也冻结了琵琶的弦，弦冻结了声音也暂时停止。另外流露出一种潜藏在内心深处的仇，这时候没有声音却比有声音更能激动人心。突然爆破一只银瓶水浆四溅，骤然杀出一队铁骑刀枪齐鸣。曲子弹完了收回拨子从弦索中间划过，四根弦发出同一个声音好像在撕裂绸帛。东边西边的船舫里都静悄悄地没有人说话，只看见江心的秋月挥舞着千万条银蛇。沉吟着放下拨子又插到弦中，整理好了衣裳站起来显得非常肃敬。她说道："我本来是京城里的女儿，家住在虾蟆陵附近。十三岁就学会了弹琵琶的技艺，名字排列在教坊的第一部里。弹首曲子换来无数匹吴绫蜀锦。打拍子敲碎了钿头银篦，吃花酒泼脏了血色罗裙。今年欢笑明年欢笑，轻轻地度过了多少个秋夜春天。兄弟从了军阿姨也辞别了人世，无情的时光夺去了美艳的红颜！门前的车马越来越稀，嫁了个商人跟到这里。商人重利轻视别离，前月到浮梁去做生意。留下我独守在江口的船中，绕船的月光和江水一样清冷。深夜里忽然梦见少年时代的乐事，纵横的涕泪污损了脸上的脂粉……"我听了琵琶已经叹息，又听了这话更加伤悲。同样是流落天涯的人，相逢又何必曾经相识！我自从去年辞别京城，谪居浔阳一直在生病。浔阳这偏僻的地方哪儿有音乐，一年到头听不到管弦的声音。住在湓江的附近又低又湿，住宅周围长满了黄芦苦竹。在这里早晚听见的是什么东西，是猿猴的哀鸣和杜鹃的悲啼。春江花朝和秋天的月夜，往往拿了酒自酌自饮。难道没有山歌和村笛，呕哑嘲哳实在难听！今天晚上听了你弹奏的琵琶，像听了仙乐耳朵顿时的清明。不要告辞请坐下再弹一支曲子，我替你翻成《琵琶行》。听了我的话她长久地站立，又坐下拨弦索拨得更急。凄凄切切不像刚才的声音，满座的人听了都忍不住哭泣。其中哪一个哭得最伤心，江州司马的泪水湿透了青衫！

【点评】《琵琶行》和《长恨歌》同是千古传诵的名作。在作者生前，已经是"童子解吟《长恨》曲，胡儿能唱《琵琶》篇"。元代的大戏曲家马致远曾根据它写成《青衫泪》，清代的大戏曲家蒋士铨又根据它写出《四弦秋》。在日本，它也曾经过改编，被搬上舞台。

这里写的是作者由长安贬谪九江期间在船上遇见一个长安故妓弹琵琶的情景。有人认为是为长安故妓而作；宋人洪迈不同意这种看法，认为那是作者借题发挥，"直欲摅写天涯沦落之恨"（《容斋五笔》卷七）。当然，作为一个封建官吏，"乘夜入独处妇人船中，权从饮酒，至于极弹丝之乐，中夕方去"，这是不大可能的。文艺作品中的情节常常出于虚构，或具有虚构成分。认为作者通过虚构的情节抒发自己"天涯沦落之恨"，这是不错的；但那虚构的情节既然真实地反映了琵琶女的不幸遭遇，那么就诗的客观意义来说，它也抒发了"长安故妓"的"天涯沦落之恨"。

《琵琶行》里的那个由长安漂泊到九江的歌女的形象塑造得异常生动真实，具有典型性。通过这个典型形象，深刻地表现了封建社会中被侮辱、被损害的歌女们、艺人们的不幸遭遇。面对这个形象，谁能不一洒同情之泪？诗人还塑造了"我"的形象。"我"是作者自己，但也有典型意义。作者因要求实行"仁政"而受打击，从长安贬到九江，内心很痛苦。当琵琶女第一次弹出哀怨的乐曲、表达心事的时候，就已经拨动了他的心弦，发出叹息声。当琵琶女诉说自己的遭遇，直说到"夜深忽梦少年事，梦啼妆泪红阑干"的时候，就更激起他的情感共鸣："同是天涯沦落人，相逢何必曾相识"。同病相怜，忍不住说出了自己的遭遇。"我"的诉说，反过来又拨动了琵琶女的心弦，当她又一次弹琵琶的时候，那声音就更加凄苦感人，因而反过来激发了"我"的情感，以至热泪湿透青衫。把处于封建社会下层的琵琶女的遭遇和被压抑的正直的知识分子的遭遇相提并论，作如此细致生动的描写，并寄予

七言古诗

无限同情,这在以前的诗歌中是少见的。

《琵琶行》在艺术上的成就是人所公认的。一开头:"浔阳江头夜送客",只七个字,就把人物——主人与客人、地点——浔阳江头、事件——主人送客人、时间——夜,一一作了概括性的介绍;再用"枫叶荻花秋瑟瑟"一句作环境的烘染,而秋夜送客的萧瑟之感,已曲曲传出。此后,每当情节转换之时,都以环境描写来衬托人物的内心活动,如"别时茫茫江浸月""唯见江心秋月白""绕船月明江水寒""杜鹃啼血猿哀鸣"等等,从而加强了诗的形象性和感染力。

《琵琶行》的另一个突出的艺术特点是,以极富音乐性的语言叙事、写景,特别是摹写音乐,用以抒发人物的情感。全诗共八十八句,或两句一韵,或四句一韵,或十数句一韵,或押平韵,或押仄韵,抑扬顿挫,错综变化,恰到好处地表现了人物的内心活动。摹写音乐的那些诗句,往往音义兼顾、情韵和谐,而在借助语言的音韵来摹写音乐的时候,又常用各种比喻以加强其形象性。例如"大弦嘈嘈如急雨",既用"嘈嘈"这个叠韵词来摹声,又用"如急雨"使之形象化。"小弦切切如私语"亦然。这还不够,"嘈嘈切切错杂弹",已经再现了"如急雨""如私语"的两种旋律交错出现,又用"大珠小珠落玉盘"一比,视觉形象与听觉形象就同时显露出来。这真可说是绘形绘声,达到了出神入化的艺术境界。

【集说】至如白太傅《长恨歌》《琵琶行》,元稹《连昌宫词》,皆是直陈时事,而铺写洋密,宛如画出,使今世人读之,犹可想见当时之事,余以为当为古今长歌第一。(何良俊《四友斋丛说》)

《长庆》长篇,如白乐天《长恨歌》《琵琶行》,元微之《连昌宫词》诸作,才调风致,自是才人之冠。(贺贻孙《诗筏》)

写同病相怜之意,恻恻动人。(沈德潜《唐诗别裁》)

满腔迁谪之感,借商妇以发之,有同病相怜之意焉。比兴相纬,寄托遥深,其意微以显,其音哀以思,其辞丽以则。(《唐宋诗醇》)

香山《琵琶行》,婉折周详,有意到笔随之妙,篇中句亦警拔。(黄子云《野鸿诗的》)

《琵琶行》亦是绝作,然身为本郡上佐,送客到船,闻邻船有琵琶女,不问

良贱,即呼使奏技,此岂居官者所为,岂唐时法令疏阔若此耶? 盖特香山借以为题,发抒其才思耳。(赵翼《瓯北诗话》)

《琵琶行》较有情味,然"我从去年"一段,又嫌繁冗。如老妪向人谈旧事,叨叨絮絮,厌读而不肯休也。(施补华《岘佣说诗》)

（霍松林）

七言古诗

柳 宗 元

柳宗元(773—819),字子厚,河东郡(今山西永济市)人,世称柳河东。少精敏绝伦,为文卓伟精致。贞元进士,中博学宏辞科,授校书郎,调蓝田尉,升监察御史里行。王叔文执政,擢礼部员外郎。叔文败,贬永州司马。后迁柳州刺史,故又称柳柳州,与韩愈同倡古文运动,并称"韩柳",同列入"唐宋八大家"中。其文、诗、赋,皆开一代风气。有《柳河东集》。

渔 翁⁽¹⁾

渔翁夜傍西岩宿⁽²⁾,晓汲清湘燃楚竹⁽³⁾。烟销日出不见人,欸乃一声山水绿⁽⁴⁾。回看天际下中流,岩上无心云相逐⁽⁵⁾。

【注释】(1)本诗作于永州贬所。 (2)西岩:指西山,在永州西、湘江近旁。 (3)湘:湘州。楚,永州古属楚国。 (4)欸(ǎi)乃:摇橹声。 (5)无心:无意,自然而然。

【今译】夜晚,渔翁靠船在西山休息,清晨,汲取湘水点燃了楚竹。缕缕炊烟散去,太阳升起。四周江面上人影全无,忽听一阵摇橹唱歌声,小小的渔舟从青山绿水中飘出。船到湘江中流回头看那天际景色,那山岩上空悠然飘动的白云,正在相互追逐。

【点评】"渔翁",希有所获者也,如姜太公然。"湘""楚"乃屈大夫行吟之国。"不见人",只听得"一声",而人自出也。"绿",黑夜但愿能过去,而山水皆绿。下得"中流",绝去官场,如渔翁,如无心之云,徜徉于青山绿水,无求无愿,才算得"渔翁"。但"渔翁"若无鱼可得,却也会不甚耐烦的!

【集说】东坡评诗云:诗以奇趣为宗,反常合道为趣。熟味之,此诗有奇趣。然其尾两句,虽不必亦可。(惠洪《冷斋夜话》)

东坡删去后二句,使子厚复生,亦必心服。(严羽《沧浪诗话·考证》)

若只用前四句,则与晚唐何异?(李东阳《怀麓堂诗话》)

气清而飘逸,殆商调欤?(王文禄《诗的》)

(吴文治 朱崇才)

七言古诗

元　稹

元稹(779—831),字微之,河南(今河南洛阳)人。贞元九年(793)明经及第,才识兼茂,名列第一,除左拾遗。历监察御史,因得罪宦官,贬江陵士曹参军。长庆二年(822)拜相。后卒于武昌节度使任所。诗与白居易齐名。部分作品精警清峭,有时则流于僻涩。有《元氏长庆集》。

连昌宫词⁽¹⁾

连昌宫中满宫竹,岁久无人森似束。又有墙头千叶桃,风动落花红蒊蒊。宫边老翁为余泣,小年进食曾因入。上皇正在望仙楼,太真同凭阑干立。楼上楼前尽珠翠,炫转荧煌照天地。归来如梦复如痴,何暇备言宫里事! 初过寒食一百六⁽²⁾,店舍无烟宫树绿。夜半月高弦索鸣,贺老琵琶定场屋⁽³⁾。力士传呼觅念奴⁽⁴⁾,念奴潜伴诸郎宿。须臾觅得又连催,特敕街中许然烛。春娇满眼睡红绡,掠削云鬟旋装束。飞上九天歌一声,二十五郎吹管逐⁽⁵⁾。逡巡大遍凉州彻⁽⁶⁾，色色龟兹轰录续⁽⁷⁾。李谟抵笛傍宫墙⁽⁸⁾，偷得新翻数般曲。平明大驾发行宫，万人鼓舞途路中。百官队仗避歧薛⁽⁹⁾，杨氏诸姨车斗风⁽¹⁰⁾。明年十月东都破⁽¹¹⁾，御路犹存禄山过。驱令供顿不敢藏，万姓无声泪潜堕。两京定后六七年，却寻家舍行宫前。庄园烧尽有枯井，行宫门闭树宛然。尔后相传六皇帝⁽¹²⁾，不到离宫门久闭。往来年少说长安，玄武楼成花萼废⁽¹³⁾。去年敕使因斫竹，偶值门开暂相逐。荆榛栉比塞池塘，狐兔骄痴缘树木。舞榭欹倾基尚在，文窗窈窕纱犹绿。尘埋粉壁旧花钿，乌啄风筝碎珠玉。上皇偏爱临砌花，依然御榻临阶斜。蛇出燕巢盘斗栱，菌生香案正当衙。寝殿相连端正楼，太真梳洗楼上头。晨光未出帘影黑，至今反挂珊瑚钩。指似傍人因恸哭，却出宫门泪相续。自从此后还闭门，夜夜狐狸上门屋。我闻此语心骨悲，太平谁致乱者谁？翁言野父何分别，耳闻眼见为君说。姚崇宋璟作相公⁽¹⁴⁾，劝谏上皇言语切。燮理阴阳禾黍丰，调和中外无兵戎。长官清平太守好，拣选皆言由相公。开元之末姚宋死，朝廷渐渐由妃子。禄山宫里养作儿，虢国门前闹如市。弄权宰相不记名，依稀忆得杨与李⁽¹⁵⁾。庙谟颠倒四海摇，五十年来作疮痏。今皇神圣丞相明，诏书才下吴蜀平⁽¹⁶⁾。官军又取淮西贼⁽¹⁷⁾，此贼亦除天下宁。年年耕种宫前道，今年不遣子孙耕。老翁此意深望幸，努力庙谋休用兵。

【注释】(1)此诗约作于元和十三年(818)春，当唐朝平定淮西吴元济的叛乱之后。诗中通过宫边老人之口，抒发今昔盛衰之感，探索安史之乱前后治乱兴亡之因，表达作者对"圣君贤相"的清明政治的向往。连昌宫，在唐河南郡寿安县(今河南宜阳)，系唐皇帝往返于长安洛阳间途中歇驾的行宫。

(2)寒食:寒食节。一百六:冬至后一百零五天为寒食节，即清明前二日

七言古诗

（也有去冬至一百零六天的说法，合清明前一日）。 （3）贺老：玄宗时善弹琵琶的著名艺人贺怀智。定场屋，压场的意思。 （4）力士：高力士，玄宗所宠信的宦官。念奴：玄宗时著名歌妓。 （5）二十五郎：玄宗兄长邠王李承宁，排行二十五，善吹笛。逐：一作"篷"，即笛字。 （6）逡巡：舒缓貌。大遍《凉州》：整套的凉州曲凋。彻：终，末，奏完。 （7）龟(qiū)兹：汉西域国名，此处指从龟兹国传入的音乐。轰：轰鸣。录续：通作"陆续"，连续不断。（8）李谟：当时长安一位善吹笛的少年。抔笛：按笛。 （9）歧薛：指玄宗弟歧王李范、薛王李业。 （10）杨氏诸姨：指杨贵妃的姊妹韩国夫人、虢国夫人、秦国夫人等。 （11）东都：即洛阳。 （12）六皇帝：实应作五皇帝，即肃宗、代宗、德宗、顺宗和宪宗。 （13）玄武楼：在唐长安大明宫北面，德宗时新建。花萼：指花萼楼，在兴庆宫西南隅，玄宗时建。 （14）姚崇宋璟：二人均为开元时著名贤相。 （15）杨与李：指杨国忠、李林甫，二人均为天宝时著名奸相。 （16）吴蜀平：吴，指江南东道节度使李锜；蜀，指西川节度使刘闢。二人均曾兴兵叛乱。宪宗元和元年(806)平定蜀乱，次年平吴。 （17）淮西贼：指淮西节度使吴元济。元和十二年(817)被讨平。

【今译】连昌宫中长满了绿竹，常年无人管理，长得又密又粗。还有那宫墙头的碧桃树，风儿吹动落花簌簌。宫边老人对我哭泣："少年时奉献食物曾经进去。玄宗当时正在望仙楼上，杨贵妃和他并肩站立。楼上楼下尽是珠围翠绕的宫女，光辉灿烂照耀天地。回来后如在梦中让人发呆，哪有空闲详谈宫中之事。冬至后一百零六天到了寒食节，到处禁止烟火，宫树变绿。半夜时明月高悬音乐声起，贺怀智的琵琶是压场之曲。高力士大声呼叫寻找念奴，念奴正偷偷地陪着侍卫们同宿。不一会儿找到她又连连催促，特别准许大街上点燃蜡烛。念奴才睡醒娇慵满眼，整理一下头发，来到宫中放开嗓门高歌一曲，邠王李承宁亲自吹笛为她伴奏。舒缓悠扬地奏完了《凉州大曲》，各种龟兹乐曲源源连续。李谟按着笛孔，靠着宫墙，偷去了好几支新谱的乐曲。天刚明皇帝驾车驰出行宫，千万人载歌载舞在大道中。百官的仪仗队回避歧薛二王，贵妃的姐妹们车行如风。第二年十月，洛阳被叛军攻破，皇帝的御路，安禄山猖狂经过。逼迫大家接待，谁也不敢藏躲，老百姓有苦难言眼泪暗落。长安、洛阳收复后六七年，我寻找故居来到了连昌宫边。

庄园焚烧干净只剩一眼枯井，宫门紧闭，宫树却依稀可见。从那以后又传了六位皇帝，不到行宫，宫门长久关闭。来往的年轻人说起长安，玄武楼新建成，花萼楼已荒残。去年下令让砍伐宫竹，偶然碰到开门再次进入。荆棘杂草堵塞了池塘，狐兔猱獠，攀绕树木。舞台楼阁倾塌，根基还在，雕花窗格上窗纱犹绿。挂在墙上的首饰布满尘土，经乌鸦啄食，檐下风筝像摔碎的珠玉。玄宗当年最喜欢石阶边的花草，赏花时的御床依旧靠阶放好。燕巢里长蛇爬出盘绕在大梁，香案上草菌丛生，正对着天子大堂。皇帝住宿的宫殿紧挨着端正楼，杨贵妃曾经在楼上梳洗打扮。天色未明，帘儿被风吹动，到现在那上面还反挂着珊瑚帘钩。指点给别人看也要痛哭，走出了行宫门脸上还有泪珠。从这以后行宫大门仍旧关闭，每夜里狐狸乱钻宫中房屋。"我听了这些话心中生悲。"谁使天下太平，致乱的又是谁？"老翁说："乡野老汉怎能说得清，只能向你说我亲眼所见亲耳所听。想当初姚崇宋璟当宰相，经常用恳切话劝谏皇上。调理阴阳，五谷丰登，和睦中外，不动刀兵。长官清平，太守廉正，挑选人才，都说公平。开元后期，姚崇宋璟去世，朝廷大事，逐渐由了妃子。安禄山被贵妃认作义子，虢国夫人门前热闹如市。记不清弄权宰相的名字，只大概记得一个姓杨，一个姓李。颠倒国家大计，动摇了江山社稷，五十多年来全都是混乱政局。如今皇上神圣，丞相贤明，刚下诏书，吴蜀之乱就被荡平。朝廷的军队又打败了淮西逆贼，这逆贼一除掉天下更安宁。我年年都把行宫前的道路耕种，但今年再不让子孙去耕。"老翁的心是深切希望皇帝再来行宫，努力策划好国家大计，从今以后永不用兵。

　　【点评】此诗可分两大部分：由首句至"夜夜狐狸上门屋"写连昌宫昔盛今衰之巨变。由"我闻此语心骨悲"至全诗结束追溯治乱原因，讽古以夸今。首四句以衰飒凄凉之景开笔，为全诗奠定基调，并与下文互相映照，虽只寥寥数笔，却令人生"满堂风雨不胜寒"之感。然后借宫边老人之口，用汪洋恣肆之笔，极力描绘连昌宫昔日盛况，轰轰烈烈，辉煌盛大，写尽了豪华排场，写足了皇家气派。写得醉生梦死，写得让人惊心动魄，涔涔汗出。行文至此，作者大笔突转，收尽繁华之事，尽展衰败之景。风云突变，生灵涂炭；写得物是人非，狐兔猱獠；写得冷冷清清，凄凄惨惨，让人目不忍睹，耳不忍闻。诚所谓乐极悲来，祸福循环，因果相证，对比鲜明。史之有盛有衰，事之有悲

有喜,非微之大开大阖之笔,谁能状之? 至第二部分,追究盛衰之理,探索治乱之因,无不深达民情,有关治体。评价前朝政治,一字之褒,荣于华衮;一字之贬,严于斧钺。赞扬本朝帝王将相平定藩镇之乱,有居高临下、势如破竹之感。末句"努力庙谋休用兵"之语,乃"卒章显其志"也。考之史实,诗中所写颇多虚构想象之语,以微之之博学,并非不谙史实,乃有意为之,以收主题突出、事件典型、形象鲜明之效。如此鸿篇巨制,方显雄文大手。全诗洋洋洒洒而脉络分明,酣畅淋漓而又详略得宜。波澜叠起,长而不漫;齐散相间,流转如珠。脍炙人口,不愧大方家数。

【集说】《津阳门诗》《长恨歌》《连昌宫词》俱载开元天宝间事,微之之词,不独富艳,至"长官清平太守好,拣选皆言由相公",委任责成,治之所兴也。"禄山宫里养作儿,虢国门前闹如市",险诐私谒,无所不至,安得不乱。稹之叙事,远过二子。(《潘子真诗话》)

《连昌宫辞》似胜《长恨》,非谓议论也,《连昌》有风骨耳。(王世贞《艺苑卮言》)

《连昌》《长恨》《琵琶行》,前人之法变尽矣。(吴乔《围炉诗话》)

元微之《连昌宫词》亦一时传诵,而失体尤甚。如"力士传呼觅念奴,念奴潜伴诸郎宿",宫闱丑事,播之诗歌,可谓小人无忌惮矣。(施补华《岘佣说诗》)

(曾志华)

李 贺

李贺(790—816),字长吉,河南福昌(今河南宜阳)人,唐皇室远支。因避父晋肃讳,不得参加进士科考试。曾官奉礼郎。年少失意,郁郁不得志,只活了二十七岁。他早岁工诗,受知于韩愈、皇甫湜。其诗尤长于乐府,善于熔铸辞采,驰骋想象,运用神话传说,创造恢奇诡谲、璀璨多彩的鲜明形象,艺术上有显著特色。但由于他生活孤独,性格冷僻,在政治上又找不到出路,故诗中常带感伤、低沉情调。有《昌谷集》。

李凭箜篌引⁽¹⁾

吴丝蜀桐张高秋⁽²⁾,空山凝云颓不流⁽³⁾。江娥啼竹素女愁⁽⁴⁾,李凭中国弹箜篌⁽⁵⁾。昆山玉碎凤凰叫⁽⁶⁾,芙蓉泣露香兰笑⁽⁷⁾。十二门前融冷光⁽⁸⁾,二十三弦动紫皇⁽⁹⁾。女娲炼石补天处⁽¹⁰⁾,石破天惊逗秋雨⁽¹¹⁾。梦入神山教神妪⁽¹²⁾,老鱼跳波瘦蛟舞⁽¹³⁾。吴质不眠倚桂树⁽¹⁴⁾,露脚斜飞湿寒兔⁽¹⁵⁾。

七言古诗

【注释】(1)李凭:供奉宫廷的梨园弟子,擅长弹箜篌。箜篌引:乐府《相和歌》旧题。箜篌:弦乐器的一种。 (2)丝:指箜篌的弦。桐:指箜篌的身干。吴地产的蚕丝,蜀地产的桐木,都是制作琴瑟一类乐器的好材料。吴丝蜀桐:形容箜篌的精美。张:张开,引申为弹奏。 (3)颓:颓然,堆集,凝滞的样子。 (4)江娥啼竹:江娥,亦作"湘娥",湘水的女神,即古代帝舜的妃子娥皇、女英。传说舜死于苍梧(山名,在今湖南省宁远县)之野,二妃追寻至洞庭湖,听到不幸消息,南向痛哭,泪珠洒在竹上,因而有湘江一带的斑竹。素女:古代神话中的女神,善鼓瑟。 (5)中国:国是国都,这里指唐朝京都长安。(6)昆山:昆仑山,古代传说中的产玉之山。玉碎、凤叫:形容音响的清脆激越。 (7)芙蓉:莲花。芙蓉泣露:形容曲调的幽咽。香兰笑:形容曲调的轻快。 (8)十二门:指长安。长安城四面各有三门,共十二门。融冷光:形容乐声和美,消融了深秋的肃杀寒气。 (9)二十三弦:指李凭所弹的箜篌。箜篌有各种式样,其中有一种名叫竖管箜篌的,体曲而长,有二十三弦。紫皇:天帝。此处用来指皇帝。李凭是供奉宫廷的乐师,这句点明了他的身份。 (10)女娲炼石:女娲(wā):古代神话中人类始祖。神话传说:共工氏怒触不周山,天倾西北,女娲炼五色石把缺处补好。 (11)石破天惊:即"天惊石破"的倒文。逗:招惹、逗引。 (12)梦:指沉入迷人的音乐幻境。姬(yù):老年妇女。据《搜神记》载,永嘉中,有姬号成夫人,好音乐,能弹箜篌,闻人弦歌,辄便起舞。 (13)老鱼瘦蛟:《列子·汤问》,"瓠巴鼓琴,而鸟舞鱼跃。"此句活用典故,形容乐声精妙,连无知的动物都为之感动而欢欣。 (14)吴质:神话所说的在月宫砍桂的吴刚。质,是他的字。 (15)寒兔:古代神话说,月中有玉兔,这里指月亮。

【今译】在爽朗秋日弹奏精美的箜篌,就连空山的行云也不再流动。这乐曲使湘娥神女挥涕生愁,是因为李凭在京城演奏箜篌。似昆山的宝玉裂碎,像天上凤叫,似池中的莲花暗泣,春兰微笑。乐曲融化了长安城冷冷清光,感动了天帝玉皇。乐曲飞上了女娲补过的高天,击碎了五彩石,又震落秋雨。乐曲传到神山竟迷住了神女,这声音惹得老鱼跳跃龙起舞。月宫的吴刚彻夜不眠倚桂树,玉露斜飞溅湿了树下的寒兔。

【点评】此诗以奇特的艺术构思,巧妙地运用神话传说,通过奇丽的诗的形象,再现出箜篌的美妙乐声和感人的音乐效果。前四句一开始就不同凡响,动人的箜篌声竟使天空行云凝聚不流,引起湘妃洒泪、素女愁思,富有吸引力和感染力。以下诸句,诗人用多种手法描写不断变化的乐声。昆山玉碎、凤凰鸣叫,是以声拟声,用别种不同的音响比喻乐声转换。芙蓉泣,香兰笑,是以表情喻声情,用花草的泣笑比喻乐声悲欢。融冷光、动紫皇、石破天惊、鱼蛟起舞、吴质不眠等,是借乐声所产生的效果,显示李凭弹奏箜篌的艺术魅力。诗人用精炼的艺术语言,把诉之于听觉的音乐声响转化为鲜明可见的视觉形象,富有诗情画意,是描写音乐的不朽杰作。

【集说】诗有惊人句……李贺云:"女娲炼石补天处,石破天惊逗秋雨。"(杨万里《诚斋诗话》)

李贺乐府、七言声调婉媚,亦诗余之渐。……如"露脚斜飞湿寒兔"等句,皆诗余之渐也。(许学夷《诗源辩体》)

李贺乐府、五七言皆诡幻,而中有佳句。……七言如……"芙蓉泣露香兰笑"等句,皆佳句也。……后人学贺者,但能得其诡谲,于佳句十不得一,奇句百不得一也。(许学夷《诗源辩体》)

吴曰:"通体皆从神理中曲曲摹绘,出神入幽,无一字落恒人蹊径。"(高步瀛《唐宋诗举要》引)

(池万兴)

161

七言古诗

致 酒 行⁽¹⁾

零落栖迟一杯酒⁽²⁾,主人奉觞客长寿⁽³⁾。主父西游困不归⁽⁴⁾,家人折断门前柳⁽⁵⁾。吾闻马周昔作新丰客⁽⁶⁾,天荒地老无人识⁽⁷⁾。空将笺上两行书⁽⁸⁾,直犯龙颜请恩泽⁽⁹⁾。我有迷魂招不得⁽¹⁰⁾,雄鸡一声天下白。少年心事当拿云⁽¹¹⁾,谁念幽寒坐呜呃⁽¹²⁾。

【注释】(1)致酒:劝酒。行:乐府诗的一种体裁。 (2)零落:原意是草

木凋谢,此处引申为不得志。栖迟:漂泊,滞留。 (3)奉觞:觞,酒杯,此处为举杯敬酒之意。下面三至八句即为祝词的内容。 (4)主父:即主父偃,西汉临淄(今山东临淄北)人,初游齐,久不得志。于是西游长安,起先困顿失意,为交游所厌恶。后上书汉武帝,得到武帝赏识,拜为郎中,又升迁为中大夫,一年升官四次。 (5)折断门前柳:家人经常攀着门前的柳树,盼望游子归来,以致柳枝折断。形容经久不归。 (6)马周:唐代博州茌(chí)平(今属山东)人,少孤贫。西入长安,曾寄宿新丰(长安附近,今西安临潼新丰镇)旅店,受到店主的冷遇。后来投靠中郎将常何,替常何向唐太宗写了二十多条建议,都切中时弊,得到太宗赏识,即日召见,令直门下省,后授监察御史,累官至中书令。 (7)天荒地老:形容时间久长。 (8)空:只。笺奏,古代上皇帝的奏章。 (9)龙颜:指皇帝。 (10)迷魂招不得:魂不守舍,迷失在外招不回来,这里是梦魂颠倒的意思,表现诗人抑郁、彷徨的心情。 (11)拿云:拂云,即壮志凌云之意。 (12)幽寒:昏暗寒冷,指凄寂冷落,郁郁不得志。坐:徒然。呜呃:悲叹声。

【今译】在飘零落拓中友人设酒,他举杯祝福我健康长寿。"主父偃西游时困顿日久,亲人盼归折断门前之柳。又听说马周作客新丰时,地老天荒竟无一人赏识。他只得奋笔向皇帝上书,谁料得到皇恩十分丰厚"。我深沉的郁闷难以排除,闻此言如听雄鸡一声吼。少年壮志应当高举入云,谁会顾及你的独自悲愁!

【点评】这是一首言志咏怀的抒情诗。大概是诗人客居京城,郁郁不得志时,因友人招饮,举杯祝酒有感而作。首二句叙其事,三至八句是主人劝勉的话,后四句是作者自行宽解之答词。诗人不因"零落栖迟"而气馁,不为目前的"幽寒"而"呜呃"。他希望终有一天会凌云高举,实现理想。诗意豪健警拔,用语隐微。"雄鸡一声天下白",声情高亢坚定,意境开阔明朗,展现出一幅朝气蓬勃、有声有色的图景。

【集说】刘云:起得浩荡感激,言外不可知,真不得不迁之酒者。末转慷慨,令人起舞。(高棅《唐诗品汇》)

以主父偃、马周未遇时,客游长安、新丰,乏资困留为况,贺所答者,发少年之雄心,干青云而直上,百世而下,遥会英气。(许文雨《唐诗集解》)

(池万兴)

梦　天

老兔寒蟾泣天色⁽¹⁾,云楼半开壁斜白⁽²⁾。玉轮轧露湿团光⁽³⁾,鸾珮相逢桂香陌⁽⁴⁾。黄尘清水三山下⁽⁵⁾,更变千年如走马。遥望齐州九点烟⁽⁶⁾,一泓海水杯中泻⁽⁷⁾。

【注释】(1)老兔寒蟾:古代神话传说,月亮里有玉兔和蟾蜍,这里用老兔寒蟾作为月之代称。泣天色:意谓秋月初出,光影凄清,有如兔和蟾在哭泣似的。　(2)云楼:想象中的月中楼阁。壁斜白:月光斜照着云壁。　(3)玉轮:指月亮。轧:碾。这句意谓一轮明月辗着露珠,放出晶润的光辉。　(4)鸾珮:雕着鸾形的玉珮,女子的饰物,这里借指月里嫦娥。桂香陌:月宫中桂子飘香的大道。因为月宫里有桂树,所以一路上桂子飘香。　(5)黄尘:指陆地。清水:指海洋。三山:古代神话里的蓬莱、方丈、瀛洲三座神山。王琦注云:"蓬莱、方丈、瀛洲三神山俱在海中,今视其下,有时变为黄尘,有时变为清水。千年之间,时复更换,而自天上视之,则犹走马之速也。"　(6)齐州:指中国。九点烟:古代中国分为九州,从天上遥望九州,小得像九点烟尘。　(7)泓:形容水的深广,此处作量词用。这句意谓一片汪洋大海,只是像从杯子里倒出来的一点水。

【今译】老兔寒蟾因秋月凄清而哭泣,云楼半开望见一片白色宫壁。明月碾着露珠放出晶莹光辉,桂花飘香路上遇到系珮仙女。俯视海上神山就像黄尘清水,人世沧桑变迁好似奔马迅疾。遥望九州小得犹如烟尘九点,苍茫大海不过杯中涓涓水滴。

【点评】此诗写梦游月宫的幻想境界,想象奇突,形象鲜明,气象开阔。诗人运用神话传说,描绘了一个奇丽变幻的梦境:先是云气迷蒙,天色阴沉;

163

七言古诗

随即云层半开,月光斜射;转瞬之间,玉轮轧露,万里清辉。在碧净如洗的宇宙里,诗人飞身进入月宫,和嫦娥相逢在桂子飘香的小径上。接着,俯视人间,但见黄尘清水,沧海桑田,像走马一样地迅速变更;辽阔的九州和浩瀚的大海,渺小得像九点烟和一杯水。这种丰富的艺术想象,把人们领进美好的诗境,并传达出一种深沉广远的宇宙意识。

【集说】刘云:意近语超,其为仙人语,亦不甚费力,使尽如起语,当自笑耳。(高棅《唐诗品汇》)

是何等胸襟眼界!有如此手笔,《白玉楼记》不得不借重矣。(黄周星《唐诗快》)

(池万兴)

雁门太守行⁽¹⁾

黑云压城城欲摧,甲光向日金鳞开⁽²⁾。角声满天秋色里,塞上燕脂凝夜紫⁽³⁾。半卷红旗临易水⁽⁴⁾,霜重鼓寒声不起。报君黄金台上意⁽⁵⁾,提携玉龙为君死⁽⁶⁾。

【注释】(1)雁门太守行:乐府古题,多写边地战事。 (2)甲:铠甲,古代战士的护身衣,一般用金属的小圆片连缀而成。金鳞:描绘日照盔甲之闪光。 (3)塞:要塞,险要的地方。燕脂:泛指红色。 (4)易水:河名,在今河北省易县、安县之间。 (5)黄金台:故址在今河北省易县东南,相传战国时燕昭王所筑。昭王曾置千金于台,以延揽人才。 (6)玉龙:指宝剑。

【今译】黑云滚滚压城头城墙像要摧毁,一线日光射铁甲照得鳞光明丽。鼓角之声回荡在萧瑟的秋风里,塞外的夜晚战地凝结紫色血迹。卷起的旌旗依傍易水悄然飘动,深秋的寒气使战鼓声低沉不起。为报答君王平日对自己的重视,拿起宝剑奋勇杀敌战死亦不惜!

【点评】此诗歌颂为国奋战的英勇战士,寄托作者尽忠报国之意。意境苍凉,语气悲壮,很像屈原的《国殇》。诗起笔就写叛军蜂拥而来,尘土飞扬,战云密布,形势紧迫,而守城战士们临危不惧,英勇抗击。诗的三、四句,分别就所闻所见、日和夜等角度,从侧面衬托出这场战斗的悲壮激烈。五、六句写援军迅速向易水挺进,"半卷红旗""霜重鼓寒",形象地描绘出他们冒着严寒、星夜进军的情况。结尾两句,写参战将士发出卫国的誓言——"提携玉龙为君死",表示了他们的决战精神。全诗运用色彩浓重的语言,构成一幅有声有色、有动有静的战斗画面,增强了诗歌的表现力。

【集说】唐李贺《雁门太守行》首句云:"黑云压城城欲摧,甲光向日金鳞开。"《摭言》谓贺以诗卷谒韩退之,韩暑卧方倦,欲使阍人辞之。开其诗卷,首乃《雁门太守行》,读而奇之,乃束带出见。宋王介甫云:"此儿误矣。方'黑云压城'时,岂有'向日'之'甲光'也?"或问:"此诗韩、王二公去取不同,谁为是?"予曰:"宋老头巾不知诗。"凡兵围城,必有怪云变气。昔人赋鸿门有"东龙白日西龙雨"之句,解此意矣。予在滇,值安凤之变。居围城中,见日晕两重,黑云如蛟在其侧,始信贺之诗善状物也。(杨慎《升庵诗话》)

李贺《雁门太守行》,语奇。(曾季狸《艇斋诗话》)

字字锤炼而成,《昌谷集》中定推老成之作。(沈德潜《唐诗别裁》)

(池万兴)

七言古诗

卢　仝

卢仝(775?—835),自号玉川子,范阳(今河北涿州)人。初隐少室山,家贫力学。后卜居洛阳。朝廷一再征为谏议大夫,均不就。与韩愈友善。曾作《月蚀诗》讥刺宦官。甘露之变中,因偶宿宰相王涯家,与王涯同时遇害。有《玉川子诗集》。

有　所　思⁽¹⁾

当时我醉美人家,美人颜色娇如花。今日美人弃我去,青楼珠箔天之涯⁽²⁾。天涯娟娟姮娥月⁽³⁾,三五二八盈又缺⁽⁴⁾。翠眉蝉鬓生别离⁽⁵⁾,一望不见心断绝⁽⁶⁾。心断绝,几千里?梦中醉卧巫山云⁽⁷⁾,觉来泪滴湘江水⁽⁸⁾。湘江两岸花木深,美人不见愁人心。含愁更奏绿绮琴⁽⁹⁾,调高弦绝无知音。美人兮美人,不知为暮雨兮为朝云!相思一夜梅花发,忽到窗前疑是君⁽¹⁰⁾。

【注释】(1)有所思:原为汉乐府诗题,属《鼓吹曲辞·铙歌十八曲》。诗首句为"有所思,乃在大海南",因以前三字为诗题。卢仝此诗采用汉乐府旧题,实际上是一首七言歌行体诗。 (2)青楼:原指古代用青瓦盖的楼房。乐府民歌中习惯用它来指女性住的地方。此指显贵人家的闺阁。王昌龄《青楼曲》"驰道杨花满御沟,红妆缦绾上青楼"。珠箔:用珍珠缀成或装饰的帘子。天之涯:形容遥远的地方。 (3)娟娟:美好的样子。姮娥:即月宫中的嫦娥。 (4)三五:指一月中的十五日。二八:指十六日。盈:满,此指月圆。 (5)翠眉:古代女子用深绿色的螺黛画眉,所以叫翠眉。蝉鬓:形容女人的鬓发颜色乌黑,薄如蝉翼。翠眉:蝉翼,此处都是借指美人。(6)心断绝:犹断肠,形容极度的伤心。 (7)梦中醉卧巫山云:梦见与美人幽会。典出宋玉《高唐赋》序,楚怀王游高唐,梦见一个妇人,自称巫山之女,辞去时说她在巫山之阳,"旦为朝云,暮为行雨"。 (8)泪滴湘江水:指思念之苦。典出《楚辞·九歌·湘君》"横流涕兮潺湲,隐思君兮陫侧"。 (9)绿绮琴:古代琴名,即绿琴,李益《竹窗闻风寄苗发司空曙》"何当一入幌,为拂绿琴埃"。此借指精美的琴。 (10)君:指美人。

【今译】回忆当年相见时,醉意绵绵美人家。美人容颜今犹记,婷婷袅袅娇如花。如今美人弃我去,珍珠饰帘君居室,道路遥遥在天涯。皎皎明月多美好,中有嫦娥广寒宫。十五月圆十六缺,长夜思君月月同。我与美人生别离,思君不见心断绝。心断绝,几千里,梦游巫山幽会期。醒后不见美人面,惨然泪如湘水滴。湘水两岸花木深,美人不见愁人心。琴弦声声奏愁思,美人不在无知音。美人啊! 美人! 不知你此时此刻,是暮雨还是朝云。相思不眠长长夜,洁白梅花朵朵开。清晨忽向窗前望,疑是美人迎面来。

【点评】这是一首用乐府旧题写的情诗,表述对所爱女子的相思之情。诗在交代过去相会之后,用主要篇幅写离别之后所产生的相思之情。以丰富的想象,写女子所居之地、梦中巫山幽会,感情真挚激越。诗中用典贴切自然。虽为文人作品,但仍富于民歌韵味。诗的结尾,把美人比作初开的梅花,含蓄、形象而富有情思。

167

七言古诗 唐

【集说】刘云:"奇怪浓丽而不妖,是之谓畅。"(高棅《唐诗品汇》)

卢仝杂言《有所思》一篇,《雪浪斋日记》以为语有不类,疑他人作学夷《诗源辩体》)

王弇州曰:"玉川《月蚀》诗,是病热人呓语。前则任华,后则卢仝,皆乞儿唱长短歌博酒食者。"余甚快之。……但读至"相思一夜梅花发,忽到窗前疑是君",不得不以胜流目之。(贺裳《载酒园诗话又编》)

"相思一夜梅花发,忽到窗前疑是君"两句,词意新警。开头只说"美人颜色娇如花",未说什么花。如果是桃花,虽然娇艳,却未免庸俗;如今落实到梅花,就显示了美人非凡的标格风韵。此其一。不说梅花凌寒自发,而于"梅花发"之前加"相思一夜",仿佛那寒梅由于受自己彻夜相思的感动,才开了花。而梅花,也就成了自己的"知己"。此其二。梅花不会忽然从别的地方走到窗前。事实是:窗外本有梅树,却还没有开花。窗内人怀念美人,辗转反侧,"相思"了"一夜",窗纱上已有曙光;放眼一看,那忽然开放的梅花正在晓风中摇曳,就怀疑他彻夜相思的美人正向窗前走来。化静为动,化花为人,曲尽因渴望美人归来而想入非非、心神恍惚的情态。此其三。"疑是君"的"疑",反映了心理变化的过程:始而"疑";继而就需要作出判断;判断的结果,那是不言自明的。只写到"疑是君",与开头的"美人颜色娇如花"拍合,就戛然而止,言虽尽而意无穷。(霍松林《唐诗探胜·卢仝的'有所思'与贺铸的'小梅花'》)

(吴逢箴)

五言律诗

王 绩

　　王绩(585—644),字无功,号东皋子,绛州龙门(今山西河津)人。隋末官至秘书省正字,唐初以原官待诏门下省,后为太乐丞,不久即弃官还乡。他的诗多以田园山水和酒为题材,表现超然避世的思想,隐喻不平之气,诗风质朴自然,不事雕琢。《四库全书总目提要》谓其诗"气格遒健,皆能涤初唐排偶板滞之习,置之开元、天宝间,弗能别也"。后人辑有《东皋子集》。

野　望

东皋薄暮望⁽¹⁾,徙倚欲何依⁽²⁾!
树树皆秋色,山山唯落晖。
牧人驱犊返,猎马带禽归。
相顾无相识,长歌怀采薇⁽³⁾。

【注释】(1)东皋(gāo):王绩隐居故乡时的游眺处。皋:水边高地。
(2)徙倚:徘徊。　(3)采薇:用《诗经·召南·草虫》"陟彼南山,言采其薇。

未见君子，我心伤悲"诗意，表现未遇知音的怅惘之情。一说认为用伯夷、叔齐在商亡后避居首阳山采薇而食的故事，表现避世隐居之意。薇：野菜名，多年生草本，嫩叶可食。

【今译】苍茫暮色中，我登上东皋远望，独自徘徊着，一颗心无比彷徨。每一棵树木，都在秋风中变黄，每一座山头，都洒满夕阳残光。牧人驱赶着牛犊，已开始下山，猎马驮带着野禽，也返回村庄。我向四下顾盼，竟无一人相识，唱一曲采薇，来把古人怀想。

【点评】朴实真切，境闲意远中寓苍凉情韵。全诗围绕"望"字展开，望的地点是东皋，望的时间是傍晚，望的景色是满目秋树、群山落晖、归返家园的牧人和猎马，有静有动，有远有近，有色有光，有物有人，缓缓展开了一幅饱含野趣的秋晚画图。而在这画图中，唯独缺少可以引为知己的高士，所以，一个"徙倚欲何依"，一个"长歌怀采薇"，首尾照应，将诗人孤独、寂寞、苍凉的心境展露无遗。

【集说】隐节既高，诗律又盛，盖王杨卢骆之滥觞，陈杜沈宋之先鞭也。（杨慎《升庵诗话》）。

此因野望而感隋之将亡，因以言志也。言方临高晚眺，徒倚徘徊，此身若无所依泊，正以秋色斜阳，所见皆凋残之景……视彼牧人猎骑，懵然奔趋，各事其事，谁为我之相识者？吾惟有长歌以怀采薇之士耳！（唐汝询《唐诗解》）

读无功《北山赋》，才亦富赡，而诗则清矫，宜其傲睨一世也。唐（汝询）以"采薇"句谓三四有隋亡之象，然王尝仕唐，则通首只"无相识"之意。（吴昌祺《删订唐诗解》）

言句直，文身自远。天成风韵，不容浅人窃之。当其为景语，但为景语，故高。"树树皆秋色"可云有比；"牧人""猎马"亦可云有比乎？（王夫之《唐诗评选》）

前解写望，后解因景以抒情。王无功生于隋唐之际，号东皋子。沉于醉乡而成其高蹈,故托兴采薇,而以"无相识"致慨也。此诗格调最清,宜取以压卷。视此,则律中之起承转合了然矣。(王尧衢《古唐诗合解》)

　　五言律前此失严者多,应以此章为首。通首只"无相识"意,"怀采薇",偶然兴寄古人也。说诗家谓感隋之将亡,毋乃穿凿!(沈德潜《唐诗别裁》)

(尚永亮)

五言律诗

马　周

马周(601—648),字宾王,博州茌平(今山东)人。少孤贫好学,性落拓,不为州里所重。游长安,客居中郎将何常家,代为草疏,太宗始得见。擢拜给事中,转中书舍人。善奏论,太宗视为"股肱",累迁中书令。今存诗一首。

凌朝浮江旅思[1]

太清上初日[2],春水送孤舟。
山远疑无树,潮平似不流。
岸花开且落,江鸟没还浮。
羁望伤千里[3],长歌遣四愁[4]。

【注释】(1)此诗一作韦承庆诗。凌朝:清晨。　(2)太清:天空。　(3)羁望:寄居异地所望。　(4)四愁:浩茫的愁绪。语出张衡《四愁诗》。张仲素《回文锦赋》,"蕴四愁而难解,焕五采以相鲜。"

【今译】清明天空慢慢升起一轮旭日，碧澈春水缓缓送着一叶孤舟。看那青山邈远似乎没有绿树，江水平淌如镜好像不动不流。盛开的两岸春花又纷纷凋落，潜水的江中水鸟复款款浮游。羁旅远望真是令人伤感千里，放歌高唱排遣我拥塞的愁绪。

【点评】此诗当是作者未至长安以前的"情感纪录"，可从"孤舟""羁望"端详清楚。所写的春水孤舟，远山烟树，潮平鸟浮，岸花开落，似无特别引人瞩目处，而且多经六朝诗人染指，比如第三句就和范云"江天自如合，烟树还相似"的对句无多区别。可是这幅澹静平远的山水图，非仅即景写生，而似在寻求山水花鸟生命存在的律动。远树如烟而疑其为"无"，江平如镜而误以为"不流"。这种错觉只有待到"初日"高升廓清晨氛时方能纠正。岸花开而复落（舟行近岸而看得分明），悄然呈露一个敏感的哲理：春去不驻，韶华易逝；江鸟沉潜，时而自在浮游，生物觅食自愉的本性，又展示了生命不倦的追求。这些静谧的客体，虽然自沉自落，一经组合便成了大自然生息运转的序列。不然，为什么偏偏把它们搬上"画布"。倘若说"伤千里"是惜春一类的感伤，又何必显而言之到浩然"四愁"的程度？作者秉性落拓，乡人"薄之"。补州助教不屑于治事，而遭"数咎让"，留客汴地为其令"所辱"（《新唐书》本传）。这"疑无树""似不流"的优美，对不被理解到处碰壁的作者来说，就有不同常人的触发，自然拨动久积于胸的困愁。这"没还浮"——有所得而自在的境界，就愈是情感的一种撩拨。有所作为的贞观时代赐予他的偶然机遇还未莅临，姑且只能以"长歌"表示旷迈的禀赋，在"遣愁"，又似在召唤着未来。

【集说】江总"平海若无流"，马周"潮平似不流"，杜甫"江平若不流"，三公造语相类，马句稳而佳。（谢榛《四溟诗话》）

昔人目谢康乐诗如初日芙蓉，予于此亦云，神采天香，古今鲜匹矣。（王夫之《唐诗评选》）

三四眼前真景，可悟画理。（沈德潜《唐诗别裁》）

（魏耕原）

五言律诗

骆 宾 王

骆宾王(638—684),字观光,婺州义乌(今浙江)人。初为道王府属,历官武功、长安主簿、侍御史。后以事入狱,贬临海丞。徐敬业据扬州讨武后,辟宾王为艺文令,代徐作《讨武曌檄》。敬业败,宾王被杀,传首东都。宾王以诗著称于当世,与王勃、杨炯、卢照邻并称"初唐四杰"。尤擅长七言歌行。《帝京篇》当时推为绝唱。有《骆临海集》。

在狱咏蝉[(1)]

西陆蝉声唱[(2)],南冠客思深[(3)]。

那堪玄鬓影,来对白头吟[(4)]。

露重飞难进,风多响易沉。

无人信高洁,谁为表予心。

【注释】(1)此诗作于高宗仪凤三年(678)秋,是时骆宾王任侍御史,因数上疏言事,触怒武后,被诬下狱。诗歌借蝉自况,抒写幽愤和怀抱。诗前有长序,内容与诗意同。 （2）西陆:指秋天。《隋书·天文志》,"日循黄道东行……行西陆谓之秋。" （3）南冠:指囚徒。《左传·成公九年》,"晋侯观于军府,见钟仪,问之曰,'南冠而絷者谁也?'有司对曰,'郑人所献楚囚也。'"深:一作"侵"。 （4）《白头吟》:乐府曲名。相传西汉司马相如对卓文君爱情不专,卓文君作《白头吟》以自伤。其诗云,"凄凄复凄凄,嫁娶不须啼。愿得一心人,白头不相离。"（见《西京杂记》）

【今译】深秋的寒蝉不住地鸣唱,囹圄中的人儿客思加深。不堪忍受秋蝉的乌玄双鬓,凄凄切切吟诵起《白头吟》。霜露浓重得有翅难飞,秋日风高蝉声显得低沉。无人相信我的高洁品性,谁愿代我表白一片冰心?

【点评】首联以蝉唱起兴,逗起深思。次联以"玄鬓"与"白头"对出,自伤老大无成,又身陷狱中,由深思转入伤感,用典不现痕迹。颈联以下纯用比体,伤蝉自伤,亦蝉亦人,深得物态人情之微。末联的否定、诘问句式与次联的流水对一起,使工整谨严的五律体具有开合动荡之美,极见功力。

【集说】自伤清直芬馥,而遭铄金玷玉之谤。（吴兢《乐府古题要解》）

中联云"露重飞难进,风多响易沉",尤肖才人失路之悲,读之涕洟欲下。（贺裳《载酒园诗话又编》）

以蝉自喻,语意沉至。（高步瀛《唐宋诗举要》）

屈金粟云:"结句得以直说自己者,以前半有'南冠''白头吟'句也。五六有进退维谷之意。"（章燮《唐诗三百首注疏》引）

（李欣）

五言律诗

杜 审 言

杜审言(646？—708？)，字必简，原籍襄阳(今湖北)，迁居巩县(今属河南)。杜甫祖父。唐高宗咸亨元年(670)进士，武后时官著作郎，迁膳部员外郎。神龙初(705)因受张易之兄弟牵连，流放峰州(今越南越池东南)。不久召还，授国子监主簿、修文馆直学士。工诗，尤善五律。与崔融、李峤、苏味道并称"文章四友"。有《杜审言集》。

和晋陵陆丞早春游望(1)

独有宦游人(2)，偏惊物候新(3)。
云霞出海曙，梅柳渡江春(4)。
淑气催黄鸟(5)，晴光转绿蘋(6)。
忽闻歌古调(7)，归思欲沾襟。

【注释】(1)这是作者为赓和晋陵陆丞《早春游望》而作。晋陵：唐郡名，即今江苏常州市。陆丞：作者的友人，名不详。当时任晋陵郡丞。　(2)宦

游人:外出做官的人。　(3)物候:景物的变化显示出季节的不同。　(4)"梅柳"句:谓江南春早,梅花杨柳早早现出春意。　(5)淑气:温和之气。黄鸟:黄莺。(6)晴光:春光。绿蘋:浮萍。　(7)古调:忧伤悲凉的声调。

【今译】只有远离故乡奔走仕途的人,才惊异春天的江南万象更新。这日新月异的早春景象,来自海上曙光那绚丽霞云。生长在江南的梅树杨柳,早早就焕发出蓬勃青春。春天温和的气息催得黄鹂啼鸣,绿萍泛出的春光格外媚人。忽然听到忧伤悲凉的调子,引发了归思,泣下沾襟。

【点评】这首和诗赞美江南春景,兼及思乡之情。首联点出宦游之人偏对他乡物候更新倍感惊异。"独""偏"二字,已含思乡之感慨。颔联与颈联,描写江南春景,格调古雅,气象氤氲,且又对仗工整,纯是初唐风貌。尾联点明"归思"之心乃由"闻"陆丞"古调"而生,回应首联,前后贯通,极整丽、缜密。

【集说】初唐五言律,杜审言《早春游望》……皆气象冠裳,句格鸿丽。初学必从此入门,庶不落小家窠白。又,初唐五言律,"独有宦游人"第一。(胡应麟《诗薮·内编》)

意起笔起,意止笔止,真自苏、李得来,不更问津建安。(王夫之《唐诗评选》)

("独有宦游人,偏惊物候新"二句)警健。末二句指陆丞之诗,言陆怀归,并动己之归思也。(沈德潜《唐诗别裁》)

"独有宦游人","独"字,见此外无人。"偏惊物候新","偏"字,见于此最亲切。(徐增《而庵说唐诗》)

此诗为游览之体,实写当时景物。而中四句"出"字、"渡"字、"催"字、"转"字,用字之妙,可谓诗眼。春光自江南而北,用"渡"字尤精确。(俞陛云《诗境浅说》)

(杨恩成)

五言律诗

王　勃

王勃（650—676），字子安，绛州龙门（今山西河津）人。早年及第，曾任沛王府修撰，后为虢州参军，因罪革职；博学，著述颇丰，名列"初唐四杰"，才高思敏。其作品散文居多，尤善骈文，诗不足百篇，高华洗练，亦不乏清新质朴，显露新旧过渡时期"黎明女神的玫瑰色的曙光"（郑振铎语）。有《王子安集》。

送杜少府之任蜀川⁽¹⁾

城阙辅三秦⁽²⁾，风烟望五津⁽³⁾。

与君离别意，同是宦游人⁽⁴⁾。

海内存知己，天涯若比邻⁽⁵⁾。

无为在歧路⁽⁶⁾，儿女共沾巾。

【注释】(1)这是王勃供职长安时所作的一首送别诗。少府：指县尉，主管治安事。之任：赴任。蜀川：即今四川。　(2)城阙：指长安。阙：宫门

前的望楼。三秦：项羽灭秦，曾把秦国旧地分为雍、塞、翟三国。此泛指关中。辅三秦：以三秦为畿辅。　　（3）五津：四川灌县到犍为的一段岷江有五个渡口，华津、万里津、江首津、涉头津、江南津，皆在蜀中。　　（4）宦游：离乡做官。　　（5）比邻：近邻，唐制四家为邻。（6）无为：不要。歧路：岔路口。

【今译】京城四周拱卫着三秦大地，风烟杳渺眺望那蜀中五渡口。我和你离别情意从何说起，因为都是宦海沉浮奔波人。茫茫海内只要能彼此知己，遥遥天边就好像相近如邻。让我们不要在这即将分手的路上，像儿女那样泪水沾湿袖巾。

【点评】起手雄浑辽阔，属对精严。以"城阙"代长安，化叙述为描写。"辅"字极见气势，衬以平阔的"三秦"，宏伟壮观凸现。次句含"登高一望，唯见远树含烟"之意。所谓"五津"，是为"心望"而已。此联按住离别话头，只说举目千里，只从两地形貌中寓意，怅然的感触渗入"风烟"。"望"字牵锁两地，透出一怀无限依依的关照。颔联变整为散，出句承上而来，是语意不全的"半截句"：我们分别的情绪——怎么说呢！语气踟蹰盘旋，似在心口相商，寻觅恰当的抚慰人语。对句以客中送客的体贴话，宽解对方：彼此都是在外奔波做官的人，心情正复相同啊！是淡化了的感喟，由己及人，亦是轻轻地宽慰。一语双涉，也为下面的"共同语言"伏根。颈联笔端一振，由浅吟低唱转为昂首高歌，语调变缓为促。取意于曹植："丈夫志四海，万里犹比邻。恩爱苟不亏，在远分日亲。"虽深沉不足，却洗练集中，生气贯注，语健气畅，道出人们孜孜以求的精神境界，其饱满的活力、宏放的鼓荡力，散发着不受时空限制之进取性的生命价值。而矫健飒爽的神采，唐诗恢宏旋律的"始音"（明杨士弘语），一代诗风的崛起，一起步，就被这个少年诗人推上令人瞩目的高点。尾联变正为反，复从设想将来回到眼前。洒脱爽朗中揉进絮絮劝慰，又是双关语：是叮咛，也是互勉。虽然微露浅易，却并非随意应酬的话，作者毕竟处在所认为的"高台四望同，佳气郁葱葱"的胸襟开阔的时代。全诗意脉流通，张弛开合，次第有序，显示出唐人五律较其他体式早熟的优势，奠定了诗人在初唐诗坛标领风骚的"四杰"的显著地位。

五言律诗

唐

【集说】言地连北而势在南，君自京而蜀，犹我自绛而京也。（吴昌祺《删订唐诗解》）。

唐初五言律，惟王勃"送送多穷路"（按：即《别薛华》）"城阙辅三秦"等作，终篇不著景物，而兴象宛然，气骨苍然，实首启盛、中妙境。（胡应麟《诗薮》）。

王工写景，遂饶秀色。至如"海内存知己，天涯若比邻"，真是理至不磨，人以习闻不觉耳。张曲江"相知无远近，万里尚为邻"，亦即此意。（贺裳《载酒园诗话又编》）

吴北江语："（首联）壮阔精整。起句严整，故以散调承之。（"海内"句）凭空挺起，是大家笔力。"（高步瀛《唐宋诗举要》引）

（魏耕原）

唐诗观止

杨 炯

杨炯(650—693),字盈川,华州(今属陕西华阴)人。幼聪敏博学,年十岁举神童,授校书郎,为崇文馆学士。武后时贬梓州司法参军,后迁婺州盈川县令,卒于官。性倨傲,为时人所忌。善属文,自称在"四杰"中"愧在卢前,耻居王后"。现存诗三十三首,辞藻逞露,内容单薄。有《盈川集》。

从 军 行⁽¹⁾

烽火照西京⁽²⁾,心中自不平。
牙璋辞凤阙⁽³⁾,铁骑绕龙城⁽⁴⁾。
雪暗凋旗画⁽⁵⁾,风多杂鼓声。
宁为百夫长⁽⁶⁾,胜作一书生。

【注释】(1)从军行:乐府旧题,属《相和歌辞·平调曲》。 (2)烽火:边境报警的火。西京:长安。 (3)牙璋:调兵的符信,分两块,凹凸嵌合如牙状。一留朝廷,一付主将。凤阙:汉建章宫前望楼上有金凤,故称凤阙。此指皇宫。 (4)龙城:旧址在外蒙境内,此借指敌方要地。 (5)凋:凋落脱

五言律诗
唐

色。旗画:军旗上的彩画。(6)百夫长:低级军官。

【今译】报警的烽火照亮了西京长安,书生的心中不由愤慨不平。持兵待辞别皇宫楼阙,率领精悍骑兵包围匈奴龙城。大雪凋落了军旗鲜明的彩画,寒风交杂着沙场震耳的鼓声。宁愿做捍卫边疆的下级军官,也胜过书斋伏案的一介书生。

【点评】此诗写书生参战的全过程,本宜于容量大的古诗,而纳入尺幅不宽的五律;按时间顺序的单线结构,又易流于单调平板。然而,作者出之以几个各自独立的片段,昂扬激越的情感,使之一气奔泻连成一片,震荡出一支劲急壮伟的"从军作战曲"。烽火照京的危急扑面,情势顿起。由"自不平"激荡心中报国之情。两句石击波起,蓄满气势。"牙璋"句沉稳肃穆,气象布列纸面,内聚劲力,如箭在弦;"铁骑"句笔带飘风怨雨,如鹰俯击。两相渲染,各自生色。浴血奋战、长驱直入、围敌三匝都凝聚于"绕"字,气势不凡。"雪暗风多"补足"绕"时境况。战非止于一日,所以军旗凋落五色;沙场紧急因而鼓声不绝。风雪旗鼓,塞目震耳,又续带出"铁骑"许多艰苦激烈的战斗。冲风冒雪的军旅之中,横刀勒马,慨然有感于胸,充满身着戎装的自豪感,浩荡慷慨的激情。正是这种昂扬壮大的情感奔突,把未曾亲历的军人战斗的情景表现得声势动人;迅急的迸发性,大幅度的跳跃性,浑厚的扩散性,浇铸凝结,骨气凛然,刚健雄畅,都是那些"争构纤微,竟为雕刻"的宫廷诗人所不能想象的。

【集说】裁乐府作律,以自意起止,泯合入化。(王夫之《唐诗评选》)

杨盈川诗不能高,气殊苍厚。"宁为百夫长,胜作一书生",是愤语,激而成壮。(贺裳《载酒园诗话又编》)

一、二总起,三、四从大处写其宪赫,五、六从小处写其热闹,方逼出"宁为""胜作"事。起陡健,结亦宜尔,但结句浅直耳。(屈复《唐诗成法》)

此泛言用武效力,胜于一经自守。唐汝询谓朝廷尊宠武臣,而盈川抱才不遇,故尔心中不平,亦近于凿。(沈德潜《唐诗别裁》)

(魏耕原)

宋 之 问

宋之问(约656—约713),一名少连,字延清,汾州(今山西汾阳)人,一说虢州弘农(今河南灵宝)人。高宗上元二年(675)进士。武则天时,因谄事张易之坐贬泷州参军。中宗时官考功员外郎,知贡举。因受贿贬越州长史。睿宗时流钦州,后赐死。其对律诗体制的定型很有影响。明人辑有《宋之问集》。

新 年 作 ⁽¹⁾

乡心新岁切,天畔独潸然⁽²⁾。
老至居人下,春归在客先。
岭猿同旦暮,江柳共风烟。
已似长沙傅⁽³⁾,从今又几年。

【注释】(1)此诗一作刘长卿诗。 (2)潸(shān)然:泪流貌。 (3)长沙傅:西汉贾谊。史载贾谊被谤,谪居长沙,为长沙王太傅,凡三年有余。

五言律诗

【今译】思乡之心到了新年益发急切，独处天涯只好一任清泪潸然。怎料得老了落到这样的处境，春风已经归去我还难以回返。每天做伴的是那岭南的哀猿，举目所见的唯有江柳和风烟。谪居的时间已经和贾谊相似，真不知从今往后要再待几年？

【点评】全篇围绕"乡心"着墨，极写谪居苦闷。诗人被贬荒远，思乡之情本已浓郁至极，更哪堪适当新年举家团圆之际？故"天畔独潸然"五字下得最是形象、真切，将人物内心痛苦展露无遗。颔联对仗工稳，构思奇妙，借物我对照，见出人不如物，反衬为"客"之艰难。颈联复以每日的目之所见贬所之恶劣荒凉，尾联引贾谊之被贬三年作比，以问句作结，则来日茫茫、不胜其苦之状，跃然纸上。

【集说】(颔联)巧句。别于盛唐，正在此。(沈德潜《唐诗别裁》)

读二句(按：指颔联)须将上两字作一住。(孙洙《唐诗三百首》)

方虚谷曰："三、四费无限思索乃得之，否则有感而自得。"纪晓岚曰："三、四乃初唐之晚唐，似从薛道衡《人日思归》诗化出。三、四二句渐以心思相胜，妙于巧密而浑成，故为大雅。"(高步瀛《唐宋诗举要》引)

(尚永亮)

唐诗观止

186

沈 佺 期

沈佺期(约656—713),字云卿,相州内黄(今河南内黄)人。上元二年(675)进士。武后时为考功郎,迁给事中,因谄附张易之流放驩州。中宗神龙时(705—707)召回,官至太子少詹事。律体靡丽精密,长于七言,多应制之作,内容贫薄。与宋之问齐名。有《沈佺期集》。

杂 诗⁽¹⁾

闻道黄龙戍⁽²⁾,频年不解兵⁽³⁾。
可怜闺里月,长在汉家营⁽⁴⁾。
少妇今春意,良人昨夜情⁽⁵⁾。
谁能将旗鼓⁽⁶⁾,一为取龙城⁽⁷⁾。

【注释】(1)原共三首,此是其三。 (2)黄龙:即"龙城",在今辽宁朝阳县,唐时东北要塞。戍:驻兵防地。 (3)频年:连年。解兵:撤兵。 (4)汉家:唐朝。唐人以汉代本朝,习以为常。 (5)良人:丈夫。"昨夜"与出句的

"今春"为互文。　（6）将：率领。旗鼓：借指军队。　（7）一为：一举。一：加强语气的助词。

【今译】听说东北边塞黄龙城有战争,连年征战逐杀不撤兵。可叹昔日同赏的家中月,年年照在边防的驻军营。今晚上少妇的相思情意,正是昨夜征夫想家之情。谁能指挥边防军,早日一举夺龙城?

【点评】本诗流动自然,作者有意将一句话"分割"成两句。读了上句,下句就自然"流"出嘴边,生出句断意连的效果,整首一气呵成。"闻道"二句,是感情的"导火线",一点燃,下六句就连续"响"起来。朗照中天,年年相似的月亮,潜在力极强:两地共照一月,今月和昔月同新所以征夫老觉得照"在汉家营"的月是从"闺里"那边来"殷勤关照"。省去今昔"时间观念"的"闺里月",同处共赏的昔日"闺里月",偏偏又"长在汉家营",这样岂不愈为"可怜"!因而"长"字意味就显得更重了,它前承次句"频年",复带出下二句,为一篇之关键。"少妇今春"醒动"闻道"的主语和时间,和"昨夜"互文映带,就是说他们今春昨夜都有共同的相思,再参照"频年"而"长"来看,就成了"年年意""夜夜情"。又是什么样的"情意"如此执着,没有说,只透露其中一点,即末二句的企盼,亦即前六句所共同产生的祈愿:早日"解兵""良人"归来。全诗的口吻别致,可以看作第三者对他们的同情,如把首末四句作闺中少妇语,中四句当作"画外音",则更有一番意味。

【集说】五、六分承,三、四顺下,得之康乐,何开阖承转之有?结语平甚,故或谓之僻。然宁僻勿淫,初唐人家法不紊,乃以持数百年之穷。(王夫之《唐诗评选》)

（魏耕原）

陈 子 昂

陈子昂(659—702),字伯玉,梓州射洪(今四川射洪)人。少任侠。武后光宅元年(684)进士,因上《大周受命颂》而得武后赏识,初任麟台正字,后迁左拾遗。万岁通天元年(696)从武攸宜东征契丹,要求分兵万人为前驱,为武攸宜所恶,受到降职处分。圣历元年(698)辞官回乡,武三思指使县令段简诬陷他,下狱,忧愤而死。他主张改革诗风,提倡汉魏风骨,标举风雅比兴,反对六朝柔靡文风,是唐代诗文革新运动的先驱者。今存诗一百二十余首,有《陈拾遗集》。

晚次乐乡县⁽¹⁾

故乡杳无际,日暮且孤征。

川原迷旧国,道路入边城。

野戍荒烟断,深山古木平。

如何此时恨⁽²⁾,嗷嗷夜猿鸣。

【注释】(1)本诗是诗人从故乡蜀地东行,途经乐乡县所作。乐乡县:唐

时属山南道襄州,故城在今湖北荆门北九十里。次:停留。 （2）如何此时恨:"此时恨如何"之意。

【今译】熟悉的故乡已杳无踪影,暮霭之中我孑然独行。川原众多迷失了故土,道路曲折来到乐乡古城。野外墟烟被夜色遮断,深山的古树也分辨不清。此时此刻我多么悲伤,静夜中又传来猿狄哀鸣。

【点评】起二句从"故乡"落笔,以"日暮"相承,虽平平道来,却为全诗定下了感伤的情调。接下四句描写沿途所见。"迷""入""断""平"四字既暗示时间的推移,又将眼见之景描述出来。最后转入抒情,结出题意。面对苍凉凄寂的一切,诗人恨从中来,然而究竟恨如何? 诗人不忍明言,也不能言,只淡淡地以"噭噭夜猿鸣"代作回答,而读者也只能从这凄婉的啼声中体会诗人的忧愁了。

【集说】子昂"野戍荒烟断,深山古木平"……平淡简远,王孟二家之祖。（胡震亨《唐音癸签》）

前此风格初成,精华未备。子昂崛起,坚光奥响,遂开少陵之先。（沈德潜《唐诗别裁》）

方虚谷曰:"盛唐律诗体浑大,格高语壮,晚唐下细工夫,作小结裹,所以异也。"纪曰:"此种诗当于神骨气脉之间得其雄厚之味,若逐句拆看,即不得其佳处。如但摹其声调,亦落空腔。"（高步瀛《唐宋诗要举》引）

（李欣）

张　说

张说(667—730)，字道济，一字说之，洛阳(今属河南)人。曾因不附和张易之兄弟，忤旨而流配钦州。玄宗朝任中书令，封燕国公。为文精壮，长于碑志，与苏颋并称"燕许大手笔"。其诗多为应制诗，亦有一些朴实凄婉之作。有《张燕公集》二十五卷。

还至端州驿前与高六别处⁽¹⁾

旧馆分江口，凄然望落晖。
相逢传旅食⁽²⁾，临别换征衣。
昔记山川是，今伤人代非。
往来皆此路，生死不同归。

【注释】(1)此诗是诗人从钦州贬所回京途中，行抵端州时作。端州：唐属岭南道，在今广东肇庆。(2)旅食：为旅行所准备的食物。

【今译】在驿馆濒临的分江口，黯然凝望落日的余晖。相逢时我们分用

五言律诗

旅食,相别时我们又互换征衣。青山依旧,绿水长流,人事沧桑,我心伤悲。来来往往均由此路,生生死死却不得同归。

【点评】诗歌前半忆"昔",一个"传"字加一个"换"字,使纯真的友情和绵邈的离绪尽在不言中,真是"相见时难别亦难"!后半写"今",由"山川是"想到"人代非",由"往来皆此路"想到"生死不同归",在这自然与社会、物象与人生的对比中,含有诗人多少忧伤,多少感慨!

【集说】燕国如……《还端州》,皆冲远有味,而格调严整,未离沈、宋诸公。(胡应麟《诗薮》)

一意环旋,深情凄婉。(宋悫庭《唐诗笺》)

燕公尝贬岳州,与高六遇而旋别。及召还而高已辞世,念及解衣推食,情事凄然。今地是人非,死生异路,不胜悼叹也。(沈德潜《唐诗别裁》)

(李欣)

唐诗观止

张 九 龄

张九龄(678—740),一名博物,字子寿,韶州曲江(今广东韶关)人。唐中宗景龙初年进士。玄宗时,官至同中书门下平章事、中书令。开元二十四年(736)被李林甫排挤出朝。其诗情致深远,晚年因遭受谗毁,诗风转趋深沉刚劲。有《张曲江集》二十卷。

望月怀远⁽¹⁾

海上生明月,天涯共此时⁽²⁾。
情人怨遥夜,竟夕起相思⁽³⁾。
灭烛怜光满⁽⁴⁾,披衣觉露滋⁽⁵⁾。
不堪盈手赠,还寝梦佳期⁽⁶⁾。

【注释】(1)怀远:怀念远方的亲人。 (2)天涯:天边。共此时:指作者想象远在天涯的亲人这时和自己一样在望月。 (3)情人:有怀远之情的人,即亲人。遥夜:长夜。竟夕:整夜。 (4)怜:爱惜,灭烛见月光满屋而觉

其可爱。此句写室内望月。　　（5）披衣：表示出户。露滋：表示夜深。滋：生出，此处有沾润、浓重之意。　　（6）不堪：不能。盈：满。佳期：指重逢相见的好日子。梦：梦中。这两句的意思是：月光虽可爱，却不能抓一把赠给远方的亲人，倒不如回到寝室寻一个可以明示相见日子的好梦。

【今译】一轮明月从海上冉冉升起，远方的亲人与我共把明月观看。她也许在怨恨长夜漫漫，彻夜不眠地把我苦苦思念。熄灭蜡烛后满屋月光令人爱怜，月光下徘徊露水沾湿了衣衫。既然不能手捧月光送到你面前，还是在梦中来寻找佳期相见。

【点评】这首诗写于作者被贬荆州之后。全诗通过月夜怀远的细致描写，表达了他对亲人深切怀念的诚挚感情。

"海上生明月"，起势遥远浩渺，意境博大雄浑，虽未言"望月"，但在"海"与"月"的景色描写中，望的神情已显而易见。"天涯"句由景入情，衔接自然，既照应了诗题中的"远"，又暗示了诗题中的"怀"。作者与亲人天涯海角，两地遥隔，面对明月，相互怀念。明月既是联系的纽带，又是驰骋想象的凭借，所以才有"共此时"之说。三、四句是一、二两句的补充。不言自己怀远，反说亲人念己，以远方情人的怨恨夜长，相思不寐来反衬自己思念的真挚深切，实在新颖别致！如果说前四句还只是作者的内心独白的话，那么五、六句却成了诗人月夜怀远的客观情态描绘。其中几个连续性的动作描写，极富特色。"灭烛"，像是要睡，但满屋皎洁的月光使他更怀念远方的亲人。"披衣"，是写室外。夜深天凉，诗人在屋里坐卧不宁，徘徊于天宇之下。"觉露滋"，写露从滋生到浓重的过程，暗示时间长久和夜的深沉。从"灭烛"到"觉露滋"，时而室内，时而室外，环境的变化，露水的愈来愈重以至沾湿衣裳，都紧扣"望月"，深刻地表现了诗人"怀远"思亲的急切心情。最后两句是全诗的高潮。碧天明月，可望而不可即。远方的亲人，可思而不可见，于是只好寄托于幻想，希望在虚无缥缈的梦境中寻找相会的佳期。"不堪盈手赠，还寝梦佳期"，想象奇特，情真而意切。

【集说】（首二句）情至语。（沈德潜《唐诗别裁》）

姚曰："是五律中《离骚》。"(高步瀛《唐宋诗举要》引)

(赵常安)

湖口望庐山瀑布水(1)

万丈红泉落，迢迢半紫氛。
奔飞流杂树，洒落出重云。
日照虹霓似，天清风雨闻。
灵山多秀色，空水共氤氲(2)。

【注释】(1)此诗为作者任洪州都督转桂州都督时作。湖口：即鄱阳湖口，在今九江隔江东。唐为江州戍镇，属洪州大都督府统辖。 (2)氤氲(yīn yūn)：烟气弥漫的样子。

【今译】万丈天穹骤落红色的飞泉，千里虚谷半是紫色的水烟。奔流直向丛林冲下，洒落的水珠似珠玉弹出云巅。阳光映染其上好似霓虹，天朗气清却闻风号雨溅。庐山，你既灵且秀，天空与瀑水一同被弥漫的水汽笼罩。

【点评】诗人入手擒题，一开篇就对瀑布作正面描绘，接以"下杂树""出重云"作陪衬烘托，复以"虹霓似"绘色，以"风雨闻"状声，末用赞叹语作结。虽云小诗，却颇具大赋气味。高远上下，状声绘色，视角多变，层次丰富，而全以题中"望"字为通篇主眼。

195

【集说】任华爱太白《瀑布诗》，系"海风吹不断，江月照还空"二语，此诗正足相敌。(沈德潜《唐诗别裁》)

起句写瀑布之远，切"望"字。万丈之泉，如在天半，故迢迢而望之，半皆紫氛。紫氛，天气也……承上，红泉之落，飞洒乎云树之间，而见其从高而落也。(王尧衢《古唐诗合解》)

(李欣)

五言律诗 唐

李 隆 基

李隆基(685—762),即唐玄宗。景云元年(710)与太平公主合谋,杀韦后,拥其父(睿宗)即位,他被立为太子。延和元年(712)受禅即位,由于先后用姚崇、宋璟为相,励精图治,社会经济有所发展,史称"开元之治"。晚年纵情声色,宠用奸臣李林甫、杨国忠等,国政日非,终于酿成"安史之乱",天宝十五载(756)逃到四川成都。其子李亨即位灵武后,称肃宗,至德二年(757)迎玄宗回京,被尊为太上皇。《全唐诗》录存其诗一卷。

幸蜀西至剑门⁽¹⁾

剑阁横云峻⁽²⁾,銮舆出狩回⁽³⁾。
翠屏千仞合,丹嶂五丁开⁽⁴⁾。
灌木萦旗转,仙云拂马来。
乘时方在德⁽⁵⁾,嗟尔勒铭才⁽⁶⁾。

【注释】(1)此诗为至德二年(757)玄宗被从成都迎回京城长安,路经川北剑门时所作。幸：皇帝的来临叫幸。剑门：剑门山，在四川省剑阁县北，又名大剑山，峭壁中断，两崖相对如门。 （2）剑阁：剑门山。 （3）銮舆：皇帝的车驾。出狩：皇帝到地方巡视叫"出狩"，亦叫"巡狩"。唐玄宗逃蜀避难并非出狩，这里是委婉说法。 （4）五丁：传说中蜀国五力士，蜀道为其所开。 （5）乘时：因时，趁时机。方：应当。 （6）尔：指张载。勒铭：刻功于石上。《晋书》载，张载博学有文，太康初至蜀省父，道经剑阁，载以蜀人恃险好乱，因作《剑阁铭》，其铭有云，"兴实在德，险亦难恃。"

【今译】险峻的剑门山挡住了空中的横云，我巡视蜀地后从这里回返京城。翠屏一样的高山从四面合围过来，红色石壁使人想起那开凿险道的五丁。随驾的旗帜蜿蜒萦绕在灌木丛中，缥缈朦胧的仙云轻轻地拂过马身。国君因时而治的确在于多施德泽，我赞叹张载刻石作铭的杰出才能。

【点评】玄宗以前，太宗、高宗、中宗都做过诗，但真正做出符合近体标准的律诗的皇帝，还要首推玄宗，他在推动律诗的进一步发展上起过一定的作用。这首五律《幸蜀西至剑门》便是其中之一。不过，本诗的显著特点，还不在于它在声律、对偶方面的中规中矩、严密精工，而在于诗中所表现的阔大境界和高昂基调。诗歌集中写了路经剑门的观感，那壁立千仞、高耸入云的剑山，那四望环合的"翠屏""丹嶂"，以及行进其间的浩浩荡荡的"銮舆"、旌旗和人马，组成了一幅十分宏阔、壮伟的画图，虽是逃难归来，却给人一种浩然雄浑的感觉。有人评论，"此诗格调庄严，笔力扛鼎。虽作于乱中，不失盛唐气象"，确乎如此，它是"盛唐气象"的一抹绚烂的晚霞。诗歌尾联因张载的《剑阁铭》而发抒感叹，其中暗寓着对"安史之乱"的深刻的反省，在宏阔的境界中又透露出令人深思的宏大议论，全篇情和景自然地融为一体，和谐统一。

【集说】帝幸蜀，西至剑门，题诗曰（略）。至德二年，普安郡守贾深勒石。（计有功《唐诗纪事》）

肉好正匀，非但以骨气见拔厉，如王元美之所褒者。结入理语不酸，妙在一"才"字。（王夫之《唐诗评选》）

197

五言律诗

雄健有力，开盛唐一代先声。（沈德潜《唐诗别裁》）

唐明皇《幸蜀西至剑门》诗题有误，这个问题关系似乎不大，可是也造成了一点混乱。据今所见，大概这首诗始见于《开天传信记》："上幸蜀回，车驾次剑门，门左右岩壁峭绝。上谓侍臣曰：'剑门天险若此，自古及今，败亡相继，岂非在德不在险耶？'因驻跸题诗曰（略）。其诗至德二年普安郡太守贾深勒于石壁，今存焉。"《全唐诗》的编纂者录此诗时，并不曾检阅《开天传信记》，却直接从《唐诗纪事》转抄过来。《唐诗纪事》本也是出于《传信记》，偏偏《纪事》流传又多有错讹，把一个"回"字，误以为"西"字了。这段文字的首句"帝幸蜀西至剑门"，便成了《全唐诗》的诗题。其实，那句话本来应该是"帝幸蜀回，至剑门"的。因为是从蜀中返回长安，所以说"銮舆出狩回"，本来很好理解，一错成"西"字，就好像是他初从长安去蜀道经剑门时所写的诗了。所以，沈德潜在《唐诗别裁集》（卷九）里选录这首诗时，竟在诗题下面批道："至剑门而云'出狩回'，未解。"这也可算是那位著名选诗家的一个小小失误吧！（《百家唐宋诗新话》王仲镛说）

（管遗瑞）

唐诗观止

孟　浩　然

　　孟浩然(689—740),名浩,字浩然,号鹿门处士,以字行,襄州襄阳(今湖北襄樊)人,又称"孟襄阳"。早年隐居家乡,以诗自娱。玄宗开元十五年(727)曾赴京洛干谒求仕,无成。开元十八年(730),再度入长安应进士举,失意而归。开元二十五年(737),张九龄镇荆州,辟为从事。开元二十八年(740),王昌龄游襄阳,访孟浩然,二人相得欢甚。不久,孟因旧疾复发卒。孟浩然骨貌淑清,风神散朗,是唐代第一个大量写作山水田园诗的作家,诗风恬淡,意境清远。存诗二百多首,有《孟浩然集》传世。

宿桐庐江寄广陵旧游⁽¹⁾

山暝听猿愁,沧江急夜流。

风鸣两岸叶,月照一孤舟。

建德非吾土⁽²⁾,维扬忆旧游。

还将两行泪,遥寄海西头⁽³⁾。

【注释】(1)此诗乃作者为排遣长安应试落第的牢骚苦闷而出游吴越,溯浙江西上,行抵桐庐时作。桐庐江:为钱塘江流经桐庐县一带的别称。广陵:即扬州。 (2)建德:今浙江建德市。 (3)海西头:扬州位于桐庐县西,故称。

【今译】幽幽的山谷回荡起凄厉猿啼,静静的夜晚回旋着滔滔江流。风儿吹响了两岸的树叶,月儿映照着江上的孤舟。建德虽美终非我的故土,此时此刻忆念起扬州的故友。奔腾的江水啊,请将我两行热泪,载向那遥远的扬州。

【点评】此诗前四句紧扣"宿"字,写舟宿之人所闻所见,后四句扣紧"寄"字,写舟宿之人所怀所想。而前后之间以"愁"字作连接摆渡,使刻意经营的清峭之景与着力淡化的抒情既反差强烈而又浑然一体,显示出孟诗"造意极苦"的一面。

【集说】刘辰翁曰"一孤舟似病,天趣自得。"(高棅《唐诗品汇》引)

孟公诗高于起调,故清而不寒。(沈德潜《唐诗别裁》)

广陵在西,故曰海西头。盖言不但忆游而寄此诗也。客路艰难,凄其苦况,还将两行之泪遥寄海西头,俾广陵旧游知客途之苦况,当为我兴悲也夫!(章燮《唐诗三百首注疏》)

健举,工于发端。旅况寥落,情景如绘。情深语挚。(高步瀛《唐宋诗举要》)

(李欣)

与诸子登岘山[1]

人事有代谢[2],往来成古今。

江山留胜迹[3],我辈复登临。

水落鱼梁浅,天寒梦泽深[4]。

羊公碑尚在,读罢泪沾襟。

【注释】(1)此诗写秋登岘山所见和因古迹而引发的人生感慨。岘山:又称岘首山,在今湖北襄樊南,为襄樊的名胜。　(2)代谢:新陈交替。　(3)陈迹:指岘山的堕泪碑等。晋代羊祜镇守襄阳,每逢风景佳丽,必至岘山饮酒赋诗,曾对同游者感叹地说,"自有宇宙,便有此山,由来贤者胜士,登此远望,如我与卿者多矣,皆湮灭无闻,使人悲伤。如百岁后有知,魂魄犹应登此也。"羊祜有政绩,襄阳人民怀念他,于此山建碑立庙,岁时祭祀。望其碑身莫不流泪,因名为"堕泪碑"。下面说"羊公碑"即指此。　(4)鱼梁:洲名,在今襄樊市岘山附近汉水滨。梦泽:古泽名,江南为梦,江北为云,后世大部分淤成平地并称为云梦泽。

【今译】人间世事不停地交替变更,时光流逝合构成古今。羊公登临处胜迹依然,而今我们又来凭吊登临。落潮后的鱼梁洲渚清沙白,辽阔的云梦泽寒意幽深。堕泪碑与山俱传,字迹历历,读后令我百感交集泪落沾襟。

【点评】此诗写登临胜迹,览古伤怀以及由此而引起的人世感慨。三、四两句自然清逸,写来浑不着力,是孟诗之长。用"鱼梁浅"和"梦泽深"来衬托登高气氛,胸怀宽旷,不落俗套。结以"泪沾襟"三字,古今之慨与身世之伤尽在不言中。

【集说】不必苦思,自然好,苦思复不能及。起得高古,略无粉色,而情景俱深,悲慨胜于形容,真岘山诗也!复有能言,亦在下风。(刘辰翁《王孟诗评》)

"人事有代谢"……篇,皆一气浑成……既未可以句摘,亦未可以字求也。(许学夷《诗源辩体》)

清远之作,不烦攻苦着力。(沈德潜《唐诗别裁》)

"人事有代谢,往来成古今。江山留胜迹,我辈复登临。"流水对法,一气滚出,遂为最上乘。意到气足,自然浑成,逐句模拟不得。(张谦宜《絸斋诗谈》)

非有深思,而意趣清迥。结与起正相应。(吴昌祺《删订唐诗解》)

五言律诗

凭空落笔,若不著题,而自有神会。(孙洙《唐诗三百首》)

(李浩)

过故人庄⁽¹⁾

故人具鸡黍⁽²⁾,邀我至田家。

绿树村边合⁽³⁾,青山郭外斜。

开筵面场圃,把酒话桑麻。

待到重阳日⁽⁴⁾,还来就菊花。

【注释】(1)过:过访。 (2)具:备办。鸡黍:指款待客人的饭菜。(3)合:谓树木多傍村庄种植,环绕连接,浓阴一片。 (4)重阳日:即农历九月九日重阳节。重阳是赏菊的佳节,古有在此日登高赏菊、饮菊花酒的风俗。

【今译】老朋友举办了农家菜肴,殷勤邀我到他家做客。村边绿树环绕,浓阴一片,郭外青山依依,斜侧挺拔。打开窗户,面对谷场菜园,举杯畅饮,谈论农事桑麻。等到重九佳节时,我还会来你家,观赏美丽的菊花。

【点评】场圃桑麻,田家景色;杀鸡为黍,田家之味;把酒闲话,田家之情。通篇充满了田园风味,泥土气息。尾联用招呼法写未来事,造成期待感,使人感到兴致悠长。着一"就"字,则系不邀而至,显得直率洒脱,不说访人,径提赏花,愈加雅趣横生了。

【集说】此诗句句自然,无刻画之迹。(方回《瀛奎律髓》)

"就"字妙,一诗借此一字生色。(钟惺《唐诗归》)

真景实情人说不到,高兴奇语正不在多。(顾华玉《唐诗选胜直解》)

全首俱以信口道出,笔尖几不着点墨,浅之至而深,淡之至而浓。老之至而媚。火候至此,并烹炼之迹俱化矣。(黄生《唐诗摘钞》)

前解,写故人庄之景趣;后解,写故人饮之情事。(王尧衢《古唐诗合

解》)

通体清妙,末句"就"字作意,而归于自然。(沈德潜《唐诗别裁》)

纪曰:"王、孟诗大段相近,而体格又自微别。王清而远,孟清而切。学王不成,流为空腔;学孟不成,流为浅语。如此诗之自然冲淡,初学遽躐等而效之,不为滑调不止也。"步瀛案:纪说诚是,然亦不惟学王、孟也。学李不成,流为大言;学杜不成,流为拙滞,是皆不善学者之过,古人不任责也。(高步瀛《唐宋诗举要》)

(李浩)

临 洞 庭⁽¹⁾

八月湖水平⁽²⁾,涵虚混太清⁽³⁾。
气蒸云梦泽⁽⁴⁾,波撼岳阳城⁽⁵⁾。
欲济无舟楫⁽⁶⁾,端居耻圣明⁽⁷⁾。
坐观垂钓者,徒有羡鱼情⁽⁸⁾。

【注释】(1)又题《望洞庭湖赠张丞相》。张丞相:张九龄。 (2)平:指湖水齐岸,风平浪静。 (3)涵:包容。虚:空。太清:天空。 (4)云梦:二水泽名,云泽在长江之北,梦泽在长江之南,遂并称云梦泽,约在今洞庭湖北岸一带地区。 (5)撼:摇动。岳阳城:今湖南省岳阳县。(6)济:渡。楫:船桨。 (7)端居:闲居,此处指隐居。耻圣明:有愧于圣明之世。 (8)羡鱼情:"临河而羡鱼,不如归家织网。"此处以垂钓者比喻隐居者,用羡鱼情比喻脱俗的愿望。

【今译】洞庭的湖水,在八月格外平静,茫茫一片,水光天色难以分清。云梦水气蒸腾,迷离如烟似雾,汹涌的波涛,摇撼着岳阳古城。我无人引荐,有渡水无楫之苦,耻在圣明时代安闲,自愧前程。我十分艳羡坐矶垂钓的渔翁,但我结网无丝,只好触景生情。

【点评】作者是诗人,而诗人是应该有飘逸洒脱之气概,不应孜孜以求功

203

五言律诗

名利禄的,于是就旁敲侧击地写成了这么一首诗。诗人没有赤裸裸地将自己的意思说出来,而是从生活中借来垂钓的形象,传达自己的感情。以"欲济无舟楫"喻欲仕而无途;以"徒有羡鱼情"喻汲汲出仕的愿望。形象所蕴含的意思,当是能为对方所充分感知的,故诗也就发挥了它的实用价值了。

【集说】又"气蒸云梦泽,波撼岳阳城",亦为高唱。(殷璠《河岳英灵集》)

皎然语:"诗唯情格并高,可称上品。其虽有事非用事者,若论其功合入上格,至有三字物名之句,仗语而成,用功殊少。如孟浩然云,'气蒸云梦泽,波撼岳阳城。'自天地二气初分,即有此六字,假孟生之才,加其四字,何功可伐,即欲索入上流耶?彼情格极高,则不可屈;若稍下,吾请降之于高等之外,以惩彼滥。"(《唐音癸签》引)

洞庭,天下壮观。自昔骚人墨客题者众矣。……然又未若孟浩然诗云"气蒸云梦泽,波撼岳阳城",读之则洞庭空阔无际,气象雄张,旷然如在目前。(《诗林广记》引《西清诗话》)

"气蒸云梦泽,波撼岳阳城。"浩然壮语也。(胡应麟《诗薮》)

盛唐绝作。(胡应麟《诗薮》)

此老满肚子不合时宜,岂忘情用世者?(《唐诗选脉会通评林》引黄家鼎语)

此襄阳求荐之作。原题下有"献张相公"四字,后四句方有着落,去之非是。(纪昀《瀛奎律髓刊误》)

(陈绪万)

王　维

王维(692—761),字摩诘,太原祁州(今山西祁县)人。开元九年(721)进士,任大乐丞,累官至给事中。安史乱起,被迫署伪职。两京收复后,获罪贬职,官终尚书右丞,世称王右丞。王维一生究心禅理,中年起,优游于辋川别业,过着半官半隐的闲适生活。历经丧乱后,更是专心事佛。其诗明净清新,精美雅致,擅长描摹自然风光,在盛唐诗坛上,堪与李白、杜甫相提并论,鼎足而三。王维又是杰出的画家,通晓音乐,善以画理、乐理、禅理融入诗歌创作之中,苏轼曾称其"诗中有画""画中有诗"。他的诗各体皆长,尤以五言律、绝成就最高。有《王右丞集》。

观　猎

风劲角弓鸣⁽¹⁾,将军猎渭城⁽²⁾。
草枯鹰眼疾,雪尽马蹄轻。
忽过新丰市⁽³⁾,还归细柳营⁽⁴⁾。
回看射雕处⁽⁵⁾,千里暮云平。

【注释】(1)角弓:以角为饰的硬弓。 (2)渭城:咸阳故城,在长安西北渭水北岸。 (3)新丰市:今陕西临潼东。 (4)细柳营:长安附近昆明池南有细柳聚。因汉代名将周亚夫曾扎营于此,故称细柳营。 (5)射雕处:射猎处。

【今译】硬弓"嘣嘣"作响,离弦之箭顶着北风飞鸣。将军扬鞭跃马,正在渭城驰骋打猎。百草凋枯,猎鹰的目光分外犀利。残雪消融,猎马轻捷地奔腾。忽而过了新丰,忽而还归军营。回首远望射猎处,茫茫浮云、千里衰草,都淹没在暮色之中。

【点评】全诗半写出猎,半写猎归。"忽过"二字,从"马蹄轻"生发出来,笔势流动,承转自如。起首写"风劲角弓鸣"场面,末尾绘"千里暮云平"景致,以"将军"开篇,以"射雕"作结,草蛇灰线,遥相呼应。末联犹如舞台上一个成功的亮相,显出将军踌躇满志的姿态和豪爽的气概,这一形象出现在宏阔无限的大背景中,更显得雄姿英发。

【集说】此美将军之猎以时也。寒风凄厉正折胶之时,筋角劲矣,于此出猎则鹰不避草,马不践雪,轻疾可知。猎已,则游新丰,师还,则归细柳。斯时也,边疆宴然,无复有射雕者,所睹独暮云寥寂耳,岂开元全盛之时乎。(唐汝询《唐诗解》)

后四语奇笔写生,毫端有风雨声。(王夫之《唐诗评选》)

章法、句法、字法俱臻绝顶,盛唐诗中亦不多见。起二句若倒转便是凡笔,胜人处全在突兀也。结亦有回身射雕手段。(沈德潜《唐诗别裁》)

起手贵突兀。王右丞"风劲角弓鸣"……直疑是高山坠石,不知其来,令人惊绝。(沈德潜《说诗晬语》)

(王从仁 余娟)

汉江临泛⁽¹⁾

楚塞三湘接⁽²⁾，荆门九派通⁽³⁾。

江流天地外，山色有无中。

郡邑浮前浦，波澜动远空。

襄阳好风日，留醉与山翁⁽⁴⁾。

【注释】（1）汉江：汉水。源出陕西宁强县，流经陕西南部、湖北中部，入长江。　（2）楚塞：楚国的地界。战国时湖北、湖南属楚地。三湘：湘水合沅水称沅湘，合蒸水称蒸湘，合潇水称潇湘，故又称三湘。　（3）荆门：荆门山，在今湖北省宜都市西北，长江南岸，为荆州的代称。九派：指长江九条支流。　（4）山翁：指晋朝山简，曾任征南将军，镇守襄阳。山简嗜酒，好游乐，常常尽醉而归。

【今译】楚界和滚滚三湘水连接，荆门与众多支流相通。江水浩渺，溢出了天地之外；远山微茫，时现时隐好朦胧。城镇仿佛就浮在水面，波涛在遥远的天边翻涌。襄阳风光真是好啊，我愿一醉方休，如那好饮的山简老翁！

【点评】全诗最警策的是中间两联，尤其是前联。四句采用虚实相间的手法，将有形的江汉之水，化为无垠的汪洋。居然使固定的城邑，使天空翻滚起来，杜甫《登岳阳楼》的名句："吴楚东南坼，乾坤日夜浮"，一个"浮"字，即从此中化出。

【集说】右丞《汉江临泛》诗中两联，皆言景，而前联尤壮，足敌孟、杜《岳阳》之作。（方回《瀛奎律髓》）

此赋汉江之胜也。汉与湘合而分为九道，今观江流浩渺，殆非人世，山色微茫，莫辨有无。水盛而觉郡邑若浮，澜起而与远空相接，实天下之奇观矣。况襄阳风日更佳，我又安能惜醉耶？（唐汝询《唐诗解》）

《庚谿诗话》曰："六一居士《平山堂长短句》云：'平山栏槛倚晴空，山色

五言律诗

有无中。'岂用摩诘语耶？然诗人意象到时,语偶相同亦多矣。"又《老学庵笔记》曰:"权德舆《晚渡扬子江诗》云:'远岫有无中,片帆烟水上。'已是用维语。欧公长短句云云,诗人至是盖三用矣。"(高步瀛《唐宋诗举要》)

(王从仁　余娟)

使至塞上[1]

单车欲问边[2],属国过居延[3]。
征蓬出汉塞[4],归雁入胡天。
大漠孤烟直[5],长河落日圆。
萧关逢候骑[6],都护在燕然[7]。

【注释】(1)开元二十五年(737),河西节度副使崔希逸与吐蕃作战获胜,唐玄宗命王维以监察御史身份出塞安慰部队。此诗作于赴边途中。(2)问边:出使边塞。 (3)属国:汉时称归附的部落或国家为属国。居延,城名,在今内蒙古额济纳旗境内。此句是"过居延属国"的倒文。 (4)征蓬:被风卷起的蓬草。 (5)大漠:沙漠。 (6)萧关:古关名,今宁夏回族自治区固原市东南。候骑:担任侦察通讯的骑兵。 (7)都护:官名,边疆的最高统帅。这里借指崔希逸。燕然:山名,即今蒙古国境内杭爱山。东汉窦宪击败匈奴,曾到燕然山勒石纪功而还。

【今译】轻车简从出使边塞,经过当年汉朝的属国居延。就像随风飘扬的蓬草,飞出汉人的边界,又像振翅北飞的归雁,进入胡地的蓝天。茫茫沙漠上,一道孤烟直上云霄,滔滔黄河边,一轮落日是那样圆。在萧关恰遇侦察骑兵,方知都护已坐镇前线。

【点评】"单车""征蓬""归雁",使人油然而生一股孤寂感伤之情。然而"大漠孤烟直,长河落日圆"则更多凌云之气。诗人毫不费力地捕捉到画面的基本线条:水平线与垂直线相交,长线之间,镶着一个圆。它绝不是枯燥的几何图形,而是完美的诗境——背景壮阔,格调苍凉,笔力雄健,给人以无限美感。

【集说】此奉使出塞而赋其事，言天子念切边庭而遣单车之使，故我为属国而过居延，正犹征蓬之出塞，归雁之人胡，而大漠之孤烟，长河之落日，靡不尽我目中矣。时盖欲诣都护之幕，故逢候骑于萧关，问而得其所在也。（唐汝询《唐诗解》）

右丞每于后四句入妙，前以平语养之，遂成完作。一结平好，蕴藉遂已迥异。盖用景写意，景显意微，作者之极致也。（王夫之《唐诗评选》）

（王从仁　余娟）

终　南　山⁽¹⁾

太乙近天都⁽²⁾，连山接海隅⁽³⁾。
白云回望合，青霭入看无。
分野中峰变⁽⁴⁾，阴晴众壑殊。
欲投人处宿，隔水问樵夫。

【注释】(1)终南山：秦岭山峰之一，西起今甘肃天水市，东至今河南陕县。　(2)太乙：终南山的主峰，也是终南山的别称。天都：天帝所居之处，近天都，犹言高与天齐。　(3)接海隅：终南山并不到海滨，此为夸张之说。(4)分野：古代天文学名词，古人把天上的星宿与地上的区域对应起来。凡地上每一区域都划在星空某一范围之内，称为分野。"分野"句指终南山地域广大。

【今译】终南山主峰接近天帝的居处，连绵不断的山脉延伸到海隅。远处眺望，到处布满白色的云雾，步入山中，青色雾气却陡然全无。高大的中峰将群山截然分成不同区域，无数山沟或阴或晴或明或暗，景貌悬殊。傍晚时想在山中找个人家投宿，清涧萦回，唯有隔着水询问樵夫。

【点评】全诗从"太乙"——终南山的主峰着笔，远眺、"回望"、"入看"、

登中峰、隔水问、欲投宿，不仅写尽名山胜景，而且移步换景，暗示出诗人游踪与时光的流逝。诗歌气象峥嵘，意境开阔，融静穆与博大为一炉，乃王维山水诗的代表作。

【集说】"近天"，言其高，"到海"，言其迥。"白云""青霭"，若合若无，远近之观异也。山形既广，非一星之分野所能该，今指"中峰"为限，而各属一星，则变其分野矣。不唯星文有别，即壑间之阴晴亦自有殊，云气之升异耳。于是登陟既遥，投宿无所，就樵者而问之，见山远而人居寡也。（唐汝询《唐诗解》）

工苦，安排备尽矣。人力参天，与天为一矣。"连山到海隅"，非徒为穷大语，读《禹贡》自知之。结语亦以形其阔大，妙在脱卸，勿但作诗中画观也。此正是"画中有诗"。（王夫之《唐诗评选》）

"近天都"言其高；"到海隅"言其远；"分野"二句言其大，四十字中无所不包，手笔不在杜陵下。或谓末二句似与通体不配。今玩其语意，见山远而人寡也，非寻常写景可比。（沈德潜《唐诗别裁》）

（王从仁　余娟）

辋川闲居赠裴秀才迪[1]

寒山转苍翠，秋水日潺湲。
倚杖柴门外，临风听暮蝉。
渡头余落日，墟里上孤烟[2]。
复值接舆醉[3]，狂歌五柳前[4]。

【注释】(1)辋川：今陕西蓝田县南终南山下。宋之问在此建有蓝田别墅，后为王维所得。是王维一生中隐居时间最长的处所。裴迪：王维的好友。　(2)渡头：渡口。墟里：村落。　(3)值：遇到、碰上。接舆：春秋时楚国隐士陆通，字接舆，佯狂遁世，又叫楚狂。诗中借代裴迪。　(4)五柳，指陶渊明。陶写有《五柳先生传》，后人称他为"五柳先生"。诗中作者借以自喻。

【今译】深秋的山色渐渐变得苍绿，山涧澄澈的泉水潺潺流动。倚拄着拐杖站在柴门之外，迎着山风静听黄昏的蝉鸣。渡口，一轮残阳缓缓降落，村头，一缕炊烟袅袅上升。裴迪带着醉意，踉踉跄跄走来，狂歌高唱，划破村落里的宁静。

【点评】这首诗以"柴门"，即辋川别墅的门口为定点，巧妙地将"寒山""秋水""柴门""暮蝉""渡头落日""墟里孤烟"等常见的村景编织在一起，构成一幅暮色远眺图。狂歌微醉的裴迪的闯入，则为这幅山水图增添了生气和灵气。全诗着墨雅淡，运笔自然，丝毫无雕琢痕迹，读来如沐春风。

【集说】通首都有赠意在。言句文身之外，不可徒以结用两古人为赠也。楚狂、陶令俱凑手偶然，非著意处。以高洁写清幽，故胜。（王夫之《唐诗评选》）

自然流转，而气象又极阔大。（高步瀛《唐宋诗举要》）

（王从仁　余娟）

山居秋暝(1)

空山新雨后，天气晚来秋。
明月松间照，清泉石上流。
竹喧归浣女(2)，莲动下渔舟。
随意春芳歇，王孙自可留(3)。

【注释】(1)山居：山中的住所，指辋川别墅。暝：天晚。　(2)浣女：洗衣服的姑娘。　(3)《楚辞·招隐士》："王孙兮归来，山中兮不可以久留。"诗中反用其意，暗寓作者对隐居生活的热爱。

【今译】秋雨初霁，空旷的山林分外清新。夜幕降临，山景与暮色相互交融。明月皎洁，从松间探出圆润的脸庞。清泉澄澈，在石上潺潺流动。竹林

深处传出阵阵欢笑,那是洗衣服的姑娘结伴而归,莲叶丛中,荷花忽而摇曳,原来是渔舟在里面穿行。任凭春天芳华消尽,避世的王孙自可留在山中。

【点评】前四句绘景,极写秋山之空旷、寂静。五、六句写人物活动,增添了生活气息。这样,山虽空旷却不死寂,幽静之中充满了活力与生机。尾联直白,妙点前三联的画中之意,景中之情。诗歌境界空明澄澈,犹如一首恬静优美的抒情乐曲。

【集说】此见山居之佳也。雨过凉生,夜气浸爽。月明泉冽,景有秋容;女浣男渔,俗有秋思。因想昔人以春草属之王孙,今春芳虽歇,山中亦自可留,当不受淮南之招矣。秦地苦水,衣不易濯,至秋则结伴就溪浣之,今暮归之女经竹而喧,俦侣之众可知。(唐汝询《唐诗解》)

凡使皆新,此右丞之似储者。颔联同用,力求切押。(王夫之《唐诗评选》)

"空山新雨后,天气晚来秋",起法高洁,带得通篇俱好。(张谦宜《茧斋诗谈》)

随意挥写,得大自在。(高步瀛《唐宋诗举要》)

(王从仁　余娟)

终南别业⁽¹⁾

中岁颇好道,晚家南山陲⁽²⁾。
兴来每独往,胜事空自知⁽³⁾。
行到水穷处,坐看云起时。
偶然值林叟⁽⁴⁾,谈笑无还期。

【注释】(1)别业:别墅。　(2)中岁:中年。　(3)胜事:快意的事,美事。空:只、仅仅。　(4)值:遇到。

【今译】中年的我十分喜爱佛家禅理,晚年隐居于终南山下别墅里头。

高兴时，总是独个儿往来山中，其中的快意只有我能感受。无意中漫游到山穷水尽处，山谷深处白云飘浮使我久久凝眸。偶然间碰到了山林野老，说说笑笑中竟忘了回去的时候。

【点评】全诗以"好道"为主干，一往、一知、一到、一坐、一看，流露了诗人清心寡欲、空心禅道、逍遥闲适的生活情趣。"行到水穷处，坐看云起时"，自然生动，表现出诗人超然物外的风采，富有禅理，向为人所传诵。

【集说】《后湖集》云："此诗造诣之妙，至与造物相表里，岂直诗中有画哉！观其诗，知其蝉蜕尘埃之中，浮游万物之表者也。"（《诗人玉屑》引）

山谷老人云："余顷年登山临水，未尝不读王摩诘诗。固知此老胸次，定有泉石膏肓之疾。"（《诗人玉屑》引）

按本传维晚年长斋奉佛，放言好道，而览此幽居以养静也。山水之游同志者寡，故每独往其间。胜事亦自得于心有未易语人者，即临水看云，真乐自在，世人畴能赏此哉？然我非有心违俗，若林叟相值未尝不与谈笑忘还，而岂有间于佛耶？（唐汝询《唐诗解》）

一气贯注中不动声色，所向惬然，最是难事。（张谦宜《茧斋诗谈》）

行到水穷，坐看云起，即有绝处逢生、否极泰来之理。虽然语语写事，却语语含有无可解说的至理。此诗对句纯属自然，并不勉强粘凑，所谓无为而为，深合大道。摩诘此等诗完全瓣香于渊明，而为后人所难于学步者。（喻守真《唐诗三百首详析》）

（王从仁　余娟）

五言律诗

张 子 容

张子容(生卒年不详),襄阳(今湖北襄樊)人。先天二年(713)擢进士第,为乐城令,后弃官流寓江表。初与孟浩然同隐鹿门山,为生死交,诗篇唱答颇多。子容为诗兴趣高远,为当时文士所称。《全唐诗》录诗一卷。

泛永嘉江日暮回舟[1]

无云天欲暮,轻鹢大江清[2]。
归路烟中远,回舟月上行。
傍潭窥竹暗,出屿见沙明[3]。
更值微风起,乘流丝管声。

【注释】(1)永嘉:今浙江温州一带。唐天宝、至德时曾改温州为永嘉郡。(2)鹢(yì):一种鸟。 (3)屿:江中小岛。

【今译】万里无云的晴空暮色来临,只只水鸟给清江留下倩影。江面上飘浮着迷人的烟雾，晚归的小舟似在月上穿行。驶进深潭察看暗暗的竹林，驶出小岛见江滩格外分明。袭来的微风使人心旷神怡，乘流而下陶醉于管弦之声。

【点评】好一幅江清月照图！空晴、江清，茫茫烟雾中，一叶扁舟月上行。"月上行"三字写江中之月，造境神奇，诗人敏锐的洞察力令人叹为观止。驶进深潭，驶出江屿，一进一出，又添意趣。大有"山重水复疑无路，柳暗花明又一村"之势。至此，江面的静态美、动态美已出，然诗人犹嫌不足，又用"丝管声"诉诸听觉，把诗的意境又翻新一层。

【集说】"归路烟中远，回舟月上行"，亦甚肖孟氏（按：指张子容之友孟浩然）意态。（贺裳《载酒园诗话又编》）

（江健）

215

五言律诗

王 湾

王湾(生卒年不详),洛阳(今河南洛阳)人。先天年间(712—713)进士,官至洛阳尉。《全唐诗》存其诗十首。

次北固山下⁽¹⁾

客路青山外,行舟绿水前。

潮平两岸阔⁽²⁾,风正一帆悬⁽³⁾。

海日生残夜⁽⁴⁾,江春入旧年⁽⁵⁾。

乡书何处达?归雁洛阳边。

【注释】(1)一本题作《江南意》。次:停宿。北固山:在今江苏镇江市北,三面临长江。 (2)潮平:江水高涨而又平静。"两岸阔",一作"两岸失"。 (3)风正:风顺。 (4)残夜:夜阑将晓。 (5)入旧年:指春暖早到。旧年:此指前一年的末尾。

【今译】青青北固山，旅途更遥远。乘舟万里行，绿水在眼前。春潮涌大江，开阔平江岸。风顺长江水，高悬一白帆。海上红日生，残夜将驱散。家书何时到？亲人常挂牵。鸿雁归洛阳，捎书到家园。

【点评】"青山""绿水"，徜徉其间，何等惬意；"潮平""风正"，又是何等让人心驰神往！"海日生残夜，江春入旧年"二句更是妙绝千古！"生""入"二字赋予自然景物以人的情思，不是说理恰似说理，极有理智。春，在诗人的笔下活脱可喜。尾联宕开一笔，留下淡淡的乡愁。

【集说】盛唐句，如"海日生残夜，江春入旧年"；中唐句，如"风兼残雪起，河带断冰流"；晚唐句，如"鸡声茅店月，人迹板桥霜"，皆形容景物，妙绝千古，而盛、中、晚界限斩然。故知文章关气运，非人力。（胡应麟《诗薮》）

"海日生残夜，江春入旧年。"殷璠云："诗人已来，少有此句。"张燕公手题政事堂，每示能文，令为楷式。（高棅《唐诗品汇》）

"两岸失"，言潮平而不见两岸也。别本作"两岸阔"，少味。江中日早，客冬立春，本寻常意，一经锤炼，便成奇绝。与少陵"无风云出塞，不夜月临关"一种笔墨。（沈德潜《唐诗别裁》）

王湾《次北固山下》曰："潮平两岸阔，风正一帆悬。"或作"两岸失"，非是。凡波浪汹涌，则隔岸不见，波平岸始出耳。"阔"字正与"平"字相应，犹"悬"字与"正"字相应。若使斜风，则帆欹侧不似悬矣。（贺裳《载酒园诗话》）

（江健）

五言律诗

孙逖

孙逖(696?—761),潞州涉县(今河北涉县)人。开元中官中书舍人、典制诰,判刑部侍郎。终太子少詹事。《全唐诗》录其诗一卷。

宿云门寺阁⁽¹⁾

香阁东山下,烟花象外幽⁽²⁾。

悬灯千嶂夕,卷幔五湖秋⁽³⁾。

画壁馀鸿雁,纱窗宿斗牛⁽⁴⁾。

更疑天路近,梦与白云游。

【注释】(1)云门寺:在今浙江绍兴境内的云门山上,晋安帝时建寺。云门山又称东山。 (2)象外:思想或意境超逸于物象之外,超尘脱俗。 (3)五湖:太湖的别称。 (4)斗牛:二十八宿中的斗宿和牛宿。斗宿:南斗。牛宿亦称牵牛。

【今译】邈远的东山簇拥着香烟缭绕的寺阁，暮霭中的山花超拔物象多么的幽深秀丽。点燃悬挂的油灯、卷起久垂的帷幔，仿佛看到了千嶂的峰峦和太湖的清秋。寺内剥落的壁画上唯有那只鸿雁，夜空中闪耀着临近纱窗的星宿斗牛。我怀疑这儿的路和九天很近，睡梦中驾着朵朵白云在空中遨游。

【点评】首联以写意的手法勾勒云门寺的远景，竭力渲染寺阁的超拔隐秀之势。次联对仗工稳，借"悬灯""卷幔"的动作写下榻后久久不能入睡，观赏想象之景的情势。颈联将室内外之景融为一体，用鸿雁、牵牛星等物象含蓄地表达出思乡之情。从而点明上联中不能入睡而怅望的原因，溢出乡愁。尾联宕开一笔，从躁动不安中解脱出来，去天上遨游，将乡愁淡化，传达了诗人高远的情怀。

【集说】意象高迥，三、四简练。（陆时雍《唐诗镜》）

刻炼深奇，束结完好。虽于人为脍炙，而知味者不百一也。三、四为高阁夕景，曲写三毛。"画壁余鸿雁"，拾景人神。

疑者未梦，不必梦也，而因以生梦；语虽玄寥，自有来去，无来去而玄寥者，为狂而已。（王夫之《唐诗评选》）

"千嶂夕""五湖秋"承"象外幽"言之。五言寺之古，六言阁之高。（沈德潜《唐诗别裁》）

吴曰："句句精湛，乃盛唐炼句之法。"（高步瀛《唐宋诗举要》引）

（江健）

五言律诗

祖　咏

祖咏(699?—746?),洛阳(今河南洛阳)人。开元十二年(724 年)进士,和王维友谊颇深。曾隐居河南汝水间,与王维互有唱和。其诗和王诗风格颇相近,多写山水景色和隐逸生活。明人辑有《祖咏集》。

江南旅情

楚山不可极⁽¹⁾,归路但萧条⁽²⁾。

海色晴看雨⁽³⁾,江声夜听潮⁽⁴⁾。

剑留南斗近⁽⁵⁾,书寄北风遥⁽⁶⁾。

为报空潭橘⁽⁷⁾,无媒寄洛桥⁽⁸⁾。

【注释】(1)楚山:湖南的南部和江西的北部地区。这一带是古代楚国地盘。　(2)归路:归途,回路。但:只。萧条:冷落。　(3)海色:江边的景色。晴看雨:因有雾气,即是晴天看,也似细雨迷漫,故说"晴看雨"。　(4)江声:江水奔流的声音。夜听潮:从江水的奔流声,判断是否涨潮。　(5)剑留南斗近:相传吴时,在丰城的下边,深埋着太阿、龙泉两柄宝剑,其身射出紫光,直冲斗、牛二星之间。(见《晋书·张华传》)因南斗坐落吴地上空,以它喻指吴地。　(6)北风:从北方吹来的风,这里指代洛阳。遥:远。　(7)为报:使人转告。潭:昭潭,在长沙市南的湘江之中,是湘水最深的地方。橘:指湘江中的橘子洲,盛产美橘。　(8)媒:信使,即传送书信的人。洛桥:即在洛阳附近的天津桥。此处指代故居洛阳。

【今译】我沿着楚山漫行,不能走到尽头,旅归路上,正是秋色萧条的时候。湿润的南国,晴雾里夹着霰珠,我在江边夜宿,梦里潮水滔滔流。仰天看南斗,我似乎来到了吴地,遥远的朔风催促我,写书寄乡愁。南方桔子熟了,此信要报往中州,少个传递人,洛阳的亲朋故友!

【点评】抒情诗,主要是抒情言志,摹写诗人感情活动的轨迹,但也并不排斥叙述,这首抒发返乡旅途中心情的诗,就有不少叙述的成分。正因为是诗,故叙述的笔触里处处渗透着感情,渗透着诗人的主观态度,融合着诗人喜怒哀乐之情。"海色晴看雨,江声夜听潮",叙述了旅途的生活细节,但"晴看雨"中透出的是诗人急于要见到故乡的惆怅;"夜听潮"从侧面写诗人深夜难以入眠,乡思难已。再如"空潭橘"句,也深深寄寓着诗人对家乡亲友的一片心、一脉情,与"一片冰心在玉壶"实有异曲同工之妙。

【集说】咏与卢象,稍有悲凉之感,然亦不激不伤。卢情深,祖尤骨秀。(贺裳《载酒园诗话又编》)

（陈绪万）

五言律诗

常　建

常建（生卒年不详），长安（今属陕西西安）人，玄宗开元十五年（727）与王昌龄同榜及进士第。天宝中，曾官盱眙尉，仕途颇不得意，遂以放浪琴酒，纵情山水自娱。五古清峻秀逸，为当代所重，殷璠编选《河岳英灵集》即以常建置卷首。善写山水，可与王、孟抗衡。其边塞之作，亦悲慨动人。有《常建诗集》，《全唐诗》存诗一卷。

题破山寺后禅院[1]

清晨入古寺，初日照高林。
曲径通幽处，禅房花木深[2]。
山光悦鸟性，潭影空人心。
万籁此都寂，但余钟磬音[3]。

【注释】（1）此篇首见录于《河岳英灵集》，故应作于天宝十二载（753）前。破山寺：兴福寺，在今江苏常熟虞山北麓。后禅院：僧人居住的院子。

（2）禅房：亦称寮房，僧人的住所。　（3）万籁（lài）：自然界中的各种声响。钟磬（qìng）：寺院中诵经、斋供时用以敲击的信号，发动用钟，止歇用磬。

【今译】清晨时步入古寺，旭日初升，映照着乔木高林。曲折的竹径通往幽僻之处，禅房深藏在花木丛中。山光焕发，野鸟飞鸣自得；潭影清澈，使人心中的杂念消除净尽。宇宙间的一切声响都仿佛寂灭了，只有那钟磬飘荡出悠远而洪亮的佛音。

【点评】"空"字乃一篇关键。唯心境空灵，方能赏玩日照山光、竹径花丛、鸟鸣水流等缤纷万象；唯性空人定，方能于喧嚣纷扰的人世中领悟出钟磬声中的禅意。全篇语句警拔，寓意深长，读后令人尘气顿消。

【集说】丹阳殷璠撰《河岳英灵集》首列常建诗，爱其"山光悦鸟性，潭影空人心"之句，以为警策。欧公又爱建"曲径通幽处，禅房花木深"，欲效建作数语，竟不能得，以为恨。予谓建此诗，全篇皆工，不独此两联而已。（洪刍《洪驹父诗话》）

"曲径通幽处，禅房花木深。山光悦鸟性，潭影空人心"，五言律之入禅者。（胡应麟《诗薮》）

前解：一联不用偶，盖在古诗、律诗之间。（王尧衢《古唐诗合解》）

鸟性之悦，悦以山光；人心之空，空因潭水。此倒装句法。

通体幽绝，欧阳公自谓学之未能，古人虚心服善如是。（沈德潜《唐诗别裁》）

纪曰："兴象深微，笔笔超妙，此为神来之候。"（高步瀛《唐宋诗举要》引）

此为游破山寺后院而作，为寺中深静处，故首二句点题外，以下六句，愈转愈静。三四句在诗律亦可不作对语。由幽径至禅房深处，惟有鸟声潭影耳。鸟多山栖，而写鸟性用一"悦"字；水令人远，而写人心用一"空"字，名句遂传千古。末句惟闻钟磬，所谓静中之动，弥见其静也。（俞陛云《诗境浅说甲编》）

（李浩）

五言律诗

丁 仙 芝

丁仙芝(生卒年不详),字元祯,润州曲阿(今江苏丹阳)人。开元进士,曾官余杭尉,为政清谨。《全唐诗》存其诗十四首。

渡扬子江⁽¹⁾

桂楫中流望⁽²⁾,空波两畔明⁽³⁾。
林开扬子驿,山出润州城⁽⁴⁾。
海尽边阴静⁽⁵⁾,江寒朔吹生⁽⁶⁾。
更闻枫叶下,淅沥度秋声⁽⁷⁾。

【注释】(1)扬子江:唐代扬子津置县,故称江都、丹徒之间的大江为"扬子江"。后亦以此通称长江。 (2)桂楫:舟船的美称。楫,船桨。 (3)空波:明净澄澈的江水。 (4)润州城:今江苏镇江。 (5)边阴:边地的云气。边,因其地濒海故云。 (6)朔吹:北风。 (7)度:传送。

【今译】中流击楫,四望澄碧的江水,映着两岸明丽风景。青山迎面来,仿佛从润州城冒出,树林疏朗处,闪现出扬子驿。远方是大海的尽头,云气平静,可眼下北风正从寒冷的江面吹起。更听得风飘叶下,传来那不尽的秋声淅沥……

【点评】诗写渡扬子江南下之情景。"朔吹""秋声"点明时值寒秋。前四句写舟中纵目所见,水光山色相映生辉。"林开"二句,以动写静,妙写行船观物之感。"开""出"二字,将山林城郭以及驿站一并写活。后四句写寂静之中,见寒波生风,听秋声淅沥。所见所闻已是一片清冷,而所历所感亦复寂寥。然而朔吹之"生",枫叶之"下",秋声之"度",则清冷寂寥之中,又别有一番清越爽快之气。

此诗语句鲜净,尤善炼字。写景状物清冷而又明朗,寂寥而又轻快。描摹江南秋冬之际之风物,于清肃中犹余几分明丽,则诗人欣慨交心之情怀乃沛然现于其中。

【集说】首句一"望"字,统下三句;结"更闻"二字,引上"边阴""朔吹",是此诗针线。作者非有意必然,而气脉相比,自有如此者。惟然,故八句无一语入情,乃莫非情者,更不可作景语会。诗之为道,必当立主御宾;顺写现景,若一情一景,彼疆此界,则宾主杂查,皆不知作者为谁。意外设景,景外起意,抑如赘疣上生眼鼻,怪而不恒矣。(王夫之《唐诗评选》)

前解,正写渡扬子江,移不得他处。后解,乃江景。(王尧衢《古唐诗合解》)

(林继中 王朝华)

225

五言律诗

唐

李　白

李白(701—762),字太白,号青莲居士,生于安西都护府碎叶城(今巴尔喀什湖南之楚河流域),约5岁时随父迁居绵州昌隆(今四川江油昌隆)青莲乡。青年时即离蜀漫游各地,天宝初供奉翰林,不久即遭谗去职。安史乱起,因参加永王李璘幕府,被牵连得罪,长流夜郎,途中遇赦东还。晚年漂泊于东南一带,卒于当涂。李白心性豪迈,傲岸不羁,诗风雄健奔放,绚丽多彩,极富浪漫情调,被称为"诗仙"。其诗现存九百余首,有《李太白集》三十卷。

访戴天山道士不遇[1]

犬吠水声中,桃花带露浓。

树深时见鹿,溪午不闻钟。

野竹分青霭[2],飞泉挂碧峰[3]。

无人知所去,愁倚两三松。

【注释】(1)此诗约作于开元初李白在戴天山(又名大匡山、大康山,在今

四川江油市)大明寺读书之时。　（2）青霭(ǎi):青色的云气。　（3）飞泉:
瀑布。

【今译】水声中夹杂着阵阵犬声,桃花带着露珠显得色泽更浓。树林深
处常能看到麋鹿,根本就见不着人的行踪;走到溪边已是中午时分,却还听
不到寺院的钟声。高挺的野竹分开了青云,飞泻的瀑布高挂在碧峰。没人
知道道士去了哪里,惆怅中我斜靠几株古松。

【点评】诗题"访道士"和"不遇"总领诗意,但全诗"无一字说'道士',无
一字说'不遇',却句句是'不遇',句句是'访道士不遇'",读来奇趣横生。
首联写景兼点时令和时间,从听觉和视觉两方面烘托山中清晨静谧恬淡的
气氛,侧面揭示了诗人一大早就赶去访友的急切心情。颔联更深一层,借
"时见鹿"反衬不见人,借"不闻钟"暗示道士外出,一"见"一"闻",互为解
释,错综回环,遥启末句。颈联承上作转,写道院所见景色:野竹、青霭,一绿
一青;飞泉、碧峰,一白一碧。翠绿的野竹与青色的云气相接,本是静景,着
一"分"字,摇曳而生动感;白色的泉水自碧峰飞流而下,本是动景,嵌一"挂"
字,又化动为静;由"分"字看,曲折地表现了野竹的修长和地势的高拔,否则
它就难以冲破云气;由"挂"字看,更借远景巧妙地表现了道院地形的特点,
否则在深林之中绝难领略到飞泉倒挂的美景。景色如此之美,写出了道院
的幽静雅洁,但又何尝不是写道士恬静高雅的志趣? 诗人本是专程来访道
士,道士不在,并不马上回程,而是细细品味起眼前的景色来,这又何尝不是
写诗人酷爱自然的心性? 以上两联,既是写景,又是写人,处处关合诗题,步
步向前推进,待气势蓄足后,末联脱颖而出,令人于"无人知所去,愁倚两三
松"的结语中,领悟出诗人"访道士不遇"的事实和他那惆怅的心情。

【集说】全不添入情事,只拈死"不遇"二字作,愈死愈活。(王夫之《唐
诗评选》)

无一字说"道士",无一字说"不遇",却句句是"不遇",句句是"访道
士不遇"。何物戴天山道士,自太白写来,便觉无烟火气。此皆不必以切
题为妙者。(贺贻孙《诗筏》)

自然深秀,似王维集中高作,视孟浩然《寻梅道士》诗,华实俱胜。(《唐

五言律诗

宋诗醇》）

吴曰："此四句（按：指前四句）写深山幽丽之景，设色甚鲜采。"（高步瀛《唐宋诗举要》引）

摩诘《过香积寺》诗"深山何处钟"，见寺之远也；此并午钟不闻，见寺之静也。李诗逸气凌云，此作幽秀类王、孟。才大者数枝才笔，能以一手持之。（俞陛云《诗境浅说》）

（尚永亮）

渡荆门送别⁽¹⁾

渡远荆门外，来从楚国游。
山随平野尽，江入大荒流。
月下飞天镜⁽²⁾，云生结海楼⁽³⁾。
仍怜故乡水，万里送行舟。

【注释】(1)此诗约作于李白出蜀之时。从内容看，诗人已离开故乡，经巴渝，出三峡，这时刚刚渡过有楚蜀咽喉之称的荆门山，前面便是浩渺无垠的洞庭湖了。 (2)天镜：圆月映入水中，宛如青天之镜。 (3)海楼：海市蜃楼，大气中由于光线的折射作用而形成的一种自然现象，在空中或海面展现出远处物体的影像。古人误认为是蜃吐气而成，故称海市蜃楼，也叫蜃景。

【今译】顺江东下，遥远的荆门山已抛在身后。胸怀壮志，来这古老的楚国大地漫游。高峻的山峰，已随着平原的延伸渐渐消逝。奔腾的大江，至此涌入更为浩荡的洪流。明月当空，映在水中就像从天飞降的明镜。云雾缭绕，五彩结成迷离朦胧的海市蜃楼。可是我爱的仍是那来自家乡的流水，蒙她一直相伴，送行万里继续漂送我的行舟。

【点评】首二句点明行程和去向，次二句紧接着便写山写江。"山随平野尽"，令人想到刚才还是崇山峻岭，而今已是平原旷野了，心中顿感无限开阔；"江入大荒流"，写江水穿过狭窄的荆门之后，一泻千里、奔腾到海的气

势,令人骤生壮美之感。这里,作者巧妙嵌入"随"和"入"两个动词,贴切地描摹出船出荆门以后,山尽江流,一缓一速的两种变化,真是传神写照,健笔纵横。五、六两句承上而来,推出更为奇妙的景观。荆门一过,洞庭在望,整个江面至此益发宽阔、平静。夜间,一轮明月倒映水中,宛如天上飞来的皎洁明镜;白天,云霞蔚起,形成海市蜃楼那样的壮丽景致。两句诗,一"月"一"云",分别概括出江上的夜与昼;一"天镜"一"海楼",分别展现出夜与昼的两般奇景;一"下"一"生"一"飞"一"结",分别造成从天上到水底,又由水面到空中的强烈动感,这一切凝聚在一起,确实美不胜收。最后两句陡作转折,诗人的思绪从眼前之景一下跳到对故乡的思念之中,但又不明说,而出之以"仍怜故乡水"。一个"怜"字,将诗人对故乡爱怜、留恋、思念的万般情怀囊括无遗。水本是无情之物,却说它万里行来,为诗人"送行舟",水送人、人怜水,情意殷殷、难分难舍之状如在目前。

【集说】诗太近人,其病有二:浅而近人者,率也;易而近人者,俗也。如《荆门送别》诸诗便不免此病。(陆时雍《唐诗镜》)

明丽果如初日。结二语得象外于圜中。飘然思不穷,唯此当之。泛滥钻研者,正由思穷于本分耳。(王夫之《唐诗评选》)

诗中无送别意,题中(送别)二字可删。(沈德潜《唐诗别裁集》)

太白云:"山随平野尽,江入大荒流。"少陵云:"星随平野阔,月涌大江流。"此等句皆适与手会,无意相合,固不必谓相为倚傍,亦不容区分优劣也。(翁方纲《石洲诗话》)

语意偶悦,太白本色。(高步瀛《唐宋诗举要》)

太白天才超绝,用笔若风樯阵马,一片神行。……此诗首二句,言送客之地,中二联,写荆门空阔之景,惟收句见送别本意。图穷匕首见,一语到题。昔人诗文,每有此格。次联气象壮阔,楚蜀山脉,至荆州始断;大江自万山中来,至此千里平原,江流初纵,故山随野尽,在荆门最切。四句虽江行皆见之景,而壮健与上句相埒。后顾则群山渐远,前望则一片混茫也。五、六句写江中所见,以"天镜"喻月之光明,以"海楼"喻云之奇特。惟江天高旷,故所见如此;若在院宇中观云月,无此状也。末二句叙别意,言客踪所至,江水与之俱远,送行者心亦随之矣。(俞陛云《诗境浅说》)

(尚永亮)

送 友 人[1]

青山横北郭，白水绕东城。

此地一为别，孤蓬万里征[2]。

浮云游子意，落日故人情。

挥手自兹去，萧萧班马鸣[3]。

【注释】(1)此诗是天宝末(约754)在安徽宣城送人之作。　(2)孤蓬：随风飘转的蓬草。在此喻孤身漂泊的友人。　(3)班马：离群之马。

【今译】北城门之外青山横亘，白水依依环绕东城。此地一分手啊朋友，你将蓬飘万里，开启新征程。你好比那天边浮云，落日脉脉饱含别情。难忘挥手道别时候，马儿相向萧萧哀鸣。

【点评】即景抒情的律诗大体有两种情况，或先写景，后抒情；或先抒情，后写景。而此诗则不同，逐联为写景——抒情——再写景——再抒情。不过在写景中寓有感情。先言"此地一为别"，小作顿宕，再写"挥手自兹去"，继续推进，便有回肠荡气之致。最后又以彼此的坐骑相向长嘶，作不忍相别状烘托别情，便更有情致。

【集说】即分离之地，而叙景以发端，念行迈之遥，而计程以兴慨，游子之意，飘若浮云，故人之情，独悲落日，行者无定，居者难忘也。而挥手就道，不复能留，惟闻班马之声而已。黯然销魂之思，见于言外。(唐汝询《唐诗解》)

三、四流走，竟亦有散行者，然起句必须整齐。苏、李赠言多唏嘘语而无蹉跎声，知古人之意在不尽矣。太白犹不失斯旨。(沈德潜《唐诗别裁》)

首联整齐，承则流走，而下颈联劲健，结有萧散之致。大匠运斤，自成规矩。(《唐宋诗醇》)

（周啸天）

戎 昱

戎昱（744—800），岐州（今陕西凤翔）人。早年曾举进士，登第与否，记述不一。代宗广德元年（763）冬至大历四年（769）间，在荆南节度使卫伯玉幕府任职。德宗建中四年（783），任辰州刺史。贞元七年（791），任虔州刺史，约卒于贞元后期。《全唐诗》录存其诗一卷。

咏　史⁽¹⁾

汉家青史上，计拙是和亲⁽²⁾。
社稷依明主⁽³⁾，安危托妇人。
岂能将玉貌⁽⁴⁾，便拟静胡尘。
地下千年骨，谁为辅佐臣。

【注释】（1）此诗借咏史而刺时政。汉代有与匈奴和亲的历史，唐代也有与吐蕃和亲的事实，故其题一作《和蕃》。　（2）和亲：与敌议和，结为姻亲。诗人认为这是计拙无能的表现。　（3）社稷：国家的代称。"依明主"与"托

五言律诗

妇人"相对举,具有极强的讽刺意味。　（4）玉貌:上句的"妇人"。静:平定。胡尘:指异族的军事侵略。

【今译】 汉家天子称圣明,却计拙唯有和亲请罢兵。不思量国家安危,维系妇人作牺牲。花容玉貌诚可怜,岂能以此坐太平! 文武将相不计数,又有几人真心辅圣明?

【点评】 全诗托讽言志,陈述己见,笔锋犀利,入木三分。中二联顿挫转折之间,含意深婉,议论正大。借汉人言唐事,久已为唐代诗家惯例。此诗言外之旨,细味自见。

【集说】 宪宗朝,北狄频寇边,大臣奏议:古者和亲有五利,而无千金之费。帝曰:"比闻有士子能为诗,而姓名稍僻,是谁?"宰相对以包子虚、冷朝阳,皆非也。帝遂吟曰:"山上青松陌上尘,云泥岂合得相亲? ……莫道书生无感激,寸心还是报恩人。"侍臣对曰:"此是戎昱诗也。"京兆尹李銮,拟以女嫁昱,令其改姓,昱固辞焉。帝悦,曰:"朕又记得《咏史》一篇云:'汉家青史内,计拙是和亲。社稷因明主,安危托妇人。岂能将玉貌,便欲静胡尘。地下千年骨,谁为辅佐臣?'"帝笑曰:"魏绛之功,何其懦也!"大臣遂息和戎之论矣。（尤袤《全唐诗话》）

叙事议论,绝非诗家所需,以叙事则伤体,议论则费词也。然总贵不烦而至,如《棠棣》不废议论,《公刘》不无叙事。如后人以文体行之,则非也。戎昱"社稷依明主,安危托妇人""过因谏后重,思合死前酬",此亦议论之佳者矣。（陆时雍《诗镜总论》）

议论正大。昱又有句云:"过从谏后重,恩合死前酬。"此议论之佳者。（沈德潜《唐诗别裁》）

此是正论。他作皆翻案耳。（黄周星《唐诗快》）

（孟二冬）

储 光 羲

储光羲(707—760?)，兖州(今山东兖州北)人。开元十四年(726)进士，曾一度辞官归隐，与王维等酬唱往还。天宝年间历任安宜、下邽尉，并入朝任监察御史。安禄山陷长安，受伪职，虽自拔归国，终被下狱，贬赴岭南而卒。其诗效法魏晋，风格与王维、孟浩然相近，然成就逊于王、孟。诗多五言体，以写离别、怀人等篇什较好。有《储光羲集》，《全唐诗》编存其诗四卷。

寒夜江口泊舟⁽¹⁾

寒潮信未起⁽²⁾，出浦缆孤舟⁽³⁾。
一夜苦风浪，自然增旅愁。
吴山迟海月⁽⁴⁾，楚火照江流⁽⁵⁾。
欲有知音者，异乡谁可求。

【注释】(1)此诗似于756年九月自拔归国，南走江汉至夏口时作。江口疑为夏口，即汉水入长江处。此后光羲在江汉寓居近年，有《汉阳即事》《奉

别长史庾公、太守徐公应召》等诗可为佐证。 （2）寒潮：深秋凌晨时的冷空气。 （3）浦：小河流入江海的入口处。缆：系、拴。 （4）吴山：俗名城隍山，又名胥山，在杭州市东南。此处泛指东吴群山。 （5）楚火：楚江两岸夜间的灯火。楚：古楚国，在今湖北、湖南一带。

【今译】趁凌晨的寒气尚未袭来，把小船摇出河口系在岸边。一夜风浪颠簸甚是劳苦，给孤独的旅途平添许多愁怨。吴山挡住了海上升起的明月，楚江两岸的灯火映照着江面。多么想有个知音来倾诉衷曲，可在这异地他乡能把谁人觅见？

【点评】顶风踏浪，日夜兼程，可见陷贼脱逃之促迫；异地他乡，孤舟愁旅，更感知音之难求。"吴山迟海月"，谓海上有明月，却被吴山隔，隐禄山陷长安、国危主暗之事；异乡觅知音而难求，谓迫受伪职，自拔归国，诚恐无人理解；此亦为"旅愁"的真正原因。"孤""苦""愁"三字为全诗情感基调之所在。首联叙事，起势平平，颔联亦为一般交代，且呈收势。颈联写景，境界大开。吴山、海月、楚火、江流，一远一近，一虚一实，景象阔大。意境深远，且对仗极工整，为全诗名句。尾联一收，由写景转入抒情。全诗起伏跌宕，曲折有致。

【集说】如此颔联，作流水句即不厌，结语用意矣。以清平出之，自有风局。

储诗入处曲折，出路佳爽，亦始开深炼一格于近体。而甫已渊微，即尔振脱，消息于康乐、玄晖之间，唐以下人更无伦匹；其他琢刻幽细者，相视如鸾笙之与蚓吟均为希声，正相千万。然其可存者亦止于此，故知切调之难工也。（王夫之《唐诗评选》）

（李明）

杜　甫

杜甫(712—770),字子美,号少陵野老,一号杜陵野客、杜陵布衣,原籍襄阳(今湖北襄樊市),出生于河南巩义。年轻时应进士举,不第,漫游齐、赵,后客居长安十年。安史乱中投奔唐肃宗,授左拾遗。收复长安后被贬为华州司功参军。不久弃官入蜀,定居成都浣花溪草堂。严武任西川节度使时,表为检校工部员外郎。严武死后携家出蜀,漂泊江南,病逝于江湘途中。杜甫成长于一个奉儒守官的家庭,具有强烈的济世热情,特别是安史之乱爆发后,他用诗笔真实地反映了时代的灾难、人民的疾苦及本人的不幸,被誉为“诗史”。他的作品感情深厚、沉郁悲壮,极富现实主义色彩,又被称为“诗圣”。其诗今存一千四百余首,有《杜少陵集》二十五卷。

房兵曹胡马(1)

胡马大宛名(2),锋棱瘦骨成。
竹批双耳峻(3),风入四蹄轻。
所向无空阔(4),真堪托死生。
骁腾有如此(5),万里可横行。

五言律诗

【注释】(1)兵曹:官名。胡马:产于北方少数民族地区的马。 (2)大宛(yuān):汉西域国名,产骏马。此句意谓胡马是大宛国的名马。 (3)竹批:《齐民要术》:"(马)耳欲小而锐,状如斩竹筒。"此句形容马耳的形状。批:削。峻:尖锐直耸。 (4)无空阔:意即可以超过空阔,毫无险阻。(5)骁腾:矫健跳跃。

【今译】这匹骏马来自大宛国,刚劲的骨架透出道道锋棱。两耳坚挺似竹筒斜劈,四蹄轻捷快如疾风。它越沟跨坎毫无险阻,真可时时陪伴托付死生。有如此矫健奔腾的骏马,足可在万里疆场纵横驰骋!

【点评】此诗咏马言志,极有气势。"锋棱瘦骨"四字,如一幅速写,状形写态,传神阿堵。"所向无空阔,真堪托死生",直视马为死生知己,欲以生命托付之,见出老杜重情如此!而赞骏马之所向无敌,已暗寓希房兵曹建树奇功之意,内涵丰富,颇堪玩味。综观全诗,造语斩截,声情激昂,咏马之外,诗人之刚烈心性亦爽然可见。

【集说】"风入四蹄轻",语俊。"真堪托死生",咏马德极矣。又如"与人一心成大功"亦然。(王嗣奭《杜臆》)

张铤曰:"此四十字中,其种其相,其才其德,无所不备,而形容痛快,凡笔望一字不可得。"(仇兆鳌《杜诗详注》引)

赵汸曰:"前辈言咏物诗,戒粘皮着骨。公此诗,前言胡马骨相之异,后言其骁腾无比,而词语矫健豪纵,飞行万里之势,如在目中,所谓索之骊黄牝牡之外者。区区模写体贴,以为咏物者,何足语此!"(仇兆鳌《杜诗详注》引)

前半论骨相,后半并及性情。"万里横行"指房兵曹,方不粘著题面。(沈德潜《唐诗别裁》)

孤情迥出,健思潜搜,相其气骨,亦可横行万里。此与《画鹰》二篇,真文家所谓沉着痛快者。(《唐宋诗醇》)

纪曰:"后四句撒手游行,不拘于题,妙仍是题所应有,并谓如此乃可以咏物。"浦二田曰:"此与《画鹰》诗都为自己写照。"(高步瀛《唐宋诗举要》引)

(傅绍良)

春日忆李白⁽¹⁾

白也诗无敌,飘然思不群。
清新庾开府⁽²⁾,俊逸鲍参军⁽³⁾。
渭北春天树,江东日暮云。
何时一樽酒,重与细论文。

【注释】(1)此诗作于天宝五载(746),此时李白因触忤权贵而罢官,继续到江东一带漫游。杜甫正客居长安,怀念这位令他敬重的诗友,因作此诗。 (2)庾开府:庾信,北朝周著名诗人,官至骠骑大将军、开府仪同三司。(3)鲍参军:鲍照,南朝宋著名诗人,曾任参军一职。

【今译】李白,你的诗歌天下无敌,才思敏捷,超凡绝伦。诗风清新如北朝的庾开府,气度俊逸似南朝的鲍参军。此刻渭北已是春树浓郁,你却漫游江东陪伴落日红云。不知何时我们才能再会,一起举杯同饮,品评诗文?

【点评】杜甫和李白是通过诗歌相识的,他们的友谊是人格、志趣和诗才的结合体。在这首怀友诗中,诗人不仅高度评价了李白的诗歌、赞美了李白的诗才,而且还真诚袒露了自己对李白的思念。"渭北"二句,以地写人,因景寓情,含蓄深沉,最为警策,读来令人感慨万千。

【集说】杜与李交契甚厚,至称其诗"无敌",而止云"清新""俊逸",语担斤两,且亦极肖。……前四句真传神手,至今李白犹在。五、六但即彼己所在之景而怀,自可想见;所以怀之者,欲与"论文"也。(王嗣奭《杜臆》)

少陵在渭北,太白在江东,写景而离情自见。(沈德潜《唐诗别裁》)

此篇纯于诗学结契上立意。方其聚首称诗,如逢庾、鲍,何其快也。一旦春云迢递,"细论"无期,有黯然神伤者矣。四十字一气贯注,神骏无匹。(浦起龙《读杜心解》)

"渭北春天树,江东日暮云。"景化为情,造句三昧也。似不用力,十分沉

五言律诗

唐

着。(张谦宜《茧斋诗谈》)

(傅绍良)

月　夜(1)

今夜鄜州月,闺中只独看(2)。

遥怜小儿女,未解忆长安(3)。

香雾云鬟湿(4),清辉玉臂寒。(5)

何时倚虚幌(6),双照泪痕干。

【注释】(1)天宝十五载(756)六月,安史叛军进入长安,杜甫携家逃到鄜(fū)州(今陕西富县)。七月,唐肃宗在灵武(今宁夏灵武)即位,杜甫只身前往。途中被安史叛军俘获,押到长安。此诗正作于诗人陷贼之时。(2)闺中:闺中人,指妻子。　(3)未解:不知道。　(4)香雾:洋溢着芳香的夜雾,此指妻子头发上的膏泽在夜雾中散发的芬芳。云鬟:形容妻子的发型。(5)虚幌:轻薄透明如同虚设的帷幕。

【今译】今天夜晚鄜州的月色格外明朗,闺中的妻子独在院中望月神伤。我那些可爱幼稚的小儿女啊,对困在长安的父亲还不知思量。蒙蒙夜雾浸湿了她如云的乌发,清寒银辉洒落在她似玉的手臂上。亲爱的人啊,什么时候我俩才能在帐边相依偎,让月光照着两张泪痕已干的脸庞。

【点评】这是一首情谊深厚的爱情诗。作者以望月相忆为感情背景,不言己思妻,而径写妻子思己,通过联想,刻画了一个美丽深情的女性形象。诗中巧妙地运用了两层对比:首先以妻子的深情和小儿女的幼稚相对比,反衬妻子在鄜州的孤单和相思。其次,开篇以"独看"起笔,实写妻子闺中望月的惆怅。结尾以"双照"收笔,虚写夫妻团聚的欢乐,虚实相对,表现了作者对妻子的无限关切和渴望团圆的强烈愿望。

【集说】意本思家,而偏想家人之思我,已进一层。至念及儿女之不能思,又进一层。……"云鬟""玉臂",语丽而情更悲。至于"双照"可以自慰矣,而仍带"泪痕"说,与泊船悲喜,惊定拭泪同。皆至情也。(王嗣奭《杜臆》)

"只独看",正忆长安,儿女无知,未解忆长安者苦衷也,反复曲折,寻味不尽。五六语丽情悲,非寻常秾艳。(沈德潜《唐诗别裁》)

心已驰神到彼,诗从对面飞来。悲婉微至,精丽绝伦,又妙在无一字不从月色照出也。(浦起龙《读杜心解》)

（傅绍良）

春　望[1]

国破山河在,城春草木深[2]。

感时花溅泪[3],恨别鸟惊心[4]。

烽火连三月,家书抵万金[5]。

白头搔更短,浑欲不胜簪[6]。

【注释】(1)此诗作于唐肃宗至德二年(757)春。当时杜甫羁留在安史叛军占据的长安。　(2)国:指国都(长安)。城:长安城。　(3)感时:因时局动荡而感慨。　(4)恨别:因与家人离别而怨恨。　(5)家书:家信。抵:意为比得上。(6)浑:简直。

【今译】国都已经残破不堪,依旧是大唐江山。长安城的春天,遍地荒草少人烟。感慨这动乱的时局,看见花儿便泪水潸然。想起和家人的离别,听见鸟鸣也心惊胆战。漫天烽火接连不断,家书比万金还值钱。白发越搔越短,简直快要挂不住发簪。

【点评】此诗为感时恨别而作,熔忧国思家于一炉。首联以对句,写望中所见。虽是缓缓叙来,却极悲痛,极沉郁。已为下联"感时""恨别"蓄足气势。颔联,承前写望中所生之情,互文见意,以物情见人情。颈联,上句承"感时",下句承"恨别",抒发战时伤乱之情。尾联收合,写个人心境之忧郁

239

五言律诗

难抒。正如邵子湘所云:"全首沉痛。"

【集说】古人为诗,贵于意在言外,使人思而得之。故言之者无罪,闻之者足以为戒。近世唯杜子美最得诗人之体。如《春望》诗,"国破山河在",明无余物矣;"城春草木深",明无人迹矣。花鸟平时可娱之物,见之而泣,闻之而悲,则时可知矣。他皆类此。(司马光《温公诗话》)

此忧乱伤春而作也。上四,春望之景,睹物伤怀。下四,春望之情,遭乱思家。(仇兆鳌《杜诗详注》)

"溅泪""惊心",转因花鸟,乐处皆可悲也。(沈德潜《唐诗别裁》)

《春望》诗云:"国破山河在,城春草木深",言无人物也。"感时花溅泪,恨别鸟惊心",花鸟乐事而溅泪惊心,景随情化也。"烽火连三月,家书抵万金",极平常语,以境苦情真,遂同于《六经》中语之不可动摇。(吴乔《围炉诗话》)

吴曰:"字字沉着,意境直似《离骚》。"(高步瀛《唐宋诗举要》引)

(杨恩成)

春夜喜雨⁽¹⁾

好雨知时节,当春乃发生。
随风潜入夜,润物细无声⁽²⁾。
野径云俱黑,江船火独明。
晓看红湿处⁽⁴⁾,花重锦官城⁽⁵⁾。

【注释】(1)这首诗作于唐肃宗上元二年(761)春。当时诗人居成都西郊草堂。 (2)润物:滋润万物。 (3)红:鲜花。 (4)锦官城:今四川成都。

【今译】好雨懂得时令的心情,在万物萌芽的春天生成。伴随着柔和的春风,悄悄地飘下夜空。滋润着大地、万物,轻轻地,没有一点响声。我想拥抱这喜人的春雨,可是,乡野间、小道上,唯有密密的黑云,什么也看不清。

只有远处的江面上,一盏明亮的渔灯。等到明天清晨,浸润着春雨的花儿,沉甸甸的,遍布整个锦官城。

【点评】全诗围绕一个"喜"字。赞美春雨之可爱、可喜。生机勃勃,春意盎然。上四句,将"好雨"人化:知时节,当春而生,随风入夜,润物无声。无不透出诗人的喜悦心情。五六句,写雨夜望中所见,乃是因"喜"而望。写雨夜,天地俱黑,一灯独明,于极度反差中见春雨之绵长可喜。七八句,想象明日景象。锦城花海,红湿欲滴,仍不离"喜"字。全诗写雨切春,出神入化。

【集说】三四传出春雨之神。(沈德潜《唐诗别裁》)

起有悟境,从次联得来。于"随风""润物"悟出"发生",于"发生"悟出"知时"也。五、六拓开,自是定法。结语亦从悟得,乃是意其然也。通首下字,个个咀含而出。"喜"意都从罅缝里逆透。(浦起龙《读杜心解》)

潜入、细润,正状好雨发生。云黑、火明,雨中夜景。红湿、花重,雨后晓景。……曰"潜"曰"细",写得脉脉绵绵,于造化发生之机最为密切。(仇兆鳌《杜诗详注》)

近人评此诗云:写得脉脉绵绵,于造化发生之机最为密切。是已,然非有意为之,盖其胸次自然流出,而意已潜会,所谓"不涉理路,不落言诠"者如此。(《唐宋诗醇》)

纪曰:"通体精妙,后半尤有神。"(高步瀛《唐宋诗举要》引)

(杨恩成)

旅夜书怀[1]

细草微风岸,危樯独夜舟[2]。
星垂平野阔,月涌大江流[3]。
名岂文章著[4],官应老病休。
飘飘何所似,天地一沙鸥[5]。

【注释】(1)此诗约为永泰元年(765)杜甫携家由成都经嘉州(四川乐

山）、渝州（四川重庆）到忠州（四川忠县）的途中所作。　（2）危：高。樯（qiáng）：船桅杆。　（3）涌：指波光闪动。大江：长江。　（4）岂：哪里。（5）沙鸥：杜甫自况。

【今译】细草绵绵的岸边，轻轻地吹拂着微风，高高竖起桅杆的孤舟，在夜晚的江边泊停。群星低垂着，原野更显得空阔。水中月影层层推涌，那是大江在不停流动。岂止单靠了文章，才有了我广传的盛名？解除官职的原因，难道真是年老而多病？我一生不停地辗转飘零，到底像什么呢？不过是广阔天地之间，一只沙鸥的孤影。

【点评】"细草"与"危樯"，"微风岸"与"独夜舟"，两两相对，若合符契，不但写景如见，而且旅情毕出，令人于景物观赏中，觉出诗人孤身漂泊的凄苦情怀。三四句宕开一笔，由近景转向远景，借"星垂""野阔""月涌""江流"之景象，展现出开阔高远的境界，极雄壮浑厚之至，遂成为千古传诵的名句。后四句抒写"旅夜"感怀：名因文章著，本非坏事，然老杜忧民忧国，志追稷契，欲于政治场中一展经纶，而不愿以文人身份而显名，却最终只能以文章扬名，想来不能无憾，故着一"岂"字，衷情自见；年老多病，自应休官，但其休官之因却缘于正直敢言，受人排挤，当此老年漂泊之际，怎能不愤填胸臆！有愤而不明言，仅以"应"字出之，正话反说，既见蕴藉，复增力度，尾联以"沙鸥"自况，回应首联之"独夜舟"，将漂泊无依之状与困苦索寞之情一一展现，令人读来，感慨系之。

【集说】颔联一空万古，虽以后四语之脱气，不得不留之，看杜诗常有此憾。"名岂文章著"，自是好句，"天地一沙鸥"，则大言无实也。（王夫之《唐诗评选》）

胸怀经济，故云名岂以文章而著；官以论事罢，而云老病应休，立言之妙如此。（沈德潜《唐诗别裁》）

此与李白之《夜泊牛渚》，同一临江书感。一则写高旷之意，一则写身世之感，皆气象干云，所谓"李杜文章，光焰万丈"也。首叙江上旅夜：先言泊舟之地，次言泊舟之人，而寥寂之景，已可想见。三四句言江干远眺，句极雄挺,与李白之"山随平野尽"二句,大致相似,而状以"垂""涌"二字,则意境全换。盖野阔则天幕四低,用一"垂"字,见繁星之直垂天尽处;用一"涌"字,见高浪驾空,挟月光而起伏;炼字精警无匹。以下皆书怀之句:言虽善文章,而名不加显,况兼老病,官且应休,则声誉功名,两无所得,漂泊一身,直与江上沙鸥相等,宜怀抱难堪矣。"沙鸥"句兼有超旷之意:言身在天地间,如沙鸥飘然,一无系恋。吴梅村诗"放怀天地本浮鸥",即用此意也。(俞陛云《诗境浅说甲编》)

(尚永亮)

江　汉⁽¹⁾

江汉思归客,乾坤一腐儒。
片云天共远,永夜月同孤。
落日心犹壮,秋风病欲苏。
古来存老马⁽²⁾,不必取长途。

【注释】(1)大历三年(768)秋,杜甫滞留公安,这一带处于长江、汉水之间,故诗题为《江汉》。时诗人年老多病,又漂泊无定,但并不悲观。此诗即写身虽老病而壮心不已的情怀。 (2)"古来"句:谓老马经验丰富,其智可用。

【今译】流落江汉的思归游子,天地之间的一个迂儒。我像一片浮云齐飘远天,我与一轮明月一样孤独。日近黄昏人也近黄昏,可那颗壮心仍称雄万夫。强劲凛冽的秋风把我从疾病中复苏;犹如那忠心报主的老马,识途本领可补筋力的不足。

【点评】流落江汉,归思悠悠,以"片云"句承之;乾坤何大,一儒何小!以"永夜"句承之。正是云月与人同慨。末四句与曹操"烈士暮年,壮心不已"同一笔意,语气雄豪,胸襟阔大,向来为人称道。由此可见,"腐儒"云云,也是英雄无用武之地的悲愤语。

五言律诗

【集说】赵汸曰:"中四句,情景混合入化。云天夜月,落日秋风,景也;与天共远,与月同孤,心视落日而犹壮,病遇秋风而欲苏,情也。他诗多以景对景,情对情,其以情对景者已鲜,若此之虚实一贯,不可分别,效之者尤鲜。"(仇兆鳌《杜诗详注》引)

黄生曰:"前辈有病此诗日月并见者,不知落日乃借喻暮齿,本属咏怀,何病之有!"(仇兆鳌《杜诗详注》引)

前四直下,后四掉转。前见道远而孤,后见气盛宜返。结联云云,寓不应远弃万里意。(浦起龙《读杜心解》)

纪曰:"前四句是思归。'片云'二句紧承'思归'说出;后四句乃壮心斗发,'落日'二句提笔振起,呼出末二句,语气截然不同。"吴曰:"倜傥英伟。"(高步瀛《唐宋诗举要》引)

(李乃龙)

登岳阳楼⁽¹⁾

昔闻洞庭水,今上岳阳楼。
吴楚东南坼⁽²⁾,乾坤日夜浮。
亲朋无一字,老病有孤舟。
戎马关山北,凭轩涕泗流⁽³⁾。

【注释】(1)诗作于大历三年(768)冬。是时吐蕃侵掠陇右、关中一带。唐王朝调兵抗击。 (2)坼(chè):分开。此句言吴楚两地宛如被洞庭湖所分开。 (3)凭轩:扶着栏杆。涕泗:眼泪鼻涕。

【今译】久已向往那名传遐迩的洞庭湖,今天如愿以偿终于登上岳阳楼。浩渺湖水将吴楚二地截然分开,天地宇宙也在这湖中日夜沉浮。战乱未平,亲朋故旧已久无音讯,孑然一身四方漂泊,我独伴孤舟。听说那重重关山北面烽烟又起,我凭栏远望不禁满眼热泪涌流。

【点评】"昔闻"而"今上",写尽登楼前向往和登楼时愿望终偿的喜悦。颔联写登楼所见之景,苍茫雄浑,且切合洞庭湖的地理特征,移用他处不得。"浮"字写错觉,颈联由"浮"字生出老病漂泊的孤寂感。尾联又由身世感怀战乱不停的时世。诗由喜悦而惊叹而悲痛,转合无痕。

【集说】出峡时摄汗漫于整暇,不复作"花鸟无私""水流不竞"等语。起二句得未曾有,虽近情而不俗。"亲朋"一联,情中有景;"戎马关山北",五字卓炼。此诗之佳亦止此。必推高之,以为大家、为元气、为雄浑壮健,皆不知诗者以耳食不以舌食之论。(王夫之《唐诗评选》)

三四雄跨今古,五六写情黯淡,著此一联,方不板滞。孟襄阳三四语实写洞庭,此只用空写。却移他处不得,本领更大。(沈德潜《唐诗别裁》)

黄生曰:"前半写景,如此阔大;五六自叙,如此落寞,诗境阔狭顿异。结语凑泊极难,转出'戎马关山北'五字,胸襟气象,一等相称,宜使后人搁笔也。"(仇兆鳌《杜诗详注》引)

黄鹤曰:"一诗之中,如'吴楚东南坼,乾坤日夜浮'一联,尤为雄伟。虽不到洞庭者读之,可使胸次豁达。"(仇兆鳌《杜诗详注》引)

不阔则狭处不苦,能狭则阔境愈空。然玩三、四,亦已暗逗辽远漂流之象。(浦起龙《读杜心解》)

元气浑沦,不可凑泊,千古绝唱。(《唐宋诗醇》)

查曰:"岳阳之胜在洞庭,第一句安顿得好,三、四极开阔,五、六极黯淡,正于开阔处俯仰一身,凄然欲绝。"(高步瀛《唐宋诗举要》引)

(李乃龙)

245

五言律诗

唐

张　谓

张谓(？—777后)，字正言，河内(今河南沁阳)人。少时读书于嵩山。天宝二年(743)登进士第。天宝后期入封常清北庭、安西幕。乾元元年(758)秋，以尚书郎使夏口。大历初官潭州刺史，大历六年(771)任礼部侍郎。约卒于大历末年。为人重交存义，亦有韬略。其诗不事刻画，而语多沉至，有磊落之气。《全唐诗》录存其诗一卷。

送裴侍御归上都[1]

楚地劳行役[2]，秦城罢鼓鼙[3]。
舟移洞庭岸，路出武陵溪[4]。
江月随人影，山花趁马蹄[5]。
离魂将别梦[6]，先已到关西[7]。

【注释】(1)此诗当作于乾元元年(758)，时张谓以尚书郎使夏口。前一年(至德二载)郭子仪等收复西京。诗云"秦城罢鼓鼙"即指此。　(2)楚地:泛指江夏一带。行役:为公务奔走在外。 （3）秦城:指长安。 （4）武陵:今湖南常德,为传说中"桃花源"之所在地,此泛指湖南乡间。 （5）趁:趋附。 （6）离魂:亦即"别梦",指漂泊思归之心。 （7）关西:指长安一带。

【今译】奔走在楚国的土地上,历尽辛苦,颠沛流离。此去长安,风烟已静,军鼓将不再响起。小船移向洞庭岸,行人离开了武陵溪。一江冷月伴我徘徊,烂漫的山花,正趋附着你哒哒的马蹄声。可这急切的归心,却早已越过千山万水,飞向关西。

【点评】此为送人归京之作。此时长安收复不久,百废待兴,正是众心所归之际,且唐人之视京华,有若故土。故诗为送别,却是一片恋阙思归之意。"楚地"两句,一言在外奔走之劳苦;一言京城收复,战火平息。二者对举,则心系长安之意见于言外。"楚地劳行役",一语双关,并及主客。行役奔走之辛劳,彼此皆然,则思归之习亦复相同。中间两联,"舟移""江月"两句写己之漂泊流徙;"路出""山花"两句写友人扬鞭归去。一则冷月相吊,形单影只;一则山花趋附,扬鞭归去。两相对照,歆羡之余,不无落寞之感。全诗写友人北上行程及途中情景,纯系想象之辞。友人此去,诗人之心亦随之远行。此为行人设身处地,见其对去者前程之关切,而诗人属望京华之情亦在不言中矣。

【集说】何谓浑然?……张正言之"楚地劳行役,秦城罢鼓鼙。……"是也。（王寿昌《小清华园诗谈》）

此为送友人之作。山程水驿,行客之常,入能者之手,便托想空灵,语有隽味,可为学诗者前导。（颈联）上言江船所至,月影长随,水程所经也。下句言杂花盈路,藉马足而生香,山程所经也。结句云:"离魂将别梦,先已到关西。"则山花江月,皆在送行者想象之中,其交谊深挚如是。（俞陛云《诗境浅说乙编》）

（王朝华　林继中）

247

五言律诗

刘 长 卿

刘长卿(714—约789),字文房,郡望河间(今属河北),籍贯宣城(今属安徽),因曾久居洛阳,故又自称洛阳人。约天宝末年至至德年间登进士第。肃宗时曾任长洲(今江苏苏州)尉,因事被贬为南巴(今广东电白区)尉。德宗时官终随州(今湖北随州市)刺史,世称刘随州。刘长卿清才冠世,生性刚直,多忤权贵,虽两遭迁斥,而终不改其节。其诗炼饰邃密,而又委婉多讽,尤以五言成就最高,曾自诩为"五言长城"。现存诗五百余首,有《刘长卿集》《刘随州集》等不同卷本。

余干旅舍[1]

摇落暮天迥[2],青枫霜叶稀。
孤城向水闭,独鸟背人飞。
渡口月初上,邻家渔未归。
乡心正欲绝,何处捣寒衣。

【注释】(1)此诗是诗人寄寓余干(今属江西)旅舍时,触景生情,所写的思乡之作。 （2）摇落:凋谢、零落。迥:远。

【今译】草木渐凋零,日暮天高远;茂密青枫树,深秋霜叶稀。孤城夜幕临,缓缓向水闭;独鸟归林去,急急背人飞。渡口水波明,冉冉月初上;邻家灯火暗,捕鱼还未归。思乡正忧愁,心碎肠欲断;何处闻砧杵? 思妇捣寒衣。

【点评】首联取"悲哉秋之为气也,萧瑟兮草木摇落而变衰"(宋玉《九辩》)之意象。"摇落"与"霜叶稀"既描绘出西风落叶之悲秋画面,又烘托出诗人寂寞凄凉之离乡情思。"暮天"则明言时为黄昏。颔联之"孤城""独鸟",虽为实景,然主旨在以景寓情,以物况人,写诗人以我观物之孤独感受。城门关闭、飞鸟投林之描写,既反衬诗人有家难归之悲情,又暗示时亦为黄昏。颈联由己之未归而念及"邻家渔未归",而邻家渔未归更触动己之羁旅情思。"月初上"则明写时已入夜。以上三联为自黄昏至月出之所见,而尾联在时间递进的同时,描写角度作了一个转换,写夜阑人静时之所闻。月夜"捣寒衣"是表现游子与思妇相思之情的传统意象,诗人信手拈来,既写己之"乡心"欲绝,亦寓家人念己之情。四十字短诗,既有时间之递进,又有角度之转换;既取传统意象,又能自出新意,意境凄清冷寂,堪称五律奇作。

【集说】刘长卿《余干旅舍》……奇作也。(刘攽《中山诗话》)
刘长卿《余干旅舍》云:……张籍《宿江上馆》云,"楚驿南渡口,夜深来客稀。月明见潮上,江静觉鸥飞。旅宿今已远,此行殊未归。离家久无信,又听捣寒衣。"两诗韵同,而意调亦同。(胡震亨《唐音癸签评汇》)
寂而不苦,未伤风骨。(王夫之《唐诗评选》)
前六句叙尽寂寥之景,结以情收之,亦"吹笛关山"之体。(吴乔《围炉诗话》)

(寇养厚)

249

五言律诗

穆陵关北逢人归渔阳[1]

逢君穆陵路,匹马向桑乾[2]。
楚国苍山古,幽州白日寒[3]。
城池百战后,耆旧几家残[4]。
处处蓬蒿遍,归人掩泪看。

【注释】(1)穆陵关:在今湖北麻城北。渔阳:即蓟州。唐改称渔阳郡,后复为蓟州。郡治在今河北蓟县。 (2)桑乾:即今永定河,古名漯水,亦名卢沟河。因流经渔阳郡一带,故以借指渔阳。 (3)楚国:穆陵关在古楚国境内,故称。幽州治所在今北京大兴。这两句分写"归人"与作者相逢之地和"归人"所去之地。正面写景,暗寓时局危艰。幽州是安史叛军的巢穴,安史之乱平定后,此地又沦为藩镇割据的区域。故"白日寒"不仅指自然气候,亦兼喻人民的悲惨。 (4)这两句写渔阳在战乱之后城池残破、人烟稀少的情景。耆旧:老年人。残:残剩,指存活者。

【今译】穆陵道上,与君相逢,你只身匹马向桑乾独行。这楚国古地青山犹在,那战后幽州何等凄冷!你渴望的家乡早已是残垣断壁,人亡室空,满目蓬蒿,今人流泪看,触起一怀悲情。

【点评】前四句皆从两地着笔,空间的往复回环,愈显"归人"之孤独。"白日寒"于写实境中寓百姓生活之艰难,尤妙。后四句以白描写实为主,得老杜诗意,情境深沉。

【集说】"故人江海别,几度隔山川。乍见翻疑梦,相悲各问年。孤灯寒照雨,湿竹暗浮烟。更有明朝恨,离杯惜共传。""暮蝉不可听,落叶岂堪闻。共是悲秋客,那知此路分。荒城背流水,远雁入寒云。陶令门前菊,馀花可赠君。"前一首司空曙,后一首郎士元,皆前虚后实之格。今之言唐诗者,多尚此。及观其作,则虚者枯,实者塞,截然不相通,徒驾宗唐之名而实背之也。其前实后虚者,即前格也,第反景物于上联,置情思于下联耳。如刘长卿:"楚国苍山古,幽州白日寒。城池百战后,耆旧几家残。"则始可以言格。(范晞文《对床夜语》)

刘长卿五律胜于钱起,《穆陵关》《吴公台》《漂母墓》皆言外有远神。(吴乔《围炉诗话》)

沉郁。(沈德潜《唐诗别裁》)

(孟二冬)

碧涧别墅喜皇甫侍御相访⁽¹⁾

荒村带返照⁽²⁾,落叶乱纷纷。
古路无行客,寒山独见君。
野桥经雨断,涧水向田分。
不为怜同病⁽³⁾,何人到白云⁽⁴⁾。

【注释】(1)皇甫侍御为皇甫曾,此诗是刘长卿的和诗。 (2)返照:夕照、晚照。 (3)怜同病:即同病相怜。 (4)白云:代指山村。

【今译】夕阳照荒村,斜晖如带绕;风吹黄叶舞,落地乱纷纷。古路石径曲,终年无行客;寒山翠峰静,今日独见君。野桥临小溪,桥木经雨断;涧水漫高岸,水流向田分。设使我与君,不相怜同病;深山白云处,何人肯到临!

【点评】诗人所居之碧涧别墅,实为一"荒村",终年所见者,惟"返照""落叶""古路""寒山""野桥""涧水""白云"而已。荒村地僻,人迹罕至,故言"无行客";然友人却孤身来访,故言"独见君",两者形成鲜明对比,见出友情之真挚,来访之可贵,其情可喜,此为一层。大雨之后,水溢桥断,山路难行,然友人却涉险来访,在山路险阻之衬托中,更见出友情之真挚,来访之可贵,其情更可喜,此为又一层。尾联紧承颈联,以假设句式发问:若非同病相怜,谁肯深山来访?然于设问中,实寓不答自明之肯定结论:正因皇甫曾与诗人为志同道合之知己,故肯不辞艰辛,远道来访。前三联写景抒情,景幽

情喜,情景结合,层次清晰,又极蕴藉,不着"喜"字,而喜情自见。末联虽为议论,却用设问,不直露,亦含蓄,不着"情"字,而友情自见。长卿自称"五言长城",观此诗之含蓄,大有摩诘与苏州之风,可知其言不虚。

【集说】前解,叙时景;后解,叙地景;总言荒僻而喜侍御之相访。喜意已足。(王尧衢《古唐诗合解》)

方回:刘随州号"五言长城",答皇甫诗如此句句明润,有韦苏州之风。

冯舒:细能不弱,淡实有味。

何义曰:画出闻人足音,跫然而喜。

纪昀:起四句有灏气。五、六言路之难行,以起末二句,非写意也。(李庆甲《瀛奎律髓汇评》)

(寇养厚)

岑 参

岑参(715—770)，江陵(今湖北江陵)人。少孤寒，初隐嵩阳，二十岁献书阙下。天宝三年(744)进士。八年(749)入安西四镇节度使高仙芝幕掌书记。十三年(754)充安西北庭节度判官。历虢州长史、嘉州刺史。后罢官，客死成都旅舍。参久佐戎幕，故独擅边塞之作，与高适齐名。其诗风格奇峭雄浑，辞彩瑰丽，气势豪宕。有《岑嘉州集》。

陕州月城楼送辛判官入奏⁽¹⁾

送客飞鸟外，楼头城最高。
樽前遇风雨，窗里动波涛。
谒帝向金殿，随身唯宝刀。
相思灞陵月⁽²⁾，只有梦偏劳。

【注释】(1)宝应元年(762)十月为雍王掌书记在陕州作。月城：筑城为偃月(半弦月)形，以资防守。辛判官：时雍王会诸道节度使于陕州，进讨史朝义，辛应是聚陕州的某节度使判官。入奏：入朝言事。 (2)灞陵：西汉文

五言律诗唐

帝墓,这里指京城长安。

【今译】送客在飞鸟之外,是那陕州城最高的城堡。酒樽前平视狂骤的风雨,窗子里远接汹涌的波涛。步向辉煌的宫殿拜见圣上,随身只带把锋利的宝刀。相思不见,唯有那临照灞陵的明月,在梦里帮我将您寻找。

【点评】起两句交代送别地点,以"飞鸟外"衬楼头之高,出语奇突,气概不凡。三、四两句承上写景,笔如泼墨,染出满纸风雨波涛。五、六两句既进一步伸足题意,点明送客入奏,又勾画人物,暗寓诗人钦羡之情。以少总多,意余象外。末二句结出别意,抒情入景。全诗起得突兀,结得意奇,中间四句绘景如真,景中有情。堪称佳作。

254

【集说】起手贵突兀……岑嘉州"送客飞鸟外"等篇,直疑高山坠石,不知其来,令人惊绝。(沈德潜《说诗晬语》)

入手须不平,宋人不讲此法,所以单弱。(沈德潜《唐诗别裁》)

(李欣)

李 嘉 祐

李嘉祐(719?—779?),字从一,赵州(今河北赵县)人。天宝七年(748)进士,授秘书省正字。肃宗时因事贬为鄱阳令,又徙为江阴令。入为中台郎,上元二年(716)出为台州刺史。代宗大历中,复为袁州刺史。李嘉祐工诗,与刘长卿、严维、冷朝阳、皎然友善,时相过从,其诗绮靡婉丽,有齐梁风。有《李嘉祐集》《台阁集》不同卷本行世。

送崔侍御入朝⁽¹⁾

十年犹执宪⁽²⁾,万里独归春。

旧国逢芳草⁽³⁾,青云见故人⁽⁴⁾。

潘郎今发白⁽⁵⁾,陶令本家贫⁽⁶⁾。

相送临京口⁽⁷⁾,停桡泪满巾⁽⁸⁾。

【注释】(1)李嘉祐之故友崔侍御遭贬十年后,遇赦被召回京,途经江阴(今属江苏)。李嘉祐当时任江阴县令,他送崔侍御直至京口(今江苏镇江),

并写了这首五言律诗。　(2)执宪:执政。此处指主管某一部门之政务。(3)旧国:指京城长安。芳草:古诗中常以芳草嘉卉比喻德行高尚美好之人,此处喻指崔侍御。　(4)青云:比喻隐居之所,此处指诗人任职之江阴。(5)潘郎:西晋诗人潘岳,字安仁。他在《秋兴赋》序文中说自己三十二岁时已生白发。此处喻指崔侍御。(6)陶令:东晋诗人陶渊明,字元亮。因曾任彭泽(今属江西)县令,故称。后弃官归隐,清贫自守。此乃诗人自喻。(7)京口:今江苏镇江。　(8)桡:船桨。

【今译】遭贬整十年,遇赦乃执政。迢迢路万里,独归时正春。昔日长安城,初次逢挚友。今朝江阴市,再度见故人。君似潘安仁,发鬓今斑白。我如陶元亮,家世本清贫。依依相送别,船行到京口。停桨两执手,无语泪满巾。

【点评】诗写友情及送友还都时之感慨。首联点友人“还都”题意:友人遭贬十年,乃复回朝执政,其情可喜。一“犹”字,表示推倒旧案,是对昔日遭贬原因之否定。然诗人亦曾被贬鄱阳,继徙江阴,而此次归京者仅故友一人,不免感慨系之,“独”字正含此意。颔联顺写诗人与友人之初识与重逢。以“芳草”喻友人,见出对其德行之赞美;以“青云”喻诗人任职之所,隐含淡泊隐逸之志。颈联对写二人现状:友人鬓发已白,实乃贬谪生活所致,与首句照应;诗人自甘清贫,正与第四句之“青云”相承。尾联再点“送”友题意:由江阴千里相送,直至京口,其情依依,不言自明,然千里相送,终有一别,而结句正写出不得不别却又不忍分别之情。全诗中两联比喻用典较多,有齐梁诗遗风,然并不绮靡。首尾两联,实此诗之关键,若合而作一绝句观之,则质朴直达,颇多古意,此更为嘉祐诗异于齐梁者。

【集说】彼己之际,出入无痕。袁州是中唐第一佳手,近体独有片段,一往尤多古意。(王夫之《唐诗评选》)

(寇养厚)

郎 士 元

郎士元（727？—780？），字君胄，中山（今河北定州）人。天宝十五载（756）中进士，宝应初，补渭南县尉。曾任右拾遗，后官至郢州刺史。其诗风与钱起相类，当时以钱、郎齐名，《唐诗纪事》列为"大历十才子"之一。高仲武《中兴间气集》上卷以钱起领首，下卷以郎士元领首，明确表示"压卷"之意，十分推崇。并说郎诗比钱诗"稍更娴雅"。时有语曰："前有沈、宋，后有钱、郎。"郎诗擅长五律，其七律、绝句亦有精警者。有《郎士元集》，《全唐诗》编存其诗一卷。

送李将军赴定州⁽¹⁾

双旌汉飞将⁽²⁾，万里授横戈⁽³⁾。
春色临边尽，黄云出塞多⁽⁴⁾。
鼓鼙悲绝漠，烽戍隔长河⁽⁵⁾。
莫断阴山路⁽⁶⁾，天骄已请和⁽⁷⁾。

【注释】（1）诗题一作"送彭将军"。定州：唐时定州，今河北定县。（2）旌：古代的一种旗子，旗杆顶上用五色羽毛做装饰。双旌：代指节度使。唐制节度使初授，具帑抹兵仗诣兵部辞见。辞日，赐双旌双节。行则建节，树六纛（见《新唐书，百官志》四"行官"）。汉飞将：指汉代名将李广。《史记·李将军列传》，"广居左北平，匈奴闻之，号曰'汉之飞将军'，避之数岁，不敢入右北平。"后人称之为飞将。这里是对诗题中"李将军"的美称。　（3）戈：古代兵器。授横戈：谓授以兵权。　（4）这两句描写边塞风景。　（5）鼙：古代军队中用的小鼓。长河：指黄河。　（6）阴山：西起河套，绵延于内蒙古自治区，与大兴安岭相接，是古代中国北方的天然屏障。这里化用王昌龄"但使龙城飞将在，不教胡马度阴山"（《出塞》）。　（7）天骄：汉朝人称匈奴单于为天之骄子，后来称历史上某些北方少数民族君主为天骄。请和：请求和解，即请降之意。

【今译】将军勇武似李广，国家有难赴战场。如今边关春色尽，塞外黄云接平莽。战鼓悲绝动大漠，隔岸烽火遍戍岗。劝君莫断敌归路，单于归降备犒赏。

【点评】四十字写完战争经过，令人叹服其剪裁精当。叙事状物，气度不凡；吐辞属句，慷慨激昂。犹带盛唐气象。

【集说】"春色临关尽，黄云出塞多。"极警拔语。右丞则以"黄云断春色"五字尽之。（沈德潜《唐诗别裁》）

纪曰："三、四警策。"又曰："右丞'黄云断春色'句，以苍莽取神，此诗衍为二句，又以对照见意，繁简各有其妙。"（高步瀛《唐宋诗举要》引）

（孟二冬）

司 空 曙

司空曙(720? —790?),字文明,洺州(今河北永年)人,"大历十才子"之一。进士及第。初为洛阳主簿,后为左拾遗。德宗建中二年(782),谪为长林(今湖北荆门)县丞。贞元元年(785)后,入剑南节度使韦皋幕府为幕僚。贞元中,官任水部郎中,又转虞部郎中,官终此职。其诗多写身世、羁旅之情,题材较窄,但诗风质朴清淡,经得起把玩,为历代诗论家所推许。有《司空曙集》三卷。

云阳馆与韩绅宿别⁽¹⁾

故人江海别⁽²⁾,几度隔山川。
乍见翻疑梦⁽³⁾,相悲各问年⁽⁴⁾。
孤灯寒照雨,湿竹暗浮烟⁽⁵⁾。
更有明朝恨⁽⁶⁾,离杯惜共传⁽⁷⁾。

【注释】(1)云阳:旧县名,在今陕西三原境内。馆:旅馆。韩绅:生平事迹不可考。《全唐诗》注云,"一作韩升卿。"据韩愈《赣州司户韩府君墓志

铭》和《韩昌黎年谱》,韩愈有个叔父名绅卿,与司空曙同时,曾为泾阳(今属陕西)县令,韩绅可能就是此人。宿别:同宿一夜后分别。 (2)故人:昔日的老朋友。 (3)乍:突然。翻:反。 (4)各问年:互相询问年岁。 (5)湿竹:一作"深竹""深烛"。 (6)明朝恨:明天早晨分手时的伤心和怨恨。(7)惜:珍惜。共传:互相递酒杯。古时敬酒劝酒的一种方式。

【今译】老朋友阔别后天南海北,曾几回想相聚又远隔山川。突然相逢反疑身在梦里,执手相问同悲似水流年。寒夜孤灯照着绵绵秋雨,庭中湿竹浮着淡淡轻烟。今夜长谈明朝还作远别,难得今夜会传杯痛饮。

【点评】离别多年的老朋友突然相会,惊喜至极,竟不敢信眼前的现实,而疑心是在梦中相逢。然而惊喜之余,悲从中来,因为这久别后的重逢,仅有一宿之期,明朝又得远别。悲喜交集的感情,常人是难以描述的,"乍见翻疑梦,相悲各问年"遂成佳句,被久久传诵。加之以"孤灯寒照雨,湿竹暗浮烟"的景物描写,透过凄凉的环境气氛渲染,更衬托出挚友之间的离别愁绪。两联相得益彰,又各显奇功。此诗写老朋友乍见又别之情,其哀切悲戚之状可见。而其结句,更露无可奈何之感慨,只有互道珍重,传杯递盏,聊慰今宵。此诗与李益的《喜见外弟又言别》章法和格调类同,体现了大历诗人的共同特色。然较之初唐王勃《送杜少府之任蜀川》的高昂与旷达,则相去甚远。

【集说】久别倏逢之意,宛然在目,想而味之,情融神会,殆如直述。前辈谓唐人行旅聚散之作最能感动人意,信非虚语。(范晞文《对床夜语》)

司空曙"乍见翻疑梦,相悲各问年",戴叔伦"一年将尽夜,万里未归人",一则久别乍逢;一则客中除夜之绝唱也。(胡应麟《诗薮》)

司空文明每作得一联好诗,辄为人压卷。如"乍见翻疑梦,相悲各问年",可谓情至之语。(贺裳《载酒园诗话又编》)

前解,写与韩绅别久之情;后解,是云阳馆宿别。(王尧衢《古唐诗合解》)

三、四写久别忽遇之情,五、六写夜中共宿之景,通体一气,无龂钉习,尔时已为高格矣。(沈德潜《唐诗别裁》)

吴曰:"三、四千古名句,能传久别初见之神。"(高步瀛《唐宋诗举要》引)

(李明)

钱　起

钱起(720—782)，字仲文，吴兴(今浙江湖州)人。天宝进士，历任秘书省校书郎、蓝田县(今属陕西)尉、司勋员外郎、司封郎中、翰林学士，官终考功郎中，世称钱考功。钱起为"大历十才子"之一，与刘长卿齐名，与郎士元并称。其诗深受王维诗之影响，体格新奇，理致清赡，五七言写景诗成就尤高，语言精工，辞采清丽，多有名联佳句，最能代表钱诗之风格。现存诗有《钱考功集》十卷，其中五绝《江行无题一百首》及若干其他诗作，为其曾孙钱珝之作。

裴迪书斋望月⁽¹⁾

夜来诗酒兴，月满谢公楼⁽²⁾。
影闭重门静，寒生独树秋。
鹊惊随叶散，萤远入烟流。
今夕遥天末⁽³⁾，清光几处愁。

【注释】(1)此诗是诗人在裴迪书斋望月时所作。裴迪，关中(今属陕

西)人,初与王维、崔兴宗俱居终南山,同唱和。天宝以后,为蜀州(今四川成都)刺史,与杜甫、李颀友善。曾为尚书郎,存诗二十九首。　(2)谢公楼:南齐谢朓(464—499)任宣城(今属安徽)太守时所建,亦称高斋,此处用以指代裴迪书斋。　(3)天末:天边,指极远的地方。

【今译】夜色渐浓,月光洒满了庭宇和楼台。几个朋友聚在一起,饮酒吟诗。所在的深深庭院,层内门户早已关闭,户外万籁俱寂。一阵清风吹来,枝叶沙沙,引发无限寒意。月色太亮,喜鹊误以为天色已明,扑剌剌猛然飞起,震落了片片秋叶。鹊起叶扬,飘然四散。面对这样的月色,将会惹动多少人的愁思。

【点评】首联点题:赏月本文人雅事,而于"月满谢公楼"时,乘"诗酒兴"以赏月,尤为风雅。颔联兼写所见及所感:重门掩闭、月光洒地、疏影斑斑,庭院一片寂静;独树生寒、凉气袭人,秋夜一派清空。"影""重门""独树"为所见,"静""寒""秋"为所感。颈联由近及远,纯写所见:"鹊惊"与叶落之因果关系可作两解——鹊惊而枝振;枝振而鹊惊,此又一解。"散"字兼含鹊飞与叶落二义,而"随叶散"则写出鹊飞与叶落几乎同时发生。此为出句,写近景,颇传神。月明星稀,萤光不显,此虽为常理,然遥望远方,夜色迷茫如烟,故仍可见萤光流动。此为对句,体物最工,向称佳句。尾联突转,由己赏月而联想及远人对月之"愁"。远人之愁,含义固多,然思亲之愁,亦必包其中。诗人仰望明月,隐生思乡之愁,然诗不言己愁,反以家人念己之愁出之,更见别致。全诗首言"诗酒兴",而末尾言"愁",看似矛盾,实乃客观月景引发主体情感之变化,使诗旨更为深刻。首以"月满"点题,而末以"清光"应之,前后照应,结构浑然一体。

【集说】旁取得润,音响不衰。(王夫之《唐诗评选》)

伺义门:"诗酒兴"与"愁"字相对。(李庆甲《瀛奎律髓汇评》)

纪昀:六句微妙,胜出句。(李庆甲《瀛奎律髓汇评》)

月夜萤光自失,然远入烟丛,则仍见其流矣。此最工于体物。(沈德潜《唐诗别裁》)

(寇养厚)

戴叔伦

戴叔伦(732—789),字幼公,润州金坛(今属江苏)人。大历时,应刘晏之召,在其盐铁转运使府中任职。建中元年(780),任东阳县令。后任抚州刺史。贞元四年(788),改任容州刺史,兼容管经略使,在任上去世。戴叔伦的诗多以农村生活为题材,一部分揭露了当时的社会矛盾,也写过一些边塞诗,其他抒情之作往往婉转真挚,词清句丽。《全唐诗》编录其诗二卷。原有集,已散失,明人辑有《戴叔伦集》。

除夜宿石头驿(1)

旅馆谁相问,寒灯独可亲。

一年将尽夜,万里未归人。

寥落悲前事,支离笑此身(2)。

愁颜与衰鬓,明日又逢春。

【注释】(1)除夜:除夕之夜。驿:古时供传递公文的人或来往官员暂住、换马的处所。也作驿亭、驿馆。石头驿:一作"石桥馆"。 (2)寥落:冷落寂

窭。支离：奇离不正，异于常态。《庄子·人间世》，"夫支离其形者，犹足以养其身，终其天年，又况支离其德者乎？"引申为衰残瘦弱的样子。

【今译】眼前，幽暗的灯花；身后，寂寞的背影。冷落与孤独，正相照应。旅店萧条，唯有我离乡背井煎熬着独守除夕夜的清冷。叹年来穷愁，潦倒那堪回首！共与这愁颜与衰鬓，怕应羞见，明日春景。

【点评】首两句一问一答，顿挫有致。以寒灯可亲反衬，其人之孤独寂寞可知。次两句以极自然平淡之语，道出极复杂深厚之情，遂为千古名句。"寥落"两句叹年来遭际。末两句以衰颓之貌与明日逢春对举，愈见潦倒悲哀之情。诗语平淡而极富蕴含，诗人之音容情思，无不跃然纸上。

【集说】余偕诗友周一之、马怀玉、李子明，晚过徐比部汝思书斋，适唐诗一卷在几，因而披阅，历谈声律调格，以分正变。汝思曰："闻子能假古人之作为己稿，凡作有疵而不纯者，一经点窜则浑成。子聊试笔力……如戴叔伦《除夜宿石头驿》诗云：'旅馆谁相问……明日又逢春。'此晚唐入选者，可能搜其疵而正其格欤？"予曰："观此体轻气浮如叶子金，非锭子金也。"凡五言律，两联若纲目四条，辞不必详，意不必贯，此皆上句生下句之意，八句意相联属，中无罅隙，何以含蓄？颔联虽曲尽旅况，然两句一意，合则味长，离则味短。晚唐人多此句法。遂勉更六句云："灯火石头驿，风烟扬子津。一年将尽夜，万里未归人。萍梗南浮越，功名西向秦。明朝对清镜，衰鬓又逢春。"举座鼓掌笑曰："如此气重体厚，非'锭子金'而何！"

梁比部公实曰："……戴叔伦《除夜》诗云：'一年将尽夜，万里未归人。'此联悲感，久客宁忍诵之！惜通篇不免敷演之病。"（谢榛《四溟诗话》）

近世谢山人茂秦尤喜改古人诗。……戴叔伦《除夜宿石头驿》曰："旅馆谁相问……明日又逢春。"首联写客舍萧条之景，次联呜咽自不待言，第三联不胜俯仰盛衰之感，恰与"衰鬓""逢春"紧相呼应，可谓深得性情之分。反谓"五言律两联若纲目四条……何以含蓄"，遂改为"灯火石头驿……衰鬓又逢春"。只图对仗整齐，堆垛排挤，有词无意，何能动人？真所谓胶离朱之目也。（贺裳《载酒园诗话》）

唐诗观止

每至除夕时，往往闻人诵此诗，辄为潸然，若旅中尤觉难堪。（黄周星《唐诗快》）

吴曰："此诗真所谓情景交融者，其意态兀傲处不减杜公，首尾浩然，一气舒卷，亦有大家魄力。谢茂秦乃妄删改，真可笑也。"谢茂秦(榛)《四溟诗话》曰："戴叔伦'旅馆谁相问'云云……"案：茂秦此说殊谬，又误以石头驿为石头城，"梗萍"二句尤凑杂，乃自诩为锭子金，明人之谬妄如此，可笑亦可怜矣。（高步瀛《唐宋诗举要》）

（孟二冬）

五言律诗

韦 应 物

韦应物(737—791),京兆万年(今陕西西安)人。少任侠,曾以三卫郎事玄宗,后折节读书,历任滁州、江州、苏州刺史,世称韦苏州。韦诗以写山水田园著名,其五言诗"高雅闲澹,自成一家之体"(白居易《与元九书》)。有《韦苏州集》十卷。

淮上喜会梁州故人⁽¹⁾

江汉曾为客,相逢每醉还。
浮云一别后,流水十年间。
欢笑情如旧,萧疏鬓已斑⁽²⁾。
何因不归去,淮上有秋山。

【注释】(1)淮上:今江苏淮阴一带。梁州:辖境约为今陕西城固以西的汉水流域,兴元元年(784)升为兴元府(今陕西汉中市)。 (2)萧疏:稀稀落落。此用以形容头发。

【今译】昔日曾外出为客旅居江汉，每次碰到你总是酒醉而还。没料到一别竟像浮云，光阴似水一晃就是十年。如今相逢真令人畅快，欢歌笑语、情意殷殷宛如昔年，可你和我的头发都已稀少，两鬓斑白如同被霜雪抹染。要问我为何还不归去，只因淮上有那令人心醉的秋山。

【点评】昔日在江汉为客时结识的友人，今日于淮上邂逅相逢，焉得不喜？故虽阔别十载，仍"欢笑情如旧"。然四目注视，各自"萧疏鬓已斑"，忆及十年间的酸甜苦辣、漂泊生涯，又焉得不令人悲上心头，感慨万端？"浮云一别后，流水十年间"，两句出以流水对，写人生聚散无常、时光之消逝迅猛，令人读来，品味不尽。既然"一"别即是"十"年，则此次相逢之喜，自不言而喻。诗情一喜一悲，悲喜交集，写尽故人久别后重逢情景。尾联以问句提起，以景语作结，回应题面，暗言情志，意余言外，自然巧妙。

【集说】一气旋折，八句如一句。（孙洙《唐诗三百首》）

语意好，然淮上实无山也。（沈德潜《唐诗别裁》）

"浮云一别后，流水十年间"……有合于刘须溪所谓"诵一二语，高处有山泉极品之味"也。（余成教《石园诗话》）

似王、孟。（高步瀛《唐宋诗举要》）

诗以言性情，唐贤最重友谊，于赠别寄怀及喜晤故人之作，屡见篇章。叔牙知我，生平能有几人？宜其语长心郑重也。此诗言当日同客楚江，少年气盛，放歌纵酒，不醉无归，是何等豪气！乃浮云踪迹，各走东西，抢指光阴，瞬逾十载，叹羁泊之无常，讶年光之迅逝，句法于蕴藉中见悲凉之意。五、六句谓重拾堕欢，虽笑语风情，不殊曩日，而须鬓加苍，谁识为当时两年少耶！末句意谓青紫被体，尚且不如还乡，何为留滞天涯，使淮上秋山移文腾笑也。（俞陛云《诗境浅说甲编》）

（尚永亮）

五言律诗

李　益

　　李益(748—829),字君虞,陇西姑臧(今甘肃武威)人。大历四年(769)中进士。曾任郑县尉。建中、贞元间居北方边塞十余年。为幽州节度刘济从事,又参佐邠宁戎幕。元和间曾任秘书少监。大和元年以礼部尚书致仕,寻卒。李益为人,恃才傲物。诗情不乏豪壮,但多偏于感伤。兼善各体,尤长于七绝。诗风凝练含蓄,和谐优美,形象鲜明生动。有《李君虞集》。

喜见外弟又言别(1)

十年离乱后,长大一相逢。
问姓惊初见,称名忆旧容。
别来沧海事,语罢暮天钟。
明日巴陵道(2),秋山又几重?

　　【注释】(1)李益八岁时,安史乱起。此诗当作于大历初年登第前后,即李益二十岁左右。外弟:表弟。　(2)巴陵道:通往巴陵郡(今湖南岳阳)的道路。

【今译】十年前在战乱之中分手，长大了在他乡偶然相逢。初见时问姓已十分惊疑，说出名字竟真是表弟兄。别后那多灾多难家国事，说完时已传来傍晚钟鸣。明天你将要登上巴陵路，这一别又要隔秋山几重？

【点评】前六句写"喜见"，后两句写"言别"。他们原是自幼熟悉的表兄弟。十年乱离，彼此都长大了，变样了。异乡相遇，便因似曾相识而起疑、而问姓，直至道出名字，不禁化惊疑为惊喜。写离乱久别、长大邂逅的情景极真切细腻。"沧海事"紧扣"十年离乱"。末联抒发会难别易之慨，一个"又"字，将诗人不忍别而又不得不别的怅惘心绪和盘托出，语虽尽而意无穷。

【集说】李益曰："问姓惊初见，称名忆旧容。"则情尤深，语尤怆，读之几于泪不能收。（贺裳《载酒园诗话又编》）

与"乍见翻疑梦，相悲各问年"，抚衷述愫，同一情致。

一气旋折，中唐诗中仅见者。（沈德潜《唐诗别裁》）

（李乃龙）

五言律诗

唐

王　建

　　王建(766?—830?),字仲初,颍川(今河南许昌)人,出身寒门,大历进士,唐宪宗元和年间始为昭应县尉,已"头白如丝"。穆宗长庆初由太府丞转秘书郎,文宗太和中出为陕州司马,后退职居咸阳原上,境况贫窘。他"四授官资元七品,再经婚娶尚单身"。王诗通俗明晰而凝练精悍,温婉又工丽。其中《宫词》百首尤享盛誉。以组诗纪事,为其创格。有《王司马集》八卷。

望　行　人

自从江树秋,日日望江楼。

梦见离珠浦[1],书来在桂州[2]。

不同鱼比目,终恨水分流。

久不开明镜,多应是白头。

【注释】(1)珠浦:合浦(今广西合浦)东南有珠海,以产珍珠著名,左近一带统称珠浦。　(2)桂州:今广西桂林一带,在合浦北。

【今译】自从秋风吹黄江边树，天天登楼远望江上路。夜梦郎君经商离合浦，今日得信却说在桂林住。既难像比目鱼长相聚，又怕见分流水各自去。久不照镜不知今何如，想来当是面黄白发疏。

【点评】"秋"作动词，显得疏朗灵动，描状出"江树"的细微变化，又暗示出行人预约之归期已到，致使思妇望眼欲穿，形诸梦寐。"梦见离珠浦，书来在桂州。"明写思妇之盼人心切而得书失望；暗写游子之辛苦漂泊而归家无期，双线并行，彼此映衬，使闺中人思愈切憾愈深而怨愈重。后四句作细致入微的心理描写。结句"多应是白头"为思妇自我揣测之辞，写出她忧伤之剧烈。

【集说】王建诗多俗，此诗却有初唐之风，当表出之。（杨慎《升庵诗话》）

摆落中自有局法。（王夫之《唐诗评选》）

（程瑞钊）

五言律诗

吕 温

　　吕温(772—811)，字和叔，又字化光，河中(今山西永济市)人。德宗贞元十四年(798)登进士第，又登宏词科，授集贤殿校书郎。早年参加王叔文等革新集团，为叔文重视，迁左拾遗。曾以侍御史出使吐蕃，被留，至元和元年(806)还。王叔文党败，因使吐蕃而免于贬谪。后为御史，因宰相李吉甫忌才，贬道州刺史，又徙衡州，卒于任所。刘禹锡、柳宗元均与之善，盛称其才。今存《吕和叔集》十卷，《全唐诗》编存其诗二卷。

赋得失群鹤[1]

杳杳冲天鹤[2]，风排势暂违。
有心长自负，无伴可相依。
万里宁辞远，三山讵忆归。
但令毛羽在，何处不翻飞[3]。

【注释】(1)赋得：古人作诗，有摘取前人成句为题，多在题首冠以"赋得"二字。此当为诗人触景生情,有感于中,袭用此二字,以名此诗。寻味诗意,疑作于永贞元年(805)王叔文党败,诸君子被贬谪之时。　(2)杳杳:高远貌。　(3)翻飞:奋飞。

【今译】冲天直上,翱翔于云霄间的白鹤,因逆风阻挡,与愿相违。胸襟抱负高远常充满自信,离群索居,亦感到孤独无慰。万里迢迢并不以为遥远,关山重重从未望乡思归。只要羽毛俱全,青山常在,何处不可以凌云奋飞?

【点评】"风排"句谓大业受阻,"无伴"句言诸君子遭贬谪,"万里"两句当指出使吐蕃事,尾联两句显出英风豪气。全篇以孤鹤比兴,托物言志,语意俊爽,读罢令人展眉,凌云之意油然而生。

【集说】温诗不及刘、柳,气亦劲重苍厚。(贺裳《载酒园诗话又编》)

(李浩)

五言律诗

刘 禹 锡

刘禹锡(772—842),字梦得,洛阳人。贞元九年(793)进士。因参与政治革新,谪官朗州、连州、夔州、和州等地22年之久。晚年以太子宾客分司东都。其诗骨力豪劲,气韵沉雄,有"诗豪"之誉。各体皆工,尤擅民歌体乐府诗,所作《竹枝词》等"独步于元和间"。也是中唐时期较早开始依曲填词的作家之一。其诗现存六百七十余首,有《刘宾客集》四十卷。

蜀先主庙⁽¹⁾

天下英雄气,千秋尚凛然⁽²⁾。
势分三足鼎⁽³⁾,业复五铢钱⁽⁴⁾。
得相能开国⁽⁵⁾,生儿不象贤⁽⁶⁾。
凄凉蜀故妓,来舞魏宫前⁽⁷⁾。

【注释】(1)此诗作于长庆二年(822)至长庆四年(824)诗人任夔州(今四川奉节)刺史期间。"蜀先主庙",即蜀汉先主刘备庙,在夔州境内。诗中通过鲜明的盛衰对比,将欲挽狂澜的豪情与国势日蹙的忧思交织在一起,抒发了深沉而又浓烈的兴亡之感。 (2)凛然:肃然,形容令人敬畏的气概。(3)三足鼎:指蜀汉、曹魏、孙吴形成三国鼎立的局面。 (4)五铢钱:汉武帝铸行的一种钱币,钱面上有"五铢"二字。王莽篡汉后废止不用,东汉初年,光武帝又恢复其流通。诗人于题下自注:"汉末童谣:'黄牛白腹,五铢当复。'"因此,"业复五铢钱",喻指兴复汉室。 (5)相:丞相,指诸葛亮。(6)儿:指刘备之子刘禅。象贤:效法先祖贤才。语出《仪礼·士冠礼》:"继世以立诸侯,象贤也。" (7)魏宫:指曹魏的宫殿。据《三国志》《华阳国志》载,刘禅于公元263年投降曹魏,次年举家东迁洛阳。根据《汉晋春秋》载,司马昭设宴,令"蜀故妓"歌舞,观者皆感叹欷歔,独刘禅喜笑自若。司马昭问:"颇思蜀否?"刘禅答:"此间乐,不思蜀。"末二句出于此处。

【今译】天下英雄,数那蜀国先主刘备,他的英伟气概,千秋后仍令人心怀敬畏。抗衡魏吴,奠定了三国鼎立的局面;他志在统一,要让那汉币在全国范围内流通。幸得良相,为其开创国业鞠躬尽瘁;有子不肖,全无先祖叱咤风云的神威。江山易主,蜀汉故妓亦含黍离之悲;曹魏宫前,看她们泪逐舞袖翻飞!

【点评】起两句发唱警挺,气象雄浑。"天下英雄",暗用《三国志》所录曹操语:"今天下英雄,唯使君与操耳。"虽属故事,却略无使事痕迹。尤妙者乃在添一"气"字,使巍巍庙堂气象跃然纸上。而"天下"与"千秋"对举,又使时空皆得以拓展而变得浩浩无垠,刘备之"英雄气"也就随之荡于宇宙、磅礴于古今。如此开篇,笔力若有千钧。三、四两句盛赞刘备功业,将"英雄气"落到实处。"势分三足鼎",化用孙楚《为石仲容与孙皓书》中语:"自谓三分鼎足之势,可与泰山共相终始。"刘备戎马半生,创业维艰,奠定三分,绝非易事。"势分"句一笔概尽其间之曲折过程,积淀极为丰厚,意蕴极为深广。"业复五铢钱",巧借钱币为喻,对刘备力图振兴汉室、统一中国的勃勃雄心深表欣羡与崇敬。两句各有出典,殊难牵合,但一经作者运思,即铸为工对,颇具浑然自成之致,功力之深,令人叹服。五、六两句感叹刘备虽得良相辅佐,成就帝业,却因生子不肖,功败垂成,以致最终江山易主、鹿死人手。

五言律诗

语意一正一反，一扬一抑，不惟遥寄深慨，转接之妙，亦堪称赏。末两句借歌舞场面之特写，承前指责刘禅不恤祖业、忘怀国耻、但求逸乐的作为。字里行间，既渗透着嗟悼刘备事业后继无人之情，亦隐约可见慨叹唐王朝日薄西山、国势危殆、执政者昏庸无能、亲佞远贤之意，所谓"婉言寄讽"也。

【集说】查慎行："中两联字字确切，惜结句不称。"(《初白庵诗评》)

纪昀："句句警拔。起二句确是先主庙，妙似不用事者。后四句沉着之至，不病其直。"(《瀛奎律髓汇评》)

许印芳："凡祠庙坟墓等题，总宜从人着笔，不可引纠缠祠墓……人是本题正位，宜用重笔发挥，乃合体裁。如此诗全说先主，于"庙"字无一语道及，而起结皆扣住庙字。起语足从庙貌看出，结句则以魏官对照蜀庙也。"(《律髓辑要》)

(肖瑞峰)

白 居 易

白居易(772—846),字乐天,晚号香山居士,下邽(陕西渭南)人。唐德宗贞元十六年(800)登进士第,曾任翰林学士、左拾遗等职。因上书言事获罪,被贬为江州司马。后又去杭州、苏州等地任刺史。晚年以刑部尚书致仕。他是唐代大诗人之一,领导了新乐府运动。其诗具有鲜明的政治倾向,富有情味,语言通俗自然。有《白氏长庆集》。

赋得古原草送别(1)

离离原上草(2),一岁一枯荣。
野火烧不尽,春风吹又生。
远芳侵古道,晴翠接荒城。
又送王孙去,萋萋满别情(3)!

【注释】(1)"赋得"是一个术语。科举时代,凡考试时限定的诗题,照例要在前面加"赋得"二字。这是练习应考的作品,所以也在诗题《古原草送

五言律诗

别》前加了"赋得"。《唐摭言》等书都说白居易十六岁时拿着他的诗稿去见大诗人顾况，顾况看见他的名字——居易，开玩笑说："长安米贵，居大不易！"及至翻开诗卷，读到这首诗中的"野火烧不尽，春风吹又生"一联，不禁击节赞赏，连声说："有才如此，居亦何难！"　(2)离离：分离貌，这里是形容野草很多。　(3)萋萋：草色。《楚辞·招隐士》，"王孙游兮不归，春草生兮萋萋。"王孙，犹言公子。

【今译】古原上的芳草，一丛接着一丛，一年有一度枯萎也有一度繁荣。无情的野火哪里能烧毁干净，温暖的春风又唤醒新的生命。馥郁的香气侵入古老的道路，绿茸茸的草原连接遥远的荒城。我又一次送走知心的好友，茂密的青草代表我的深情。

【点评】这是作者练习应试的作品，所以句句紧扣诗题。前六句，赋的是"古原草"。第一句点出"原上草"。二、三、四句写那"原上草"每年一枯一荣，即使遇上"野火"，也不会烧尽，春风一吹，又长出来了，永远如此，已见得那"原"是"古"原。五、六两句，更用"古道""荒城"作陪衬，突出了"古原草"。前六句写"古原草"，已寓"送别"之意。那"古原""古道""荒城"，不就是行人要经过的地方吗？七、八两句，用"王孙游兮不归，春草生兮萋萋"的语意，正面写"送别"——与"古原草"紧密联系的"送别"。

作者十多岁时写的这首诗之所以受到重视，不单纯由于格律严谨、符合应试诗的要求，更主要的是它写得自然而生动。"野火烧不尽，春风吹又生"一联，对仗工整，而又一气贯注，显得很活泼，充分发挥了"流水对"的优点。它表现了"草"顽强的生命力，蔑视"野火"而歌颂"春风"：这又有深刻的寓意，因而直到现在，还被人引用。

【集说】顾况喜白乐天《送友人原上草》诗："野火烧不尽，春风吹又生"，乃是李太白《瀑布》一诗中"海风吹不断，江月照还空"意。（吴开《优古堂诗话》）

刘商《柳》诗"几回离别折欲尽，一夜春风吹又长"，不如乐天《草》诗"野火烧不尽，春风吹又生"语简而思畅。有人又说白氏此联不如刘长卿"春入

烧痕青"之句。(范晞文《对床夜语》)

此诗见赏于顾况,以此得名者也。然老成而少远神,白诗之佳者,正不在此。(沈德潜《唐诗别裁》)

情韵不匮,句亦振拔,宜其见重于逋翁也。(高步瀛《唐宋诗举要》)

此诗借草取喻,虚实兼写。……然取喻本无确定,以为喻世道,则治乱循环;以为喻天心,则贞元起伏。虽严寒盛雪,而春意已萌,见智见仁,无所不可。一篇《锦瑟》,在笺者会意耳。(俞陛云《诗境浅说甲编》)

(霍松林)

五言律诗

姚 合

姚合(775—约846),陕州硖石(今河南陕县)人。元和中进士,历任武功主簿、富平尉、监察御史、户部员外郎等,终秘书少监。诗与贾岛并称,对南宋"永嘉四灵"一派诗人颇有影响。诗风以平淡为主,工五言律诗。有《姚少监诗集》。

闲 居

不自识疏鄙⁽¹⁾,终年住在城。

过门无马迹,满宅是蝉声。

带病吟虽苦,休官梦已清。

何当学禅观⁽²⁾,依止古先生⁽³⁾?

【注释】(1)疏鄙:粗疏低贱。 (2)禅观:禅理,禅道。 (3)古先生:此处指佛。

【今译】不知自己疏懒性，一年四季住在城。门前没有车马过，满院只闻蝉噪声。带病吟诗苦中乐，无官做梦静又清。何时虔诚学禅理，皈依我佛度此生？

【点评】少监作诗，颇多取法右丞。此诗借禅遁世之念头，以动写静之手法，或可证之。首联自嘲，颔联自解，颈联抒发情感，尾联表白愿望。终年结庐闹市，而无车马喧嚣之烦扰；门庭冷落，唯有餐风饮露之鸣蝉。一种闹中取静，超然物外的心境跃然纸上。诗从陶彭泽《饮酒》"结庐在人境，而无车马喧。问君何能尔，心远地自偏"化出，颇有处尘超尘、处俗超俗之"真隐"风度。末两句学右丞遁于禅理，情绪未免消沉，但对现实之一肚皮牢骚隐隐透出，若当作不食人间烟火语看，则隔靴搔痒，错会少监矣。

【集说】秘书与阆仙善，兼效其体。古诗不惟气格近之，尚无其酸言。至近体如……"过门无马迹，满宅是蝉声"……俱为宋人所尊，观之果亦警策。（贺裳《载酒园诗话又编》）

纪曰："武功诗之雅驯者。"（高步瀛《唐宋诗举要》引）

（曾志华）

五言律诗

贾　岛

贾岛(779—843),字阆仙,一作浪仙,范阳(今河北涿州)人。初为僧,名无本,还俗后屡应进士不中。曾任长江主簿、普州司仓参军、司户,人称贾长江。诗与孟郊齐名,诗风奇险瘦硬,善为五律、五七绝,为著名的苦吟诗人。有《长江集》。

忆江上吴处士[1]

闽国扬帆去[2],蟾蜍亏复圆[3]。
秋风生渭水[4],落叶满长安。
此地聚会夕,当时雷雨寒。
兰桡殊未返[5],消息海云端。

【注释】(1)处士:隐居不仕之人。　(2)闽:今福建一带。　(3)蟾蜍:此处代指月亮。　(4)此句一作"秋风生渭水"。　(5)兰桡(ráo):木兰树做的桨,代指船。殊:仍,犹。

【今译】朋友乘船去福建,月亮几度缺又圆。渭水秋风强劲吹,落叶萧萧遍长安。忽忆西京聚会夜,雷电大雨使人寒。朋友至今仍未归,遥盼信息海云边。

【点评】此为阆仙思友之作。全诗无一"思"字、"情"字,却写得相思满纸,深情横溢,得力于记事以传情,借景以生情。首联写相距遥远,时序如流。相思不相见,月圆人未圆已暗喻句中。颔联又借景抒情,含蓄深沉。秋风生而相思生,落叶满而情意满,情景实难分辨矣。颈联转叙当日欢聚情事,有言犹在耳,情景迥异之感。尾联写海天空阔、飞鸿杳杳、盼望之情、惆怅之意,尽在不言之中。情意之深、用笔之妙,《长江集》中不可多见,一时作者实罕其匹。

【集说】元轻白俗,郊寒岛瘦,此是定论。……又:"秋风吹渭水,落叶满长安。"置之盛唐,不复可别。(王世贞《艺苑卮言》)

韩退之称贾岛"鸟宿池边树,僧敲月下门"为佳句,未若"秋风吹渭水,落叶满长安"气象雄浑,大类盛唐。(谢榛《四溟诗话》)

贾长江:"秋风吹渭水,落叶满长安。"温飞卿:"古戍落黄叶,浩然离故关。"卑靡时乃有此格。后惟马戴亦间有之。(沈德潜《说诗晬语》)

纪曰:"天骨开张,而行以灏气,浪仙有数之作。"(高步瀛《唐宋诗举要》引)

(曾志华)

283

五言律诗

许　浑

许浑(生卒年不详),字用晦,一作仲晦,润州丹阳(今江苏镇江)人。故相许圉师之后,大和进士,为太平县令。后累官监察御史、虞部员外郎、睦州刺史、郢州刺史等。自少苦学多病,喜爱林泉。因病退居润州城南丁卯桥丁卯庄,故名其诗集为《丁卯集》,其诗长于律体,多登高怀古之作。

秋日赴阙题潼关驿楼⁽¹⁾

红叶晚萧萧,长亭酒一瓢⁽²⁾。
残云归太华⁽³⁾,疏雨过中条⁽⁴⁾。
树色随关迥,河声入海遥。
帝乡明日到⁽⁵⁾,犹自梦渔樵。

【注释】(1)潼关,在今陕西省潼关县境内,当陕西、山西、河南三省要冲,形势险要,景色动人。历代诗人路经此地,往往要题诗纪胜。许浑从故乡润州丹阳(今江苏镇江)第一次到长安去,途经潼关,为其山川形势和自然景色

所深深吸引,兴致淋漓,挥笔写下此诗。 (2)长亭:古时大道旁十里置一长亭,五里一短亭,为送行饯别之处。此指潼关驿楼。 (3)太华:西岳华山,在今陕西华阴市境内。 (4)中条:首阳山,在今山西永济市,因处太行山与华山之间,故名中条山。 (5)帝乡:京城长安。

【今译】瑟瑟晚风暗送红叶萧萧,潼关驿楼畅饮离酒一瓢。残云朵朵飞归巍巍华山,疏雨点点飘洒中条山。碧树伴随关隘愈远愈淡,黄河奔流大海涛声渐遥。明日就要抵达京城长安,依然梦想回归山野渔樵。

【点评】开头两句描绘了一幅万山红遍、霜林尽染、秋浓似酒、旅况萧瑟的境界。大笔勾勒,意绪悲凉。中间四句对仗工整,声韵铿锵。连用四种潼关附近的典型风物:华山、中条、雄关、黄河,并恰到好处地着上"归""过""随""入"四个动词,使这些静物在浩茫无际的沉雄静穆中飘逸飞动起来。"帝乡"两句以明日去处关联今日所在,点长亭醑饮之因,与中间画面闪回,叠映出诗人登楼远眺、凝神倾听、不欲赴阙却又万般无奈的身影。起调苍凉,承转雄浑,收合婉曲得体,优游不迫中寓有无穷意蕴。

【集说】人知许浑七言,不知许五言亦自成一家。……许五言如:"树色随关迥,河声入海遥。"……(范晞文《对床夜语》)

　　凡作客途风景诗者,山川形势,最宜明了。笔气能包扫一切,而句法复雄宕高超,斯为上乘。许诗其佳选也。开篇从秋日说起,若仙人跨鹤,翩然自空而降。首句即押韵,神味尤隽。三四句皆潼关左右之名山。……地望固确,诗句弥工。五句以雍州为积高之壤,入关以后,迤逦而登,故树色亦随关而迥。……六句言大河横亘关前,浩浩黄流,遥通沧海。表里山河之险,涌现毫端,以上皆纪客途风景。篇终始言赴阙。舳舻在望,而故乡回首,犹梦渔樵,知其荣利之淡也。(俞陛云《诗境浅说甲编》)

(李达武)

五言律诗

温 庭 筠

　　温庭筠(812—870),本名歧,字飞卿,太原祁(今山西祁县)人。累举不第,宣宗大中末,授方山尉。徐商镇襄阳,往依之,曾署巡官。飞卿才思艳丽,诗词并工,作赋凡八叉手而八韵成,时号"温八叉"。有《温飞卿集》。

商山早行[1]

　　晨起动征铎[2],客行悲故乡。
　　鸡声茅店月,人迹板桥霜。
　　槲叶落山路,枳花明驿墙。
　　因思杜陵梦,凫雁满回塘[3]。

【注释】(1)此诗为温庭筠大中末年(约858)离开长安,经过商山时所作。商山:也叫楚山,在今陕西商州东南。　　(2)征铎(duó):上路的铃声。(3)凫(fú):水鸟名,俗称野鸭,能飞。

【今译】晨风催我入征程，马铃叮当；客行他方思故乡，悲萦肝肠。鸡鸣声里离茅店，回首朦胧月光。人行石板桥上，足迹叠印秋霜。槲叶片片落山路，枳花朵朵照驿墙。梦回杜陵归未得，思绪如那凫雁，栖息在故乡回塘。

【点评】温诗向以艳丽著称，此则为其诗集中少有的清新之作。首联点明"早行"之"悲"，简洁凝练。颔联六个极典型的意象状"早行"之景，有视觉有听觉，有远景有近景，未明写行人，行人已在其中，纯然天籁之语，并无一字虚设。颈联再写景，又与上联不同。"落"字"明"字的嵌入，化静为动，顿挫有致，使整个画面明亮了许多，并生动起来。但诗人终究没有忘记其"悲"，故尾联借"梦"婉言思乡之情，既照应了首联，又拓宽了诗意。

【集说】圣俞尝语余曰："诗家虽率意，而造语亦难。若意新语工，得前人所未道者，斯为善也。必能状难写之景，如在目前，含不尽之意，见于言外，然后为至矣。……又若温庭筠'鸡声茅店月，人迹板桥霜'……则道路辛苦，羁愁旅思，岂不见于言外乎？"（欧阳修《六一诗话》）

刘梦得"神林社日鼓，茅店午时鸡"，温庭筠"鸡声茅店月，人迹板桥霜"，皆佳句。然不若韦苏州"绿阴生昼静，孤花表春余"。（曾季狸《艇斋诗话》）

《三山老人语录》云："六一居士喜温庭筠诗：'鸡声茅店月，人迹板桥霜。'尝作诗云，'鸟声梅店雨，野色柳桥春。'效其体也。"（何汶《竹庄诗话》）

"鸡声茅店月，人迹板桥霜。"人但知其能道羁愁野况于言意之表，不知二句中不用一二闲字，只提掇出紧关物色字样，而音韵铿锵，意象具足，始为难得。若强排硬叠，不论其字面之清浊，音韵之谐舛，而云我能写景用事，岂可哉？（李东阳《怀麓堂诗话》）

温庭筠《商山早行》诗，有"鸡声茅店月，人迹板桥霜"，欧阳公甚嘉其语，故自作"鸟声茅店雨，野色板桥春"以拟之，终觉其在范围之内。（朱承爵《存馀堂诗话》）

句中不着一虚字，而旅行之辛苦，客思之苍凉，自在言外。读者须知其诗味也。（俞陛云《诗境浅说乙编》）

（杜晓勤　陈瑜）

五言律诗

马　戴

　　马戴(799—869)，字虞臣，曲阳(今江苏东海)人。武宗会昌四年(844)，与项斯、赵嘏为同榜进士。宣宗大中(847—860)初年，在太原幕中任掌书记，因直言被贬为龙阳尉。懿宗咸通(860—874)末，参佐大同军幕。官终太学博士。长于五言律诗，善用白描的手法，言简意赅地写出情景交融的境界，体物细腻，抒情委婉，富于韵致。《全唐诗》录存其诗二卷，《全唐诗外编》补录二首。

楚江怀古[(1)]

露气寒光集，微阳下楚丘[(2)]。
猿啼洞庭树，人在木兰舟。
广泽生明月，苍山夹乱流。
云中君不见[(2)]，竟夕自悲秋。

【注释】(1)大中初年，马戴被贬龙阳(今湖南汉寿县)尉，徘徊于洞庭湖畔湘江之滨,触景感怀,写下五律三章,此为其一。　　(2)楚丘:楚山。　　(3)云中君:云神丰隆。亦为屈原《九歌》中的篇名。

【今译】雾气与寒光同时汇集在江上,光线微弱的太阳落下了楚丘。猿猴在洞庭湖边树丛中啼叫,诗人乘坐着湘江上的木兰舟。辽阔的洞庭湖上升起一轮明月,苍茫的山峦间泻下条条乱流。屈原赞美的云中君无法见到,整个夜里我只好暗自伤心悲秋。

【点评】此诗作于诗人被贬为龙阳(今湖南汉寿县)尉赴任途中,彼时诗人正行舟于湘江之上。诗中所写,有一个时间过程,从微阳初下开始,写到明月初升,再延续到夜尽("竟夕")。景色随时间的推移与小船的行进而不断变化,诗人高洁而伤感的情怀也时时流泻于疏淡轻浅的景色描写之中。前六句写景,切"楚江";末两句抒情,落到"怀古"上。在屈子行吟之地怀念屈原,希望见到"云中君",当是表明自己的志洁行芳。向往而"不见",这就加重了诗人心底原有的那份伤感与悲愁,故全诗以"悲秋"二字作结,并以此遥应篇首所写的凄冷的秋色。"猿啼"一联,以其属对工巧、意境优美,更以其笔墨简淡而又韵致绵长,成为千古传诵的名句。

【集说】马戴《楚江怀古》:……前联(按:指"猿啼"联)虽柳恽不是过也。晚唐有此,亦希声乎! 严羽卿称戴诗为晚唐第一,信非溢美。(杨慎《升庵诗话》)

"猿啼洞庭树,人在木兰舟",真不减柳吴兴《回乐峰》一章 (按:当是李益《夜上受降城闻笛》之误),何必王龙标、李供奉! (王世贞《艺苑卮言》)

晚唐诗,今昔咸推马戴。按戴与贾岛、姚合同时,其称晚唐,犹钱、刘之称中唐也。其诗惟写景为工,如"返照开岚翠""残日半帆红""宿鸟排花动",皆佳句也。至如"虹霓侵栈道,风雨杂江声""猿啼洞庭树,人在木兰舟",每读此语,便真若身游楚、蜀。(贺裳《载酒园诗话又编》)

唐人佳句,有可以照耀古今,脍炙人口者,如……马戴之"猿啼洞庭树,人在木兰舟。"……此等句,当与日星河岳同垂不朽。(王寿昌《小清华园诗谈》)

五言律诗

二语(指"猿啼"二句)连读,乃见标格。(沈德潜《唐诗别裁》)

"猿啼洞庭树,人在木兰舟",风格高逸。(高步瀛《唐宋诗举要》)

唐人五律,多高华雄厚之作。此诗以清新婉约出之,如仙人乘莲叶轻舟,凌波而下也。首二句言楚丘凝望,正残阳欲下之时,露点未浓,露气已集,写出薄暮嫩凉天气。三、四句绝无雕琢,纯出自然,风致独绝,而伤秋怀远之思,自在言外。读者当于虚处会其微意也。五、六句言因水阔故明月早生,因山多故乱流夹泻,乃楚江所见之景。收句说明怀古意,借云中君以托想。谓其恋阙怀人,亦尤不可也。(俞陛云《诗境浅说甲编》)

(陈志明)

灞上秋居⁽¹⁾

灞原风雨定,晚见雁行频。
落叶他乡树,寒灯独夜人。
空园白露滴,孤壁野僧邻。
寄卧郊扉久⁽²⁾,何门致此身⁽³⁾。

【注释】(1)此诗写诗人秋居灞上的寂寞心境。灞上,即灞陵,在今陕西西安市东南。 (2)郊扉:扉,门,此指房屋。郊扉即郊居。 (3)致此身:《论语·学而》,"事君能致其身。"此指出仕做官,以此身为国君尽力。

【今译】灞原上秋声渐沥秋雨初停,暮色中天空飞过群群大雁。袅袅秋风吹落异乡树叶,如豆寒灯伴一夜不寐游魂。空疏小园白露潸潸坠落,独居寒舍闲云野僧相邻。久居郊野渴盼报效朝廷,不知何年才能奉献此身?

【点评】秋风秋雨愁煞人,雨歇风停愁未尽。"频",既点明雁群之多,又暗示急于南归的凄惶,雁犹如此,人何以堪?中间两联,对仗工整。眼前,落叶飘零、露滴有声,独影伴孤灯;窗外荒园空疏、尘嚣远离,与野僧为邻。"落叶"二句,以名词构成密集意象,与温庭筠"鸡声茅店月,人迹板桥霜"同工。末两句直接道出诗人感慨,既是自问,更是问人,致身之意如此急迫,而一个

"久"字,却写尽了怀才不遇的苍凉。写眼前景,内心情,锤炼字句而无斧凿之痕。

【集说】纪谓晚唐诗人马虞臣骨格独高,信然!

崔涂《除夜有感》次联,可与马虞臣"落叶他乡树"两句媲美。(高步瀛《唐宋诗举要》)

此诗纯写闭门寥落之感。首句即言灞原风雨,秋气可悲,迨雨过而见雁行不断。惟其无聊,久望长天,故雁飞频见,明人诗所谓"不是关山万里客,那识此声能断肠"也。三、四言落叶而在他乡,寒灯而在独夜,愈见凄寂之况,与"乱山残雪夜,孤烛异乡人"之句相似。凡用两层夹写法,则气厚而力透,不仅用之写客感也。五句言露滴似闻微响,以见其园之空寂。六句言为邻仅有野僧,以见其壁之孤峙。末句言士不遇本意,叹期望之虚悬,岂诗人例合穷耶?(俞陛云《诗境浅说甲编》)

(李达武)

291

五言律诗

周 繇

周繇(yáo)(生卒年不详)。字为宪,池州青阳(今属安徽)人。少年时家贫,大中十年至十四年游襄阳,为山东东道节度使徐商幕僚。咸通十三年(872)登进士第,调福昌县尉,后升任建德县令。作诗苦吟,造诣精深,时人号"诗禅"。多为登临题咏、送别应酬之作。《直斋书录解题》著录有诗集一卷,《全唐诗》录其诗二十三首。

望 海[1]

苍茫空泛日,四顾绝人烟。
半浸中华岸,旁通异域船。
岛间应有国,波外恐无天。
欲作乘槎客[2],翻愁去隔年。

【注释】(1)这首诗写诗人伫立海边远眺时的所见所思。 (2)槎:木筏。

【今译】苍茫辽阔的大海,翻卷吞吐着太阳。我伫立在海边,放眼遥望,不见人迹,四周一片荒凉。海水拍打着脚下的海岸,异国的船只驶过身旁。那群岛间想必有国家,波涛外恐怕没有天堂。我想乘着木筏去远游,又发愁何日才能返故乡。

【点评】首联写大海的广阔和海边的荒凉,"苍茫空泛日"写出了大海吞吐日月的雄浑气象。诗人面对此景,会看到什么,想到什么呢?下面依次写来。颔联写推测:"应有""恐无"表明诗人只是想象,他自己也拿不准是否有"国"、有"天"。尾联写自己的设想与担忧,既想去远游,又忧心难以回乡,有对乡土的难舍,也有对波外异域的担忧。与苏轼"我欲乘风归去,又恐琼楼玉宇,高处不胜寒"有异曲同工之妙。

【集说】余谓咏海何难万言,惟简而该为贵也。读"岛间知有国,波外恐无天",爽然自失矣。(沈德潜《唐诗别裁》)

(孙明君)

五言律诗

杜 荀 鹤

杜荀鹤(846—904),字彦之,号九华山人,池州石埭(今安徽太平)人。出身寒微,四十六岁才中进士,后任五代梁太祖(朱温)翰林学士,知制诰,在位五日而卒。常忤触官僚缙绅,险至遭害,其反映唐末社会动乱及民间疾苦的诗,在当时颇有影响,其他一些抒情、写景、酬赠小诗亦清新可读。有《唐风集》。

春 宫 怨

早被婵娟误⁽¹⁾,欲妆临镜慵⁽²⁾。
承恩不在貌,教妾若为容⁽³⁾。
风暖鸟声碎,日高花影重。
年年越溪女⁽⁴⁾,相忆采芙蓉。

【注释】(1)婵娟:指美好的容貌。　(2)慵:懒,困倦。　(3)若为容:怎样打扮,意指打扮也没有用。　(4)越溪:即若耶溪,在浙江绍兴,是西施浣纱之地,此处借指宫女的家乡。

【今译】早年因为容貌美丽被误选入宫中;想要对镜梳妆打扮却又意态懒惰。得到恩宠不在于美貌,教我打扮又有何用。户外暖风微吹鸟声繁碎,丽日高照花影重重。我真想念年年在越溪浣纱的女伴,怀念当年自由欢快地采撷着芙蓉。

【点评】美貌本意味着幸运,但因此而被选入孤寂的深宫,这便成了一种不幸,故着一"误"字,因貌所误而进宫,故不愿再装扮;又因"承恩不在貌",故打扮无用,致使宫女疑惑不解、欲妆又罢,见出宫禁之无理、宫女之怨情。颈联写户外景色:春风送暖,鸟语清脆,丽日高照,花枝招展,极力渲染春光之浓烈艳丽,以其与孤寂深宫形成强烈对比,并引逗出尾联宫女对昔日自由欢娱时光的追忆,益见今日紧闭深宫的无奈与凄苦。前四句意在"宫"字,着眼貌"误",后四句意在"春"字,着眼乐景;前四句正写,后四句反衬诗歌。将"春"与"宫"连成一片,突现怨情,于平淡中见凄婉。

【集说】杜荀鹤诗鄙俚近俗,惟《宫词》为唐第一,云:"早被婵娟误……"故谚云,"杜诗三百首,唯在一联中。'风暖鸟声碎,日高花影重'"是也。(魏庆之《诗人玉屑》)

惟《春宫怨》一联云:"风暖鸟声碎,日高花影重。"为一篇警策。(严有翼《艺苑雌黄》)

回忆盛年以自伤也,须曲体此意。(沈德潜《唐诗别裁》)

此诗虽为宫人写怨,哀窈窕时感贤才,作者亦以自况。失意文人望君门如万里,与寂寞宫花同其幽怨已。(俞陛云《诗境浅说甲编》)

(储兆文)

五言律诗

唐

崔　涂

崔涂(生卒年不详),字礼山,江南人。僖宗光启年间进士。久客巴、蜀、湘、鄂、秦、陇间,诗多羁旅别愁之作,情调抑郁低沉。《全唐涛》存其诗一卷。

除夜有感⁽¹⁾

迢递三巴路⁽²⁾,羁危万里身⁽³⁾。

乱山残雪夜,孤烛异乡人。

渐与骨肉远,转于僮仆亲。

那堪正漂泊,明日岁华新。

【注释】(1)此诗一作《巴山道中除夜书怀》。除夜,即除夕之夜。　(2)迢递:山路遥远,起伏连绵。三巴:指巴山一带。　(3)羁危:羁旅危困。

【今译】巴山道路,崎岖连绵,逶迤无际,羁旅危困,离家万里,我孑然一身。森然的乱山,残雪的夜,孤燃的蜡烛,飘零的人。与亲人逐渐远离,与僮仆反而转亲。哪里能忍受如此漂泊,除夕一过,明天岁序又将更新。

【点评】诗之主旨在于表现旅人的孤苦无依、蹭蹬失意。巴山道路的崎岖绵长反衬孤独者踽踽独行的艰难困苦，森然矗立的乱山、无声飘落的雪花、寒冷阑珊的残夜、微弱流泪的孤烛，烘托出一种凄神寒骨的氛围，从阴鸷的自然中见出旅人的弱小堪怜、孤寂落寞。不仅受自然的威逼，而且游子离家万里，举目无亲，故转而与僮仆相依为命，这种天涯漂泊本已无法忍受，况又逢岁序更新的除夜。前四句写景，于烘托、反衬中见孤旅之苦。颈联叙事，貌似平淡，语不涉苦，已甚堪忧。结语沉痛迫切，岁月流逝，游宦无成，忧心如焚之情更在不言之中。

【集说】读之如凉雨凄风飒然而至。此所谓真诗，正不得以晚唐概薄之。（贺裳《载酒园诗话又编》）

颔联名俊。"孤客亲僮仆"（王维《宿郑州》诗句），何许简贵！衍作十字，便不及前人。（沈德潜《唐诗别裁》）

说尽苦情苦境矣。（吴乔《围炉诗话》）

（颔联）可与马虞臣"落叶他乡树"媲美。（高步瀛《唐宋诗举要》）

（储兆文）

五言律诗

　　齐己(生卒年不详),唐代诗僧。俗姓胡,名得生。长沙(今属湖南)人,一说益阳(今属湖南)人。自号衡岳沙门。少年颖悟,七岁能诗。为僧后曾游湘江一带。后入都,居长安数载,遍览终南山、华山等名胜。齐己性情孤洁,其诗于清润平淡中见僻远冷峭之致。工五言律,"虽颇沿武功(姚合)一派,而风格独遒"(《四库全书总目》)。有《白莲集》十卷。

剑　　客⁽¹⁾

拔剑绕残樽⁽²⁾,歌终便出门。

西风满天雪,何处报人恩⁽³⁾。

勇死寻常事,轻仇不足论⁽⁴⁾。

翻嫌易水上,细碎动离魂⁽⁵⁾。

【注释】(1)此篇歌咏豪侠之士。　(2)樽:古代盛酒的器具。　(3)报人恩:得人之恩而为人报仇。　(4)不足论:不值一提。　(5)末二句用荆轲典故。《战国策·燕策三》:燕太子丹遣荆轲刺秦王,将别,"太子及宾客知其事者,皆白衣冠以送之。至易水上……高渐离击筑,荆轲和而歌,为变徵之声,士皆垂泪涕泣。又前而为歌曰:'风萧萧兮易水寒,壮士一去兮不复还。'复为羽声慷慨,士皆瞋目,发尽上指冠。于是荆轲就车而去,终已不顾。"齐己这里是反用其典,认为荆轲临行前尚悲戚哀歌,不够豪爽。齐己此见,显然受了贾岛的影响。贾岛《壮士吟》诗云:"壮士不曾悲,悲即无回期。如何易水上,未歌先泪垂。"不过齐己此处言荆轲"细碎动离魂",乃是为了反衬"剑客"的豪爽大义。

【今译】侠士酒后气益壮,起身拔剑长歌啸。迎风逆雪出门去,恩主有仇何不报?英勇战死寻常事,轻仇细事不须告。遥想荆轲易水上,哀歌洒泪令人笑。

【点评】前半以叙笔为主,言侠士之形态;后半以议论为主,言侠士之心态。末二句以反衬之法,尤显英雄豪爽气概。

【集说】诗中佳句,有宜于作绝句者,有宜于作律诗者。……余尝欲删齐己《剑客》诗、赵微明《古离别》二首后四语,作绝句乃佳。《剑客》云:"拔剑绕残樽,歌终便出门。西风满天雪,何处报人恩?"《古离别》云:"为别未几日,一日如三秋。犹疑望可见,日日上高楼。"前诗写剑客行径风生,后诗写思妇痴情可掬,赘后四语,其妙顿减。(贺裳《载酒园诗话》)

豪爽,何尝是僧诗?(沈德潜《唐诗别裁》)

世外人偏作此雄壮语,岂是寻常缁衲?(黄周星《唐诗快》)

(孟二冬)

299

五言律诗

七言律诗

沈 佺 期

沈佺期(约656—713),字云卿,相州内黄(今河南内黄)人。上元二年(675)进士。武后时为考功郎,迁给事中,因谄附张易之流放驩州。中宗神龙时(705—707)召回,官至太子少詹事。律体靡丽精密,长于七言,多应制之作,内容贫薄。与宋之问齐名。有《沈佺期集》。

古意呈补阙乔知之[(1)]

卢家少妇郁金堂[(2)],海燕双栖玳瑁梁[(3)]。
九月寒砧催木叶[(4)],十年征戍忆辽阳[(5)]。
白狼河北音书断[(6)],丹凤城南秋夜长[(7)]。
谁为含愁独不见[(8)],更教明月照流黄[(9)]。

【注释】(1)古意:指此诗是拟古乐府。《乐府诗集》收入《杂曲歌辞》,题作《独不见》。乔知之武后朝曾任讽谏言官补阙。 (2)这句本于梁武帝萧衍《河中之水歌》(一作乐府古辞):"河中之水向东流,洛阳女儿名莫愁。十

五嫁为卢家妇……卢家兰室桂为梁,中有郁金苏合香。"郁金:珍贵香料。郁金堂:燃有郁金的堂室。 (3)海燕:又称"越燕"。玳瑁(dài mào):一种海龟,甲呈黑黄相间的花纹。玳瑁梁:指涂饰成玳瑁色的屋梁。 (4)砧(zhēn):捣衣石。此句意思是"寒砧九月催木叶"。备寒衣的九月正是树叶开始凋落的时候。 (5)辽阳:泛指辽东(今属辽宁)一带。 (6)白狼河:即今辽宁省的大凌河。 (7)丹凤城:《列仙传》中秦穆公女儿弄玉善吹箫,引动凤凰飞降咸阳城,故名。后来成为京城的别称。此指长安。 (8)谁为:为谁,为何。一说"谁使"。独不见:乐府《杂曲歌辞》题名。《乐府解题》,"独不见,伤思而不见也。"这里用其意。 (9)流黄:黄紫色的绢,指帏帐。

【今译】卢家少妇闷坐在郁金香烟缭绕的华堂,海燕双双栖居在涂饰着玳瑁色的屋梁上。萧萧九月寒风传来的捣衣声催落木叶,漫漫十年奔赴守卫东北边疆思念辽阳。那白浪河北报平安的家信已早早中断,这丹凤城南极寂寥的秋夜悠悠而漫长。为什么伤思含愁独处而不能相聚相见,又让朗朗明月照亮身旁黄紫色的帏帐?

【点评】烘托衬映是这首诗最显著的特色。把城南少妇说成"卢家少妇",即以古托今,不隐不露。起句无动词,含化无迹。唐人"罗帏翠被郁金香"(卢照邻),"一片孤城万仞山"(王之涣)即用此法。"郁金堂""玳瑁梁",还有篇末的"流黄",以见居室华美。独处偌大的有"梁"之"堂",袅袅的香烟飘动悠然不尽的情思。"海燕"指明时当春天而泯去"春"字,故"九月"衔接自然。依偎寄寓"双栖"中,独居者无赖自可想见。春去秋来,非止一年,于回映的"十年"可见。"寒砧催木叶"锻句惊警:落叶好像不是被秋风吹掉,而是让砧杵声"催"(敲)掉,这是闻秋(秋风、砧声)而惊所"催"动的特定心态的反射。落叶声可闻,分明在说秋风劲扫,因而捣衣声就有"寒砧"的感觉。温丽的"郁金堂"的人有了"寒"意,自然触动"忆辽阳"的思念,何况已历"十年征戍"。年年秋风"寒",岂能没有撞心"催"的切肤敏感?"十年"所带出的"音书断"老在心里折腾:平安否?饥寒否?存亡否?如此翻腾,怎能不"秋夜长"呢?秋风、寒砧、木叶、辽阳、河北、征戍一齐向她围来,真有些受不了,怨恨喷薄而出:为什么如此"含愁"而又"独不见"?余怨未息,连透窗照帏的明月也都成了不顺心的东西,进而茫然地责怪又是"谁"唆使,恼人而不知趣!此诗中四句以彼烘衬此,全由一心相系。末二句运用乐府流畅的句法入律,别有风调。"白狼""丹凤"借对生色。对仗句的后半虽欠工稳,却一气呵成。不失为七律创始期的翘楚。

【集说】从起入颔,羚羊挂角;从颔入腹,独茧抽丝。第七句狮吼雪山,龙含秋水。合成旖旎,韶采惊人。古今推为绝唱,当不诬。其所以如大辨才人说古今事理,未有豫立之机,而鸿纤一致,人但歆歆于其珠玉。(王夫之《唐诗评选》)

长律至沈而工,较杜、宋实为严整。然唯"卢家少妇"篇,首尾温丽,馀亦中联警耳。(贺裳《载酒园诗话又编》)

沈詹事《古意》,《文苑英华》与本集题下皆有"赠补阙乔知之"六字。因詹事仕则天朝,适乔知之作补阙,其妾为武承嗣夺去,补阙剧思之,故作此,以慰其决绝之意,言比之征夫戍妇,无如何也。故结云"谁谓",言不料至此也。后补阙竟以此事致死,此行文一大关系者。……故张南士云:"詹事《古意》,即《三百》遗制,内极其哀痛,外极其艳丽。"(毛奇龄《西河诗话》)

云卿《独不见》一章,骨高气高,色泽情韵俱高,视中唐"莺啼燕语报新年"诗,味薄语纤,床分上下。(沈德潜《说诗晬语》)

此诗只首句是作旨本义,安身立命正脉。盖本为荡妇室思之什,而以"卢家少妇"实之,则令人迷,如《古诗》以"西北高楼""杞梁妻"实歌曲一样笔意。本以燕之双栖兴少妇独居,却以"郁金堂""玳瑁梁"等字攒成异彩。五色并驰,令人目眩,此得齐梁之秘而加神妙者。三、四不过叙流年时景,而措语沉著重稳。五、六句分写行者、居者,匀配完足,复以"白狼""丹凤",攒染设色,收拓开一步,正是跌进一步。曲折圆转,如弹丸脱手。(方东树《昭昧詹言》)

姚姬传曰:"高振唐音,远包古韵,此是神到之作,当取冠一朝矣。"(高步瀛《唐宋诗举要》引)

(魏耕原)

七言律诗

305

李 颀

　　李颀(？—约753)，望出赵郡(今河北赵县)人。家居河南颍阳(今河南登封西)。玄宗开元二十三年(735)进士及第。曾官至乡尉，因久不得调，愤而归隐，直至去世。隐居时对学佛读经、求仙炼丹颇为醉心。李颀为盛唐著名边塞诗人，其描写音乐、人物、咏史、怀古诸作亦有佳篇。尤擅七律、七古二体，形式规范，音节洪亮，风格朗畅，气势雄壮，尤为明代诗人所推崇。《全唐诗》存诗三卷。

送魏万之京⁽¹⁾

朝闻游子唱离歌⁽²⁾，昨夜微霜初渡河。

鸿雁不堪愁里听，云山况是客中过。

关城树色催寒近，御苑砧声向晚多⁽³⁾。

莫见长安行乐处，空令岁月易蹉跎⁽⁴⁾。

【注释】(1)此诗疑作于天宝十三载(754)秋冬。魏万，后改名颢，居王屋山。十三载,万前往东南一带寻访李白,甚得白赞赏,并作诗赠别。疑万别白后,赴长安应举,途经洛阳遇李颀,颀作此篇劝勉他。 (2)离歌:告别之歌。一作"骊歌",意同。 (3)御苑:指长安皇宫禁苑。砧声:捣衣声。(4)蹉跎:荒疏,虚度年华。

【今译】昨夜微霜悄悄爬满河岸,今晨却要同你洒泪唱一曲离别之歌。雁声嘹唳,怅惘凄切,令人不堪辛听,山间云雾缥缈,前路茫茫,更使人惊心动魄。关城萧瑟,寒气使树木凋零变色,御苑月夜,千家万户捣衣更多。不要把长安当作行乐之地,放荡冶游,空使岁月蹉跎。

【点评】此诗前半表达挚友离别之情,后半劝诫友人当及时努力,不要虚度光阴。一腔心意,皆以景色作衬托,含而不露却情蕴丰厚。首二句用倒载法,极为得势,次两句用倒装手法强化物象,又以"不堪""况是"两虚字前后呼应,往复顿挫,转接奇横。

【集说】盛唐脍炙佳作。(胡应麟《诗薮》)

一是正写题,如云:"子欲别耶?"二是题前添写一句,如云:"时至秋矣。"三却趁便反先接题前添写之一句,如云:"秋且不堪。"四方仍接正写题,如云:"乃又别乎?"质言之,只是如此四句,而其手法转接离即,妙至于此,真绝调也。五言一年轻轻又便过也。六言一日轻轻又便过也。如此轻轻一日,又轻轻一日;轻轻一年,又轻轻一年,岁不我与,转盼老至,然则特地之京,竟为何事?君子赠人以言,此"行乐""蹉跎"之四字,无谓今日言之不早也。(《金圣叹选批唐诗》)

言昨夜微霜,游子今朝渡河耳,却炼句入妙。中四情景交写,而语有次第。(方东树《昭昧詹言》)

(李浩)

七言律诗

王　维

王维(692—761),字摩诘,太原祁州(今山西祁县)人。开元九年(721)进士,任大乐丞,累官至给事中。安史乱起,被迫署伪职。两京收复后,获罪贬职,官终尚书右丞,世称王右丞。王维一生究心禅理,中年起,优游于辋川别业,过着半官半隐的闲适生活。历经丧乱后,更是专心事佛。其诗明净清新,精美雅致,擅长描摹自然风光,在盛唐诗坛上,堪与李白、杜甫相提并论,鼎足而三。王维又是杰出的画家,通晓音乐,善以画理、乐理、禅理融入诗歌创作之中,苏轼曾称其"诗中有画""画中有诗"。他的诗各体皆长,尤以五言律、绝成就最高。有《王右丞集》。

出　塞　作[1]

居延城外猎天骄[2],白草连天野火烧。
暮云空碛时驱马[3],秋日平原好射雕。
护羌校尉朝乘障,破虏将军夜渡辽[4]。
玉靶角弓珠勒马[5],汉家将赐霍嫖姚[6]。

【注释】（1）题下原注："时为御史，监察塞上作。"当作于开元二十五年（737）三月，王维以监察御史身份奉使出塞时。 （2）天骄：原为匈奴自称，借指唐朝时的吐蕃。"猎天骄"是天骄打猎的倒装。 （3）碛（qì）：沙漠。（4）护羌校尉、破虏将军：汉代武官名，借指唐军将士。乘：登上；障，塞上险要之处，蔽以奸寇的地方。 （5）玉靶：饰玉柄的剑。勒：马络头。珠勒马：指鞍辔华贵的骏马。 （6）霍嫖姚：霍去病，汉武帝时名将，曾任嫖姚校尉。这里借指崔希逸，时崔希逸任河西节度副大使，与吐蕃作战获胜。

【今译】吐蕃军队在居延城外打猎侵扰，莽莽草原一堆堆篝火遍地燃烧。暮色苍茫，骑兵在大漠驱马驰骋，秋草衰微，猎手在原野弯弓射雕。我军将士清晨就登上要塞，又连夜出击将强敌征讨。天子嘉奖得胜的将士，把玉柄剑、宝弓和名马赐给边军主帅作赏犒。

【点评】"白草连天野火烧"渲染了整个画面的紧张气氛。"空碛时驱马""平原好射雕"承前"居延城外猎天骄"，渲染声势和气氛，紧锣密鼓声中，正酝酿着一场大风暴，真有一触即发之势，暗示了边疆的军情紧迫。后四句写唐军将士士气高昂，速战速决。此诗语言精练，骨力雄浑，声调响亮，盛唐前期的七律之作中，不可多得。

【集说】"居延城外猎天骄"一首，佳甚，非两"马"字犯，当足压卷。（王世贞《全唐诗说》）

自然缜密之作，含意无尽，端自《三百篇》来，次亦不失《十九首》，不可以两押"马"字病之。意写张泉边事，吟之不觉。（王夫之《唐诗评选》）

上言疆场有警，下言命将出师，一结得"彤弓弨兮，受言藏之"意。（沈德潜《唐诗别裁》）

此是古今第一绝唱，只是声调响入云霄。居延塞也，外则出矣。前四句目验天骄之盛，后四句侈陈中国之武，写得兴高采烈，如火似锦，乃称题。收赐有功得体，浑颢流转，一气喷薄，而自然有首尾起结章法。其气若江海水

之浮天,惟杜公有之;不及杜公者,以用意浮而无物也。(方东树《昭昧詹言》)

看他起笔"居延城外"四字,三、四"暮"字、"时"字、"秋"字、"好"字,却似一道紧急边报然。……前解不写得如此,便不足以发我之怒;后解不写得如此,便不足以制彼之骄。(金圣叹《贯华堂选批唐才子诗》)

(王从仁　余娟)

李 白

李白(701—762),字太白,号青莲居士,生于安西都护府碎叶城(今巴尔喀什湖南之楚河流域),约5岁时随父迁居绵州昌隆(今四川江油昌隆)青莲乡。青年时即离蜀漫游各地,天宝初供奉翰林,不久即遭谗去职。安史乱起,因参加永王李璘幕府,被牵连得罪,长流夜郎,途中遇赦东还。晚年漂泊于东南一带,卒于当涂。李白心性豪迈,傲岸不羁,诗风雄健奔放,绚丽多彩,极富浪漫情调,被称为"诗仙"。其诗现存九百余首,有《李太白集》三十卷。

登金陵凤凰台⁽¹⁾

凤凰台上凤凰游,凤去台空江自流。
吴宫花草埋幽径⁽²⁾,晋代衣冠成古丘⁽³⁾。
三山半落青天外⁽⁴⁾,一水中分白鹭洲⁽⁵⁾。
总为浮云能蔽日,长安不见使人愁。

【注释】(1)约在天宝三载(744)以后,被排挤出长安的李白南游来到金

陵,写下这首著名的七律。凤凰台:在金陵凤凰山上,相传南朝宋元嘉年间有凤凰翔集于此,乃筑台以凤凰命名。 (2)吴宫:一作"吴时"。三国时吴国都城在金陵。 (3)衣冠:指世族、士绅。成古丘:谓昔人已死,空留下古坟。 (4)三山:在今南京西南长江东岸,以有三峰而得名。 (5)白鹭洲:长江中的小洲,在今南京水西门外。

【今译】金陵凤凰台上,曾有凤凰来游;如今凤去台空,只剩江水奔流。昔日吴宫的花草,已被幽径掩埋;晋代的世族士绅,也委身累累荒丘。看那江边的三山,昂首挺立直插云霄;把江水一分为二的,是秀美的白鹭洲。天上的浮云,遮蔽了太阳的光辉;望不见长安,心中生出无限忧愁。

【点评】首联从传说落笔,连用三"凤"字,一唱三叹,情韵悠扬。凤凰从游到去,再到"台空江自流",分明寓有好景难再、世事茫茫的感慨,从而为下文怀古做好气氛的渲染。三、四两句紧承上意,由凤凰台所在地联想到曾建都于金陵的吴、晋二朝,借"花草埋幽径""衣冠成古丘"形象地表明:往古的繁华、兴盛已随着时间的流逝一去不返,眼前所能看到的,只有荒芜的幽径和累累的古丘。这里,诗人巧妙地把历史的变迁和凤凰台的变化联系在一起,使得景中有事,事中含理,读来令人百感丛生。五、六两句突作转折,写登台所见景色之壮丽。"半落",有虚有实,半隐半现,见出山势之高大;"中分",将沙洲兀立江中,使江水一分为二的壮观显露无遗。两句诗对仗工丽,境界雄阔,确是难得的佳联。末二句写登台所感,气氛又趋低沉。"浮云蔽日",暗示君主(日)为奸邪小人(浮云)所欺蒙,从中透露出诗人愤懑于朝的政治遭遇和有志难展的苦闷情怀。"长安不见",如果只是由于地理上的距离遥远,那是可以克服的;如今却主要是由于"浮云蔽日",非主观努力所能改变,故以"使人愁"三字作结,言尽意远,耐人寻味。

　　此诗从传说写起,即景生情,或怀古,或写景,或抒怀,其间有起有落,有放有收,任情写去,工丽之中别有一种英爽之气,兼具律诗和古诗的长处。前人多以为此诗是仿崔颢《黄鹤楼》诗而作,每有贬词。实际上,二诗各有佳境,读者细品可矣。

【集说】古人服善,太白过黄鹤楼,有"眼前有景道不得,崔颢题诗在上

唐诗观止

头"之句。至金陵,遂为《凤凰台》诗以拟之。今观二诗,真敌手棋也。若他人,必次颢韵,或于诗板之傍别着语矣。(刘克庄《后村诗话》)

其开口雄伟、脱落雕饰俱不论,若无后两句,亦不必作。(《唐诗品汇》引刘辰翁语)

爱君忧国意,远过乡关之念,善占地步矣。(瞿佑《归田诗话》)

"使人愁"三字总结"幽径""古丘"之感,与崔颢《黄鹤楼》落句语同意别。宋人不解此,乃以疵其不及颢作,觌面不识而强加长短,何有哉！太白诗是通首浑收,颢诗是扣尾掉收;太白诗自《十九首》来,颢诗则纯为唐音矣。(王夫之《唐诗评选》)

崔诗直举胸情,气体高浑,白诗寓目山河,别有怀抱,其言皆从心而发,即景而成,意象偶同,胜境各擅,论者不举其高情远意,而沾沾吹索于字句之间,固已蔽矣。至谓白实拟之以较胜负,并谬为"槌碎黄鹤楼"等诗,鄙陋之谈,不值一噱也。(《唐宋诗醇》)

(尚永亮)

七言律诗

崔颢

崔颢(704？—754)，汴州(今河南开封)人。开元十一年(723)中进士，天宝中曾任尚书省司勋员外郎。早期诗多写闺情，流于浮艳。后历边塞，诗风变为雄浑奔放。明人辑有《崔颢集》。

黄鹤楼[1]

昔人已乘黄鹤去[2]，此地空余黄鹤楼[3]。

黄鹤一去不复返[4]，白云千载空悠悠[5]。

晴川历历汉阳树[6]，芳草萋萋鹦鹉洲[7]。

日暮乡关何处是[8]，烟波江上使人愁[9]。

【注释】(1)黄鹤楼：旧址在今湖北省武汉市长江大桥武昌桥头黄鹤矶上，背靠蛇山。 (2)昔人：指仙人。一指三国蜀人费文樟骑鹤登仙，曾在黄鹤楼上憩息；一说仙人王子安曾乘鹤经过黄鹤楼。 (3)空余：空留。(4)不复返：不再返回来。 (5)千载：千年。形容时间很长。悠悠：飘荡貌。(6)晴川：指日照下的汉江。历历：清晰可数。汉阳：今湖北省武汉市汉阳区。　（7）萋萋:花草茂盛貌。鹦鹉洲:长江中的小洲,位于黄鹤楼东北。
（8）日暮:黄昏。乡关:故乡。　　（9）烟波:烟霭笼罩的江面。

【今译】传说中的仙人乘鹤飞去,踪迹杳然,把这空阔的黄鹤楼,留在大
江边。黄鹤飞走了,仙人也不复返,这一座古楼停贮在云雾中,长存人间。
鹦鹉洲上有一片碧绿的芳草覆盖,千百年来只看见悠悠白云阳光照耀下的
汉阳树木清晰可见。暮日楼头,看不到哪里是我的故乡,唯见烟波浩渺的江
水,碧浪连天,令人发愁。

【点评】古人作诗讲究句锻字炼,"百炼为字,千炼成句",在用字上作推
敲功夫。推敲的好处是使诗歌"辞约而内容丰富,语少而余味无穷",而且富
于音乐的节律感;但有时也走向其反面,过分地雕琢,使语言失去自然。依
照诗的规矩,第一句说了黄鹤,二、三句就应该避讳,诗人却"直言其事",一、
二、三句"黄鹤"接连出现,违反了诗歌语言锤炼的常规,但我们读了却觉得
精彩。在意感上,一而再,再而三的黄鹤升空,映衬了第四句的"白云千载空
悠悠";在语感上,明白晓畅,接近于生活口语化的诗语,没有华丽的辞藻,没
有复杂的修辞,好似诗人在和自己的朋友说话一样。口语入诗,新鲜活泼,
富有生活情趣。

【集说】此诗前四句不拘对偶,气势雄大。李白读之,不敢再题此楼,乃
去而赋登金陵凤凰台也。（方回《瀛奎律髓》）
　　偶尔得之,自成绝调,然不可无一,不可有二,再一临摹,便成窠白。（纪
昀《瀛奎律髓刊误》）
　　改首句黄鹤为白云,则三句黄鹤无根,饴山老人批唐诗,鼓吹论之详矣。
此诗不可及者,在意境宽然有余,此评最是。（纪昀《瀛奎律髓刊误》）
　　白云悠悠,不觉添出芳洲之树,却明露凑泊,此故可思。（纪昀《瀛奎律
髓刊误》）
　　此千古擅名之作,只是以文笔行之,一气转折。五六虽断写景,而气亦
直下喷溢,收亦然。所以可贵。（方东树《昭昧詹言》）
　　起有飘然之致,观太白《凤凰台》,《鹦鹉洲》诗学此,方知工拙。（王闿
运《唐诗选》）

（陈绪万）

315

七言律诗

刘　长　卿

　　刘长卿(714—约789)，字文房，郡望河间(今属河北)，籍贯宣城(今属安徽)，因曾久居洛阳，故又自称洛阳人。约天宝末年至至德年间登进士第。肃宗时曾任长洲(今江苏苏州)尉，因事被贬为南巴(今广东电白区)尉。德宗时官终随州(今湖北随州市)刺史，世称刘随州。刘长卿清才冠世，生性刚直，多忤权贵，虽两遭迁斥，而终不改其节。其诗炼饰邃密，而又委婉多讽，尤以五言成就最高，曾自诩为"五言长城"。现存诗五百余首，有《刘长卿集》《刘随州集》等不同卷本。

长沙过贾谊宅[1]

三年谪宦此栖迟，万古惟留楚客悲[2]。
秋草独寻人去后，寒林空见日斜时[3]。
汉文有道恩犹薄，湘水无情吊岂知[4]。
寂寂江山摇落处，怜君何事到天涯[5]。

【注释】(1)题一作《过贾谊宅》。贾谊:西汉著名政论家,曾被贬为长沙王太傅,后召还任梁怀王太傅。梁怀王坠马死,他也伤恨而死,年仅三十三岁。贾谊宅:故址在今长沙市区西北,相传是贾谊被贬为长沙王太傅时所居。刘长卿因得罪权贵,被贬为潘州南巴(今广东茂名)尉,这首诗是他赴贬所路过长沙时所作。 (2)谪宦:被贬官。栖迟:栖身、滞留之意。楚客:客游楚地之人。这两句说贾谊被贬至长沙虽只居留三年,而"悲"留万古。 (3)这两句写旧宅萧条寂寞的景象和诗人惆怅迷惘的心情。贾谊在长沙时所作《鵩鸟赋》中有"庚子日斜兮,鵩集予舍""野鸟入室兮,主人将去"等句子,这里的"人去后""日斜时"便暗用赋中文字。 (4)汉文:汉文帝。历来认为他是有道之君,历史上曾有"文景之治"的美誉。恩犹薄:指贾谊未受汉文帝的重用。"湘水"句:贾谊在长沙时,曾渡湘水凭吊屈原,作《吊屈原赋》以自伤。作者此时凭吊贾谊,同样也是自伤,湘水和死者是不知的,故有"吊岂知"语。 (5)君:指贾谊,也用以自况。

【今译】贾谊贬官来此间,冷落滞留整三年。万古流传悲愁气,楚客至今心亦然。人去宅空秋草闲,日暮斜阳照林寒。虽道汉文有治绩,不见恩蒙贾谊贤。湘水无情自流去,我今吊君知音难。江山寂寞草木凋,不知何故至荒远。

【点评】此诗借凭吊贾谊故宅以自伤,切题切情,婉转哀怨。"三年"与"万古"二句对举,愈显悲怨之浓、之深。"人去""日斜"暗用贾谊赋句,又配之以"秋草独寻""寒林空见",尤见寂寞愁苦之态。"汉文"二句顿挫转折,深情无限。末句故作设问,曲折一层写出怜惜之情。

【集说】后四句语语打到自家身上,怜贾正所以自怜也。(黄生《唐诗摘钞》)

全篇借贾生以自喻,结句"何事"二字,非罪远谪,包含有味。(何焯《唐律偶评》)

首二句叙贾谊宅。三四"过"字。五六入议。收以自己托意,亦全是言外有作诗人在,过宅人在。所谓魂者,皆用我为主,则自然有兴有味,否则有

317

七言律诗

诗无人,如应试之作,代圣贤立言,于自己没涉。公家众口,人人皆可承当,不见有我真性情面目。试掩其名氏,则不知为谁何之作。张冠李戴,东餐西宿,驿传诸胥,不能作我家当也。(方东树《昭昧詹言》)

前解写过贾生故宅,后解所以深惜贾生而自悲摇落也。(王尧衢《古唐诗合解》)

此诗要旨,全在结末一句。时长卿谪居长沙,曰"怜君"者,正所以自怜也。君何事而来此天涯寂寞之乡,岂不为谗口之故? 然则己之到此,亦必有谗之者,盖借以自况也。(王文濡《唐诗评注读本》)

(孟二冬)

杜 甫

杜甫(712—770),字子美,号少陵野老,一号杜陵野客、杜陵布衣,原籍襄阳(今湖北襄樊市),出生于河南巩义。年轻时应进士举,不第,漫游齐、赵,后客居长安十年。安史乱中投奔唐肃宗,授左拾遗。收复长安后被贬为华州司功参军。不久弃官入蜀,定居成都浣花溪草堂。严武任西川节度使时,表为检校工部员外郎。严武死后携家出蜀,漂泊江南,病逝于江湘途中。杜甫成长于一个奉儒守官的家庭,具有强烈的济世热情,特别是安史之乱爆发后,他用诗笔真实地反映了时代的灾难、人民的疾苦及本人的不幸,被誉为"诗史"。他的作品感情深厚、沉郁悲壮,极富现实主义色彩,又被称为"诗圣"。其诗今存一千四百余首,有《杜少陵集》二十五卷。

曲 江⁽¹⁾

一片花飞减却春⁽²⁾,风飘万点正愁人。
且看欲尽花经眼⁽³⁾,莫厌伤多酒入唇⁽⁴⁾。
江上小堂巢翡翠⁽⁵⁾,苑边高塚卧麒麟⁽⁶⁾。
细推物理须行乐⁽⁷⁾,何用浮名绊此身⁽⁸⁾。

七言律诗

【注释】(1)此诗作于唐肃宗乾元元年(758)春。原作二首,此为其一。曲江:即曲江池。其遗址在今西安市东南郊。唐代为著名风景游览区。(2)一片:一朵花瓣。 (3)"且看"句:按照诗意应是"且看经眼花欲尽"。经眼:曾经欣赏过的。 (4)"莫厌"句:按照诗意应是"莫厌入唇酒伤多"。伤多:此指酒已过量。 (5)江:指曲江池。翡翠:翡翠鸟。 (6)苑:指芙蓉苑。 (7)物理:事物的道理。 (8)浮名:一作"浮荣",指虚幻的功名利禄。

【今译】一瓣花儿被风吹落,春色就开始退减,更何况,我的眼前,是风飘花落千万片!看一看,我曾欣赏的花儿快要凋残,就不要推辞酒已过量,多喝点也能解解心烦。水鸟筑巢栖身的地方,是曲江池上华丽的堂殿。芙蓉苑边荒冢上,护坟的麒麟倒在草间。想想这无情的盛衰更变,就应该及时行乐。为什么要留恋浮名,把自己死死羁绊?

【点评】此诗作于在长安任左拾遗时。作者借看花饮酒事抒写人生失意之情。首联直写惜春之情。一瓣花飞已使春色大减,何况今日所见乃"风飘万点",再以"正愁人"三字作断语,貌似平淡,感慨殊深。颔联借饮酒抒写无可奈何之心情。"经眼"之花行将飘尽,故而只能以酒浇愁。"莫厌"乃自我劝解,足见诗人心情之沉痛。"江上"二句,突然荡开去,写曲江衰景,由物情转入世情,顿使"惜春"之心更富深厚意蕴。翠鸟巢于江边小堂,麒麟卧于荒冢之下,物是人非,犹如繁华散尽,如此更迭,直逼出尾联:莫以浮名绊身,且行眼前之乐。首尾圆合,意在言外。

【集说】起句语甚奇,意甚远,花飞则春残,谁不知之?不知飞一片而春便减,语之奇也。(王嗣奭《杜臆》)

上四,曲江景事;下四,曲江感怀。一片花飞至于万点欲尽,此触目之堪愁者,故思借酒以遣之。且见堂空无主,任飞鸟之栖巢;冢废不修,致石麟之僵卧,物理变迁如此,尤须借花酒以行乐,何必恋恋于浮名哉!公殆将解职而有慨欤!(仇兆鳌《杜诗集详注》)

唐诗观止

此章言物理推迁，且须遣之于酒。五、六整炼，极振得起，要即是"经眼""愁人"之意。"推物理""花飞""巢""卧"俱该。"须行乐"，把酒入唇莫缓也。（浦起龙《读杜心解》）

"一片花飞减却春"，言花初落也；"风飘万点正愁人"，言花大落也；"且看欲尽花经眼"，言花落尽也。"一片""万点""减却春""正愁人""欲尽经眼"，情景渐次而深，兴起第四句以酒遣怀之意。"小堂巢翡翠"，言失位犹有可意事。"高塚卧麒麟"，言富贵终有尽头时。落花起兴至此意已完。"细推物理须行乐"，因落花而知万物有必尽之理。"细推"者，自一片、万点、落尽、饮酒、塚墓，皆在其中，以引末句失官不足介怀之意。此体子美最多。（吴乔《围炉诗话》）

（杨恩成）

野　望⁽¹⁾

西山白雪三城戍⁽²⁾，南浦清江万里桥⁽³⁾。
海内风尘诸弟隔，天涯涕泪一身遥。
惟将迟暮供多病，未有涓埃答圣朝。
跨马出郊时极目，不堪人事日萧条。

【注释】（1）此诗作于上元二年（761）杜甫流寓成都时。当时诗人已五十岁，壮志未酬且流落天涯，家中亲人天各一方难通音信，中原战乱未息，内忧外患使诗人十分忧虑，悲哀难禁，又自伤老病得不到报国机会，故写下此诗。（2）西山：在成都西，又名雪岭。三城：界于吐蕃，为蜀边要害。　（3）万里桥：在成都杜甫草堂附近。

【今译】白雪覆盖的西山护卫着三城，万里桥横跨城南清澈的锦江。内地处处都有战争的烟尘，兄弟们被分隔在遥远的异乡。我孤身一人漂泊在天涯，思念亲人呀总是泪满衣裳。无可奈何呀我已是迟暮的年纪，常常病魔缠身，如晚照斜阳。惭愧的是自己没有多少功绩，来报答朝廷以慰衷肠。骑着马来到郊外我极目远望，世事日益萧条，令人无比忧伤。

七言律诗

【点评】前两句从"西山白雪"的远景写到"清江万里桥"的近景,点明地域与时令,颔联将时空一笔拉大,在"海内"与"天涯","诸弟隔"与"一身遥"的对比联想中,表现出悲凄、萧条的情绪。后半由思家自然转到思国,表现出极其真切的爱国情感。尤其是"惟将迟暮"句,读来深沉厚重,感人肺腑。结句忧虑时局,不能开心,诗人强烈的责任感和赤诚之心跃然于纸面之上。

【集说】前半思家,后半思国。(沈德潜《唐诗别裁》)

孙僅所云:"夐邈高耸,若凿太虚而嗷万窍",此类是已。流连光景,何足语此?(《唐宋诗醇》)

前六句先写情事索窦,末乃云"跨马出郊时极目,不堪人事日萧条",触目感伤,言简意透。(张谦宜《絸斋诗谈》)

(刘东风)

闻官军收河南河北⁽¹⁾

剑外忽传收蓟北⁽²⁾,初闻涕泪满衣裳。

却看妻子愁何在,漫卷诗书喜欲狂⁽³⁾。

白日放歌须纵酒⁽⁴⁾,青春作伴好还乡⁽⁵⁾。

即从巴峡穿巫峡,便下襄阳向洛阳⁽⁶⁾。

【注释】(1)代宗宝应元年(762)冬。唐军收复洛阳、相州、幽州等地,第二年(广德元年)正月,叛军残部相继投降,历时八年之久的安史之乱终于结束。吃尽战乱之苦,这时正流寓梓州(今四川三台)的杜甫听到这个消息,狂喜之余,写出这首激情洋溢的七律名篇。官军:作者称唐政府军为"官军",与安史叛军相区别。河南河北:指黄河以南以北地区。 (2)剑外:四川剑阁以南,指梓州一带。蓟北:指蓟门以北,即今北京和河北省东北部。(3)漫卷:随意地收拾。 (4)白日:晴朗的日子。含义双关,既写春日,又象征战争平息后的和平景象。 (5)青春:明媚的春光。 (6)巴峡:在今湖北省巴东县西。巫峡:在今四川省巫山县东。洛阳:杜甫幼时在洛阳生活时间很长。故以洛阳为故乡。

【今译】遥远的剑门关外，忽然传来官兵收复蓟北的消息，我一听到又悲又喜，热泪滚滚流淌，洒满了衣裳。再看妻子和儿女，她们脸上的忧愁也一扫而光，我胡乱地收拾起书卷，心情激动简直要发狂。趁着这晴朗的日子，我要痛饮美酒放声歌唱，让那明媚的春光陪伴我，回到久别的故乡。我要马上动身，快快从巴峡穿过巫峡，经过襄阳便直奔日夜盼望的东都洛阳。

【点评】"忽传"二字起势迅猛，表现出诗人惊喜欲绝的情态。"初闻"句承之，写出突闻捷报那一刹那的心理情态，逼真传神，妙笔生花。诗人历经流离颠沛，国家多年兵连祸结，如今战乱将息，得此喜讯，一时悲喜交加，难以自制，故而"涕泪满衣裳"。复杂的感情、心理的变化，从这形象的描写中得以充分体现。次联顺势而下，落脚于"喜欲狂"，用"却看妻子""漫卷诗书"两个连续动作，表现心中的狂喜。颈联则是"喜欲狂"的进一步描写。放歌纵酒写出"狂"态，"青春作伴好还乡"是"狂"想，由"狂"态而至"狂"想，情绪的发展变化层级递进，一浪高过一浪。尾联更是一气贯注。诗人身在梓州，心已飞向归乡路途。"巴峡""巫峡""襄阳""洛阳"四个地方距离漫长，而诗人用"即从""穿""便下""向"贯串之，有河出龙门，一泻千里之势。

【集说】杜诗强半言愁，其言喜者，惟寄弟数首，及此作而已。言愁者使人对之欲哭，言喜者使人读之欲笑，盖能以其性情达之纸墨，而后人之性情，类为之感动故也。使舍比而徒讨论其格调，剿拟其字句，抑末矣！（黄生《杜工部诗说》）

此诗句句有喜跃意，一气流注，而曲折尽情，绝无妆点，愈朴愈真，他人决不能道。（仇兆鳌《杜诗详注》引王嗣奭语）

八句诗，其疾如飞。题事只一句，馀俱写情。得力全在次句，于情理，妙在逼真，于文势，妙在反振。三、四以转作承。第五乃能缓受。第六上下引脉。七、八紧申"还乡"。生平第一首快诗也。（浦起龙《读杜心解》）

一气流注，不见句法字法之迹。（沈德潜《唐诗别裁》）

惊喜溢于字句之外，故其为诗，一气呵成，法极无迹，末联撒手空行，如

七言律诗

唐

懒残履衡岳之石，旋转而下，非有伯昏督人之气者不能也。(《唐宋诗醇》)

（刘东风）

登　楼⁽¹⁾

花近高楼伤客心，万方多难此登临⁽²⁾。

锦江春色来天地⁽³⁾，玉垒浮云变古今⁽⁴⁾。

北极朝廷终不改⁽⁵⁾，西山寇盗莫相侵⁽⁶⁾。

可怜后主还祠庙⁽⁷⁾，日暮聊为梁甫吟⁽⁸⁾。

【注释】(1)此诗作于唐代宗广德二年(764)春，是时杜甫客居成都已五个年头。　(2)万方多难：广德元年(763)正月，官军方收复河南河北，平定了历时八年的安史之乱，十月，吐蕃即攻陷长安，代宗出奔陕州；郭子仪收复京师，迎驾归还不久，吐蕃又破松、维、保等州(今四川北部)，继而又攻陷剑南、西山等州郡。时局动荡，祸乱相仍，故谓之"万方多难"。　(3)锦江：源出四川灌县，流经成都入岷江。　(4)玉垒：山名，在今四川茂汶羌族自治县。(5)北极：北极星，居北天正中，这里象征大唐王朝。　(6)寇盗：指吐蕃侵略者。　(7)后主：即蜀汉后主刘禅，因宠信宦官而亡国。祠庙：刘禅在成都配享先主庙的祠堂。　(8)梁甫吟：诸葛亮遇刘备前喜欢吟诵的古诗。

【今译】登楼望春近看繁花游子越发伤心，到处都是战乱，举目遥望，怎不黯然伤神！滚滚的锦江给天地间带来无尽的春色，玉垒山的浮云，令人想到盛衰变幻的古今。今日的朝廷已非昔比，却稳如北极星辰。来犯的寇敌且莫猖狂，玩火者终将自焚！可气可叹，历史上荒淫误国的刘后主，暮色苍茫中，我想起了诸葛贤相，只好唱出这首梁甫悲吟！

【点评】"伤客心"三字统摄全篇。"客"，令人想到诗人"万里悲秋常作客"的际遇；"客心"本已堪伤，何况是暮年作客？更何况为客时"万方多难"？心即已伤，则登高所见景物无不皆染悲情，故"花"堪伤，"春色"亦堪伤，且景愈丽，伤情愈重，所谓以景衬哀，倍增其哀也。"来天地""变古今"，

一写空间广阔,一写时间漫长,而时、空中已自深寓沧海桑田、悲凉苍茫之感。颈联由眼前景联系现实,借"终""莫"二字,直抒信念,反客为主,从感伤中振起。然而,信心、正气并不能改变"万方多难"的现实,故尾联抚今怀古,由古观今,化用历史上后主刘禅和诸葛亮事,发为世无明君复无贤相的日暮长叹。至此,诗人那颗悲伤的"客心"便愈发显得沉重了。

此诗结构严谨,情思凝重,格调沉郁悲壮,为杜甫最有代表性的作品之一。

【集说】七言难于气象雄浑,句中有力,而纤徐不失言外之意。自老杜"锦江春色来天地,玉垒浮云变古今"与"五更鼓角声悲壮,三峡星河影动摇"等句之后,常恨无复继者。(叶梦得《石林诗话》)

七言如"锦江春色来天地,玉垒浮云变古今"……字中化境也。(胡应麟《诗薮》)

黜后主者,所以警时王耳。(唐汝询《唐诗解》)

声宏势阔,自然杰作。……"花近高楼",春满眼前也;"伤客心",寇警山外也。只七字,涵盖通篇。(浦起龙《读杜心解》)

气象雄伟,笼盖宇宙,此杜诗之最上者。(沈德潜《唐诗别裁》)

律法甚细,隐衷极厚,不独以雄浑高阔之象,凌轹千古。(《唐宋诗醇》)

起二句分点题面,各纬以情事,则不同平语。三句写景,乃从登楼所见如此言之,雄警阔大。四句治乱相寻。五、六情而措语深厚沉著。吐蕃陷京,郭公反正吐蕃。收出场亦即所见以志感。(方东树《昭昧詹言》)

(尚永亮)

七言律诗

白　帝[(1)]

白帝城中云出门[(2)],白帝城下雨翻盆。
高江急峡雷霆斗,古木苍藤日月昏。
戎马不如归马逸[(3)],千家今有百家存。
哀哀寡妇诛求尽[(4)],恸哭秋原何处村。

【注释】(1)此诗作于大历元年(766)秋。时诗人漂泊西南,从白帝雨景自然联想到战乱后中原大地的凋残景象。白帝:古城名,在今四川奉节县东白帝山上。 (2)城中云出门:一作"城头云若屯"。 (3)戎马:战马。归马:从事耕种的马。此借马为喻,谓战乱可厌,安宁为好。 (4)诛求:横征暴敛。

【今译】团团乌云涌出白帝城门,白帝城下立刻大雨倾盆。高江急峡似有雷霆激斗,浓云暴雨,古木苍藤,天昏地暗。经战乱倍觉安定的可贵,战火后千家仅有百家幸存。最为哀伤的是因战乱失去丈夫的妇女们还被赋敛盘剥得精光净尽,她们那一声声悲痛的哭嚎,响起在辽阔秋原的荒村。

【点评】上半写景,下半写情;写景则苍茫雄浑,写情则沉郁悲凉。这是老杜律诗的典型格局,此诗亦然。前半是雨中景。"雷霆斗"三字,声态并作,摄倾盆雨中高江急峡之魂。"日月昏"三字,则见云之浓、雨之大、木之古、藤之苍,又暗点时之乱,总上启下,自然与社会并写。"戎马"句点出"千家今有百家存",以及形成"寡妇"之因。如此时世,又加之以"诛求尽",非但寡妇哀哀,诗人亦哀耳!

【集说】杜诗起句,有歌行似律诗者……如"白帝城中云出门,白帝城下雨翻盆"是也。然起四句一气滚出,律中带古何碍!唯五、六掉字成句,词调乃稍平耳。(仇兆鳌《杜诗详注》)

自是率笔,结语少陵本色。(浦起龙《读杜心解》)

(李乃龙)

秋　兴(1)

玉露凋伤枫树林,巫山巫峡气萧森。

江间波浪兼天涌,塞上风云接地阴。

丛菊两开他日泪(2),孤舟一系故园心。

寒衣处处催刀尺(3),白帝城高急暮砧(4)。

唐诗观止

【注释】(1)本组诗共八首,大历元年(766)秋作于夔州。此为其一。永泰元年(765)五月,诗人离开成都欲回故乡,未能如愿。故诗云"丛菊两开"。(2)他日:指往日。 (3)刀尺:剪刀、尺子,裁衣的用具。 (4)砧(zhēn):捶布时垫在底下的器具。

【今译】白露摧残凋落了火红色的枫林,那巫山巫峡中秋气萧瑟阴森。长江的滚滚波浪连天涌起,江上的风云连接边塞的战云。滞留西南已见菊花两度开放,想起前尘往事使人泪洒衣襟。乘一叶孤舟漂泊万里之外,梦魂牵绕是那思念故园之心。寒风里一家家都在赶制冬衣,渐晚渐急的捣衣声不忍听闻!

【点评】在杜甫众多的悲秋之作中,《秋兴八首》最为著名。诗人以五十五岁之龄和飘零流落之身,面对萧条的秋色和江河日下的国运,发出这沉郁苍凉的悲唱,读来撼人心肺。第一首是诗人悲秋心态的总说。前四句点明季节、地点,以浓重的笔墨,勾勒出了萧飒凄厉的深秋景象,烘托出悲凉的气氛:玉露横飞,枫林凋落;巫山巫峡,阴沉晦昏;波浪滔天,风云匝地,令人觉得有无限秋色秋声充塞于宇宙之中。一边是阴惨的环境,一边是动乱的时局;一边是身如不系之舟的万里漂泊,一边是念念难以忘怀的故国之思。它们混合在一起,有力地渲染了诗人的忧国之情和孤独抑郁之感。

【集说】笼盖包举一切,皆在"丛菊两开"句联上景语,就中带出情事,乐之如贯珠者,拍板与句,不为终始也。挨句截然,以句范意,则村巫傩歌一例,以俟知音者。(王夫之《唐诗评选》)

发兴四句,便影时事,见丧乱凋残景象。(仇兆鳌《杜诗详注》引王嗣奭语)

首句拈"秋",次句拍"夔"。"江间""塞上",紧顶"夔"。"浪涌""云阴",紧顶"秋"。尚是纵笔写。五、六则贴身起"兴","他日""故园"四字,包举无遗。……历历前尘,屡洒花间之"泪";悠悠去国,暗伤客子之"心"。发兴之端,情见乎此。第七仍收"秋",第八仍收"夔",而日"处处催",则旅泊

七言律诗

经寒之况,亦吞吐句中,真乃无一剩字。(浦起龙《读杜心解》)

首章乃八章发端也。"故园心"与四章"故国思",隐隐注射。(沈德潜《唐诗别裁》)

钱谦益曰:"首篇颔联悲壮,颈联凄紧,以节则杪秋,以地则高城,以时则薄暮,刀尺苦寒,急砧促别。末句标举兴会,略有五重,所谓嵯峨萧瑟,真不可言。"(《唐宋诗醇》引)

起句下字密重,不单侧佻薄,可法,是宋人对治之药。三、四沉雄壮阔。五、六哀痛。收别出一层,凄紧萧瑟。(方东树《昭昧詹言》)

(尚永亮)

咏怀古迹[1]

摇落深知宋玉悲[2],风流儒雅亦吾师。
怅望千秋一洒泪,萧条异代不同时[3]。
江山故宅空文藻,云雨荒台岂梦思[4]?
最是楚宫俱泯灭,舟人指点到今疑。

【注释】(1)本组诗作于大历元年(766)客居夔州时。原作五首,此为其二。 (2)摇落:宋玉《九辩》有"悲哉秋之为气也,萧瑟兮草木摇落而变衰"句。 (3)"萧条"句:意谓身世相类而生不同时。 (4)"云雨"句:用宋玉《高唐赋》中楚怀王遇神女故事。

【今译】"草木摇落而变衰",我深知宋玉此语的悲凄。我佩服宋玉的文采风流,愿将他作为我师法的范例。回望千年前烟尘风雨,禁不住心中惆怅一洒泪滴。我们虽然没生活在一个时代,但都身世飘零,遭遇如一。人已作古,故宅犹存,文章传世,亦是空虚。《高唐赋》里的云雨荒台,难道说的全是梦里情思?最可叹楚宫已荡然无存。舟人虽指点旧址,也难令人释疑。

【点评】宋玉身世飘零,是可悲;其人已作古却有文章传世,是可慰;而文章被后人误解,又是可悲;楚宫已废而宋宅犹存,供人凭吊,则是可慰。诗意千回百转,实足借悲宋玉以自悲,借慰宋玉以自慰。

【集说】玉悲摇落,而公云"深知",则悲与之同也。故"怅望千秋",为之"洒泪";谓玉萧条于前代,公萧条于今代,但不同时耳。不同时而同悲也。今故宅无主,空存文藻;楚台亦荒,谁为梦思?最是楚宫即灭,而舟人过此,到今有行云行雨之疑;知玉所存虽止文藻,而有一段灵气行乎其间,其"风流儒雅"不曾死也,故吾愿以为师也。(王嗣奭《杜臆》)

因宅而咏"宋玉",亲"风雅"也。四人中,独宋玉文章与公相似,通古今为气类,故以"摇落知悲"起兴,而以"风雅吾师"推之。三、四空写,申"知悲"。五、六实拈,申"吾师"。言宅已故而犹传者,以"文藻"增华,对江山而感叹也。岂徒以"云雨台"存,劳吾"梦思"已乎!结以"楚宫泯灭",与故宅相形,神致吞吐,抬托愈高。(浦起龙《读杜心解》)

怀宋玉亦所以自伤。言斯人虽往,文藻犹存,不与楚宫同其泯灭,其寄慨深矣。(沈德潜《唐诗别裁》)

顾宸曰:"李义山诗云:'襄王枕上元无梦,莫枉阳台一段云。'得此诗之旨。"(《唐宋诗醇》引)

一意到底不换,而笔势回旋往复有深韵。七律固以句法坚峻、壮丽、高朗为贵,又以机趣凑泊、本色自然天成者为上乘。(方东树《昭昧詹言》)

(李乃龙)

登　高⁽¹⁾

风急天高猿啸哀⁽²⁾,渚清沙白鸟飞回⁽³⁾。
无边落木萧萧下⁽⁴⁾,不尽长江滚滚来。
万里悲秋常作客⁽⁵⁾,百年多病独登台⁽⁶⁾。
艰难苦恨繁霜鬓⁽⁷⁾,潦倒新停浊酒杯⁽⁸⁾。

【注释】(1)此诗作于大历二年(767)秋在夔州时。诗人于重阳节登高远眺,在一片萧瑟景象面前,激起了身世飘零的感慨。　(2)猿啸哀:巫峡多猿,鸣声凄厉。　(3)渚(zhǔ):水中的小洲。回:回旋。　(4)落木:落叶。

萧萧：秋风吹动枯叶的声音。　(5)万里：指诗人离家万里。常作客：长期漂泊他乡。　(6)百年：犹一生。多病：当时杜甫患有肺病、风湿病、糖尿病等多种疾病。独：孤独一人。　(7)艰难：指自己的艰难处境，也指时局的纷乱动荡。繁霜鬓：白发日多。　(8)潦倒：衰颓、失意。此句指因患肺病而停酒。

【今译】高天里凄紧的秋风，吹送着阵阵猿声的悲哀，洁净的小洲白沙闪闪，群鸟不停地飞翔徘徊。无边无际的落叶萧萧而下，奔腾不息的长江滚滚涌来。常常在万里外漂泊为客，心中充满难以排遣的悲秋情怀，更何况暮年的我体衰多病，此时又独自一人登上高台。时世艰难已使我霜染两鬓，潦倒失意又不能举酒畅怀！

【点评】诗前四句写登高所见，描绘出一幅风急天高、猿啼鸟飞、树叶纷纷凋落、江水奔腾涌流的壮阔而萧瑟的秋景。其中天、风、沙、渚、猿啸、鸟飞等物象错陈，而丝毫不觉繁乱，一一相对，却毫不板滞而极流畅自然。十四个字字字精当，形、声、色、态也跃然而出，意境悠远。"落木萧萧"为下联写出"悲秋"的兴象；"长江滚滚"自然引起诗人对韶光易逝、壮志难酬的感怆，沉郁悲凉，动人心魄。后四句抒写诗人个人的种种感慨。"万里悲秋"两句十四个字容量极大，如：异乡为"客"；经"常"如此；离家"万里"，孑然孤"独"；"登台"生新愁；逢"秋"而兴"悲"；一生"多病"；况已"百年"过半。无限悲愁之绪淋漓尽致得以表现。末联放言直抒平生"艰难""潦倒"，而今连借以浇愁的酒也不能喝了，读来越发悲怆难收。全诗八句皆对仗，并未使人感到雕琢、堆垛、板滞，反而自然天成，可见其艺术造诣之炉火纯青。

【集说】杜"风急天高"一章五十六字，如海底珊瑚，瘦劲难名，沉深莫测，而精光万丈，力量万钧。通章章法、句法、字法，前无昔人，后无来学。微有说者，是杜诗，非唐诗耳。然此诗自当为古今七言律第一，不必为唐人七透律第一也。(胡应麟《诗薮》)

一篇之内，句句皆奇，一句之中，字字皆奇。(胡应麟《诗薮》)

尽古来今，必不可废。结句生僵，不恶，要亦破体特断，不作死板语。

（王夫之《唐诗评选》）

八句皆对，起二句对举之中仍复用韵，格奇而变。昔人谓两联俱可裁去二字，试思"落木萧萧下，长江滚滚来"，成何语耶？（沈德潜《唐诗别裁》）

气象高浑，有如巫峡千寻，走云连风，诚为七律中稀有之作。后人无其骨力，徒肖之于声貌之间，外强而中干，是为不善学杜者。（《唐宋诗醇》）

通体用紧调，雄健严肃，七律第一格。（张谦宜《茧斋诗谈》）

前四句景，后四句情。一、二碎，三、四整，变化笔法。五、六接递开合，兼叙点，一气喷薄而出。此放翁所常拟之境也。收不觉为对句，换笔换意，一定章法也；而笔势雄骏奔放，若天马之不可羁，则他人不及。（方东树《昭昧詹言》）

起结皆用对句，一提便起，一勒便住，忘其为对偶。首句于对仗中兼用韵，分之有六层意，合之则写其登高纵目，若秋声万种，排空杂沓而来。中四句，风利不得泊，有一泻千里之势，纯以气行，而竟自见。五六句亦分六层意，而以融合出之。末句感时伤老，虽佳节开筵，而停杯不御，极写其潦倒之怀也。（俞陛云《诗境浅说丙编》）

（刘东风）

七言律诗

郎　士　元

郎士元（727？—780？），字君胄，中山（今河北定州）人。天宝十五载（756）中进士，宝应初，补渭南县尉。曾任右拾遗，后官至郢州刺史。其诗风与钱起相类，当时以钱、郎齐名，《唐诗纪事》列为"大历十才子"之一。高仲武《中兴间气集》上卷以钱起领首，下卷以郎士元领首，明确表示"压卷"之意，十分推崇。并说郎诗比钱诗"稍更娴雅"。时有语曰："前有沈、宋，后有钱、郎。"郎诗擅长五律，其七律、绝句亦有精警者。有《郎士元集》，《全唐诗》编存其诗一卷。

冯翊西楼[1]

城上西楼倚暮天，楼中归望正凄然。

近廓乱山横古渡[2]，野庄乔木带新烟[3]。

北风吹雁声能苦，远客辞家月再圆。

陶令好文常对酒[4]，相招一和白云篇[5]。

【注释】(1)冯翊(píng yì)：唐郡名,治所在今陕西大荔。　(2)廓：同"郭",外城。　(3)乔木：高大的树木。　(4)陶令：陶渊明(376—427),名潜,字元亮,东晋大诗人。因曾任彭泽令,故称。好(hào)：喜爱。　(5)和(hè)：依照别人诗词的格律或内容写作诗词。

【今译】冯翊城的西楼傍倚着暮色远天,我站在楼上回望故乡心中凄然。近处,外城和乱山横隔渡口,野外,村庄和树木弥漫着炊烟。北风呼呼,归雁声声,多么令人凄苦,远方游子,离家一月,今夜又逢月圆。昔日陶渊明常常喜欢独自对酒赋诗,不妨邀他来和上一首咏白云的诗篇。

【点评】深秋黄昏,因思乡而登楼归望,所闻所见,无不惆怅凄然,近廓古渡,野庄新烟,归雁,圆月,都是使人归心倍添的物事。然而游子他乡,空存浩叹而已。于是厌倦官场,无意仕途,进而引陶令为友,生归隐之心。处世偏于消极,格调不高。然做法却有可取之处。此诗首联领全篇之气,"归望"二字为全诗之眼,以下数语皆由此二字出之,"凄然"的气象笼罩全篇。与此相应的是诗中景色苍凉,意境暗淡。诗写别离之苦,思乡之情,有边塞诗的气氛,无边塞诗的雄浑豪放。三、四句写景尤佳。

【集说】首尾匀浃,兀举自遒。高仲武云："郎公近于康乐。"既不知谢,亦不知郎。郎诗自从潘、陆来,变为七言,风旨固在;七言之从谢出者,唯杜陵耳。一出笔,有三留三折,他人不能尔,亦不尔也。"能苦"二字是此诗一大败笔,今人所赏。(王夫之《唐诗评选》)

(李明)

七言律诗

司　空　曙

　　司空曙(720?—790?),字文明,洺州(今河北永年)人,"大历十才子"
之一。进士及第。初为洛阳主簿,后为左拾遗。德宗建中二年(782),谪为
长林(今湖北荆门)县丞。贞元元年(785)后,入剑南节度使韦皋幕府为幕
僚。贞元中,官任水部郎中,又转虞部郎中,官终此职。其诗多写身世、羁旅
之情,题材较窄,但诗风质朴清淡,经得起把玩,为历代诗论家所推许。有
《司空曙集》三卷。

长安晓望寄程补阙[1]

　　迢递山河拥帝京[2],参差宫殿接云平。
　　风吹晓漏经长乐,柳带晴烟出禁城[3]。
　　天净笙歌临路发,日高车马隔尘行[4]。
　　独有浅才甘未达,多惭名在鲁诸生[5]。

【注释】(1)此一作包何诗。《全唐诗》卷二百八包诗题作《长安晓望寄

程补阙》，又其末二句作"自怜久滞诸生列，未得金闺籍姓名"，余皆同。补阙：官职名，掌讽谏之职。　（2）迢递：高远貌。拥：拱卫、簇拥之意。帝京：即京城长安。　（3）漏：漏壶或漏刻的简称，古代计时的器具。长乐：宫名。《三辅黄图》，"长乐宫，本秦之兴乐宫也。高皇帝始居栎阳，七年，长乐宫成，徙居长安城。"禁城：紫禁城，指皇宫。　（4）"天净"二句：言京城升平景象。　（5）浅才：才疏学浅，诗人自指。鲁生：儒生。名在鲁诸生：名位在儒生之列。

【今译】山河雄伟拥京城，宫殿巍峨入云层。长乐宫中春风荡，漏壶一夜滴到明。日出云霞映皇宫，烟柳含态郁葱葱。歌舞升平临大道，车马扬尘匆匆行。世人得道皆有遇，我独抱璞难知逢，至今犹是一儒生。

【点评】首两句由远及近，由外及内，以烘托之法，极写京城、宫殿之壮观。"风吹"两句言春城美姿，"天净"两句颂政治升平。然末两句意思陡转，抒发怀才不遇之慨，竟使一篇美景反衬独悲之情，令人回味无穷。

【集说】中唐如钱起《和李元外寄郎士元》、皇甫曾《早朝》、李嘉祐《登阁》、司空曙《晓望》，皆去盛唐不远。（胡应麟《诗薮》）

夫山河之固，宫阙之丽，漏声之远，御柳之繁，天下之壮观也。（唐汝询《唐诗解》）

极形山河宫阙之壮丽，而己之虚名不遇，益觉可伤。（沈德潜《唐诗别裁》）

前解写长安晓望，后解写寄程补阙也。（王尧衢《古唐诗合解》）

大凡遇冠冕题目，最易涉痴肥一边，而此偏能以轻秀见长。（赵臣瑗《山满楼笺注唐诗七言律》）

（孟二冬）

335

七言律诗

韦 应 物

韦应物(737—791),京兆万年(今陕西西安)人。少任侠,曾以三卫郎事玄宗,后折节读书,历任滁州、江州、苏州刺史,世称韦苏州。韦诗以写山水田园著名,其五言诗"高雅闲澹,自成一家之体"(白居易《与元九书》)。有《韦苏州集》十卷。

自巩洛舟行入黄河即事寄府县僚友(1)

夹水苍山路向东,东南山豁大河通(2)。
寒树依微远天外,夕阳明灭乱流中(3)。
孤村几岁临伊岸,一雁初晴下朔风(4)。
为报洛桥游宦侣,扁舟不系与心同(5)。

【注释】(1)巩:古巩伯地,今河南巩义市。洛:洛水,源出陕西省洛南县冢岭山,东流经巩义市入黄河。　(2)豁:裂开。大河:黄河。　(3)依微:同"依稀",模糊不清。明灭:忽明忽暗。　(4)伊:伊水,源出河南省卢氏县熊耳山,东北流经嵩县、宜阳、洛阳、偃师,北流人于洛,亦称"伊川"。　(5)洛桥游宦侣:涛题所指"府县僚友"。"扁舟"句,语本《庄子·杂篇·列御寇》,"泛若不系之舟。"是说舟行水上,不系泊于岸边,正和心无所恋一样。此处有远离尘世之意。

【今译】两岸连山一水中,舟行东南黄河通。极目天外寒树尽,急流动荡夕阳红。不知何年孤村落,临此伊川伴涛声。秋雨初晴天地阔,一雁南征入朔风。此中真意君须记,我心若舟泛溟泓。

【点评】起二句气势高远,自然流走。"寒树"以下四句分写远景与近景,极尽描摹之态,深得舟行体验。对仗工整而层次分明,动静声色无不具,宛然一幅秋霁日暮舟行图。末二句就题生发,言其皈依自然、远离尘世之志。

【集说】(前解)读一、二,如读《水经注》相似,便将自洛入河,一路心眼都写出来;又如读《庄子》外篇《秋水》相似,便将出于涯涘,乃知尔丑,向不至于子之门,实见笑于大方之家,一段惭愧快活都写出来也。三、四"寒树""远天""夕阳""乱流",言山豁河通后,有如许境界也(前四句下)。

(后解)五、六,正双写末句"不系"之"心"也。"伊岸""孤村"为时已久,"朔风""一雁"现见初下。然而今日扁舟适来相遇,我直以为村亦不故,雁亦不新。何则?若言村故,则我今寓目本自崭新;若言雁新,则顷刻身移又成故迹。此真将何所系心于其间也乎(后四句下)!(金圣叹《贯华堂选批唐才子诗》)

"寒树"句画本,"夕阳"句画亦难到。"鹭鸶飞破夕阳烟""水面回风聚落花""芰荷翻雨泼鸳鸯",同是名句,然皆作意求工,少天然之致矣。山水云霞,皆成图绘,指点顾盼,自然得之,才是古人佳处。(沈德潜《唐诗别裁》)

起叙行程破题,历历分明。中二联写景如画。五、六切地切时,其妙远似文房。收寄友,古人无不顾题还题如是。(方东树《昭昧詹言》)

(孟二冬)

卢　纶

　　卢纶(约748—799),字允言,河中蒲州(今山西永济市)人。安史乱起,避难于邹阳(今属江西)。大历初,屡举进士不第。后补阌乡尉。迁官监察御史,终检校户部郎中。卢纶为"大历十才子"之一。诗多送别酬答,所作边塞诗风格雄浑苍劲。有《卢户部诗集》。

长安春望[1]

东风吹雨过青山,却望千门草色闲[2]。

家在梦中何日到?春生江上几人还[3]?

川原缭绕浮云外,宫阙参差落照间。

谁念为儒逢世难[4],独将衰鬓客秦关。

【注释】(1)诗或作于大历初诗人屡举进士不第滞留长安时。　(2)草:一作"柳"。　(3)生:一作"归",一作"来"。　(4)逢世难:一作"多失意"。

【今译】东风暖,春雨稠,满眼青山绿油油,长安城里千万户,门前柳色好闲幽。故乡只在梦里见,何日回到家门口?冬天去了春天回,江上可是有归舟?浮云绕平原,夕阳如血照宫楼。乱世书生谁顾念?一头白发作客帝王州。

【点评】此诗亦有老杜"国破山河在,城春草木深"之意。逢世难是一悲;衰鬓是一悲;作客是一悲;有家归不得是一悲;异乡柳色,不解人意,依依留人,又是一悲。层层渲染,凄凉至极。沈德潜谓"一语百媚",庶几近之。

【集说】二句(指次联)好!七言须有此,方不昧所自来。木纤。一结本色尽露。(王夫之《唐诗评选》)

"东风"七字,人谓只是写"春",不知便是写"望",如云此雨自我家中来也。"闲"字骂草,妙!如云无谓也、扯淡也。三恨自不得归,四又妒他人得归,活写尽不归人心口咄咄也。"川原"七字中有无数亲故,"宫阙"七字中止夕阳一人。"谁"字便是无数亲故也,"独"字便是夕阳一人也。(《金圣叹选批唐诗》)

遭乱意,上皆蕴含,至末点出。

夷犹绰约,风致天成。人诗贵一语百媚,大历十才子也;尤贵一语百情,少陵、摩诘是也。(沈德潜《唐诗别裁》)

(李乃龙)

七言律诗

杨 巨 源

杨巨源(755—?)，字景山，河中治所(今山西永济市)人。贞元五年(789)进士。历任太常博士、凤翔少尹、国子司业、河中少尹等职，长庆四年(824)退归乡里。一生吟咏，与令狐楚、白居易、刘禹锡、权德舆等相唱和，诗风清新明严。其近体诗格律工致，深受诗评家称赞。《全唐诗》编存其诗一卷。

和大夫边春呈长安亲故⁽¹⁾

严城吹笛思寒梅⁽²⁾，二月冰河一半开。
紫陌诗情依旧在⁽³⁾。黑山弓力畏春来⁽⁴⁾。
游人曲岸看花发⁽⁵⁾，走马平沙猎雪回。
旌旆朝天不知晚，将星高处近三台⁽⁶⁾。

【注释】(1)和：依照别人的诗的题材或体裁而作。大夫：这里指御史大大。此人疑为胡证。胡证，河中人，与杨巨源同乡，曾为单于大都护、御史大夫、振武节度使。杨巨源写有《重送胡大夫赴振武》诗,当时他在朝任秘书郎。呈:寄送。 （2）严城:高城。吹笛思寒梅:古笛曲有《梅花落》,内容多写游子思归之情。 （3）紫陌:旧指帝都的道路。这里代指京城长安。（4）黑山:即杀虎山。在今内蒙古自治区呼和浩特南面,唐代属单于大都护府。 （5）曲岸:指曲江。唐时的游赏胜地,花卉环周,烟水明媚,景致极佳。故址在今陕西西安东南郊。 （6）三台:天上有三台星,地上天子有三台:"有灵台以观天文,有时台以观四时施化,有囿台观鸟兽鱼鳖。"此有双层含义,偏指朝廷。安史之乱后,边将可加授使相,故云:"将星高处近三台。"

【今译】高高的城楼上,笛声悠长,《梅花落》的曲调,飘扬回荡。二月的冰河渐渐消融,预兆着春的再度来访。昔日帝都挥洒的诗情,依旧撩拨心房,今天黑山戍守的豪雄,最怕这迟到的春阳。京都游人曲岸看花,一脸春光,边塞征士踏雪狩猎,走马平岗。旌旗招展,回朝的日子不会再长,将星高挂,自有靠近三台的荣光。

【点评】全首诗意,由题目翻出。首联开门见山,道破题意,点边春,写思长安亲故。"思"字统领全篇。中间二联,就春、思写来,回忆以往,想象今朝,诗着一"畏"字,极准确地描摹出思念的真切。这四句的结构安排,也有独到之处,一句京都,一句边塞,对比交错,一句虚笔,一句实写,虚实结合,写出了"京都——边塞——京都"的联想思绪,而时空的超越,使诗境加深拓广。结句用建功立业互勉,作豁达语总收"思"绪。体现了诗人清新明严、深远平细的诗风,也反映出中唐一种"以道得人心中事为工,意尽而语竭"的特点。

【集说】巨源在元和时,诗韵不为新语,体律务实,功夫颇深,旦暮吟咏不辍。（计有功《唐诗纪事》）

此公七言,平远深细,是中唐第一高手。《纪事》称其不为新语,律体务实。所云新语者,十才子以降,枯枝败梗耳。虚实在神韵,不以兴比有无为别。如此空中构景,佳句独得,讵不贤于硬架而无情者乎? 以此求之,知此公之奏雅于郑卫之滨,曲高和寡矣。（王夫之《唐诗评选》）

七言律诗

此诗极写边城苦寒,而勉大夫卒成大功也。"吹笛",言思春而久不见春也;"冰开",言春动而还不似春也。"诗情""弓力",言主将方将切望春来而踏陌寻诗,而边人反又切恐春至而风吹角解也。前解写边城地气人情,其与中原色色不同,诚有如此。后解写边城地气人情如此,而大夫竟夷然安之也。言当彼中原之人曲岸看花之时,正我边城之人平沙猎雪之时。夫彼曲岸看花固乐,而我平沙猎雪亦有何者不乐,而又必用春为也耶?抑亦不宁唯是,便使今年不见春,明年复不见春,而我之心终亦不以入塞为晚。何则?戍愈久,功愈大,则将星愈高,此时朝天,便晋公孤,夫岂不快?而又肯以游春乱我心曲哉?(《金圣叹选批唐诗》)

(杨晓霭)

韩 愈

韩愈(768—824),字退之,河南河阳(今河南孟县)人,自谓郡望昌黎,后世称韩昌黎。贞元八年(792)进士,先后任宣武及宁武节度使判官。贞元末任监察御史,因上书言事贬阳山令。元和末随裴度平淮西,迁刑部侍郎。因上书谏阻宪宗迎佛骨,被贬潮州。穆宗时,召为国子监祭酒,历京兆尹及兵部、吏部侍郎。卒谥文,世称韩文公。韩愈倡导古文运动,提倡散体,务去陈言,其文各体兼擅,为"唐宋八大家"之首,与柳宗元并称"韩柳"。其诗求新求奇,笔力雄健,有时流于险怪,甚或"以文为诗",对宋诗颇有影响。有《昌黎先生集》四十卷,《外集》十卷。

左迁至蓝关示侄孙湘[1]

一封朝奏九重天,夕贬潮州路八千[2]。
欲为圣朝除弊事,肯将衰朽惜残年[3]。
云横秦岭家何在,雪拥蓝关马不前。
知汝远来应有意,好收吾骨瘴江边[4]。

【注释】(1)此诗作于宪宗元和十四年(819)正月。韩愈因上《论佛骨表》,谏迎佛骨,触怒宪宗,由刑部侍郎贬官潮州刺史,出长安经秦岭蓝关,逢其侄孙韩湘送行而写此诗。蓝关:蓝田关,又称峣关,在今陕西蓝田东南90里。湘:韩湘,韩愈侄韩老成之子。 (2)一封朝奏:指所上《论佛骨表》。九重天:借指皇帝。潮州:又称潮阳郡,州治在广东潮阳,潮阳距长安八千里。 (3)肯:犹言岂肯。 (4)瘴江边:指潮州。当时岭南一带河流多瘴疠之气。

【今译】早晨给皇帝上了一封谏诤的表章,晚上就将我贬往八千里外的潮阳。我本想竭尽全力为圣上革除弊端,怎肯因衰老而将自己的生命珍藏?云雾横阻秦岭,我的家究竟在何处?大雪拥塞蓝关,连马也不肯走向前方。我知道你远道相送的一片深意,希望能收起我的残骨,葬在那瘴江边上。

【点评】"朝奏"而"夕贬",见祸殃之速疾,君恩之寡薄;"九重天"言宫阙之高,"路八千"谓贬途之远;事虽动魄惊心,然笔力气势甚健。"欲为"二句剖白忠心,一片义无反顾之豪情,跃然纸上。所谓"忠犯人主之怒",诚然。"云横"句言回顾来路,"雪拥"句谓瞻望前程,而恋阙之情与迁谪之感分寓其中,令人读来,椎心泣血,悲不自胜,实一篇中之警策。

【集说】《佛骨表》孤映于古,而此诗配之。尤妙在许大题目,以"除弊事"三字了却。(李光地《榕村诗选》)

何焯评:"沉郁顿挫。"(赝德堂重刻《昌黎先生诗集注》引)

结句即是不肯自毁其道以从于邪之意,非怨怼,亦非悲伤也。(何焯《义门读书记》)

一、二不对也,然为"朝"字与"夕"字对,"奏"字与"贬"字对,"一封""九重"字与"八千"字对,"天"字与"潮州""路"字对,于是诵之,遂觉极其激昂。谁谓先生起衰之功,止在散行文字!才奏便贬,才贬便行,急承三、四一联,老臣之诚悃,大臣之丰裁,千载如今日。五、六非写秦岭云、蓝关雪也,一句回顾,一句前瞻,恰好逼出"瘴江边"三字。盖君子诚幸时而死得其所,即刻是死所,收骨江边,正复快语。安有谏迎佛骨韩文公,肯作"家何在"妇人

之声哉！（《金圣叹选批唐诗》）

时未离秦境，而语已及此，其感深矣。（程学恂《韩诗臆说》）

昌黎文章气节，震烁有唐，即以此诗论，义烈之气，掷地有声，唐贤集中所绝无仅有也。（俞陛云《诗境浅说丙编》）

（李浩）

七言律诗

刘 禹 锡

刘禹锡(772—842），字梦得，洛阳人。贞元九年(793)进士。因参与政治革新，谪官朗州、连州、夔州、和州等地22年之久。晚年以太子宾客分司东都。其诗骨力豪劲，气韵沉雄，有"诗豪"之誉。各体皆工，尤擅民歌体乐府诗，所作《竹枝词》等"独步于元和间"。也是中唐时期较早开始依曲填词的作家之一。其诗现存六百七十余首，有《刘宾客集》四十卷。

再授连州至衡阳酬柳柳州赠别[1]

去国十年同赴召，渡湘千里又分歧。

重临事异黄丞相[2]，三黜名惭柳士师[3]。

归目并随回雁尽，愁肠正遇断猿时。

桂江东过连山下[4]，相望长吟有所思。

【注释】(1)此诗作于元和十年(815)夏初，刘、柳等人再度被贬出京时。刘、柳既同年及第，又俱怀辅时济世之志，而长期荣辱与共，交谊甚笃。永贞革新失败后，刘、柳皆被贬为远州司马。"既贬，制有逢恩不原之令。"（《旧唐书·刘禹锡传》）十年后，刘、柳始得承召回京。但随即又因"执政不悦"而再度被授为远州刺史。行抵衡阳，二人挥泪作别之际，频频以诗唱酬。此诗乃为酬答柳氏《衡阳与梦得分路赠别》而作。诗中渗透着沉挚深婉的惜别之情。连州：今广东连州市。柳州：今属广西。　（2）黄丞相：指西汉宣帝时的丞相黄霸。黄霸为相前两度任颍川太守，与作者"再授连州"相若。但一为皇帝爱臣，一为朝廷贬官，一守中原大郡，一刺僻方小州，故云"事异"。（3）三黜：三次贬斥。士师：狱官。《论语·微子》有云，"柳下惠为士师，三黜。曰：'直道而事人，焉往而不三黜？'"此句以柳士师借指柳宗元。　（4）桂江：即漓江。连山：位于连州境内。

【今译】离开京都十年，才一同奉命返回朝廷。行经湘江千里，今日终又分手南行。再度授官连州，有别于黄霸两任颍川的政声。三次受到贬黜，有惭于柳下惠直道事人的美名。极目远眺，归思追随着回雁的踪影。愁肠寸断，哪堪听那凄切的猿鸣。蜿蜒的桂江，东绕连山流淌而去。遥相怅望，吟不尽这思念友人的缱绻深情。

【点评】"去国十年"，点明贬期之长；"渡湘千里"，暗示贬地之远。对举而起，意在从时空两方面抒写无辜见逐之怨愤。"同赴召"，喜溢言外；"又分歧"，悲蕴语中。其喜有限，而其悲无尽。跌宕之际，精神顿见。"事异黄丞相"，借典明志，道出与前贤褒贬异趣、荣辱殊途之感；"名惭柳士师"，以古喻今，表达对友人品格敬慕之意。"归目"二句，用"回雁""断猿"烘托离情别绪，情景交融，虚实相生。"桂江"二句，借设想别后情景，寄托知己怀抱与不甘泯灭之"初心"。桂江本不流经连山，将它们相绾合，或为缩小别离双方之心理空间。"有所思"，语义双关，既表示互相怀念，也含有思长安、盼回归、期重振之意。以恨结篇，情韵悠长而又绵邈。

【集说】字皆如濯，句皆如拔，何必出沈、宋下？"长吟有所思"，五字一气。"有所思"，乐府篇名，言相望而吟此曲也。于此可得七言命句之法。（王夫之《唐诗评选》）

347

七言律诗

一解四句,凡写四事:一写十年重贬,是伤仕宦颠踬;二写千里又分,是悲知己隔绝;三写坐事重大,未如颍川小过;四写不曾自失,无异柳下不浼,最为曲折详至也。五六为衡阳写景,此是二人分路处。七为桂江写景,此是二人相望处也。(《金圣叹选批唐诗》)

纪昀云:"笔笔老健而深警,更胜子厚原唱。七句绾合有情。"(高步瀛《唐宋诗举要》引)

(肖瑞峰)

始闻秋风

昔看黄菊与君别[1],今听玄蝉我却回。

五夜飕飗枕前觉,一年颜状镜中来[2]。

马思边草拳毛动,雕眄青云睡眼开[3]。

天地肃清堪四望,为君扶病上高台[4]。

【注释】(1)"君":指秋风。 (2)五夜:即五更,古时一夜分为甲、乙、丙、丁、戊五刻,也就是五更。飕飗:形容风声。颜状:容颜状态。 (3)这两句写秋风使战马和苍鹰兴奋起来,借以象征人的精神振奋。拳毛:卷曲的毛。 (4)天地肃清:言秋高气爽。君:指秋风。扶病:抱病、带病。

【今译】昔日与君别时,菊花正黄。今日再与君会,又闻寒蝉鸣唱。五更枕前秋声爽,秋去秋来,镜中见一年衰老形状。听到这秋声,战马思赴边塞,鬃毛卷动神飞扬。苍鹰睡眼睁开,欲上青云高飞翔。秋高气爽天地阔,我愿为你,愿为你抱病登高台,放眼四望。

【点评】起笔想象不凡,拟人情态,从容道来,饶有韵味。夜深感秋,倍觉爽然。"马思""雕眄"二句极传神,且具象征义;诗人容颜虽老,然壮志犹存,宜其扶病登高,一展心胸。此诗正面颂秋,实寓诗人欲振奋精神,有所作为。情致深沉,意境高远。

【集说】何焯云:后四句衰气一振,"扶病"二字又照应不漏。(《瀛奎律髓汇评》)

纪昀云:题下当有脱字,当云始闻秋风寄某人。(《瀛奎律髓刊误》)

"君"字未知所谓。下半首英气勃发,少陵操管,不过如是。(沈德潜《唐诗别裁》)

题是闻秋风,而寓悼古意,英气勃发,笔力雄健。(王文濡《唐诗评注读本》)

(孟二冬)

西塞山怀古⁽¹⁾

王濬楼船下益州⁽²⁾,金陵王气黯然收⁽³⁾。
千寻铁锁沉江底⁽⁴⁾,一片降幡出石头⁽⁵⁾。
人世几回伤往事,山形依旧枕寒流。
今逢四海为家日⁽⁶⁾,故垒萧萧芦荻秋⁽⁷⁾。

【注释】(1)唐穆宗长庆四年(824),刘禹锡调任和州(今安徽和县)刺史。此诗即作于由夔州赴和州的途中。"西塞山",在今湖北黄石市,是长江中游的军事要塞之一,形势险要。三国时,东吴曾以之为江防前线,恃险固守。(2)王濬:西晋益州(今四川成都)刺史。据《晋书》本传,晋武帝"谋伐吴,诏濬修舟舰。濬乃作古船连舫,方百二十步,受二千余人。以木为城,起楼橹,开四出门,其上皆得驰马来往"。"楼船",指此。下益州:意谓王濬率师由益州沿江而下,直发金陵。 (3)金陵:东吴都城。其后,东晋及宋、齐、梁、陈亦建都于此,故有"六朝故都"之称。王气:指关乎国运的祥瑞之气。古人迷信望气之术,以为帝王所在之地有"王气缭绕",国兴则气盛,国亡则气收。"王气黯然收",意谓东吴国运告终,败亡之象昭然可见。 (4)铁锁沉江底:当时东吴曾以铁锁横截江面,"又作铁锥,长丈余,暗置江中",企图借此负隅顽抗。王濬便令部下"燃炬烧之",迅速将其烧沉。 (5)幡:旗子。石头:石头城,金陵之别称。 (6)四海为家:指全国统一。 (7)故垒:旧时的军事堡垒。

349

七言律诗

【今译】王濬率领高大的战船，浩浩荡荡，离开益州；吴都金陵的帝王气象，本已黯淡，眼下更是顿然全收。几千尺长的拦江铁锁，一旦被烧沉在江底；那投降的白旗，也就摇摇晃晃，飘在城头。动荡的人世间，多少回伤叹那悲欢相续的六朝旧事；雄伟的西塞山，却不为所动，依然头枕寒冷的江流。如今虽说是四海为家、天下一统的太平时日，可那秋意萧索的芦苇丛中，旧日的营垒悄然隐伏，勾起我感慨万端，和那深切的担忧！

【点评】一、二句以晋军的浩大声势反衬东吴的衰飒气运。"益州"与"金陵"远隔千里，但在诗人艺术地再现当年的战局时，其空间距离却被压缩到最小限度：一"下"即"收"，何其速也！如此措辞，不仅揭出上下句之间的因果关系，而且给人两地近在咫尺、二事桴鼓相应之感。三、四句借史实以明事理，于虚实相间、胜败相形中揭示出终归统一的历史潮流，不失为精警之笔。其中，"千寻"与"一片"，"铁锁"与"降幡"，分别构成多与少及重与轻的逆反，不仅使前后两种意象之间形成顺逆相荡、富于张力的冲击，释放出更强烈的美感效应，而且不动声色地赋予全联一种辛辣的嘲讽意味：东吴统治者恃险固守只是枉抛心力。五、六句由"往事"折回到眼前的山川风物。"人世"句将包括东吴在内的六朝一笔带过，视野宏通，情思悠久。一个"伤"字，既带有反思历史所产生的感慨，又饱含审视现实而引起的忧虑。"几回"点出建都金陵、雄踞江东而终于亡国的，非独东吴而已，这就将诗意又向深处推进一层。"山形"句将诗题中的"西塞山"摄入画面。朝代更替，而山形依旧。作为六朝兴亡的见证者，西塞山始终屹立于江流之中，无改其固有的奇伟峻峭，这就更衬出人事变化之频繁。着一"寒"字，不仅与篇末的"秋"字相照应，点明时令，而且渲染了一种吊古伤今时不免产生的悲凉之感。七、八句在讴歌天下一统局面的同时，借渲染历史的陈迹，揭示出现实的隐患：当诗人写作此诗时，唐王朝平定藩镇叛乱的战事已初奏克获之功，但仍然存在叛乱的潜在危机。因此，作者着力渲染"故垒萧萧"的悲凉陈迹，一方面固然是警告那些妄图恃险割据的藩镇不要轻举妄动、重蹈历史的覆辙；另一方面又何尝不是告诫唐王朝的统治者不要在胜利面前忘乎所以，应提高对意欲割据者的警惕。用笔如此深曲，难怪汪师韩《诗学纂闻》要感叹说："至于芦荻萧萧，履清时依故垒，含蕴正靡穷矣。"

【集说】长庆中，元微之、刘梦得、韦楚客，同会乐天舍，论南朝兴废，各赋《金陵怀古》诗。刘饮满一杯，饮巳即成，曰："王濬楼船下益州……"白公览诗曰："四人探骊龙，子先获珠，所余鳞爪何用耶"？于是罢唱。（计有功《唐诗纪事》）

刘宾客《西塞山怀古》之作，极为白公所赏，至于为之罢唱。起四句洵是杰作，后四句则不振矣。此中唐以后，所以气力衰飒也。（翁方纲《石洲诗话》）

刘宾客《西塞山怀古》，似议非议，有论无论，笔着纸上，神来天际，气魄法律，无不精到，洵是此老一生杰作，自然压倒元、白。（薛雪《一瓢诗话》）

前四句止就一事言，五以"几回"二字括过六代，繁简得宜，此法甚妙。（屈复《唐诗成法》）

起手如黄鹄高举，见天地方圆。（沈德潜《唐诗别裁》）

梦得之专咏晋事也，尊题也。下接云"人世几回伤往事"，若有上下千年、纵横万里在其笔底者。山形枕水之情景，不涉其境，不悉其妙。至于芦荻萧萧，履清时而依故垒，含蕴正靡穷矣。所谓"骊珠"之得，或在于斯者欤？（汪师韩《诗学纂闻》）

纪曰："第四句但说得吴，第五句括过六朝，是为简练；第六句一笔折到西塞山，是为圆熟。"方曰："梦得才人，一直说去，不见艰难吃力，是其胜处。"（高步瀛《唐宋诗举要》引）

（肖瑞峰）

351

酬乐天扬州初逢席上见赠(1)

巴山楚水凄凉地(2)，二十三年弃置身(3)。
怀旧空吟闻笛赋(4)，到乡翻似烂柯人(5)。
沉舟侧畔千帆过，病树前头万木春。
今日听君歌一曲，暂凭杯酒长精神。

【注释】(1)此诗作于宝历二年（826）岁暮。其时，刘禹锡被罢为和州刺史，取道扬州返洛；白居易亦以病免苏州刺史，经由扬州归洛。于是，两位闻

声相思已久的诗坛名家得以在扬州相会。白居易于"初逢席上"赠诗云:"为我引杯添酒饮,与君把箸击盘歌。诗称国手徒为尔,命压人头不奈何。举眼风光长寂寞,满朝官职独蹉跎。亦知合被才名折,二十三年折太多。"刘禹锡遂作此诗相酬答。诗中表现出较白诗远为乐观与豁达的情怀。"乐天",白居易字。 (2)巴山楚水:泛指作者先后谪居的朗州、连州、夔州、和州等地。朗州在战国时属楚地,夔州在秦汉时属巴郡。巴郡多山,楚地多水,故云。(3)二十三年:作者自永贞元年(805)九月被贬出京,至此应召回京,已在巴山楚水间辗转流徙达二十二年之久。因返京路途遥远,预计抵京时已步入第二十三个年头,故称"二十三年"。 (4)闻笛赋:指晋人向秀的《思旧赋》。向秀经过亡友嵇康、吕安的旧居时,听到邻人吹笛,便写成此赋,寄托怀念旧侣之情。 (5)烂柯人:指王质。据《述异志》载,晋人王质入山砍柴,见二童子下棋。观棋至终,发觉手中斧柄已烂。回到家乡,才知已过百年,同辈人都已死尽。柯:斧柄。

【今译】巴蜀山高,荆楚水深,山水间有我凄凉孤独的旅魂;一弃二十三年,朝廷全然不理会我这衔冤负屈之身。怀念亡故的战友,只能吹笛赋诗,空自惆怅不已;待得故地重游,竟好似那不知世事沧桑的烂柯人。沉舟的侧畔,且看那千艘帆船翩然驶过;病树的前头,也有那万株花木悄然争春。今日听到您深情的吟唱,我心头为之一振;让我们举杯痛饮,重新激扬起伏时济世的精神!

【点评】首联概写谪守巴楚、度尽劫波的经历。"凄凉地""弃置身",固然语含哀怨,却既非呜咽歔欷之状,亦非消沉颓唐之态,因而堪称感伤中不失沉雄、凄婉中犹见苍劲。颔联感叹旧友凋零、今昔异貌。"闻笛赋""烂柯人",借典寄慨,耐人寻味。如果说前者包蕴着诗人对亡友缱绻难已的怀念之情和对迫害革新志士之政敌历久不泯的愤恨之意,那么,后者则既暗示了自己贬谪时间的长久,又表现了世事的变迁以及回归后恍若隔世的特殊心态。颈联以"沉舟""病树"自喻,虽有自感衰沦、自叹落伍之意,但"千帆过""万木春",所展示的却是生机勃勃的景象,寄寓在其中的是新陈代谢,在所难免的进化思想和辩证地看待一己之困厄的豁达襟怀。在结构上,它与白诗中的"举眼风光"一联相呼应,却摒弃了前者的晦暗色彩和低沉旋律,而出以明朗、高亢的笔墨。在手法上,它则将诗情、画意、哲理熔于一炉,以形象的画面表现抽象的哲理,旨趣隽永,情韵悠长,因此,向来为人们所传诵。尾联顺势而下,吁请白氏举杯痛饮,借以振奋精神,共同走向未来、创造明天,从而使其坚韧不拔的意志和永葆劲直的情操更加清晰地呈现在读者眼前。有诗若此,确实无愧"诗豪"之誉。

【集说】梦得,梦得!文之神妙,莫先于诗。若妙与神,则吾岂敢?如梦得"雪里高山头白早,海中仙果子生迟""沉舟侧畔千帆过,病树前头万木春"之句之类,真谓神妙。在在处处,应当有灵物护之。(白居易《刘白唱和集解》)

"沉舟"二语,见人事不齐,造化亦无如之何。悟得此旨,终身无不平之心矣。(沈德潜《唐诗别裁》)

(肖瑞峰)

七言律诗

白 居 易

白居易(772—846),字乐天,晚号香山居士,下邽(陕西渭南)人。唐德宗贞元十六年(800)登进士第,曾任翰林学士、左拾遗等职。因上书言事获罪,被贬为江州司马。后又去杭州、苏州等地任刺史。晚年以刑部尚书致仕。他是唐代大诗人之一,领导了新乐府运动。其诗具有鲜明的政治倾向,富有情味,语言通俗自然。有《白氏长庆集》。

自河南经乱,关内阻饥,兄弟离散,各在一处;因望月有感,聊书所怀。寄上浮梁大兄、于潜七兄、乌江十五兄,兼示符离及下邽弟妹[1]

时难年饥世业空[2],弟兄羁旅各西东。

田园寥落干戈后,骨肉流离道路中。

吊影分为千里雁,辞根散作九秋蓬[3]。

共看明月应垂泪,一夜乡心五处同。

【注释】(1)河南经乱:贞元十五年(799)二月,宣武节度使董晋死后,部下举兵叛乱。三月,彰义节度使吴少诚亦叛,战争规模很大。这两次战乱,都在当时河南道境内。关内阻饥:贞元十四年、十五年,长安周围旱灾严重。阻饥,困苦饥饿之意,语本《尚书·舜典》"黎民阻饥"。浮梁大兄:指作者的大哥幼文,他于贞元十五年春,作浮梁县(今属江西)主簿。于潜七兄:指作者叔父季康的大儿子,曾作过于潜县(今浙江临安)尉。乌江十五兄:指作者的一位堂兄,作过乌江县(今安徽和县)主簿。符离(今安徽宿县):当时是徐州的属县。作者的父亲季庚在徐州做官多年,在符离安家,符离是作者青年时期的故乡。下邽(guī):唐县名,在今陕西渭南县境内。白氏祖籍太原,后来徙居韩城(今陕西韩城),又迁到下邽渭村。 (2)"时难"句:时难(nàn),指"河南兵乱";年荒,指"关内阻饥"。世业,祖宗遗留下来的产业。(3)九秋蓬:九秋,秋季。蓬,菊科植物,末大于本。秋天被大风吹断,随风旋转,所以叫"飞蓬""转蓬""断蓬",常用以比喻人流转无定。

【今译】家产在兵灾和年荒中荡然一空,兄弟们各奔前程。田园荒芜,还留有战争的创伤,骨肉流离,受尽了风霜,像失群旅雁怜悯孤单的影子,像断根的秋蓬怨恨漂泊的运命。恐怕这一夜中,流散五处深切思念家园的心,也都会是相同的。

【点评】这首诗的二、三、四、五、六各句,从不同侧面表现"兄弟离散,各在一处"的苦况,而于第一句揭示其原因,从而通过一个家庭的苦难反映了时代的苦难。这一切,是"望月"时想到的。兄弟们远隔千里,谁也看不见谁,却都可以望见高悬空中的明月。那么,自己"望月"时想到的,也必然是兄弟们"望月"时想到的。"举头望明月,低头思故乡""思家步月清宵立,忆弟看云白日眠",李白、杜甫的这些名句表明:漂流在异乡的人,谁能不"望月"思家、想念自己的骨肉呢?于是,把分散在"五处"的兄弟们的感情用"望月"统一起来,写出了"共看明月应垂泪,一夜乡心五处同"的结句。以同一事物为触剂,表现分隔异地的亲友们的共同感情,这是作者善用的艺术手法之一。"一夕高楼月,万里故园心""怜君独向涧中立,一把红芳三处心""我厌宦游君失意,可怜秋思两心同",都具有这样的特点。

七言律诗

【集说】一气贯注，八句如一句，与少陵《闻官军作》同一格律。（孙洙《唐诗三百首》）

末二句折到望月，一语总摄，笔有余情。（杨逢春《唐诗绎》）

诗之上界，直叙流离之苦。五、六佳，雁行本兄弟事，用得自然。"辞根""九秋"皆沉着。（胡以梅《唐诗贯珠》）

句句佳亦难得，此篇是。结更妙，人皆言两处同，此则言"五处同"，可叹。（孙琴安《唐七律诗精评》）

（霍松林）

放　言并序(1)

元九在江陵时，有放言长句诗五首(2)，韵高而体律，意古而词新。予每咏之，甚觉有味。虽前辈深于诗者，未有此作，惟李颀有云(3)："济水自清河自浊，周公大圣接舆狂。"斯句近之矣，予出佐浔阳，未届所任(4)。舟中多暇，江上独吟，因缀五篇(5)，以续其意耳。

一

朝真暮伪何人辨，古往今来底事无(6)。

但爱臧生能诈圣(7)，可知宁子解佯愚(8)。

草萤有耀终非火，荷露虽团岂是珠。

不取燔柴兼照乘(9)，可怜光彩亦何殊。

二

赠君一法决狐疑(10)，不用钻龟与祝蓍(11)。

试玉要烧三日满(12)，辨材须待七年期(13)。

周公恐惧流言日(14)，王莽谦恭未篡时(15)。

向使当时身便死(16)，一生真伪复谁知？

【注释】(1)《放言》共五首，为元和十年(815)作者被贬谪江州途中所作，这里所选是其第一、第三两首。　(2)元九：元稹。他于元和五年(810)

被贬为江陵士曹参军。他的《放言》五首,见《元氏长庆集》卷十八。长句诗:指七言诗(五言为短句)。 (3)李颀:盛唐著名诗人,以五言古诗及七言歌行见长。他的《杂兴》诗中有"青青兰艾本殊香,察见泉鱼固不祥。济水自清河自浊,周公大圣接舆狂"之句。 (4)出佐浔阳:指去江州作司马。司马是郡守的佐理官吏。未届所任:还未到职。届,到。 (5)缀:指连缀词句。 (6)底事:何事。 (7)臧生:名纥,字武仲,春秋时鲁国人,曾任司寇。诈圣:伪装成圣人。《左传·襄二十二年》杜氏注:"武仲多知,时人谓之圣。"《论语·宪问》里说他曾经要挟鲁君。 (8)宁子:名俞,字武子,卫国人。《论语·公冶长》,"宁武子,邦有道则智,邦无道则愚。其智可及也,其愚不可及也。"荀悦《汉纪·王商沦》,"宁武子佯愚。"解佯愚:懂得装傻。 (9)燔柴:烧柴(生火)。照乘(shèng):指"照乘珠"。四匹马拉的车叫乘,照乘珠,据说珠光可以照亮四匹马拉的车。 (10)狐疑:狐狸生性多疑,所以把犹豫不决叫狐疑。 (11)钻龟、祝蓍(shī):古代占卜的两种办法。钻龟,指钻龟壳后看它的裂纹以卜占凶;祝蓍,指用蓍草的茎来占卜。 (12)"试玉"句:作者原注为"真玉烧三日不热。" (13)"辨材"句:作者原注为"豫章木生七年而后知",预、章(也作樟)是两种树。古人说这两种树长满七年,才能分别清楚。 (14)周公:周武王弟,周成王的叔父。武王死,成王年幼,周公摄政,勤劳忠诚,而管叔等却制造谣言,说周公要篡位。周公恐惧,避居于东,不问政事。后来成王悔悟,迎他回来平叛治国。 (15)王莽:字巨君,汉元帝皇后之侄,以外戚掌握政权,后来篡位称帝,改国号为"新"。这个王朝统治十余年,政令烦苛,民不聊生,被赤眉、绿林等农民起义军所推翻。王莽在争夺政权的过程中,伪装谦恭,颇得人望。 (16)向使:假使。

七言律诗

【今译】

一

早上是真,晚上是假,谁能洞察?古往今来,什么怪事会没有呀!只喜欢臧武仲伪装的圣人,哪晓得宁武子会装成傻瓜!草萤有光芒,毕竟不是火,荷露圆溜溜,难道就是珍珠吗?可是如果不点燃柴火拿出夜明珠,萤火与真火、露珠与珍珠就很难区分。

　　赠给你一种好方法去解决疑难，用不着占卜算卦，却十分灵验。要考验真玉或假玉，就烧它三天，要识别豫树和樟树，就等它七年。周公多忠诚！却恐惧篡位的谣言；王莽要篡位，反骗到谦恭的称赞。假如他们正在那时候就离开人间，一生的真和假，又有谁能够分辨！

　　【点评】这两首诗用诗歌的形式讲道理，但并不枯燥，原因是它们通过具体的人和事，讲出了人们普遍关心的一些生活真理，引人深思，发人深省。两首诗讲的是如何识别真伪的问题。第一首首联提出：从古到今，人事复杂，"朝真暮伪"，真伪相混。颔联举了两个古人作为例证：一个是假圣人，另一个是假愚人。那么，如何识别真伪呢？颈联和尾联做了回答：比较。草里的萤火虫虽然也发出火光，但只要烧起柴火再一比，就知道那不是真火。

　　第二首首联明说有一种"决狐疑"的办法可以赠人。什么办法呢？颔联作了回答：时间和实践的考验。要区分真玉和假玉，只要丢在火里烧它三天就可以了……然而对于人的考验却往往需要更长的时间。颈联和尾联举了两个例子，作假设性的说明：如果周公在被人诽谤的时候就死了，王莽在受人赞扬的时候就死了，没来得及作足够的检验，那么，"一生真伪有谁知"呢？

　　把两首诗比较一下，就可以看出，讲的是类似的问题，而写法毫无雷同之处。

　　【集说】乐天七言律，如"试玉要烧三日后，辨材须待七年期"……句，亦大入议论。（许学夷《诗源辩体》）

（霍松林）

杭州春望[1]

望海楼明照曙霞[2]，护江堤白踏晴沙[3]。
涛声夜入伍员庙[4]，柳色春藏苏小家[5]。
红袖织绫夸柿蒂[6]，青旗沽酒趁梨花[7]。
谁开湖寺西南路[8]，草绿裙腰一道斜。

【注释】(1)穆宗长庆二年(822)至长庆四年(824),白居易任杭州刺史,这首诗即作于这一时期。诗写初春的杭州,突出描绘了西湖的美景。 (2)望海楼:作者原注"城东楼名望海楼。" (3)堤:指白沙堤。 (4)伍员庙:人们为伍员立的庙。伍员,字子胥,春秋时楚国人。他的父兄都被楚平正杀害。伍员逃入吴国,协助吴王阖庐打败楚国,又协助吴王夫差打败越国。后来夫差听信谗言,杀害了伍员。人们同情忠臣的不幸遭遇,立祠纪念他。民间传说,他因怨恨吴王,死后驱水为潮,故钱塘江潮又称为"子胥涛"。 (5)苏小,即苏小小,南齐时钱塘名妓。其墓在西湖西泠桥畔。 (6)红袖:代织绫女子。柿蒂:一种有名的彩绫。 (7)青旗:买酒人家的酒旗。梨花:酒名。作者原注:"其俗,酿酒趁梨花时熟,号为'梨花春'。" (8)西南路:指由断桥向西南通往湖中到孤山的长堤。作者原注:"孤山寺路在湖洲中,草绿时,望如裙腰。"

【今译】曙光霞色,照亮了望海楼的身影。踩着细沙,在白沙堤上款款而行。阵阵涛声传入庙,夜夜陪伴伍员的亡灵。柳枝儿刚吐绿,春意还藏在苏小小的坟茔。红袖女郎,织成了享誉天下的"柿蒂"彩绫,青色酒旗下,人们争相将"梨花春"痛饮。断桥边,湖寺旁,西南的长堤是谁筑成? 一抹绿草如裙带,蜿蜒伸展入湖中。

【点评】首联点出杭州名胜古迹望海楼、白沙堤,当曙光霞色照亮了望海楼时,诗人已漫步在白沙堤上领略杭州的春景了。颔联点出与杭州有关的历史人物伍员和苏小小。伍员忠贞效国,却反受谗言屈死;南齐名妓苏小小风流一时,如今已玉殒香消。有关他和她的传说为杭州增添了魅力。"庙""家"的存在使历史和现实有了联系的纽带。"入"字表明杭州之夜的静谧,也表明钱塘潮的声势浩大。"藏"字表明春意已有,却还不浓,将春色拟人化了。柳色与风流名妓联结,让人体会到春天的媚人和柔情。颈联写杭州特产"柿蒂"绫和"梨花春"酒,用红袖代指织绫女郎,名贵的彩绫将为杭州的春天增添新的风采,在梨花盛开的季节人们将聚集到酒旗下痛饮西湖名酒。尾联照应首联,写西湖风光,放眼望去,一道长堤宛如为西湖束上了一条飘逸的裙带。在这首七律中,诗人写出了杭州的名胜古迹、传说、特产、湖面风光等,容量很大,又很集中。诗人将这一切放在初春这样特定的背景下来描绘,又是"望"时所见,选取的角度不落窠臼。全诗色彩鲜艳,有曙光、彩霞、

七言律诗

蓝天、白沙、柳色、红袖、青旗、绿草、梨花……这五彩缤纷的色彩装饰着美丽的西子湖、杭州城，使古城愈发婀娜多姿、美丽动人。

【集说】韵度自非老妪所省，世人莫浪云"元轻白俗"。（王夫之《唐诗评选》）

"入"字、"藏"字，极写望中之景。落句结足春意。（《唐宋诗醇》）

唐白傅"草绿裙腰一道斜"，纤巧而俗。（洪亮吉《北江诗话》）

（孙明君）

柳 宗 元

柳宗元(773—819),字子厚,河东郡(今山西永济市)人。世称柳河东。少精敏绝伦,为文卓伟精致。贞元进士,中博学宏辞科,授校书郎,调蓝田尉,升监察御史里行。王叔文执政,擢礼部员外郎。叔文败,贬永州司马。后迁柳州刺史,故又称柳柳州,与韩愈同倡古文运动,并称"韩柳",同列入"唐宋八大家"中。其文、诗、赋,皆开一代风气。有《柳河东集》。

登柳州城楼寄漳汀封连四州刺史⁽¹⁾

城上高楼接大荒⁽²⁾,海天愁思正茫茫。
惊风乱飐芙蓉水⁽³⁾,密雨斜侵薜荔墙⁽⁴⁾。
岭树重遮千里目,江流曲似九回肠⁽⁵⁾。
共来百越文身地⁽⁶⁾,犹自音书滞一乡⁽⁷⁾。

【注释】(1)唐宪宗元和十年(815),柳宗元、韩泰、韩晔、陈谏、刘禹锡等应召由贬所入京,本以为可留京任用,谁知反被分别远贬至柳、漳、汀、封、连

五洲,官虽进而地益远。同年夏,柳宗元到达柳州任所,写此诗分寄同命运的四州刺史。　(2)大荒:辽阔的荒野。　(3)飐(zhǎn):吹动。　(4)薜荔(bì lì):一种常绿蔓生植物,可缘壁生长,味辛香,可入药,又称"木莲"。(5)九回肠:司马迁《报任安书》"肠一日而九回",形容愁肠百结。　(6)百越:指岭南的少数民族。文身:在身上刺花纹,是当时南方少数民族的一种文化习俗。　(7)音书:音信。滞:停留,阻隔。

【今译】城上高楼连接着城外那大片的野荒,原野似海,长天寥廓,正如我愁思茫茫。狂风吹动江水,水中荷花在剧烈摇荡;密雨随风扑墙,墙上薜荔凋零凄凉。风停雨住,我眺望千里外的京华故乡,山岭上大树将故乡层层遮挡,山下江流弯曲正似我百结愁肠。我们都被远贬这蛮荒之地,更不堪的是,各自一方平安书信却阻滞难通。

【点评】"大荒"连着城楼,可见柳州之荒凉落后。"海天"喻愁,无有比此两者更大之物。"芙蓉""薜荔",乃鲜花香草,奈何风狂雨骤!朝中正是小人得志,与眼前景色相合。"岭树""江流"是远景。遮目、似肠,正所谓"以我观物,故物皆着我之色彩"也。"滞",谓大荒之地,交通不便,音讯难通。然同贬"共来",心正相通,又何惧音书之滞耶!

【集说】此子厚登城楼怀四人而作。首言登楼远望,海阔连天,愁思与之弥漫,不可纪极也。三、四句惟"惊风",故云"乱飐",惟细雨,故云"斜侵",有风雨萧条、触物兴怀意。至"岭树重遮""江流曲转",益重相思之感矣。当时"共来百越",意谓易于相见,今反音问疏隔,将何以慰所思哉?(廖文炳《唐诗鼓吹注解》)

起势极高,与少陵"花近高楼"两句同一手法。(查慎行《初白庵诗评》)

一起意境阔远,倒摄四州,有神无迹。通篇情景俱包得起。三四赋中之比,不露痕迹。(纪昀《瀛奎律髓刊误》)

六句登楼,两句寄人。一气挥斥,细大情景分明。(方东树《昭昧詹言》)

(吴文治　朱崇才)

别舍弟宗一⁽¹⁾

零落残魂倍黯然⁽²⁾，双垂别泪越江边⁽³⁾。

一身去国六千里⁽⁴⁾，万死投荒十二年⁽⁵⁾。

桂岭瘴来云似墨⁽⁶⁾，洞庭春尽水如天。

欲知此后相思梦，长在荆门郢树烟⁽⁷⁾。

【注释】（1）唐宪宗元和十一年（816）春，柳宗元的堂弟柳宗一自柳州赴江陵，作者写了这首诗为他送行。　（2）黯（àn）然：心神沮丧。　（3）越江：即珠江，此处指珠江支流柳江。　（4）去国：离京城。去，离开；国，都城，此处指长安。　（5）十二年：永贞元年（805），柳宗元被贬永州司马，后再贬柳州刺史，至作诗时共计十二年。　（6）瘴（zhàng）：传说接触到瘴气便会患疟疾等热带病。　（7）郢（yǐng）：春秋时楚国都城，在江陵附近。

【今译】你离我而去，我零落的残魂倍加黯然。双双流下离别眼泪，洒落在滔滔的江边。我独自一身，被贬离京六千里，在这荒凉的地方，十二年九死一生。山岭上瘴气袭来，连云彩都被染黑，洞庭湖边春已尽，唯有碧水如天。别离后我非常思念你。梦魂在江陵流连。徘徊在古老的城门口，我默默地看着那飘摇如幻的树间的轻烟。

【点评】遭贬之人，本已零落凋残，今亲人又要离去，难怪"倍黯然"。泪流成双，人也成双，但今日离去，从此天各一方，故着一"双"字，将无限酸楚包蕴其中。"六千里""十二年"，何远而长也！前四句有"零""倍""双""一""六千""万""十二"，皆数也，皆命也。"桂岭"，本在桂州，借来一用，与"瘴"正相衬托。"春尽"之处，乃"舍弟"欲往之所，奈春天已尽，比柳州未必更是安身之地。"梦"，从此后再难相见，梦中也只见空空城门，树间云烟！"郢"，指古都所在，柳宗元生于长安，却被逐出长安，十二年间，无时不在想念故土，而"郢"都乃残破伤心之地，用此字亦很有深意。

七言律诗

【集说】此诗可谓妙绝一世,但梦中安能见"郢树烟"?"烟"字只当用"边"字。(周紫芝《竹坡诗话》)

此乃到柳州后,其弟归汉、郢间,作此为别。"投荒十二年",其句哀矣,然自取之也。(方回《瀛奎律髓》)

既云梦中,则梦境迷离,何所不可到?甚言相思之情耳。一改"边"字,肤浅无味。(马位《秋窗随笔》)

情深文明。(王夫文《唐诗评选》)

纪昀曰:语意浑成而真切,至今传颂口熟,仍不觉其滥。(纪昀《瀛奎律髓刊误评》)

"郢树边"太平凡,即不与上复,恐非子厚所用,转不如"烟"字神远。(高步瀛《唐宋诗举要》)

(吴文治　朱崇才)

元　稹

元稹(779—831),字微之,河南(今河南洛阳)人。贞元九年(793)明经及第,才识兼茂,名列第一,除左拾遗。历监察御史,因得罪宦官,贬江陵士曹参军。长庆二年(822)拜相。后卒于武昌节度使任所。诗与白居易齐名。部分作品精警清峭,有时则流于僻涩。有《元氏长庆集》。

遣　悲　怀[1]

闲坐悲君亦自悲,百年都是几多时。

邓攸无子寻知命[2],潘岳悼亡犹费词[3]。

洞穴窅冥何所望[4],他生缘会更难期。

惟将终夜长开眼,报答平生未展眉。

【注释】(1)这是元稹悼念亡妻韦丛所写的三首诗中的第三首。韦丛二十岁嫁与元稹,元和四年(809)七月去世。此诗约作于妻亡后两年之内。(2)邓攸:西晋人,永嘉末年战乱中,为保侄而舍子,终生无后。　(3)潘岳:

西晋人，妻死，为作《悼亡诗》三首，凄恻动人，流传于世。　　（4）宵（yǎo）冥：幽深昏暗貌。

【今译】在那百无聊赖的愁苦日子里，我常为爱妻早逝而悲痛哀伤。可怜我孤独地活在这人世，人生百年如今还有多少时光？想到那邓攸失去爱子而无后，这岂不是命运之神的造访？想到那潘岳悼念心爱的妻子，岂不是徒写动人的诗章？我愿与爱妻长眠在黑暗墓穴，但这只不过是缥缈的幻想。我愿与爱妻来世重新聚首，可那更是难以令人指望！我只有夜夜不寐睁开双眼，把你永远永远地思念怀想。为报答你平生的辛勤劳苦，献上这缠绵的深情一诉衷肠。

【点评】爱妻亡逝，会使人产生沉重的失落感；形单影只、孑然一身的处境，会使人倍感孤独和凄凉。首联以"悲君"和"自悲"双起，极写妻亡和现实处境在内心引发的双重悲哀；而在这双重悲哀中，"自悲"无疑是更为主要的方面。人生在世，上寿百岁，中寿八十，下寿六十，忧患磨难几无穷尽，漫说一般人活不到百岁，即令活到百岁，那"百年都是几多时"呢？爱妻未到而立之年即已命归黄泉，自己虽活在世上，但掐指算来还能有几多光阴呢？这里，诗人由妻亡而生出对生命的思考，思考的结果又只能是平添无尽的悲凉。颔联化用典故，以邓攸、潘岳自况，似乎是说死者已矣，再费辞章徒劳无益，还是听天由命的好。但事实却恰恰相反，诗人愈是想解脱，便愈是说明他的悲哀沉重，在表面看似旷达的词语中，正深隐着他那难以排解的"自悲"情结。颈联承上作转，寄希望于来世。"穀则异室，死则同穴"（《诗·王风·大车》）、"百年之后，归于其居"（《唐风·葛生》）、"生为同室亲，死为同穴尘"（白居易《赠内》），以"同穴"为人生的理想归宿，曾成为多少痴情夫妻的追求目标？然而，"他生未卜此生休"，今世已难自保，遑论来世聚首？诗人对此有清醒的认识，故以"何所望""更难期"扳转文意，借绝望之词，寄刻骨相思，令人读来着实沉痛。既然悼亡为"费词"之举，"同穴"为无望之求，那么，只有以一片夹杂着悲伤、悔恨的至情，在漫漫长夜中始终睁开自己的双眼，来报答亡妻一生的辛苦，来解开她那紧锁而未舒展过的眉峰了。尾联回应篇首，合"自悲"与"悲君"而为一，言约义丰，用词惊警，既有巨大的情感冲

击力,又含哀婉隽永的言外之意,可谓哀绝痛绝、妙绝奇绝。难怪后人读此深有感触:"古今悼亡诗充栋,终无能出此三首范围者。"

【集说】古今悼亡诗充栋,终无能出此三首范围者,勿以浅近忽之。(孙洙《唐诗三百首》)

古今悼亡之作……至如元微之、李义山数篇,虽格韵不高,而情思凄然可诵。(乔亿《剑溪诗说又编》)

专就贫贱夫妻实写,而无溢美之词,所以情文并佳,遂成千古之名著。(陈寅恪《元白诗笺证稿·艳诗及悼亡诗》)

(尚永亮)

367

七言律诗

李 德 裕

李德裕(787—850)，字文饶，赵郡（今河北赵县）人，李吉甫之子。历任浙西观察使、西川节度使等职，武宗时居相位，力主削平藩镇，是牛李党争中李派首领。宣宗即位，罢为荆南节度使，后又贬崖州司户而卒。有《李文饶文集》，又作《会昌一品集》。《全唐诗》存其诗一卷。

谪岭南道中作⁽¹⁾

岭水争分路转迷⁽²⁾，桄榔椰叶暗蛮溪⁽³⁾。
愁冲毒雾逢蛇草⁽⁴⁾，畏落沙虫避燕泥⁽⁵⁾。
五月畲田收火米⁽⁶⁾，三更津吏报潮鸡⁽⁷⁾。
不堪肠断思乡处，红槿花中越鸟啼⁽⁸⁾。

【注释】(1)诗题一作《岭南道中》。岭南，指五岭以南地区，即今广东、广西等地。唐宣宗大中元年(847)，作者被政敌牛党所排挤，贬为潮州司马，次年又贬为崖州司户。这首诗是他被贬赴岭南途中所写。诗中描写岭南气候风光之异,抒发郁郁不平之气。 (2)岭水争分:指五岭一带山势高峻,水流湍急,支流岔道繁多。 (3)桄榔:棕榈科常绿乔木,羽状复叶《唐音癸签》云:桄榔"高七八丈,亭亭直上叶大如掌,皆攒于树之杪,甚浓密"。蛮溪:泛指岭南溪流。蛮是古代中原统治阶级对南方少数民族的蔑称。 (4)毒雾:古人认为南方有一种雾气,人中了这种毒气便会死亡,可能是对人体有害的瘴气。蛇草:据《太平御览》卷九三四引《博物志》说,"南方有一种剧毒的蝮蛇,它咬过的草木也有毒,人如果碰到这些草木也会中毒而死。" (5)沙虫:古人传说南方有一种叫沙虱的虫,色赤,大如虮(jǐ),进入人的皮肤中能使人中毒而死亡。燕泥:指燕子衔泥筑巢时落下的泥沙。"愁冲"二句语意双关,既把岭南道中所见毒雾、沙虫等事物表现出来,又暗喻自己所处的恶劣环境。 (6)畬(shē):焚烧田地里的草木,然后耕种的土地叫畬田。火米:岭南以五月收的稻米为"火米",据说是因火种之故。 (7)津吏:在渡口管理摆渡的人。潮鸡:《舆地忘》,"爱州移风县有潮鸡,鸣长且清,如吹角,每潮至则鸣。"报潮鸡,是说预报潮水即将到来。 (8)红槿:开红花的木槿,落叶灌木。越鸟:古代广东一带也称"越"。此句谓越鸟在红槿花中鸣叫。暗用《古诗十九首》"越鸟巢南枝"句意,象征思乡之情。

【今译】岭南山险水急,道路盘旋曲折,置身其间,茫然不知身在何处。沿途随处可见高大的乔木,绿树丛阴下,溪流显得格外幽深。我在旅途中提心吊胆,担心遇上毒雾,踩到蛇草;为了躲避沙虫,看见燕子衔泥也会急忙让开。这里五月收稻米,三更公鸡就打鸣,每当涨潮,它还会按时啼叫,这时津吏就会通知乡民潮讯要来了。这一切让人一时难以适应,看那鲜艳欲滴的红槿花,听着树上越鸟的鸣叫,想到家乡,这谪居岁月何时是个尽头,真是令人肝肠寸断。

【点评】全诗通过谪岭南途中所见风光的描写,抒发诗人被牛党排挤打击,非罪贬谪的愤懑。景中寓情,情中有景,成为晚唐情景交融的佳作。首联选取最具地方色彩的桄榔、椰叶等景物,描写出一派浓郁的岭南风光。"争""暗"等字,用得精当贴切,使画面显得更为生动。颔联采用语意双关的艺术手法,写因害怕"毒雾""蛇草""沙虫"侵害身体,而一路上提心吊胆,既

七言律诗

表现了北方人初到南方荒僻山野那难以避免的心态,又隐喻了作者当时所处的险恶政治环境。颈联进一步写岭南特有的风物:五月收火米,三更报潮鸡。这些都是北方所难以见到的,因而触景生情,引发了作者异乡之感,为尾联做了铺垫。尾联以越鸟因依恋故土而在红槿丛中啼叫,来抒发诗人思念家园的深切之情,同时隐含对被贬谪的愤懑,点出了诗的主题。

【集说】时为白敏中辈排挤,贬潮州司马,又贬崖州司户,故三、四语双关,犹柳州诗之"射工""飓母"也。(沈德潜《唐诗别裁》)

(吴逢箴)

许 浑

许浑(生卒年不详),宇用晦,一作仲晦,润州丹阳(今江苏镇江)人。故相许圉师之后,大和进士,为太平县令。后累官监察御史、虞部员外郎、睦州刺史、郢州刺史等。自少苦学多病,喜爱林泉。因病退居润州城南丁卯桥丁卯庄,故名其诗集为《丁卯集》,其诗长于律体,多登高怀古之作。

咸阳城西楼晚眺⁽¹⁾

一上高城万里愁,蒹葭杨柳似汀洲⁽²⁾。
溪云初起日沈阁⁽³⁾,山雨欲来风满楼。
鸟下绿芜秦苑夕⁽⁴⁾,蝉鸣黄叶汉宫秋。
行人莫问当年事,故国东来渭水流⁽⁵⁾。

【注释】(1)诗题一作"咸阳城东楼"。 (2)汀洲:水中小洲。 (3)此句下作者原注:"南近磻溪,西对慈福寺阁。" (4)秦苑:秦代宫苑。与下句"汉宫",末句"故国"均代指咸阳。 (5)渭水:黄河主要支流之一,源于甘

肃渭源县西北,经咸阳南而东入黄河。

【今译】一上高城生惆怅,万里乡愁顿时涌心上,但见那蒹葭如白露,柳叶正泛黄,关中平原似水乡! 溪边浮云乍升起,夕阳落山前古寺。凉风阵阵满楼台,骤雨顷刻就将从天降! 秦时的禁苑成废墟,归鸟盘旋在荒冢上,汉代的深宫飘黄叶,更有那蝉鸣唧唧增凄凉。行人游客你切莫问,问起昔日繁华更神伤! 今日我东来访故都,西风吹渭水,愁思比水长!

【点评】起句意境邈远而有气势,出口"万里"似出人意外,观全篇而觉仍在意中。"愁"为作者"晚眺"感情之线,贯摄全篇诗句。"愁"由何始? 由眼前景:"蒹葭杨柳"均非无情物,勾起"乡愁",忆起了江南水乡。首联一纵一收,笔力千钧,感情深沉凝重。颔联、颈联继写登楼所见:"云起""日沉""雨来""风满",顿人萧然之境,又因日暮景物变幻而兴"愁";"秦苑"成"绿芜"、"汉宫"飘黄叶,继生"黍离"之悲,因人间世事变迁而兴"愁"。"山雨欲来风满楼",是景语也是情语,更寄寓晚唐江山之风雨飘摇,遂成千古名句。尾联以含蓄出之,"莫问"一语,极言往事不堪回首,个人身世之感,家国兴亡之慨兼而有之。东来游子,登楼无绪,此刻唯见"渭水"千载长流,万里入海,它所载负的竟是作者无穷无际之"愁"。结句回应首句,神满气足,言有尽而意无穷。

【集说】惨淡满目、晚唐所处之会然也。(何焯《唐三体诗评》)

吾于或《丁卯集》中只取"溪云初起日沉阁,山雨欲来风满楼",二语工于写景,而无板重之嫌。(查慎行《初白庵诗评》)

首尾全是思乡,却插入五、六、七三句纵横出入,全不碍手,唯老杜有此笔力。(黄生《唐诗摘钞》)

三、四极写独上"独"字之苦,言云起日沉,雨来风满,如此怕杀人之十四字中,却是万里外之一人,独立城头,可哭也。(金圣叹《金圣叹选批唐诗》)

(颔联)上句因云起而日沉,为诗心所易到;下句善状骤雨欲来、风先雨至之景,可谓绝妙好词。(俞陛云《诗境浅说丁编》)

(韩唯一)

金陵怀古⁽¹⁾

玉树歌残王气终⁽²⁾,景阳兵合戍楼空⁽³⁾。
楸梧远近千官冢⁽⁴⁾,禾黍高低六代宫⁽⁵⁾。
石燕拂云晴亦雨⁽⁶⁾,江豚吹浪夜还风⁽⁷⁾。
英雄一去豪华尽,惟有青山似洛中⁽⁸⁾。

【注释】(1)金陵:今江苏南京市,孙吴、东晋和南朝宋、齐、梁、陈曾建都于此。 (2)玉树:乐曲《玉树后庭花》,相传为南朝陈后主(陈叔宝)所制,歌词绮艳,男女唱和,其音甚哀。 (3)景阳:即景阳宫。史载:隋开皇八年,贺若弼、韩擒虎等伐陈,次年兵入建业(即金陵),后主与张、孔二宠妃匿入景阳宫井中,后被发现,执押至长安。 (4)楸梧:楸树和梧桐树,这里指坟墓上的树木。 (5)禾黍:《诗经·王风·黍离》小序说,周大夫行役,过故宗庙宫室之地,看见到处长着禾黍,感伤王都颠覆,作《黍离》诗。 (6)石燕:《湘中记》"零陵有石燕,得风雨则飞翔,风雨止还为石。"这里用"石燕"与下句中"江豚"以喻当年曾在金陵风云一时的历史人物。 (7)江豚:《南越志》"江豚如猪,居水中,每于浪间跳跃,风辄起。" (8)洛中:洛阳。金陵与洛阳都有群山环绕,地形相似。作者借此以抒发江山依旧、世事全非的感慨。

【今译】《玉树后庭花》余韵未停歌,帝都金陵王气已湮灭。景阳宫外大兵压境,戍楼空荡荡形同虚设。远远近近的松树、楸树,掩蔽着王公官宦的墓冢密遮,庄稼成行,荒草遍野,原来是昔日庄严的宫阙。石燕驾风,穿雨掠云,叱咤翻翔成过去;江豚跃水,鼓浪逐波,翻腾激荡今日绝。千古风流,一时繁华,都随着沧桑变幻淘汰尽;只有那巍巍青山、滔滔江水,仍像洛阳依伊阙。

【点评】"玉树""景阳",起联用典,由追述史事发端。"歌残",言繁华将尽;"楼空",谓败象已生,虚实点染,见出陈家王朝覆灭前文恬武嬉、衰败没落景象。额联从眼前着笔,"远近""高低",写诗人登高所见,然昔日繁华已

七言律诗 唐

荡然无存，唯有松楸荒冢，残宫禾黍，见出今日金陵衰败如此。颈联用比兴手法，借传说中神奇之物"石燕""江豚"的"拂云""吹浪"以暗示叱咤风云的历史人物。而今"江豚"离浪，"石燕"失风，当年雄踞金陵的帝王豪杰也成为历史陈迹。"英雄一去豪华尽"，总绾一笔，照应首句；"惟有青山似洛中"，用类比手法，寓情于景，抒发作者对繁华易逝、世事沧桑的深沉感慨。"似洛中"一语双关，又不落吊古陈套。

【集说】七言律诗极不易，唐人以诗名家者，集中十仅一二，且未见其可传。盖语长气短者易流于卑，而事实意虚者又几乎塞。用物而不为物所赘，写情而不为情所牵，李、杜之后，当学者许浑而已。……今摭其警句可以为法者书于后……《金陵》云："石燕拂云晴亦雨，江豚吹浪夜还风。"……皆妙。（范晞文《对床夜语》）

一歌未阕，王气遽终，发端自警。起连从陈事，将古迹一笔提过。以下只就目击处感叹，势亦空阔。（何焯《唐三体诗评》）

"青山似洛中"，掉笔又写王气仍旧未终，妙，妙！（金圣叹《金圣叹选批唐诗》）

六朝建都金陵，至陈后主始灭，故以此发端。（沈德潜《唐诗别裁》）

此诗三、四句对得微板，五、六一联变出比意，遂非寻常格律。金陵怀古诗中，岂已见此杰作？（陆次云《中晚唐诗善鸣集》）

此金陵怀古诗也。江东王气，至陈后主而终，兵合景阳，英雄事去，故诗以"玉树歌残"为发端之词。此二句（按：指颔联）谓秋梧飒飒，尽消沈将相王侯；禾黍油油，更谁问齐梁晋宋？涵举一切，不专指一代一事。（俞陛云《诗境浅说丁编》）

（韩唯一）

杜 牧

杜牧（803—852），字牧之，京兆万年（今陕西西安）人。故相杜佑孙。太和二年（828）进士。曾为江西观察使，宣歙观察使沈传师和淮南节度使牛僧孺幕僚，历任监察御史，黄、池、睦诸州刺史，后入为司勋员外郎，官终中书舍人。以济世之才自负，诗文中多指陈时政之作，写景抒情之作清丽生动，尤长于七绝，后人称"小杜"。有《樊川文集》。

题宣州开元寺水阁阁下宛溪夹溪居人[1]

六朝文物草连空，天淡云闲今古同。
鸟去鸟来山色里，人歌人哭水声中[2]。
深秋帘幕千家雨，落日楼台一笛风。
惆怅无因见范蠡[3]，参差烟树五湖东[4]。

【注释】（1）本诗作于唐开成三年（838）宣州幕中。宣州：今安徽宣城，城中有开元寺（本名永安寺），东晋时所建，是名胜之一。城东有宛溪，源出

县东南峄山。　　（2）人歌人哭："歌哭"语出《礼记·檀弓》，"晋献文子成室，张老曰：'美哉轮焉！美哉奂焉！歌于斯，哭于斯，聚国族于斯。'""歌哭"指喜庆丧吊，代表了人由生到死的过程。　　（3）范蠡：春秋时楚国人，字少伯。曾为越国大夫，辅佐越王勾践刻苦图强，打败吴王夫差。功成之后，为避免越王的猜忌，遂"乘扁舟，出三江，入五湖，人莫知其所适"（《吴越春秋》）。（4）五湖：太湖与和它相连的四个小湖统称为五湖，也可作太湖的代称。

【今译】六朝文物已不见，唯有草色连晴空。白云悠悠天淡远，古今此景依然同。飞鸟盘桓各来去，出没山色掩映中。欢歌才罢哭声起，岁岁年年伴水声。敲窗冷雨似帘幕，秋染千家色朦胧。苍凉楼台映落日，断续笛声随晚风。沉吟良久增惆怅，顿生美慕范蠡情，功成身退泛五湖，隐没参差烟树中。

【点评】诗名为题景，内容则在吊古寄慨。"今古同"三字为全诗机枢，诗人情愫皆由此产生、抒发。"六朝文物"言变，"天淡云闲"言同，天行有常，人生难以永驻。中间两联通过自然、人类的回环往复之变，阐发"今古同"三字命意：山中鸟来去，歌哭随水声，从较广阔久远的时空写"同"。虽是今日登临见闻，却世世代代如此。深秋雨、落日风，从眼前景物变化写"同"。虽为一地一时感受，然年年岁岁如此。"惆怅"领起尾联，总写登临感受；思慕"范蠡"，似得一时解脱。人生一世，唯有参透功名利禄，急流勇退，方能探得真谛。全诗联联有景，由览景而生感，由述感而抒情，因至情而见理，情景交融，情理相生，实为小杜拗峭清隽本色。

【集说】藻思蕴蓄已久，偶与境会，不禁触绪而来。（范大士《历代诗法》）

闲适题诗，却吊古。胸中眼中，别有缘故。气甚豪放，晚唐不易得也。（屈复《唐诗成法》）

寄托高远，不是逐句写景，或为题所漫，便无味矣。（何焯《唐三体诗评》）

此上三句落脚字，皆自吞其声，韵短调促，而无抑扬之妙。因易为"深秋帘幕千家月，静夜楼台一笛风"，乃示诸歌诗者，以予为知音否邪？（谢榛《四溟诗话》）

吴兆江曰："起四句极奇,小杜最善琢制奇语也。"(高步瀛《唐宋诗举要》引)

(韩唯一)

九日齐山登高⁽¹⁾

江涵秋影雁初飞,与客携壶上翠微⁽²⁾。
尘世难逢开口笑,菊花须插满头归。
但将酩酊酬佳节,不用登临恨落晖。
古往今来只如此,牛山何必独沾衣⁽³⁾。

【注释】(1)这首诗作于唐武宗会昌五年(845),杜牧任池州刺史时。齐山:指池州城东南的齐山。古人在阴历九月初九有登高望远的习俗。 (2)翠微:青翠的绿色,这里指树木尚未凋落的齐山。 (3)牛山:在山东淄博市临淄南。据《韩诗外传》载,齐景公游于牛山之上,北望国都临淄说:"美哉国乎!使古而无死者,则寡人将去此而何之?"遂泣下沾襟。

【今译】江面倒映着秋影,长空中大雁正在南飞。与友人带着美酒,登上那高耸的齐山。尘世难得有欢畅心情,最好是头插菊花尽兴而归。节日如此美好,怎不喝它个酩酊大醉!又何必在登临时怨恨落晖!古往今来谁能在时间中永恒,还是尽情欢乐不要为生命伤悲。

【点评】首联写景记事,为登高抒怀张本,后三联随即转入抒情。"尘世难逢开口笑",将人生忧患一笔说尽,遂成千古名句;"菊花须插满头归",跳出一步,自我作答,领起下文。三联稍作顿宕,因"落晖"想到生命的短暂,因生命短暂想到欢乐的有限,思致几经曲折,而归穴于"酩酊"。尾联以饱含哲理的笔触,表现出一种通达开朗的人生观。

【集说】杜牧"江涵秋影雁初飞,与客携壶上翠微",虽意稍疏野,亦自一种风致。(胡应麟《诗薮》)

一句七字,写出当时一俯一仰无限神理。异日东坡《后赤壁赋》"人影在

377

七言律诗

地,仰见明月",便是一副印版也。只有此句起好时,下便随意随手,任从承接,或说是悲愤,或说是放达,或说是傲岸,或说是无赖,无所不可。东坡《后赤壁赋》通篇奇快疏妙文字,亦只是八个字起得好也。后解,得醉即醉,又何怨乎?"只如此"三字妙绝!醉亦"只如此",不醉亦"只如此";怨亦"只如此",不怨亦"只如此"。(金圣叹《金圣叹批选唐诗》)

末二句影切齐山,非泛然下笔。(沈德潜《唐诗别裁》)

吴曰:"感慨苍茫,小杜最佳之作。"(高步瀛《唐宋诗举要》引)

(张晓瑗)

润　州(1)

向吴亭东千里秋(2),放歌曾作昔年游。
青苔寺里无马迹,绿水桥边多酒楼。
大抵南朝皆旷达(3),可怜东晋最风流(4)。
月明更想桓伊在(5),一笛闻吹出塞愁(6)。

【注释】(1)本诗作于唐大中二年(848)九月杜牧自睦州赴京途中。原作二首,此为其一。润州:在今江苏镇江。　(2)向吴亭:亭名,在今丹阳市南。　(3)大抵:大略。　(4)可怜:可爱。　(5)桓伊:东晋吹笛好手,被赞为"尽一时之妙,为江左第一"。　(6)出塞:与《入塞》皆为乐曲名。相传东晋刘畴,为避乱藏于土障之中,被数百胡商发现,欲加害。畴毫无惧色,拿来胡笳吹奏《出塞》《入塞》曲,感动了胡商,胡商遂纷纷离去。

【今译】向吴亭东极目望,千里清秋野茫茫。当年曾来此地游,轻歌曼舞乐欲狂。而今古寺马迹绝,青苔满阶依空墙。河边酒楼今犹在,映入桥下水荡漾。昔年南朝冶游客,多因旷达美名扬;更有东晋高雅士,占尽风流兼倜傥。秋夜月明惆怅生,徘徊忽觉笛悠扬;莫非桓伊献绝技,一曲《出塞》更心伤!

【点评】"千里秋",虽是时令之景,更有登临之情。极目东望,茫茫千里,一片清秋景色,诗人顿生苍凉荒忽之感。"昔年""放歌",衬写出今日重游之不堪,又兴往事不再之悲。颔联实写眼前景:"青苔"满古寺,眼前一片荒凉冷落之景;"绿水"绕"酒楼",又勾人忆起昔日繁华,一"无"一"多",一衰一盛,风物世事沧桑变化若此。颈联由览物而生思古之情,南朝"旷达",东晋"风流",俯仰之间,已为陈迹;修短随化,终期于尽! 此联地切、人切、景切、情切,千载一瞬,古今一体。用典精当,对仗工稳,遂成千古佳构! 尾联中"月明""闻笛",又一"愁"字回应全篇,使人尤觉清冷凄迷,愁思悠悠不已。

【集说】律诗至晚唐,李义山而下,惟杜牧之为最。宋人评其诗豪而艳,宕而丽,于律诗中特寓拗峭,以矫时弊,信然。(杨慎《升庵诗话》)

(韩唯一)

七言律诗

李忱

李忱(810—859),即唐宣宗,唐宪宗第十三子,公元847—859年在位,雅好文士,恭俭好善,史称大中之政,有贞观风。《全唐诗》存诗六首。

吊白居易⁽¹⁾

缀玉联珠六十年⁽²⁾,谁教冥路作诗仙⁽³⁾。
浮云不系名居易,造化无为字乐天⁽⁴⁾。
童子解吟长恨曲⁽⁵⁾,胡儿能唱琵琶篇⁽⁶⁾。
文章已满行人耳,一度思卿一怆然。

【注释】(1)唐武宗会昌六年(846),白居易逝世。此诗即为悼念白居易而作。 (2)缀玉联珠:赞美白居易创作的诗篇犹如珠玉一样美好。六十年:白居易十六岁入长安应考,留下著名的《赋得古原草送别》,到七十五岁时逝世,从事诗歌创作正好六十年。 (3)冥路:古时称人死后所居之地为冥间、冥府。冥路即指白居易离开人间赴冥间。 (4)"浮云"二句:意谓白居易不为功名利禄所系,故取名居易,同时又纯任天然,清心寡欲,故取字为乐天。宋代晁迥《法藏碎金录》云,"白公名居易,盖取《礼记·中庸》篇云,'君子居易以俟命。'字乐天,又取《周易·系辞》云,'乐天知命故不忧。'予观公之事迹,可谓名行相副矣。" (5)长恨曲:《长恨歌》。 (6)胡儿:北方少数民族年轻人。琵琶篇:《琵琶行》。

【今译】六十年的诗歌创作,给人间留下宝贵的诗篇。谁教你踏上冥路,到另一个世界去作诗仙?你取名为居易,是因为你不留恋虚幻的功名利禄;你清心寡欲,听任造化,所以就取字叫乐天。孩童能吟诵你的《长恨歌》,胡儿会唱《琵琶行》。世人都知道你的文章,并且每当想起你时都会觉得十分悲伤。

【点评】这首诗对白居易的诗歌及其人品给予了客观而公允的评价。在伤悼诗中独具一格。首联先以"缀玉联珠"赞其诗歌之珍贵,而接以"冥路作诗仙",痛惜之情溢于言表。"谁教"二字,提顿得无比沉痛。颔联,赞扬其人品,简洁凝练。颈联写其诗歌在大众中之广泛传播。以"童子"与"胡儿"作代表,足见其诗流传之广与家喻户晓之程度。尾联抒发伤悼怀念之情。全诗感情真挚,语言朴实。

【集说】帝好进士及第,每对朝臣问及第,苟有科名对者,必大喜,便问所试诗赋题目并主司姓名。或佳人物偶不中第,必叹息移时。尝于内自题乡贡进士李道龙。白居易之死,帝以诗吊之。(尤袤《全唐诗话》)

(杨恩成)

381

七言律诗

温 庭 筠

温庭筠(812—870),本名歧,字飞卿,太原祁(今山西祁县)人。累举不第,宣宗大中末,授方山尉。徐商镇襄阳,往依之,曾署巡官。飞卿才思艳丽,诗词并工,作赋凡八叉手而八韵成,时号"温八叉"。有《温飞卿集》。

回 中 作[1]

苍莽寒空远色愁,呜呜戍角上高楼。

吴姬怨思吹双管[2],燕客悲歌别五侯[3]。

千里关山边草暮,一星烽火朔云秋。

夜来霜重西风起,陇水无声冻不流[4]。

【注释】(1)此诗约为开成五年(838)秋,温庭筠在回中感怀而作。回中:在今甘肃泾川。 (2)吴姬:江南的女子。 (3)燕客:燕地的侠客,此似指燕太子丹的门客荆轲。五侯:诸侯。 (4)陇水:河流名,源出陇山,在今甘肃境内。

【今译】苍莽的寒空中愁云密布,高耸的戍楼上角声呜呜。吴姬吹双管倾诉着怨思,燕客唱悲歌与诸侯分途。千里关山外边草已干枯,深秋暮色里有烽火一簇。夜霜透骨寒,西风吹呼呼,陇水已凝结成冰,难以畅流。

【点评】全诗以"愁"为主旨。首联就描绘出一幅愁云惨布,苍茫凄凉的边塞图,"苍莽寒空""呜呜戍角",分别从视觉和听觉上加强"愁"的气氛。次联,分言思妇、征夫之愁,一哀婉,一悲壮,对仗工稳,音韵铿锵,拓宽了诗的意境。以下四句,一气流转,化板滞为活脱。夕阳西沉,边草枯黄,荒凉的关山只有"一星烽火",冷冷清清,衰败凄凉。"霜重"风急,水冻无声,严寒吞噬了一切生机,关山变得死寂,戍卒的心中不也如冻不流的陇水一样,充满了"无声"的哀愁吗?

【集说】温、李并称,自今古皮相语。飞卿,一钟馗傅扮耳;义山风骨,千不得一。唯此作纯净可诵。(王夫之《唐诗评选》)

（杜晓勤　陈瑜）

苏　武　庙

苏武魂销汉使前,古祠高树两茫然。
云边雁断胡天月(1),陇上羊归塞草烟(2)。
回日楼台非甲帐(3),去时冠剑是丁年(4)。
茂陵不见封侯印(5),空向秋波哭逝川。

【注释】(1)"云边"句:汉昭帝时,匈奴与汉和亲。汉使到匈奴后,得知苏武尚在,乃诈称汉朝皇帝射雁上林苑,得苏武系在雁足上的帛书,知武在某泽中,匈奴方才承认,并遣武回国。此句想象苏武初因时望南飞大雁思归的心情。　(2)"陇上"句:言苏武在匈奴北海上无人处牧羊的情景。　(3)甲帐:指汉武帝居住的楼台殿阁。　(4)丁年:壮年。　(5)茂陵:汉武帝的陵墓,在今陕西咸阳市西北十里处。

【今译】苏武初遇汉使,悲喜交集感慨万端,而今古庙高树,肃穆庄严,久

远渺然。胡月下大雁飞向南方，荒烟里赶着羊群归垄上。去时戴冠佩剑身强壮，回时却再难见武帝甲帐。如今他完节归来被封侯，只能对着秋波哭吊先皇，哀叹逝去华年。

【点评】题为"苏武庙"，实因"庙"而思"苏武"，以托己志，故全诗只有次句写"庙"，首联用"魂销"状苏武在异域历尽艰辛骤见汉使时的复杂感情，真切传神。次联，一写"雁"向南飞翔，一写苏武牧羊垄上，对比鲜明，情见言外。颈联，由"回日"忆及"去时"，以"去时"反衬"回日"，更觉人事沧桑，徒增感伤。末联抒苏武故君之思，和岁月蹉跎之悲，意境苍茫，情调悲慨。

【集说】庭筠七言律，如"莽莽寒空""苏武销魂""曾于青史"三篇，乃晚唐俊调。（许学夷《诗源辩体》）

　　五六与"此日六军同驻马"一联，俱属逆挽法，律诗得此，化板滞为跳脱矣。（沈德潜《唐诗别裁》）

（杜晓勤　陈瑜）

李商隐

李商隐(813?—858?)字义山,号玉谿生,又号樊南生。原籍怀州河内(今河南沁阳),自祖父起,迁居郑州荥阳(今河南荥阳市)。开成二年(837)进士,曾任掌书记、太学博士、判官、检校工部员外郎等职,因陷入牛李党争而载沉载浮,于盛年卒于荥阳。商隐才高韵雅情深,其诗多抒写政治、爱情以及人生失意的诸多感慨,兴寄幽微,博丽精整,深情绵邈,与温庭筠、段成式合称"三十六体",与杜牧并称"小李杜"。有《李义山诗集》三卷。

无　题⁽¹⁾

相见时难别亦难,东风无力百花残。
春蚕到死丝方尽,蜡炬成灰泪始干。
晓镜但愁云鬓改,夜吟应觉月光寒。
蓬山此去无多路⁽²⁾,青鸟殷勤为探看⁽³⁾。

【注释】(1)李商隐共写十九首"无题"诗,隐晦含蓄,大多属于不便明言或思绪繁杂难以立题概括之作。此诗一说写离别相思,一说写政治寄托。

（2）蓬山：蓬莱山，指仙境。这里借指自己情人的住处。 （3）青鸟：《汉武故事》记载，西王母会见汉武帝之前，先派出青鸟报信。后代因以青鸟作为传递信息的使者。

【今译】见面多么不易，分别时更是难舍，东风无力地吹动，百花已经凋残。春蚕直到死去时丝儿才会吐尽，蜡烛只有变成灰泪珠方始流干。早晨对镜只恐青丝又添白发，夜间吟诗必然感到月光凄寒。蓬莱山由此前往路程并不漫长，托青鸟捎去问候将她殷勤探看。

【点评】"别"字为一篇张本。别难由见难而来，故诗以"相见时难"领起。以下七句，曲曲折折，反反复复，所写无不是从"别"字衍出。二句点分别之时是在春风乏力、百花凋零的暮春；三四句以蚕、烛为喻，剖白自己在别离情况下爱情不渝、无限感伤的心态；五六句想象对方的早晚情景——对镜心动，叹息年华易逝，吟诗伤怀，顿觉心绪凄寒；结尾两句回应篇首"相见时难"与"别亦难"，写出虽在别离中难以再见，但仍希望彼此间保持联系，沟通情感。此诗表现了诗人执着的追求与矢志不移的深情。是否只是爱情诗，还是在政治上也有所寄托，则已难以指实了。"春蚕"一联是名句，常用以表示对爱情的坚贞执着，至死不渝。这一联感情深挚，比喻贴切，形象生动，声韵婉转。双关词的运用——"丝"与"思"谐音双关，"泪"字同字双关，更使诗句增添了有余不尽的情韵。

【集说】绮靡浓艳，伤春悲秋，至于"春蚕到死""蜡炬成灰"，深情罕譬，可以涸爱河而干欲火。（《李义山诗集笺注》钱谦益序）

冯舒语："第二句毕世接不出。"（《义门读书记》引）

此句（第二句）言光阴难驻，我生行休也。（何焯《义门读书记·李义山诗集》）

此等诗似寄情男女，而世间君臣朋友之间，若无此意，便泛泛然与陌路相似。此非粗心人所知。（姚培谦《李义山诗集笺注》）

李义山慧业高人，敖陶孙谓其诗"绮密瑰妍，要非适用"，此皮相耳。义山《无题》云"春蚕到死丝方尽，蜡炬成灰泪始干。"又"神女生涯原是梦，小

姑居处本无郎。"其指点情痴处，拈花棒喝，殆兼有之。（叶矫然《龙性堂诗话初集》）

义山诗，当赏其体物之工，毋美其丽事之密。《马嵬》诗"此日六军同驻马，当时七夕笑牵牛"，尚不过作对活泼。《无题》诗"春蚕到死丝方尽，蜡炬成灰泪始干"，是非体贴人情、推寻物理者，岂能出此。（王鸣盛《蛾术编》卷七十七迮鹤寿按语）

（陈志明）

安定城楼⁽¹⁾

迢递高城百尺楼⁽²⁾，绿杨枝外尽汀洲⁽³⁾。
贾生年少虚垂涕⁽⁴⁾，王粲春来更远游⁽⁵⁾。
永忆江湖归白发，欲回天地入扁舟。
不知腐鼠成滋味⁽⁶⁾，猜意鸳雏竟未休。

【注释】(1)唐文宗大和九年（835），王茂元拜泾原节度使，开成三年（838），商隐赴其幕，还做了王的女婿。不久，商隐应博学宏词科试，落选回泾州，登楼有感，写此遣怀。安定：泾州（今甘肃泾川县北），唐代泾原节度使治所。　(2)迢递：高貌。　(3)汀洲：泾州城东有"美女湫"，广袤数里，汀洲即指此。　(4)"贾生"句：贾谊年轻时曾上《治安策》，不为汉文帝采纳，因《治安策》开头有"可为痛哭者一，可为流涕者二，可为长太息者六"，故谓"虚垂涕"。　(5)"王粲"句：王粲十七岁时，避乱至荆州，依刘表，刘表不重之，登当阳城楼，作《登城赋》以明己志。(6)腐鼠成滋味：典出《庄子·秋水》，惠施相梁，恐庄子夺其相位，百般防范。于是庄子见惠施，坦率地对他说，鹓雏（传说中与凤凰同类的鸟，庄子自比）非练实不食，非醴泉不饮，从来不会把鸱（鹞鹰，比惠施）的腐鼠（比相位）当美味而希羡！商隐用此寓言表示自己敝屣功名利禄，正告他人不要妄加猜测。

【今译】城墙巍峨，城楼雄壮；城外绿杨轻拂，美女湫上一片春光。年轻的贾谊因失志空垂悲泪，春天里王粲也曾客游他乡。我欲回旋天地，功成入

七言律诗

扁舟，了结心中对江湖永久的盼望，可那些迷恋权势的利禄之徒，竟对我无休止地造谣中伤。

【点评】登楼赋诗，贵在境界阔大，情蕴绵厚。商隐应试落选，又遭群小中伤，自是久蓄其情，一触即发。故首联一言楼高，一言景远，在时、空的感觉上，自非无病呻吟之"强说愁"，故落笔气壮而健举。颔联荡开一笔，缘"贾生"之悲，"王粲"之哀，取拟于伦，十分贴切，且对仗工稳，音韵铿锵。"虚""更"二字，见其骨力。腹联收回，直言己志，锤字坚实，结响凝固。尾联又进一层，别开境界，照应"永忆"句，益显其胸怀磊落、意志之坚。整首诗出入今古，跌宕有致，曲尽其情，曲言其事，诚为七律之高唱！

【集说】王荆公晚年亦喜称义山诗，以为唐人知学老杜而得其藩篱者，惟义山一人而已。每诵其"雪岭未归天外使，松州犹驻殿前军"，"永忆江湖归白发，欲回天地入扁舟"，与"池光不受月，暮气欲沉山"，"江海三年客，乾坤百战场"之类，虽老杜无以过也。（蔡启《蔡宽夫诗话》）

第二言满地江河，欲归即得，五六言所以"垂泪"与"远游"者，岂为此腐鼠而不能舍然哉？吾诚"永忆"江河，欲归而优游白发，但俟回旋天地功成，却入扁舟耳！此二句亦是荆公一生心事，故酷爱之。（何焯《义门读书记·李义山诗集》）

纪昀云：刺同侣猜忌之作。又曰：五六句王荆公所赏，四家以为逼近老杜，是也。然使老杜为之，末二句必不如此浅露。（沈厚塽《李义山诗集辑评》）

玩末句，幕中时有忌间之者。（方东树《昭昧詹言》）

义山志在经世，为令狐氏所摈，朝籍无名；又因就王、郑之辟，益加猜忌，故感赋此诗。……上半言登高望远之余，俯仰身世，何异贾生之迁长沙、王粲之依刘表邪？下半言所以"垂泪""远游"者，岂为此"腐鼠"而不能舍然哉？吾"永忆江湖"，欲归而优游白发，但必俟回旋天地，功成却入扁舟耳！何猜意鸩雏者之卒未有已也。（陆昆曾《李义山诗解》）

贾生对策，比鸿博不中选。王粲依刘，比己为茂元幕官。"欲回天地""永忆江湖"，言我之所志甚大，岂恋此区区科第，而俗情相猜忌哉！

义山一生躁于功名,盖偶经失志,姑作不屑语以自慰也。(张采田《玉溪生年谱会笺》)

(杜晓勤　陈瑜)

无　题⁽¹⁾

昨夜星辰昨夜风,画楼西畔桂堂东。

身无彩凤双飞翼,心有灵犀一点通⁽²⁾。

隔座送钩春酒暖⁽³⁾,分曹射覆蜡灯红⁽⁴⁾。

嗟余听鼓应官去⁽⁵⁾,走马兰台类转蓬⁽⁶⁾。

【注释】(1)这是开成四年(839)商隐由秘书省校书郎调补弘农尉时所作。　(2)灵犀:犀牛角,它在古代被视为灵异之物,特别是它中央有一道贯通上下的白线(实为角质),更增添了神异色彩。　(3)送钩:古代酒宴上的一种游戏,将钩传于某人手中让对方猜。　(4)射覆:也是一种游戏,藏物于巾盂之下让人猜。　(5)听鼓:唐时夜漏尽而击漏鼓,开宫门,百官清晨听鼓进朝。　(6)兰台:指秘书省。

【今译】昨夜群星闪烁,和风融融,我们相会在画楼桂堂边,互诉衷情。如今天各一方,阻隔重重,我虽不能如彩凤展翅,飞越夜空,心却像灵犀一样,与你相通。隔座送钩,分曹射覆,今夜的欢宴,依然是酒暖灯红。只可惜晨鼓已敲,催我入宫,我仍要在官场上,漂转如蓬!

【点评】"星辰"如昨夜,"夜风"如昨夜,引发出诗人对昨夜欢会的追忆。两言"昨夜",句中自对,寄思浓郁。"画楼""桂堂",温馨旖旎,美不胜收。可这终成过去,心中不免伤感。腹联承此情而来,用了两个略貌取神的比喻,写其阻隔中的契合,苦闷中的欣喜,寂寞中的慰安。"彩凤""心有",一悲一喜,备述复杂心态。取舍之后,诗人便心驰神往,跨越时空,想象对方今夕处境。五、六句明写彼之欢,实暗言己之悲。尾联悲上加悲,非唯有爱情阻隔的怅惘,也有身世飘蓬的慨叹,漏鼓声将两者融成一片,无端无涯,耐人寻

七言律诗

味。通首章法多变,抑扬顿挫,有一唱三叹之妙。商隐言情之作甚多,此诗戛戛独造,别开新境。

【集说】定翁云:起句妙。冯己苍先生云:妙在首二句。次联衬贴流丽圆美,西昆一世所效,义山高处不在此。(何焯《义门读书记·李义山诗集》)

此初官正字,歆美内省之寓言也。首句点其时其地。"身无"二句,分隔情通。"隔座"二句,状内省诸公联翩并进得意情态。结则艳妒之意,恐己不能身厕其间,喜极故反言之也。(张采田《玉溪生年谱会笺》)

此二首疑在王茂元家观其家妓而作,后篇已说明矣。"隔座"二句点明家妓。盖因亲串,故晦其题耳。(张采田《李义山诗辨正》)

首句"星辰"字、"风"字,非泛然写景,正见得"昨夜"乃良夜也。当此良夜,阻我佳期,则"画楼""桂堂"之间,虽不能至,心向往之矣。"隔座送钩""分曹射覆",言一宵乐事甚多,而"听鼓应官"之客,曾不得身与其间,伤之也,亦妒之也。(陆昆曾《李义山诗解》)

(杜晓勤　陈瑜)

无　题[1]

来是空言去绝踪,月斜楼上五更钟。
梦为远别啼难唤,书被催成墨未浓。
蜡照半笼金翡翠[2],麝熏微度绣芙蓉[3]。
刘郎已恨蓬山远[4],更隔蓬山一万重。

【注释】(1)此诗为大中元年(847)商隐重入秘书省后接受郑亚的聘请,将远赴桂林时所作。　(2)金翡翠:灯罩上描金的翠雀。　(3)绣芙蓉:帘幔上彩绣的芙蓉。　(4)刘郎:刘晨。汉永平年间,刘晨、阮肇在天台桃源洞遇仙,事见南朝宋刘义庆《幽明录》。

【今译】来已成空,去又杳无影踪,月照空楼传来声声晓钟。远别难聚,我在梦中呼唤你,匆匆成书墨也未曾研浓。残烛余光半照着金鸟雀,麝香浮

动浸透了绣芙蓉。刘郎已恨蓬山遥远仙难遇,你却更比蓬山远过一万重!

【点评】"远别"成恨,梦想欢聚,已见相思之深;醒后难耐孤寂,又匆匆成书,益见积愫之重。"蜡照翡翠""麝度芙蓉",极状室内暖景,反衬心境孤冷。梦境、实景,融成一片,有往事不可复寻的感慨。末联承前六句之大笔渲染,故结句水到渠成,大胆说出此"恨",反具回肠荡气之妙。

【集说】《文集》有《上兵部相公启》云:"令书元和中《太清宫寄张相公》旧诗上石者,昨一日书讫。"令狐绹大中四年十月以兵部尚书同平章事,五年四月换礼部尚书。义山是年春初还京,诗有"书被催成"语,正指其事。……首章纪令狐绹来谒,匆匆竟去之事。"蜡照"二句,去后寂寞景况。结言从前内相位望,已恨悬隔;今则礼绝百寮,真不啻云泥万里矣。(张采田《玉溪生年谱会笺》)

"梦为"二句,即《碧瓦》诗"梦到飞魂急,书成即席遥"之意。《碧瓦》一首疑亦同时所作,皆为子直咏也。彼诗用事稍晦,此四首较明显,学者当参观之。(张采田《李义山诗辨正》)

通篇一意反覆,只发挥得"来是空言去绝踪"七字耳。言我一夜之间,辗转反侧,而因见夫月之斜、因闻夫钟之动,思之亦云至矣。乃通之梦寐,而"梦为远别",何踪迹之可寻乎?味其音书,而书被"催成",宁"空言"之足据乎?"蜡照半笼",言灯光已淡,"麝熏微度",言香气渐消,夜将尽而天欲明之时也。言我之凄清寂寞至此,较之蓬山迢隔,不啻倍蓰,则信乎"来是空言去绝踪"也。(陆昆曾《李义山诗解》)

（杜晓勤 陈瑜）

锦　瑟[1]

锦瑟无端五十弦,一弦一柱思华年[2]。
庄生晓梦迷蝴蝶[3],望帝春心托杜鹃[4]。
沧海月明珠有泪[5],蓝田日暖玉生烟[6]。
此情可待成追忆,只是当时已惘然[7]。

【注释】（1）此诗作于大中二年（848），诗人当时失去幕职，漂泊巴蜀。锦瑟：绘满了花纹的瑟。 （2）华年：美好的青春时代。 （3）"庄生"句：《庄子·齐物论》云"昔者庄周梦为蝴蝶，栩栩然蝴蝶也"。 （4）望帝：名杜宇，古蜀国帝。相传他死后魂化为鸟，名为杜鹃。 （5）珠有泪：典出《博物志》，"南海外有鲛人，水居如鱼，不废绩织，其眼泣则能出珠。" （6）蓝田：蓝田山，盛产玉，在今陕西蓝田县境内。 （7）惘然：若有所失的样子。

【今译】锦瑟上的琴弦有五十根，根根思念着我那美好的年华。晨梦中，庄周化为蝴蝶，春天里，杜鹃啼碎望帝心。沧海明月凝就了鲛人的泪珠，蓝田美玉幻成五彩的烟云。昔日的欢情早已随着青春去，如今的追忆却总伴着哀叹声。

【点评】此诗以"锦瑟"起兴，寄托遥深。二、三联写昔日欢情，用典浑融天成，意象迷离，辞约意丰。且一气贯下，如珠走盘。末二句结法独特，更深进一层，情味婉曲而深挚。

【集说】李商隐有《锦瑟》诗，人莫晓其意，或谓是令狐楚家青衣名也。（刘攽《中山诗话》）

李诗"庄生晓梦迷蝴蝶"，适也；"望帝春心托杜鹃"，怨也；"沧海月明珠有泪"，清也；"蓝田日暖玉生烟"，和也。一篇之中曲尽其意。史称其瑰奇雄迈，信然！（何汶《竹庄诗话》）

李义山《锦瑟》中二联是丽语，作适怨清和解，甚通。然不解则涉无谓，既解则意味都尽。以此知诗之难也。（王世贞《艺苑卮言》）

纪昀曰：以"思华年"领起，以"此情"总承，盖始有所欢，中有所阻，故追忆之而作；中四句迷离惝恍，所谓惘然也。（张采田《李义山诗辨正》）

此悼亡之诗也。首特借素女鼓五十弦之瑟而悲，泰帝禁不可止，发端言悲思之情有不可得而止者。次联则悲其遽化为异物。腹联又悲其不能复起之九泉也。曰"思华年"，曰"追忆"，旨趣晓然。何事纷纷附会乎？……亡友程湘衡谓：此义山自题其诗以开集首者。次联言作诗之旨趣，中联又自明其

匠巧也。余初亦颇喜其说之新，然义山诗三卷出于后人掇拾，非自定，则程说固无据也。(何焯《义门读书记·李义山诗集》)

(杜晓勤　陈瑜)

马　嵬⁽¹⁾

海外徒闻更九州⁽²⁾，他生未卜此生休。
空闻虎旅传宵柝⁽³⁾，无复鸡人报晓筹⁽⁴⁾。
此日六军同驻马，当时七夕笑牵牛。
如何四纪为天子⁽⁵⁾，不及卢家有莫愁⁽⁶⁾。

【注释】(1)马嵬:地名,即马嵬坡,故址在今陕西省兴平市。原诗二首,此为其二。　(2)更:再,还有。九州:古代将中国分为九州,此指仙境。(3)宵柝:军旅中夜间报更的刁斗声。　(4)鸡人:皇宫中负责报时的卫士。筹:更筹,夜间计时之具。用竹木制之,作为漏壶中的浮标。　(5)四纪:古代以十二年为一纪,四纪为四十八年,玄宗在位四十五年,此举其成数。(6)莫愁:古代洛阳民女,嫁到卢家后生活十分幸福,此处借指普通民间妇女。

【今译】听说海外还有仙州可供遨游,岂知来世难料今生已休。马嵬坡下君王无奈兵变,玉环替罪死,隆基泪空流。夜晚军旅中巡更梆声入耳酸辛,再难重温昭阳殿里报晓的敲击更筹。记得当年七夕笑谈牛女相望的私语,岂料今日六军不发只能割爱俯就。为什么做了四十五年的风流皇帝,还不如民间普通丈夫,能让妻子永无后顾之忧,生死之愁?

【点评】首联将传说与历史糅合,增添了玄宗失位失爱的悲剧色彩。玄宗碧落黄泉寻求贵妃芳魂,听说有方士在海外仙山看见贵妃,而"徒闻"并非真实。"休"与"未卜"映衬,此生都不能把握,他生又怎能预测呢? 逗出玄宗的丧权与痴想。中间两联将逃难马嵬六军哗变的惊惶无主与当年宫中的享乐、恩爱作比,既自惭自责又痛不欲生。"笑牵牛"时焉知会笑自己,真乃绝

七言律诗

妙讽刺之语。尾联以反诘口吻作结,笔力雄健,在对比之中见出玄宗的可怜与无能。以叙事充实想象,以映衬加强议论,今昔对比,时空交错,既有冷峻的讽刺,又有深刻的反思。

【集说】《诗眼》云:首联语既清切高雅,故不用愁怨堕泪等语,而闻者为之深悲。次联如亲扈明皇,写出当时物色意味也。三联语益奇,世人但称巧丽,不识其高情远韵,可叹也。(高棅《唐诗品汇》)

纵横宽展,亦复讽叹有味。对仗变化生动,起联才如江海。老杜云:"前辈飞腾入,馀波绮丽为。"义山足窥此秘。五六倒叙奇特。看温飞卿作,便只是《长恨歌》节要,不见些子手眼。落句专责明皇,识见最高。此推本言之也。(何焯《义门读书记·李义山诗集》)

起句破空而来,最是妙境,况承上者,已点明矣,古人连章之法也;次联写事甚警;三联排宕;结句人多讥其浅近轻薄,不知却极沉痛,唐人习气,不嫌纤艳也。(冯浩《玉溪生诗集笺注》)

五六语递挽法,若顺说便平。末言四纪天子不及民间夫妇,盖讥之也。(沈德潜《唐诗别裁》)

(李达武)

赵嘏

赵嘏,字承祐,山阳(今江苏淮安)人。会昌二年(842)进士。大中年间官终渭南尉,世称赵渭南,卒年40岁。其诗律切工稳,清圆流畅,赡美而多兴味,诗风接近杜牧,于辞采风华中兼饶俊逸疏宕之气,但题献应酬之作过多。有《渭南集》三卷。《全唐诗》录存其诗二卷,《全唐诗外编》补录三首。

长安秋望⁽¹⁾

云物凄凉拂曙流⁽²⁾,汉家宫阙动高秋。
残星几点雁横塞,长笛一声人倚楼。
紫艳半开篱菊静,红衣落尽渚莲愁。
鲈鱼正美不归去⁽³⁾,空戴南冠学楚囚⁽⁴⁾。

【注释】(1)此诗一作《长安秋夕》《长安晚秋》,写深秋拂晓的长安景色和羁旅思归心情。 (2)云物:天上飘拂的云雾。拂曙:拂晓。流:移动。(3)"鲈鱼"句:《晋书·张翰传》"翰因见秋风起,乃思吴中菰菜、莼羹、鲈鱼脍,曰:'人生贵得适志,何能羁宦数千里,以要名爵乎?'遂命驾而归。"此句

395

七言律诗
唐

用此典故表达思乡之情。 (4)南冠、楚囚:《左传·成公九年》"晋侯观于军府,见钟仪,问之曰:'南冠而絷者谁也?'有司对曰:'郑人所献楚囚也。'使悦之,召而吊之"。楚国在南方,故称楚冠为南冠,"南冠楚囚"指失去自由、被掳他乡的囚徒。

【今译】凄清的云雾在晨光中漂流,汉朝的宫殿巍峨耸立,装点着深秋。天空残星几点,大雁南下飞过边塞,悠扬笛声里我只身倚楼。艳紫的篱边,菊开了一半多么宁静,褪去了红衣裳的渚莲显得憔悴忧愁。正当鲈鱼肥美时却不能返回故里,我徒然思乡就像晋国当年的楚囚。

【点评】此诗第三、四句是唐诗中的名句,诗人因此句而被杜牧戏称为"赵倚楼"。然此诗之佳处并不仅止于此句。全诗所写,紧扣一个"望"字,先写望中所见,接着抒发由此引出的感慨。写景的前六句有着鲜明的时地特色,时间是在深秋的清晨,地点是在"汉家宫阙"所在的长安;诗境半阔半细,前四句清旷阔远,五六句凄婉幽丽,彼此补充,两相映照;意象丰富,一句一景,其间流贯着诗人的感情,故又并不显得堆垛或散乱,凄清的云物、发愁的渚莲以及南归的大雁,更是直接渗透着诗人浓重感情的笔墨。结尾两句的抒情,在情景交融的基础上从肺腑中自然流出。借用典故以抒情,使感情显得凝重、深沉,完成了全诗清远与典正相统一的风格。

【集说】杜紫微览赵渭南卷《早秋》(即《长安秋望》)诗云:"残星几点雁横塞,长笛一声人倚楼。"吟味不已,因目为"赵倚楼",复有赠瑕诗。(王定保《唐摭言》)

冯班:第二句点长安。以长安结。(李庆甲集评校点《瀛奎律髓汇评》)

通篇苦在一"空"字,可知。(金圣叹《金圣叹选批唐诗》)

诗写长安秋望所见闻。上句(即"残星"句)言晓星明灭之时,见雁行自塞北而来,写秋空之清旷也。下句(即"长笛"句)赋闻笛,设言吹笛者为风鬟雾鬓之人,或言闻笛者为愁病怀乡之客,皆着迹象。赵以七字浑然写之,而含思无限。(俞陛云《诗境浅说丁编》)

(陈志明)

罗　隐

罗隐(833—909)，本名横，字昭谏，杭州新城(今浙江富阳)人。其好讥讽公卿，十举进士不第，乃改名。光启中，入镇海军节度使钱镠幕，后迁节度判官、给事中等职。其诗颇有讽刺现实之作，诗风近于元白，雄丽坦直，通俗俊爽，部分作品能长期流传于民间。擅长咏史，尤工七律。有诗集《甲乙集》，清人辑有《罗昭谏集》八卷。

绵谷回寄蔡氏昆仲[1]

一年两度锦江游，前值东风后值秋。
芳草有情皆碍马，好云无处不遮楼。
山将别恨和心断，水带离声入梦流。
今日因君试回首，淡烟乔木隔绵州。

【注释】(1)本诗追忆昔日在锦江的游历，抒发了对锦江美景和友人的怀念之情。绵谷：今四川广元。从绵谷向西南方行进到达绵州(今四川绵阳)，从绵州再向西南行进即到达锦江(今四川成都南)。蔡氏昆仲：姓蔡的兄弟

七言律诗

俩,生平事迹不详。

【今译】和煦的春风里,我游览了美丽的锦江。秋高气爽时,又一次如愿以偿。深情的芳草,拦住马儿不放。舒卷的白云,未将群楼遮挡。离开了锦江,思念青山断人肠。离开了锦江,流水带愁入梦乡。因为难忘你们呵,今天我又翘首遥望。淡烟笼罩了树木,望不见我心中的锦江。

【点评】首联采用赋体叙事形式,写明诗人在春天和秋天两次游历锦江,这表明锦江的风光十分迷人,诗人对此地非常喜爱。颔联具体写在锦江游历时的所见,用倒叙手法,将芳草与白云拟人化,锦江的景物既然如此热情、好客,那锦江的友人还用说吗?颈联描绘离开锦江以后产生的离愁别恨,锦江的山,锦江的水,时时牵动着诗人的心,萦绕在诗人的梦中。尾联再度抒发了对锦江、对锦江友人的怀念之情。这首诗情真意切,形象动人,结构工整,深受历代人们的喜爱。

【集说】锦江佳景,春秋为最。一年两度,正值二时。(屈复《唐诗成法》)

前半追叙旧游,后半感伤远别,大开大合,真七字中之正体也。(赵臣瑗《山满楼笺注唐诗七言律》)

分承春秋,兴会绝佳。(宋宗元《网师园唐诗笺》)

三四写景极佳,而意极沉郁,是谓神行。若但以佳句取之,则皮相矣。(高步瀛《唐宋诗举要》)

(孙明君)

韩　偓

韩偓(约842—923),字致尧(一作致光),小字冬郎,自号玉山樵人,京兆万年(今陕西西安)人。龙纪进士,官翰林学士,中书舍人。天复(901)初,进兵部侍郎、翰林承旨。后以不附朱温被贬斥,南依闽王王审知而卒。其诗多写艳情,辞藻华丽,有"香奁体"之称。后期诗风转变,不乏感时伤乱之作。有《韩内翰别集》《香奁集》。

故　都⁽¹⁾

故都遥想草萋萋,上帝深疑亦自迷。
寒雁已侵池籞宿⁽²⁾,宫鸦犹恋女墙啼⁽³⁾。
天涯烈士空垂涕⁽⁴⁾,地下强魂必噬脐⁽⁵⁾。
掩鼻计成终不觉⁽⁶⁾,冯驩无路学鸣鸡⁽⁷⁾。

【注释】(1)故都:指唐都长安。天祐元年(904),朱温强迫唐昭宗由长安迁都洛阳,同年八月,弑昭宗,立哀帝,又三年,废哀帝自立。韩偓在迁都前一年被朱温赶出朝廷,后定居福建。这首诗就是他流离在外听到迁都的消息后写成的。　(2)池籞(yù):宫中池塘周围的竹篱笆,平时上面网以绳

七言律诗

索,禽鸟无法进出。 （3）女墙：宫城上的矮墙。 （4）烈士：古时称呼气节刚烈之士。这里指诗人自己。 （5）地下强魂：指昭宗时宰相崔胤。他铲除宦官势力，引进朱温的兵力，结果使唐王朝陷入朱温掌握之中，自己也被杀害。噬(shì)脐：噬脐莫及，比喻后悔不及。 （6）掩鼻计成：典出《韩非子》。楚郑袖嫉妒楚王新宠的美人，就用计骗她，说楚王不喜欢她的鼻子，见楚王时要掩住。随后又告诉楚王，说美人掩鼻是怕闻他身上的臭气。楚王一怒，把美人的鼻子割了。从此郑袖得以专宠。这里借指朱温篡唐所采用的种种诡计。 （7）学鸣鸡：孟尝君由秦潜逃回齐，夜间不得过函谷关，其手下门客冯骥学鸡鸣骗开城门，得以脱险。

【今译】想那遥远的故都，定是宫室残破，野草萋萋，荒凉的景象，便是上天，也会深深迷惑、痛惜。南飞的寒雁，已在宫苑的池塘边栖宿；盘旋着的乌鸦，正在宫廷的矮墙上悲啼。天涯壮士白白流泪，无辜死者饮恨悔莫及。可叹我当初竟被蒙蔽，到如今报国无门，漂泊无依。

【点评】这是一首感怀诗。全诗以"遥想"领起，在想象中抒发自己的故国之思和亡国之痛。"草萋萋"是写故都的残败，"寒雁""宫鸦"是写皇宫的荒凉。而"已侵""犹恋"，进一步借萧瑟景物揭示诗人痛惜、悔恨、不忍回想而又无法解脱的复杂心情。下两联是对往事的回忆和议论，但又处处与上两联的情感相连贯。"空垂啼"的"空"，"必噬脐"的"必"，写亡国之恨，将诗人后悔莫及、痛不欲生而又无可奈何的心情深切地传达出来。前三联感情一脉相承，由外物到内心，由写景到议论，不断地生发强化，层层推进，直至尾联，将诗情推到顶点。"终不觉"，写其见事不明；"无路"写其怀才不遇。一种深深的历史自责感、报国无路的痛切感溢于楮墨之外。

【集说】吴曰："提笔挺起作大顿挫，凡小家作感愤诗，后半每不能撑起，大家气魄所争在此。"（高步瀛《唐宋诗举要》引）

　　吴曰："此国亡后作，忼慨欲报之意，情见乎词，至意惜之悲哀抑郁，与《离骚》《招魂》异曲同工矣。"（高步瀛《唐宋诗举要》引）

（聂敏里）

吴 融

吴融(850—903),字子华,越州山阴(今浙江绍兴)人。唐昭宗龙纪元年(889)进士。曾随韦昭度讨蜀,后又去官依荆南成汭。凤翔劫迁,客居阌乡,后召还翰林承旨,卒。历任侍御史、左补阙、中书舍人、户部侍郎等职。有《唐英集》三卷。

金桥感事⁽¹⁾

太行和雪叠晴空,二月春郊尚朔风。
饮马早闻临渭北⁽²⁾,射雕今欲过山东⁽³⁾。
百年徒有伊川叹⁽⁴⁾,五利宁无魏绛功⁽⁵⁾。
日暮长亭正愁绝,哀笳一曲戍烟中⁽⁶⁾。

【注释】(1)唐昭宗大顺元年(890),李克用连克邢、洛、磁三州,昭宗贸然出兵,三战三北,李克用乘胜掳掠,百姓家破人亡,赤地千里。大顺二年春二月,昭宗被迫为李克用加官晋爵。当时吴融在潞州金桥,感此而作是诗。

（2）饮马：公元前579年，晋楚交战，楚声言要"饮马于河而归"。这里比喻李克用饮马于河的野心。李克用曾于中和三年（883）攻黄巢时，打进长安。

（3）山东：指太行山以东地区。射雕：用北齐斛律光射落雕鸟的典故，以斛律光的英勇善射暗喻李克用的强大及野心。　　（4）伊川叹：周平王迁都洛阳时，大夫辛有在伊水附近看到一个披发的戎人在野外祭祀，便预言此地将为戎人所据，后果应验才受到赞叹，故谓"伊川之叹"。　　（5）"五利"句：魏绛是春秋时晋悼公的大夫，为和解汉戎之间的矛盾，曾建议用"和戎"政策，并陈述"五利"。晋悼公采用这个主张，收到了"修民事，田以时"的效果。这里暗指唐昭宗不应贸然对李用兵。　　（6）戍烟：烽烟。

【今译】太行山那皑皑的白雪，和万里晴空相映，二月广阔的郊原上，还吹拂着凛冽的寒风。敌军曾侵犯过渭北，而今它又要越过太行东征。多少年过去了，伊川的长叹空自回响；晋国和戎的胜利，难道没有魏绛的奇功？立在日暮长亭中的我，愁苦万端。烽烟中传来的胡笳怨曲，一声声更叫人悲愤难平。

【点评】起首两句是一幅色彩鲜明的冬景图。红日、白雪、蓝天、群山交相辉映，气势壮丽峭拔。郊原、朔风则造成寒冷、空旷的感觉。"尚"字一转，将诗人政治上的失意和愤懑，对国家命运的担忧，以及强敌逼近所唤起的战斗激情，在两组情感色彩强烈对比的意象中暗示出来。中间两联用四个典故，细致曲折地揭示了诗人复杂的内心活动。"饮马""射雕"喻指敌人的强大，并暗示国家面临的危险，"伊川叹""五利功"指诗人的政治远见，并抒发了未被重视的失意和愤懑。四个典故相互生发，将诗人的个人命运与国家命运紧紧地联系在一起，而诗人的感情也由面对晴天丽日、白雪群山的豪迈爽健，沉落到了对国家命运的深深忧虑之中。日暮长亭，哀笳戍烟是一组衰颓、苍凉的意象，给人一种动乱不安的感觉。

【集说】慨叹兵戈之词，诗律精切，皆善用事，如此中四句，微而显也。（方回《瀛奎律髓汇评》）

　　吴融七言律"太行和雪"一篇，气格在初、盛唐之间。（许学夷《诗源辩

体》）

前解：一、二虽是据景实写，然言外便有拔剑斫案，威毛毕竖，麾开妻子，蹿步出门，何雪何风，吾其行矣之意。三，"早闻"，妙！四，"今欲"，妙！大声呼他普天下忠孝男子，是谁容渠如此？真见一日坏过一日也。后解：五言岂有一人不切悲愤？六言何无一人实能破贼？七、八言人正感奋，笳又催逼，忽然忘生，真在此时也。（金圣叹《金圣叹选批唐诗》）

（聂敏里）

子　规(1)

举国繁华委逝川，羽毛飘荡一年年。
他山叫处花成血，旧苑春来草似烟。
雨暗不离浓绿树，月斜长吊欲明天。
湘江日暮声凄切，愁杀行人归去船。

【注释】（1）子规：杜鹃鸟的别称，传说为古蜀国国王杜宇的化身。杜宇失国而死，身化杜鹃，常啼血悲鸣以哀其苦。作者在唐昭宗朝曾罢官流落荆南（今湖南一带），这首诗即借子规的传说，写自己的仕途失意和离乡的痛苦。

【今译】昔日的繁华，国家的荣光，都付于那流逝的河川，只剩下孤独的羽翼，在空中飘荡，一年又一年。叫啊，啼啊，啼遍他山，残花如血。春天来到，花园仍然茂盛。暗雨中，它盘桓在树荫深处。夜幕下，它迎着欲曙的天空肃然鸣叫。斜辉脉脉，湘水悠悠，凄切的哀歌，将不尽乡愁洒满归船。

【点评】写子规，却着力写"羽毛"的飘荡，"叫"声的凄凉，把它置于特定的情感氛围和美丽忧伤的传说中，这样，子规鸟的形象就丰满起来。它和"暗雨""绿树""斜月""日暮"一起构成了一幅凄迷、空漾的画面，以致我们无处不听到那在万山丛中回响的哀切叫声，无处不看到那徘徊于绿树月下

七言律诗

的孤独身影。诗人通过对时间流逝的敏锐把握，把乡愁无限地延伸，和美丽的传说一起构造了一个清丽凄恻的艺术境界。全诗紧紧围绕子规鸟来写，只在末一句点出"行人"，并以一个"愁"字作结，将所咏对象融入多样化的情景与联想中，人与物、传说与现实在变幻的章法中，交织成一幅斑斓迷离的图画。

【集说】赵、吴七言律一二，声气有类初、盛，使不睹诸家全集，定不能别其高下也。（许学夷《诗源辩体》）

（聂敏里）

崔涂

崔涂(生卒年不详),字礼山,江南人。僖宗光启年间进士。久客巴、蜀、湘、鄂、秦、陇间,诗多羁旅别愁之作,情调抑郁低沉。《全唐涛》存其诗一卷。

春　夕⁽¹⁾

水流花谢两无情,送尽东风过楚城⁽²⁾。
蝴蝶梦中家万里⁽³⁾,杜鹃枝上月三更⁽⁴⁾。
故园书动经年绝⁽⁵⁾,华发春唯满镜生⁽⁶⁾。
自是不归归便得,五湖烟景有谁争⁽⁷⁾。

【注释】(1)此诗作于旅居湘鄂时,题一作《除夕有怀》。　(2)楚城:指湖南、湖北一带的城市,这里为战国时楚国领地。　(3)蝴蝶梦:梦,用《庄子·齐物论》中"庄周梦蝶"典。　(4)杜鹃:鸟名,一称子规,鸣声凄切,使游子闻而思归。　(5)动:动辄。经年:一年以上。　(6)华发:白发。满镜:一作"两鬓"。　(7)五湖:春秋时越国大夫范蠡归隐之处。此处用以指作者故

七言律诗

乡山水。

【今译】又是这流水落花时节，我再次悄然送走春风。还乡之梦总是难成，唯有月下的杜鹃在枝头哀鸣。一年多了，家里没有音讯，对镜自照，丝丝白发满镜中。不是我不愿归，只是我一无所成；故乡五湖那美妙的山水啊，何曾有人与我争抢？

唐诗观止

406

【点评】水归大海，花归大地，春已归去，而游子却归梦难成，又见滞归的杜鹃在春夕啼血哀鸣，更使游子思乡情炽。然而，家书久绝，岁月蹉跎，白发早生，旅愁之上添加了人生之悲，游宦无成难成归计，而宁静的故乡山水又令诗人向往，隐见出游宦与归隐的难以平衡的矛盾。全诗情真境深，沉郁工稳。颔联"蝴蝶梦中家万里，杜鹃枝上月三更"写春夕清冷、凄凉、愁惨的环境，造语新奇，韵律和谐，对仗工稳，极为精粹，是传诵的名句。

【集说】前解：水流是水无情，花谢是花无情。何谓"无情"？明见客不得归，而尽送春不少住，是以曰无情也。何人胸中无春怨，如此却是怨得太无赖矣。三是家，却不是家，却是梦，却又不是梦，却是床上客。四是月，却不是月，却是鹃，却又不是鹃，却是一夜泪。自来写旅怀，更无有苦于此者矣！后解：五、六，一"动"字，一"惟"字，直是路绝心穷，更无法处。七、八却于更无法处之中，忽然易穷则变，变出如此十四字来，真令人一时读之，忽地通身跳脱也。（金圣叹《金圣叹选批唐诗》）

（储兆文）

郑　谷

郑谷(851?—910?)，字守愚，袁州宜春(今江西宜春)人。光启三年(887)进士，官右拾遗、都官郎中等。以《鹧鸪》诗闻名，人称"郑鹧鸪"。诗多写景咏物，亦有一些关心社会及民瘼之作，诗风通畅清新。著有《宜阳集》，已佚，存《云台编》。

鹧　鸪⁽¹⁾

暖戏烟芜锦翼齐，品流应得近山鸡⁽²⁾。
雨昏青草湖边过⁽³⁾，花落黄陵庙里啼⁽⁴⁾。
游子乍闻征袖湿，佳人才唱翠眉低⁽⁵⁾。
相呼相应湘江阔，苦竹丛深春日西⁽⁶⁾。

【注释】(1)鹧鸪：鸟名，背部和腹部羽毛黑白两色相杂，头顶棕色，脚橙黄至红褐色。《异物记》，"鹧鸪白黑成文，其鸣自呼，像小雉，其志怀南，不北徂也。"徐凝《山鹧鸪词》，"南越岭头山鹧鸪，传是当时守贞女。化为飞鸟怨

何人,犹有啼声带蛮语。"郑谷此诗即借咏鹧鸪而表现游子思妇之情。
(2)品流,犹言品类。近山鸡:与山鸡相似。《禽经》,"随阳、越雉、鹧鸪也。"《广志》,"鹧鸪似雌雉。" (3)青草湖:古五湖之一,在洞庭湖南,今湖南省境内。 (4)黄陵庙:《水经注》卷三十八,"湘水又北经黄陵亭西,又合黄陵水口,其水上承大湖,湖水四流,经二妃庙南,世谓之黄陵庙也。言大舜之陟方也,二妃从征,溺于湘江。神游洞庭之渊,出入潇湘之浦……故民为立祠于水侧焉,荆州牧刘表刊石立碑,树之于庙,以旌不朽之传矣。"在今湖南湘阴县北。 (5)"游子"二句:鹧鸪啼声悲苦,其鸣有如"行不得也哥哥",传为贞女所化,故民间仿其声作《山鹧鸪》曲辞,多言思妇之情。 (6)苦竹:戴凯之《竹谱》,"苦竹有白有紫而味苦",诗人取其"苦"意,与鹧鸪之"悲"鸣相应。李白《山鹧鸪》,"苦竹岭头秋月晖,苦竹南枝鹧鸪飞。"白居易《山鹧鸪》,"山鹧鸪,朝朝暮暮啼复啼,啼时露白风凄凄!黄茅冈头秋日晚,苦竹岭下寒月低。"

【今译】春日融融鹧鸪飞,锦羽展翼自呈美。天沉沉,雨昏昏,青草湖边翔低回。春花开,春花落,黄陵庙里啼声悲。游子闻声泪沾袖,佳人听罢转低眉。湘江宽阔竹丛深,春日西斜鹧鸪飞。

【点评】"暖戏"二句初不经意,缓缓道来。"应得"二字虽议论语,然为下文转折做了准备,甚妙。"雨昏"以下四句转急促,悲鸣四起,深入人心。末二句以迷蒙之境收篇,韵味悠然。

【集说】郑都官因此诗,俗遂称之曰"郑鹧鸪"。(方回《瀛奎律髓》)
咏物诗纯用兴最好,纯用比亦最好,独有纯用赋却不好。何则?诗之为言,思也。其出也,必于人之思;其入也,必于人之思。以其出入于人之思,夫是故谓之诗焉。若使不比不兴而徒赋一物,则是画工金碧屏障,人其何故睹之而忽悲忽喜?夫特地作诗,而人乃不悲不喜,然则不如无作。此皆不比不兴,纯用赋体之故也。相传郑都官当时实以此诗得名,岂非以其"雨昏""花落"之两句?然此犹是赋也。我则独爱其"苦竹丛深春日西"之七字,深得比兴之遗也。前解写鹧鸪,后解写闻鹧鸪者。若不分解,岂非庙里啼,江岸又啼耶？故知"花落黄陵"只是闲写鹧鸪。此七与八，乃是另写一人，闻之而身心登时茫然。然后悟咏物诗中，多半是咏人之句，如之何后贤乃更纯作赋体？（金圣叹《金圣叹选批唐诗》）

咏物诗，刻露不如神韵、三四语胜于"钩辀""格磔"也。诗家称郑鹧鸪以此。（沈德潜《唐诗别裁》）

咏物，小小体也，而老杜最为擅长。如郑谷咏鹧鸪则云："雨昏青草湖边过，花落黄陵庙里啼。"此以神韵胜。（冒春荣《葚原诗说》）

从来咏物之诗，能切者未必能工，能工者未必能精，能精者未必能妙。……郑谷之"暖戏烟芜锦翼齐……"暨杜牧之"金河秋半虏弦开，……"如此等作，斯为能尽其妙耳。（王寿昌《小清华园诗谈》）

（孟二冬）

七言律诗

秦 韬 玉

秦韬玉(生卒年不详),字中明,京兆(今陕西西安)人,唐僖宗中和年间进士,尝从僖宗至蜀,官至工部侍郎。诗以七律见长,典丽精工。明人辑有《秦韬玉诗集》。

贫 女

蓬门未识绮罗香⁽¹⁾,拟托良媒益自伤。

谁爱风流高格调,共怜时世俭梳妆⁽²⁾。

敢将十指夸纤巧,不把双眉斗画长⁽³⁾

苦恨年年压金线⁽⁴⁾,为他人作嫁衣裳。

【注释】(1)蓬门:蓬草编的门,指贫苦人家。绮(qǐ)罗:华彩的丝绸。(2)俭梳妆:"俭"通"险",怪异的意思;险梳妆,意指奇形怪状的穿着打扮。(3)斗:较量,竞争。 (4)压金线:用手压着金线,指刺绣。

【今译】我生在蓬门陋户，从未穿过华美服装；今已到了出嫁年纪，请人做媒更是心伤。哪一个能爱我贫女高尚的风采与品格，都争着效法那奇形怪状的打扮和梳妆。我只敢在心灵手巧上与人争个高低，不愿在梳妆打扮上与人一比短长。哎！可恨我年年手按金线在刺绣，可到头来全是替他人做出嫁的衣裳！

【点评】这首诗表面是写一个待字闺中的贫女的内心独白，实则借贫女身世来表现贫士怀才不遇的苦闷与不平。贫女生于蓬门陋户，未穿过华美服装，也不屑与时女在装饰打扮上争长竞短，但她品格高尚，风采卓异，心灵手巧，已到出嫁之年却无人问津，亲事茫然，只能年复一年为他人做出嫁的衣裳，字里行间寄托着贫士出身寒微、举荐无人的愁苦，虽博学多才，脱俗孤高，但不为世用，久屈下僚，终年为人作嫁。诗人将贫女置于与时俗、时人的矛盾对立中，由内心独白揭示其难堪的处境与深沉的苦痛。全诗句句双关、情辞哀怨，"为他人作嫁衣裳"，尤为精警，成为传诵名句。

【集说】秦韬玉诗无足言，独《贫女》篇遂为古今口舌。"苦恨年年压金线，为他人作嫁衣裳"，读之辄为短气，不减江州夜月，商妇琵琶也。（贺裳《载酒园诗话又编》）

语语为贫士写照。（沈德潜《唐诗别裁》）

（储兆文）

411

七言律诗

谭用之(生卒年不详),字藏用,唐末五代人,"善为诗,而官不达"。辗转于秦、豫、皖、浙、湘等地,多与山人、处士、和尚、道士交游。诗擅抒情写景,工整流畅,所作皆七律。《全唐诗》收录他的诗一卷,共四十首。

秋宿湘江遇雨

江上阴云锁梦魂[1],江边深夜舞刘琨[2]。

秋风万里芙蓉国[3],暮雨千家薜荔村[4]。

乡思不堪悲橘柚[5],旅游谁肯重王孙[6]。

渔人相见不相问,长笛一声归岛门[7]。

【注释】(1)锁:束缚,封住。 (2)刘琨:晋人,少有大志,与祖逖一起"闻鸡起舞",准备为国出力。 (3)芙蓉国:湘江一带广种荷花,故有"芙蓉国"之称。 (4)薜荔:常绿灌木,蔓生,开小花,多生于村野间。 (5)橘、柚(yòu):水果名,皆生于南方,秋冬成熟。湘江一带正是橘柚之乡。 (6)王孙:

隐士。《楚辞·招隐士》,"王孙游兮不归,春草生兮萋萋。" (7)岛门:岛。

【今译】湘江阴云密布,锁住了我远游的梦魂;深夜的江边,想起刘琨的远大抱负。秋风吹拂万里荷花,一片萧瑟;暮雨笼罩千村薜荔,令人伤神。乡思无奈,见到橘柚而愈增悲戚,羁旅他乡,如被弃的山野之人,无人看重。打渔人相见却无言相问,吹了一声长笛,他归向岛门。

【点评】诗写秋泊湘江的风物与感受。一二句为湘江之景,于阴云笼罩中透出旅人的郁闷与壮怀,一抑一扬,极顿挫之美。三四句为远眺之景,境界壮阔、气象峥嵘,具涵盖一切之气势。五六句宕开一笔,跌入乡思、失意的浩叹。尾联写渔父风流,于怅惘中隐见企羡之情,诗思由低沉而飘逸,留余韵于言外。全篇虽写羁旅乡愁,然画面阔大,情健思壮,故不觉沉重与感伤。

【集说】闻鸡起舞,借作太尉事,言江边不寐,起舞消愁,当此"芙蓉""薜荔"之区,想故乡而尚遥,为旅人而莫恤,渔笛自去,孤舟谁依乎? 中三用草木,亦一病。(吴冒祺《删订唐诗解》)

前解,只一句七字写遇雨,其余却是写自己胸前一段意思。言以夜犹起舞之人,而今滞于芙蓉国下、薜荔村中,敬问苍天,是何道理乎? 若说只是雨景,便不是律诗。后解,又透过《离骚·渔父》篇一层。五、六言平常不相惜何足怪? 七、八言乃至渔父亦不与语,此其颜色憔悴,形容枯槁,真可为之痛哭也。(金圣叹《金圣叹选批唐诗》)

(储兆文)

413

七言律诗

五言绝句

骆 宾 王

骆宾王（638—684），字观光，婺州义乌（今浙江）人。初为道王府属，历官武功、长安主簿、侍御史。后以事入狱，贬临海丞。徐敬业据扬州讨武后，辟宾王为艺文令，代徐作《讨武曌檄》。敬业败，宾王被杀，传首东都。宾王以诗著称于当世，与王勃、杨炯、卢照邻并称"初唐四杰"。尤擅长七言歌行。《帝京篇》当时推为绝唱。有《骆临海集》。

五言绝句

于易水送人(1)

此地别燕丹，壮士发冲冠(2)。
昔时人已没，今日水犹寒。

【注释】(1)唐高宗仪凤四年（679）秋，骆宾王出狱后曾离开长安赴定襄（今属山西），此诗作于当时。易水：在河北西部，战国末年，荆轲赴咸阳准备刺杀秦王，燕太子丹曾在易水边为其送行。　(2)壮士：荆轲。

【今译】荆轲，在这里告别了燕丹，他满怀慷慨，怒发冲冠。那时的人已

经都不在了，今日，易水依旧寒冷。

【点评】题为送别，却不言与友人依依不舍之情，偏偏拈出荆轲与燕太子丹之间的一段故事，旁敲侧击，慷慨悲壮，大有英雄一腔热血无处可洒之感慨。

【集说】骆宾王："昔时人已没，今日水犹寒。"初唐绝句精巧，犹是六朝余习。（胡应麟《诗薮》）

只就地摹写，不添一意，而气概横绝。（吴逸一《唐诗正声》）

盖宾王意欲结死士，以图劫刺，与丹略同。寓意深远，人卒未知也。（徐增《而庵说唐诗》）

"此地"二字有无限凭吊意，因地生意，并不说到自身，如此已足。（宋顾乐《唐人万首绝句选》）

此诗一气挥洒，而重在"水犹寒"三字，一见人虽没，而英风壮采，凛烈如生；一见易水寒声，至今犹闻呜咽。怀古苍凉，劲气直达，高格也。（俞陛云《诗境浅说续编》）

（杨恩成）

宋之问

宋之问(约656—约713),一名少连,字延清,汾州(今山西汾阳)人,一说虢州弘农(今河南灵宝)人。高宗上元二年(675)进士。武则天时,因谄事张易之坐贬泷州参军。中宗时官考功员外郎,知贡举。因受贿贬越州长史。睿宗时流钦州,后赐死。其对律诗体制的定型很有影响。明人辑有《宋之问集》。

渡 汉 江⁽¹⁾

岭外音书断⁽²⁾,经冬复历春。
近乡情更怯,不敢问来人。

【注释】(1)此诗为宋之问从泷州(今广东罗定)贬所逃归、途经汉江时所作。汉江:汉水,这里指流经湖北襄阳附近的一段汉水。 (2)岭外:五岭以南的地区,即今广东、广西一带。

【今译】我被贬岭外,家中音讯早已中断,漫漫严冬过去又经历一个春天。如今我离家越近心中越是胆怯,不敢向来人把家里的消息打探。

五言绝句

【点评】身在岭外，与家乡万里悬隔；音书断绝，家中情形全然无知；经冬历春，时间如此久长。可是，离家越近，越怕听到不好的消息，故欲问又不敢问，心理活动极复杂微妙。"怯""不敢"，显得真切、允当，意余言外。

【集说】隔岁无书，近乡正宜问信，今云"不敢问者，思之之深"，忧喜交集，若有所畏耳。（唐汝询《唐诗解》）

（末二句）即老杜"反畏消息来，寸心亦何有"意。（沈德潜《唐诗别裁》）

"不敢问来人"，以反笔写出苦况。（李锳《诗法易简录》）

贬客归家心事，写得逼真形象。（宋顾乐《唐人万首绝句选评》）

五绝中能言情，与嘉州"马上相逢无纸笔"同妙。（施补华《岘佣说诗》）

（尚永亮）

张　说

张说(667—730),字道济,一字说之,洛阳(今属河南)人。曾因不附和张易之兄弟,忤旨而流配钦州。玄宗朝任中书令,封燕国公。为文精壮,长于碑志,与苏颋并称"燕许大手笔"。其诗多为应制诗,亦有一些朴实凄婉之作。有《张燕公集》二十五卷。

蜀道后期[1]

客心争日月[2],来往预期程[3]。
秋风不相待[4],先至洛阳城[5]。

【注释】(1)后期:后于预定的日期,即失期。　(2)客:作者自己。日月:指时间。　(3)预期程:定下走完路程的时间。　(4)不相待:不等待。(5)先至:先到。至:到。

【今译】我归心似箭,争取着时间,还算好了往来路途的期限。秋风却不肯等待我,抢在我的前边,先到洛阳。

五言绝句

【点评】诗人在诗中巧妙地运用了逆笔。为了表达一种意思，诗歌不从正面写，而从反面写。清代刘熙载《艺概·诗概》说："绝句取径贵深曲，盖意不可尽，以不尽尽之。正面不写，写反面；本面不写，写对面、旁面，须如睹影知竿乃妙。"明明说自己归心似箭，却偏写秋风不等待自己，抢先到洛阳去了，对秋风发了一通牢骚。正是在这种从反面写的"不相待"中，更深一层地表达了自己强烈的思归之情。

【集说】诗意巧妙，非百炼不能，又似不用意而得者。（吴逸一《唐诗正声》）

"后期"者，不果前所期也。此何干秋风，而怨其不能相待？"诗有别趣，而不关理"，即此之谓。（黄生《唐诗摘抄》）

以秋风先到，形出己之后期，巧心濬发。（沈德潜《唐诗别裁》）

"后"字从对面托出，一句不正说，妙绝。责秋风微妙，此谓言外意。（宋顾乐《唐人万首绝句选评》）

（陈绪万）

苏颋

苏颋(tǐng)(670—727)，宇廷硕，京兆武功(今陕西武功)人。武则天时进士，袭封许国公。善文，和张说时称"燕许大手笔"。工诗。有《苏廷硕集》。

汾上惊秋[1]

北风吹白云，万里渡河汾[2]。
心绪逢摇落[3]，秋声不可闻[4]。

【注释】(1)汾：汾河，汾水，在今山西省。　(2)河汾：汾河。　(3)摇落：万木凋残、零落。　(4)秋声：秋风凋残花木的声音。闻：听。

【今译】凛冽的北风，吹散了天上的白云，万里迢迢，来到萧索的汾河之滨。心绪低落，又恰逢凋落万木的残秋，此刻，那衰飒的秋声实在不堪听闻。

【点评】在构思过程中，诗人总把难以直言的情感寄寓在具体可感的事物上，使抽象的东西具体化、形象化，以令读者从中"意会"。这样的托物寄

情手法,将思想感情与艺术客体巧妙结合,成了诗人表达诗意的重要手段。"北风吹白云",这白云不正是诗人自己吗?白云漂泊,自己也漂泊到异地,这是将自己的身世托于自然之物。心绪摇落,万木也摇落,这秋声不正是诗人的心声?这是将自己的情感托于自然之身。作者的主观感受和其所描述的客观对象达到了高度的统一,景物由于情感的渗入显出独特的光彩,而情感又从景物中透露出来,变得更具体可感了。

【集说】一气流注中仍复含蓄,五言佳境。(沈德潜《唐诗别裁》)

是秋声摇落,偏言心绪摇落,相为感触写照,秋声愈有情矣。(黄叔灿《唐诗笺注》)

大家气格,五字中最难得此。与王勃《山中》作运意略同,而此作觉更深成。(宋顾乐《唐人万首绝句选评》)

急起急收,而含蕴不尽,五绝之最胜者。(吴昌祺《删订唐诗解》)

(陈绪万)

王 之 涣

王之涣（688—742），字季凌，晋阳（今山西太原）人。初补冀州衡水主簿，后为文安县尉。慷慨雄豪，常击剑悲歌。其诗以描写边塞风光著称，"传乎乐章，布在人口"。《全唐诗》录存其诗仅六首。

登鹳雀楼(1)

白日依山尽(2)，黄河入海流。
欲穷千里目(3)，更上一层楼(4)。

【注释】(1)鹳雀楼:旧址在今山西省永济市。　(2)依山尽:沿着山峦，慢慢沉没。　(3)欲:要，想。穷:穷尽。　(4)更:再。

【今译】太阳沿着远山慢慢沉没，浩浩黄河流入大海。要想视野看得更远，那就要再登上一层楼阁。

【点评】诗常常有这种情况:理念的光彩并不是诗人的"有意栽花"而是

五言绝句

"无心插柳",诗中的景象或情思,会天然地包孕一个生活的哲理,从而让人品味出哲理的美。这首诗的末两句就是如此。诗人写下的,是登楼观黄河流域雄阔景象的一个具体体验,但由于苍茫大地的景象在人们心目中自然形成某种象征意义,使"更上一层楼"增添了更深邃的意义,从而形成一种哲理的意境,千百年来为人们所传颂。有趣的是,那些最具有生命力的哲理诗,恰恰是这种"无心插柳"之作。

【集说】日没、河流之景,未足称奇;穷目之观,更在高处。(唐汝询《唐诗解》)

四句皆对,读去不嫌其排,骨高故也。(沈德潜《唐诗别裁》)

此诗首二句先切定鹳雀楼境界写景,后二句再写登楼,格力便高,然尚有不尽此者。……不言楼之如何高,而楼之高已极尽形容,且于写景之外,更有未写之景在,此种格力,尤臻绝顶。(李锳《诗法易简录》)

通首写其地势之高,分作二层,虚实互见。沈存中曰:"鹳雀楼前瞻中条山,下瞰大河。"上十字大境界已尽,下十字妙以虚笔托之。(黄叔灿《唐诗笺注》)

(陈绪万)

唐诗观止

孟 浩 然

孟浩然(689—740),名浩,字浩然,号鹿门处士,以字行,襄州襄阳(今湖北襄樊)人,又称"孟襄阳"。早年隐居家乡,以诗自娱。玄宗开元十五年(727)曾赴京洛干谒求仕,无成。开元十八年(730),再度入长安应进士举,失意而归。开元二十五年(737),张九龄镇荆州,辟为从事。开元二十八年(740),王昌龄游襄阳,访孟浩然,二人相得欢甚。不久,孟因旧疾复发卒。孟浩然骨貌淑清,风神散朗,是唐代第一个大量写作山水田园诗的作家,诗风恬淡,意境清远。存诗二百多首,有《孟浩然集》传世。

宿建德江⁽¹⁾

移舟泊烟渚⁽²⁾,日暮客愁新。
野旷天低树,江清月近人。

【注释】(1)建德江:即新安江,此指流经建德(今属浙江)的一段江水。(2)烟渚(zhǔ):烟雾朦胧的小洲。渚:水中小块陆地。

【今译】傍晚时把船停靠在烟雾朦胧的小洲,暮色中我不禁产生在外作客的忧愁。向远看原野空旷,天显得比树木还低,向下看,明月就在眼前,江水无比清幽。

【点评】乘一叶孤舟,漂泊于寒江之上,又恰逢日暮时分,羁旅之思涌上心头,顿感客愁如丝。三、四句写景如画,风韵天成。"天低树""月近人",皆从主观感觉着笔,虚实结合,饶有情致;而一"旷"一"清",则于空旷清冷中愈发突出了诗人之孤寂。

【集说】客愁因景而生,故下联不复言情,而旅思自见。(唐汝询《唐诗解》)

天低月近,本不见愁,承"客愁"便觉凄凉。(吴昌祺《删订唐诗解》)

下半写景,而客愁自见。(沈德潜《唐诗别裁》)

"野旷"一联,人但赏其写景之妙,不知其即景而言旅情,有诗外味。(黄叔灿《唐诗笺注》)

此诗首二句写宿建德江之时地,"客愁",旅愁也。第三句写远景,野旷则似天低于树。第四句写近景,江清则觉月近于人。合观之有辽阔凄寂之感,所谓"客愁新"也。诗家有情在景中之说,此诗是也。(刘永济《唐人绝句精华》)

（尚永亮）

春　晓⁽¹⁾

春眠不觉晓⁽²⁾,处处闻啼鸟⁽³⁾。
夜来风雨声,花落知多少⁽⁴⁾。

【注释】(1)一题《春眠》。　(2)晓:拂晓,天色转亮。　(3)处处:到处。闻:听。啼鸟:鸟啼。啼:叫。　(4)花落知多少:以问句出现,写出了惜春的感情。

【今译】春夜里睡觉竟不知道天亮,清晨醒来处处是鸟儿歌唱。昨夜大雨疏风声声入耳,万紫千红的花呀你可无恙?

【点评】这情和景,实在是结合得很巧妙。户外是一派大好的春光,推窗就能见到,一是通过听觉形象"处处闻啼鸟",二是通过意觉形象"花落知多少",写出了春序代谢,且糅进了诗人的感觉和想象,这就是意境。"意",是诗人的思想感情,"境"是诗人所描绘的客观事物,二者互相渗透,和谐统一。

【集说】昔人谓诗如参禅,如此等语,非妙悟者不能道。(唐汝询《唐诗解》)

诗到自然,无迹可寻。"花落"句含几许惜春意。(黄叔灿《唐诗笺注》)

亦具一气流转之妙。(李锳《诗法易简录》)

此古今传颂之作,佳处在人人所常有,惟浩然能道出之。闻风雨而惜落花,不但可见诗人情致,且有屈子"哀众芳之零落"之感也。(刘永济《唐人绝句精华》)

(陈绪万)

五言绝句

祖　咏

祖咏（699？—746？），洛阳（今河南洛阳）人。开元十二年（724）进士，和王维交谊颇深。曾隐居河南汝水间，与王维互有唱和。其诗和王诗风格颇相近，多写山水景色和隐逸生活。明人辑有《祖咏集》。

终南望余雪[1]

终南阴岭秀[2]，积雪浮云端。
林表明霁色[3]，城中增暮寒。

【注释】(1)此篇是祖咏开元十二年（724）在长安应试时所作。按照规定，应写成五言六韵十二句的排律，但他只写了四句就交卷，问他为何不把全篇写出，他回答说："意尽。" (2)阴岭：山的北面。终南山在长安之南，自长安望去，只能看见北山，故云。 (3)霁色：雨雪停止后出现的阳光。

【今译】终南山的北坡峭拔独秀，山势高远，积雪都浮在了云端。夕阳西下，余晖抹在树梢上，城中又添了几分严寒。

【点评】前三句写南山远景,属"望"中所见;末一句传余雪精神,属"望"中所感。着一"增"字,弥觉空灵,通体俱活。虽只四句,却已写足题面,残篇堪称绝唱。

【集说】说得缥缈森秀。(钟惺《唐诗归》)

岭阴故雪积不消,已霁则暮寒弥甚。(唐汝询《唐诗解》)

上三句题已毕,此又增寒,描"望"字之余影。(王尧衢《古唐诗合解》)

咏高山积雪,若从正面着笔,不过言山之高,雪之色,及空翠与皓素相映发耳。此诗从侧面着想,言遥望雪后南山,如开霁色,而长安万户,便觉生寒,则终南之高寒可想。用流水对句,弥见诗心灵活。且以霁色为喻,确是积雪,而非飞雪,取譬殊工。(俞陛云《诗境浅说续编》)

(李浩)

五言绝句

王 维

王维(692—761),字摩诘,太原祁州(今山西祁县)人。开元九年(721)进士,任大乐丞,累官至给事中。安史乱起,被迫署伪职。两京收复后,获罪贬职,官终尚书右丞,世称王右丞。王维一生究心禅理,中年起,优游于辋川别业,过着半官半隐的闲适生活。历经丧乱后,更是专心事佛。其诗明净清新,精美雅致,擅长描摹自然风光,在盛唐诗坛上,堪与李白、杜甫相提并论,鼎足而三。王维又是杰出的画家,通晓音乐,善以画理、乐理、禅理融入诗歌创作之中,苏轼曾称其"诗中有画""画中有诗"。他的诗各体皆长,尤以五言律、绝成就最高。有《王右丞集》。

竹 里 馆⁽¹⁾

独坐幽篁里⁽²⁾,弹琴复长啸。
深林人不知,明月来相照。

【注释】(1)竹里馆:辋川别墅胜景之一。诗人自四十岁后即在辋川别墅隐居,妻亡无子,抑郁不快,此诗是他这一段生活的真实写照。 (2)幽篁:

深幽的竹林。

【今译】在幽深的竹林里,我一人独坐,周围是这样的空明澄净,我时而弹琴时而长啸。竹林深处没人知晓我在这里,只有悬挂空中的明月将我默默映照。

【点评】这是一首自然平淡而又境美韵高的小诗,写景写情均未着力描述,外景内情却融为一体。以"幽篁""深林""明月"六字写景,突出景物清幽澄净的一面;以"独坐""弹琴""长啸"六字写人,亦在突出人物心境清幽澄净的一面,这首诗正是诗人在我与物会、情与景合之际自然咏出的。整诗不以字句取胜,而从整体见美。

【集说】辋川诸诗,皆妙绝天成,不涉色相。止录二首(指《鹿柴》及此诗),尤为色籁俱清,读之肺腑若洗。(黄叔灿《唐诗笺注》)

人不知而月相照,正应首句"独坐"二字。(蒋一葵《唐诗选汇解》)

毋乃有傲意。(宋顾乐《唐人万首绝句选评》)

(王海庄)

鸟 鸣 涧(1)

人闲桂花落(2),夜静春山空。
月出惊山鸟,时鸣春涧中。

【注释】(1)这首诗写山中春夜的月景,是《皇甫岳云溪杂题》五首之一,歌咏友人皇甫岳云溪别墅景致。 (2)桂花:月桂花,木樨的一种,春日开花。

【今译】人们悠闲时,桂花万籁无声落下,夜深沉,深山静悄悄一切空寂。月升起惊动了栖息之鸟,山涧中不时有鸟的啼鸣。

【点评】钱钟书先生讲过:"寂静之幽深者,每以得声音衬托而愈觉其深。"(《管锥编》第一册)王维深谙此法,写春夜山中月景而有"鸟鸣山更幽"

之妙,于极静极空之中,则又透出诗人清虚恬淡的心境、物我两忘的禅机。

【集说】太白五言绝,自是天仙口语。右丞却入禅宗,如"人闲桂花落"云云,"木末芙蓉花"云云,读之身世两忘,万念皆寂。不谓声律之中,有此妙诠。(胡应麟《诗薮》)

鸟鸣,动机也;涧,狭境也。而先着"夜静春山空"五字于其前,然后点出鸟鸣涧来,便觉有一种空旷寂静景象,因鸟鸣而愈显者,流露于笔墨之外,一片化机,非复人力可到。(李锳《诗法易简录》)

山空月明,宿鸟误为曙光,时有鸣声出烟树间。山居静夜,偶一闻之,右丞能在静中领会。(俞陛云《诗境浅说续编》)

(王从仁　余娟)

杂　诗(1)

君自故乡来,应知故乡事。
来日绮窗前(2),寒梅著花未?

【注释】(1)原作三首,此为其二,当为其早年游洛阳时所作。　(2)绮窗:雕镂花纹的窗子。

【今译】您才从咱们家乡来,一定知道家乡的事。不知我家窗子之外,那株腊梅花是否已开?

【点评】开头两句,不加修饰,极为亲切。"故乡"一词迭见,表现出思乡之殷;末两句独问窗前的寒梅,蕴含不尽的思乡之情。全诗质朴平淡而又诗味浓郁,可谓寓巧于拙,深婉有致。

【集说】情到之辞,不假修饰而自工者也。……右丞只为短句,一吟一咏,更有悠扬不尽之致,欲于此下复赘一语不得。(赵殿成《王右丞集笺注》)

与前首俱口头语,写来真挚缠绵,不可思议。着"绮窗前"三字,含情无限。(黄叔灿《唐诗笺注》)

通首都是讯问口吻,而游子思乡之念,昭然若揭。(王文濡《唐诗评注读本》)

清空一气,所谓妙手偶得也。(俞陛云《诗境浅说续编》)

(王海庄)

相　　思⁽¹⁾

红豆生南国⁽²⁾,春来发几枝。
愿君多采撷,此物最相思。

【注释】(1)诗题一作《江上赠李龟年》。　(2)红豆:别名相思子,产于南方,结实鲜红浑圆,晶莹如珊瑚,可做饰物,唐诗中常用它来关合相思之情。

【今译】红豆树远远地生长在南国的大地,春天来了,也不知你悄悄地发出了几多嫩枝?我亲爱的朋友,你就多采几枝吧,这小小的红豆,最能引惹人的相思。

【点评】起首一句,语极单纯,却富于形象;次句轻声一问,自然亲切;第三句言在此而意在彼,语极恳挚动人;末句点题,"相思"与首句"红豆"呼应,语浅意长,双关之中含有情蕴。全诗托物抒情,言浅情深,令人神远。语言朴素明快,却又委婉含蓄,洋溢着青春的热情。

435

【集说】王维"红豆生南国"、王之涣"杨柳东门树"、李白"天下伤心处"皆直举胸臆,不假雕锼,祖帐离筵,听之惘惘,二十字移情固至此哉!(管世铭《读雪山房唐诗钞凡例》)

红豆号相思子,故愿君采撷,以增其别后感情,犹郭元振诗以同心花见殷勤之意。(俞陛云《诗境浅说续编》)

睹物思人,恒情所有,况红豆本名相思,"愿君多采撷"者,即谆嘱无忘故人之意。(王文濡《唐诗评注读本》)

此以珍惜相思之情,托之名相思子之红豆也。(刘永济《唐人绝句精华》)

(王海庄)

五言绝句

李 白

　　李白(701—762),字太白,号青莲居士,生于安西都护府碎叶城(今巴尔喀什湖南之楚河流域),约5岁时随父迁居绵州昌隆(今四川江油昌隆)青莲乡。青年时即离蜀漫游各地,天宝初供奉翰林,不久即遭谗去职。安史乱起,因参加永王李璘幕府,被牵连得罪,长流夜郎,途中遇赦东还。晚年漂泊于东南一带,卒于当涂。李白心性豪迈,傲岸不羁,诗风雄健奔放,绚丽多彩,极富浪漫情调,被称为"诗仙"。其诗现存九百余首,有《李太白集》三十卷。

玉 阶 怨 [1]

　　玉阶生白露,夜久侵罗袜。

　　却下水精帘 [2] ,玲珑望秋月 [3] 。

　　【注释】(1)玉阶怨:属《相和歌·楚调曲》,是专写宫女怨情的乐曲。玉阶:白玉砌成的阶梯。　(2)下:放下。水精帘:水晶帘,用水晶珠串成的珠帘。　(3)玲珑:空明澄澈貌。

【今译】玉石阶梯上，洒满一片白露。美人儿久久伫立，罗袜已被浸透。夜深后终于回屋，放下水晶珠帘，禁不住又隔帘望月，那秋月玲珑在目。

【点评】首二句景、事双写，暗点季节、时间，其露之重、夜之寒、人物伫立之久，从侧面表现其幽怨之深。后二句转写主人公由室外入室内的活动：入室下帘，本有推却愁怨、不再想它之意，可实际上，这愁怨是推却不去的，它随着"玉户帘中卷不去，捣衣砧上拂还来"的月光，又来到了水晶帘内。秋月"玲珑"，似在怜人；幽人在室，又似怜月；人望月，月照人，在这无言相对之中，女主人公的幽怨情怀已呼之欲出了。

此诗设色淡雅，造境高妙，从"玉阶""白露""罗袜"，到"水晶帘""玲珑秋月"，一色的冰清玉洁，超凡脱俗。在这样的场景中，女主人公始而伫立玉阶，继而罗袜被侵，又继而入室下帘、隔帘望月。这一切，究竟是为了什么？对此，作者秘而不宣，全让读者去驰骋想象。

【集说】无一字言怨，而隐然幽怨之意见于言外，晦庵所谓"圣于诗者"，此欤！（萧士赟《分类补注李太白诗集》）

始在阶前，继居帘内，当夜永而不眠，藉望月而自遣，曰"却下"，曰"玲珑"，意致凄恻。（黄叔灿《唐诗笺注》）

妙写幽情，于无字处得之。（《唐宋诗醇》）

无一字说到怨，而含蓄无尽，诗品最高。"玉阶生白露"，则已望月至夜半，落笔便已透过数层。次句以"夜久"承明，露侵罗袜，始觉夜深露重耳。然望恩之思，何能遽止？虽入房下帘以避寒露，而隔帘望月，仍彻夜不能寐，此情复何以堪？又直透到"玉阶"后数层矣。二十字中，具有如许神通，而只淡淡写来，可谓有神无迹。（李锳《诗法易简录》）

其写怨意，不在表面，而在空际。第二句云露侵罗袜，则空庭之久立可知。第三句云却下晶帘，则羊车之绝望可知。第四句云隔帘望月，则虚帷之孤影可知。不言怨而怨自深矣。（俞陛云《诗境浅说续编》）

（尚永亮）

五言绝句

静 夜 思[1]

床前明月光，疑是地上霜。
举头望明月，低头思故乡。

【注释】(1)刘永济曰："李白此诗绝去雕采，纯出于真，犹是《子夜》民歌本色，故虽非用乐府古题，而古意盎然。"(《唐人绝句精华》)因其近古，故被录入《乐府诗集》卷九十《乐府新辞》中，然其体实仍为绝句。

【今译】床前洒满明亮的月光，竟疑心那是秋天的白霜。抬头观看，原来是高挂夜空的明月，低头徘徊，不由我想起遥远的故乡。

【点评】首句写破窗而入、洒满床前的月光，次句写诗人心中幻觉的月光，第三句写高挂夜空的一轮明月，末句写由见月而生发的对故乡的怀念。这是一片月的海洋！它令人始觉清新，继生迷惘，转感亲切，而终归依恋。心为人人共有之心，情为人人共有之情，景亦为人人常见之景，被太白于不经意间妙手拈出，遂使后人共鸣。

【集说】摹写静夜之景，字字真率。(唐汝洵《唐诗解》)

忽然妙景，目中口中凑泊不得，所谓不用意得之者。(钟惺《唐诗归》)

气骨甚高，神韵甚穆，过齐、梁远矣。(《唐宋诗醇》)

范梈曰："五言短古，不可明白说尽，含蓄则有味，此篇是也。"徐增曰："因疑则望，因望则思，并无他念，真静夜思也。"(《唐宋诗醇》引)

旅中情思，虽说明却不说尽。(沈德潜《唐诗别裁》)

床前明月光，初以为地上之霜耳，乃举头而见明月，则低头而思故乡矣。此以见月色之感人之深也。盖欲言其感人之深而但言如何相感，则虽深仍浅矣。以无情言情则情出，从无意写意则意真。知此者可以言诗乎！(俞樾《湖楼笔谈》)

前二句，取喻殊新。后二句，在举头低头倾额之间，顿生乡思。良以故乡之念，久蕴怀中，偶见床前明月，一触即发，正见其乡心之切。且举头低

头,联属用之,更见俯仰有致。(俞陛云《诗境浅说续编》)

(尚永亮)

独坐敬亭山⁽¹⁾

众鸟高飞尽⁽²⁾,孤云独去闲⁽³⁾。
相看两不厌,只有敬亭山⁽⁴⁾。

【注释】(1)独坐:只有一个人坐。敬亭山:在今安徽宣城,李白曾多次游览此地。 (2)众鸟:所有的鸟儿。 (3)孤云:一朵云。闲:清幽平静。
(4)最后两句是说人、山相看两不厌。也作"惟有敬亭山"。

【今译】所有的鸟儿高飞得没有踪影,一朵白云独独飘去那么幽静。山看我、我看山互相都不讨厌,这山只有一座,名字叫敬亭。

【点评】怎样表现自己对敬亭山的亲切之感呢? 诗人先以大自然的他物反衬:喜欢热闹的鸟儿们飞去了,连喜欢独处的一朵孤云也飘走了。周围环境显得那么平淡,那么寂寞。这大自然还有谁不飞去、不飘走呢? 只有人与山两看两不厌,形相似而神相通、情相洽了。这是物的人化,敬亭山具有了人的意态,人的感情,与人心心相映。同时也是人的物化,自己也化成了大自然中的一座山,与敬亭山为伍了。在丰富想象力的激发下,大地上的山和人相互转化而合为一体,所抒发的,是一种回归大自然、摆脱人世间一切喧嚣、烦恼的感情。这样的境界,是令人神往的。

【集说】首二句已绘出"独坐"神理,三四句偏不从独处写,偏曰"相看两不厌",从不独处写出"独"字,倍觉警妙异常。(李锳《诗法易简录》)

鸟飞云去,正言"独坐"也。(吴昌祺《删订唐诗解》)

后二句以山为喻,言世既与我相遗,惟敬亭山色,我不厌看,山亦爱我。夫青山漠漠无情,焉知憎爱,而言不厌者,乃太白愤世之深,愿遗世独立,索知音于无情之物也。(俞陛云《诗境浅说续编》)

首二句独坐所见,三四句独坐所感。曰"两不厌"便觉山亦有情,而太

439

五言绝句

白之风神,有非尘俗所得知者,知者其山灵乎?(刘永济《唐人绝句精华》)

(陈绪万)

送陆判官往琵琶峡⁽¹⁾

水国秋风夜⁽²⁾,殊非远别时⁽³⁾。
长安如梦里,何日是归期。

【注释】(1)陆判官:李白友人,事迹不详。琵琶峡:在四川巫山,形如琵琶。 (2)水国:江南多河流湖泊,故称水国。 (3)殊非:极非,很不是。

【今译】江南水乡的夜晚,秋风阵阵,一片凄寒;此时送君远行,真令人悲伤无限! 回首京都长安,梦一样虚幻遥远;无时不在想呵,可何日才能回返?

【点评】前二句写别情。一个"殊非",摄惜别之情,将诗人满腹的悲凉与伤感显露无遗。难怪杨慎对此击掌称赏,并举李白"天山三丈雪,岂是远行时"的诗句,谓"岂是、殊非、变幻二字,愈出愈奇"。后二句转抒情怀,既顾及行者的心境,又关合诗人自己的遭遇。从行者一方看,陆判官要去的琵琶峡远在荒僻的巫山之中,显而易见他此行并不得意;从诗人一方看,自从天宝三载被玄宗赐金放还以后,他一直湖海飘零,又何尝得意过?"长安如梦里,何日是归期?"两句诗,十个字,将自己和朋友的遭遇及欲返京都而不得的悲凉心境和盘托出。一个"归"字,又与题目中的"送"和第二句中的"远别"相呼应,如果是"送"友人"归"长安,那么即使是"水国秋风夜",这"远别"也是愉快的,可友人如今并非"归"长安,而是去琵琶峡啊!

【集说】太白诗:"天山三丈雪,岂是远行时?"又曰:"水国秋风夜,殊非远别时。""岂是""殊非",变幻二字,愈出愈奇。(杨慎《升庵诗话》)

味首二句,似非长安送陆,陆以谪外为判官,此又送之往琵琶峡,因悲其去国日远也。(宋顾乐《唐人万首绝句选评》)

(尚永亮)

刘 长 卿

刘长卿(714—约789),字文房,郡望河间(今属河北)人,籍贯宣城(今属安徽),因曾久居洛阳,故又自称洛阳人。约天宝末年至至德年间登进士第。肃宗时曾任长洲(今江苏苏州)尉,因事被贬为南巴(今广东电白区)尉。德宗时官终随州(今湖北随州市)刺史,世称刘随州。刘长卿清才冠世,生性刚直,多忤权贵,虽两遭迁斥,而终不改其节。其诗炼饰蓥密,而又委婉多讽,尤以五言成就最高,曾自诩为"五言长城"。现存诗五百余首,有《刘长卿集》《刘随州集》等不同卷本。

逢雪宿芙蓉山主人⁽¹⁾

日暮苍山远,天寒白屋贫⁽²⁾。
柴门闻犬吠,风雪夜归人。

【注释】(1)此诗是诗人旅途遇雪,夜宿芙蓉山人家时所作。芙蓉山:今山东临沂、福建闽侯、湖南桂阳、宁乡、广东曲江等地均有芙蓉山,不知此诗所指何处。主人:诗人所宿之人家。　(2)白屋:贫民所居之屋。贫:萧条

冷落。

【今译】夜幕降临,连绵的山峦在苍茫的夜色中变得更加深远。天气寒冷,使这所简陋的茅屋显得更加清贫。半夜里一阵犬吠声把我惊醒,原来是有人冒着风雪归家门!

【点评】前两句写傍晚投宿及夜宿山家之情景。日已"暮"而山村尚"远",更见投宿心情之切;天甚"寒"而所宿山家为茅屋草舍,更见宿处之"贫"。次句又有启下作用,为下面"柴门""风雪"之描写,预设伏笔。后两句写夜宿山家所闻之事。犬吠之由,是因有人夜归。诗人静卧屋内,并未目睹院中之事,他之所以知道有人夜归,当是听见归人叩门、家人开门、互相谈话等断定,然这些均被省去,只写犬吠声,便明确交代出因果关系,可见剪裁之妙。从用字看,"柴门"承"白屋贫","风雪"承"天寒";从视听角度看,前两句写所见,后两句写所闻,字句承接照应,视听紧密结合。全诗一句一景,景景含情,意境极佳,实堪入画,又静中有动,清静而不孤寂。

【集说】极肖山庄清景,却不寂寞。(吴逸一《唐诗正声》)

宜入宋人团扇小景。(乔亿《大历诗略》)

上二句孤寂况味,犬吠人归,若惊若喜,景色入妙。(黄叔灿《唐诗笺注》)

较王、韦稍浅,其诗清妙,自不可废。(施补华《岘佣说诗》)

(寇养厚)

杜 甫

杜甫(712—770),字子美,号少陵野老,一号杜陵野客、杜陵布衣,原籍襄阳(今湖北襄樊市),出生于河南巩义。年轻时应进士举,不第,漫游齐、赵,后客居长安十年。安史乱中投奔唐肃宗,授左拾遗。收复长安后被贬为华州司功参军。不久弃官入蜀,定居成都浣花溪草堂。严武任西川节度使时,表为检校工部员外郎。严武死后携家出蜀,漂泊江南,病逝于江湘途中。杜甫成长于一个奉儒守官的家庭,具有强烈的济世热情,特别是安史之乱爆发后,他用诗笔真实地反映了时代的灾难、人民的疾苦及本人的不幸,被誉为"诗史"。他的作品感情深厚、沉郁悲壮,极富现实主义色彩,又被称为"诗圣"。其诗今存一千四百余首,有《杜少陵集》二十五卷。

武 侯 庙⁽¹⁾

遗庙丹青古⁽²⁾,空山草木长。
犹闻辞后主⁽³⁾,不复卧南阳⁽⁴⁾。

【注释】(1)武侯庙:在夔州西郊,不是成都的武侯祠。 (2)丹青:在此

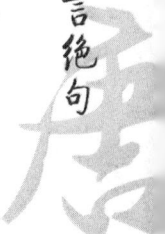

指庙壁上的图画。古:一作"落"。　　(3)辞后主:诸葛亮于蜀汉建兴五年(227)出师北伐,上《出师表》辞别后主刘禅。　　(4)"不复"句:谓诸葛亮出师未捷身先死,不能功成身退,归隐南阳。

【今译】武侯庙中的壁画,已历尽沧桑。四周山野空空,唯有草木莽莽,好像还能听到北伐辞后主的誓言。可惜大业未成身先死,他再不能归隐南阳。

【点评】遗庙、山空、草木长,已自空寂辽旷、苍茫悲凉,"犹闻"二句更深一层,思绪飞越,古今相接,高度概括出诸葛丞相立志北伐中原、上表后主时的慷慨激昂之心;又以"不复"二字虚笔传神,为他"出师未捷身先死"而未能功成归隐的遭际深表叹惜。

【集说】此诗若草草不甚留意,而读之使人凛然,想见孔明风采。比李义山"猿鸟犹疑畏简书,风云常为护储胥"(《筹笔驿》)之句,又加一等矣。(张戒《岁寒堂诗话》)

朱鹤龄云:"此诗后二句,人无解者。为武侯昭烈(刘备)驱驰,未见其忠,惟当后主昏庸,而尽瘁出师,不复有归卧南阳之意,此则云霄万古者耳。曰'犹闻'者,空山精爽,如或闻之。"又云:"王之涣《登鹳雀楼》诗'白日依山尽'云云,钱起《江行》诗'兵火有余烬'云云,令狐楚《从军》诗'胡风千里惊'云云,皆语对而意流,四句自成起讫,真佳作也。若少陵《武侯庙》诗云云,其气象雄伟,词旨剀切,则又高出诸公矣。"(仇兆鳌《杜诗详注》引)

后二语隐括两《出师表》而出之……诗中字指后主者,本武侯两表来,表上于后主时也。朱氏分别两主,疏解尽忠之说,多少痕迹!其疏"犹闻"二字云"空山精爽,如或闻之",却有味。(浦起龙《读杜心解》)

通首一气流宕。"落"字、"长"字作势,转出"犹闻"二字,最有力。后二句谓其死犹未已。是加一倍写法,方写得武侯之神,奕奕如在。(李锳《诗法易简录》)

不涉议论,弥淡弥高。(《唐宋诗醇》)

(尚永亮)

金 昌 绪

金昌绪,余杭(今属浙江)人。开元时诗人。刘长卿有《送金昌宗归钱塘》诗,或其兄弟行(参用富寿荪、刘拜山说)。今仅存《春怨》诗一首。

春 怨

打起黄莺儿,莫教枝上啼。
啼时惊妾梦,不得到辽西⁽¹⁾。

【注释】(1)辽西:汉郡名,辖境相当于今河北以西、乐亭以东,长城以南,辽宁松岭山以东,大凌河下游以西地区。此指意中人所在之地。

【今译】快将黄莺儿赶走,不要教它在枝头鸣啼。它的啼声将我的好梦惊破,使我无法与夫君相会辽西。

【点评】诗写少妇春闺怨情,只从啼莺惊梦落笔,却见无穷情味。起笔见疑,层层剥笋,方将疑团释去。念人怀远之幽梦一旦惊醒,便有无限凄清失

五言绝句

落之恨,而迁怒于黄莺,足见此少妇情之真纯与痴迷。一篇一意,明白如话,有清纯之民歌风味。

【集说】篇法圆紧,中间增一字不得,着一意不得。(王世贞《艺苑卮言》)

语音一何脆!一气蝉联而下者,以此为法。(沈德潜《唐诗别裁》)

望辽西,情也。欲到辽西,情紧矣。除是梦中可到辽西,又恐莺儿惊起,使梦不成,须于预先安排莫教他啼。夫梦中未必即到辽西,莺儿未必即来惊梦,无聊极思,故至若此,较思归望归者,不深数层乎?(马鲁《南苑一知集》)

(储兆文)

耿 沣

耿沣(wéi),字洪源,河东(今山西永济市)人。唐宝应十年(763)进士,历任大理司法、左拾遗,"大历十才子"之一。有《耿沣诗集》。

秋 日

反照入闾巷⁽¹⁾,忧来与谁语⁽²⁾。
古道无人行⁽³⁾,秋风动禾黍⁽⁴⁾。

【注释】(1)闾巷:犹里巷。 (2)此句《全唐诗》注:"一作'愁来谁共语'。" (3)古道:一指古老的道路,一指古代崇尚的节操风义。 (4)禾黍(shǔ):指谷子的禾苗。

【今译】夕阳的余光照进荒僻的里巷,心中忧愁袭来可与谁人共讲? 那荒凉的古道上没有人行走,只有秋风吹动谷苗沙沙作响。

【点评】题作《秋日》,作者摄取夕照里巷、荒凉古道和秋风禾黍这些具有

五言绝句

衰飒意味的秋天景物，构成一幅伤感悲凉的画面，然后把满怀忧愁、踽踽独行的自己置入其中，那凄凉孤寂的情怀就自然流露出来。值得注意的是"古道无人行"一句，它不单指古老的道路，而是语意双关，也指古代的风义节操，正是因为当今之世人心浇薄，而作者所崇尚的"古道"无人践行，所以才无人可与共语，诗歌言浅意深，耐人寻味。

【集说】前二句，是"巷无居人"；后二句，是"空谷足音"。睹此秋日，能无离索之感？（徐增《而庵说唐诗》）

山居寂寞之作也。言夕阳送照于门巷之中，则此日已暮，忧从中来，不可解结，有谁相与共话而暂为消释哉？匪唯无人共话，而夕阳古道之中，且无行人焉，唯有西风萧瑟，吹动田园之禾黍而已。（王相《五言千家诗注解》）

往者《麦秀》之歌、《黍离》之什，乃采蕨遗民，过旧京而凭吊，宜其音之哀以思也。作者于千载下，望古遥集，百忧齐来。诗言夕阳深巷之中，抑郁更谁共语，乃出游以写忧，但见古道荒凉，寂无人迹，往日之楚存凡丧、项灭刘兴，以及钟鸣鼎食之家，璧月琼枝之地，都付与水逝云飞，所余残状，唯禾黍高低，在西风落照中，动摇空翠，可胜叹耶？（俞陛云《诗境浅说续编》）

二十字中有一片秋天寥泬之气。（刘永济《唐人绝句精华》）

（管遗瑞）

戴 叔 伦

戴叔伦(732—789),字幼公,润州金坛(今属江苏)人。大历时,应刘晏之召,在其盐铁转运使府中任职。建中元年(780),任东阳县令。后任抚州刺史。贞元四年(788),改任容州刺史,兼容管经略使,在任上去世。戴叔伦的诗多以农村生活为题材,一部分揭露了当时的社会矛盾,也写过一些边塞诗,其他抒情之作往往婉转真挚,词清句丽。《全唐诗》编录其诗二卷。原有集,已散失,明人辑有《戴叔伦集》。

题三闾大夫庙⁽¹⁾

沅湘流不尽⁽²⁾,屈子怨何深。
日暮秋风起,萧萧枫树林。

【注释】(1)三闾大夫:在此即屈原。屈原曾在楚怀王朝任三闾大夫一职,卒后,人们修庙来纪念他。 (2)沅湘:沅水、湘水(均在今湖南境内)的合称。

五言绝句
唐

【今译】何等深远啊,屈子的怨愤就像沅水和湘水,长流不尽。苍茫暮色中,秋风又起,发出哀怨声音的是那萧萧的枫树林。

【点评】前二句先妙用比喻,将屈子之深怨喻为长流不尽的沅湘水;继用倒装句法,变直白为含蓄,进一步突现此"怨"之深远。末二句以写景作结,日暮,秋风,枫林萧萧,无限苍凉中隐隐传达哀怨之声,似哀悼屈子,又似为屈子鸣不平,读来极有深意。

【集说】短诗岂尽三闾?如此一结,便不可测。(顾璘《批点唐诗》)

言屈子之怨与沅湘俱深,倒转便有味。更妙缀二景语在后,真觉山鬼欲来。(黄生《唐诗摘抄》)

忧愁幽思,笔端缭绕。屈子之怨,岂沅湘所能流去耶?发端妙。(沈德潜《唐诗别裁》)

咏古人必能写出古人之神,方不负题。此诗首二句悬空落笔,直将屈子一生忠愤写得至今犹在,发端之妙,已称绝调。三、四句但写眼前之景,不复加以品评,格力尤高。凡咏古以写景结,须与其人相肖,方有神致,否则流于宽泛矣。(李锳《诗法易简录》)

并不用意而言外自有一种悲凉感慨之气,五绝中此格最高。(施补华《岘佣说诗》)

前二句之意,与少陵咏《八阵图》"江流石不转"句,皆咏昔贤遗恨与江水俱长。后二句仅以秋声、枫树为灵均传哀怨之声,其传神在空际。(俞陛云《诗境浅说续编》)

（尚永亮）

李 端

李端,字正已,赵州(今河北赵县)人。唐代宗大历年间进士,官至杭州司马,"大历十才子"之一。有《李端诗集》。

鸣　筝[1]

鸣筝金粟柱[2],素手玉房前[3]。
欲得周郎顾,时时误拂弦[4]。

【注释】(1)诗题一作《听筝》。筝:其形如瑟,有十三弦,是古代的一种弹拨乐器。　(2)金粟柱:筝上系弦的小圆轴。　(3)素手:指女子洁白的手。玉房前:筝上安放小枕的地方。　(4)周郎顾:《三国志·吴书·周瑜传》有"曲有误,周郎顾"之语。三国时吴国周瑜二十四岁拜建威中郎将,当时吴中呼为"周郎"。他精于音乐,曲有误必顾。顾:回头看。拂:拨。

【今译】金粟柱上筝声悦耳响得欢,玉房前洁白的纤手把琴弹。想尽了办法博取周郎的青睐,常常拨错筝弦逗他来顾盼。

【点评】这首小诗写一位弹筝女子故意拨错弦为博青睐的情态,写得十分细腻委婉而有趣,使这位女子多情、聪明的美好形象,浮现在读者眼前。周瑜典故的运用十分贴切而生动,更给诗歌增加了丰厚的内蕴和悠长的韵味。本诗是妙用典故的范例之一。

【集说】吴绥眉谓因病致妍,语妙。(沈德潜《唐诗别裁》)

妇人卖弄身份,巧于撩拨,往往以有心为无心。手在弦上,意属听者,在赏音人之前,不欲见长,偏欲见短。见长,则人审其音;见短,则人见其意。李君何故知得恁细?(徐增《而庵说唐诗》)

此诗能曲写女儿心事。银筝玉手,相映生辉,尚恐未当周郎之意,乃误拂冰弦,以期一顾。夫梅瓣偶飞,点额效寿阳之饰;柳腰争细,息肌服楚女之丸。希宠取怜,大率类此,不独因病致妍以贡媚也。(俞陛云《诗境浅说续编》)

(周啸天　管遗瑞)

畅 当

畅当,河东(今山西永济市)人。大历七年(772)进士,任弘文馆校书郎,建中四年(783),应募从军,约于兴元元年(784)做河中参军。贞元二年(786)聘为太常博士,四年后任果州刺史。曾与韦应物、卢纶等唱酬,诗风超拔。《全唐诗》编其诗为一卷。

登鹳雀楼[1]

迥临飞鸟上,高出世尘间。
天势围平野[2],河流入断山。

【注释】(1)鹳雀楼:故址在今山西永济西南黄河中的一个小岛上,前瞻中条山,下瞰黄河水,是唐代登览胜地,留诗甚多。 (2)"天势"句,意谓登上鹳雀楼,放眼四望,天地相连,好像围住了原野一样。

【今译】望远飞鸟在脚下盘旋,觉得自己高瞻远瞩,眼界超出了人世尘俗。天之穹庐笼罩着无垠的原野,滔滔黄河奔流,消逝于对峙的两山之间。

五言绝句

【点评】诗人登上鹳雀楼,与飞鸟比高低,"迥临"一句,用低空盘旋的飞鸟,反衬楼的高峻;"高出"一句,以地面物体的矮小,衬托站在楼上人的高大。这种视觉反差技巧的运用,收到了情景交融的效果。后两句承上而出,一气贯注。平旷的原野与苍茫的天际相接,气势壮阔,滔滔奔流的黄河,似乎冲决了围着的大山,浩荡远去,拓宽视野,扩大了诗的境界,而黄河的咆哮奔突,充满力感,寄托了诗人的高远胸怀。

【集说】河中府鹳雀楼……唐人留诗者甚多,唯李益、王之涣、畅当三篇,能状其景。(沈括《梦溪笔谈》)

王之涣诗上二句实,下二句虚;此诗上二句虚,下二句实,工力悉敌。然王诗妙在虚,此妙在实。(黄叔灿《唐诗笺注》)

不减王之涣作。(沈德潜《唐诗别裁》)

之涣"白日依山尽"一绝,市井儿童,皆知诵之,而至今崭然如新。畅当诗"迥临飞鸟上"云云,兴之深远,不逮之涣作,而体亦峻拔,可以相亚。(潘德舆《养一斋诗话》)

前二句写楼之高,后二句写楼上所见之广。(刘永济《唐人绝句精华》)

(杨晓霭)

卢 纶

卢纶(约748—799),字允言,河中蒲洲(今山西永济市)人。安史乱起,避难于邹阳(今属江西)。大历初,屡举进士不第。后补阌乡尉。迁官监察御史,终检校户部郎中。卢纶为"大历十才子"之一。诗多送别酬答,所作边塞诗风格雄浑苍劲。有《卢户部诗集》。

塞 下 曲⁽¹⁾

月黑雁飞高,单于夜遁逃⁽²⁾。
欲将轻骑逐⁽³⁾,大雪满弓刀。

【注释】(1)诗题一作《和张仆射塞下曲》。原作六首,此为其三。　(2)单(chán)于:匈奴首领的称号。夜:一作"远"。　(3)将:率领。

【今译】月黑天昏雁群飞得很高,单于连夜向北潜逃。想要率领轻骑追击,无奈大雪已落满了弓和刀。

五言绝句

唐

【点评】"月黑雁飞高",寥寥五字,将时间、环境、边塞之特异气氛一笔写尽;"夜遁逃",明写唐军得胜,暗写单于被围已久,故趁此无月黑夜远遁。后二句承上作转,收煞极宛转,借"雪满弓刀"凸现边塞之苦寒和战斗之艰苦,全诗音节响亮,自然流畅,却令人品味不尽。

【集说】中唐音律柔弱,独此可参盛唐。(钟惺《唐诗归》)

纶五言绝"月黑雁飞高"一首,气魄音调,中唐所无。(许学夷《诗源辩体》)

言虽雪满弓刀,犹欲轻骑相逐。一顺看,即似畏寒不出矣,相去何啻天渊!"夜"字一本作"远",不惟句法不健,且惟乘月黑而夜遁,方见单于久在围中,若远而后逐,则无及矣。止争一字,语意悬远若此。甚矣,书贵善本也!(黄生《唐诗摘抄》)

上二句言匈奴畏威远遁,下二句不肯邀开边之功,而托言大雪,便觉委婉,而边地之苦亦自见。(李锳《诗法易简录》)

言兵威所震,强虏远逃,月黑雁飞,写足昏夜潜遁之状。追奔逐北者,宜发轻骑蹑之,而弓刀雪满,未得穷追,见漠北之严寒,防边之不易也。(俞陛云《诗境浅说续编》)

(尚永亮)

孟　郊

孟郊(751—814),字东野,被张籍私谥贞曜先生。湖州武康(今浙江德清)人。46岁进士登科,50岁授溧阳尉。一生潦倒失意,贫病穷寒,但秉性孤直,不趋炎附势,深得朋友推崇。其诗歌创作,在主张"下笔证兴亡,陈词备风骨"的同时,追求"入深得奇趣""逃俗无踪蹊"的奇异之美,艺术风格也明显表现为明白淡素和雕刻奇险两方面,但以瘦硬、苦吟闻名诗坛,诗名与韩愈、贾岛并称。有《孟东野诗集》。

怨　诗

试妾与君泪,两处滴池水。
看取芙蓉花⁽¹⁾,今年为谁死。

【注释】(1)看取:犹言"看一看"。芙蓉花:莲花。

【今译】试把你我苦涩的眼泪,分别滴入两处的池水。看看今年池内的荷花,到底为谁死!

五言绝句

【点评】"泪"因怨而流,哀怨愈重,泪流愈多,亦愈苦涩。基于此认识,诗人突发奇想,借芙蓉花将被泪水浸死的虚拟现象,来测试"妾"与"君"二人谁的哀怨最重。字句看似平淡,实则力透纸背。首句一笔双写,以思妇语气,主客分明,虚实交映,表露相思之情至深至切。

【集说】花死由泪深浅,首下一"试"字,便有分别。(高棅《唐诗正声》)

不知其如何落想,得此四句,前无可装头,后不得添足,而怨恨之情已极。此天地间奇文至文。(黄叔灿《唐诗笺注》)

二语怨极,言我有情君无情,花但为我死也。(吴昌祺《删订唐诗解》)

此诗设想甚奇,池中有泪,花亦为之死,怨深如此,真可以泣鬼神矣。(刘永济《唐人绝句精华》)

(尚永亮)

唐诗观止

458

陈 羽

陈羽(753—?),江东(今江苏南京)人。早年曾在镜湖,若耶溪漫游,与诗僧灵一唱和。德宗贞元八年(792)进士,后官东宫卫佐。辛文房评其诗云:"写难状之景,了了目前;含不尽之意,皎皎言外。"(《唐才子传》卷五)有《陈羽诗集》。

梁城老人怨⁽¹⁾

朝为耕种人,暮作刀枪鬼。
相看父子血,共染城壕水⁽²⁾。

【注释】(1)梁城:梁县,今河南临汝县。 (2)壕:护城河。

【今译】早上还是努力耕作的农人,晚上就做了刀下鬼。看父子的鲜血一起染红了护城河的水。

【点评】这首诗反映了中唐以来,藩镇割据,驱民作战的实况,给人以触目惊心之感。一"朝"一"暮",突出了老百姓朝不保夕、命运猝变之苦;后二

句中的"父子血""共染"等字句更让人不忍闻睹,写尽了战争之残酷。

【集说】读此二十字,真不知是何世界!(刘永济《唐人绝句精华》)

(王海庄)

权　德　舆

权德舆(759—818),字载之,号得人,谥号文。秦州略阳(今甘肃秦安)人。任职德、宪两朝,元和年间为相,直言敢谏,宽和待下,为时所称。权德舆能文善诗。诗多奉和、酬赠、送别之作,不事雕琢,自然雅洁,《全唐诗》编为十卷。有《权载之文集》传世。

岭上逢久别者又别[1]

十年曾一别,征路此相逢。
马首向何处,夕阳千万峰。

【注释】(1)诗写一次久别重逢旋即又别时有感而作。

【今译】一别十年,不曾想相逢在漫漫长途中。久别骤逢,相逢又别,马儿匆匆,又将向何方?看前路茫茫,一抹斜阳洒满千峰万岭。

【点评】这二十字的小诗,一个难字没有,一个典故不用,整篇语言十分

五言绝句

朴素自如,但蕴含着隽永的情韵。久别重逢,却在征路上,"此"字一语双关,既强调这次相逢的出乎意料,喜出望外,又隐含着旋即要别的遗憾、惆怅。第三句,诗人一笔宕开重逢,正因为相逢在征途上,什么也不容细说,只能问一句这又要到哪里去?轻轻一问,问出了重逢短暂,又别得匆匆,骤逢即别的情景,跃然目前。作为回答的是一个情在景中、景即是情的胜境,是一幅深山夕照中悄然作别的图画,这图画尽染着诗人的无限情思。以景结情,含思落句,透露出诗人内心深处的无穷感慨。

【集说】权德舆之诗却有绝似盛唐者。权德舆或有似韦苏州、刘长卿处。(严羽《沧浪诗话》)

绝句,李益为胜,韩翃次之。权德舆、武元衡、马戴、刘沧五言,皆铁中铮铮者。(王世贞《艺苑卮言》)

以十字道一事者,拙也,约之以五字则工矣。以五字道一事者,拙也,见数事于五字则工矣。如韦应物"浮云一别后,流水十年间",权德舆则以"十年曾一别"五字尽之。……此所谓炼字、炼句尤不如炼意也。(冒春荣《葚原诗说》)

(杨晓霭)

王　建

　　王建(766?—830?)，字仲初，颍川（今河南许昌）人，出身寒门，大历进士。唐宪宗元和年间始为昭应县尉，已"头白如丝"。穆宗长庆初由太府丞转秘书郎，文宗太和中出为陕州司马，后退职居咸阳原上，境况贫窘。他"四授官资元七品，再经婚娶尚单身"。王诗通俗明晰而凝练精悍，温婉又工丽。其中《宫词》百首尤享盛誉。以组诗纪事，为其创格。有《王司马集》八卷。

新嫁娘词(1)

三日入厨下(2)，洗手作羹汤。

未谙姑食性(3)，先遣小姑尝(4)。

【注释】(1)原作三首，此为其中一首。　(2)旧俗，女子婚后三天须进厨房做菜，娘家送来彩缎果品，叫作"过三朝"。　(3)谙：知道，熟悉。(4)小姑：旧多称丈夫的母亲为姑，丈夫的妹妹为小姑。

【今译】光艳艳的新娘三天就下厨房，洗手做菜熬汤。不知婆婆口味怎

463

五言绝句

唐

样,先请小姑代为品尝。

【点评】"三日"暗示"新嫁"。"未谙姑食性"也是因为"新"。出嫁三朝下厨,合于"妇人主中馈"的古礼。作汤先"洗手",见出新嫁娘的雅洁和庄重。"未谙"二句,蕴含着对生活广泛的启示,而且透露出新娘子的聪慧精明。她敬事公婆,却并不卑怯,而能反宾为主,巧妙地驾驭生活。此诗以叙代赞,语浅意深,情趣盎然,不愧为传世之名作。

【集说】王建《新嫁娘》:"未谙姑食性,先遣小姑尝。"张文潜《寄衣曲》:"别来不见身长短,试比小郎衣更长",二诗当以建为胜。(刘克庄《后村诗话》)

前辈教人作绝句,令诵"三日入厨下""打起黄莺儿""画松一似真松树",皆自肺腑中流出,无牵强斧凿痕。(敖英《唐诗绝句类选》)

诗至真处,一字不可移易。(沈德潜《唐诗别裁》)

新妇与姑未习,小姑易亲,转圜机绪慧甚。入情入理。语亦天然。(黄叔灿《唐诗笺注》)

(程瑞钊)

令 狐 楚

令狐楚(766—837),字殻士,原籍敦煌(今甘肃敦煌),家于太原(今山西太原)。贞元七年(791)进士,历仕德、宪、穆、敬、文宗五朝,官至中书侍郎同平章事,封彭阳郡公,卒于山南西道节度使任所,谥文。令狐楚文思俊丽,诗歌长于绝句。《全唐诗》编存其诗一卷。

长 相 思⁽¹⁾

几度春眠觉⁽²⁾,纱窗晓望迷。
朦胧残梦里,犹自在辽西⁽³⁾。

五言绝句

【注释】(1)长相思:乐府《杂曲歌辞》旧题,内容多写男女、友朋的久别思念之情。此诗抒写了闺妇对征人的缠绵情意。 (2)几度:几次,多少回。(3)辽西:辽河以西,今辽宁西部地区。唐朝东北的边防要地。

【今译】多少回春眠惊起,透过纱窗望去晨曦迷离,心也迷离。在梦里朦胧中已醒,难道是我俩相会在辽西?

【点评】春眠觉起,一个"迷"字,涵盖全诗,既概括出梦境的扑朔迷离,心境的恍恍惚惚,也描绘出闺妇痴痴望外的情态。前三句中,"几度""晓望迷""朦胧残梦",已形象表现出相思的悠长,而结句,诗人再用"犹是",明确点题,回环扣入"长相思",使全诗形成相思绵绵的境界,颇有意韵。

【集说】其诗宏毅阔远,与灞桥驴子上所得者异矣。(吴师道《吴礼部诗话》)

三偷:又如金昌绪"打起黄莺儿,莫教枝上啼。啼时惊妾梦,不得到辽西。"令狐梦则曰:"绮席春眠觉,纱窗晓望迷。朦胧残梦里,犹自在辽西。"张仲素更曰:"袅袅城边柳,青青陌上桑。提笼忘采叶,昨夜梦渔阳。"或反语以见奇,或循蹊而别悟,若尽如此,何病于三偷。(贺裳《载酒园诗话》)

善体人情之作。(刘永济《唐人绝句精华》)

(杨晓霭)

刘 禹 锡

刘禹锡(772—842),字梦得,洛阳人。贞元九年(793)进士。因参与政治革新,谪官朗州、连州、夔州、和州等地22年之久。晚年以太子宾客分司东都。其诗骨力豪劲,气韵沉雄,有"诗豪"之誉。各体皆工,尤擅民歌体乐府诗,所作《竹枝词》等"独步于元和间"。也是中唐时期较早开始依曲填词的作家之一。其诗现存六百七十余首,有《刘宾客集》四十卷。

视刀环歌(1)

常恨言语浅,不如人意深。
今朝两相视,脉脉万重心。

【注释】(1)刀环:刀柄上的铜环。

【今译】我常恨言语太轻浅,不如人心情深意远。此刻我与你默默注视,心相照,意相期,凝视中饱含千万种心愿。

五言绝句

【点评】通俗易懂，言简情深，重点在"视"字，以默默注视传达出深情。恨"言语浅"，于是便"两相视"中见"万重心"，颇有新意。

【集说】诗作如是语，即妙在题又是"视刀环"，所以诗益觉深至。（钟惺《唐诗归》）

"不如人意深"，谓两心相照，两意相期，疑有变更，故曰："今朝两相视，脉脉万重心。"盖其不还也。（黄叔灿《唐诗笺注》）

着意"视"字。（沈德潜《唐诗别裁》）

（王海庄）

秋　风　引⁽¹⁾

何处秋风至？萧萧送雁群⁽²⁾。
朝来入庭树，孤客最先闻⁽³⁾。

【注释】(1)引：乐府诗体的一种。　(2)萧萧：形容风声。　(3)孤客：此指被贬荒远之地，孤独无依的诗人自己。

【今译】秋风不知来自何方？在萧萧的风声中，群群大雁飞向南方。清晨，来到庭院把树木轻晃，远谪异乡的孤客最先听到那凄冷的声响。

【点评】首句就题发问，暗含怨秋之意；次句将耳所闻与目所睹结合来写，化无形之风为可闻可见之物象；三句将笔触由空中之"雁群"转向地面之"庭树"，最后集中在末句的"孤客"身上，"最先闻"三字点出景中之情，一笔写尽被贬荒远之地的诗人自己的孤苦落寞心境。全诗构思新颖，力透纸背。

【集说】不曰"不堪闻"，而曰"最先闻"，语意便深厚。（钟惺《唐诗归》）
谁不闻而曰"最先闻"，孤客触绪惊心，形容尽矣。若说"不堪闻"便浅。（黄叔灿《唐诗笺注》）
妙在"最先"二字为"孤客"写神，无限情怀，溢于言表。（李锳《诗法易

简录》)

　　四序迭更，一岁之常例，惟乍逢秋至，其容则天高日晶，其气则山川寂寥，别有一种感人意味。况天涯孤客，入耳先惊，能无惆怅？苏颋之《汾上惊秋》，韦应物之《淮南闻雁》，皆同此感也。（俞陛云《诗境浅说续编》）

（王海庄）

五言绝句

李　绅

　　李绅(772—846),字公垂,亳州谯县(今安徽亳州)人,唐宪宗元和元年(806)进士,与李德裕、元稹合称"三俊",武宗初拜相,四年后以疾辞位,复出任淮南节度使。绅工诗,首创《新题乐府》二十首,元稹、白居易、张籍、王建继起响应,形成了新乐府运动。《全唐诗》录存其《追昔游诗》三卷、《杂诗》一卷。

悯农二首[1]

一

春种一粒粟,秋收万颗子。

四海无闲田,农夫犹饿死。

二

锄禾日当午[2],汗滴禾下土。

谁知盘中餐,粒粒皆辛苦。

【注释】(1)本诗为贞元十八年作者三十一岁前作。"悯",同情、哀怜之意,此就内容命题。题一作《古风》。 (2)锄禾:给禾苗松土去杂草。

【今译】

一

春天种下一颗籽,秋来收得万粒米。东西南北无闲田,可怜农夫还饿死。

二

锄禾锄到日正午,农夫汗滴禾下土。有谁知道盘中饭,粒粒来得都辛苦!

【点评】此诗旨在"悯农",除了表达对劳苦农民极大的敬重和深切的同情之外,还使读者产生强烈的义愤和对不合理制度的憎恶之情。妙在诗人并未作抽象的说教,而是选材典型,正反映衬,以鲜明的形象感人至深,故能万口传诵,千年如新。

【集说】绅初以《古风》求知于吕温,温见齐煦,诵其《悯农》诗云云,又曰:"此人必为卿相。"果如其言。(计有功《唐诗纪事》)

诗苦于无意,有意矣,又苦于无辞。如"锄禾日当午"云云,诗之所以难得也。(吴乔《围炉诗话》)

此种诗纯以意胜,不在言语之工,《豳》之变风也。(李锳《诗法易简录》)

(程瑞钊)

五言绝句

柳 宗 元

柳宗元(773—819),字子厚,河东郡(今山西永济市)人,世称"柳河东"。少精敏绝伦,为文卓伟精致。贞元进士,中博学宏辞科,授校书郎,调蓝田尉,升监察御史里行。王叔文执政,擢礼部员外郎。叔文败,贬永州司马。后迁柳州刺史,故又称柳柳州,与韩愈同倡古文运动,并称"韩柳",同列入"唐宋八大家"中。其文、诗、赋,皆开一代风气。有《柳河东集》。

入黄溪闻猿⁽¹⁾

溪路千里曲,哀猿何处鸣。
孤臣泪已尽⁽²⁾,虚作断肠声⁽³⁾。

【注释】(1)本诗作于永州贬所。黄溪,永州的一条溪流。　(2)孤臣:失势无援之臣。　(3)虚:白白地。

【今译】黄溪的小路又长又远,又曲又深。猿猴不知在何处悲鸣。失势无援的臣子,泪水早已流尽,徒劳地发出这痛断肝肠的叫声。

【点评】"千里曲",喻愁怨之深长。"鸣",缘于不平。"猿鸣三声泪沾裳",盖猿通人性,可为代言者也。"孤",宗元诗屡有"孤""独""空""虚"字样。对君而言,宗元是孤臣,对他人而言,又何尝不孤不独?盖曲高和寡,知友如韩愈者,亦时有隔膜之论,况他人乎!

【集说】只就猿声播弄,不添意而意自深。(吴逸一《唐诗正声》)

翻出新意愈苦。(沈德潜《唐诗别裁》)

(吴文治　朱崇才)

江　雪⁽¹⁾

千山鸟飞绝,万径人踪灭。

孤舟蓑笠翁⁽²⁾,独钓寒江雪。

【注释】(1)此诗写于永州贬所。江,疑指潇、湘二水。这两条江在永州汇合。　(2)蓑笠(suō lì):蓑,用蓑草做的雨衣。笠:竹篾做的斗篷。

【今译】千山万壑看不见一只飞鸟,条条道上不见行人的足迹。渔翁身披蓑笠独坐在孤舟上,独自冒雪在寒冷江面垂钓。

【点评】"千山""万径",言范围之广,"绝""灭",言毫无生气。"飞""踪",更有深意:天高任鸟飞,而鸟飞竟绝,况他物乎,二字可见严冬肃杀之酷。于此死寂之境,而竟有"蓑笠翁"在"独钓"!"孤""独",高洁者难免。"寒""雪",使人觉有冷气扑面。

【集说】郑谷诗云:"江上晚来堪画处,渔人披得一蓑归。"此村学中语也。柳子厚云:"孤舟蓑笠翁,独钓寒江雪。"人性有隔也哉,殆天所赋,不可及也已。(苏轼《书郑谷诗》)

柳子厚雪诗,四句说尽。(曾季狸《艇斋诗话》)

473

五言绝句

"千山鸟飞绝"二十字，骨力豪上，句格天成。然律以辋川诸作，便觉太闹。(胡应麟《诗薮》)

前二句不着"雪"字，而确是雪景，可称空灵。末句一点便足。(李锳《诗法易简录》)

二十字可作二十层，却自一片，故奇。(孙洙《唐诗三百首》)

空江风雪中，远望则鸟飞不到，近观则四无人踪，而独有扁舟渔父，一竿在手，悠然于严风盛雪间。……子厚以短歌为之写照，子和《渔父词》所未道之境也。(俞陛云《诗境浅说续编》)

（吴文治　朱崇才）

元 稹

元稹(779—831),字微之,河南(今河南洛阳)人。贞元九年(793)明经及第,才识兼茂,名列第一,除左拾遗。历监察御史,因得罪宦官,贬江陵士曹参军。长庆二年(822)拜相。后卒于武昌节度使任所。诗与白居易齐名。部分作品精警清峭,有时则流于僻涩。有《元氏长庆集》。

行 宫⁽¹⁾

寥落古行宫,宫花寂寞红。
白头宫女在,闲坐说玄宗⁽²⁾。

【注释】(1)行宫:古代京城以外供帝王出行时居住的宫室。 (2)玄宗:李隆基,一称唐明皇,公元712—756年在位。安史乱起,逃往四川,被尊为太上皇,至德二载(758)返回长安,后抑郁而死。

【今译】昔日华美的行宫,在一片凄凉寂寞中,宫花依然艳红。当年的宫女,如今已头发斑白,还坐在那里,回忆往事,诉说玄宗。

【点评】此诗当与作者《连昌宫词》及白居易《上阳白发人》参互并观。这里的"行宫"虽未必指连昌宫(故址在今河南宜阳西)或上阳宫(在河南洛阳),然其荒凉景色、寂寞气氛及宫女幽闭其中四十多年而至于"白头"的经历,何其相似! 诗仅寥寥二十字,却布局严谨,将荒冷、寂寥、沉重的气息及深重的历史思绪淋漓尽致地表现出来,而红花与白发的映衬对照,更将宫女们青春消逝、伤悲之情态和盘托出。"闲坐说玄宗",以轻淡之笔,感慨颇多,至于"说"的内容,诗人并未详言,留待读者去想象充实,达到言尽意远的妙境。

【集说】白乐天《长恨歌》《上阳宫人歌》,元微之《连昌宫词》,道开元宫禁事最为深切矣。然微之有《行宫》一绝,语少意足,有无穷之味。(洪迈《容斋随笔》)

《长恨歌》一百二十句,读者不厌其长;微之《行宫》词才四句,读者不觉其短,文章之妙也。(瞿佑《归田诗话》)

王建"寥落古行宫……"(按:此诗一作王建诗),语意妙绝,合建七言《宫词》百首,不易此二十字也。(胡应麟《诗薮》)

冷语有令人惕然深省处,"说"字得书法。(吴逸一《唐诗正声》)

说玄宗,不说玄宗长短,佳绝。(沈德潜《唐诗别裁》)

父老说开元、天宝遗事,听者藉藉,况白头宫女亲见亲闻? 故宫寥落之悲,黯然动人。(黄叔灿《唐诗笺注》)

白头宫女,闲说玄宗,不必写出如何感伤,而哀情弥至。(李锳《诗法易简录》)

"寥落古行宫"二十字,足贱《连昌宫词》六百余字,尤为妙境。(潘德舆《养一斋诗话》)

玄宗旧事出于白发宫人之口,白发宫人又坐宫花乱红之中,行宫真不堪回首矣。(徐增《而庵说唐诗》)

(尚永亮)

贾　岛

贾岛(779—843),字阆仙,一作浪仙,范阳(今河北涿州)人。初为僧,名无本,还俗后屡应进士不中。曾任长江主簿、普州司仓参军、司户,人称贾长江。诗与孟郊齐名,诗风奇险瘦硬,善为五律、五七绝,为著名的苦吟诗人。有《长江集》。

剑　客

十年磨一剑,霜刃未曾试。
今日把示君,谁有不平事?

【今译】十年工夫,磨制了一把宝剑;寒光闪闪,只是未试锋芒。今日捧出,希望您仔细观看;谁有不平,它自会脱匣相见。

【点评】阆仙诗多寒苦之语,奇僻之辞,但此诗却借物言志,明快平易。"十年"句明写磨剑耗时之久,暗喻功力深厚,才学渊博。"霜刃"句明写剑之锋利,跃跃欲试,暗喻人之锋芒毕露、急欲出仕之情。"今日"句既有露才扬己、毛遂

自荐之意,又见得遇知音、渴望欣赏之心。以问句作结,兼点剑欲脱匣而出,荡尽不平,人欲脱颖而出,施展才能之意。阆仙之豪情壮志,跃然纸上矣。

【集说】豪爽之气,溢于行间。第二句一顿,第三句陡转有力,末句意到而措语含蓄,便不犯尽。(李锳《诗法易简录》)

"今日"二句,较孟浩然《送朱大入秦》"分手脱相赠,平生一片心",声情更为壮烈。结句作"谁为"为胜。谁为不平之事,便须杀却,方见游侠本色;若作"谁有",则乃代人报仇耳。"(富寿荪、刘拜山《千首唐人绝句》)

作"为"意在除暴,作"有"仅为个人复仇。玩此可悟字法。(周本淳《唐人绝句类选》)

(曾志华)

访隐者不遇

松下问童子,言师采药去。
只在此山中,云深不知处。

【今译】我在松树下询问童子他的师傅到哪去了?他说师父采药去了。还指着高山说,就在这座大山之中。可是,云雾缭绕,我也不知他在何处。

【点评】诗有藏问于答法,少陵《石壕吏》是也。此诗亦用之。本是三问三答,却只以三答赅之,且言简意繁,其情层层转折。"松下"句:高兴而来,满怀希望。"言师"句:冷水浇头,极度失望。"只在"句:山穷水尽处,又见柳暗花明。"云深"句:摇头苦笑,扫兴而归矣。寥寥四句其情虽深,其言何简!阆仙谋篇设辞,苦心经营,于此可见一斑。

【集说】愈近愈杳。(钟惺《唐诗归》)

设为童子之答,以状山居之幽。首句问,下三句答,直中有婉,婉中有直。(蒋一葵《唐诗选汇解》)

自是妙音,所谓不用意而得者。(吴逸一《唐诗正声》)

王子敬作一笔草书,遂欲跨右军而上。字各有形坼,不相因仍,尚以一

笔为妙境,何况诗文本相承递耶?一时、一事、一意,约之止一两句;长言咏叹,以写缠绵悱恻之情,诗本教也。……唐以后间有能此者,多得之绝句耳。一意中但取一句,"松下问童子"是已。如"怪来妆阁闭",又止半句,愈入化境。(王夫之《姜斋诗话》)

　　一句问,下三句答,写出隐者高致。(李锳《诗法易简录》)

(曾志华)

五言绝句

张　祜

张祜(792—852),字承吉,清河(今属河北)人。寓居苏州,天平节度使令狐楚荐之,但为元稹排挤,失意后客居淮南,隐居以终。诗承张籍、王建,善为乐府、宫词。有《张处士诗集》。

宫　词[1]

故国三千里,深宫二十年。
一声何满子[2],双泪落君前。

【注释】(1)原作有二首,此为其一。　(2)《何满子》:唐教坊曲名,后用为词牌。唐玄宗时歌者何满子临刑哀歌一曲以自赎,竟不得免,后来此曲就以歌者何满子为名。

【今译】故乡遥遥三千里,深宫悠悠二十年。听一曲悲歌《何满子》,忍不住掉下眼泪。

【点评】此诗尺幅千里,言简意繁,寥寥数句,胜人千百。以情感论,故乡遥远,有家难归,幽闭深宫,岁月悠悠,青春空度,自由丧失。因此一曲悲歌,双泪齐落,万千怨恨,蓄之既久,其发必烈,自然感人至深。以章法论,时空交错,声形兼具,层层逼进,步步深入,变幻莫测。以句法论,对偶精巧而灵活。以字法论,大量运用实字,连续使用数词,极为简洁凝练。

【集说】张祜有《观猎诗》和《宫词》,白傅称之。……小杜守秋浦,与祜为诗友,酷爱祜《宫词》,赠诗曰:“如何故国三千里,虚唱宫词满六宫。”(王直方《王直方诗话》)

五言绝句,右丞之自然,太白之高妙,苏州之古淡,并入化机。……他如崔颢《长干曲》、金昌绪《春怨》、王建《新嫁娘》、张祜《宫词》等篇,虽非专家,亦称绝调。(沈德潜《说诗晬语》)

《何满子》其声最悲,乐天诗云:“一曲四词歌八叠,从头便是断肠声。”此诗更悲在上二句,如此而唱悲歌,那禁泪落!(宋顾乐《唐人万首绝句选评》)

(曾志华)

五言绝句

杜　牧

杜牧(803—852),字牧之,京兆万年(今陕西西安)人。故相杜佑孙。太和二年(828)进士。曾为江西观察使,宣歙观察使沈传师和淮南节度使牛僧孺幕僚,历任监察御史,黄、池、睦诸州刺史,后入为司勋员外郎,官终中书舍人。以济世之才自负,诗文中多指陈时政之作,写景抒情之作清丽生动,尤长于七绝,后人称"小杜"。有《樊川文集》。

长安秋望

楼倚霜树外,镜天无一毫[(1)]。

南山与秋色[(2)],气势两相高。

【注释】(1)镜天:天空澄澈如镜。一毫:一丝荫翳云彩。　(2)南山:终南山。

【今译】登上高楼放眼望,楼阁倚在经霜的树林外,天空澄澈如明镜,万里无云秋气爽。崔嵬的终南山与高远无际的秋色两两争高强。

【点评】"霜树"之外更有高"楼"巍然,显示出诗人居点之高,视野之广,可尽收长安秋景于眼底,首句为一诗之基石。"镜天"已极澄澈,"无一毫"更显得明净,此句写尽秋日天气的寥廓、清爽。移动视角,自上而下,由近及远,"南山"与京都长安的高秋景物纵览无余,作者心旷神怡的心境和峻拔向上的景物融为一体,遂有"气势两相高"的警绝之句。气指秋色,势指终南山,"南山"与"秋色"相竞而高,山藉秋色尤见苍莽巍峨,秋依山势更显明丽高爽。在这里,有形似无形,无形赋有形,交互衬托,情与境合,笔法实为少见,不愧诗家写秋的"警绝"之作。

【集说】写长安秋望,以终南山映衬,托出秋高天远景象,殊见警切。(富寿荪、刘拜山《千首唐人绝句》)

(韩唯一)

五言绝句

李　昂

李昂（809—840），即唐文宗，公元827—840年在位。"甘露之变"后，被权宦仇士良等软禁至死。《全唐诗》录存其诗七首。

宫　中　题⁽¹⁾

辇路生秋草⁽²⁾，上林花满枝⁽³⁾。
凭高何限意⁽⁴⁾，无复侍臣知。

【注释】（1）这首五言绝句作于"甘露之变"后，在宫廷的软禁中。大和九年（835），唐文宗与宰相李训、凤翔节度使郑注共谋诛灭宦官。李训让人诈称在金吾大厅后石榴树上夜降甘露，想诱宦官仇士良等去验看，趁机诛灭。仇至，发觉有伏兵，逃回殿上，劫持文宗入宫，派禁军大肆捕杀朝官。除李训外，连未曾预谋的宰相王涯、贾餗、舒元舆等也被灭族，长安有些街坊和人家被抢劫一空。郑注也被仇士良密令斩杀于凤翔。史称"甘露之变"。从此朝廷大权进一步归于宦官，文宗被仇士良等软禁，忧愤而死。　（2）辇（niǎn）：古时人推或推的车，秦汉后特指君后所乘的车。"秋"字一作"春"。

（3）上林：上林苑，汉武帝时所建，苑内放养禽兽，供皇帝射猎，亦多奇花异草，故址在今西安市西及周至、户县边界，方圆二百多里。　（4）凭高：居高。何限：无限，《唐诗纪事》作"无限"。

【今译】御路上长满了快要萎黄的秋草，想上林苑的鲜花还缀满枝条。我凭倚在高楼上满怀无限心事，可就连亲近的仆臣也无法知道。

【点评】全诗表现的是一种在软禁中寂寞、伤感且忧愤的情绪。前两句先写出登高凭眺所见，通往上林苑的熟悉的辇道长满秋草，可见好久不去了，而那里的秋花又那样迷人，怎能让人不向往？字句间隐藏着对行动不自由的深深感叹。后两句触景生情，进一步表露出处境的孤独和危殆，但他却又不说破，显得忧愤极深。全诗似是随口吟成，显得朴素自然，但细玩之后，亦不难见其精心结撰的匠心。《全唐诗》说他"好制五言，古调清峻"，于此可见一斑。

【集说】甘露事后，帝不乐，往往瞠目独语云："须杀此辈，令我君臣间绝！"后赋诗曰（略）。（计有功《唐诗纪事》）

辇路，宫中御道也。天子受制于权宦，有感而作也。无心游赏，御驾久稀，则辇路草生矣。春草未除，秋草又生，春花久落，秋花又开，而上林之游宴，亦久不临赏矣。此无限之关心，虽近侍之臣，亦不得而知之矣。（王相《五言千家诗注解》）

（管遗瑞）

485

五言绝句

唐

李 商 隐

　　李商隐(813?—858?)字义山,号玉谿生,又号樊南生。原籍怀州河内(今河南沁阳),自祖父起,迁居郑州荥阳(今河南荥阳市)。开成二年(837)进士,曾任掌书记、太学博士、判官、检校工部员外郎等职,因陷入牛李党争而载沉载浮,于盛年卒于荥阳。商隐才高韵雅情深,其诗多抒写政治、爱情以及人生失意的诸多感慨,兴寄幽微,博丽精整,深情绵邈,与温庭筠、段成式合称"三十六体",与杜牧并称"小李杜"。有《李义山诗集》三卷。

乐　游　原⁽¹⁾

向晚意不适⁽²⁾,驱车登古原。⁽³⁾
夕阳无限好,只是近黄昏。

　　【注释】(1)乐游原:又名乐游苑,在长安(今陕西西安)南八里。其居京城最高处,汉唐时每当三月三日、九月九日,京城士女咸就此登赏袚楔。(2)向晚:接近傍晚,黄昏时分。

【今译】黄昏时,我心烦意乱,命驾驱车登上乐游原。夕阳无限的美好,只可惜它就要下山!

【点评】首句写登临的原因,次句登原,照应题面。三、四两句即景生情,情景交融。"夕阳无限好,只是近黄昏",既是诗人对夕阳虽好,却不能久留的晚景的慨叹,也是诗人对日趋没落的唐王朝命运的伤感。全诗寥寥二十字,连作两次转折:因"意不适"遂登古原以遣闷,见"夕阳无限好"而心境畅然,此为一转;夕阳虽好而"近黄昏",心中凄然生悲,此又为一转。且愈转愈深,韵短情长,令人回味不绝。

【集说】五、七字绝句字最少而最难工。虽作者亦难得四句全好者,晚唐人与介甫最工于此。如李义山忧唐之衰云:"夕阳无限好,只是近黄昏。"……佳句也。(杨万里《诚斋诗话》)

义山"向晚意不适,驱车登古原。夕阳无限好,只是近黄昏。"叹老之意极矣,然只说夕阳,并不说自己,所以为妙。五绝七绝,均须如此,此亦比兴也。(施补华《岘佣说诗》)

李义山《乐游原》诗,消息甚大,为五绝中所未有。(管世铭《读雪山房唐诗钞》)

纪昀曰:百感苍茫,一时交集,谓之悲身世可,谓之忧时事亦可。(沈厚塽《李义山诗集辑评》)

以末句收足"向晚"意,言外有身世迟暮之感。(李锳《诗法易简录》)

(杜晓勤　陈瑜)

487

五言绝句

顾　　况

顾况（725？—814？），字逋翁，苏州海盐（今浙江海宁）人。至德二年（757）中进士，任著作郎，后贬饶州司户，隐居茅山，自称"华阳真逸"。有《华阳集》。

归　　山⁽¹⁾

心事数茎白发⁽²⁾，生涯一片青山。
空林有雪相待，古道无人独还。

【注释】(1)顾况晚年隐居茅山（今江苏句容东南），此为归茅山后作。诗题《归山》，《全唐诗》作《归山作》。　(2)茎：根。

【今译】我因满怀心事增添了白发根根，从今以后与一片青山相伴为生。空旷的山林有白雪等待欣赏，我在无人的古道上环山独行。

【点评】这是一首六言绝句。据任昉的《文章缘起》说，六言诗起于汉代的谷永。在唐代，著名诗人王维、刘长卿、顾况等都写过六言绝句，刘长卿还作过六言律诗。不过，在五、七言盛行的唐代，六言律诗毕竟不多，因此也较为引人注目。这首六绝对仗工整，一、二两句对偶，三、四两句对偶，铢两悉称，显然受过王维一些六言诗和杜甫所写全用对偶的五、七言绝句的影响，有着精工的特色。诗中表现了作者对现实的不满和倦于宦游的思想，应是作于隐居茅山之后。"古道无人独还"中"古道"也有双关的意思，不单指古老的道路，也指古人的的风骨节操，这与青山、白雪相映，表现出他不同流俗的精神和高洁的品格。

【集说】览白发则心事可知，归青山则生涯有寄，是以茸心寂寞之滨耳。岂遄翁被谪归华山而作欤！（唐汝询《唐诗解》）

　　踽踽凉凉，看似冷峻，其中却有许多愤慨，结句寄兴尤深。（富寿荪　刘拜山《千首唐人绝句》）

（管遗瑞）

489

五言古诗

七言绝句

杜 审 言

杜审言(646?—708?),字必简,原籍襄阳(今湖北),迁居巩县(今属河南)。杜甫祖父。唐高宗咸亨元年(670)进士,武后时官著作郎,迁膳部员外郎。神龙初(705)因受张易之兄弟牵连,流放峰州(今越南越池东南)。不久召还,授国子监主簿、修文馆直学士。工诗,尤善五律。与崔融、李峤、苏味道并称"文章四友"。有《杜审言集》。

493

渡 湘 江⁽¹⁾

迟日园林悲昔游⁽²⁾,今春花鸟作边愁。
独怜京国人南窜⁽³⁾,不似湘江水北流。

【注释】(1)这首诗作于作者流放峰州途中。诗中"今春"二字,应是神龙二年(706)春天。 (2)迟日:春天,白天渐渐变长。 (3)怜:惋惜。京国人:作者曾长期生活在唐京城长安,故以"京国人"自称。

【今译】风和日丽的春天,园林已是百花吐艳。想起昔日游春的乐事,如今只能暗暗哀叹。今日鸟鸣花艳，愁闷却伴随着我，因为我要去遥远的南方。在京城生活久了，谁能理解我南窜的哀怨！不像眼前的湘江水，滚滚流向北边。

【点评】此诗为诗人"南窜"感怀之作。忧乐并举，乐昔伤今。"今春"句承前句的"悲"字而来，见花鸟而生愁，哀绝之极。"独怜"一句，由前句之"愁"转入今日"南窜"时之痛惜，"京国人"变成"南窜人"，两两对比，愈增哀怨。尾句收合，切入诗题"渡湘江"。前句的"人南窜"与此句的"水北流"相互比照，自然贴切，对仗工整天然。

【集说】唐初……七言（绝）初变梁、陈，音律未谐，韵度尚乏。惟杜审言《渡湘江》《赠苏绾》二首，结皆作对，而工致天然，风味可掬。又："独怜京国人南窜，不似湘江水北流。"则词竭意未尽，虽对犹不对也。（胡应麟《诗薮·内编》）

通首意有两层，上两句悲异时，下两句悲异地。"作边愁"字妙。（黄叔灿《唐诗笺注》）

（杨恩成）

王　勃

　　王勃(650—676)，字子安，绛州龙门(今山西河津)人，早年及第，曾任沛王府修撰，后为虢州参军，因罪革职；博学，著述颇丰，名列"初唐四杰"，才高思敏。其作品散文居多，尤善骈文，诗不足百篇，高华洗练，亦不乏清新质朴，显露新旧过渡时期"黎明女神的玫瑰色的曙光"(郑振铎语)。有《王子安集》。

蜀中九日⁽¹⁾

九月九日望乡台⁽²⁾，他席他乡送客杯。
人情已厌南中苦⁽³⁾，鸿雁那从北地来⁽⁴⁾。

　　【注释】(1)宋计有功《唐诗纪事》卷八"邵大震"条："《九日登玄武山旅眺》云，'九月九日望遥空，秋水秋天生夕风。寒雁一向南飞远，游人几度菊花丛。'卢照邻和云，'九月九日眺山川，归心归望积风烟。他乡共酌菊花酒，万里共悲鸿雁天。'玄武山在今东蜀。高宗时，王勃因檄鸡文，被斥出沛王府，既废，客剑南。"并附此诗。　(2)望乡台：故址在今四川成都市北。

（3）厌：饱尝。南中：泛指国土南部，即今川黔滇一带。　　（4）那：何。

【今译】九月九日相聚望乡台上，异乡异地举起送客酒杯。心底浸透蜀地旅居的困苦，鸿雁为何偏从北方飞来？

【点评】王勃旅居巴蜀时的心情极为不佳，正如他自己所说："殷忧明时，坎壈圣代"，且"举目有山河之异"（《春思赋》）。因而重九登望乡台，便自然成为抒发"不其悲乎"的引线。前两句交代时、地、事。"望乡台"借名牵动乡思，包裹全诗。次句三顿，层折跌宕，见出情怀已恶。"他乡"就己乡言，作客复又"送客"。作者少年登第，锋芒乍露即遭罢斥废黜，过早地负有他人所无的创伤，故有"他席"黯凉的敏感。次句读来字字凄凉。旅蜀时他虽说过："虽未尝下情于公侯，屈色于流俗"（《春思赋》），而又每每作些尽说好话的应酬碑文。但这"弱植一介，穷途千里"的苦况自有难堪违心的苦衷。这当是"他乡"以外的另一层"南中苦"了。"厌"字苦涩，逼出末句呆语。秋雁南飞，本为常理，诘以反问，跌衬蜀中酸苦不堪。此就高台所望掉笔反振，意脉回注，尤觉紧切凄断。比起卢诗末句"鸿雁西南飞，如何故人别"（《寒夜思友》其二），他的深刻耐咀嚼得多了。

【集说】王子安"九月九日望乡台，他席他乡送客杯"，与于鳞"黄鸟一声酒一杯"皆一法，而各自有风致。（王世贞《艺苑卮言》）

唐人绝句类于无情处生情，此联（指下二句）是其鼻祖。（唐汝询《唐诗解》）

似对不对，初唐标格，不得认作律诗之半。（沈德潜《唐诗别裁》）

初唐七绝，味在酸咸之外："人情已厌南中苦，鸿雁那从北地来""独怜京国人南窜，不似湘江水北流""即今河畔冰开日，正是长安花落时"，读之初似常语，久而自知其妙。（管世铭《读雪山房唐诗抄凡例》）

（魏耕原）

贺 知 章

贺知章(659—744），字季真，自号四明狂客，越州永兴（今浙江萧山）人。"吴中四士"之一，好饮酒，与李白友善。官至秘书监，后还乡为道士。诗风清新明快，绝句尤佳。有《贺秘监集》，其诗今存二十首。

回乡偶书⁽¹⁾

少小离家老大回，乡音无改鬓毛衰⁽²⁾。
儿童相见不相识，笑问客从何处来。

【注释】(1)偶书：有所感慨随手写下来。　(2)鬓毛：耳边的头发。衰：稀疏凋落。

【今译】我从小离家老了才回来，乡音没改头发已经花白。儿童们碰见我都不认识，笑着问客人你从哪里来？

【点评】诗人少小离家，八十多岁还乡，感慨极深。诗中选取了一个儿童相问的典型细节，表现了重返故乡时那种既喜悦又怅惘的复杂心情，平淡而

有至味。末句情景宛然是一幅乡间风情图。

【集说】杨衡诗云："正是忆山时，复送归山客。"张籍云："长因送人处，忆得别家时。"卢象《还家》诗云："小弟更孩幼，归来不相识。"贺知章云："儿童相见不相识，笑问客从何处来。"语益换而益佳，善脱胎者宜参之。（范晞文《对床夜语》）

摹写久客之感，最为真切。（唐汝询《唐诗解》）

起两句尚是常语，三四句始将久客他乡之感，用儿童不识之小小情节说来，意趣而生动。（刘永济《唐人绝句精华》）

（尚永亮）

咏　柳

碧玉妆成一树高(1)，万条垂下绿丝绦(2)。
不知细叶谁裁出，二月春风似剪刀。

【注释】(1)碧玉：青绿色的玉。这里用来形容柳叶的绿色。　(2)丝绦(tāo)：丝带。这里形容柳条的轻柔。

【今译】高高的柳树就像用碧玉妆饰而成，万条低垂的柳枝犹如绿色的丝带。若问这细细的嫩叶究竟由谁制作，原来是二月的春风，它就像一把灵巧的剪刀。

【点评】"高"，见其风姿疏朗；"垂"，见其轻柔纤细；"裁"，想象何等奇妙！"二月春风似剪刀"，化无形为有形，比喻新颖贴切，让人于回味中，得到无尽的美感享受。

【集说】尖巧语，却非由雕琢而得。（黄周星《唐诗快》）
"不知"二句，语意新奇，生机盎然，咏春柳入妙。（富寿荪　刘拜山《千首唐人绝句》）

（尚永亮）

王 翰

王翰(生卒年未详),字子羽,并州晋阳(今山西太原)人。睿宗景云元年(710)中进士。曾任驾部员外郎、仙州别驾,贬道州司马,旋卒。王翰任侠使酒,恃才不羁。原有集,已失传。《全唐诗》存其诗十五首。

凉 州 词[1]

葡萄美酒夜光杯[2],欲饮琵琶马上催[3]。
醉卧沙场君莫笑[4],古来征战几人回。

【注释】(1)凉州词:唐代乐府《凉州》曲的歌词。凉州,唐代陇右道凉州治姑臧县(今甘肃武威),辖今甘肃永昌以东、天祝以西一带。原作两首,此为其一。　(2)夜光杯:上等白玉制成的酒杯,此指精致华美的酒杯。东方朔《十洲记》云,周穆王时,西胡献夜光常满杯。杯是白玉之精,光明夜照。(3)催:催饮。这里有借乐助饮之意。　(4)沙场:战场。

【今译】欢聚的宴会上酒香飘溢,葡萄美酒盛满夜光玉杯。一曲琵琶从

马背上传来,壮士们畅饮,豪情逸飞,殷勤地劝酒,你斟我酌,即使横卧在沙场又何妨。请不要笑话,自古征战能有几人生还?

【点评】起句绚丽耀眼,激情飞扬。"催"字点铁成金,借乐助饮更添酒宴热烈气氛。"醉卧",跌宕起伏的节奏传达出逸飞的豪情壮志。"古来"一句,借对历史的沉思表达出壮士的慷慨浩然之气,进一步深化了作品豪迈俊爽的情感。

唐诗观止

500

【集说】"可怜无定河边骨,犹是春闺梦里人。"用意工妙至此,可谓绝唱矣。惜为前两句所累,筋骨毕露,令人厌憎。"葡萄美酒"一绝,便是无瑕之璧,盛唐地位不凡乃尔!(王世贞《艺苑卮言》)

初唐绝,"蒲桃(葡萄)美酒"为冠。(胡应麟《诗薮》)

七言绝,李、王二家外,王翰《凉州词》……皆乐府也。然音响自是唐人,与五言绝稍异。(胡应麟《诗薮》)

故作豪饮旷达之词,然悲感已极。杨仲弘论绝句,以第三句为主,而第四句发之,盛唐多与此合。(沈德潜《唐诗别裁》)

"醉卧沙场君莫笑",作旷达语,倍觉悲痛。(孙洙《唐诗三百首》)

夫古来征战之处,白骨如麻,生还者能有几人?诸将士想到这个去处,方知醉卧沙场,未为过也。已上六顿,此句(指末句)为挫,须知此诗顿挫之妙。(王尧衢《古唐诗合解》)

意甚沉痛,而措语含蓄,斯为绝句正宗。(李锳《诗法易简录》)

作悲伤语读便浅,作谐谑语读便妙,在学人领悟。(施补华《岘佣说诗》)

诗言檀柱拨伊凉之调,玉杯盛琥珀之光,挤取今宵沉醉,君莫笑其放浪形骸,战场高卧,但观能从玉关生还者,古来有几人耶?于百死中姑纵片时之乐,语尤沉痛。(俞陛云《诗境浅说续编》)

(江健)

王 之 涣

王之涣(688—742),字季凌,晋阳(今山西太原)人。初补冀州衡水主簿,后为文安县尉。慷慨雄豪,常击剑悲歌。其诗以描写边塞风光著称,"传乎乐章,布在人口"。《全唐诗》录存其诗仅六首。

凉 州 词(1)

黄河远上白云间(2),一片孤城万仞山(3)。
羌笛何须怨杨柳(4),春风不度玉门关(5)。

【注释】(1)凉州词:唐乐府《凉州歌》的唱词。凉州:在今甘肃武威。(2)黄河远上:一作"黄沙直上"。 (3)万仞(rèn):形容极高。仞:古代计算长度的单位,一仞等于八尺。 (4)羌(qiāng)笛:古代羌族的一种乐器,后常用于军乐。杨柳:在此即《折杨柳》,古代的一种乐府曲调。怨杨柳:语意双关,既指曲调哀怨,又指杨柳尚未发芽。 (5)玉门关:汉朝设置,在今甘肃敦煌西。

【今译】黄河越来越远好像流入了白云中间，河边有一座孤城还有一片高耸的群山。羌笛何必发出悲伤曲调把杨柳埋怨，杨柳不发芽是因为春风吹不过玉门关。

【点评】"黄河""白云""孤城""万仞山"，场景苍茫、壮阔而又悲凉。当此之际，忽闻羌笛所吹《折杨柳》曲，则边塞将士之哀怨可想而知。故羌笛声中透出的"怨"，明指杨柳，实则曲折地传达出诗人对朝廷不关心戍边将士的批评。全诗格调苍凉，境高意远，有味外之味。

【集说】此状凉州之险恶也。河出昆仑，东流渐下，今西向视之，则远上云间矣。城在万山之中，犹为险僻，是真春光不到之地也。春不至，则柳不生，羌笛何须怨之哉？王元美取此诗为绝句第一。（唐汝询《唐诗解》）

神气内敛，骨力全融，意沉而调响。满目征人苦情，妙在含蓄不露。（吴逸一《唐诗正声》）

落想甚曲。不怨杨柳，别有怨矣。（吴昌祺《删订唐诗解》）

李于鳞推王昌龄"秦时明月"为压卷。王元美推王翰"葡萄美酒"为压卷。王渔洋则云："必求压卷，王维之'渭城'、李白之'白帝'、王昌龄之'奉帚平明'、王之涣之'黄河远上'，其庶几乎！而终唐之世，绝句亦无出四章之右者矣。"余谓李益之"回乐峰前"、刘禹锡之"山围故国"、杜牧之"烟笼寒水"、郑谷之"扬子江头"，气象虽殊，亦堪接武。（沈德潜《唐诗别裁》）

神韵格力，俱臻绝顶。不言君恩之不及，而托言春风之不度，立言尤为得体。（李锳《诗法易简录》）

《升庵诗话》谓："此诗言恩泽不及于边塞，所谓君门远于万里也。"唐代常有吐蕃之乱，西边大部地区每被吐蕃侵占，长年戍守之苦，朝廷所不知也。此诗人所以作为诗歌代其吟叹，冀在上者闻之也。（刘永济《唐人绝句精华》）

（尚永亮）

孟 浩 然

孟浩然(689—740)，名浩，字浩然，号鹿门处士，以字行，襄州襄阳(今湖北襄樊)人，又称"孟襄阳"。早年隐居家乡，以诗自娱。玄宗开元十五年(727)曾赴京洛干谒求仕，无成。开元十八年(730)，再度入长安应进士举，失意而归。开元二十五年(737)，张九龄镇荆州，辟为从事。开元二十八年(740)，王昌龄游襄阳，访孟浩然，二人相得欢甚。不久，孟因旧疾复发卒。孟浩然骨貌淑清，风神散朗，是唐代第一个大量写作山水田园诗的作家，诗风恬淡，意境清远。存诗二百多首，有《孟浩然集》传世。

送杜十四之江南⁽¹⁾

荆吴相接水为乡⁽²⁾，君去春江正淼茫⁽³⁾。
日暮征帆何处泊，天涯一望断人肠。

【注释】(1)杜十四：诗题又作《送杜晃进士之东吴》，疑杜晃排行十四，未详。　(2)荆吴：荆指荆襄一带，吴指东吴，此泛指长江以南地区。　(3)淼茫：烟波辽阔貌。

【今译】荆吴相连一片汪洋，你离开时恰逢春潮，江面上烟波迷茫。傍晚起程，今夜投宿何处？眺望远云，水天一色，真让人肝肠寸断。

【点评】"日暮征帆何处泊？"又以设问写出关切意，宾中见主，暗逗尾句，结句单写自己，为别后情景。前三句写景蓄势，末句点破主旨，启开闸门，别情如飞流直下，蔚为壮观，自然感人。

【集说】只写景而送别之凄楚自见。（吴烶《唐诗选胜直解》）

真挚中却极悱恻。语意与宋玉《招魂》"湛湛江水"数语正同。（黄叔灿《唐诗笺注》）

景色凄楚，不胜歧路之法。（何仲默《唐诗选》）

自然入妙。（吴昌祺《删订唐诗解》）

（李浩）

唐诗观止

王 昌 龄

王昌龄(698—756),字少伯,长安(今陕西西安)人。开元十五年(727)进士,授汜水尉。又授校书郎,后任江宁丞,又因事贬龙标尉,世称王江宁、王龙标。安史之乱后为刺史闾丘晓所杀。擅长五言古诗和五、七言绝句,其中以绝句成就最高。诗境雄浑开阔,自成一格。明王世贞论盛唐七绝时,认为只有他可与李白争胜,列为"神品"。现存诗一百八十余首,《全唐诗》编为四卷,明人辑有《王昌龄集》。

从 军 行⁽¹⁾

一

烽火城西百尺楼⁽²⁾,黄昏独坐海风秋⁽³⁾。
更吹羌笛关山月⁽⁴⁾,无那金闺万里愁⁽⁵⁾。

【注释】(1)《从军行》:乐府《相和歌辞·平调曲》旧题,言军旅战争之事。原作七首,这里选的是第一首。 (2)烽火:烽火台,边防燃火报警的高台。百尺楼:置烽火的戍楼。 (3)海风秋:从青海湖吹来的带着秋意的寒

风。 (4)关山月:乐府《横吹曲辞·汉横吹曲》旧题。《乐府解题》曰:"关山月,伤离别也。" (5)无那:无可奈何之意。金闺:指闺房里的少妇。

【今译】在烽火台的西边高高地耸着一座戍楼。黄昏时从湖面吹来阵阵寒风,独坐高楼激起我胸中万千感慨。远方传来了令人心碎的羌笛声,吹奏的是《关山月》的调子。笛声勾起了我对万里之外妻子的苦苦思念。

【点评】"独坐"笼罩全篇。天地悠悠,茫茫四顾,唯戍楼与征人同在,黄昏时节,秋风涌起,一腔悲情无处诉说,一曲《关山月》终于引起怀乡思亲情感的总爆发。"无那"一句笔锋逆转,点出深闺少妇的"万里愁"。至此,征人和思妇的情感完全交融在一起,将戍边士卒的"边愁"表现得淋漓尽致。

【集说】曰"更吹",曰"无那",形出黄昏独坐之情,极缠绵悱恻。(黄叔灿《唐诗笺注》)

万里之外,念及金闺,能无愁乎?(沈德潜《唐诗别裁》)

不言己之思家,而但言无以慰闺中之思己,正深于思家者。(李锳《诗法易简录》)

诗之妙全以先天神运,不在后天迹象。……此诗前二句便全是笛声之神,不至"更吹羌笛"句矣。(潘德舆《养一斋诗话》)

烽火防秋,戍楼危坐,在海风浩荡中,方携羌笛一枝,黄昏独奏,忽忆及闺中少妇,此时正万里怀人,顿觉夜月关山,乡情无际。诗之佳处,在末句"无那"二字,用提笔以结全篇,海风山月,都化绮愁矣。(俞陛云《诗境浅说续编》)

(江健)

从 军 行

二

琵琶起舞换新声,总是关山离别情[1]。
撩乱边愁听不尽,高高秋月照长城。

【注释】(1)关山:双关语,既指边地关山,又指《关山月》曲。

【今译】军中乐宴弹奏着琵琶,不论乐曲如何变换,每每听到《关山月》的曲调时,总会激起边关将士久别怀乡的忧伤之情。纷杂的乐舞和思乡的愁绪交织在一起,欲理还乱,无尽无休。高悬的秋月一片清冷,照着起伏的万里长城。

【点评】听曲引起久戍思归的离愁本是常情,"撩乱边愁"旨在加重"愁"的分量。"高高秋月",由情入景,以景结情。"照长城",景色壮阔悲凉,进一步将"愁"导入,"愁"不仅仅是离愁,也包含着要立功边塞的雄心及壮志难酬之悲心。总之,这首诗成功地表现出戍边士卒深沉而又复杂的心态。反复吟读,耐人寻味。

【集说】七言亦有作乐府体者……至少伯《宫词》《从军》《出塞》,虽乐府题,实唐人绝句,不涉六朝,然亦前无六朝矣。(胡应麟《诗薮》)

前首以"海风"为景,以"羌笛"为事,景在事前;此首以"琵琶"为事,以"秋月"为景,景在事后,当观其变调。(黄生《唐诗摘抄》)

"撩乱边愁"而结之以"听不尽"三字,下无语可续,言情已到尽头处矣。"高高秋月照长城",妙在即景以托之,思入微茫,似脱实粘,诗之最上乘也。(黄叔灿《唐诗笺注》)

此首第二句已斩绝矣,第三句转得不迫,落句更有含蓄,愈叹其妙。(宋顾乐《唐人万首绝句选评》)

(江健)

507

出　塞⁽¹⁾

秦时明月汉时关,万里长征人未还。
但使龙城飞将在⁽²⁾,不教胡马度阴山⁽³⁾。

【注释】（1）《出塞》：乐府旧题，汉武帝时李延年据西城乐曲改制。属《相和歌辞·鼓吹曲》。 （2）龙城飞将：汉代右北平太守李广，匈奴称他为"飞将军"。龙城：又作"卢城"，为唐北平郡（汉右北平）治所。 （3）胡：此处指侵扰边地的匈奴。阴山：西起河套，绵亘于内蒙古，东与大兴安岭相接，为古代抵御北方游牧民族的天然屏障。汉武帝时屯兵驻守，以御匈奴。

【今译】依旧是秦汉时的明月和边关。万里出征的将士浴血奋战不见归还。倘若龙城的飞将李广如今还在，绝不让匈奴的军队翻过阴山。

【点评】起句不凡，雄浑苍凉之气统摄全篇。"秦月""汉关"乃互文，一览千古，历史感极为厚重。"但使"两句紧承上义，写对"龙城飞将"的热切盼望。全诗由景深入，高昂中透露出苦涩。

【集说】中晚（唐）绝句涉议论便不佳，此诗亦涉议论，而未尝不佳。此何以故？风度胜故，情味胜故。（黄生《唐诗摘抄》）

备胡筑城，起于秦、汉。明月属秦，关属汉，互文也。师劳力竭而功不成，由将非其人之故，故思飞将军云。（沈德潜《唐诗别裁》）

李于鳞论唐人七绝，以王龙标"秦时明月"为第一，人多不服。王敬美云："于鳞击节'秦时明月'四字耳。"按于鳞雅好恒钉字句为奇，故敬美用此刺之。然敬美首选"黄河远上""葡萄美酒"二诗，究之调高议正，仍以"秦时明月"一篇为最，不乃缘于鳞为奇，而抑此名搆也。（潘德舆《养一斋诗话》）

（江健）

长信秋词[1]

奉帚平明金殿开，且将团扇共裴回[2]。
玉颜不及寒鸦色，犹带昭阳日影来[3]。

【注释】（1）长信秋词：《乐府诗集》题作《长信怨》，属《相和歌辞·楚调曲》。长信：汉宫殿名。汉成帝爱妃班婕妤，因成帝专宠赵飞燕姊妹而自请去长信宫侍奉太后。原作五首,此为其三,诗借班婕妤咏唐代宫妃凄凉境况。 (2)团扇:以秋扇见捐,喻君恩中断。传说婕妤作《团扇诗》云,"常恐秋节至,凉飙夺炎热。弃捐箧笥中,恩情中道绝。" (3)"玉颜"两句:沈德潜云,"昭阳宫,赵昭仪所居,宫在东方。寒鸦带东方日影而来,见己之不如鸦也。优柔婉丽,含蕴无穷,使人一唱而三叹。"日影:古人常以日喻君,日影喻君王的恩宠。

【今译】黎明每当金殿大门打开的时候,拿着扫帚开始打扫长信宫殿。真不知该如何打发闲余的时光,秋来被弃的团扇和我同命相怜。空有美丽的容貌君王却从不一顾,还不如寒鸦有脸面。寒鸦还能沐浴昭阳殿里的君恩,留给我的只有又深又长的愁怨。

【点评】"共"字极妙,承用班婕妤《团扇诗》团扇秋来被弃与宫女失宠同形同构,质虽不同,但被弃一致。因此,由团扇触景生情,其怨情显得格外深沉。"裴回"极见情感,将宫女心绪不定的苦闷心理和盘托出。"玉颜"两句轻宕一笔,借"寒鸦"与"玉颜"的鲜明对比,言"玉颜"不及"寒鸦",其怨愤之情便由隐而显了。

【集说】王昌龄《长信秋词》:"玉颜不及寒鸦色,犹带昭阳日影来。"上句四入声相接,抑之太过;下句一入声,歌则疾徐有节矣。(谢榛《四溟诗话》)

"平明"二字中便含"日影","秋"字起"团扇","寒鸦"关合"平明","寒"字仍有"秋"意,诗律之细如此!(何焯《唐三体诗评》)

即论宫词,如"玉颜不及寒鸦色,犹带昭阳日影来",尝因其造语之秀,殊忘其着想之奇。因叹咏"长信"事者多矣,读此,而崔湜之"不愆君恩断,新妆视镜中",已嫌气盛;王諲"生君弃妾意,增妾怨君情"一何伧父!(贺裳《载酒园诗话又编》)

诗有句含蓄者,如……有意含蓄者,如……有句、意俱含蓄者,如老杜《九日》云:"明年此会知谁健?醉把茱萸仔细看。"王龙标宫怨诗云:"玉颜不及寒鸦色,犹带昭阳日影来。"是也。(田同之《西圃诗说》)

昔李沧溟推"秦时明月汉时关"一首压卷,余以为未允。必求压卷,则王

七言绝句

维之"渭城"，李白之"白帝"，王昌龄之"奉帚平明"，王之涣之"黄河远上"，其庶几乎！而终唐之世，绝句亦无出四章之右者矣。（王士禛《带经堂诗话》）

（"玉颜"两句）用意全在言外，而措辞微婉，浑然不露，又出以摇曳之笔，神味不随词意俱尽，十四字中兼有赋比兴三义，所以入妙。非但以风调见长也。（朱庭珍《筱园诗话》）

（江健）

闺　怨

闺中少妇不曾愁，春日凝妆上翠楼。
忽见陌头杨柳色⁽¹⁾，悔教夫婿觅封侯⁽²⁾。

【注释】(1)陌头：大路边上。杨柳：有两层含义，言春天杨柳发青，正是欢乐季节，看到柳色，意识到生活的孤寂；又言古代折柳赠别的风俗。"柳"谐音"留"，寓有留恋之意，触动离别之愁。　(2)觅封侯：在此指从军。古人多从边疆立军功，以取得封侯的爵赏。

【今译】深闺中的美丽少妇，不知道什么是愁和怨。春日融融精心打扮，兴致勃勃登翠楼赏观。忽见路边青青杨柳，昔别的情景又在眼前。悔不该让夫婿为求得封侯而从军，空留万里的思念。

【点评】"不知愁"，活画出青春女子的天真烂漫；"上翠楼"，具体展现"不知愁"的行为；"忽见"，轻轻一笔，于不经意处翻出"陌头杨柳色"，猛然间，折柳送别后的空寂和旷怨迎面扑来；"悔"，画龙点睛，成功地将登楼前的欢快与登楼后的伤情融汇在一起，形成强烈反差，非大手笔而不能。此诗生动地揭示出少妇复杂的心态变化过程，同时深化了"闺怨"的主题。

【集说】宫情闺怨作者多矣，未有如此篇与《青楼曲》两首，雍容浑含、明白简易，真有雅音，绝句中之极品也。（顾璘《批点唐音》）

以"不知愁"故能"凝妆"，因见柳色而念及夫婿，真得《卷耳》《草虫》遗意。（陈继儒《唐诗三集合编》）

唐人闺怨，大抵皆征妇之辞也。……一见柳色而生悔心，功名之望遥，离索之情亟也。（唐汝询《唐诗解》）

以"不知愁"翻出下后句，语境一新，情思婉折。闺情之作，当推此首第一。（黄生《唐诗摘抄》）

"不知""忽见"四字，为通首关键。（宋宗元《网师园唐诗笺》）

此诗不作直写，而于第三句以"忽见"二字陡转一笔，全首皆生动有致。（俞陛云《诗境浅说续编》）

（江健）

芙蓉楼送辛渐[1]

寒雨连天夜入吴[2]，平明送客楚山孤[3]。
洛阳亲友如相问，一片冰心在玉壶[4]。

【注释】(1)芙蓉楼：故址在今江苏镇江西北角。辛渐：作者为江宁县丞时的诗友。天宝元年(742)作者出为江宁丞，此诗写于任内。诗共两首，这里选的是第一首。　(2)吴：芙蓉楼所在属古吴地，故称。　(3)楚山孤：沿客人所去的方向远望，只见楚山孤耸。楚，辛渐入洛路线为古时楚地，故称。(4)"一片"一句：说自己心地纯洁得像玉壶的冰，未受功名利禄等世情玷污。鲍照《白头吟》云："直如朱丝绳，清如玉壶冰。"此用其意。

【今译】夜来烟雨寒意正浓，连夜洒遍吴地江天。清晨送好友，只留下楚山的孤影。洛阳亲友如果问起我来，请转告他们，我的心依然像玉壶里的冰一样纯洁。

【点评】"寒雨连江"，别情似水，无边无际的愁绪迎面扑来。清晨送别，黯然伤魂。"孤"，不仅是楚山孤耸的眼前景，也是诗人内心的孤寂。内心的苦闷本来还可向朋友倾吐，到如今，友人远归，纵有千般苦情更向何人诉说？

七言绝句

三、四两句系叮咛之词,带给洛阳亲友的既不是问候也不是报安,而是在更深的层次上表白孤介傲岸、冰清玉洁的心迹,从晶莹无瑕的玉壶中捧出一颗纯净剔透的冰心以告慰亲友,一扫离别愁苦的阴霾。

【集说】后二语,别有深情。"平明送客楚山孤","孤"字自作一语,炼格最高。(陆时雍《唐诗镜》)

言己之不牵于宦情也。(沈德潜《唐诗别裁》)

借送友以自写胸臆,其词自潇洒可爱。(俞陛云《诗镜浅说续编》)

(江健)

王　维

王维（692—761），字摩诘，太原祁州（今山西祁县）人。开元九年（721）进士，任大乐丞，累官至给事中。安史乱起，被迫署伪职。两京收复后，获罪贬职，官终尚书右丞，世称王右丞。王维一生究心禅理，中年起，优游于辋川别业，过着半官半隐的闲适生活。历经丧乱后，更是专心事佛。其诗明净清新，精美雅致，擅长描摹自然风光，在盛唐诗坛上，堪与李白、杜甫相提并论，鼎足而三。王维又是杰出的画家，通晓音乐，善以画理、乐理、禅理融入诗歌创作之中，苏轼曾称其"诗中有画""画中有诗"。他的诗各体皆长，尤以五言律、绝成就最高。有《王右丞集》。

九月九日忆山东兄弟[1]

独在异乡为异客，每逢佳节倍思亲。

遥知兄弟登高处，遍插茱萸少一人[2]。

【注释】（1）此诗作于长安，题下原注："时年十七。"王维故乡蒲州，在华山之东，故称山东。　（2）茱萸：一名越椒。古时九月九日有举家登高佩茱

萸的习俗。相传晋代异人费长房对同学桓景说，九月九日重阳节他家将有灾，赶快叫家人做小布袋装入茱萸缚在手臂上，登山饮菊花酒，方能免难。桓景照费的话去做，重阳那天带领全家登山，晚上回家，只见家中鸡犬牛羊都已暴死。（见《续齐谐记》）

【今译】独自一人在异地他乡做客，每到良辰佳节更加思念亲人。在那遥远的故乡，兄弟们大概都登上了高处，他们插戴茱萸的时候，也会因为少了我一人而生遗憾之情。

【点评】首句连用两个"异"字，令人倍觉凄凉苦楚。地非故土，人无故人。第二句用一"倍"字，见此"思"无时不有，到了节日更为强烈。后两句不说自己登高，偏想象兄弟登高，不说兄弟忆我，我忆兄弟，偏说遍插茱萸少我一人，则我思亲之悲怀自现。此诗语言浅显，而情感真挚，情意之表达，层转层深。

【集说】词义之美，虽《陟岵》（《诗经·魏风》）不能加。（唐汝询《唐诗解》）

口角边说话，故能真得妙绝，若落冥搜，便不能如此自然。（吴逸一《唐诗正声》）

不说我想他，却说他想我，加一倍凄凉。（张谦宜《𦈎斋诗谈》）

至情流露，岂是寻常流连光景者。（宋宗元《网师园唐诗笺》）

杜少陵诗"忆弟看云白日眠"，白乐天诗"一夜乡心五处同"，皆寄怀群季之作。此诗尤万口流传。诗到真切动人处，一字不可移易也。（俞陛云《诗境浅说续编》）

（王从仁　余娟）

送元二使安西[1]

渭城朝雨浥轻尘[2]，客舍青青柳色新。
劝君更尽一杯酒，西出阳关无故人[3]。

【注释】(1)此诗在唐代传诵范围极广,谱入乐府为送别之曲,至"阳关"句反复歌唱之,故称《阳关三叠》,又称《赠别》《渭城曲》。安西,指安西都护府,在今新疆库车县境。 (2)渭城:在今陕西西安市西北。浥:湿润。(3)阳关:在今甘肃敦煌市西南,自古与玉门关同为赴西北边疆必经之地。因位于玉门关之南,故称"阳关"。

【今译】清晨的雨润湿了渭城轻扬的灰尘,客店旁的杨柳被雨洗过分外清新。远行的朋友,请你再干上一杯酒,往西出了阳关就再没有相知之人!

【点评】柳在古代是离别的象征,折柳送别是古诗常见的题材,本诗第二句即暗寓此意。后两句,离情迸发,一杯别酒,注满朋友间深情厚谊。着一"更"字,惜别、劝慰、请君珍重之意尽数流露于言外。诗情至此,一转前两句之素朴清雅而为苍凉凄楚,从而自然引出末句,由"无故人"益见此别之难以为情,由此别之难以为情转增"西出阳关"之苍茫无限。反复吟咏,能不慨然于怀!

【集说】作诗不可以意徇辞,而须以辞达意。辞能达意,可歌可咏,则可以传。王摩诘"阳关无故人"之句,盛唐以前所未道。此辞一出,一时传诵不足,至为三叠歌之。后之咏别者,千言万语,殆不能出其意之外。必如是方可谓之达耳。(李东阳《怀麓堂诗话》)

"数声风笛离亭晚,君向潇湘我向秦"(郑谷《淮上与友人别》)和"日暮酒醒人已远,满天风雨下西楼"(许浑《谢亭送别》)岂不一唱三叹,而气韵衰飒殊甚。"渭城朝雨"自是口语,而千载如新。此论盛唐、晚唐三昧。(胡应麟《诗薮》)

首句藏行尘,次句藏折柳,两面皆画出,妙不露骨。(何焯《三体唐诗》)

人人意中所有,却未有人道过,一经说出,便人人如其意之所欲出,而易于流播,遂足传当时而名后世。如李太白"今人不见古时月,今月曾经照古人",王摩诘"劝君更尽一杯酒,西出阳关无故人",至今犹脍炙人口,皆是先得人心之所同然也。(赵翼《瓯北诗话》)

(尚永亮)

515

七言绝句

李　白

李白(701—762),字太白,号青莲居士,生于安西都护府碎叶城(今巴尔喀什湖南之楚河流域),约5岁时随父迁居绵州昌隆(今四川江油昌隆)青莲乡。青年时即离蜀漫游各地,天宝初供奉翰林,不久即遭谗去职。安史乱起,因参加永王李璘幕府,被牵连得罪,长流夜郎,途中遇赦东还。晚年漂泊于东南一带,卒于当涂。李白心性豪迈,傲岸不羁,诗风雄健奔放,绚丽多彩,极富浪漫情调,被称为“诗仙”。其诗现存九百余首,有《李太白集》三十卷。

峨眉山月歌[1]

峨眉山月半轮秋,影入平羌江水流[2]。
夜发清溪向三峡[3],思君不见下渝州[4]。

【注释】(1)此诗作于开元十四年(726)李白从蜀出游途中。峨眉山:在四川峨眉县西南,有山峰相对如蛾眉。为西南第一大名山。　(2)平羌(qiāng)江:青衣江,源出四川芦山西北,流经乐山入岷江。　(3)清溪:清溪驿,在今四川犍为县。三峡:长江上游的瞿塘峡、巫峡、西陵峡,也有人认为当指乐山的黎头、背峨、平羌三峡。　　(4)渝州:治所在今重庆。

【今译】半轮新月,高悬在峨眉山的寒空。平羌江水,映出的月影也在奔流。在这静寂的夜晚,我从清溪向三峡进发。怀着思君的深情,又扬起风帆直下渝州。

【点评】开篇两句写景。首句仰望明月,次句俯视月影。月非圆月,只有"半轮",令人想象一弯新月高挂夜空的景象,而且是半轮"秋"月,更见其皎洁、柔和,给人亲切之感。尤为奇妙的,这竟是"峨眉山"之月!峨眉天下秀,它那秀丽的身姿,配上这半轮秋月,该是何等的境界!"影入",一笔将天上景与水中影相连。"水流",既是水在流,也是入水之"影"在流,由此可见观影之人正在移动。从而一方面构成了场景的轻灵动荡;另一方面为下句的月夜行船埋下伏笔。后两句点诗人行踪兼写情,一个"思君",寄托对故人的无限情谊。

【集说】此是太白佳境,二十八字中有"峨眉山""平羌江""清溪""三峡""渝州",使后人为之,不胜痕迹矣!益见此老炉锤之妙。(王世贞《艺苑卮言》)

"君"者,指月而言。清溪、三峡之间,天狭如线,即半轮亦不复可睹矣,故下渝州以求见之。(唐汝询《唐诗解》)

但觉其工,然妙处不传。(《唐宋诗醇》)

金献之语:"王右丞《早朝》诗,五用衣服字;李供奉《峨眉山月歌》,五用地名字。古今脍炙!然右丞用之八句中,终觉重复;供奉只四句,而天巧浑成,毫无痕迹,故是千秋绝调。"(周珽《唐诗选脉会通》引)

此就月写出蜀中山峡之险峻也。在峨眉山下,犹见半轮月色,照入江中。自清溪入三峡,山势愈高,江水愈狭,两岸皆峭壁层峦,插天万仞,仰眺碧落,仅余一线,并此半轮之月亦不可见,此所以不能不思也。"君"字指月也。(李锳《诗法易简录》)

李太白"峨眉山月半轮秋"云云,四句中用五地名,毫不见堆垛之迹。

517

七言绝句

此则浩气喷薄,如神龙行空,不可捉摸,非后人所能模仿也。(赵翼《瓯北诗话》)

以秋宵之残月,映青峭之峨眉,江上停桡,风景幽绝,无奈轻舟夜发,东下巴渝,回看斜月沈山,思君不见,好山隔面,等于良友分襟也。(俞陛云《诗境浅说续编》)

(尚永亮)

黄鹤楼送孟浩然之广陵⁽¹⁾

故人西辞黄鹤楼⁽²⁾,烟花三月下扬州⁽³⁾。
孤帆远影碧空尽,唯见长江天际流。

【注释】(1)黄鹤楼:故址在今湖北武昌桥头黄鹤矶上,背靠蛇山,面临长江,为古代四大名楼之一。孟浩然:李白的朋友,生平见前。之:往。广陵:今江苏扬州。 (2)故人:老友,指孟浩然。西辞:黄鹤楼在广陵之西,辞别黄鹤楼而赴广陵,故称"西辞"。 (3)烟花:在此指春天的艳丽景色。

【今译】老朋友离开了黄鹤楼,在这阳春三月里前往扬州。船儿渐渐远去,白帆已隐入碧空,唯有绵延的长江水好像在天际奔流。

【点评】诗人入笔擒题,不仅点明了送别的地点、时间和行人的去向,毫不费力地描绘出一幅春意盎然、景色奇丽的送别图,而且着意强调被送者是自己的"故人",从而令人想起"吾爱孟夫子,风流天下闻"的诗句。"孤帆"两句可谓绝妙的景语和绝妙的情语!故人之舟已远,而送者仍伫立江岸,久久地凝望着,直望到孤帆远影消失在天的尽头,直望到茫茫天地间只剩下浩渺的江水。在诗人的目光中,该聚集了何等深的情意呵!

全诗词句秀美,气势流动,虽仅短短四句,回味无穷,余香满口,堪称绝句中的神品。

【集说】太白登此楼送孟浩然诗云:"孤帆远映碧山尽,唯见长江天际

流。"盖帆樯映远山,尤可观,非江行久不能知也。(陆游《入蜀记》)

帆影尽则目力已极,江水长则离思无涯。怅望之情,俱在言外。(唐汝询《唐诗解》)

不见帆影,惟见长江,怅别之情,尽在言外。(黄生《唐诗摘抄》)

语近情遥,有"手挥五弦,目送飞鸿"之妙。(《唐宋诗醇》)

送行之作夥矣,莫不有南浦销魂之意。太白与襄阳,皆一代才人,而兼密友,其送行宜累笺不尽。乃此诗首二句,仅言自武昌至扬州;后二句叙别意,言天末孤帆,江流无际。止寥寥十四字,似无甚深意者。盖此诗作于别后,襄阳此行,江程迢递,太白临江送别,直望至帆影向空而尽,惟见浩荡江流,接天无际,尚怅望依依,帆影尽而离心不尽。十四字中,正复深情无限。曹子建所谓"爱至望苦深"也。(俞陛云《诗境浅说续编》)

(尚永亮)

望天门山⁽¹⁾

天门中断楚江开⁽²⁾,碧水东流至此回。
两岸青山相对出,孤帆一片日边来。

【注释】(1)天门山:安徽当涂的东梁山与和县的西梁山"东西相向,横夹大江,对峙如门"(《江南通志》),总称天门山。 (2)楚江:古称流经楚地(今湖北和安徽西部)一段的长江为楚江。

【今译】楚江奔腾直下,将天门山拦腰撞开,东流的碧水到这里受阻。但见两岸的青山,相对着渐渐现出,我高扬一片风帆,从太阳升起的地方驶来。

【点评】起句破空而来,力状长江撞开天门山关隘奔腾直下的雄伟气势;次句转写汹涌的江水因被两山相夹于狭窄的通道中,不得不回旋起伏,浪涌千叠的状况,由此可见天门山的奇险和峥嵘。两句诗,一着眼于山而见出水势;一着眼于水而见出山势。反衬手法之妙用,于此可见。后两句一"出"一"来",颇堪寻味。孤立地看"来",似是立于岸上之人在观赏由远而近的"孤

七言绝句

帆"；联系到"出"字来看，则只有观者处于运动之中，才会形成山由隐到显，宛如涌出的动感，从而造成青山迎人的妙境。所谓"着一字而境界全出"，指的便是这种情况。

【集说】 板对中自能相贯，又结得住。"日边"或东或西皆可，不必指京师也。（吴昌祺《删订唐诗解》）

对结另是一体。词调高华，言尽意不尽，不得以半律议之。（《唐宋诗醇》）

胡应麟语："此及'朝辞白帝'等作，俱极自然，洵属神品，足以擅场一代。"（《唐宋诗醇》引）

此等诗真可谓"眼前有景道不得"也。（宋顾乐《唐人万首绝句选评》）

大江自岷山来，与金沙江合，凤舞龙飞；东趋荆楚，至天门稍折而北，山势中分；江流益纵，遥见一白帆痕，远在夕阳明处。此诗赋天门山，宛然楚江风景。前录《下江陵》诗，宛然蜀江风景。能手固无浅语也。（俞陛云《诗境浅说续编》）

（尚永亮）

望庐山瀑布⁽¹⁾

日照香炉生紫烟⁽²⁾，遥看瀑布挂前川⁽³⁾。
飞流直下三千尺，疑是银河落九天⁽⁴⁾。

【注释】（1）庐山：在今江西九江市南。瀑布：从高处泻下的水流。（2）香炉：即香炉峰，位于庐山北部。紫烟：阳光映照在奔泻的瀑布上，折射出紫红色的水雾烟气。　（3）挂前川：从峰顶挂到山前的水面。　（4）银河：天河。落九天：从天的最高层直落而下。

【今译】 日光照耀下香炉峰上一片紫烟，远远看到一条瀑布高挂在峰前。水流奔腾而下似乎长达三千尺，真令我怀疑这是银河落自九天。

【点评】 首句不直写瀑布而先写香炉峰的紫烟，为下文写瀑布制造阔大、神奇的背景；次句"遥看"，拉开空间距离，着一"挂"字，化动为静。第三句由静转动，写瀑流悬空飞注，势不可当的气势；"流"而谓之"飞"，"飞流"而曰"直下"，直下竟达"三千尺"，则山之高、瀑之急、流之长、力之大，皆不须费词即已跃然纸上。末句想落天外，用巧妙允当的比喻，达到实、虚交融，景、情合一的艺术效果。

【集说】徐凝《瀑布》诗云："千古犹疑白练飞，一条界破青山色。"或谓乐天有"赛不得"之语，独未见李白诗耳。李白《望庐山瀑布》诗云："飞流直下三千尺，疑是银河落九天。"故东坡云："帝遣银河一派垂，古来惟有谪仙词。"以余观之，银河一派，犹涉比类，未若白前篇云："海风吹不断，江月照还空。"凿空道出，为可喜也。（葛立方《韵语阳秋》）

匡庐之山，神秀所钟。瀑布千尺，宛如长虹。伟哉谪仙，银河在目。咳吐天风，灿然珠玉。（杨荣《李白赞》）

泉自峰顶而出，故以香炉发端。（唐汝询《唐诗解》）

（尚永亮）

闻王昌龄左迁龙标遥有此寄⁽¹⁾

杨花落尽子规啼⁽²⁾，闻道龙标过五溪⁽³⁾。
我寄愁心与明月，随风直到夜郎西⁽⁴⁾。

521

七言绝句
唐

【注释】(1)王昌龄为李白好友，生平事迹见前。左迁：古人尚右，左迁谓贬官。龙标：今湖南黔阳。　(2)子规：杜鹃鸟。　(3)五溪：雄溪、樠溪、酉溪、沅溪、辰溪的总称，在今湖南西部和贵州东部。　(4)夜郎：古国名，在今贵州西北部及云南、四川、广西部分地区。唐夜郎县在今贵州正安西北。

【今译】杨花片片落尽，杜鹃不住地哀啼，听说你此时被贬，已过了遥远的五溪。我把一颗愁心，寄给夜空中的明月，希望它随风飞去，一直飞到夜郎之西。

【点评】首两句在点明时令和事件的同时,烘托出萧瑟、凄凉的气氛,寓有深深的离愁别恨。子规凄切的叫声与委积满地的残败杨花,从听觉到视觉,构成了一幅令人肠断的画面,就是在此背景下,诗人突闻好友被贬,且已过了荒远的五溪,当此之际,他怎能不愁思绵绵、伤感无限?后两句情深意切,而又非一泻无余。本是听到友人左迁,才生无限愁思,就该将此心境直接向对方剖白,但诗人却偏偏要寄予明月,这就多了一层曲折;明月本为无情之物,但诗人却想象它充满了柔情,并托这有情之月传递情意,这就又多了一层曲折。愁心既托与明月,便可依靠月之西移而与千里之外的友人通此心灵,但诗人还嫌太慢,故欲借助风力,让月光尽快将情意带去,曲折中更见曲折。合而观之,则含蓄中有直陈,婉转中见明快,意悲境远,笔劲苍健。

【集说】曹植《怨诗》:"愿作东北风,吹我入君怀"又齐澣《长门怨》:"将心寄明月,流影入君怀。"而白兼裁其意,撰成奇语。(敖英《唐诗绝句类选》)

当花鸟将尽之时,适闻君有此行,于是因明月而寄此愁心,欲其随风而直至君所也。(唐汝询《唐诗解》)

即"将心寄明月,流影入君怀。"意,出以摇曳之笔,语意一新。(沈德潜《唐诗别裁》)

"愁心"二句,何等缠绵悱恻!而"我寄愁心",犹觉比"隔千里兮共明月"(谢庄《月赋》)意更深挚。(黄叔灿《唐诗笺注》)

三、四句言此心之相关,直是神驰到彼耳,妙在借明月以写之。(李锳《诗法易简录》)

(尚永亮)

清平调词[(1)]

云想衣裳花想容[(2)],春风拂槛露华浓[(3)]。
若非群玉山头见[(4)],会向瑶台月下逢[(5)]。

【注释】(1)唐玄宗和杨贵妃在沉香亭上赏牡丹,召李白作清平调词三首,谱入乐府,这是其中的第一首。 (2)想:作"像、似"讲。 (3)拂:抚摸。槛:

栏杆。露华：美丽而光彩的露珠。　　(4)若非：倘若不是。群玉山：神话中女神西王母所居之地。　　(5)会：作"当、应"讲。瑶台：西王母之宫。

【今译】她的衣裳像彩云一样灿烂飘逸，她的容貌像牡丹一样娇艳妩媚。春风为她轻轻地抚摸着栏杆，晶莹的露珠在花瓣上熠熠生辉。相传玉山瑶台是仙人聚集之地，她和仙女一样，应在那儿安身，倘若在玉山未能觅到她的倩影，月光朗朗如水，瑶台定然相逢。

【点评】在唐玄宗的眼里，站在沉香亭上赏牡丹的杨贵妃，当然是世上的第一美人，用短短四句清平调词描写出这个"情人眼里"的情人，谈何容易？而且，用寻常的丹青去画杨玉环的眼睛鼻子，也容易流入浮华。浪漫主义诗人想象奇特，就借眼前的牡丹来隐喻眼前的美人，裳似彩云、容似牡丹，春风和露珠都为她而生、为她而动了。这还不够，诗人还借西王母的神话形象烘托出她的华贵和尊荣，如此，奉旨填词就成了真正的艺术创作，诗中的形象也就摆脱了杨玉环一人而成了美的化身。以花喻人，本是用俗了的，但经诗人大手笔的点画，生出了新的光华。

【集说】此首咏太真，着二"想"字妙。次句人接不出，却映花说，是"想"字之魂。"春风拂槛"想其绰约，"露华浓"想其芳艳，脱胎烘染，化工笔也。（黄叔灿《唐诗笺注》）

　　三首人皆知合花与人言之，而不知意实重在人，不在花也，故以"花想容"三字领起。"春风拂槛露华浓"，乃花最鲜艳、最风韵之时，则其容之美为何如？说花处即是说人，故下两句极赞其人。（李锳《诗法易简录》）

（陈绪万）

黄鹤楼闻笛[(1)]

一为迁客去长沙[(2)]，西望长安不见家[(3)]。
黄鹤楼中吹玉笛，江城五月落梅花[(4)]。

【注释】(1)一作《与史郎中钦听黄鹤楼上吹笛》,又作《题北榭碑》。黄鹤楼:故址原在今湖北省武汉市蛇山黄鹄矶头,现拆迁至附近的高观山。(2)迁客:被流放远地的人。此处李白以贾谊被贬自比。 (3)长安:今陕西西安,为唐朝都城。 (4)江城:江夏,今湖北省武昌县。落梅花:笛曲名,即《梅花落》。

【今译】我和贾谊一样被贬官,流放长沙,翘首西望长安云雾苍茫,看不见家。黄鹤楼中传来了幽怨的玉笛,太悲戚了,江城的五月都落了梅花。

【点评】优秀的诗作,都是由诗人所获得的特征性感受发展而成的。湖北的五月是繁盛的,坐在蛇山的黄鹄矶头,所见的自然风光,当然是蓬勃而充满生机的。但由于诗人是被流放的迁客,思念长安而落寞寡欢,耳边听到的又是幽怨、悲戚的笛声,因此"江城五月落梅花",凄凉的笛音弥漫,眼见的仿佛也是一片衰败、阴冷的景象了。这是移情所造成的奇特感受。这一声"落梅花",和盘托出了诗人孤寂、凄清的心情。

【集说】无限羁情,笛里吹来,诗中写出。(钟惺《唐诗归》)

前思家,后闻笛,前后两截,不相照顾,而因闻笛益动乡思,意自联络于言外。与《洛城》作同,此首点题在后,法较老。(黄生《唐诗摘钞》)

凄切之情,见于言外,有含蓄不尽之致。(《唐宋诗醇》)

(陈绪万)

早发白帝城⁽¹⁾

朝辞白帝彩云间,千里江陵一日还⁽²⁾。
两岸猿声啼不住⁽³⁾,轻舟已过万重山。

【注释】(1)唐肃宗乾元二年(759),李白长流夜郎。行至白帝城(在今四川奉节白帝山上),遇赦东归,因有此作。 (2)江陵:今属湖北,在长江岸边,西距白帝城一千二百里。 (3)猿声:三峡多猿,常有凄厉的啼鸣之声。

啼不住:在此指猿声连续不断。

【今译】清晨才辞别彩云缭绕的白帝高城，当天就来到远在千里之外的江陵。两岸连绵不绝的猿啼声还未停歇，我的轻舟已穿过了山峰千重万重。

【点评】"彩云间"，点出白帝城之高，造成江水由西而东、由高到低的巨大落差，为下文舟行之速积蓄气势。"千里""一日"，一见距离之遥，一见时间之短，相互比照，则舟行之速不言自明。"猿声"写听觉感受，因舟行太快，沿江景物一闪而过，来不及细看，只有不绝于耳的猿声回荡在耳边，既实写所闻，又借以反衬舟行速度。末句一个"轻"字，用得极好，不仅给人一种轻盈飞动之感，而且细腻传神地展现了诗人轻松愉快的心境。由此回观全篇，则无论"朝辞"，还是"一日还"，抑或是万重山中的猿鸣，都充溢着一种因遇赦和舟行之速交相构成的快感，从而在主、客观两方面组合出了这首小诗"快"的妙境。

【集说】盛弘之《荆州记》巫峡江水之迅云："朝发白帝，暮到江陵，其间千二百里，虽乘奔御风，不以疾也。"杜子美诗云："朝发白帝暮江陵，顷来目击信有徵。"李太白云："朝辞白帝彩云间，千里江陵一日还。"虽同用盛弘之语，而优劣自别。今人谓李、杜不可以优劣论，此语亦太愦愦。又，白帝至江陵，春水盛时，行舟朝发夕至，云飞鸟逝，不是过也。太白述之为韵语，惊风雨而泣鬼神矣。（杨慎《升庵诗话》）

525

插"猿声"一句，布景着色之法。（吴昌祺《删订唐诗解》）

写出瞬息千里，若有神助。入"猿声"一句，文势不伤于直。画家布景设色，每于此处用意。（沈德潜《唐诗别裁》）

太白七绝，天才超逸而神韵随之。如"朝辞白帝彩云间，千里江陵一日还"，如此迅捷，则轻舟之过万重山不待言矣。中间却用"两岸猿声啼不住"一句垫之，无此句则直而无味；有此句，走处仍留，急语仍缓，可悟用笔之妙。（施补华《岘佣说诗》）

（尚永亮）

高　适

高适(704—765),字达夫,渤海蓨(今河北景县)人。早岁家贫,客游梁、宋,混迹渔樵之间,落魄失意,后举有道科,授封丘尉。几年后,入河西节度幕,为哥舒翰掌书记。安史乱起,拜左拾遗,迁谏议大夫,出为淮南节度使。历官蜀、彭二州刺史、西川节度使,终散骑常侍,封渤海县侯。高适为人务功名,尚节义,颇以安边自任。其诗雄健苍凉,气骨凛然。其边塞诗与岑参齐名,世称"高岑"。有《高常侍集》十卷。

别　董　大⁽¹⁾

千里黄云白日曛⁽²⁾,北风吹雁雪纷纷。
莫愁前路无知己,天下谁人不识君。

【注释】(1)此诗当作于天宝六年(747),是年吏部尚书房琯遭贬出朝,其门客著名乐师董庭兰亦因此离京。此年冬董庭兰与高适遇于睢阳(今河南商丘)。高适以《别董大》两首送之,此为其一。　(2)曛:日色昏黄。

【今译】千里长天，一片昏黄。日光透过浮动的云层，射出惨淡的光芒。北风凛冽，大雪纷扬。南归的大雁，迎风拍动着矫健的翅膀。去吧，前程在望，请别忧伤。天涯之远，何处没有你的知己！四海之大，正可凭风翱翔。

【点评】此诗好处，全在写景见情。"黄云"而曰"千里"，可以想见北方原野之苍茫。而"白日曛"则于浑茫之中，别有惨淡之色。"白日"之形象乃人所习见。"千里黄云"而有此一轮"白日"，则更具亲切可感之形象，天地一片浑茫之境界顿出，置身其境，正是四顾茫茫，而况临歧言别，更不免归途失所之感。且又北风凄厉，大雪纷扬，征鸿断雁，搏风南去，则浑茫惨淡之中，直有凌厉之气。此时情怀，不知当歌当哭，大有英雄失路之慨。此二句写景，凄而壮、劲且哀。虽令去者彷徨，送者失色，然而其凌厉之气，正可夺人魂魄，壮其行色。

此诗一扫儿女之态，其得力处，实在景语。后两句语颇重复直露。若无前两句为之蓄势，则不免失之叫嚣。

【集说】云有将雪之色，雁有离群之思。于此分别，殆难为情，故以"莫愁"慰之。言君才易知，所如必有合者。（唐汝询《唐诗解》）

此诗妙在粗豪。（徐增《而庵说唐诗》）

送别诗不作离别可怜之词而有"谁不识君"之壮语，知董大必豪士而非达者。高适为人尚节义，于此等诗见之。（刘永济《唐人绝句精华》）

（王朝华　林继中）

527

七言绝句

唐

杜　甫

杜甫(712—770),字子美,号少陵野老,一号杜陵野客、杜陵布衣,原籍襄阳(今湖北襄樊市),出生于河南巩义。年轻时应进士举,不第,漫游齐、赵,后客居长安十年。安史乱中投奔唐肃宗,授左拾遗。收复长安后被贬为华州司功参军。不久弃官入蜀,定居成都浣花溪草堂。严武任西川节度使时,表为检校工部员外郎。严武死后携家出蜀,漂泊江南,病逝于江湘途中。杜甫成长于一个奉儒守官的家庭,具有强烈的济世热情,特别是安史之乱爆发后,他用诗笔真实地反映了时代的灾难、人民的疾苦及本人的不幸,被誉为"诗史"。他的作品感情深厚、沉郁悲壮,极富现实主义色彩,又被称为"诗圣"。其诗今存一千四百余首,有《杜少陵集》二十五卷。

赠　花　卿[(1)]

锦城丝管日纷纷[(2)],半入江风半入云。

此曲只应天上有,人间能得几回闻。

【注释】(1)此诗约作于上元二年(761)。花卿:花敬定,是当时成都尹崔光远的部将,曾在平定梓州刺史段子璋叛乱中立功。但他居功自傲,骄恣不法,目无朝廷,僭用天子音乐,尽情作乐。杜甫赠诗予以委婉讽刺。 (2)锦城:锦官城,指成都。丝管:弦乐器和管乐器,这里泛指音乐。

【今译】锦官城中的丝竹管弦,日里夜里纷纷扬扬。随着风儿在锦江轻飘,伴着云儿在空中荡漾。这悠扬动听的曲子,必定是天上的仙乐,这平凡的人间,有谁能得几回欣赏?

【点评】"日纷纷",见音乐演奏无虚日,渲染气氛,先声夺人。"半入江风半入云",再作铺垫,化抽象之乐曲为形象之画面,令人于艺术通感中觉其轻盈美妙之至,而两"半入"叠用,笔法自然,愈增情韵。后两句由闻而思,由实转虚,借对美妙乐曲的赞美,微妙地讥讽"花卿"之作为:此乐既只能为"天上"(喻指皇室)所有,则"人间"(喻指皇室之外)自不得而闻;不应闻而竟"得闻",且"日纷纷",则其豪奢之情状不言自明。细味全诗,虚实相映,自然流走,寓讽意于赞美,最为含蓄委婉。

【集说】花卿在蜀颇僭用天子礼乐,子美作此讥之,而意在言外,最得诗人之旨。(杨慎《升庵诗话》)

杜工部诗称"诗史",于此一绝便见。(王尧衢《古唐诗合解》)

诗贵寄意,有言在此而意在彼者,杜少陵刺花敬定之僭窃,则想新曲于天上。(沈德潜《说诗晬语》)

529

此诗风华流丽,顿挫抑扬,虽太白、少伯无以过之。(仇兆鳌《杜诗详注》)

似诔似讽,所谓言之者无罪,闻之者足戒也。此等绝句,亦复何减龙标、供奉!(杨伦《杜诗镜铨》)

(刘东风)

绝　　句⁽¹⁾

两个黄鹂鸣翠柳⁽²⁾,一行白鹭上青天⁽³⁾。
窗含西岭千秋雪⁽⁴⁾,门泊东吴万里船⁽⁵⁾。

七言绝句

【注释】(1)原作四首,此为其三。广德二年(764)春,杜甫初回草堂时所作。 (2)黄鹂(lí):黄莺。 (3)白鹭:鹭鸶,羽毛纯白,能展翅高飞。(4)窗含:窗对雪岭,有如口含一般。西岭:岷山雪岭,西岭白雪,常年不化。(5)东吴:长江下游的江浙一带。

【今译】草堂外新绿的柳枝间,成对的黄鹂在婉转鸣唱。一碧如洗的晴空中,一行白鹭直冲向蔚蓝的天空。千年不化的西岭白雪,映在窗中像图画一样。远下东吴的万里航船,停泊在门外即将启航。

【点评】四句皆对,一句一景。黄鹂、翠柳、白鹭、青天,四种鲜明的色彩相互映衬,织成一幅绚丽和谐的图景。图中有动有静,有声音的描写,又有姿态的描画;视角有远有近,活泼而清新,传达出无比欢快的感情。下联上句用一"含"字,将西岭之雪收入眼前画中,形象新巧;下句写门外停泊之"万里船",隐喻诗人的乡情。且"万里船"与"千秋雪"相对,时空交揉,用词豪健,笔力胸襟何其阔大!细味全诗,严整工巧而不失奔放流走,虽"极尽写物之工",诗人之情怀却扑面而来,读后令人觉其情韵悠长。

【集说】韩子苍云,老杜"两个黄鹂鸣翠柳,一行白鹭上青天",古人用颜色字,亦须匹配相当方得用。"翠"上方见得"黄","青"上方见得"白"。此说有理。(曾季狸《艇斋诗话》)

极尽写物之工。(魏庆之《诗人玉屑》引范季随《陵阳先生室中语》)

此截中间四句为绝句,须有余意,其法最难。(王尧衢《古唐诗合解》)

虽非正格,自是绝唱。(《唐宋诗醇》)

(刘东风)

江南逢李龟年[1]

岐王宅里寻常见[2],崔九堂前几度闻[3]。
正是江南好风景,落花时节又逢君。

【注释】(1)诗作于大历五年(770)春。李龟年:唐玄宗时红极一时的歌唱家,安史乱起,他流落江湘。杜甫在潭州(今湖南长沙)和他相遇。 (2)岐王:唐玄宗之弟李范。 (3)崔九:崔涤,在兄弟中排行第九,中书令崔湜的弟弟。

【今译】想当年曾在岐王宅里经常碰面,在崔九堂前也曾几度聆听清音。而今江南正是奇妙美好的景致,纷纷落花中又与故人在此相见!

【点评】他乡遇故知,是人生一大快事。然老杜在江南遇李龟年,人近暮年,时逢衰世,实在悲喜交集,喜少悲多。故人相对,涌上心头的是那浓烈的昔治今乱、昔盛今衰的沧桑之感,故诗题是"江南逢",却用一半篇幅写昔日之逢。"落花时节",时序与时世兼写,便知所谓"好风景"云云,是正话反说。着一"又"字,感慨无限。

【集说】此诗与《剑器》同意,今昔盛衰之感,言外黯然欲绝。见风韵于行间,寓感慨于字里,即使龙标、供奉操笔,亦无以过。乃知公于此体,非不能为正声,直不屑耳!(黄生《杜工部诗说》)

"落花时节又逢君",多少昔盛今衰之思!上两句是追旧,下两句是感今,却不说尽,偏着"好风景"三字,而意含在"正是"字、"又"字内。(黄叔灿《唐诗笺注》)

少陵七绝多类《竹枝》体,殊失正宗。此诗纯用正锋藏锋,深得绝句之味。(李锳《诗法易简录》)

案而不断,神味无穷。老杜绝句,此首最佳。(宋顾乐《唐人万首绝句选评》)

世运之治乱,年华之盛衰,彼此之凄凉流落,俱在其中。少陵七绝,此为压卷。(孙洙《唐诗三百首》)

言情在笔墨之外,悄然数语,可抵白氏一篇《琵琶行》矣。"休唱贞元供奉曲,当时朝士已无多",刘禹锡之婉情;"钿蝉金雁皆零落,一曲伊州泪万行",温庭筠之衰调。以彼方此,何其超妙!此千秋绝调也。(《唐宋诗醇》)

上两句极言其宠遇之隆,下两句陡然一转,以见盛衰不同,伤龟年亦所以自伤也。(王文濡《唐诗评注读本》)

(李乃龙)

531

七言绝句

刘 长 卿

刘长卿(714—约789),字文房,郡望河间(今属河北)人,籍贯宣城(今属安徽),因曾久居洛阳,故又自称洛阳人。约天宝末年至至德年间登进士第。肃宗时曾任长洲(今江苏苏州)尉,因事被贬为南巴(今广东电白区)尉。德宗时官终随州(今湖北随州市)刺史,世称刘随州。刘长卿清才冠世,生性刚直,多忤权贵,虽两遭迁斥,而终不改其节。其诗炼饰邃密,而又委婉多讽,尤以五言成就最高,曾自诩为"五言长城"。现存诗五百余首,有《刘长卿集》《刘随州集》等不同卷本。

重送裴郎中贬吉州[1]

猿啼客散暮江头,人自伤心水自流。
同作逐臣君更远,青山万里一孤舟。

【注释】(1)这是诗人为送别裴郎中所做的第二首诗,此前已有五律《送裴郎中贬吉州》,故此曰"重送"。裴郎中不知何人,从《送裴郎中贬吉州》中"汉节同归阙,江帆共逐臣"两句诗看,他曾与诗人一起被召回京,又一起被贬。吉州：今江西吉安。

【今译】猿声哀啼，傍晚送友到江头。人伤心，水不愁，犹自滚滚向东流。君与我，同遭贬，贬地君比我更远。万里程，水悠悠，唯有青山伴孤舟。

【点评】首句渲染送别的环境氛围："猿啼"本哀，离人闻之，更觉其哀；"客散"可见江边别无他人，气氛极冷清；"暮"字点明送别时间，傍晚本人归之时，诗人却在此时与挚友分手，其情何堪！"江头"写送别地点，说明友人走水路，并为次句张目。凡此情景，无不黯然销魂，于是引出次句。人"自"伤心，水"自"东流，两个"自"字分写出人之有情与水之无情，而水之无情更衬出人之有情。三句为议论，辨诗人与友人之同与异：皆作"逐臣"为同，故伤心亦同；"君更远"为异，故伤心之程度亦异。既为送友，则诗人不暇自哀而但为"更远"之友人哀，而结句正是对友人远赴贬所时一路情景的想象。"青山万里"既是"君更远"这一议论的具象化，又与"一孤舟"形成对比，友人一路凄楚寂凉情状及诗人对挚友之无限情怀，至此跃然纸上。诗写逐臣送逐臣，以怜人为主，兼及怜己，立意别致，真情倍增，与一般送别诗大异其趣。

【集说】两"自"字无情有情之别。唐人屡用"一孤舟"，盖加"一"字，益觉凄楚，宋人病其为复，非知诗者。（敖英《唐诗绝句类选》）

客中送客，无限情怀。（黄叔灿《唐诗笺注》）

文房七绝，如《送裴郎中贬吉州》《新息道中》等作，尚有清音响调。（宋顾乐《唐人万首绝句选评》）

（寇养厚）

533

七言绝句

岑　参

岑参(715—770)，江陵(今湖北江陵)人。少孤寒，初隐嵩阳，二十岁献书阙下。天宝三年(744)进士。八年(749)入安西四镇节度使高仙芝幕掌书记。十三年(754)充安西北庭节度判官。历虢州长史、嘉州刺史。后罢官，客死成都旅舍。参久佐戎幕，故独擅边塞之作，与高适齐名。其诗风格奇峭雄浑，辞彩瑰丽，气势豪宕。有《岑嘉州集》。

逢入京使⁽¹⁾

故园东望路漫漫⁽²⁾，双袖龙钟泪不干⁽³⁾。

马上相逢无纸笔，凭君传语报平安。

【注释】(1)天宝八载(749)，岑参第一次远赴西域，做安西节度使高仙芝幕府幕僚，此诗作于此途中。入京使：奉命去京城的使者。　(2)故园：这里指诗人在长安的家。　(3)"双袖"句：谓以袖拭泪，袖已湿而泪仍不止。龙钟：此是泪痕沾湿之意。

【今译】向东远望故乡，故乡的路是那样遥远。双袖湿透了，泪渍还是未干。征途中驭马相遇，身上没带纸和笔，只请你给家人捎个口信，说我在外一切平安。

【点评】此诗之所以成为绝唱，在于不假雕琢，信口而成，如"马上传语"一般，但又情深意切，纸书难载，令人唱叹不绝。"马上"两句，对故园的相思之深和征途中倥偬的生涯，都跃然纸上，深入人心，在"双袖龙钟泪不干"的儿女情中，同时表达了诗人开阔豪迈的襟怀！

【集说】人人有此事，从来不曾写出，后人蹈袭不得，所以可久。(钟惺《唐诗归》)

叙事真切，自是客中绝唱。(唐汝询《唐诗解》)

能于易处见工，便觉亲切有味。(刘熙载《艺概·诗概》)

(蔡阿聪　林继中)

碛　中　作[1]

走马西来欲到天，辞家见月两回圆[2]。
今夜未知何处宿，平沙万里绝人烟[3]。

七言绝句

【注释】(1)天宝十三载(754)，岑参充任安西、北庭节度判官。这是赴安西途中所作。碛(qì)：大沙漠。　(2)到天：走到天的尽头，言其有志远征。上句写西行已远，下句写离家已久。　(3)末两句说在辽阔沙漠中没有人家，投宿困难。

【今译】走马西行，仿佛到了天边。家国的月亮，离别后已见到两次月圆！不知今夜投宿何处，只见大漠无边无际无人烟。

【点评】诗人视戎马倥偬的征旅为"走马"，神情极为飘逸。写西域绝漠中渐行渐远曰"欲到天"，既展现出大西北野旷天低的奇异气势，又显示出诗

人赋予大漠的荒凉以雄壮为审美的浪漫气质。不说辞家已有两月,而说"见月两回圆",一可见诗人对故园渐远渐无穷的情怀:两月之久,家园故旧,依如朗月,历历于前,从而将无形之情融于具象之中;二可见诗人那种义无反顾之心。正如他在另一首诗中所写的:"万里事王事,一身无所求。也知塞垣苦,岂为妻子谋。"(《初过陇山途中呈宇文判官》)家园之深情,虽朗朗如月,然不足以系其心,正足以壮其志,增添他穷荒绝漠的豪情。虽然是"今夜未知何处宿,平沙万里绝人烟",但苍凉的绝漠,更令他一往无前! 全诗在一往情深的回荡中又见其豪健气概。

【集说】此诗但言沙碛苍茫,而回首中原,自有孤客投荒之感。(俞陛云《诗镜浅说续编》)

"欲到天"二句,语奇而神怆,再以"平沙万里"相应,大漠之荒凉,行边之辛苦,俱在眼前矣。(富春苏　刘拜山《千首唐人绝句》)

(蔡阿聪　林继中)

刘　方　平

刘方平,洛阳(今属河南)人,开元、天宝年间在世。少工诗赋,又善画山水。隐居颍阳太谷,终身不乐仕进,与李颀、皇甫冉为诗友,萧颖士赏之。其诗绝句描绘细腻,妙有含蓄。《全唐诗》编存其诗一卷。

春　怨

纱窗日落渐黄昏,金屋无人见泪痕[^(1)]。
寂寞空庭春欲晚,梨花满地不开门。

【注释】 (1)金屋:汉武帝少年时欲以金屋藏其表妹陈阿娇,这里指妃嫔所住的华丽宫室。

【今译】 纱窗日影消逝,渐渐到了黄昏,华丽的宫室中,有谁能看见这深深的泪痕?寂寞庭院,春色将晚,任梨花落满地,仍是深闭院门。

【点评】 日落而近黄昏,虽落寞,也让人倍加留恋,美好自在其中;空庭而

七言绝句

无人见,虽感凄寂,但叹赏之心亦因之而起。泪而成痕,则执着于伤感悲凄之中而不忍离开也,其自赏自爱之情何尝不在其中?最后一句"梨花满地不开门",并非说没有情绪,或说不忍见花,而是梨花的洁白美丽,任其飘零洒落,更令人赞叹不已也。这是诗人对女主人公自我叹赏的一种升华和共识。诗写得外冷内热,似凄实美,主人公自伤而又自惜,自叹而又自赏,深曲委婉,无以复加。

【集说】一日之愁,黄昏为切。一岁之怨,暮春居多。此时此景,宫人之最感慨者也。不忍见梨花之落,所以掩门耳。(唐汝询《唐诗解》)

首两句言黄昏窗下,虽贵居金屋,却时有泪痕。李白诗:"但见泪痕湿,不知心恨谁。"愁深泪湿,尚有人窥。此则于寂寞无人处泪尽罗巾,愈可悲矣。后两句言本甘寂寞,一任春晚花飞,朱门深掩,自嗟薄命,安有余绪怜花?结句不事藻饰,不诉幽怀,淡淡写来,而春怨自见。(俞陛云《诗境浅说续编》)

(蔡阿聪　林继中)

张　继

张继(生卒年不详),字懿孙,襄州(今湖北襄樊)人。天宝十二年(753)中进士,至德年间曾为御史,大历末年以检校祠部员外郎分掌财赋予洪州(今江西南昌),后卒于洪州。张继博览有识,耿介不屈,关心民生疾苦,为官清廉,颇有政声。其诗爽利激越,不假雕饰,风姿清远,有道者风,亦间有禅意。有《张祠部诗集》,席启寓《唐诗百名家全集》与《全唐诗》均收录张继诗一卷,共计四十七首。

七言绝句

枫桥夜泊(1)

月落乌啼霜满天,江枫渔火对愁眠(2)。
姑苏城外寒山寺(3),夜半钟声到客船。

【注释】(1)此诗是诗人客居苏州时所作,诗题一作《夜泊枫江》,又作《夜泊松江》。枫桥:在今苏州西郊。　(2)江枫:江岸上的枫树。渔火:渔船上的灯火。对愁眠:愁人对着江枫渔火而眠。　(3)姑苏:苏州的别称,因城西南有姑苏山而得名。寒山寺:在今苏州西郊枫桥以西里许,因唐诗僧寒山

曾居此而得名。

【今译】月亮已落下，乌鸦啼叫，秋夜寒气满天。对着江边枫树和渔火忧愁而眠。姑苏城外静寂的寒山古寺，半夜里隐隐的钟声传入船中。

【点评】全诗写秋夜泊舟枫桥时诗人的见闻感受及缕缕愁绪。"月落""江枫""渔火"系所见，暗寓时间为夜晚；"霜满天"系所感，暗寓节序属深秋；"乌啼""钟声"系所闻。而所见、所感、所闻之一切，全由"愁眠"之人加以统摄，遂令景中含情，情景交融。结句尤神来之笔："夜半钟声"本寻常事，常人听之，未必留意而有所感，而"客船"羁旅之人，因愁思萦绕，长夜难眠，故对"夜半钟声"特别敏感，本已有愁，闻钟声而愁益添，此其一；此句用"蝉噪林俞静，鸟鸣山更幽"（王籍《入若耶溪诗》）之以动衬静法，写寒山寺的钟声，旨在衬托枫桥秋夜之静谧，而万籁俱寂之静谧环境，适与愁人之心境相合，此其二。作诗贵意境，不同于客观之实录；读诗重体悟，亦不可胶柱拘泥。但自欧阳修起，论者每聚讼于"夜半钟声"之有无，殊觉无聊可笑。

【集说】诗人贪求好句，而理有不通，亦语病也。……唐人有云："姑苏台下寒山寺，半夜钟声到客船。"说者亦云句则佳矣，其如三更不是打钟时！（欧阳修《六一诗话》）

姑苏枫桥寺，唐张继留诗曰：……六一居士《诗话》谓句则佳矣，奈半夜非鸣钟时。然余昔官姑苏，每三鼓尽四鼓初，即诸寺钟皆鸣，想自唐时已然也。后观于鹄诗云："定知别后家中伴，遥听缑山半夜钟。"白乐天云："新秋松影下，半夜钟声后。"温庭筠云："悠然旅榜频回首，无复松窗半夜钟。"则前人言之，不独张继也。（陈岩肖《庚溪诗话》）

张继"夜半钟声到客船"，谈者纷纷，皆为昔人愚弄。诗流借景立言，惟在声律之调，兴象之合，区区事实，彼岂暇计？无论夜半是非，即钟声闻否，未可知也。（胡应麟《诗薮·外编》）

此诗句法最妙，似连而断，似断仍连。（王尧衢《古唐诗合解》）

尘市喧阗之处，只闻钟声，荒凉寥寂可知。（沈德潜《唐诗别裁》）

（寇养厚）

钱　起

钱起(720—782)，字仲文，吴兴(今浙江湖州)人。天宝进士，历任秘书省校书郎、蓝田县(今属陕西)尉、司勤员外郎、司勋郎中、翰林学士，官终考功郎中，世称钱考功。钱起为"大历十才子"之一，与刘长卿齐名，与郎士元并称。其诗深受王维诗之影响，体格新奇，理致清赡，五七言写景诗成就尤高，语言精工，辞采清丽，多有名联佳句，最能代表钱诗之风格。现存诗有《钱考功集》十卷，其中五绝《江行无题一百首》及若干其他诗作，为其曾孙钱珝之作。

归　雁⁽¹⁾

潇湘何事等闲回⁽²⁾，水碧沙明两岸苔⁽³⁾。
二十五弦弹夜月⁽⁴⁾，不胜清怨却飞来。

【注释】(1)此诗为咏雁寄慨之作，大雁春天由南方飞归北方，故言归雁。(2)潇湘：为湖南二水名，汇流后总称湘江。相传大雁自湖南衡山回雁峰而返。等闲：无端。　(3)苔：莓苔，蔷薇科植物，种类甚多，常见者结红子，味

酸甜,可供雁食。　　(4)二十五弦:在此指瑟。《史记·封禅书》云,"太帝使素女鼓五十弦瑟,悲,帝禁不止,故破其瑟为二十五弦。"

【今译】问大雁为何无端飞回北方。大雁回答:潇湘一带风景秀丽,食物丰美,本来是可以常住下去的。可是湘灵的月夜鼓瑟,从二十五弦上弹出的音调,实在太凄清、太哀怨了。我承受不了,只好飞回北方。

唐诗观止

542

【点评】雁为候鸟,秋去春归,乃自然之理,然诗人故作不解,以诗的前两句向雁发问:潇湘一带"水碧沙明",又有莓苔可食,为何无端舍此而北归?后两句代雁作答:湘灵鼓瑟,声情清怨,不忍卒听,故而飞回。此种自问自答之章法,已见新颖,不落窠臼;而对雁归原因的解释,避开节序因素,却与湘灵鼓瑟之传说加以联系,更见想象巧妙。故而,即使以纯粹的咏雁诗观之,亦异于常调而另辟蹊径。然诗并非纯粹咏雁,而是深有寄托:诗人在其名篇《湘灵鼓瑟》中曾说湘灵思念帝舜之哀瑟声使得"楚客不堪听",两诗联系,可知雁"不胜清怨"而北归,实则婉寓人之不堪羁旅而思乡。故而,以寄托诗观之,愈不同凡响而迥然独立。全诗构思别致,联想奇绝,托物寄情,感慨自在言外,笔法空灵,语言清新俊逸,实为咏雁寄慨之佳作。

【集说】托意于迁客也。禽鸟犹畏卑湿而却归,况于人乎!(何焯《三体唐诗评》)

此上呼下应体,用"何事"二字呼起,而以三、四申明之。琴瑟中有《归雁操》,第三句即从此落想,生出"不胜清怨"四字,与"何事"紧相呼应,寄慨自在言外。(李锳《诗法易简录》)

为雁想出归思,奇绝妙绝。此作清新俊逸,珠圆玉润。(宋顾乐《唐人万首绝句选评》)

作闻雁诗者,每言旅思乡愁。此诗独擅空灵之笔,殊耐循讽。(俞陛云《诗境浅说续编》)

(寇养厚)

贾 至

贾至（718—772），字幼邻，一作幼几，洛阳（今河南洛阳）人。天宝十年（751）明经及第。为单父（今山东单县）尉、起居舍人、知制诰。安史乱起，从玄宗幸蜀。肃宗时擢为中书舍人，因事贬为岳州（今湖南岳阳）司马。代宗宝应初年，召复中书舍人。官终右散骑常侍。贾至直言敢谏，所议多宜，其诗俊逸畅达，格调清新，语言朴素，不假雕饰。《新唐书·艺文志》著录《贾至集》二十卷、《别集》十五卷，俱佚。《全唐诗》存诗一卷，计四十六首。

巴陵夜别王八员外⁽¹⁾

柳絮飞时别洛阳，梅花发后到三湘⁽²⁾。
世情已逐浮云散，离恨空随江水长。

【注释】（1）此诗是王八员外被贬长沙（今属湖南），途经巴陵（今湖南岳阳）时，当时已被贬为岳州（即巴陵）司马的贾至为他所做的送别诗。王八员外，不详何人。 （2）三湘：此处特指岳阳。

【今译】在一个柳絮纷飞的时节，我告别了故乡洛阳，经过千里跋涉，在梅花开放的寒冬到了三湘。人世间的悲欢离合，盛衰荣辱，如同浮云一样；可是，依依离情，却像那悠长的江水一样，绵绵不断。

【点评】贾至巴陵送别王员外诗，计有四首。从《送王员外赴长沙》之"共叹虞翻枉"一句看，两人同以犯颜直谏、被孙权徙弃交州（今越南河内东）之吴人虞翻自况，亦说明他们获谴被贬的原因，均在狷直不媚，遭人毁谤。此种遭遇，遂构成《巴陵夜别王八员外》一诗的思想基调。前两句不涉王八员外，只谈己被贬之事："柳絮飞""梅花发"，点时；"洛阳""三湘"，点地。"世情已逐浮云散"一句为全诗转折点：自己遭贬，已见世态炎凉，人生飘忽，此为承上；而王八员外遭贬，亦见人情冷暖，离合无常，此为启下。结应题，写两人离别之恨，而"离恨"中实寓友情。以"江水长"喻离恨，既形象生动，又与世情之"浮云散"形成对比。然着一"空"字则见出离恨虽长，而又无可奈何，不得不离。绝句四句皆对，语难连属，意难一贯，故非常法，而此诗虽为两联对句，然句意连贯，结构浑然，实见工巧。

【集说】前两句柳絮、梅花，点时；洛阳、三湘，点地，见人生离合之无常。第三句写世事之荣枯不定，有类浮云之聚散。第四句写别怀之缱绻难排，有类流水之悠长。虽王八员外之雅量高致，不以迁谪为意，而于真实之友谊，则彼此均珍视之，难以置之度外，故世情纵逐浮云散，而离恨终不能不随江水也。着一"空"字，见出无可如何，徒呼负负。（沈祖棻《唐人七绝诗浅释》）

（寇养厚）

送李侍郎赴常州[1]

雪晴云散北风寒，楚水吴山道路难[2]。
今日送君须尽醉，明朝相忆路漫漫。

【注释】（1）此诗是李侍郎自岳州（今湖南岳阳）赴常州（今属江苏）时，贾至为他所作的送别诗。诗题一作《送李侍御赴常州》。 （2）楚水吴山：李侍郎自岳州沿江东下至常州，而所经之处，自西向东分别为古楚国与吴国辖地，故云"楚水吴山"。

【今译】雪天晴，浓云散，北风吹，天气更加严寒。楚水长，吴山险，跋山涉水远去赴任，旅途艰难。今日酒，莫停杯，为君送行，必须尽醉，明朝相忆已是天各一方，相距漫漫。

【点评】前两句写景：首句实写送别时间和环境，属天时。"雪晴云散"为所见，"北风寒"为所感；次句想象自岳州至常州途中，山高水险，道路艰难，属地理。前两句虽为写景，然对北风凛冽的寒冬气候及山高水险的艰难途程的描写，寄寓诗人对友人一片关切之情。后两句抒情，以"今日"与"明朝"形成鲜明对比：今日虽离别在即，势难挽留，但仍可暂时相聚；明朝则两相分手，天各一方，且友人将愈行愈远，只能在漫漫长路上与诗人空相思念。通过对比，更显出今日暂时聚会之可贵，故而，唯有殷勤劝酒，酩酊大醉，方可暂抒离愁，略表惜别之意。先点别景，次抒别情，虽为唐人送别绝句之通例，然观此后两句之构思及立意，又异于他作而略似王维《送元二使安西》之"劝君更尽一杯酒，西出阳关无故人"，且两诗后半部皆同由沈约《别范安成》之"勿言一樽酒，明日难重持"化出。

【集说】此篇音律纯熟，语亦清婉，不须深语，自露深情。（顾璘《批点唐诗正音》）

"雪晴云散北风寒"，所以"送君须尽醉"；"楚水吴山道路难"，所以"相忆路漫漫"。横竖错综，秩然不乱，盖规矩法度之作。（陈继儒《唐诗三集合编》）

此与摩诘《渭城》诗同意："明朝相忆路漫漫"，语婉而深；"西出阳关无故人"，思沉而痛，各极其妙。（黄叔灿《唐诗笺注》）

此诗直抒胸臆，初无深曲之思，而恋别情多，溢于纸墨。（俞陛云《诗境浅说续编》）

（寇养厚）

七言绝句

包 佶

包佶(723—792),字幼正,润州延陵(今江苏丹阳)人。天宝六年(747)中进士,曾因元载案被贬岭南。刘晏理财时,奏起为汴东两税使。晏罢,佶充诸道盐铁轻货钱物使,迁刑部侍郎,改秘书监,封丹阳郡公。与刘长卿、窦叔向友善。包佶居官谨廉,所在有声,天才赡逸,气字清深,其诗辞高调古,风神典雅。《全唐诗》存诗一卷,共计三十八首。有《包秘监诗集》留世。

再过金陵[1]

玉树歌终王气收[2],雁行高送石城秋[3]。
江山不管兴亡事,一任斜阳伴客愁。

【注释】(1)此为诗人再过金陵时所做的怀古诗。金陵:今南京市,唐之前,曾为三国吴、东晋、南朝宋、齐、梁、陈六朝都城。 (2)玉树:《玉树后庭花》,为南朝陈后主叔宝所制乐曲名,亦简称为《后庭花》。王气:即帝王之气、天子之气。《金陵图经》云:"秦并天下,望气者言江东有天子气,乃凿地脉,断连冈,改金陵为秣陵。" (3)石城:石头城,亦即金陵。

【今译】《后庭花》,歌舞休,陈亡金陵王气散;雁成行,飞悠悠,目送石城一片秋。山仍青,水自逝,不管国家兴亡事;任斜阳,照城头,寂寞相伴游客愁。

【点评】首句由金陵联想及陈亡:陈后主溺于声色,不理朝政,日与狎客、妃嫔饮酒作乐,命宫女演唱《玉树后庭花》,终至亡国。而“终”“收”二字,明言昔日繁华已逝,无可奈何。次句写眼前景:鸿雁成行,高翔天际,曾是六朝金粉之地的石头城如今在悲秋气氛中却显得一派荒凉冷落,而“石城秋”又与昔日之“玉树歌”“王气”形成鲜明对照,寓诗人对陈亡之深沉感慨。第三句转而议论,言世事变迁,山河依旧,兴亡不关江山事。全诗主旨,盖由此句出之。末句顺势作一推宕:夕阳落晖,依旧斜照金陵城头,而游客到此,不免感怀惆怅,愁思万端。“斜阳”本为无情之景,着一“伴”字,便与“客愁”连为一体,遂令景中寓情,情中含景,情景交融,妙合无垠。绝句之法,多以第三句为主,末句发之。此诗宛转变化,功夫正在第三句,此句转得巧妙,遂使末句为顺流之舟矣。

【集说】此亦吊古之作,三、四句感慨甚深。兴亡不关江山事,谁实主之,不言而喻矣。(刘永济《唐人绝句精华》)

(寇养厚)

七言绝句

韩 翃

韩翃(hóng)(生卒年不详),字君平,南阳(今河南南阳)人。天宝年间中进士,官至中书舍人。"大历十才子"之一。其诗以辞采富丽、笔法轻巧著称。明人辑有《韩君平集》。

寒 食(1)

春城无处不飞花,寒食东风御柳斜(2)。
日暮汉宫传蜡烛(3),轻烟散入五侯家(4)。

【注释】(1)寒食:寒食节,在清明前一天或两天。习俗规定此日禁绝烟火,只吃冷食。 (2)御柳:皇宫里的柳树。 (3)汉宫:这里代指唐宫。传蜡烛:寒食之夜,皇帝把点燃的蜡烛赐给近臣。 (4)五侯:汉成帝一日封王氏诸舅为五侯,汉桓帝时,亦曾同日封五个宦官为侯,这里泛指受皇帝宠爱的王侯显贵。

【今译】暮春的长安城,到处都是飘洒飞扬的落花,寒食之日,御苑柳树在东风中摇摆。夜色降临，宫殿里忙着传蜡烛，瞧那缕缕轻烟，也缓缓地飘进了富贵人家。

【点评】 选取典型场景，组成形象画面，暗寓讽刺意味，是这首诗的一大特点。首两句写寒食节的白天风光，由飞花到柳丝，由长安城到御苑，无不充满盎然春意，令人如醉如痴。而随着场景的变换，诗意也更进一层，一个"御柳"，已隐然包含"以榆柳之火赐近臣"的内容。后两句写宫廷傍晚景象，从传蜡烛到轻烟散入，画面与白天又不同，且景中有事，启人联想：既然寒食之日家家禁火，何以皇宫例外？何以将蜡烛独赐权贵近臣？

【集说】 上联记寒食之景，下联记寒食之事。言时方禁烟，乃宫中传烛以分火，则先及五侯之家，为近君而多宠也。宦官之祸始此也夫！（唐汝询《唐诗解》）

唐火禁至严，又清明赐火，则寒食之暮，为时近矣，乃遽赐五侯乎？唐以为宦官，予疑用王氏五侯事，谓贵戚也。（吴昌祺《删订唐诗解》）

首句逗出寒食，次句以"御柳斜"三字引线，下"汉宫传蜡烛"便不突。"散入五侯家"，谓近倖者先得之，有托讽意。（黄叔灿《唐诗笺注》）

二十八字中，想见五剧春浓，八荒无事，宫廷之闲暇，贵族之霑恩，皆在诗境之内。以轻丽之笔，写出承平景象，宜其一时传诵也。（俞陛云《诗境浅说续编》）

此举后汉寒食赐火事以讥讽唐代宦官专权也。（高步瀛《唐宋诗举要》）

评此诗曰："唐肃宗以来，宦官擅权，后汉事讽喻尤切。"（刘永济《唐人绝句精华》）

（尚永亮）

七言绝句

司 空 曙

司空曙(720？—790？)，字文明，洺州(今河北永年)人，"大历十才子"之一。进士及第。初为洛阳主簿，后为左拾遗。德宗建中二年(782)，谪为长林(今湖北荆门)县丞。贞元元年(785)后，入剑南节度使韦皋幕府为幕僚。贞元中，官任水部郎中，又转虞部郎中，官终此职。其诗多写身世、羁旅之情，题材较窄，但诗风质朴清淡，经得起把玩，为历代诗论家所推许。有《司空曙集》三卷。

江村即事

钓罢归来不系船⁽¹⁾，江村月落正堪眠。
纵然一夜风吹去⁽²⁾，只在芦花浅水边。

【注释】(1)钓罢：一作"罢钓"。系船：船停靠岸边后，用缆索把船拴系在岸边。　(2)风吹去：风把小船吹走。

【今译】垂钓归来后，任小船漂泊在岸边，月儿西沉，江村静寂，正好安眠。纵然今夜风起,将小船吹走,就让它去吧,反正也吹不出这芦花浅滩。

【点评】夜钓归来,江村月落,更深人静,钓者亦已疲劳,于是船也懒得系,任它泊在江边,便放心睡去。这是渔家生活的寻常细节。作者通过这一细节,写出江村生活的幽娴和诗人对这种生活的向往和陶醉。首句"不系船"三字是全诗的关键,第二句是解释"不系船"的原因,三、四两句则是回答"不系船"的疑问(或结果)。但又不是直接回答,而是采取假设情况,用"纵然""只"两个关联词语,一放一收,把诗意更推进一层,虽然后三句全从首句生出,但结构安排上一、二两句紧黏,三四句紧黏,而一、二两句和三、四两句之间却较宽松,避免了短章紧促气短之弊,保留了诗歌的跳跃性特点,结构安排与诗意拓展紧密配合,显示疏密有致,腾挪跌宕之妙。

【集说】全篇皆从"不系船"三字翻出,语极浅,兴味自佳。(唐汝询《唐诗解》)

三四语全从"不系"生出。(沈德潜《唐诗别裁》)

此渔家乐也。诗语得自在之趣。(刘永济《唐人绝句精华》)

(李明)

七言绝句

郎 士 元

郎士元(727？—780？)，字君胄，中山（今河北定州）人。天宝十五载（756）中进士，宝应初，补谓南县尉。曾任右拾遗，后官至郢州刺史。其诗风与钱起相类，当时以钱、郎齐名，《唐诗纪事》列为"大历十才子"之一。高仲武《中兴间气集》上卷以钱起领首，下卷以郎士元领首，明确表示"压卷"之意，十分推崇。并说郎诗比钱诗"稍更娴雅"。时有语曰："前有沈、宋，后有钱、郎。"郎诗擅长五律，其七律、绝句亦有精警者。有《郎士元集》，《全唐诗》编存其诗一卷。

听邻家吹笙

凤吹声如隔彩霞[1]，不知墙外是谁家。

重门深锁无寻处，疑有碧桃千树花。

【注释】(1)凤吹：笙由多根簧管组成，参差如凤翼，其声清亮，宛如凤鸣，故有"凤吹"之称。后泛称笙、箫等细乐。此处指邻家吹笙的声音。

【今译】那凤鸣般的笙声好似从彩云中飘来，不知道墙外吹笙的是何许人家。眼前是重门深锁，无法寻觅，仿佛有碧桃千树，盛开鲜花。

【点评】笙声悠扬，有如仙乐从彩云中飘来，这是写听觉，写实感，而"疑有碧桃千树花"，则是写视觉，写幻觉形象。把音乐这种看不见摸不着的听觉形象用具体可感的视觉形象表现出来，是"通感"的艺术手法，极妙。题为"听邻家吹笙"，由"听"而"问"，由"问"而"寻"，由"寻"而产生幻觉，音乐欣赏的全过程写得具体、详细且有新意。首句写诗人听到笙声欣喜，二、三两句一问一寻，写诗人聆听音乐时的专注情态以及欲见吹笙人的急不可待。结句是诗人因美妙的音乐而产生绚丽的幻想，也是诗人欣赏音乐所达到的极妙境界，简直如痴如醉。这里，一方面实写诗人欣赏音乐的情状；另一方面，虚写音乐的吸引力和吹笙者高超的技艺。全诗格调高雅，意境清远，想象丰富，构思独特，音乐形象鲜明生动。

【集说】只是听邻家吹笙，闻其声而不见其人，求其人不得其所，一段风景，极难形容。此诗情思句律，极其工巧。唐钱起《湘灵鼓瑟诗》结句"曲终人不见，江上数峰青"，人以为神助。此诗"重门深锁无寻处，疑有碧桃千树花"，高怀逸兴，不减钱起。（谢枋得《唐诗绝句注解》）

诗人每以碧桃为仙家事，此盖以王子（乔）吹笙拟之。（许浑《缑山庙》）

"王子求仙月满台，玉笙清转鹤徘徊。曲终飞去不知处，山下碧桃无数开。"又有《登洛阳故城》："可怜缑岭登仙子，犹自吹笙醉碧桃。"（黄生《唐诗摘钞》）

钱仲文、郎君胄大率衍王、孟之绪，但王、孟之浑成，却非钱、郎所及。（刘熙载《艺概·诗概》）

（李明）

553

七言绝句

严　维

严维,字正文,越州山阴(今浙江绍兴)人。至德二载(757)中进士,做过诸暨县尉、河南幕府、秘书省校书郎,与刘长卿相友善。有《严正文诗集》。

丹阳送韦参军⁽¹⁾

丹阳郭里送行舟⁽²⁾,一别心知两地秋。
日晚江南望江北⁽³⁾,寒鸦飞尽水悠悠。

【注释】(1)丹阳:县名,在江苏西南部,长江南岸。参军:录事参军事,官名,唐为诸卫及王府重要幕僚。韦参军事迹不详。　(2)郭:外城。行舟:行船。　(3)日晚:日暮。江:长江。

【今译】在丹阳外城边上送别您的行船,别离后我们心中只有悲愁。傍晚我从江南向江北深情地眺望,寒鸦飞尽了只剩下江水茫茫一片。

【点评】本诗表现朋友相送的愁思,内容常见,但手法却很巧妙。第二句既点明相送的时令是秋天,有一种悲愁气氛,又用修辞上的"析字法"(即拆开字形来表示某一意思,起暗示作用),把"心"和"秋"分别置于句中,表示离别的"愁"绪,所谓"何处合成愁?离人心上秋"(宋·吴文英《唐多令》)是也。第四句以景结情,把无限的惜别之意融进寥廓苍茫的水天之中,让人从具体的情景里去体味那难以言喻的朋友相别之情,这就比直说多么留恋、多么惆怅要耐人寻味得多,传达出无尽的诗思。刘熙载说:"绝句取径贵深曲,盖意不可尽,以不尽尽之。"(《艺概·诗概》)正此之谓也。这首诗体现出中唐绝句追求技巧的风尚,虽然巧,却还不纤,也没有故意雕琢刻削的痕迹,一派天真自然,因此不失为一首好诗。

【集说】离情缥缈。(吴逸一《唐诗正声》)

只一"望"字见意,末句转入空际,却自佳。(宋顾乐《唐人万首绝句选评》)

临水寄怀,不落边际,自有渺渺予怀之感。(俞陛云《诗境浅说续编》)

(管遗瑞)

555

七言绝句

李 端

李端,字正已,赵州(今河北赵县)人。唐代宗大历年间进士,官至杭州司马,"大历十才子"之一。有《李端诗集》。

闺 情⁽¹⁾

月落星稀天欲明,孤灯未灭梦难成。

披衣更向门前望,不忿朝来鹊喜声⁽²⁾。

【注释】(1)古诗中以《闺情》为题者,往往写女子对情人的思念。闺:内室,特指女子的卧室。 (2)不忿:当时口语,即不满、恼恨之意。

【今译】月落星稀,眼看东方就要发亮,一夜未睡,孤灯还摇曳着昏光。披起衣服走到门前急切探看,恼恨那报喜的鹊声把人欺骗!

【点评】金昌绪《春怨》:"打起黄莺儿,莫教枝上啼。啼时惊妾梦,不得到辽西。"写女子恼恨黄莺啼叫,惊了她与情人相会的好梦。这首诗写女子不满喜鹊的欢叫，因为报了喜，情人却并未归来。敦煌曲子词《鹊踏枝》中也有一位少妇对喜鹊抱怨道："叵耐灵鹊多漫语，送喜何曾有凭据？"用意与此诗略同。这几位女子在家思念情人不得，却迁怒于鸟鹊，初看来似乎无理，其实无理中包含着深刻的人之常情，传达出女子对心上人的款款之衷和切切之待，那种不可尽言的相思之慨见于言外，可谓异曲而同工。不同者，此更为含蓄。"七言绝句，以语近情遥，含吐不露为主。"（沈德潜《说诗晬语》）这首诗正体现出七绝的这一特点。

【集说】初读李集，苦于平熟，遇其时一作态，即新警可喜。如"月落星稀天欲明"云云，何其多姿耶！（贺裳《载酒园诗话又编》）

"披衣"二句，不怨良人不归，却咎鹊语无验，与施肩吾《望夫词》："自家夫婿无消息，却恨桥头卖卜人。"皆用意温厚，婉曲相似。（富寿荪 刘拜山《千首唐人绝句》）

（管遗瑞）

七言绝句

韦 应 物

韦应物(737—791),京兆万年(今陕西西安)人。少任侠,曾以三卫郎事玄宗,后折节读书,历任滁州、江州、苏州刺史,世称韦苏州。韦诗以写山水田园著名,其五言诗"高雅闲澹,自成一家之体"(白居易《与元九书》)。有《韦苏州集》十卷。

滁州西涧⁽¹⁾

独怜幽草涧边生⁽²⁾,上有黄鹂深树鸣⁽³⁾。
春潮带雨晚来急,野渡无人舟自横。

【注释】(1)此诗作于建中二年(781)滁州刺史任上。滁州:今安徽滁州市。西涧:在滁州城西,俗称上马河。 (2)怜:爱。幽:一作"芳"。生:一作"行"。 (3)黄鹂:黄莺。树:一作"处"。

【今译】最爱在涧边生长的芳草,涧旁深密的树丛里有黄莺啼鸣。傍晚时春潮不断上涨,细雨密密,荒野的渡口边早已无人,只有孤舟横泊。

【点评】起两句写涧边景物，营造了一种幽静、深邃而略带抑郁的气氛，境界深密逼仄；后两句写野渡雨景，境界骤然开阔："春潮带雨晚来急"，繁音促节，气势何等急迫！"野渡无人舟自横"，辽阔场景中唯一叶孤舟悠然漂浮，诗情又何其舒缓！一急一缓，一动一静，描写中充满疏野淡雅的趣味，堪称化工之笔。宋人寇准《春日登楼怀归》有云："野水无人渡，孤舟尽日横。"全从此诗末句化出，虽亦为人传诵，但情韵终隔一层，其中差别，不可不辨。

【集说】沈密中寓意娴雅，如独坐看山，澹然忘归。（敖英《唐诗绝句类选》）

野兴错综，故自胜绝。（吴逸一《唐诗正声》）

宋赵章泉、韩涧泉选唐诗绝句，其评注多迂腐穿凿。如韦苏州《滁州西涧》一句"独怜幽草涧边生，上有黄鹂深树鸣"，以为"君子在下小人在上"之象，以此论诗，岂复有风雅耶！（王士禛《唐人万首绝句选·凡例》）

此种笔墨，分明是一幅图画。（黄叔灿《唐诗笺注》）

写景清切，悠然意远，绝唱也。（宋顾乐《唐人万首绝句选评》）

（尚永亮）

七言绝句

李　益

李益(748—829),字君虞,陇西姑臧(今甘肃武威)人。大历四年(769)中进士。曾任郑县尉。建中、贞元间居北方边塞十余年。为幽州节度刘济从事,又参佐邠宁戎幕。元和间曾任秘书少监。大和元年以礼部尚书致仕,寻卒。李益为人,恃才傲物。诗情不乏豪壮,但多偏于感伤。兼善各体,尤长于七绝。诗风凝练含蓄,和谐优美,形象鲜明生动。有《李君虞集》。

夜上受降城闻笛(1)

回乐烽前沙似雪(2),受降城外月如霜。
不知何处吹芦管(3),一夜征人尽望乡。

【注释】(1)受降城:唐神龙三年张仁愿筑,以防突厥,共有中、东、西三城,此指西受降城,在今内蒙古杭锦后旗乌加河北岸。　(2)回乐烽:西受降城附近的烽火台。　(3)芦管:胡人乐器。陈旸《乐书》:"芦管之制,胡人截芦为之,大概与觱篥相类,出于北国者也。"

【今译】遥望回乐烽前,白沙宛如积雪。登上受降城头,但见冷月如霜。一阵幽怨的芦管声,不知来自何处,引得边塞将士,一夜远望故乡!

【点评】"沙似雪""月如霜",见月光之明、环境之静,而又透出一股莫可言状的凄冷苍凉之气,暗寓末两句之思乡情怀。"芦管"声最是凄怨,此声宛转缭绕于塞外大漠的夜空,常人尚不堪听,何况守边经年未归的"征人"!则其不由"望乡"矣。望前烽以"尽",又以"一夜"领起,则望者之众、望时之久,乃至征戍之苦、思乡之切,均已在不言之中。

【集说】绝句李益为胜……"回乐烽前"一章,何必王龙标、李供奉?(王世贞《艺苑卮言》)

李君虞绝句,专以此擅场,所谓率真语,天然画也。(黄叔灿《唐诗笺注》)

征人望乡,只加一"尽"字,而征戍之苦,离乡之久,胥包孕在内矣。(李锳《诗法易简录》)

蕴藉宛转,乐府绝唱。(宋宗元《网师园唐诗笺》)

对苍茫之夜月,登绝塞之孤城,沙明讶雪,月冷疑霜,是何等悲凉之境!起句以对句写之,弥见雄厚。后两句申足上意,言荒沙万静中,闻芦管之声,随朔风而起,防秋多少征人,乡愁齐赴,则己之郁伊善感,不待言矣。(俞陛云《诗境浅说续编》)

(尚永亮)

561

从军北征

天山雪后海风寒[1],横笛偏吹行路难[2]。
碛里征人三十万[3],一时回首月中看[4]。

【注释】(1)天山:在今新疆中部。海风:西部边塞的沙漠、湖泊之风。古时称塞外湖泊亦曰海。 (2)行路难:乐府曲名。多述世路艰难及离别伤悲之意。 (3)碛(qì)里:沙漠里。 (4)"一时"一句:一作"一时回向

七言绝句

月明看"。

【今译】雪后的天山,朔风强劲何等凄寒。那幽怨的笛音,传来的偏是《行路难》。辽阔的沙漠里,听到这悲伤的别离曲,驻守边关的三十万将士,禁不住满腹的乡情,都抬起头来望着东升的月亮。

【点评】征人思乡为边塞诗的传统话题,但凡写景,大都牵涉到明月、笛声等物象,然材料虽同,高手之构造布局却各异。此诗将环境安排在"天山雪后"凄寒的"海风"之中,又不失时机地"偏"插入一曲悲伤幽怨的《行路难》,从而将塞外气候之恶劣、生活之艰苦、征人之愁肠尽予表现。末句画龙点睛,将三十万征人同时定格在"一时回首"的刹那,读来着实摄人心魄。

【集说】七绝,李益、韩翃足称劲敌。李华逸稍逊君平,气骨过之。至《从军北征》,便不减盛唐高手。(毛先舒《诗辩坻》)

闻笛思乡,诗中常事,硬说三十万征人一时回首,便使常意变新。(黄生《唐诗摘抄》)

"碛里征人",妙在不说着自己,而已在其中。(黄叔灿《唐诗笺注》)

即"一夜征人尽望乡"之意,而措语又别。(李锳《诗法易简录》)

情景两绝。(宋顾乐《唐人万首绝句选评》)

李诗又有《从军北征》云(略),意境略同。但前诗(按:指《夜上受降城闻笛》)有夷宕之音,《北征》诗用优爽之笔,均佳构也。(俞陛云《诗境浅说续编》)

（尚永亮）

宫　怨

露湿晴花宫殿香,月明歌吹在昭阳(1)。
似将海水添宫漏(2),共滴长门一夜长(3)。

【注释】(1)昭阳:本指汉代赵飞燕姊妹得宠时所居的昭阳殿,这里泛指

得宠宫女的居处。 （2）宫漏：宫中用以计时的漏壶。 （3）长门：本指汉武帝陈皇后失宠后所居的长门宫,这里泛指失宠者的居处。

【今译】带露鲜花使宫殿充满芳香,月下得宠的宫女在昭阳殿欢唱。失宠宫女的长夜总是漫漫,觉得时光不再流淌,似乎是将海水添进了漏壶,滴呀滴总盼不到天亮。

【点评】"三千如花胭脂面,几个春来无泪痕!"宫女集美貌与不幸于一身,所以向来受诗人关注。此诗结构,是以得宠者"欢娱苦时短"和失宠者"愁苦恨夜长"对比见出主旨。妙处全在末两句,以海水添漏形容宫女之怨夜,远比"此夜长何极"之类的直接抒情含蓄有味。

【集说】以昭阳之歌吹,比长门之漏声,是以弥觉其长耳。（唐汝询《唐诗解》）

兴调已是龙标,又加沉着。（乔亿《大历诗略》）

不过"愁人知夜长"之意,却将昭阳歌吹与长门宫漏比说,便觉难堪。（刘永济《唐人绝句精华》）

（李乃龙）

563

七言绝句

朱　放

朱放,字长通,襄州(今湖北襄阳)人,隐居于越中剡溪。大历中曾在江西做过节度参谋;贞元初召为拾遗,不就。《全唐诗》编存其诗一卷。

乱后经淮阴岸⁽¹⁾

荒村古岸谁家在,野水浮云处处愁。

唯有河边衰柳树⁽²⁾,蝉声相送到扬州⁽³⁾。

【注释】(1)此诗具体作年已不可考,诗题中的"乱",当指藩镇的战乱,朱放生活的唐代宗、德宗大历、建中、贞元年间,东南战乱不已,造成局势动荡、民生凋敝。淮阴:唐郡名,即今江苏淮安市淮阴区。　(2)河:在这里即大运河,淮阴在大运河岸边。　(3)扬州:江苏城市名,在淮阴以南。

【今译】古岸上的荒村里还有谁家存留?一处处的溪水浮云更增忧愁。只有大运河边衰败柳树上那凄凉的蝉声送我到扬州。

【点评】本诗视听并用,以表现战乱之后的凄惨情形。前两句写视野所及,村庄荡然无存,只有溪水浮云触目成愁。后两句把重点放在听觉上:写衰柳上的蝉声相送,似感叹、似哭泣、似哀诉,一片苍凉凄婉之情,动人心魄。

【集说】唐人诗云:"唯有河边衰柳树,蝉声相送到扬州。"东坡诗云:"夜半潮来风又熟,卧吹箫管到扬州。"参寥诗云:"波底鲤鱼来去否,尺书寄汝到扬州。"皆用"到扬州"三字,各有思致。(曾季狸《艇斋诗话》)

(管遗瑞)

七言绝句

胡令能

胡令能(785—826),唐贞元、元和间人,隐居圃田(今河南中牟)。其生平事迹已不可详考,只知道他年少时是一个手工工人("少为负局镂钉之业"),他有诗名以后人们还都叫他"胡钉铰"。他喜《列子》,亦爱禅学。《全唐诗》录存其诗四首。

喜韩少府见访⁽¹⁾

忽闻梅福来相访⁽²⁾,笑着荷衣出草堂⁽³⁾。

儿童不惯见车马,走入芦花深处藏⁽⁴⁾。

【注释】(1)少府即县尉。韩少府事迹不详。 (2)梅福:《汉书·梅福传》,"梅福字子真,九江寿春人也,为郡文学,补南昌尉",此比韩少府。(3)荷衣:用荷叶编成之衣。隐者所服。 (4)走:跑。

【今译】忽然间听说韩少府来家拜访,我高兴地穿着荷衣迎出草堂。可儿童们没见惯官家的车马,急忙跑进芦花深处悄悄躲藏。

【点评】邹弢说:"七绝诗须要丰神奕奕,浑脱超妙,二十八字,一气贯通,令人信口曼吟,低徊不厌。"(《三借庐笔谈》)本诗用清新明快的语言,透出欢欣愉悦的情绪,一气流转,表现自己作为隐者的高洁。诗人正高兴地迎客,家里儿童却匆忙跑入芦花深处去躲藏,多么富有喜剧意味的场面!在这个生动活泼的生活细节中,却委婉地表现出作者甘于隐居、不愿仕进的避世思想。更为巧妙的是,作者在叙事之中,不经意地点出"荷衣"(说明居处有荷)、"芦花",交代了隐居的环境,更衬托出作者悠然高雅的情怀,也体现出新颖的艺术构思,可谓"丰神奕奕",真叫人"信口曼吟,低徊不厌"。

【集说】此诗状山野儿童颇逼真。诗不说自身高洁而以"儿童不惯见车马"作点染,故佳。(刘永济《唐人绝句精华》)

(管遗瑞)

七言绝句

孟　郊

孟郊(751—814),字东野,被张籍私谥贞曜先生。湖州武康(今浙江德清)人。46岁进士登科,50岁授溧阳尉。一生潦倒失意,贫病穷寒,但秉性孤直,不趋炎附势,深得朋友推崇。其诗歌创作,在主张"下笔证兴亡,陈词备风骨"的同时,追求"入深得奇趣""逃俗无踪蹊"的奇异之美,艺术风格也明显表现为明白淡素和雕刻奇险两方面,但以瘦硬、苦吟闻名诗坛,诗名与韩愈、贾岛并称。有《孟东野诗集》。

洛桥晚望(1)

天津桥下冰初结,洛阳陌上人行绝(2)。
榆柳萧疏楼阁闲,月明直见嵩山雪(3)。

【注释】(1)洛桥:天津桥,古代洛水上的一座浮桥,在今河南洛阳西南洛水之上。　(2)陌:田间小路。　(3)嵩山:五岳之一,在今河南登封市北。

【今译】天津桥下的河水刚结了薄冰,洛阳的田间小路上已断绝了人行。

树木凋落后楼阁更显闲寂,月光下嵩山的白雪尽收眼底。

【点评】全诗以"望"为主线,皆写所见之景。前三句着力描写了初冬时节的萧瑟气氛,层层向末句递进:写冰初结,乃是为积雪作张本;写人行绝,乃是为气氛作铺陈;写榆柳萧疏,乃是为远望创造条件。同时,从初结之"冰"到绝人之"陌",再到萧疏之"榆柳"、闲静之"楼阁",场景不断变换,而每变换一个场景,就与末句的望山接进一步。这样,由近到远,视线逐步开阔,诗人大笔一转:"月明直见嵩山雪!"笔力遒劲,气象壮阔,不仅增添了整个画面的亮度,使柔静的月光与白雪的反射相得益彰,而且巧妙地着一"直见",让人精神为之振作。

【集说】《洛桥晚望》云:……笔力高简至此,同时除退之之奥,子厚之淡,文昌之雅,可与四者谁乎?(潘德舆《养一斋诗话》)

淡墨白描,层层渲染,结句意境尤为高远,非画笔所能到。(富寿荪 刘拜山《千首唐人绝句》)

(尚永亮)

登 科 后(1)

昔日龌龊不足夸(2),今朝放荡思无涯(3)。
春风得意马蹄疾,一日看尽长安花(4)。

【注释】(1)此诗作于唐德宗贞元十二年(796)孟郊登进士第后。登科:唐制,举子放榜,只称及第,待选服官;由吏部复试,获中,方称登科。当时秋季举行进士考试,第二年春天放榜。 (2)龌龊:处境不如意时,思想压抑、行为拘束。夸:谈说。 (3)放荡:犹言放达,自由自在,无所拘束。 (4)唐制:进士考试春季发榜后,新进士要举行一系列的礼节和仪式,最有名的是在长安城东南的曲江杏园一带宴集欢庆,采摘名花,怡赏春光。采摘名花,由同科进士中选出的俊少探花郎骑马担任。孟郊登科,年已四十六,不能算年轻俊少。所以诗中所写"马蹄疾""一日看尽长安花",都是作者"心向往

七言绝句

之"的虚拟之笔,用来表达唐代社会特定环境中,读书人高举中鹄后的兴奋心情。

【今译】昔日的潦倒模样,不堪回首,无颜吐露。今朝金榜题名,心如野马,何能羁缚？此时的春风格外可人心,胯下的骏马,也撒欢奔跑得迅疾,只一天工夫,就看遍了满城怒放的花簇!

【点评】今日放荡,昔日窝囊,今昔对比,情况差异极大。今朝的欢快,令诗人浮想联翩,而至于"思无涯",见其极度兴奋。后两句顺"思"写来,选取进士发榜时的典型环境和最能表现放荡情态的策马疾驰,以我观物,缘情写景,移情于春风、骏马,化无情为有情,使得全诗感情色彩极为浓烈,得意神态的描写纤毫毕现。

【集说】《唐宋遗史》:……进取得失,盖亦常事。而东野器宇不宏,偶下第则情陨获如伤刀剑,以至下泪。既登科则志意充溢,一日之间花即看尽,何其速耶？(阮阅《诗话总龟》引)

　　至登科后诗,则云……议者以此诗验郊非远器。余谓郊偶不遂志,至于屡泣,非能委顺者。年五十始得一第,而放荡无涯,吟诗夸咏,非能自持者,其不至远大,宜哉。(葛立方《韵语阳秋》)

　　东野诗囚,惟《登第》云:"春风得意马蹄疾,一日看尽长安花。"颇放绳墨。然长安花一日岂能看尽？此亦谶其不至远大之兆。(瞿佑《归田诗话》)

(杨晓霭)

570

唐诗观止

陈 羽

陈羽(753—?),江东(今江苏南京)人。早年曾在镜湖,若耶溪漫游,与诗僧灵一唱和。德宗贞元八年(792)进士,后官东宫卫佐。辛文房评其诗云:"写难状之景,了了目前;含不尽之意,皎皎言外。"(《唐才子传》卷五)有《陈羽诗集》。

小江驿送陆侍御归湖上山 (1)

鹤唳天边秋水空 (2),荻花芦叶起西风 (3)。
今夜渡江何处宿。会稽山在月明中。

【注释】(1)小江驿:江边的小驿站。驿站是古时供传递公文的人或来往官员途中歇宿换马的住所。陆侍御:陆沣,字深渊。曾宫殿中侍御史。湖:镜湖,在今浙江绍兴会稽山北麓。湖上山:会稽山,在今浙江中部,南北走向,是浦阳江与曹娥江的分水岭。元稹有诗云:"州城迥绕拂云堆,镜水稽山满眼来。" (2)唳:高亢的鸣叫。 (3)荻花:秋季荻草抽穗开的黄色花。芦:芦苇。

七言绝句

【今译】水天一色的远方,鹤声凄厉,惊起了秋的声响。芦叶飒飒,获花飘飘,西风阵阵寒凉。陆侍御你今夜渡江何处宿? 看那会稽山上,已洒满明亮的月光。

【点评】"鹤唳""获花"两句写景,动静相衬,声色相映,颇具匠心。鹤唳有声,"唳"字明白写出,反衬出无边秋水空灵澄澈的静。"鹤唳天边秋水空",无色字,可见其色。"获花芦叶起西风",无声字,亦闻其声。西风过处,一切都成动态,而全诗却充满静意。诗人运用以声写静、用动写静的手法,生动地描绘了暮色中江边湖上的清幽静谧,衬托出分别时心中的淡淡忧伤。后两句写送行扣住诗题,又着力创造幽雅明丽的诗境,借景言情,情景妙合,含不尽之意。

【集说】写难状之景,了了目前;含不尽之意,皎皎言外。(辛文房《唐才子传》)

(杨晓霭)

杨 巨 源

杨巨源(755—?),字景山,河中治所(今山西永济市)人。贞元五年(789)进士。历任太常博士、凤翔少尹、国子司业、河中少尹等职,长庆四年(824)退归乡里。一生吟咏,与令狐楚、白居易、刘禹锡、权德舆等相唱和,诗风清新明严。其近体诗格律工致,深受诗评家称赞。《全唐诗》编存其诗一卷。

城东早春⁽¹⁾

诗家清景在新春,绿柳才黄半未匀。
若待上林花似锦⁽²⁾,出门俱是看花人。

【注释】(1)城东:在此指长安城东。这首诗大概是作者在京任职时作。
(2)上林:上林苑。始建于秦代,汉武帝扩大为宫苑,故址在今陕西西安西面。唐时禁苑在宫城北。

【今译】诗人描写的清丽美景定在新春,那时节柳芽稚嫩柔细,由绿转黄颜色还不均匀。如果等到上林苑中繁花似锦,出门已无景,全是看花的人。

七言绝句

【点评】诗题作"城东早春",诗人扣住早春的"清"和"新",抓住极富代表性的绿柳,以少总多,用"绿柳才黄半未匀"的独特景致,点明早春时节万象更新。而这个早春,又是城东的早春,所以,诗人用一个"清"字,既写出了早春的清新,又写出城东的清静。为什么诗人偏偏要赞美早春清景?因为繁花似锦的芳春,"车马争来满禁城",观景的人多过了景,再也找不到清和新的美感了。境不清,难以观赏景的新,景的新又赖于境之清。首尾两联,相互生发、映照,借繁华浓艳、游人喧嚷的闹,更加反衬出早春的清新可人。至此,诗人独特的审美情趣跃然纸上。

【集说】着眼"早春",二句点明早春景色。三、四展望未来,一片生机,此写早春而借春浓时点缀生色。(周本淳《唐人绝句类选》)

洞微知几,方是真鉴,不独诗人为然。韩愈《早春呈水部张十八员外》:"最是一年春好处,绝胜烟柳满皇都",亦是此意。(富寿荪　刘拜山《千首唐人绝句》)

(杨晓霭)

于　鹄

于鹄,大历、贞元间人。曾应试不第,隐居汉阳山中,自谓"三十无名客,空山独卧秋",后为荆南节度使樊泽的幕僚。诗多题赠山僧、隐者、禅师、道士,笔法清奇。有《于鹄诗集》。

江　南　曲[1]

偶向江边采白蘋[2],还随女伴赛江神[3]。

众中不敢分明语,暗掷金钱卜远人[4]。

【注释】(1)江南曲:乐府《相和曲》名。古辞纯用白描手法,写江南采莲时的景色。此借旧题写闺情,手法近似民歌。　(2)偶:偶尔。白蘋:草本植物,生浅水中,夏季开小白花。　(3)赛江神:祭江神。民间用仪仗、鼓乐、杂戏,迎神出庙,周游街巷,以示对神的祭奉。诗言采蘋之时,适逢祭江神的盛会,因而随女伴去观看。　(4)掷金钱:以钱币占卜。一般在祷祝后,抛掷金钱,观其向背,推断吉凶。

七言绝句

【今译】偶尔到江边采摘白蘋，又随着女伴祭奠江神。当着众人不敢明说心意，暗暗地投掷金钱，卜问我那远方郎君的音讯。

【点评】一位乡间女子，怀着浓浓的相思情意，想要亲口表达，却羞于启齿；欲掷金钱占卜，又怕被人知道。如何表现这种缠绵相思的情态？诗人采用叙事手法，连写三件事。但三件事，有着三种不同的分量。"采白蘋"是"偶向"，"赛江神"是"还随女伴"，只有"掷金钱"是自己一心一意做的，在众人都虔诚祭神时，这位女子则偷偷地抛掷金钱，占卜远人的归期。诗人将前两件事轻轻带过，而把诗笔落在"暗掷金钱"上，手法如现代电影镜头，在众多的人头闪过之后，推出一个特写。这个动人的细节，充满诙谐，充满情趣，逼真细腻地表现了女子思念远人的深情和羞怯心理。在《江南曲》的题目下，运用细节刻画人物心理，别具风采。此诗从唐人令狐楚《御览集》始，历代选录评赞，堪称一首佳作。

【集说】摹写一段柔肠慧致，自是化工之笔。（贺裳《载酒园诗话又编》）

一片心情只自知。曰"偶向"，曰"还随"，分明是勉强从事，却就赛神，微露于金钱一卜，妙极形容。（黄叔灿《唐诗笺注》）

（杨晓霭）

薛　　涛

薛涛(758—832)，字洪度，长安(今陕西西安)人。幼随父入蜀，父死后沦为乐伎。工诗善书。历事韦皋、武元衡、王播、李德裕等十一任西川节度使，韦皋曾议奏请朝廷授予校书郎之职，世称"女校书"。晚年居成都浣花溪，著女道士服。她创制深红色小彩笺以写诗，即传世之"薛涛笺"，其诗以俊逸神秀、语浅情深见称。原有集，已轶，明人辑有《薛涛诗》。后人又辑有《薛涛李冶诗集》二卷。

送　友　人

水国蒹葭夜有霜⁽¹⁾，月寒山色共苍苍。
谁言千里自今夕⁽²⁾，离梦杳如关塞长。

【注释】(1)蒹葭：初生芦苇。《诗经·秦风·蒹葭》，"蒹葭苍苍，白露为霜。所谓伊人，在水一方。"此隐括其语而化用其怀人之意。　(2)千里自今夕：从今远隔千里。

【今译】江边芦苇白茫茫,夜来满地霜,月光山色俱苍凉。谁说从今隔千里?魂梦伴君能远翔,可惜近来梦稀少,雄关险塞,去路更比别梦长。

【点评】前两句一方面描写送别的现实场景,疏阔而苍凉,同时引用了《诗经·秦风·蒹葭》前数句中的语词,却含融了整首长诗的意蕴,使本篇之题旨逐层加深。"谁言"句平地振起,结句复由扬转抑。一波三折,别情无极。离梦之少与关路之长,两相对照,知别后相思相望而不可及,必然加深别时的眷恋。同《蒹葭》的反复咏叹相较,此处语更简而意更丰,留下了比别路更长的两地思念。

【集说】周珽曰:征途万里,莫如关塞梦魂无阻,今夕似之,非深于离愁者,孰能道焉?徐用吾曰:情景亦自浓艳,却绝无脂粉气。虽不能律以初盛门径,然亦妓中翘楚也。(周珽《唐诗选脉会通评林》)

月寒乎?山寒乎?非"共苍苍"三字不能摹写。浅浅语,幻入深意,此不独意态淡宕也。(钟惺《名媛诗归》)

(程瑞钊)

筹　边　楼⁽¹⁾

平临云鸟八窗秋,壮压西川四十州⁽²⁾。
诸将莫贪羌族马⁽³⁾,最高层处见边头。

【注释】(1)筹边楼:在成都西郊,唐李德裕建,左右壁图画边地险要,德裕每天同熟谙边防战事者在楼上筹划,对敌情了如指掌。大和六年(832)底德裕调离蜀川,边疆纠纷再起,薛涛已七十来岁,感既而作此诗。　(2)西川四十州:《新唐书·地理志》说剑南道"为府一,都护府一,州三十八"。(3)贪羌族马:唐代四川西部住着党项羌,属吐蕃。《旧唐书·党项羌传》,"大和、开成之际,其藩镇统领无绪,恣其贪婪,不顾危亡,或强市其羊马,不酬其值,以是部落苦之,遂相率为盗。"

【今译】窗前云飘鸟飞清爽常如秋，气势雄壮压倒西川四十州。众将切莫掳掠羌民惹战祸，楼头已见边地烽火怎不忧！

【点评】"平临云鸟"，极状楼高。因高而觉秋肃天旷气清。壮压西川的气势，不仅来自楼台本体建构之崔巍，更以其居形胜而关军机。此以赞楼而怀念致蜀大治的李德裕，亦叹今不得其人。其丰富内蕴，以感时伤事而愈显。后两句诚谕诸将，一吐忧国之本旨。诗熔描写、记叙、议论于一炉，不愧为中唐绝句的上乘之作。

【集说】教戒诸将，何等心眼！洪度岂直女子哉？固一代之雄也。（钟惺《名媛诗归》）

涛《送友人》及《题竹郎庙》诗，为向来传诵。然如《筹边楼》诗曰……其寄托深远，有鲁嫠不恤纬、漆室女坐啸之思，非寻常裙屐所及，宜其名重一时。（《四库全书总目提要·集部》）

（程瑞钊）

七言绝句

张　籍

张籍(766?—830?),字文昌,排行十八,原籍吴郡(今江苏苏州),后迁居和州(今安徽和县)。德宗贞元十五年(799)登进士第,历任太常寺太祝、国子助教、国子博士、水部员外郎、主客郎中、国子司业等职,世称"张水部"或"张司业",曾从学于韩愈,世称韩门弟子。其乐府多述民生疾苦,明白晓畅,而简练警策。绝句清新自然,风神秀朗。有《张司业集》,《全唐诗》存其诗五卷。

秋　思

洛阳城里见秋风,欲作家书意万重⁽¹⁾。
复恐匆匆说不尽,行人临发又开封⁽²⁾。

【注释】(1)意万重:极言意思之多。　(2)行人:捎信的人。开封:打开已封好的家书。

【今译】洛阳城里秋风萧瑟一片凄冷,想写封家书,但思绪却难理清。唯恐匆忙间漏写了什么内容,捎信人临走时我又拆开信封。

【点评】欲修家书而恨纸短情长,言不及义,是人情之难免;"临发"而"又开封",摄取典型细节,描摹游子之心,虽非常态,亦可理解。然以平淡自然语出之,却使客居羁旅之愁,跃然纸上。

【集说】亦复人人胸臆语,与"马上相逢无纸笔"一首同妙。(沈德潜《唐诗别裁》)

首句羁人摇落之意已概见,正家书中所说不尽者;"行人临发又开封",妙更形容得出。试思如此下半首如何领起,便知首句之难落笔矣。(黄叔灿《唐诗笺注》)

眼前情事,说来在人人意中,如"马上相逢无纸笔,凭君传语报平安""儿童相见不相识,笑问客从何处来",皆是此一种笔墨。(李锳《诗法易简录》)

已作家书,而长言不尽,临发重开,极言其怀乡之切。(俞陛云《诗境浅说续编》)

(李浩)

七言绝句

王　建

　　王建(766?—830?),字仲初,颍川(今河南许昌)人,出身寒门,大历进士,唐宪宗元和年间始为昭应县尉,已"头白如丝"。穆宗长庆初由太府丞转秘书郎,文宗太和中出为陕州司马,后退职居咸阳原上,境况贫窘。他"四授官资元七品,再经婚娶尚单身"。王诗通俗明晰而凝练精悍,温婉又工丽。其中《宫词》百首尤享盛誉。以组诗纪事,为其创格。有《王司马集》八卷。

十五夜望月[1]

中庭地白树栖鸦,冷露无声湿桂花[2]。
今夜月明人尽望,不知秋思落谁家[3]。

　　【注释】(1)题一作《十五夜望月寄杜郎中》。十五夜,指中秋之夜。宋本《王建诗集》及《万首唐人绝句》题下自注:"时会琴客。"　(2)桂花:八月桂花盛开,又传说月中有桂树,此处兼有二义,而偏重后者,以代称月华。(3)秋思:感秋的思绪,又为琴曲名。蔡邕《青溪五弄》包括《游春》《渌水》《幽居》《坐愁》《秋思》五曲。

【今译】皎洁的月光洒满院坝，树头栖息着几只乌鸦；冰凉的雾露，悄悄润湿了月中桂花。月数今夜明，天下谁人不望它；不知秋日的情思，随琴声飘落到了谁家。

【点评】"地白"语化用李白诗"床前明月光，疑是地上霜"的意境，暗地推出一个独立中庭注目月色而苦思亲友的羁旅者形象。树头栖鸦的聒噪，万人望月的各怀悲喜，反衬出游子的孤独、寂寥。"冷露无声"，景象何等凄清！"桂花"双关，隐含一连串美妙的神话传说，使怀人苦况婉曲而深沉，尤难禁当。"不知秋思落谁家"，劈空设问以作结，留下无限怅惘。"秋思"复为双关。因一琴客在座，或对酒抚弦，琴声悠扬缥缈，不知勾起了多少人在这中秋团圆夜的思亲怀远之念。此诗处处设伏，空灵而隽永，颇耐咀嚼。

【集说】不说明己之感秋，故妙。（沈德潜《唐诗别裁》）

自来对月咏怀者不知凡几，佳句亦多。作者知之，故着想高踞题颠，言今夜清光，千门共见，《月子歌》所谓"月子弯弯照九州，几家欢乐几家愁"，秋思之多，究在谁家庭院？诗意涵盖一切，且以"不知"二字作问语，笔致尤见空灵。前二句不言月，而地白疑霜，桂枝湿露，宛然月夜之景，亦经意之笔。（俞陛云《诗境浅说续编》）

三四见同一中秋月夜，人之苦乐各别。末句以唱叹口气出之，感慨无限。（刘永济《唐人绝句精华》）

（程瑞钊）

宫　词⁽¹⁾

树头树底觅残红⁽²⁾，一片西飞一片东。

自是桃花贪结子，错教人恨五更风⁽³⁾。

【注释】(1)王建《宫词》共百首。作于宪宗元和末年，咏宫闱行乐及宫女生活。　(2)残红：落花，喻失宠者。　(3)"自是"二句：谓桃树结子则花

落,比喻宫人色衰宠移。

【今译】在树上树下寻觅落花的行踪,风儿吹起片片花瓣忽西忽东。一定是那桃花贪恋结子而凋谢,却教人错怪了那五更飘过的风。

【点评】诗的开头便展现出一幅具体形象的画面,写宫女的惜花恨风之情;诗的上下联之间出现了一个顿挫,从"觅残红"想到"桃花贪结子",使诗情发生跳跃,意境为之深化;从惜花恨风到羡花妒花,深深暗示出宫女难言的隐衷和痛苦。此诗是宫女命运的写照,语兼比兴,含蓄无尽,诗的语言具有民歌风调。

【集说】王建《宫词》,荆公独爱其"树头树底觅残红"云云,谓其意味深婉而悠长也。(陈辅《陈辅之诗话》)

仲初此百首,为宫词之祖。然宫词非比宫怨,皆就事直书,无庸比兴,故寄托不深,终嫌味短。就中只"树头树底觅残红"一首,饶有深致。(宋顾乐《唐人万首绝句选评》)

其词之妙,则自在委曲深挚处别有顿挫,如仅以就事直写观之,浅矣。(翁方纲《石洲诗话》)

(王海庄)

唐诗观止

韩　愈

韩愈(768—824),字退之,河南河阳(今河南孟县)人,自谓郡望昌黎,后世称韩昌黎。贞元八年(792)进士,先后任宣武及宁武节度使判官。贞元末任监察御史,因上书言事贬阳山令。元和末随裴度平淮西,迁刑部侍郎。因上书谏阻宪宗迎佛骨,被贬潮州。穆宗时,召为国子监祭酒,历京兆尹及兵部、吏部侍郎。卒谥文,世称韩文公。韩愈倡导古文运动,提倡散体,务去陈言,其文各体兼擅,为"唐宋八大家"之首,与柳宗元并称"韩柳"。其诗求新求奇,笔力雄健,有时流于险怪,甚或"以文为诗",对宋诗颇有影响。有《昌黎先生集》四十卷,《外集》十卷。

七言绝句

题楚昭王庙[1]

丘坟满目衣冠尽[2],城阙连云草树荒[3]。
犹有国人怀旧德,一间茅屋祭昭王。

【注释】(1)此诗作于宪宗元和十四年(819)。韩愈因谏迎佛骨,触犯宪宗,贬潮州刺史,途经今湖北宜城市,写此篇。楚昭王:名珍,春秋时楚平王

之子,曾击退入侵吴兵,保全楚国。庙在今宜城市境。 (2)衣冠:士大夫。
(3)城阙连云:宜城曾为昭王故都,故云。

【今译】满眼累累坟冢,到处残败荒冷,当年的贵胄大夫都早已作古,巍峨壮丽的宫殿也隐没在草丛中。还有楚遗民怀念昭王,不忘旧德,在一间茅屋前,祭奠他的英灵。

【点评】此篇于劲朴苍莽之中,俯仰古今,寄慨深微。诗法亦有特点。"丘坟"与"衣冠","城阙"与"草树",一句之中衬出物去人非之感;"城阙连云"与"一间草屋",两联之间比照出昔盛今衰的反差。中间贯以"犹有国人怀旧德",遂使全篇超轶于泛泛吊古畦径,别有深致,故为选家所推重。

【集说】刘辰翁曰:"人评公《曲江寄乐天》绝句胜白全集,此独谓唱酬可尔。若公绝句,正在《昭王庙》一首,尽压晚唐。"(钱仲联《韩昌黎诗系年集释》引)

若草草然,却有风致,全在"一间茅屋"四字上。(朱彝尊《批韩诗》)

意味深长,昌黎绝句中第一。(何焯《义门读书记》)

未是快调,却能以气势为风致,愈读则意愈绵,愈嚼则字愈香,此是绝句中杰作。(蒋抱玄《评注韩昌黎诗集》)

(李浩)

题临泷寺⁽¹⁾

不觉离家已五千,仍将衰病入泷船⁽²⁾。
潮阳未到吾能说⁽³⁾,海气昏昏水拍天。

【注释】(1)此篇亦于元和十四年(819)贬途所作。临泷:县名,唐初属韶州,寻废,故址在今广东省韶关市曲江区,寺以县名。 (2)将:带,抱。
(3)潮阳:潮州,治所在今广东汕头。

【今译】不知不觉离家已走了五千米，现在仍抱病登上渡泷水的帆船。潮阳虽还未到但也能想象得出，那里一定是雾气弥漫海浪震天。

【点评】首句回顾贬途之艰辛，尾句瞻念前途之险恶。"仍将"二字，无可奈何之甚；"海气昏昏水拍天"，一派忧危恐怖气象，令人动魄惊心。全诗以叙述起，以写景终，而所写之景又全从想象化出，则其悲怆凄楚之情，吞吐低回，弥见沉痛。

【集说】妙处全在"吾能说"三字上。（朱彝尊《批韩诗》）

调高字响，亦悲亦豪。（蒋抱玄《评注韩昌黎诗集》）

（李浩）

次潼关先寄张十二阁老使君⁽¹⁾

荆山已去华山来⁽²⁾，日出潼关四扇开⁽³⁾。
刺史莫辞迎候远，相公新破蔡州回⁽⁴⁾。

【注释】(1)次：军队驻扎。潼关：今陕西省潼关县。张十二：张贾，时为华州刺史。阁老、使君，都是对张贾的尊称。此诗写于淮西大捷后作者随军凯旋途中，当时唐军已抵潼关，即将向华州进发，作者以行军司马身份写成此诗，由快马递交华州刺史张贾，一来抒发胜利豪情，二来通知对方准备犒军，所以诗题为"先寄"。 (2)荆山：在今河南灵宝境内。华山：在今陕西华阴境内。 (3)四扇：四面。开：明亮。 (4)相公：在这里指唐时平淮大军实际统帅宰相裴度。蔡州：在今河南汝南县，原是淮西强藩吴元济巢穴，诗中以"破蔡州"借代淮西大捷。

【今译】刚刚离开荆山华山迎面来，太阳升起在潼关的天空，四扇门大开。刺史君，你前往迎接可莫嫌路远，宰相裴度亲往蔡州平乱，如今正率大军凯旋。

七言绝句

【点评】于短小篇幅中见波澜壮阔,使这首诗显得极有特色。全诗选用一个侧面,开门见山地描述出一个重大的政治事件,诗人随征之喜悦心情亦跃然纸上。开笔便极有气魄,为全诗定下了雄壮的基调;次句的气象廓大,意蕴深厚;三、四句笔调抒情,轻松风趣,末句更是全诗点眼结穴之所在。风格清俊,意味隽永,朴实而新鲜。

【集说】气象开阔,所谓卷波澜入小诗者。(查慎行《十二种诗评》)

语语踊跃,可当一首凯歌读。(李锳《诗法易简录》)

此二作颂而不谀,铺而有骨,格高调高,中唐不可多得,真大手笔也。(宋顾乐《唐人万首绝句选评》)

七绝亦切忌用刚笔,刚则不韵……退之"荆山已去华山来"一绝,是刚笔之最佳者。(施补华《岘佣说诗》)

（王海庄）

早春呈水部张十八员外⁽¹⁾

天街小雨润如酥⁽²⁾,草色遥看近却无。

最是一年春好处,绝胜烟柳满皇都。

【注释】(1)此诗作于穆宗长庆三年(823),时韩愈官吏部侍郎。水部张十八员外:任水部员外郎的张籍。原作两首,此为其一。 (2)天街:长安街道。酥:乳酪,喻春雨之滋润。

【今译】长安街上细雨蒙蒙,雨丝就像乳汁般细密而滋润,远望有一抹青青草色,近看却显得稀疏零星。一年之中的美好春色正在此际,远胜过绿杨满城的暮春。

【点评】"草色"一句体物极细微,妙用错觉,于远近间有无绿意,直摄早春之魂。末句更进一层,以杨柳堆烟的暮春景色相衬,虚实对照,空处传神。

【集说】"天街小雨润如酥"云云，此退之春诗也。"荷尽已无擎雨盖，菊残犹有傲霜枝。一年好景君须记，正是橙黄橘绿时。"此子瞻初冬诗也。二诗意思颇同而词殊，皆曲尽其妙。（胡仔《苕溪渔隐丛话》）

景绝妙，写得也绝妙。（朱彝尊《批韩诗》）

"草色遥看近却无"，写照工甚。正如画家设色，在有意无意之间。"最是"二句，言春之好处，正在此时，绝胜于烟柳全盛时也。（黄叔灿《唐诗笺注》）

（李浩）

七言绝句

崔 护

崔护(？—831)，字殷功，博陵(今河北定县)人。"资质甚美，而孤洁寡合。"贞元十二年(796)登进士第，曾官京兆尹、御史大夫、岭南节度使。《全唐诗》存其诗六首，杂有他人之作。

题都城南庄[1]

去年今日此门中，人面桃花相映红。
人面不知何处去，桃花依旧笑春风。

【注释】(1)这首诗的写作，有一段颇具传奇色彩的故事。据孟棨《本事诗》记载，崔护因进士不第，于清明日寻春独游到了都城南庄，遇一小院，敲门求饮。院中花木丛萃，有一女子"妖姿媚态，绰有余妍"，倚小桃树看崔饮水。两人顾盼，翩然动情。第二年清明，崔护忆及当时情景，情不可抑，径往寻之，可门墙如故，却已上锁。于是在左边的门扇上题写了这首诗。都城：这里指长安(今陕西西安)。

【今译】去年的今天，在这溢满柔情的门中，羞红的脸庞与盛开的桃花相映，人美得动心，花艳得撩情。今年的此日，在那梦萦魂牵的门中，俏丽的脸庞已经不在，只有一树桃花，含笑沐浴着春风。

【点评】诗人用相同时间重复和相同意象叠合的方式，把前后不同的两个画面统一成和谐的整体，通过时同地同景同而人不同的对比，回环往复，曲折表达出美好回忆与无限憾恨交织的惆怅思绪。"人面桃花"，历来被人们认为是传神描绘，在这两个意象中，客观景物与主观感受融为一体，对人的喜爱与对桃花的赞美交叉叠合，给了读者审美愉悦感。"桃花依旧笑春风"，"笑"字写得绝，不但写出了对花的无情的恼恨，而且生动地描绘出诗人重寻不遇的急切心理，以至于望着迎风盛开的桃花，仿佛听到了少女银铃般的笑声，眼前浮现出"人面桃花相映红"的美好画面，但这仅仅是幻觉，诗在只有"桃花依旧笑春风"的画面上结束，表现出的惆怅久久在读者的心里浮沉。

【集说】诗人以诗主人物，故虽小诗，莫不延蹂极工而后已。所谓"旬锻月炼"者，信非虚言。小说崔护《题城南》诗，其始曰："去年今日此门中，人面桃花相映红。人面不知何处去，桃花依旧笑春风。"后以其意未全，语未工，改第三句曰："人面只今何处在。"至今所传此两本，惟《本事诗》作"只今何处在"。唐人工诗，大率多如此。虽有两"今"字，不恤也，取语意为主耳。后人以其有两"今"字，只多行前篇。（沈括《梦溪笔谈》）

唐人作诗，意细法密。如崔护云"人面不知何处去"，后改为"人面只今何处在"，以有"今"字，则前后交付明白，重字不惜也。（吴乔《围炉诗话》）

有一口直述，绝无含蓄转折，自然入妙，如"去年今日此门中，人面桃花相映红。人面不知何处去？桃花依旧笑春风"。……此等着不得气力学问，所谓诗家三昧，直让唐人独步。（施闰章《蠖斋诗活》）

前半忆昔，后半感今，今昔相形，怅惘无尽。此诗不特有二"今"字，"人面桃花"四字，亦复，而缘此益得前后呼应、循环往复之妙。（富寿荪 刘拜山《千首唐人绝句》）

（杨晓霭）

591

七言绝句

刘　禹　锡

刘禹锡(772—842)，字梦得，洛阳人。贞元九年(793)进士。因参与政治革新，谪官朗州、连州、夔州、和州等地22年之久。晚年以太子宾客分司东都。其诗骨力豪劲，气韵沉雄，有"诗豪"之誉。各体皆工，尤擅民歌体乐府诗，所作《竹枝词》等"独步于元和间"。也是中唐时期较早开始依曲填词的作家之一。其诗现存六百七十余首，有《刘宾客集》四十卷。

秋　词[1]

自古逢秋悲寂寥，我言秋日胜春朝[2]。
晴空一鹤排云上，便引诗情到碧霄[3]。

【注释】(1)此诗作于诗人贬居朗州(今湖南常德)期间。悲秋，是历代诗人递相沿袭的传统主题。从宋玉的"悲哉秋之为气也"(《九辨》)，到汉代无名氏的"秋风萧萧愁杀人"(《古歌》)，再到杜甫的"万里悲秋常作客"(《登高》)，陈陈相因，概莫能外。此诗作者却在春与秋的对比中，独具慧眼地发现了秋日的佳处，从而唱出意气豪迈的秋歌。原作二首，此为其一。　(2)

春朝:春天。　(3)碧霄:蓝天。

【今译】古往今来,人们都悲叹秋日萧瑟凄凉,我却说它,胜过明媚春光。看那白鹤,在万里晴空中破云飞翔;将我诗情,牵引到一碧如洗的蓝天上。

【点评】"自古"句,点出逢秋而悲,古今皆然。有思接千载、视通万里之概。"我言"句,以响遏行云的一声断喝,推翻悲秋主题,一新天下人耳目。"晴空"二句,融诗情于画意,是"秋日胜春朝"的形象化说明,景致飞动,笔触清灵,极易引发读者联想。全诗有直抒胸臆之妙,而无"含蓄不足"(《四库全书总目提要》评刘诗语)之嫌。自然,诗人抑春扬秋,并不表明他对"春朝"怀有某种偏见,恰恰是为纠正前人对"秋日"的偏见,从中可触摸到诗人豪迈、壮阔的胸襟。

【集说】禹锡虽坐王叔文党而屡遭贬斥,然终不少屈,诗中亦不甚作危苦之词,读此益见其襟怀之高旷,未可仅视为翻案之作也。(富寿荪 刘拜山《千首唐人绝句》)

(肖瑞峰)

元和十一年自朗州召至京,戏赠看花诸君子[1]

紫陌红尘拂面来[2],无人不道看花回。
玄都观里桃千树[3],尽是刘郎去后栽[4]。

【注释】(1)此诗作于元和十年(815),"看花诸君子",即指一起承召回京的柳宗元、韩泰、韩晔等志同道合者。诗题中着一"戏"字,鲜明地表达了作者对保守势力的蔑视与憎恶之情。诗作本身也以讥刺为主,忤怒执政,再度远贬。　(2)紫陌:京都长安繁华的街道。红尘:街道上人行马驰扬起的飞尘。　(3)玄都观:道教庙宇名。　(4)刘郎:作者自称。

【今译】在京都长安的街道上,行人车马川流不息,扬起的灰尘扑面而

来。那熙熙攘攘的人，都说是看花回来。玄都观里灿若云霞的千株桃树，全都是在我遭贬离京之后栽下的。

【点评】"紫陌红尘"句，明写长安大道车马川流不息、行人络绎不绝，以致尘土飞扬、喧闹异常，暗喻朝中窃据高位的保守派新贵气焰熏天，甚嚣尘上，以致朝野内外政治昏暗、空气污浊。"无人不道"句，用夸张手法从侧面渲染桃花盛开之轰动一时，既借以影射新贵的平步青云、占尽春光，亦勾画出凡夫俗子趋炎附势、争名逐利之丑态，有传神写照之妙。落笔于"看花"，却不写"去"，只写回，不写被看之花如何动人，只写看花之人为花所动，乃诗人措辞巧妙、匠心独运处。"玄都观"句，以"桃花"譬新贵，不唯见轻蔑之意，且亦暗示他们终将凋零殆尽，而难永葆风华。"尽是刘郎"句，旨在揭露满朝新贵靠当年落井下石、投机取巧，才有今日之飞黄腾达。全诗于戏谑之中寓讥刺之志，语虽俏皮，意实冷峻。

【集说】刘尚书自屯田员外左迁朗州司马，凡十年始征还。方春，作《赠看花诸君子》诗……其诗一出，传于都下。有素嫉其名者，白于执政，又诬其有宿怨。他日见时宰，与坐，慰问甚厚。既辞，即曰："近者新诗，未免为累，奈何？"不数日，出为连州刺史。（孟棨《本事诗》）

刘梦得自岭外召还，赋《看花》诗……讥刺并及君上矣。晚始得还，同辈零落殆尽。（瞿佑《归田诗话》）

言花多而看花者众，犹新贵多而趋之者众也。（王尧衢《古唐诗合解》）

禹锡因王叔文事被贬朗州，十年之后，朝中另换一番人物，故有"尽是刘郎去后栽"之句，以见朝政翻覆无常，语含讥讽，是以又为权贵所不喜，再贬播州，易连州，徙夔州，十四年始入为主客郎中，又因《再游玄都观》诗，为"权贵闻者，益薄其行"，遂被分司东都闲散之地。考此两诗所关，前后二十余年，禹锡虽被贬斥而终不屈服，其蔑视权贵而轻禄位如此。白居易序其诗，以诗豪称之，谓"其锋森然，少敢当者"。语虽说诗，实人格之品题也。（刘永济《唐人绝句精华》）

（肖瑞峰）

竹 枝 词[(1)]

杨柳青青江水平，闻郎江上唱歌声[(2)]。

东边日出西边雨，道是无晴还有晴[(3)]。

【注释】(1)此诗作于长庆二年(822)至长庆四年(824)诗人谪守夔州期间。夔州是竹枝词的故乡，"里中儿"每每"联歌竹枝"，"聆其音，中黄钟之羽，卒章激讦如吴声，虽伧儜不可分，而含思宛转，有淇澳之艳"(《竹枝词九首引》)。这不免引起诗人仿作的兴趣，于是依调填词，前后写成《竹枝词》十一首。这是其中一首摹拟民间情歌的作品。 (2)唱：一作"踏"，踏歌，指唱歌时以脚踏地为节拍。 (3)晴：谐"情"，为双关隐语。

【今译】青翠的杨柳，娉娉袅袅，平静的江水渺渺浩浩。江岸上的心上人，唱起那动听的歌谣，歌声飘忽暧昧，叫人莫测真意，听得心焦，好似西边雨帘高挂，东边却红日朗照。说它不是晴天吧，明明又情意昭昭。

【点评】"杨柳"句渲染环境。杨柳绽青，江水平堤，显见是极易撩人情思的早春季节。环境若此，季节若此，无怪女主人公难抑其"怀春"之情。"闻郎"句以歌声为媒介，揭出女主人公心理活动之指向——"郎"无疑是她朝思暮想的心上人。但女情专一，郎意暧昧，其歌声若有情若无情，动听而又费解，于是道出"东边"二句。"东边"二句似乎纯系刻画景物，其实正是对人物特定心理的巧妙折射。诗人效法六朝，以天气之"无晴"与"有晴"，谐人物之"无情"与"有情"。女主人公之始而惊喜、继而疑虑、终而迷惘，尽皆融合在"道是无情还有情"之情态中。

【集说】词意高妙，元和间诚可以独步。道风俗而不俚，追古昔而不愧，比之杜子美《夔州歌》，所谓同工而异曲也。(黄庭坚《跋刘梦得竹枝歌》)

《竹枝词》云："杨柳青青江水平……"予尝舟行苕溪，夜闻舟人唱吴歌，歌中有此二句，余皆杂以俚语。岂非梦得之歌，自巴渝流传至此乎？(胡仔

《苕溪渔隐丛话》)

措辞流利，酷似六朝。（谢榛《四溟诗话》）

此首起二句，则以风韵摇曳见长。后二句言东西晴雨不同，以"晴"字借作"情"字，无情而有情，言郎踏歌之情费人猜想。双关巧语，妙手偶得之。（俞陛云《诗境浅说续编》）

（肖瑞峰）

浪淘沙词[1]

莫道谗言如浪深，莫言迁客似沙沉[2]。
千淘万漉虽辛苦[3]，吹尽狂沙始到金。

【注释】（1）此诗亦为作者贬居夔州时所作。诗人以真金自喻，对"谗言"报以凛如秋霜般的蔑视，并于自我慰勉中透露出沉冤终将洗雪的信心，暗示被历史长河中的大浪淘去的将是那些"狂沙"般的进谗者。原作九首，这是第八首。　（2）迁客：被贬外调的官员。　（3）漉（lù）：滤。

【今译】别说那阴毒的谗言像浊浪一样令人恐惧，别说被贬外调的官员像泥沙一样永远颓废沉迷。淘金要经过千遍万遍的过滤，虽然备尝苦痛艰辛，最终才能淘尽泥沙，出现闪光的真金！

【点评】"莫道""莫言"以否定语气显示坚定信念，斩钉截铁，力透纸背。既可视为对难友之慰勉，也未尝不是对自身之激励。"谗言如浪深"，极言流言猖獗一时，犹如浊浪排空，骇人视听。"迁客似沙沉"，拟写志士遭际：他们被流放于穷乡僻壤，好似沙沉江底。"浪""沙"相形，有强弱不侔、恶善两妨之势。"千淘万漉"，形容"迁客"历尽摧残、折磨，"虽辛苦"，着一"虽"字，分明不以"辛苦"为意，豁达胸襟与恢宏气度如可触摸。"吹尽狂沙"，喻指进谗者有朝一日必将销声匿迹、身败名裂，语意果断，判不容疑。"始到金"，亦于沉着中见高度自信。迁谪，向为骚人墨客所嗟叹。以李白之豪放，长流夜郎时尚且吟出"平生不下泪，于此泣无穷"之哀婉心曲。此诗却情辞慷慨，掷地有声,堪称高标拔俗、气骨凛然。

【集说】千淘万漉,真金乃出,亦犹岁寒松柏之意。诗凡九首,回环咏叹,隐约其言,综而观之,作者迁谪之感,愤世之意,无不历历可见。(富寿荪刘拜山《千首唐人绝句》)

(肖瑞峰)

石 头 城⁽¹⁾

山围故国周遭在⁽²⁾,潮打空城寂寞回。
淮水东边旧时月,夜深还过女墙来⁽³⁾。

【注释】(1)此诗作于长庆四年(824)至宝历二年(826)刘禹锡任和州(今安徽和县)刺史期间,是组诗《金陵五题》中的第一首。其前有小序:"余少为江南客,而未游秣陵(即金陵),尝有遗恨。后为历阳(即和州)守,跂而望之。适有客以《金陵五题》相示,逌尔生思,歘然有得。他日友人白乐天掉头苦吟,叹赏良久,且曰《石头》诗云'潮打空城寂寞回',吾知后之诗人,不复措辞矣。余四咏虽不及此,亦不辜乐天之言耳。" (2)山围:群山环绕。故国:故都。这里指石头城。 (3)淮水:今秦淮河,长江的支流。六朝时,秦淮河畔是金陵最繁华的区域。女墙:石头城上的短墙,即城垛。

【今译】群山环绕着六朝旧都,四周的城墙尚未腐朽。江潮拍打着空旷的古城,随即又寂然折回。只有秦淮河东的明月,亘古如斯,阅尽人间变故。在那夜深人静时分,它依然爬过城垛,深情眷顾。

【点评】"山围"点出金陵的地理形势:群山环绕,确有"虎踞龙盘帝王州"的森严气象。"故国",既令人想到作为六朝故都——金陵的光荣历史,亦暗示其历史荣兴已成"故"迹。因而它本身便蕴含着一种盛衰兴亡之感。而次句中的"空城"一词,则将这种盛衰兴亡之感渲染得更加强烈与深长。"空城",则意味着不仅当年市列珠玑、户盈罗绮的繁华景象已消失殆尽,而

七言绝句

且连昔日的舞榭歌台和巍峨宫阙也无觅踪影；偌大的金陵城，如今竟空空如也，"家"徒四壁。涉笔至此，其荒凉、孤寂之状已寂然在目，但诗人意犹未尽，复又独具匠心地将"空城"置于江潮的拍击下。如果说"潮打空城"尚无多少深意的话，那么，续以"寂寞回"三字，则使深意毕现、境界全出：连潮水光顾石头城后亦觉索然无味而掉头折回，可知它已荒凉、孤寂到何种程度。"淮水东边"二句更引出"旧时月"加以烘托。"月"前冠以"旧时"，分明寓有"今月曾经照古人"之意。"旧时月"阅尽人间沧桑，自不失为金陵由盛而衰、六朝由兴而亡的历史见证。在诗人笔下，只有它多情如故，于夜深时分照进城内。这岂不也是暗示，石头城荒凉已甚，因而鲜有前来问津者。正如《谢叠山诗话》所称道的那样，全诗"意在言外，寄有于无"，深具"风人遗意"。

【集说】"在"字内，寓无限慨叹，城虽在，但只是一座空城。月向东而生，月是常常如此，亘古不见变易者，不比世人因空城而不来，每当夜深，还来照着墙。可见旧时月与今时人不同。此亦是梦得寓意。（徐增《而庵说唐诗》）

六朝建都之地，山水依然，惟有旧时之月，还来相照而已，伤前朝所以垂后鉴也。（李锳《诗法易简录》）

只写山水明月，而六代繁华，俱归乌有，令人于言外思之。（沈德潜《唐诗别裁》）

石头城前枕大江，后倚钟岭，前二句"潮打""山围"，确定为石城之地，兼怀古之思，非特用对句起，笔势浑厚也。后二句谓六代繁华，灰飞烟灭，惟淮水畔无情明月，夜深舟舟西行，过女墙而下，清晖依旧，而人事全非。登城吟望者，宜叹息弥襟矣。（俞陛云《诗境浅说续编》）

（肖瑞峰）

乌 衣 巷[1]

朱雀桥边野草花[2]，乌衣巷口夕阳斜。
旧时王谢堂前燕[3]，飞入寻常百姓家[4]。

【注释】(1)此诗在《金陵五题》中序列第二。诗人采用即小见大、观微知著的手法,艺术形象地反映了朝代更迭、富贵不常的重大主题。"乌衣巷",位于秦淮河之南。三国时东吴曾在此设军营,军士皆穿黑衣,故名。晋代王、谢等豪门世族聚居于此。 (2)朱雀桥:金陵朱雀门外跨秦淮河的古浮桥,在六朝时是车马填咽的交通要道,也是由市中心通往乌衣巷的必经之路。 (3)王谢:王导、谢安,东晋最大的两家豪门世族。 (4)寻常:平常。

【今译】朱雀桥边一些野草开花,乌衣巷口,又见夕阳冉冉西下。当年王谢堂前,那衔泥作巢的翩翩双燕,如今已出入于平民百姓家。

【点评】首句即深蕴今昔异貌、繁华成空的沧桑之感:昔日朱雀桥上车马喧阗,冠盖往还;如今却只有野草闲花自生自灭,徒开徒落。可知朱雀桥一带已趋冷僻、荒凉。着一"野"字,荒僻之意顿然弥漫纸上。次句亦具象外之致:当年豪族聚居的乌衣巷口,而今再也不见玉辇纵横、金鞭络绎的景象,但见夕阳西沉,暮色苍茫。"夕阳",历来是衰败的象征,续一"斜"字,则更强化了日薄西山的惨淡氛围。而"夕阳"与"野草"相映衬,景色又该是何等萧飒、凄凉!两句中,不仅"夕阳斜"与"野草花"("花"作动词解,犹"开花"。)堪称妙对,"朱雀桥"与"乌衣巷"亦属偶对天成——既切地理史实,又具诗情画意,极易诱发读者的联想。三四句仍致力于刻画景物,通过燕子作巢这一高度典型化的细节,进一步以小见大地折射出发生在金陵的沧桑巨变:燕子依旧归巢,房屋早已易主——随着时光的流逝,旧时的"正谢风流"已荡然无存。这里,"王谢堂"与"百姓家"相比照,同样令人抚今思昔、慨然兴叹。当然,诗人如此着笔,不仅仅是为王谢的没落结局而叹惋,更欲借以警示日趋没落的中唐统治者:殷鉴不远,当知自振。全诗言约意微,辞浅境深,颇具含蓄蕴藉之美。

【集说】不言王、谢堂为百姓家,而借言于燕,正诗人托兴玄妙处。后人以小说荒唐之言解之,则索然无味矣。(唐汝询《唐诗解》)

若作燕子他去便呆。盖燕子仍入此堂,王、谢零落,已化为寻常百姓矣。如此则感慨无穷,用笔极曲。(施补华《岘佣说诗》)

妙处全在"旧"字及"寻常"字。四溟云:"或有易诸曰:'王谢堂前燕,今

飞百姓家。'点金成铁矣。"谢公又拟之曰:"王谢豪华春草里,堂前燕子落谁家。"尤属恶劣。(何文焕《历代诗话考索》)

朱雀桥、乌衣巷皆当日画舸雕鞍、花月沉酣之地。桑海几经,剩有野草闲花与夕阳相妩媚耳。茅檐白屋中,春来燕子,依旧营巢,怜此红襟俊羽,即昔时正、谢堂前杏梁栖宿者,对语呢喃,当亦有华屋山丘之感矣。此作托思苍凉,与《石头城》诗皆脍炙词坛。(俞陛云《诗境浅说续编》)

(肖瑞峰)

再游玄都观⁽¹⁾

百亩庭中半是苔⁽²⁾,桃花净尽菜花开。
种桃道士归何处⁽³⁾? 前度刘郎今又来。

【注释】(1)此诗作于大和二年(828),是《元和十年自朗州承召至京,戏赠看花诸君子》的续篇。诗前有小序,其文云:"余贞元二十一年为屯田员外郎时,此观未有花。是岁出牧连州,寻贬朗州司马。居十年,召至京师。人人皆言,有道士手植仙桃满观,如红霞,遂有前篇,以志一时之事。旋又出牧。今十有四年,复为主客郎中。重游玄都观,荡然无复一树,惟兔葵、燕麦动摇于春风耳。因再题二十八字,以俟后游。时大和二年三月。"由序文可知,虽然时过境迁,昔日迫害革新志士的权贵已经失势或亡故,但诗人并没有淡忘当年的是非曲直之争,他之所以"再游玄都观"并重提旧事,正是为了以胜利者的姿态对那些昙花一现的权贵予以辛辣的嘲讽。这充分体现了诗人宁折不弯的刚强性格和至老不衰的昂扬斗志。 (2)苔:青苔。 (3)种桃道士:喻指当年竭力培植党羽而对革新志士大打出手的执政者。

【今译】玄都观偌大的庭院中,竟有一半长满青苔。那妖娆的桃花荡然无存,只见菜花在开放。当年不可一世的种桃道士,不知如今都去了何处?前次被放逐的刘郎,历尽劫难,如今又回来了啊!

【点评】"百亩",点出庭院之弘敞,令人联想起权贵们昔日声势之显赫。

"半是苔"，见出庭院之荒凉——既然青苔居半，分明人迹罕至。对照当年人头攒动、人声鼎沸的"看花"盛况，这岂不是暗示那些权贵已趋没落与败亡？"桃花净尽"，则以象征手法进一步表现玄都观中的盛衰变化，借以影射当年窃据高位、权倾京师却转瞬便如鸟兽散的满朝新贵。联系前诗中所描写的桃树千株、蔚为奇观的情景，殊堪玩味。"种桃"句再加生发，由"桃花净尽"推及"种桃道士"之归宿，人事沧桑、今昔变化，至此业已申足。于是，诗人便于末句作极富挑战意味的自我亮相。"前度刘郎今又来"，跃动在字里行间的是一颗压不服、摧不死、执着而又刚毅的灵魂，全诗讽兼比兴，撼人心魄。

【集说】庭曰"百亩"，则知殿宇已废，一望荡然矣。径无人行则苔生，"半是苔"则知桃树无存而看花者俱不复来矣。百亩庭空，苔生满砌，千桃已尽，去得干净……犹言执政栽培新贵，今新贵已尽，而执政安在哉？则当时之势焰亦何凭也？前日刘郎在京，只为看花一诗，连遭贬抑，至今一十四年，复又到此看花，而种桃人先不在矣，所以深嘲旧执政，轻薄之词也。（王尧衢《古唐诗合解》）

（肖瑞峰）

601

七言绝句

白 居 易

白居易(772—846),字乐天,晚号香山居士,下邽(陕西渭南)人。唐德宗贞元十六年(800)登进士第,曾任翰林学士、左拾遗等职。因上书言事获罪,被贬为江州司马。后又去杭州、苏州等地任刺史。晚年以刑部尚书致仕。他是唐代大诗人之一,领导了新乐府运动。其诗具有鲜明的政治倾向,富有情味,语言通俗自然。有《白氏长庆集》。

问 杨 琼[1]

古人唱歌兼唱情,今人唱歌唯唱声。

欲说向君君不会[2],试将此语问杨琼。

【注释】(1)杨琼:人名。　(2)会:领会、理解。

【今译】古代人唱歌富有感情,现在人唱歌只有音声。说给您听怕您不能领会,试拿这话去问问杨琼。

【点评】这首诗对当时"唯唱声、不唱情"的流行歌曲提出了批评,主张发扬"古人唱歌兼唱情"的优良传统。杨琼大概是和作者有同样主张的歌唱家,对"兼唱情"的必要性能够从理论和实践上给予很好的说明,因而要人们去问他。

白居易关于唱歌的主张,也就是他关于作诗的主张,一切好诗,都是"情文并茂""情韵悠扬"的,不表现对生活的真情实感,即使音韵铿锵,也不会有感人的力量。

【集说】今安得此辈而与以论曲哉?(何良俊《四友斋丛说》)

所谓善歌者须得诗中意耳。(毛奇龄《西河合集诗话》)

（霍松林）

舟中读元九诗⁽¹⁾

把君诗卷灯前读,诗尽灯残天未明。
眼痛灭灯犹暗坐,逆风吹浪打船声。

【注释】(1)元九:元稹。这首诗是在唐宪宗元和十年(815)白居易因得罪权贵而被贬江州的途中作的。当时,诗人的好友元稹已在五个月前被远谪通州。

【今译】我坐在灯前,读诵你的诗篇。读完诗灯油已燃尽,可天还没明。这时候我眼睛疼痛,于是熄灯在暗中默坐。耳边有声音响起,那是逆风吹浪正在扑打船篷。

【点评】这是一首悲中见愤、曲折深至、含恨无限、容量极大的七绝。"诗尽""灯残""眼痛""暗坐"等字句烘托出其凄苦的基调。字面是"读君诗",主题是"忆斯人",又由"斯人"的遭际转述自己"同是天涯沦落人"的感慨,诗境一转一深,一深一痛。

七言绝句

【集说】字字沉着,二十八字中无限曲折。元微之《闻乐天左降江州诗》云云,居易以为:"此句他人尚不可闻、况仆心哉!"此诗真可谓同调。(《唐宋诗醇》)

（王海庄）

暮 江 吟(1)

一道残阳铺水中,半江瑟瑟半江红(2)。
可怜九月初三夜(3),露似真珠月似弓(4)。

【注释】(1)此诗约写于长庆二年(822)秋天。其时,诗人乘船离京去杭州赴任,在途中作了这首七绝。 (2)瑟瑟:珠玉名称,碧色,此处指碧绿的江水。 (3)可怜:可爱。 (4)真珠:珍珠。生于蚌壳内,为贵重装饰品。

【今译】傍晚时分,夕阳柔和地铺在江面上。晚霞斜映下的江水看上去好似染了一层鲜红色,而绿波又在红色上面滚动。这九月初三的晚上,怎不惹人怜爱。岸边草茎、树叶上的露珠像稀少的珍珠一样,而升起的一弯新月像一张精巧的弯弓。

【点评】这首诗写暮色中的秋江。前两句写残阳映照江面,受阳光照射的一半江水闪动着红光,另一边江水则愈加碧绿。色彩浓重,在视觉上形成强烈的反差。后两句写随着时间的推移,夜幕降临了,诗人俯视地面草木上滚动着如同珍珠的露水,抬头望见如同一张弓的月牙,此情此景怎不让人爱怜?这首小诗玲珑剔透,色彩鲜明。

【集说】诗有丰韵,言"残阳铺水",半江之碧,如"瑟瑟"之色,"半江红",日所映也。可谓工致入画。(杨慎《升庵诗话》)

写景奇丽,是一幅著色秋江图。(《唐宋诗醇》)

丽绝韵绝,令人神往。(宋顾乐《唐人万首绝句选评》)

上二句写江天晚景入妙。后二句言一至深宵,新月如弓,斜挂楼头,正初三之夕;其时露气渐浓,如珠光的皪,正九月之时。夜色清幽,诵之觉凉生袖角。通首皆写景,唯第三句"可怜"二字,略见惆怅之思,如水清愁,不知其着处也。(俞陛云《诗境浅说续编》)

(孙明君)

七言绝句

柳 宗 元

柳宗元(773—819),字子厚,河东郡(今山西永济市)人,世称柳河东。少精敏绝伦,为文卓伟精致。贞元进士,中博学宏辞科,授校书郎,调蓝田尉,升监察御史里行。王叔文执政,擢礼部员外郎。叔文败,贬永州司马。后迁柳州刺史,故又称柳柳州,与韩愈同倡古文运动,并称"韩柳",同列入"唐宋八大家"中。其文、诗、赋,皆开一代风气。有《柳河东集》。

与浩初上人同看山寄京华亲故(1)

海畔尖山似剑铓,秋来处处割愁肠。
若为化得身千亿(2),散上峰头望故乡。

【注释】(1)本诗作于柳州刺史任上。浩初上人,一位和尚,是柳宗元的好友。上人从临贺到柳州来看望柳宗元,两人一同看山。京华,指京城长安。 (2)化得身千亿:佛为普度众生,遂化为种种形象,现身说法。见《大乘义章》。

【今译】海畔尖山好像长剑的锋芒，秋天来了，万物萧瑟，那座座山峰，割断我的愁肠。如果能将此身化作千千万万，每一个化身都将飞向高高的山峰，眺望那久别的故乡。

【点评】"山似剑铓""愁肠"似割，皆因远离生于斯、长于斯的京华故土。贬谪去国之人，"秋来"格外心伤。此生回京无望，只能在想象中望望而已。山似剑芒而割肠，想象奇特而沉痛至极。"化身千万"，切合浩初身份。为何要分身千亿，散向峰头？而盼念故乡之情，虽千望万望，亦不足平慰愁肠也。

【集说】仆自东武适文登，并海行数日，道旁诸峰，真若剑铓。诵柳子厚诗，知海山多尔耶。（苏轼《东坡题跋·书柳子厚诗后》）

柳子厚诗云："海畔尖山似剑铓，秋来处处割愁肠。"东坡用之云："割愁还有剑铓山。"或谓可言"割愁肠"，不可但言"割愁"。亡兄仲高云：晋张望诗曰："愁来不可割。"此"割愁"二字出处也。（陆游《老学庵笔记》）

（吴文治　朱崇才）

酬曹侍御过象县见寄(1)

破额山前碧玉流(2)，骚人遥驻木兰舟(3)。
春风无限潇湘意(4)，欲采蘋花不自由(5)。

七言绝句

【注释】(1)本诗作于柳州刺史任上。一位姓曹的侍御路过象县，有诗寄给柳宗元，宗元便回赠了这首诗。见寄：寄诗来（给我）。　(2)破额山：象县柳江边的山。另湖北黄梅有山名破额山，或许因曹侍御从黄梅而来，因而联想到此。　(3)骚人：屈原作《离骚》，后世因此称诗人为骚人。这里是指曹侍御。　(4)潇湘意：屈原《湘君》《湘夫人》写双方在潇湘彼此思念，相互寻找，然终不能见面。这里指无法会面的思念之情。　(5)采蘋花：古人以苹相赠，表达情意。此句指想表示某种情意而身不由己，无法实现。

【今译】破额山前，柳江水如碧似玉，永远不停。寄诗的人，在遥远的木兰舟停留、徘徊。思念之情,如春风无限,似潇湘悠悠。既然不能相见,那就让我采朵蘋花赠给你——只恨我戴罪在身,送朵花也不得自由。

【点评】"破额",是借来的名字,也许含有某种意义?此诗有烟水迷离之致,吞吐回环之妙,首句总领下文。"遥驻"二字可注意。象县属柳州治下,此"骚人"到象县而不到柳州,自有其难言之处。"遥",不仅仅是空间距离,也有心理距离。"驻",停留;骚人或是长安故友,心实念之,故不来也不去?"春"或是此时季节,然有人能为贬谪之人"驻"舟寄诗问候,岂不也是春天?"潇湘"是湖南二水,侍御或从那里经过?而思念之情,比这江水更绵绵不断。潇湘也是屈大夫当年"上下求索",因谗见嫉之地,宗元高才见黜,"潇湘"之意,自有更深一层意在。"不自由",何等沉痛,何等愤慨!古往今来,人类为"自由"而战,洒下多少鲜血!柳宗元不但是大文学家,也是大哲学家,他对"自由"的呼唤,也许正是人类"不断地从必然王国走向自由王国"的一次尝试。

【集说】"碧玉流"三字,暗藏"沟水东西流"意。三、四用柳恽之语,自叹独滞远处,而止以相近而不得相逢为言,蕴蓄有余味。(何焯《三体唐诗》)

李沧溟推王昌龄"秦时明月"为压卷……愚谓……柳宗元之"破额山前"……气象稍殊,亦堪接武。(沈德潜《说诗晬语》)

欲采蘋花相赠,尚牵制不能自由,何以为情乎?言外有欲以忠心献之于君而未由意,与《上萧翰林书》同意,而词特微婉。(沈德潜《唐诗别裁》)

风人骚思,百读而味不穷,真绝作也。(宋顾乐《唐人万首绝句选评》)

柳州此作,其灵均嗣响乎?集中近体皆生峭之笔,不类此诗之含蓄也。(俞陛云《诗境浅说续编》)

(吴文治　朱崇才)

李　涉

李涉，自号清溪子，洛阳（今河南洛阳）人。初与弟李渤隐居庐山，后徙居嵩山，应召为陈许节度府从事，累迁太子通事舍人，元和六年（811）因事贬峡州司仓参军，十年后遇赦还京为太学博士，后流配康州（今广东德庆），不知所终。其诗多写迁谪行旅，尤长于七绝。原有集二卷，今存诗一百二十余首。

晚泊润州闻角⁽¹⁾

江城吹角水茫茫，曲引边声怨思长。
惊起暮天沙上雁，海门斜去两三行⁽²⁾。

【注释】（1）题一作《润州听暮角》。润州：今江苏镇江。角：号角，古军中乐器，亦可作信号。　（2）海门：镇江在唐以前为长江入海口。焦山东北有二岛对峙如门，称作海门。

【今译】城外江水茫茫，城头角声苍凉，那曲子引发边地声响，戍卒行客

幽怨深长。沙洲宿雁闻声惊惶,扑向夜空,飞过海门,横斜着排成两三行。

【点评】唐代润州,不当为边防前哨,而本篇紧扣"吹角"和"边声"落笔,似见千营灯火,铁骑驰骋,这就如实反映了中唐藩镇割据、江淮以北多拥兵自重的特定史实。元和中,润州李锜、淮西吴元济等相继叛乱,此诗或即产生于当时。篇中以"水茫茫"象征前景渺茫,时局堪忧,以"惊雁"喻兵荒马乱中流离失所的民众和漂泊中的作者自身,以"怨思长"描状渴求和平统一的广大兵民的厌战情绪,笔调轻松自然而表意蕴藉沉郁,历来以写景小品视之,未免有负诗人之苦心焉。

【集说】在博士集中,此作可称高调。(宋顾乐《唐人万首绝句选评》)

杨慎曰:可谓婉切。《汉书》云:"吏皆虎而冠。"《史记》云:"此皆劫盗而不操戈矛者也。"(《唐音选脉会通评林》)

诗不言人惊而曰雁惊,所谓"不犯正位"写法也。然有第二句"怨思长",则人惊可知。(刘永济《唐人绝句精华》)

(程瑞钊)

题 武 关(1)

来往悲欢万里心,多从此路计浮沉。
皆缘不得空门要(2),舜葬苍梧直至今(3)。

【注释】(1)武关:在陕西丹凤东南,战国秦置,为自长安南行必经之要隘。此当为诗人元和六年(811)被贬为峡州(治今宜昌)司仓参军出京后作。(2)空门要:佛教要义。佛教宣扬"诸法皆空",以"悟空"为入道得涅槃之门,故称空门。要,即要点、宗旨。 (3)舜葬苍梧:传说古帝舜死于南巡途中,葬于九疑山。山又名苍梧,在湖南宁远县南。

【今译】万里奔波往来人,各怀欢乐与悲伤。这武关大道计量着众行客的得失升沉,只因没能看破红尘,连舜也疲于奔命,永葬苍梧而难归祖坟。

【点评】通过体验、观察，推导、联想，对政治历史的纵向把握，对社会人事的横向概括，熔铸成了"来往悲欢万里心，多从此路计浮沉"的宏观史论。立论而摒弃说教，寓深意于形象之中，让读者在欣赏之中沉思，富有韵味。

【集说】旅思则继之《枫桥夜泊》、李涉之《宿武关》（按：李涉有《题武关》《再宿武关》二诗，分别为两次贬谪出京作）……此皆千古绝唱。旗亭风雪中听双鬟发声，足令人回肠荡气也。（杨寿枏《云蘐诗话》）

（程瑞钊）

井栏砂宿遇夜客⁽¹⁾

暮雨萧萧江上村，绿林豪客夜知闻⁽²⁾。

他时不用逃名姓⁽³⁾，世上如今半是君。

【注释】(1)井栏砂：地名。《云溪友议》云："李涉尝过九江，至皖口，遇盗，问何人，从者曰：'李博士也。'其豪首曰，'若是李涉博士，不用剽夺。久闻诗名，愿题一篇足矣。'涉赠一绝。"即上诗。皖口古镇在安徽安庆西，当皖河入长江之口。井栏砂即在镇郊。此诗作于长庆元年(821)为太学博士后，宝历元年(825)流配康州前。　(2)绿林豪客：题中之"夜客"，此尊称劫夺者。西汉末，王匡、王凤在湖北当阳绿林山起义，后即以绿林泛指聚集山林反抗官府或抢劫财物的集团。　(3)逃名姓：避声名而不居。《后汉书》记郭正称赏友人"法真名可得闻，身难得而见，逃名而名我随，避名而名我追，可谓百世之师者矣"。后多引以称美隐士。

【今译】投宿在江边小村，听暮雨淅沥不停。绿林好汉夜半光临，还说景慕我的诗名。我往后不必埋名隐居了，今世多为你们同道之人。

【点评】本篇为猝然遇盗，在明晃晃的刀剑丛中奉敌酋之命而作的即兴小诗，却那样从容、闲适、诙谐而得体。首句实写这场奇遇的环境与天气，充

611

七言绝句

满诗情画意,使紧张气氛顿时变得平和而轻柔。"绿林豪客"之称既切合对方身份,又不含贬义。"不用逃名姓",是因为连绿林中人也知道自己的名姓,更何况"世上如今半是君",无处可以隐姓埋名'。作者为发现自己诗名之盛而兴奋,也为绿林中竟有如此儒雅好诗的知己而欣喜。"世上如今半是君",官就是贼,贼就是官。何其幽默!何其尖刻!豪首韦思明得诗,归其财货,饮以酒肉,并改过自新,怀思永久,足证此诗的感染力是强大的。

【集说】怕人语是受惊后情景。(《王闿运手批唐诗选》)

　　谓盗为"夜客",甚奇。(刘永济《唐人绝句精华》)

　　"他时"二句,是同情语,亦愤世语。写来淋漓痛快,不嫌直致。(富寿荪刘拜山《千首唐人绝句》)

　　此诗妙在三四两句,可见社会之乱,民不聊生,亦可见唐时爱诗之风。(周本淳《唐人绝句类选》)

唐诗观止

（程瑞钊）

崔　郊

崔郊,唐诗人,主要活动于贞元、元和时期。《全唐诗》存其诗一首。

赠　婢[(1)]

公子王孙逐后尘,绿珠垂泪滴罗巾[(2)]。
侯门一入深如海,从此萧郎是路人[(3)]。

【注释】(1)《云溪友议》载:"郊寓居汉上,与姑婢通。其婢端丽,善音律。姑贫,鬻婢于连帅(指襄州大都督于頔),给钱四十一万,宠盻弥深。郊思慕无已。其婢因寒食来从事家,值郊立于柳荫,马上涟泣,誓若山河。崔生赠之以诗云云。"时在德宗后期(803年前后)。 (2)绿珠:晋石崇宠妓,美艳善吹笛。新贵孙秀索而不成,遂杀崇全家而夺之,绿珠跳楼死。 (3)萧郎:梁武帝萧衍少年时被呼为萧郎,后泛指所亲爱或为女子所恋的男子。

【今译】你这令人销魂的绝代佳人,曾有多少公子王孙紧追不舍,献尽殷勤。你却像绿珠娇艳而薄命,满把辛酸泪滴落在绫罗香巾。自从你被关进

王侯高门，犹如藏在深海里难通音讯。往日的情郎，纵使相遇也不敢相认，竟成了陌生的过路人，好不伤心！

【点评】公子王孙与婢女，其地位之悬隔有若天壤。诗中仅描画出公子王孙们尾追纠缠的丑态，便如"照花前后镜"，用折光反映出了此女倾国倾城的动人光彩。次句以绿珠比其美慧，意脉承前，而用"垂泪"一转，以绿珠被豪门劫夺的不幸，暗拟婢女的遭遇。"侯门一入深如海，从此萧郎是路人"，倾诉一对情人被强行拆散的悲愤，在封建时代具有普遍意义，却表现得委婉含蓄，怨而不怒。连横暴不法的军阀于頔也为此诗所动，命婢归郊，增饰其奁匣。一首好诗的力量，有时真能胜过千军万马。

（程瑞钊）

唐诗观止

元　稹

元稹(779—831),字微之,河南(今河南洛阳)人。贞元九年(793)明经及第,才识兼茂,名列第一,除左拾遗。历监察御史,因得罪宦官,贬江陵士曹参军。长庆二年(822)拜相。后卒于武昌节度使任所。诗与白居易齐名。部分作品精警清峭,有时则流于僻涩。有《元氏长庆集》。

离　思⁽¹⁾

曾经沧海难为水,除却巫山不是云。
取次花丛懒回顾⁽²⁾,半缘修道半缘君。

【注释】(1)原作五首,此为其一,均为悼念亡妻韦丛之作。韦丛是太子少保韦夏卿之女,二十岁时嫁与元稹,七年后,即元和四午(809)去世。元稹为悲痛,先后写了许多情真意切的悼亡诗。　(2)取次:草草、随便。

【今译】经历过沧海的深广无垠,别的地方的水不值一提。饱览过巫山的秀丽神奇,别处的烟云就相形失色。我匆匆行过盛开的花丛,懒得回顾,

不再动心。这一半是尊佛奉道，一半是思念悲伤你！

【点评】首二句托物寄意，取譬极高，乃透骨情语：沧海水势至深、至广，巫山云雨至奇至美，元、韦夫妻之情至真至挚，不待言矣。别处之水，他山之云，旁人之情，俱皆相形失色，何堪道也。正所谓："同心一人去，坐觉长安空。"三四句曲折抒情，用笔极妙：对百花而不顾，而懒视，足见此公用情之专，伤情之甚。末句"半缘修道"是假，因伤情而万念俱消，借学佛而排遣愁绪是真。若斥之为"薄情"，未免皮相。

【集说】元微之有绝句云："曾经沧海……半缘君。"或以为风情诗，或以为悼亡也。夫风情固伤雅道；悼亡而曰"半缘君"，亦可见其性情之薄也。（秦朝钎《消寒诗话》）

　　微之本人与韦氏情感之关系，决不似其自言之永久笃挚，则可以推知。然则其于韦氏，亦如其于双文，两者俱受一时情感之激动，言行必不能始终相符，则无疑也。……"取次花丛懒回顾，半缘修道半缘君。"……似微之真能"内秉坚孤，非礼不可入"者，其实……微之在凤翔之未近女色，乃地为之；而其在京洛之不宿花丛，则时为之。是其自夸守礼多情之语，亦不可信也。（陈寅恪《元白诗笺证稿·艳诗及悼亡诗》）

（曾志华）

闻乐天授江州司马⁽¹⁾

残灯无焰影幢幢，此夕闻君谪九江。
垂死病中惊坐起，暗风吹雨入寒窗。

【注释】(1)唐宪宗元和十年(815)三月，元稹被贬为通州司马，八月于病中听说好友白居易被贬江州司马，惊作此诗。

【今译】将要燃尽的灯火已没有多少光亮，昏暗的影子还在四周摇荡，就在这样一个晚上，我听说挚友您被贬到了荒远的九江。我这个垂死的病人，

闻惊而坐起。就在这个时候,阴暗的风吹起哀凉的雨,打进我寒冷的窗。

【点评】情景交融是这首七绝在艺术表达上的主要特色。首尾两句写景,突出了周围景物的暗淡凄凉,感情浓郁深厚;中间两句叙事抒情,重在表现"陡然一惊",语言朴实,感情强烈。构思上,以哀景抒哀情,含蓄有味,情深意浓。

【集说】非元、白心知,不能作此。(唐汝询《唐诗解》)

当此残灯影暗,忽惊良友之迁谪,兼感自己之多病。此时此际,殊难为情。末句另将风雨作结,读之味逾深。(黄叔灿《唐诗笺注》)

(王海庄)

七言绝句

杨 敬 之

杨敬之,字茂孝,虢州弘农(今河南灵宝)人,约生于代宗朝。宪宗元和二年(807)进士,累迁屯田、户部郎中,坐李宗闵党,贬连州刺史,文宗朝官至大理卿、检校工部尚书兼国子祭酒。文宗末年卒。尝为《华山赋》,韩愈李德裕称赏之,士林一时传布。《全唐诗》存诗二首。

赠 项 斯

几度见诗诗总好,及观标格过于诗⁽¹⁾。

平生不解藏人善⁽²⁾,到处逢人说项斯。

【注释】(1)标格:神采,风度,楷模。 (2)解:懂得,知道。

【今译】几次读到你的诗,总觉得乐不可支。及待有幸相会,才发现你的风范更胜过诗。我生来不会隐瞒人的才德,到处逢人就夸赞你项斯。

【点评】"几度"句对项斯不同时期的不同诗作予以高度评价,而这只是衬垫。"士先器识而后辞章",称其"标格过于诗",并非贬诗,而是在"诗总好"的前提下盛赞其风采与人品尤为杰出。"平生不解藏人善,到处逢人说项斯。"语直而情真,无自诩之累,亦无诿人之嫌。在旧时代,"文人相轻",几为通病。作者先行闻达于政界与诗坛,敢于打破传统陋习,不遗余力地奖掖后进,确乎难能可贵。

【集说】斯,字子迁,江东人。始,未为闻人,因以卷谒杨敬之,杨苦爱之,赠诗云云。未几,诗达长安,明年擢上第。(计有功《唐诗纪事》)

写出发现人才之喜悦与推荐人才之热忱,措辞明快活泼,清空如话。(富寿荪 刘拜山《千首唐人绝句》)

(程瑞钊)

七言绝句

贾 岛

贾岛(779—843),字阆仙,一作浪仙,范阳(今河北涿州)人。初为僧,名无本,还俗后屡应进士不中。曾任长江主簿、普州司仓参军、司户,人称贾长江。诗与孟郊齐名,诗风奇险瘦硬,善为五律、五七绝,为著名的苦吟诗人。有《长江集》。

渡 桑 乾⁽¹⁾

客舍并州已十霜⁽²⁾,归心日夜忆咸阳⁽³⁾。

无端更渡桑乾水⁽⁴⁾,却望并州是故乡。

【注释】(1)此诗一作刘皂诗,题为"旅次朔方"。桑乾:河名,流经今山西、河北一带。 (2)并州:今山西太原。 (3)咸阳:今陕西咸阳市。此处或借指长安。 (4)无端:没来由。

【今译】作客并州,已经十度春秋。日夜思归,远望咸阳发愁。好没来由,再次渡越桑乾,回首依依,第二故乡并州。

【点评】首句淡淡写来，但暗藏两种感情，预作两句伏笔："已"字为"归心"句伏笔，"十霜"为"却望"句伏笔。"归心"句明点强烈思乡之情，"日夜"可证；又与末句对映，是先扬后抑、欲擒故纵之笔。"无端"句点题。末句遥应"十霜"，表现对久客之地"并州"的临别依依之情。全诗时空交错，去留难定，既"忆咸阳"，又"望并州"，徘徊犹豫，踌躇彷徨。宦游在外，一事无成。返乡之感，前途莫测，阆仙之难，其为此乎？

【集说】唐人绝句，有意相袭者。……贾岛《渡桑乾》云："客舍并州……是故乡。"李商隐《夜雨寄人》云："君问归期未有期，巴山夜雨涨秋池。何当共剪西窗烛，却话巴山夜雨时。"此皆袭其句而意相别者。若定优劣，品高下，则亦昭然矣。（范晞文《对床夜语》）

旅寓十年，交游欢爱，与故乡无殊，一旦别去，岂能无依依眷恋之怀？渡桑乾而望并州，反以为故乡，此亦人之至情也。（谢枋得《唐诗绝句注解》）

一日偶诵贾岛《渡桑乾》绝句，见谢枋得注云云，不觉大笑。指以问玉山程生曰："诗如此解否？"程生曰："向如此解。"余谓此岛思乡作，何曾与并州有情？其意恨久客并州，远隔故乡，今非惟不能归，反北渡桑乾，还望并州，又是故乡矣。并州且不得住，何况得归咸阳乎！此岛意也。谢注有分毫相似否？程始叹赏，以为闻所未闻。（王世懋《艺圃撷余》）

咸阳即故乡。客并州非其志也，况渡桑乾乎？在并州且忆故乡，今渡桑乾，望并州已如故乡之远，况故乡更在并州之外乎？必找此句，言外意始尽。久客不归，复尔远适，语意殊悲怨。（黄生《唐诗摘钞》）

谓并州且不得久住，况咸阳乎？仍是思咸阳，非不忘并州也。王敬美（世懋）驳谢注甚允。（沈德潜《唐诗别裁》）

此诗曲写其客中怀抱也。言家本秦中，自赴东北之并州，屈指已及十载，正日夕思归，乃又北渡桑乾，望秦关更远，而并州久住，未免有情，南云回首，亦权作故乡矣。作七绝者，或四句一气贯注，或曲折写出而仍能一气，最为难到之境，学诗之金针也。（俞陛云《诗境浅说续编》）

（曾志华）

621

七言绝句

刘　叉

　　刘叉,生当唐大历、元和间,河朔(今黄河以北地区)人。家境贫困,性情孤傲,好任侠。《唐才子传》载,叉少时"尚义行侠,旁观切齿,因被酒杀人亡命,会赦乃出,更改志从学"。曾为韩愈门客,后游齐、鲁,不知所终。其诗风犷放、险怪,多有突破成法者。有《刘叉诗集》。

偶　书[1]

　　日出扶桑一丈高[2],人间万事细如毛。

　　野夫怒见不平处[3],磨损胸中万古刀。

　　【注释】(1)本诗当写于作者亡命巴蜀时。偶书:偶感于事,抒写情怀。(2)扶桑:神木名,传说日出其下。《淮南子·天文》:"日出于旸谷,浴于咸池,拂于扶桑,是谓晨明。"　(3)野夫:不得志而隐逸在野之人,这里是作者自况。

　　【今译】喷薄的旭日从东方升起时,照彻人间千万事。这不平的世界,阴阳易位、乾坤颠倒！我纵有浩然正气满胸膛,恨不能除奸斩恶,恰似那折刃磨损的古宝刀！

【点评】"日出扶桑",借日写大千世界,朗朗乾坤;"细如毛",言世事纷繁,变幻无常。前二句似在写实,然而却是作者抒写情怀的基础,而且自然、人事对举,已寓社会的不公道,人心的被压抑。一个"怒"字,作者疾恶如仇的刚烈秉性立现,大有翦绝天下不平的豪迈气概。结句立意奇绝,意蕴丰赡,为通首之眼。"万古刀",堪称少有的妙喻,这是正义之"刀"、匡世之"刀",祛邪之"刀",由古今圣哲贤士集天地间浩然正气锻铸砥砺而成。然而,面对当今社会也竟至于"磨损",见出不平之事何其多? 天下公理又何在? 诗人愤懑慷慨之情于此句抒发得淋漓尽致,读来也惊心动魄。

【集说】胸中刀,指正义之气,见不平事则正气激荡,故曰磨。曰磨损,可见世上不平事之多。(富寿荪　刘拜山《千首唐人绝句》)

人海纷纷,琐事万千,都不足较,惟不平事为可恨耳。诗以达意为主,故不假修饰,而犷悍之气,要自可喜。(富寿荪　刘拜山《千首唐人绝句》)

(韩唯一)

七言绝句

李　德　裕

李德裕(787—850),字文饶,赵郡(今河北赵县)人,李吉甫之子。历任浙西观察使、西川节度使等职,武宗时居相位,力主削平藩镇,是牛李党争中李派首领。宣宗即位,罢为荆南节度使,后又贬崖州司户而卒。有《李文饶文集》,又作《会昌一品集》。《全唐诗》存其诗一卷。

登崖州城作⁽¹⁾

独上高楼望帝京⁽²⁾,鸟飞犹是半年程。
青山似欲留人住,百匝千遭绕郡城⁽³⁾。

【注释】(1)唐宣宗李忱继位之后,牛党白敏中、令狐绹当国,李德裕成为他们打击陷害的主要对象。大中二年(848),李德裕从潮州司马再贬崖州司户参军。这是作者登崖州城楼怀念长安的诗。　(2)帝京:京城长安。(3)匝:环绕。

【今译】我独自一人登上高楼遥望帝京,这是鸟儿也要飞上半年的路程。

青山有意留人住，君看峰峰又壑壑，千层百叠绕郡城。

【点评】此诗表现了李德裕作为晚唐的杰出政治家，即使被打击迫害，弃置在穷山僻岭，仍然眷怀故国，不改初衷的精神，同时也表现出他因处境险恶、回京无望而产生的深沉悲哀。首句表现了对君国的眷恋，揭示了登临的动机；第二句用想象和夸张的手法，极言去京之遥远，揭示了思帝京和路遥难归的矛盾；三四两句语意双关，以"百匝千遭"的绕城群山，暗喻自己处在敌对势力的重重包围之中。在似乎平常的景语之中，寄寓了无限忧郁的情语，使诗的情调显得深沉悲凉。

【集说】李卫公在珠崖郡，北亭谓之望阙亭。公每登临，未尝不北睇悲哽。题诗云……（王谠《唐语林》）

写贬地僻远归期无日之情，郁结既深，拟喻弥切，沉挚处可与子厚柳州诸诗相颉颃。（富寿荪　刘拜山《千首唐人绝句》）

此诗从肺腑流出，一字一泪，鸟飞犹是半年，人行当几年？何况连青山也妒人之归？结句有双关意，既表明海南多山，亦见群小阻滞不放北还也。（周本淳《唐诗绝句类选》）

（吴逢箴）

七言绝句

李　贺

　　李贺(790—816),字长吉,河南福昌(今河南宜阳)人,唐皇室远支。因避父晋肃讳,不得参加进士科考试。曾官奉礼郎。年少失意,郁郁不得志,只活了二十七岁。他早岁工诗,受知于韩愈、皇甫湜。其诗尤长于乐府,善于熔铸辞采,驰骋想象,运用神话传说,创造恢奇诡谲、璀璨多彩的鲜明形象,艺术上有显著特色。但由于他生活孤独,性格冷僻,在政治上又找不到出路,故诗中常带感伤、低沉情调。有《昌谷集》。

南　　园(1)

一

男儿何不带吴钩(2),收取关山五十州(3)。

请君暂上凌烟阁(4),若个书生万户侯(5)。

【注释】(1)《南园十三首》是李贺家居时写景抒怀的一组诗。南园:李贺福昌故居的田园。　(2)吴钩:吴地出产的弯形的刀,这里泛指宝刀。(3)五十州:当时被藩镇割据的州郡。元和七年(812),宰相李绛说:当今不服从中央法令制约的,仅黄河南北就有五十多个州。　(4)暂:暂且。凌烟阁:唐太宗为表彰功臣而建的殿阁。贞观十七年(643),唐太宗命人把协助他统一天下的二十四个功臣的像画在阁内,并亲自为他们题上赞语。　(5)若个:哪个。

【今译】男儿何不投笔从戎佩宝刀,跃身疆场收取关山五十州! 请君在那凌烟阁上仔细瞧,哪个书生曾被封为万户侯!

【点评】旧说此诗抒写作者失意心情,语含讽谕,以发泄其对当时现实的不满。但按史书记载,当时藩镇割据,朝廷号令不行,国家不安定,人民饱受兵祸之苦。在此诗中,诗人慨叹一介书生愧无报国建功之力,不如投笔从戎更有益于国计民生。表达了诗人要求国家统一的殷切期望。全诗气势豪放,声情并茂,一气呵成,令人读来慷慨激昂,极具劲感。

【集说】《大唐新语》:贞观十七年,太宗图画太原倡义及秦府功臣赵公长孙无忌、河间王孝恭、蔡公杜如晦、郑公魏徵、梁公房元(玄)龄、申公高士廉、鄂公尉迟敬德、郑公张亮、陈公侯君集、卢公程知节、永兴公虞世南、渝公刘政会、莒公唐俭、英公李勣、胡公秦叔宝等二十四人于凌烟阁,太宗亲为之赞,褚遂良题阁,阎立本画。观凌烟阁上之像,未有以书生而封侯者,不得不弃笔墨而带吴钩矣。(王琦等《李贺诗歌集注》引)

如文潞公破贝州,王义成之擒宸濠,平八寨,何不可万户侯耶?(沈德潜《唐诗别裁》)

(池万兴)

627

七言绝句

南　园

二

寻章摘句老雕虫(1),晓月当帘挂玉弓(1)。
不见年年辽海上(3),文章何处哭秋风(4)。

【注释】(1)寻章摘句:从书本中搜寻现成的词句来写诗作文。雕虫:雕琢字句,写诗作赋。 (2)帘:窗帘。玉弓:形容弯弯的残月。 (3)辽海:我国辽河流域南临渤海,所以称"辽海",这里泛指边地战场。 (4)哭秋风:悲秋作赋之意。宋玉以悲秋的《九辩》著称于世,有句云,"贫士失职而志不平,廓落兮羁旅而无友生。"

【今译】在典籍中寻觅典故,摘取词句来写诗文,老于雕虫小技之中。往往当破晓的残月对着帘幕、状如弯弓挂在天边时,我还在伏案疾书。难道没有看见辽东一带还战乱连年吗? 国家正当用武之际,即使写出像宋玉那样的悲秋文章,又有什么用处呢?

【点评】在这首诗里,诗人对那些皓首穷经、寻章摘句的腐儒,作了入木三分的刻画。指出在这烽火漫天之时,国家需要的是救亡拯危的勇武之士,读书为何无用? 有才学为何不能见用于世? 诗人把个人遭遇和国家命运联系起来,揭示了造成内心痛苦的社会根源,表达了郁积已久的忧愤情怀。全诗用典灵活,形象鲜明,格调高昂,很有气势。

【集说】夫书生之辈,寻章摘句,无间朝暮。当晓月入帘之候,犹用力不歇,可谓勤矣。无奈边场之上,不尚文词,即有才如宋玉,能赋悲秋,亦何处用之? 今及此,能无动投笔之思,而驰逐于鞍马之间邪? 哭秋风,即悲秋之谓。(王琦等《李贺诗歌集注》)

借古人以抒写文人不为时重之情。……言学虽勤而不能效用于边疆。(刘永济《唐人绝句精华》)

(池万兴)

张祜

张祜(792—852),字承吉,清河(今属河北)人。寓居苏州,天平节度使令狐楚荐之,但为元稹排挤,失意后客居淮南,隐居以终。诗承张籍、王建,善为乐府、宫词。有《张处士诗集》。

题金陵渡⁽¹⁾

金陵津渡小山楼,一宿行人自可愁。
潮落夜江斜月里,两三星火是瓜洲⁽²⁾。

【注释】(1)金陵渡:在今江苏镇江长江边,与瓜州隔江相对。唐时称润州,亦曰金陵,故称金陵渡。 (2)瓜洲:在今江苏扬州南长江边,当地运河之口,为当时南北交通要道。

【今译】金陵渡口,耸立一座小小山楼。客游来到这里,自然是一夜忧愁。西斜的月儿笼罩着江面,寒潮初落,大江涌流。呵!闪烁着几点星火的地方,正是瓜洲。

七言绝句

【点评】首句点题点地,暗寓客游在外、孤独寂寞之情。次句明言旅愁,"一宿"启下,"行人"承上。三句紧承次句,写景作转,借景抒情:斜月朦胧,江潮初落,诗人一宿未睡,倚栏眺望,其心亦如江潮之起伏,如斜月之迷茫。末句妙用点染法,于迷蒙不清的夜江之上,忽现"两三星火",明暗映衬,真丹青妙手。"是瓜洲"既是呼应首句,又现惊喜交加之情。全诗情绪有愁有喜,色彩有明有暗,景物有远有近,掩卷沉思,夜江图画历历如见。

【集说】情景悠然。(宋顾乐《唐人万首绝句选评》)

前半谓暂宿津渡小楼,自生旅愁。后半状深宵江上景色,正喻孤寂不寐。通首写景清迥,含情言外。(富寿荪 刘拜山《千首唐人绝句》)

眼前景写来如画,夜行每有此感。(周本淳《唐人绝句类选》)

(曾志华)

纵游淮南(1)

十里长街市井连,月明桥上看神仙。

人生只合扬州死,禅智山光好墓田(2)。

【注释】(1)淮南:唐、五代方镇名,治所在今江苏扬州。 (2)禅智山:昆仑冈(又名蜀冈),位于今江苏扬州市西北,山上有禅智寺。

【今译】十里长街市井相连,月明桥上美女如仙。人生只应死在扬州,秀美的禅智山是最好墓田。

【点评】首句写街市,以见扬州之繁华富庶,十里春风;次句写人物,以见扬州之美女如云,倜傥风流;末句写山光,以见扬州山清水秀,风物极美;第三句妙在一切不写,只用夸张语为扬州之美传神,语惊四座,新人耳目,有此一句,全篇为之生色。

【集说】俗言"腰缠十万贯,骑鹤下扬州",言扬州天下之乐国。如韦应物诗云:"雄藩镇楚郊,地势郁岧峣。严城动寒角,晚骑踏霜桥。"杜牧云:"秋风放萤苑,春草斗鸡台","二十四桥明月夜,玉人何处教吹箫"等句,犹未足以尽扬州之美。至张祜诗云:……则是恋嫪此境,生死以之者也。(葛立方《韵语阳秋》)

淮南政治中心为扬州,此即写扬州。首句市井繁华,二句游妓众多,神仙即指妓女。三四极写纵游,所谓乐可忘死,而其语未经人道。死犹恋扬州,则生当何如!(周本淳《唐人绝句类选》)

(曾志华)

七言绝句

徐 凝

　　徐凝,约唐元和前后在世,睦州(今浙江建德)人。白居易曾选拔他为解元,元和中官至侍郎,后因不事干谒,遂归隐。诗思险谲中见旖旎。《全唐诗》存其诗一卷。

忆 扬 州⁽¹⁾

　　萧娘脸下难胜泪⁽²⁾,桃叶眉头易得愁⁽³⁾。
　　天下三分明月夜,二分无赖是扬州⁽⁴⁾。

　　【注释】(1)本诗题为"忆扬州",实为怀人。 (2)萧娘:南朝以来,诗词中男子所恋女子常称萧娘,女子所恋男子则称萧郎。 (3)桃叶:《古今乐录》,"晋王献之爱妾名桃叶。"这里用以指代所思念的佳人。 (4)无赖:原为贬义,即"明月恼人",这里贬中寓褒。

　　【今译】泪珠儿难挂在红粉面。修眉儿蹙,愁无限,恰似冰雪凝结在远山。萧娘,今夜却不知你泪可收? 眉可展? 可恼那扬州明月最无赖,天下有三分,你把二分占。任凭我走遍了天之涯,地之角,总见你流撒清辉把人缠!

【点评】题为"忆扬州",实为怀念扬州之"人"。"萧娘""桃叶",切不可坐实作两人看,均借来指诗人之所思、所忆:泪眼为卿卿之泪眼,愁眉也是卿卿之愁眉。"脸薄"虽显娇羞,更见别泪如泉;"眉长"固是秀美,其间离愁缠绵。愁居、泪眼,别时之音容今仍历历如在目前,思念之苦竟何以堪! 三、四句一笔宕开,专写"明月",似可摆脱离愁和思念之苦。然而,此地的"明月"仍是当年扬州照人生离死别时的"明月",离愁更添别绪,相思之苦尤烈。百般无奈,只有抱怨起明月"无赖"了。后两句千古传诵,构思奇谲险绝,不同凡响。

【集说】极言扬州之淫侈,令人留恋,语自奇辟。(黄叔灿《唐诗笺注》)

月明无赖,自是佳句,与扬州尤切。(宋顾乐《唐人万首绝句选评》)

(韩唯一)

七言绝句

朱 庆 馀

朱庆馀(生卒不详),名可久,以字行。越州(今浙江绍兴)人。一说闽中(今福建)人。宝历二年(826)进士。官秘书省校书郎。其诗辞意新颖,描写细致,前人称他"得张水部诗旨",是张籍所器重的晚辈诗人之一。有《朱庆馀诗集》。

闺意献张水部⁽¹⁾

洞房昨夜停红烛⁽²⁾,待晓堂前拜舅姑⁽³⁾。
妆罢低声问夫婿⁽⁴⁾,画眉深浅入时无⁽⁴⁾。

【注释】(1)诗题一作《近试上张籍水部》。试:指考进士。张水部:即张籍,曾官水部郎中。《云溪友议》载,"朱庆馀遇水部郎中张籍知音,索庆馀新旧篇什二十六章,置之怀袖而推赞之。时人以籍重名,皆缮录讽咏,遂登科第。庆馀作《闺意》一篇以献。"但从诗意来看应是临近考试之前的作品。
(2)停:留,这里指红烛通夜长明。红烛:新婚之夜在新房中点燃的红色蜡烛。 (3)舅姑:此指丈夫的父母。赵彦卫《云麓漫钞》,"妇谓夫之父曰舅,夫之母曰姑。"　（4）妆罢：梳妆打扮完毕。夫婿：丈夫。　　（5）画眉：唐代妇女有画眉毛的风俗。如张籍《倡妇词》"轻鬟丛梳阔扫眉"，白居易《上阳人》"青黛点眉眉细长"。深浅：浓淡。入时无：是否合乎时尚。

【今译】新婚昨夜入洞房，红烛通明喜洋洋。金鸡报晓东方白，将拜公婆上高堂。梳妆虽毕心忐忑，低声询问夫婿郎。君看画眉浓与淡，是否合于新时尚。

【点评】这首诗是作者在临近考进士之前，献给张籍的。全诗皆用比喻构成，借闺房情事来隐喻进士考试，自比新娘，把张籍比作新郎，把主考官比作舅姑，反映了应考士子因自己的前途命运尚把握不定的不安心情，比喻得十分精妙而恰切。诗题作《闺意》，由于它细致地描写了新娘拜见公婆前的典型心态，因此，如果将它作为"闺情诗"来理解，也同样是一首富有情趣的优美动人的好诗。

【集说】庆馀作《闺意》一篇以献。籍酬之曰："越女新妆出镜心，自知明艳更沉吟。齐纨未足时人贵，一曲菱歌敌万金。"由是朱之诗句流于海内。（范摅《云溪友议》）

真妙于比拟。（贺裳《载酒园诗话》）

（吴逢箴）

635

七言绝句

杜 牧

杜牧(803—852),字牧之,京兆万年(今陕西西安)人。故相杜佑孙。太和二年(828)进士。曾为江西观察使,宣歙观察使沈传师和淮南节度使牛僧孺幕僚,历任监察御史,黄、池、睦诸州刺史,后入为司勋员外郎,官终中书舍人。以济世之才自负,诗文中多指陈时政之作,写景抒情之作清丽生动,尤长于七绝,后人称"小杜"。有《樊川文集》。

山 行⁽¹⁾

远上寒山石径斜,白云生处有人家。
停车坐爱枫林晚⁽²⁾,霜叶红于二月花。

【注释】(1)山行:在此指山中旅行。 (2)坐:因为。

【今译】远远地登上寒冷的秋山,石路弯曲倾斜。在那白云生处,隐约住有人家。因为喜爱这枫林的晚景,我停下车子,流连忘返。看那夕阳尽染的枫叶,红艳艳竟胜过二月鲜花!

【点评】全诗以山行过程中景物的推移为结构顺序,将诗人感情的变化蕴含其中。由"寒山"到"人家"是一个感情起伏,由"石径斜"到"枫林晚"又是一个感情起伏,随着画面从清旷转向浓艳,从秋风衰飒转向生机盎然,诗人的感情也由低落转入热烈,由欣喜转向惊叹。末句以强烈对比点出诗人乐观向上的态度,把感情抒发到极致,造句自然,又出乎意料,别具情趣。

【集说】"白云"即是炊烟,已起"晚"字;"白""红"二字,又相映发。"有人家"三字下反接"停车","爱"字方有力。(何焯《三体唐诗》)

次句承上"远"字说,此未上时所见。三四则既上之景。诗中有画,此秋山旅行图也。(黄生《唐诗摘钞》)

"霜叶红于二月花",真名句。诗写山行,景色幽邃,而致亦豪荡。(黄叔灿《唐诗笺注》)

山回路转,白云堆里,忽露人家,幽景已足流连,枫林露染,秋色佳哉!山行之乐画出。(高步瀛《古诗直解》)

(张晓媛)

秋　夕⁽¹⁾

银烛秋光冷画屏,轻罗小扇扑流萤⁽²⁾。
天阶夜色凉如水⁽³⁾,坐看牵牛织女星。

【注释】(1)这是首宫怨诗。 (2)萤:萤火虫。 (3)天阶:皇宫中的石阶。

【今译】银白的蜡烛在秋夜里映照着画屏,手拿轻罗小扇的宫女,扑打着寥寥的流萤。夜色中的石阶,如水般冰凉凄清,独坐的人儿,正仰望空中那牛郎织女星。

【点评】一、三句写景,以烘托气氛;二、四句写人,以抒发感情。景与人

穿插描写,但又始终抓住冷清、孤独、无聊的意绪,在"冷""扑""凉""坐看"等感觉动作上着力点化;而末句用牛郎织女的传说加以映衬,巧妙地反映了失宠宫女落寞的心情,在平淡的言辞中,有股感伤幽怨的情思。

【集说】含蓄有深致。星象甚多,而独言牛女,此所以见其为宫词也。(曾季狸《艇斋诗话》)

词意浓丽,意却凄婉。(吴逸一《唐诗正声》)

诗中不着一意,言外含情无限。(宋顾乐《唐人万首绝句选评》)

此宫中秋怨诗也。自初夜写至夜深,层层绘出,宛然为宫人作一幅幽怨图。(王文濡《唐诗评注读本》)

此亦闺情诗也。不明言相怨之情,但以七夕牛、女会合之期,坐看不睡,以见独处无郎之意。(刘永济《唐人绝句精华》)

(张晓媛)

泊 秦 淮⁽¹⁾

烟笼寒水月笼沙,夜泊秦淮近酒家。
商女不知亡国恨⁽²⁾,隔江犹唱后庭花⁽³⁾。

【注释】(1)秦淮:秦淮河。它横贯金陵(今南京)流入长江,相传为秦时所开,凿钟山以疏淮水,故名秦淮。 (2)商女:歌女。 (3)后庭花:《玉树后庭花》,南朝陈后主所作,其辞有"玉树后庭花,花开不复久",当时人认为其预言了陈朝的灭亡。这里借指亡国之音。

【今译】烟雾在寒冷的江面飘荡,月光轻轻笼罩着沙滩;夜晚的秦淮河歌声缭绕,在酒家旁我停下小船。楼上歌女不知道亡国之痛,还将那亡国的遗曲唱叹。

【点评】两个"笼"字写出了秦淮河岑寂朦胧的水边夜色,一"泊"一"近",点明具体场景,下两句则由写景转入抒情,从"不知""犹唱"落笔,借陈亡之音《后庭花》,以抒深沉的叹息:现在天朝旧地又响起这靡靡之音,那么统治阶级的腐朽,国家的命运就可想而知了。诗人在这里把历史、现实、想象串成一线,既写景,又评史,读来意味深长。

【集说】国已亡矣,而靡靡之音深入人心,孤泊骤闻,自然兴慨。(吴逸一《唐诗正声》)

首句写秦淮夜景,次句点明夜泊,而以"近酒家"三字引起后二句。"不知"二字,感慨最深,寄托甚微。通首音节神韵,无不入妙,宜沈归愚叹为绝唱。(李锳《诗法易简录》)

《后庭》一曲,在当日琼枝璧月之场,狎客传笺,纤儿按拍,无愁之天子,何等繁荣!乃同此珠喉清唱,付与秦淮寒夜,商女重唱,可胜沧桑之感?……独有孤舟行客,俯仰兴亡,不堪重听耳!(俞陛云《诗境浅说续编》)

首二句写夜泊之景,三句非责商女,特借商女犹唱《后庭花》曲以叹南朝之亡耳。六朝之局,以陈亡而结束,诗人用意自在责陈后主君臣轻荡,致召危亡也。(刘永济《唐人绝句精华》)

(张晓媛)

寄扬州韩绰判官⁽¹⁾

青山隐隐水迢迢,秋尽江南草木凋。
二十四桥明月夜⁽²⁾,玉人何处教吹箫⁽³⁾。

【注释】(1)杜牧于大和七年至九年间(833—835)曾在扬州任职,此诗当作于他离扬州后。韩绰:淮南节度使判官,杜牧在扬州时的同僚。 (2)二十四桥:一说扬州城里原有二十四座桥;一说即吴家砖桥,因古时有二十四位美人吹箫于桥上而得名。 (3)玉人:形容美丽女子,风流才郎。这里当指韩绰。

【今译】青山若隐若现,绿水迢迢,秋已经深了,江南的草木还未全凋。二十四桥的夜晚,月色明亮依旧,而我的朋友,又在何处教人吹奏玉箫?

七言绝句

唐

【点评】怀旧忆友，却从写景开始，由景记事写人，将思念之情层层生发，而景中又分实景、虚景。前两句虚写，"隐隐""迢迢"双声连绵，声情悠扬蕴含不尽的情思。第三句写实，以典型化的意境为下句记事记人张本：江南如此美好，二十四桥夜晚的月色又这样美丽，那么在此地结下的友情就越发令人难以忘怀了。

【集说】"十年一觉扬州梦"，牧之于扬州缱绻久矣。"二十四桥"一句，有神往之致，借韩以发之。（黄叔灿《唐诗笺注》）

深情高调，晚唐中绝作，可以媲美盛唐名家。（宋顾乐《唐人万首绝句选评》）

扬州淮水潆洄，其南诸山峙立，深秋草木尽凋，更明秀矣。月夜登桥，爽气迎人，安得玉人吹箫引凤！美韩公之风流逸致，而杜之逸旷犹可想见。（高步瀛《古诗直解》）

（张晓媛）

赠　　别⁽¹⁾

多情却似总无情，唯觉尊前笑不成⁽²⁾。
蜡烛有心还惜别，替人垂泪到天明。

【注释】（1）此诗为大和九年（835）杜牧离扬州赴长安时与歌妓分别时作。　（2）尊：酒具。

【今译】多情的人，总不善于表白，面对离别的酒筵，怎能笑得出来！长夜漫漫，蜡烛也在为离人悲哀，流了一夜烛泪，那该是多深的情怀！

【点评】明明情意绵绵，却从"无情"写起，离别的痛苦自可想见。末两句本是以物之无情衬人之有情，却从反面着手，极写物之有情，虚中见实，层次绵密，突现人物间感情的深厚。全诗专在抒情，但又借物寓情，赋情以形象，从而使抒情不流于空泛。

【集说】杜牧之云"多情却似总无情,唯觉尊前笑不成",意非不佳,然而词意浅露,略无余蕴。……只知道得人心中事,而不知道尽则又浅露也。后来诗人能道得人心中事者少尔,尚何无余蕴之责哉?(张戒《岁寒堂诗话》)

曰"却似",曰"唯觉",形容妙矣。下却借蜡烛托寄,曰"有心",曰"替人",更妙。宋人评牧之诗:豪而艳,宕而丽,其绝句于晚唐中尤为出色。(黄叔灿《唐诗笺注》)

(张晓媛)

赤　壁⁽¹⁾

折戟沉沙铁未销⁽²⁾,自将磨洗认前朝⁽³⁾。
东风不与周郎便⁽⁴⁾,铜雀春深锁二乔⁽⁵⁾。

【注释】(1)赤壁,即赤壁山,在今湖北省蒲圻县西北长江南岸,为汉献帝建安十三年(208)十月周瑜破曹操处。此诗是诗人官黄州刺史(842—844)游赤壁时所作。　(2)折戟:折断了的戟。销:销蚀。　(3)将:拿起。(4)不与:"若不与"的意思。周郎:指周瑜,字公瑾,东吴名将,吴中皆呼为周郎。便:方便。　(5)铜雀:台名,曹操所建,故址在今河北省临漳县。因台上有楼,楼顶有一只一丈五尺高的铜雀,故名,为曹操晚年享乐之处。二乔:东吴乔家二姊妹。大乔嫁给孙策,小乔为周瑜之妻。

【今译】折断了的铁戟,沉埋在长江的泥沙中,经过几百年,还没有被时光磨削,拿起来磨洗一番,依稀认出它是当年赤壁之战的遗留之物。如果不是强劲的东风,给了周瑜以火攻的方便,曹操恐怕早就如愿以偿,在春天的铜雀台上,藏起了东吴的大乔和小乔!

【点评】"折戟"为引发全篇联想的物象,"认"字传出怀古的深情。"东风"两句议论,作者提出了一个与历史事实相反的假设。全篇将景、情、理融

七言绝句

为一体,有趣味,有风韵,故能动人观感。用笔犀利,英气逼人,最能见出杜牧绝句的特色。

【集说】后二句绝妙。众人咏赤壁,只善当时之胜;杜牧之咏赤壁,独忧当时之败。此是无中生有,死中求活,非浅识可到。(谢枋得《唐诗绝句注解》)

杜牧之作《赤壁》诗云云,意谓赤壁不能纵火,为曹公夺二乔置之铜雀台上也。孙氏霸业系此一战,社稷存亡,生灵涂炭都不问,只恐捉了二乔,可见措大不识好恶。(许𫖮《彦周诗话》)

诗人之词微以婉,不同论言直遂也。牧之之意,正谓幸而成功,几乎家国不保。彦周未免错会。(何文焕《历代诗话考索》)

诗不当如此论(按:指前引《彦周诗话》)。此直村学究读史见识,岂足与语诗人言近旨远之故乎?(冯集梧《樊川诗集注》)

(王安廷)

将赴吴兴登乐游原一绝⁽¹⁾

清时有味是无能⁽²⁾,闲爱孤云静爱僧。
欲把一麾江海去⁽³⁾,乐游原上望昭陵⁽⁴⁾。

【注释】(1)本诗是作者在宣宗大中四年(850)将由长安赴任湖州刺史时所作。吴兴:郡名,即湖州,治所在今浙江湖州市。乐游原:汉宣帝建庙于此,号乐游,乐游原因以得名。故址在今陕西西安市城南,为长安城南最高处,是当时登高望远的游览胜地。 (2)清时:太平盛世。有味:有意趣。(3)把:持,握。麾(huī),旌旗之类,作指挥用。汉制,郡太守一车两幡(即旌麾),唐时刺史略等于汉的太守。此处指代作者赴任湖州刺史一事。江海:临江近海之地,这里指吴兴。 (4)昭陵:唐太宗李世民的陵墓,在今陕西礼泉县九嵕(zōng)山麓。

【今译】盛世太平我闲静,无所事事因无能。白云悠悠我是伴,更爱黄卷

对青灯。如今奉命赴江海,告别闲适离京城。乐游原上竟惆怅,百感交集望昭陵。

【点评】"清时""无能",均为反语、激愤语。以时论,朝中党争正烈,宦竖擅权;海内藩镇坐大,蛮夷侵扰,何可言"清"? 以所处之处境,诗人虽有经国济世之志,却被投闲置散,英雄无用武之地,遂两度表请外调,哪里是因庸碌"无能"而甘处恬静闲适? 甘于伴孤云、羡寺僧? 两个"爱"字,言在此而意在彼,其失意苦涩,满怀愤郁之情溢于言表! 第三句陡转,"欲把一麾江海去",一个"去"字,似要顿时离开这污浊黑暗、使人抑郁无聊之境,断然割弃那无可奈何的生活氛围,以求彻底解脱,远走高飞,去干一番轰轰烈烈的事业! 结句点题,深沉含蓄,言有尽而意无穷。"望昭陵"一语,有对"贞观"盛世的追怀,有对当今社稷衰败的殷忧,有对当权者昏愦无能的悲愤,有对自己志不得伸的感慨。

【集说】绝句之妙,唐则杜牧之,本朝则荆公,此二人而已。近年东湖(宋诗人徐俯字师川,自号东湖居士——编者)绝句亦可继荆公。予尝从东湖舟中,见诵杜牧之"为问寒沙新到雁,来时曾下杜陵无"之句,及诵"欲把一麾江海去,乐游原上望昭陵",诵咏久之。(曾季狸《艇斋诗话》)

牧之是不满于当时,故末有"昭陵"之句。(叶梦得《石林诗话》)

杜牧七言绝,如"黄沙连海""青塚前头""翠屏山对""银烛秋光""监宫引出"五篇,声气尚盛。"清时有味"以下,尽入晚唐,而韵致可观。开成以后,当为独胜。(许学夷《诗源辩体》)

满怀愤郁,于"望昭陵"三字寄之,妙在含蓄不露。(富寿荪 刘拜山《千首唐人绝句》)

(韩唯一)

江 南 春

千里莺啼绿映红[1],水村山郭酒旗风[2]。
南朝四百八十寺[3],多少楼台烟雨中[4]。

【注释】(1)绿映红:绿树红花辉映。 (2)水村:水乡。山郭:傍山建的外城。酒旗风:用布做的酒店招牌,在风中舞动。 (3)南朝:宋、齐、梁、陈。这四个王朝的帝王和世家都崇奉佛教,因此大动土木,兴建佛寺。四百八十寺:极言寺院之多,并非实指。 (4)楼台:寺院佛殿建筑。烟雨:蒙蒙细雨。

【今译】千里绿树映红花,千里莺儿叫,水乡和山城,酒旗随风飘。看,南朝的四百八十座寺庙,多少楼台此刻茫茫烟雨罩。

【点评】南朝建都之地,不过建康、京口、豫章、江陵、武昌数处,寺庙林立,但这些寺庙能否保得南朝国泰民安呢?诗人没有直说,而是画了一幅画:"多少楼台烟雨中",连自己都沉没在迷茫之中了,何谈保国安民。诗人弦外之音,在提醒当权者,不要一味去求神拜佛了,南朝尊佛崇僧的结局难道不值得借鉴么?

【集说】缀以"烟雨"二字,便是春景,古人工夫细密。(何焯《三体唐诗》)

江南春景,描写难尽,能以简括,胜人多许。(宋宗元《网师园唐诗笺》)

题云《江南春》,江南方广千里,千里之中,莺啼而绿映焉,水村山郭,无处无酒旗,四百八十寺,楼台多在烟雨中也。此诗之意既广,不得专指一处,故总而命曰《江南春》。诗家善立题者也。(何文焕《历代诗话考索》)

(陈绪万)

雍 陶

雍陶(805—?)，字国钧，成都人。大和八年(834)进士，历任侍御史，国子毛诗博士，简州刺史。曾多次越秦岭，穿三峡，远游塞北及今山东、湖南、湖北、福建等地。诗多记其游踪，律诗语言精练，工于对仗。《全唐诗》存诗一卷。

题 君 山(1)

烟波不动影沉沉，碧色全无翠色深。
疑是水仙梳洗处，一螺青黛镜中心(2)。

【注释】(1)君山：在洞庭湖中。此诗是诗人过君山时所作。 (2)螺：古代妇女的螺髻。

【今译】如烟的水波浩渺无垠，君山的倒影沉在水中，青苍山色与碧绿水光相映，遥望去是那样翠，那样深。该不会是水中仙女正梳妆，将那螺青色发髻映在了水面中心。

【点评】不直写君山,而是从君山在水中的倒影入手,借水光的映衬,突出了君山缥缈、朦胧的神姿仙态。前两句描写君山外观,将烟波的浩渺与山色的凝重、水光的碧绿与山色的苍翠浑然交融在一起,从颜色与质感上渲染出君山迷离的姿态。末两句把君山比作一个美丽多情的仙女,把它在水中的倒影比作仙女青色的螺髻,在奇特的想象中渲染了君山那极富神话色彩的灵秀姿色。全诗一从形态着手,一从神态着手,形神相济,显示出君山不同凡俗的品格。

【集说】“应是”二句,色彩明丽,设想奇绝,以洞庭之湖光山色与湘君故事相结合,倍觉空灵缥缈。(富寿荪　刘拜山《千首唐人绝句》)

(聂敏里)

方 干

方干(809？—873？)字雄飞，门人私谥玄英先生。新定(今浙江建德)人。举进士不第，隐居镜湖以终。方干曾学诗于徐凝，后又深得姚合赏识，与贾岛、李群玉等均有交往酬唱。其诗虽多为应酬之作，内容贫乏，气格却清迥闲远，能自拔于晚唐纤靡俚俗之风。有《玄英先生诗集》十卷。

题 君 山⁽¹⁾

曾于方外见麻姑⁽²⁾，闻说君山自古无。
元是昆仑山顶石，海风吹落洞庭湖。

【注释】(1)此诗一作程贺《咏君山》。"自古"作"此本"，"元"作"云"。《水经注》："洞庭湖中有君山……湘君曾游，故曰君山。"君山又名湘山、洞庭山。　(2)方外：世外、域外。麻姑：《神仙外传》记麻姑虽看上去"年可十八九"，却已三见沧海变为桑田。

【今译】曾在海外遇到神女麻姑，她扬言君山自古并未在洞庭湖中。它

七言绝句唐

本是昆仑山顶一块玲珑剔透的美物,任浩荡海风吹落,才在这湖中涌出。

【点评】始以神话起首,为君山的不凡做好铺垫,继借麻姑之口,证明君山"自古无"之说不假。末二句点明君山原是飘落人寰的昆仑美玉,君山的灵气秀色皆在不言之中。想象非凡,故设玄妙,虚处落墨,旁敲侧击,言浅而意奇,语淡而味浓。

【集说】此与刘禹锡、雍陶咏君山之作机杼又别。通首落想天外,一气旋折,故不嫌率直,转饶奇趣。(富寿荪 刘拜山《千首唐人绝句》)

从题外着笔,诗句亦如天外飞来,一气呵成,以气势压倒前作,人称"程君山",以一诗而不朽。(周本淳《唐人绝句类选》)

(李达武)

温 庭 筠

温庭筠(812—870),本名歧,字飞卿,太原祁(今山西祁县)人。累举不第,宣宗大中末,授方山尉。徐商镇襄阳,往依之,曾署巡官。飞卿才思艳丽,诗词并工,作赋凡八叉手而八韵成,时号"温八叉"。有《温飞卿集》。

瑶 瑟 怨(1)

冰簟银床梦不成(2),碧天如水夜云轻。
雁声远过潇湘去,十二楼中月自明(3)。

【注释】(1)瑶瑟:玉镶的华美的瑟。刘禹锡《潇湘神》:"楚客欲听瑶瑟怨,潇湘深夜月明时。"当为此题所本。 (2)冰簟(diàn):凉席。 (3)十二楼:神话传说中仙人的居所。此指高楼。

【今译】竹席如水,银床似雪,寻不到相思的春梦。碧空澄澈,月光如水,飘来的云絮轻轻。南去的大雁,飞过潇湘,留下一声声远去的哀鸣。高楼上的女子,正独自凭栏,在月明中显得那样孤寂冷清。

七言绝句

【点评】诗题含蓄隽永，诗境更朦胧成片。全诗除首句言"梦不成"外，俱是写景。碧天如水，夜云轻行，她的"怨"也仿佛融入其中，轻轻淡淡，朦朦胧胧。"雁声远过"，身不能随之远去，"怨"依然无由排遣，于是唯见月照高楼，流光徘徊。如此以景结情，意境清远，余音悠然不尽。

【集说】此诗铺陈一时光景，略无悲怆怨恨之辞，枕冷衾寒，独寐寤叹之意在其中矣。（谢枋得《唐诗绝句注解》）

温庭筠"冰簟银床梦不成"云云，杜牧之"青山隐隐水迢迢"云云，此等入盛唐亦难辨。（胡应麟《诗薮》）

不言瑟而瑟在其中，何必"二十五弦弹夜月"耶！（黄周星《唐诗快》）

因夜景清寂，梦不可成，却倒写景于后。《瑶瑟》用雁事，亦如《归雁》用瑟字。（黄生《唐诗摘钞》）

此作清音渺思，直可追中盛名家。（宋顾乐《唐人万首绝句选评》）

通篇布景，正以含浑不尽为妙。（胡本渊《唐诗近体》）

通首纯写秋闺之景，不着迹象，而自有一种清怨。……首句"梦不成"略露闺情，以下由云天而闻雁，而南及潇湘，渐推渐远，怀人者亦随之神往。四句，仍归到秋闺，雁书莫寄，剩有亭亭孤月，留伴妆楼，不言愁而愁与秋霄俱永矣。飞卿以诗人而兼词手，此诗高浑秀丽，作词境论，亦五代冯、韦之先河也。（俞陛云《诗境浅说续编》）

（杜晓勤　陈瑜）

陈　陶

陈陶(812?—885?)，字嵩伯，鄱阳(今江西波阳)人，一作剑浦(今福建南平)人，大中时游学长安，举进士不第，后隐居南昌西山。有诗十卷，已散佚，后人辑有《陈嵩伯诗集》一卷。

陇　西　行⁽¹⁾

誓扫匈奴不顾身，五千貂锦丧胡尘⁽²⁾。
可怜无定河边骨⁽³⁾，犹是春闺梦里人。

【注释】(1)陇西行：乐府《相和歌·瑟调曲》旧题，内容写边塞战争。陇西：陇山以西一带今甘肃、宁夏地方。陈陶《陇西行》共四首，此其二。　(2)貂锦：汉代羽林军穿貂衣锦裘，这里借指精锐部队。　(3)无定河：黄河中游支流，在今陕西北部。

【今译】发誓横扫匈奴，哪里还顾得上爱惜自身，鲜血染红了茫茫沙场，五千将士全都丧身胡尘。可怜那无定河边的枯骨，依然被家中娇妻夜夜魂

651

七言绝句

牵梦萦。

【点评】这是一首谴责战争罪恶的诗。诗人从两方面着笔。前两句写战争场面，"誓扫"写唐军勇猛的气势，"丧胡尘"则写将士伤亡的惨重，两相对照，足见战斗之激烈和伤亡之惨重。末两句用"可怜"，将诗由白描转向抒情，由喊杀震天、尸横遍野的沙场，转到了朝思暮想、魂牵梦萦的春闺弱妇。"河边骨"与"梦里人"同是写战死的唐军将士，但一是河边枯骨，一是梦中亲人，一是塞外，一是深闺，重点落在妻子对征人的思恋之上。死亡已令人不胜哀伤，而人鬼殊途，梦中相逢更令人内心凄恻。全诗就在这层层对比中展开，一方面写将士的壮烈死难，一方面写亲人的精神痛苦，对战争的谴责也就不言自明了。

【集说】一变而妙，真夺胎换骨矣。（杨慎《升庵诗话》）

用意工妙至此，可谓绝唱矣。惜为前二句所累，筋骨毕露，令人厌憎。（王世贞《艺苑卮言》）

《陇西行》曰："可怜无定河边骨，犹是春闺梦里人。"此语凄惋味长。严沧浪谓陶最无可观，何也？（谢榛《四溟诗话》）

较之"一将功成万骨枯"句更为深痛。（孙洙《唐诗三百首》）

陈陶《陇西行》云："五千貂锦丧胡尘。"必为李陵事而作。汉武欲使匈奴兵毋得专向贰师，故令陵旁挠之。一念之动，杀五千人。陶讥刺此事而但言闺情，唐诗所以深厚也。（贺裳《载酒园诗话又编》）

作苦语无过此者，然使王之涣、王昌龄为之，更有余蕴。此时代使然，作者亦不知其然而然也。（沈德潜《唐诗别裁》）

（聂敏里）

李 商 隐

　　李商隐(813?—858?)字义山,号玉谿生,又号樊南生。原籍怀州河内(今河南沁阳),自祖父起,迁居郑州荥阳(今河南荥阳市)。开成二年(837)进士,曾任掌书记、太学博士、判官、检校工部员外郎等职,因陷入牛李党争而载沉载浮,于盛年卒于荥阳。商隐才高韵雅情深,其诗多抒写政治、爱情以及人生失意的诸多感慨,兴寄幽微,博丽精整,深情绵邈,与温庭筠、段成式合称"三十六体",与杜牧并称"小李杜"。有《李义山诗集》三卷。

楚　　吟[1]

山上离宫宫上楼[2],楼前宫畔暮江流。
楚天长短黄昏雨,宋玉无愁亦自愁。

【注释】(1)冯浩认为此诗是开成五年(840)至会昌元年(841)春李商隐楚游时所作。张采田认为是大中二年(848)夏作者离开桂管观察使郑亚幕府后,留滞荆楚时作。楚吟:借吟咏楚国之事以抒怀。　(2)离宫:一指帝王正宫之外的临时居所,一指高高的宫楼。

【今译】山上是高高楚宫,宫楼依旧,暮江无语东流。山外是空阔楚天,神女无常,夕雨乍行渐收。宋玉作《九辨》伤时悲秋,我独自栏杆拍遍满目皆愁。暮江,流不尽岁月蹉跎,楚天,写不完功业难就。

【点评】前三句皆景语,紧扣楚地风物。"宫"与"楼"重叠高耸,"暮"与"流"遏止不住,给人以强烈的空间与时间感受。"黄昏雨"暗用宋玉《高唐赋》及《神女赋》中事,引出末句宋玉之愁。"长短",语意双关,既写楚江长流、楚山陡峭的形势,又写面对楚天思绪翩然的心态。结句借宋玉自况,怀古叹今,抒发怀才不遇的悲怨之情,而此情全由前面三句景语呼出。诗歌不实写史事,不空发议论,而通过一幅幅具体生动的画面,曲折委婉地表情达意,极耐人品味。

【集说】长暑短景,但有梦雨,则贤者何时复近乎?此宋玉所以多愁也。(何焯《李义山诗集辑评》)

田曰:只在意兴上想见。浩曰:吐词含珠,妙臻神境,令人知其意而不敢指其事以实之。(冯浩《玉溪生诗集笺注》)

(李达武)

夜雨寄北⁽¹⁾

君问归期未有期,巴山夜雨涨秋池⁽²⁾。
何当共剪西窗烛,却话巴山夜雨时。

【注释】(1)此诗为李商隐大中二年(848)留滞荆巴时寄怀其妻王氏之作。　(2)巴山:泛指巴蜀地区。

【今译】君问我何日回故乡,我归期未定空惆怅。巴山的夜雨情意深,已经涨满了小池塘。何时能与君聚西窗,烛光里我俩互诉衷肠。又说起巴山秋雨中,我孤身一人作客他乡。

【点评】诗人羁旅之愁、思乡之苦,与夜雨交织成片,涨满秋池,弥漫巴山。曲折言情,构思巧妙。"何当"句推此及彼,化实为虚,想象欢聚之景。"却话",由彼复此,虚中有实。四句明白晓畅,回环往复,意蕴深婉。

【集说】李义山"君问归期"一首,贾长江"客舍并州"一首,曲折清转,风格相似,取其用意沉至,神韵尚欠一层也。(施补华《岘佣说诗》)

即景见情,清空微妙,玉溪集中第一流也。(屈复《玉溪生诗意》)

白居易"料得闺中夜深坐,多应说着远行人"(《邯郸冬至夜思家》),是魂飞到家里去。此诗则又预飞到归家后也。奇绝!(姚培谦《李义山诗集笺》)

此寄闺中之诗。(沈德潜《唐诗别裁》)

纪昀云:"作不尽语每不免有做作态,此诗含蓄不露,却只似一气说完,故为高唱。"(沈厚塽《李义山诗集辑评》)

滞迹巴山,又当夜雨,却思剪烛西窗,将此夜之愁细诉,更觉愁绪缠绵,倍为沉挚。(黄叔灿《唐诗笺注》)

婉转缠绵,荡漾生姿。(王士禛《唐人万首绝句选》)

语浅情深,是寄内也。然集中寄内诗皆不明标题,仍当作"寄北"。(冯浩《玉溪生诗集笺注》)

眼见景反作日后怀想,此意更深。(桂馥《札朴》)

清空如话,一气循环,绝句中最为擅胜。……此与"客舍并州已十霜"诗,皆首尾相应,同一机轴。(俞陛云《诗境浅说》)

(杜晓勤　陈瑜)

柳[1]

曾逐东风拂舞筵,乐游春苑断肠天。

如何肯到清秋日,已带斜阳又带蝉。

【注释】(1)此诗似为大中五年(851)商隐在长安初应东川节度使柳仲郢之聘时所作。

【今译】也曾陪伴东风漫舞轻扬,也曾在乐游原上装点大好春光。你又怎肯来到如此萧条的秋天,已是夕阳斜照,秋蝉哀鸣的景象了。

【点评】前两句回溯少年及第时的春风得意,后两句慨叹如今的坎坷、憔悴。中间以"如何肯到"四句承接,自然流转,对比鲜明,声调极其悲怆、沉痛。结句以"蝉"和"斜阳"喻己之处境,准确贴切;"已带""又带",层层推进,声响悠远。

【集说】纪昀云:"数虚字转折唱叹,弦外有音,调之稍弱,亦由于此。"(沈厚塽《李义山诗集辑评》)

此种入神之作,既以事征,尤以情会,妙不可穷也。(冯浩《玉溪生诗集笺注》)

迟暮之伤,沉沦之痛,触物皆悲,故措词沉着如许,有神无迹,任人领味。真高唱也。……含思宛转,笔力藏锋不露,故纪氏以"稍弱"议之。(张采田《玉溪生年谱会笺》)

此咏柳兼赋兴之体也。当其袅筵前之舞态,拂原上之游人,曾在春风得意而来;乃一入清秋,而枝抱残蝉,影低斜日,光景顿殊。作者其以柳自喻,发悲秋之叹耶?(俞陛云《诗境浅说》)

(杜晓勤　陈瑜)

端　居(1)

远书归梦两悠悠,只有空床敌素秋(2)。
阶下青苔与红树,雨中寥落月中愁。

【注释】(1)端居即闲居,此为诗人滞留异乡,思念妻子之作。　(2)敌:对付。

【今译】收不到远方来信,做不成团圆之梦,只有空床独卧,寒灯自守,思悠悠,恨悠悠,难耐寂寞一段秋。台阶下默默无语的青苔,庭院中孤独挺立的红树,在雨潇潇月清凉时候,摇漾游子无尽的寥落与悲愁。

【点评】远方家书久盼不至,思乡者归梦难达。"悠悠",远书归梦两俱邈然,透露出希望落空的怅然若失之情。"敌"字因"只有"而来,只有一张空床,一副寥落情肠,如何对付得了清寒肃杀的秋声秋气? 一个"敌"字,强作振奋却又无可奈何之至。"青苔""红树""空床""素秋",在秋雨、秋月时分,倍增孤独与乡愁。寄托深微而措辞凄婉,自然流畅,令人击节扼腕,一唱三叹。

【集说】此亦失偶以后作。(程梦星《李义山诗集辑评》)

客中忆家,非悼亡也。(冯浩《玉溪生诗集笺注》)

四家谓"敌"字险而稳,此字炼得自好,然专标此种以论诗,吾见竟陵之为诗者矣。(纪昀《玉溪生诗说》)

(李达武)

嫦　　娥⁽¹⁾

云母屏风烛影深⁽²⁾,长河渐落晓星沉⁽³⁾。
嫦娥应悔偷灵药⁽⁴⁾,碧海青天夜夜心⁽⁵⁾。

【注释】(1)此诗历来聚讼纷纭,未得确解。一说是讥刺索居道观的女道士,一说是写给妻子王氏的悼亡诗,一说是寄予一位过往的恋人,一说是写诗人怀才不遇的苦闷。 (2)云母屏风:云母片装饰的屏风。据《本草纲目·荆南志》云,"华容方台山出云母,士人候云之所出处掘之,无不大获,有长五六尺可为屏风者。" (3)长河:银河。 (4)偷灵药:《淮南子·览冥训》,"羿请不死之药于西王母,姮娥窃之奔月宫。" (5)碧海:《十洲记》载,"东有碧海,与东海等,水不咸苦,正作碧色。此处与青天对举,泛指夜空。"

【今译】云母屏风上人影与烛影叠映,寂寥夜空中银河与晨星暗沉。嫦娥,你为何偷吃灵药,现在只有青天碧海夜夜陪伴着她一颗孤独的心。

657

七言绝句

唐

【点评】"烛影深"与"长河""晓星"的"落""沉"呼应,写主人公长夜难寐,孤独凄寂的环境与心境。"渐",表明时间的推移,与末句的"夜夜"相连,由今夜此刻推及无尽永恒。后二句借嫦娥抒怀。"悔",照应前面两句,早知今日,何必当初,然而,"偷灵药"与"夜夜心"均属无可挽回之情事。诗歌由景及情,由实到虚,极曲折细腻、含蓄蕴藉。

【集说】诗意谓嫦娥有长生之福,无夫妇之乐,岂不自悔?前人未道破。(谢枋得《唐诗绝句注解》)

语想俱到,"夜夜心"三字,却下得深浑。(钟惺 谭元春《唐诗归》)

此诗翻空断意,从杜诗"斟酌嫦娥寡,天寒奈九秋"变化而出。(敖英《唐诗绝句类选》)

纪昀云:意思藏在第一句,却从嫦娥对面写来,十分蕴藉。(沈厚塽《李义山诗集辑评》)

嫦娥偷药,本属寓言。更悬揣其有悔心,且万古悠悠,此心不变,更属幽玄之思,词人之戏笔耳。(俞陛云《诗境浅说续编》)

(李达武)

李 群 玉

李群玉(813?—860?),字文山,澧州(今湖南澧县)人。性情淡泊,曾一度应进士举,不第,即弃去。宣宗大中八年(854),游长安,上表献诗三百篇,宰相裴休荐授为弘文馆校书郎,不久,弃官归乡。李群玉好吹笙,擅草书,与杜牧、方干往来酬唱。《唐才子传》说他"诗笔遒丽,文体未妍"。其诗风格深婉清丽,未染晚唐轻靡僻涩之习,且形象生动,颇能曲尽"坎壈之情",有《李群玉诗集》三卷。

赠 人⁽¹⁾

曾留宋玉旧衣裳⁽²⁾,惹得巫山梦里香。
云雨无情难管领⁽³⁾,任他别嫁楚襄王⁽⁴⁾。

【注释】(1)此诗赠予何人,已不可考。但可推断为一失恋多情男子。(2)衣裳:喻才情。 (3)云雨:宋玉《高唐赋》记载,楚怀王游云梦泽,巫山神女入梦自荐枕席。临别时,神女说她"旦为朝云,暮为行雨",故后世以"云雨"指代男女私情。 (4)别嫁楚襄王:在此指先与楚怀王相好的神女,后又

钟情于楚襄王。

【今译】你文采风流就像当年的宋玉，惹得巫山神女心旌摇摇来到梦乡。但女人的心好比变幻莫测的云雨，任由她另觅新欢爱上那楚襄王！

唐诗观止

【点评】这首诗的受赠对象是一位失恋的朋友。通篇借用宋玉赋的典故写出，以宋玉比失恋的男子，以巫山神女比他所爱的女子，而以楚襄王比那女子的新欢。前两句称颂那男子的才华，意在说明当年相爱原是事出有因。后两句批评女子水性杨花，意在劝说不必为女子变心而伤感。一个缠得紧紧地情结，就这样被如簧的巧舌轻巧地解开。这固然得力于诗人对友人的了解与关怀，如果直言男女私情，作品便会一览无余，诗趣荡然。而巧妙地采用典故，诗意多了一层曲折，加之典故本身所提供的广阔的想象空间，作品就变得情韵悠远、味之不尽了。

【集说】文山虽生晚唐，不染轻靡僻涩之习……其于温、李不为，亦不能也。（贺裳《载酒园诗话又编》）

（陈志明）

司 马 札

司马札，宣宗大中(847—860)时人。高棅《唐诗品汇》"札"作"礼"。从"故乡千里楚云外"一句(《白马津阻雨》)来看，他的家乡当在楚地(长江中下游一带)。其诗多写怀才不遇的感喟和离愁别恨之情，也有一些反映农民疾苦、权贵奢靡以及宫女悲怨的作品。有《司马札先辈诗集》,《全唐诗》录存其诗一卷。

宫 怨

柳色参差掩画楼，晓莺啼送满宫愁。
年年花落无人见，空逐春泉出御沟⁽¹⁾。

【注释】(1)御沟：皇城的护城河。

【今译】浓浓淡淡的柳丝掩映着画楼，晓莺声声传送出满宫的忧愁。每年鲜花凋落却没有人看见，它徒然追逐春泉流出了御沟。

七言绝句
唐

【点评】前两句写宫女居处的景色与氛围,以烂漫春色反衬宫女之愁怨。后两句写明落花流水,暗伤青春老去,从"满宫愁"引出的具体笔墨。"年年""空"等字的选用,非直接说怨,却使抒写的怨情变得分外持久而又强烈。

【集说】因想己容色凋谢而人莫知,正如花之湮灭沟中耳。(唐汝询《唐诗解》)

托意凄婉,怨而不激。(钟惺 谭元春《唐诗归》)

司马札《宫怨》云"年年花落无人见,空逐春泉出御沟",人说与李建勋"却羡落花春不管,御沟流得到人间"之句相似;予谓不然,司马诗较蕴藉,不碍大雅。(周容《春酒堂诗话》)

此首犹具盛唐风貌。李建勋"却羡落花春不管,御沟流得到人间",恨己身之拘禁,此云"年年花落无人见,空逐春泉出御沟",悲己色之渐衰。语各一意,怨情则同。(黄生《唐诗摘钞》)

(陈志明)

赵嘏

赵嘏,字承祐,山阳(今江苏淮安)人。会昌二年(842)进士。大中年间官终渭南尉,世称赵渭南,卒年40岁。其诗律切工稳,清圆流畅,赡美而多兴味,诗风接近杜牧,于辞采风华中兼饶俊逸疏宕之气,但题献应酬之作过多。有《渭南集》三卷。《全唐诗》录存其诗二卷,《全唐诗外编》补录三首。

江楼感旧

独上江楼思渺然,月光如水水如天。
同来玩月人何处,风景依稀似去年。

【今译】独自登上江楼,见景生情无比伤感,月光如水,水色如天令人悠然意远。曾经一同赏月的朋友,如今在哪里?人去楼空,只有眼前风景还像去年。

【点评】此诗境界空灵,感情流动,诗味隽永。全诗的意思已尽于第一句中。读第二句,令人想到可能与眼前悠远宁静、的月景有关。再读后两句,

七言绝句

方才揭出底蕴,原来是由于去年一起赏月的朋友未能同来引起的。四句诗层层翻出,诗意愈翻愈明。在结构上,后三句承前句,说人,有"同来"与"独上"之异。前三句接后一句,说景,有风景依稀之似。全诗在意思上层层翻出的同时,在结构上又有反接、正接的错综变化之美。

【集说】言独上之时,思同来之友,见水月连天,思去年之景,皆有针线。(钟惺《唐诗归》)

"风景依稀"句,缭绕有情,极似盛唐人语。(黄叔灿《唐诗笺注》)

情景真,不嫌其直。下二句分足上二句。(宋顾乐《唐人万首绝句选评》)

唐人绝句,有刻意经营者,有天然成章者。此诗水到渠成,二十八字一气写出。月明此夜,风景当年,后人之抚今追昔者,不能外此。在词家中,惟有"月到旧时明处,与谁同倚阑干"句,与此诗意境相似。(俞陛云《诗境浅说》)

(陈志明)

曹邺

曹邺(816?—875?),字业之,一作邺之,桂林(今属广西)人。出身贫困,进入官场前在长安经历了十年应考生活,备受世人冷眼。大中进士,官祠部郎中,洋州刺史。他是一位正直不苟,耿介刚毅的士人。诗反映生活面较广,揭露了社会矛盾,抒发了他在政治上不得志的感慨。有《曹祠部集》。

官 仓 鼠[1]

官仓老鼠大如斗,见人开仓亦不走。

健儿无粮百姓饥,谁遣朝朝入君口。

【注释】(1)本诗以官仓鼠比喻贪官污吏,对他们进行了深刻的讽刺。

【今译】官仓老鼠大如斗,东奔西窜真猖狂,将此作为游乐场,见人开仓不躲藏。士兵前线正乏粮,百姓年年遭饥荒。借问官仓大老鼠,是谁为您供口粮?

七言绝句

【点评】这是一首流传甚广、脍炙人口的杰作。老鼠如斗,极写其硕大,见人不躲,极写其猖狂。此大而狂之鼠在侵吞农民血汗、国库财富时心安理得,很显然这老鼠是封建贪官污吏的象征。第三句将官仓老鼠与前线将士、平民百姓进行对照,尾句质问大老鼠谁让"君"养尊处优、骄奢贪婪?深化了诗歌的主题,把批判的矛头直指贪官污吏的主子,引导人民思索苦难的根源。用一"君"字,视鼠如人,又用尊称,表达了诗人的强烈愤慨之情,突出了尖刻的讽刺之意。全诗通俗易懂而又寓意深刻,爱憎之情跃然纸上。

【集说】此刺贪也。鼠邪?贪官邪?二而一也。(刘永济《唐人绝句精华》)

此类讽刺漫画,不复更为含蓄。(周本淳《唐人绝句类选》)

(孙明君)

唐诗观止

曹 松

曹松,字梦征,舒州(今安徽潜山)人。早年栖居洪都西山,后往依建州刺史李频。屡试不第,长期流落在今福建、广东一带。天复元年(901)七十余岁时中进士,授秘书省正字。诗多记其漂泊生活,风格学贾岛,造境幽深,讲究炼字练句。有《曹松诗集》,《全唐诗》录其诗二卷。

己 亥 岁[1]

泽国江山入战图,生民何计乐樵苏[2]。
凭君莫话封侯事,一将功成万骨枯。

【注释】(1)此诗作于僖宗广明元年(880)。"己亥"年为广明前一年即乾符六年(879)。乾符六年,镇海节度使高骈因在淮南镇压黄巢起义,受到封赏,此诗大约就是为追记这件事而作。 (2)樵苏:打柴为樵,割草为苏。

【今译】江山在战火中呻吟,走投无路的百姓已不敢想望打柴割草的安宁。还是别提什么封侯的事了,谁能说清,在将军赫赫的功名后,飘荡着多

少将士亡灵！

【点评】全诗着力谴责那些醉心于军功的封建军阀。前两句写战争全貌。"入"写战争范围之广，"乐"字更深一层，借百姓对打柴割草平静生活的向往反衬战争灾难之深。而"何计"既表达了诗人对百姓苦难的深深同情，又暗藏着对不义战争的愤怒质问：这样残酷的战争，它的意义究竟何在呢？"凭君"二字沉痛、恳切，诗人希望这场战争不是为了满足将军们分田封侯的私欲，在赫赫战功和满地白骨的鲜明对比中，诗人深刻地揭露出封侯事背后所隐藏的罪恶，并与前两句战争全景构成呼应。

【集说】(曹)松有诗云："凭君莫话封侯事，一将功成万骨枯。"可谓谙世故矣。(尤衰《全唐诗话》)

末句极沉痛，以万骨换侯封，是何政策！(刘永济《唐人绝句精华》)

作意全在"凭君莫话封侯事"一语，盖指残害生灵，杀人如草，以博一己之功名，如高骈者耳。后来只传诵末句，视为反对一切战争之言，显非作者本意。(富寿荪　刘拜山《千首唐人绝句》)

（聂敏里）

罗 隐

罗隐（833—909），本名横，字昭谏，杭州新城（今浙江富阳）人。其好讥讽公卿，十举进士不第，乃改名。光启中，入镇海军节度使钱镠幕，后迁节度判官、给事中等职。其诗颇有讽刺现实之作，诗风近于元白，雄丽坦直，通俗俊爽，部分作品能长期流传于民间。擅长咏史，尤工七律。有诗集《甲乙集》，清人辑有《罗昭谏集》八卷。

西　施[1]

家国兴亡自有时，吴人何苦怨西施。
西施若解倾吴国，越国亡来又是谁。

【注释】（1）本诗反映了作者反对女人是祸水的封建观念，表明了历史的变迁自有其必然的因素。西施：春秋末年越国美女，由越王勾践献给吴王夫差。传说吴国的灭亡与她有关。

【今译】天下大势有分合，兴盛衰亡原因多，吴人不从此处看，埋怨西施

害吴国。假如吴亡因西施,越国灭亡怨哪个?

【点评】"家国兴亡自有时",正面提出作者对历史的看法,"时"即天时,是指促成国家兴衰变化的多种原因。次句反对吴国人士对西施的污蔑。吴国的覆亡不能归结到一个被统治者视为玩物的弱女子身上。后两句退后一步来写,假设吴国的覆亡是因为西施,那么越国和后世王朝的灭亡难道都能怪罪于弱女子吗? 发问虽看似委婉,却再一次强调了作者的观点,使持女人亡国论者无言以对。

【集说】为西施鸣冤,不为无见。(周本淳《唐人绝句类选》)

这首讽刺诗,选材别致,语言精炼,推理较强,讥刺之意可谓锋芒毕露。(姚奠中主编《唐宋绝句选注析》)

(孙明君)

蜂⁽¹⁾

不论平地与山尖,无限风光尽被占。
采得百花成蜜后,为谁辛苦为谁甜。

【注释】(1)这是一首咏物诗,表现了诗人对辛苦人生的一种富有哲理的思索。

【今译】飞下平地,越过山冈。翩翩飞翔,占尽风光。采遍百花,酿成蜜浆,为谁辛苦? 为谁甜香?

【点评】一、二句写蜜蜂的忙碌、得意,连用了"不论""无限""尽"三个副词,写出蜜蜂占据的地形之广,占有的风光之多。后两句则作写蜜蜂儿费尽辛苦酿成了蜂蜜,果实却被他人占有,自己到头来还是一场空。这就迫使人们从狂热中冷静下来,从匆忙中暂且停歇,对人生的意义、人生的价值进行新的审视。诗人欲告诉我们什么? 有人说这是对劳动者辛勤耕作的颂扬,

也是对统治者不劳而获的讽刺。有人说这是对不知足的贪婪者发出叹惋……其实不拘泥于一解,更便于读者对诗作丰富内蕴的多角度理解。

【集说】唐人诗句中,用俗语者,惟杜荀鹤、罗隐为多。……罗隐诗如曰:"西施若解倾吴国,越国亡来又是谁?"……"采得百花成蜜后,为谁辛苦为谁甜?"……今人多引此语,往往不知谁作。(王楙《野客丛书》)

诗意似有所悟,实乃叹世人之劳心于利禄者。(刘永济《唐人绝句精华》)

此借蜂之辛苦而无所得自伤不遇。后世习用三四句为口头禅。(周本淳《唐人绝句类选》)

(孙明君)

671

七言绝句

皮 日 休

皮日休(约834—约883),字逸少,后改袭美,襄阳(今属湖北)人。早年往鹿门山,自号鹿门子、间气布衣等。咸通进士,曾任太常博士。后参加黄巢起义军,任翰林学士。旧史说他因故为巢所杀。一说巢兵败后,为唐室所害。或谓巢败后他四处流落,病死于江南。诗文与陆龟蒙齐名,人称"皮陆"。部分诗歌抨击时弊,暴露了统治者的腐败,反映出人民所受的剥削和压迫,继承了中唐诗人白居易新乐府的现实主义传统。有《皮子文薮》。

汴河怀古[1]

尽道隋亡为此河,至今千里赖通波。
若无水殿龙舟事[2],共禹论功不较多。

【注释】(1)这是一首咏史怀古诗。原作二首,这里选的是第二首。汴河:通济渠,隋炀帝时开掘的大运河。　(2)水殿龙舟事:运河竣工后,炀帝率众二十万人出游,其所乘船队称水殿龙舟,船只相衔长达三百余里。

【今译】都说隋朝是为开凿运河才灭亡,但若无这千里运河,哪来今日的船来舟往?隋炀帝若不搞水殿龙舟的大排场,他的功劳,也足可与昔日的大禹相比量。

【点评】首句指出世人的议论:隋王朝因开凿大运河而灭亡。次句说大运河至今造福于民,似乎是对世人见解的反驳、否定,运河有它利国利民的一面。后二句采用一个假设,如果隋炀帝不是为了满足一己淫乐,而是为了国家和民族的利益,那么他的功绩将同治水的圣人大禹一样被世人永记。而事实却不是这样!这就再一次证实了炀帝是一个荒淫无耻的昏君。纵然大运河有它的客观效益,却不能为炀帝洗刷掉千古罪名。作者采用了"翻案法",又加以翻新,表面上翻案而实际上进一步坐实了炀帝的罪恶。全诗以议论为主,立论新颖,议论精辟。

【集说】既说开河之利,复指斥其荒淫劳民之罪,议论最为通达。(富寿荪　刘拜山《千首唐人绝句》)

此亦无中生有之法,人尽言隋亡为开河,此独言若不荒淫,开河功可与禹等,出人意表而不悖于理。(周本淳《唐人绝句类选》)

这首诗结合水殿龙舟和禹功来立论,就不像抽象说理,而立意新颖,未经人道。(阎简弼《唐诗选注》)

(孙明君)

673

七言绝句

陆 龟 蒙

陆龟蒙(？—881？),字鲁望,姑苏(今江苏苏州)人。曾举进士不第,后隐居甫里,自号江湖散人、甫里先生,又号天随子。咸通后期至僖宗乾符中期,张传为湖、苏刺史,辟以自佐。其诗以咏物写景为多,近体受温、李影响,古体多承韩愈一路,以铺张奇崛为主。他与皮日休齐名,人称"皮陆"。有《甫里集》。《全唐诗》存诗十四卷。

新 沙(1)

渤澥声中涨小堤(2),官家知后海鸥知。
蓬莱有路教人到(3),应亦年年税紫芝(4)。

【注释】(1)这首诗反映了唐代末年官府对农民残酷的赋税剥削。(2)渤澥(xiè):渤海。 (3)蓬莱:神话传说中的仙山之一。 (4)紫芝:神话传说中生长于仙境的紫色灵芝草,服之长生不死。

【今译】渤海的涛声中,悠悠的岁月,堆出了一线沙堤。官家的眼睛,比海鸥还要锐利。假如有路通蓬莱,官家也会年年向神仙们征收紫芝税。

【点评】小小沙堤的形成,是一个日积月累的过程。它的形成连盘旋的海鸥也未觉察,却被贪婪的官吏发现了。首句写沙堤形成之慢,与后句官家发现之快形成对照。次句写海鸥未曾发现官家却已捷足先登,慢与快再次形成对照,活画出官吏四处搜刮民脂民膏,竟连一小块不毛之地也不放过的丑恶嘴脸。其实这还不算什么,他们甚至连仙境也不想放过,只苦于烟涛微茫,仙凡路隔,无法让神仙们纳税。这一构思颇为奇警,高度的夸张,尖刻的讽刺,无情的嘲笑,揭露出唐末政治的重大弊端——苛税问题。

【集说】此借新沙以讽征敛之繁苛。二句最耐玩味,三四假设,以甚言之也。(周本淳《唐人绝句类选》)

"官家知后海鸥知""应亦年年税紫芝",皆以嘲谑想象之笔,刺征敛之重,可谓入木三分。(富寿荪 刘拜山《千首唐人绝句》)

(孙明君)

七言绝句

韦　庄

　　韦庄(约833—910),字端己,长安杜陵(今陕西西安)人。少孤贫力学,才思过人。屡试不第,漫游于陕西、河南、江西等地。乾宁进士,任校书郎、左补阙等职。后仕蜀,为王建掌书记,官至吏部侍郎兼平章事。韦庄诗词兼工,其词与温庭筠齐名,同为花间派代表。其诗多以伤时、怀古、离情、感旧为主题,富有画意,充满了感伤情调。其弟韦蔼编韦庄诗为《浣花集》。《全唐诗》录有韦庄诗六卷,共三百一十六首。

送日本国僧敬龙归[1]

　　扶桑已在渺茫中[2],家在扶桑东更东。
　　此去与师谁共到,一船明月一帆风。

　　【注释】(1)此诗为送别之作,体现了诗人对异国友人的关心和惜别之情。敬龙,日本国来唐僧人,生卒未详。　(2)扶桑:神话传说中的神木。六朝人托名东方朔所撰《海内十洲记》,"扶桑在碧海中,树长数千丈,一千余围,两干同根,更相依倚,日所出处。"后衍变指地名,为日本国代称。此处指神木。

【今译】烟涛渺茫的大海中,有一株绝世的神木——扶桑。绕过扶桑,向东,再向东,才能抵达法师的故乡。陪伴法师归去的,是一帆如箭的劲风,是满船轻柔的月光。

【点评】诗一起首就写友人敬龙故乡的遥远,传说中扶桑已远在天边,敬龙的故乡比日升地更遥远,远得让人无法想象。这其中暗含了从此天各一方的惆怅。后两句是祝福语。朋友临别定有千言万语,而今别的都不说了,只祝他一路顺风,一切情谊都凝聚在这祝福之中。"一船明月一帆风",以广阔的大海为背景,寄情于"明月"和"风",使人味之无尽。

【集说】送僧不当作世俗悲苦语,此诗首二句言其为日本僧,结句表明空诸所有,又含一帆风顺之祝愿,含蓄不尽。(周本淳《唐人绝句类选》)

(孙明君)

金 陵 图[1]

谁谓伤心画不成[2],画人心逐世人情。
君看六幅南朝事[3],老木寒云满故城。

【注释】(1)本诗借六朝旧事抒发了对晚唐现实的深切忧患。金陵,今江苏南京。金陵图,指绘有金陵形胜、史迹的画图。 (2)谁谓句:高蟾《金陵晚望》,"世间无限丹青手,一片伤心画不成。" (3)南朝:史籍中指与北朝对称的南朝指宋、齐、梁、陈。此处指在金陵建都的东吴、东晋、宋、齐、梁、陈六个朝代。

【今译】有道是往事伤心难成画,依我看,画匠难脱世俗情。看这六幅南朝画:枯木纵横,寒云凝重,活现出昔日的都城。

677

七言绝句

唐

【点评】从东吴至陈，三百来年间，六代王朝如同走马灯，一个接一个出现，一个接一个覆亡。这是一段提来让人伤感的往事，在他看来，普通的画匠只知名利，心中不能脱离俗气，因此画不出杰出作品。只有超凡脱俗的画家，才能担负起描绘史事的重任。诗人举出了一组出色的画作为例证，这组画中古木凋枯，寒云笼罩，既画出了历史风貌，又显现了作者的伤心之情。诗人通过对这组画的肯定，透露出内心的忧患意识，这不只是为六朝的幻灭而伤心，也是为大唐帝国的国运衰微而叹惋。

【集说】翻高蟾意高唱而入，已得机得势，次句又接得玲珑，末句一点，画意已足，经营入妙。（宋顾乐《唐人万首绝句选评》）

首句似对高蟾而发，二句足成首句之意。三句点明"图"字，四句一片荒寒，应首句画出伤心也。（周本淳《唐人绝句类选》）

（孙明君）

台　城⁽¹⁾

江雨霏霏江草齐，六朝如梦鸟空啼⁽²⁾。
无情最是台城柳，依旧烟笼十里堤。

【注释】(1)这首诗通过凭吊六朝文物古迹，寄寓了深沉的历史兴废之叹。台城：旧址在今江苏南京鸡鸣山南，本是三国时东吴的后苑城，晋成帝咸和五年作新宫于此，从东晋到南朝结束，这里一直是朝廷台省和皇宫所在地，既是政治中枢，又是帝王荒淫享乐的场所。　(2)六朝：东吴、东晋、宋、齐、梁、陈六代王朝。

【今译】细雨蒙蒙，野草萋萋，绮罗繁华的六朝消逝了，如同梦一般迷离。鸟儿无知，空自鸣啼。翠柳如烟，依旧茂密，无情地笼罩着十里长堤。

【点评】用侧面烘托法，通过在台城的所见所闻，表达了浓郁的感伤意绪。作者不曾正面描写台城遗址，而是从霏霏细雨起笔，写了细雨中的大江、岸边的野草、不知悲伤的鸟鸣和如烟似雾的柳树，呈现出了一个迷茫空灵的意境。诗人的伤心、怅惘都寓于这如梦如幻的意境之中，一切景物都染有诗人的伤感情绪。自然界的永恒与六代繁华易逝形成了鲜明对比，这怎能不使身处夕阳黄昏之际的诗人倍加凄凉惨恻？

【集说】谢云：台城，梁武饿死之地，国亡身灭，陵谷变迁，唯草木无情，只如前日。"无情""依旧"，四字最妙。（褚人获《坚瓠集》）

《台城》《燕来》《令狐亭》《虎迹》诸诗，感旧怀旧，颇似老杜笔力。（余成教《石园诗话》）

偷法一事，名家不免。如刘梦得"山围故国周遭在，潮打空城寂寞回……"，杜牧之"烟笼寒水月笼沙，夜泊秦淮近酒家……"，韦端己"江雨霏霏江草齐，六朝如梦鸟空啼……"，三诗虽各咏一事，意调实则相同。愚意偷法一事，诚不能不犯，但当为韩信之背水，不则为虞诩之增灶，慎毋为邵青之火牛可耳。（贺裳《载酒园诗话》）

韦端己《台城》，赋凄凉之景，想昔日盛时，无限感慨，都在言外，使人思而得之。（马时芳《挑灯诗话》）

"六朝如梦"，一切皆空也。"依旧"之物，唯柳而已，故曰"无情"。然则有情者不免感慨可知矣。此种写法，王士禛所谓"神韵"也。（刘永济《唐人绝句精华》）

（孙明君）

679

七言绝句

司 空 图

司空图(837—908),字表圣,自号知非子、耐辱居士,河中虞乡(今山西永济)人。咸通十年(869)进士,历礼部郎中、中书舍人。朱温篡唐,召为礼部尚书,不食而死。绝句精炼含蓄,多写乱离羁旅之愁。有《司空表圣诗集》。

河湟有感⁽¹⁾

一自萧关起战尘⁽²⁾,河湟隔断异乡春。
汉儿尽作胡儿语,却向城头骂汉人⁽³⁾。

【注释】(1)河湟:即黄河、湟水,借指河西、陇右地区。曾长期为吐蕃所据,大中五年(581)为张义潮收复。　(2)萧关:在今宁夏回族自治区固原市原州区。　(3)汉儿二句:意谓河湟地区沦陷日久,汉人的后代竟学会了胡语,民族意识淡漠。

【今译】自从萧关扬起了战尘,河西陇右就被吐蕃占领,山河壮丽,繁花似锦,却装点着他乡异国的新春！本是汉人的后代,却学会了满口的胡语,站在城头上,辱骂着城下的汉人。

【点评】"异乡春"三字感慨颇深,犹如杜甫"国破山河在,城春草木深"之意。以美景写哀,哀痛之情更深一层。"汉儿"二句由语言变化写国土沦丧之久,蹊径另辟,新奇精警。

【集说】三四言河湟沦陷之久也。此或是张义潮未复河湟前作。(刘永济《唐人绝句精华》)

从言语之变写出国土沦丧之感,以小喻大,倍见其切。陈亮《中兴论》有云:"中原父老,日以徂谢,生长于戎,岂知有我。"所慨正同。(富寿荪　刘拜山《千首唐人绝句》)

(王安廷)

七言绝句

郑谷(851?—910?),字守愚,袁州宜春(今江西宜春)人。光启三年(887)进士,官右拾遗、都官郎中等。以《鹧鸪》诗闻名,人称"郑鹧鸪"。诗多写景咏物,亦有一些关心社会及民瘼之作,诗风通畅清新。著有《宜阳集》,已佚,存《云台编》。

淮上与友人别⁽¹⁾

扬子江头杨柳春,杨花愁杀渡江人。

数声风笛离亭晚⁽²⁾,君向潇湘我向秦⁽³⁾。

【注释】(1)淮上:淮南镇所在地。唐至德初置淮南节度使,治所在今江苏省江都市。 (2)风笛:临风吹笛。离亭:路边供行人休歇的亭子,人们常于此分别,故称。 (3)潇湘:今湖南,因境内有潇、湘二水。秦:今陕西,因其古为秦国之地。

【今译】扬子江畔,杨柳青青,春色正浓。柳絮飞舞,离别在即,满腹愁生。黄昏的离亭，临风响起笛音数声。朋友去那烟雨蒙蒙潇湘，我却要去那古老的秦中。

【点评】诗着意描绘离别时的景色。扬子江畔古渡口，柳丝轻拂，杨花飘荡，路边离亭，酒尽情长，清笛吹起。渡头春色与离亭风笛紧缩离别，潜藏着黯然销魂的离情别绪。最后"君向潇湘我向秦"一句，点明此为一次南北异途、各奔前程的握别。即景抒情，乐景写哀，反复渲染，结句留绵长情味于言外。

【集说】以一句情语转上三句，便觉离思缠绵。茫茫别意，只在两"向"字写出。（陈继儒《唐诗三集合编》）

诗有极寻常语，作发句无味，倒用作结方妙者。如郑谷《淮上别友人》云云，盖题中正意，只"君向潇湘我向秦"七字而已，若开头便说，则浅直无味，此却倒用作结，悠然情深，令读者低回流连，觉尚有数十句在后未竟者。唐人倒句之妙，往往如此。（贺贻孙《诗筏》）

落句不言离情，却从言外领取，与韦左司《闻雁》诗同一法也。（沈德潜《唐诗别裁》）

不用雕镂，自然意厚。此盛唐风格也，酷似龙标、右丞笔墨。（黄叔灿《唐诗笺注》）

首二语情景一时俱到，所谓妙于发端。"渡江人"三字已含下"君"字、"我"字。在三句用"风笛离亭"点缀，乃拖接法。末句"君"字、"我"字互见，实指出"渡江人"来，且"潇湘"字、"秦"字回映"扬子江"，见一分手便有天涯之感。（郭兆麒《梅崖诗话》）

送别诗，惟"西出阳关"，久推绝唱。此诗情文并美，一片凄音，可称嗣响。凡长亭送客，已情所难堪……客中送客者，皆倍觉魂销黯黯也。（俞陛云《诗境浅说续编》）

此诗风韵甚佳，而《四溟诗话》（卷一）竟移末句为起句，而别撰末句，点金成铁。天下竟有此妄人，殊不可解。（高步瀛《唐宋诗举要》）

（储兆文）

黄巢

黄巢(802—884),曹州冤句(今山东菏泽西南)人。"善骑射,喜任侠,粗涉书传",屡考进士不中,对腐朽统治深为不满,于唐僖宗乾符二年(875)与王仙芝在长垣率农民起义,广明元年(880)十二月初五在长安建立大齐政权,改元金统。后兵败山东莱芜,壮烈自杀。黄巢能文善武,性情豪迈。其诗气魄阔大,刚劲豪放。《全唐诗》存其诗三首。

题 菊 花⁽¹⁾

飒飒西风满院栽,蕊寒香冷蝶难来⁽²⁾。

他年我若为青帝⁽³⁾,报与桃花一处开。

【注释】(1)此诗托物言志,约为黄巢起义前所作。 (2)蕊:花心,这里指花朵。 (3)青帝:古代传说中的五天帝之一,住在东方,主行春天时令。

【今译】西风飒飒吹,菊花满院栽,寒风中花蕊如此芬芳,春日的蝴蝶却难飞来。有朝一日我若成为东方青帝,定叫它与三月的桃花斗艳竞开。

【**点评**】"蝶难来"三字极妙。秋本无蝶,却偏要写蝶,又称"蝶难来",曲折回复,反衬"蕊寒香冷",极写菊花的傲霜品格和美丽芬芳。全诗以此起兴,托物言志,假以浪漫的想象,抒发了诗人的满腹愤懑和一腔豪情。

【**集说**】此诗咏物言志,而有天下均平,春台同登之想,胸襟气概,陈涉辍耕之叹,未足相比。(富寿荪 刘拜山《千首唐人绝句》)

(张晓媛)

七言绝句

张　乔

张乔(生卒年不详),池州(今安徽贵池)人。咸通中进士。黄巢起义后归隐九华山。诗风隽永,于平淡中寓深意。《全唐诗》存诗二卷。

河湟旧卒[1]

少年随将讨河湟,头白时清返故乡。
十万汉军零落尽,独吹边曲向残阳。

【注释】(1)河湟:湟水源出青海,东流入甘肃与黄河汇合。湟水流域及黄河合流的地方称为"河湟",宣宗大中五年(854),沙州人张义潮起义,于是原被吐蕃人侵占的河湟地全部收复,近百年的边境战争结束。这首诗即以此为背景。

【今译】少年从军去征讨河湟,待头发花白,天下太平,才回到故乡。想起那上万健儿丧命边关,有谁知道我心中的悲痛凄凉,我只能吹起记忆里的边关小曲,孤独远望那西沉的残阳。

【点评】"少年"与"头白"相对，既写了老兵一生辛苦的遭际，也抒发了他盛年不再、太平难享的辛酸。"十万汉军零落尽"撷取了一个战斗场面，在意义上更深一层——昔日的同伴全都战死沙场，那这大半辈子征战换来的太平又有什么用呢？末句将前三句的复杂感情凝结在一个典型的意境里。"边曲"渗透着老兵对边塞生活的回忆，也充满着对阵亡同伴的思念，而当它在斜阳中孤独地响起时，其凄凉之感便尽在不言之中了。这一句意境苍茫浑涵，和前三句构成一个和谐整体，控诉了战争给士兵带来的巨大痛苦和不幸。

【集说】张乔《宴边将》云云，《河湟旧卒》云云，试掩其名，读者鲜不以为右丞、龙标。然则初盛、中、晚之分，其亦可以已乎？（沈涛《瓻庐诗话》）

此为老卒抒久戍之情也。（刘永济《唐人绝句精华》）

十万同袍，零落已尽，则所谓"时清"者不难概见，而曲调之哀，又可知矣。苍劲浑涵，于唐末绝句中不多见。（富寿荪　刘拜山《千首唐人绝句》）

（聂敏里）

687

七言绝句

章碣

章碣,桐庐(今属浙江)人,曾登乾符年间进士第,后流落不知所终。其诗多为七律,颇有愤激之音。《全唐诗》存诗二十六首。

焚 书 坑(1)

竹帛烟销帝业虚,关河空锁祖龙居(2)。
坑灰未冷山东乱(3),刘项原来不读书。

【注释】(1)焚书坑:据传是始皇焚书的一个洞穴,旧址在今陕西省西安市临潼区东南的骊山下。 (2)关河:在此指函谷关与黄河,是秦关中东部的屏障。祖龙:指秦始皇。《史记·秦始皇本纪》,始皇三十六年,有神人对秦使者说,"今年祖龙死。"《集解》引苏林语,"祖,始也;龙,人君象,谓始皇也。"祖龙居:指秦都咸阳。 (3)山东:在此指华山以东中原地区。

【今译】这辉煌的帝国,还有那函关大河护卫的秦皇华屋,都随着浓烟中的万册书帛一起化作虚无。烧吧!在火光中,山东百姓擂响了灭秦的战鼓,那发难的刘邦、项羽原来并不读书。

【点评】"竹帛烟销"是对焚书场面的渲染,"关河空锁"是对"帝业虚"的阐释:纵然有雄关大河,也难保腐朽的帝业。"坑灰未冷山东乱"回应上两句焚书和亡国的场面,用因果关系把二者联系起来,再次强调了这样一个主题:统治者的愚民政策只会自取灭亡。末句笔锋一转,单拈出刘、项二人,轻巧地对统治阶级的愚蠢作了讽刺。全诗环环相扣,笔力轻重相济,在轻松的嘲讽中蕴含了沉重的历史反思。

【集说】章氏父子诗格俱单,碣尤力弱,然《焚书坑》一作自足名家。(贺裳《载酒园诗话又编》)

章碣《焚书坑》诗:"竹帛烟销帝业虚,关河空锁祖龙居。坑灰未冷山东乱,刘项原来不读书。"陈刚中《博浪沙》诗:"一击车中胆气豪,祖龙社稷已动摇。如何十二金人外,犹有民间铁未销?"同一意也,而不觉其蹈袭,可悟脱换之妙。(顾嗣立《寒厅诗话》)

近人咏《长城》诗云:"谁知削木为兵者,尽是长城里面人!"又咏《博浪沙》云:"如何十二金人外,犹有民间铁未销?"皆从此诗翻出。(敖英《唐诗绝句类选》)

宋林景熙《读秦纪》云:"书外有书焚不尽,一编坯上汉功名。"清陈元孝《题秦纪》云:"夜半桥边呼孺子,人间犹有未烧书。"并从此诗翻出,皆讽始皇焚书事,而陈诗笔致冷隽,尤耐寻味。(富寿荪 刘拜山《千首唐人绝句》)

(聂敏里)

东都望幸[1]

懒修珠翠上高台,眉月连娟恨不开[2]。
纵使东巡也无益[3],君王自领美人来。

【注释】(1)东都:在此指洛阳。望幸:谓妃嫔渴望得到帝王的宠爱。章碣在唐僖宗乾符年间(874—879)进士及第,登第前曾有过落第的经历。这

首诗即以宫怨讽刺科举制度的黑暗。　　(2)连娟:形容女子双眉弯曲纤细的样子。　　(3)东巡:皇帝从长安到洛阳的巡幸。

【今译】懒懒地梳妆好登上高台,弯月似的眉儿紧锁不开。想起那东巡的君王,不免心中怨恨,再不要空自等待,君王他,自带着美人姗姗而来。

【点评】讽刺科场舞弊,却借宫怨来写,以宫女貌美不得宠幸,暗喻诗人自己怀才不遇,并讽刺了科场的黑暗。全诗着力于刻画宫女的心理活动。"懒修""连娟"是细节描写,"恨"字点明它们的情感内涵,宫女登台本是希望得到东巡君王的宠幸,"纵使"二字转深一层,道出宫女怨恨的原因,君王又有了新的美人。诗含而不露却又对科场黑暗的讽刺和不满也就蕴含其中了。

【集说】高湘侍郎南迁归阙,途次连江。安石以所业投献,遂挈至辇下。湘主文,安石擢第,碣赋《东都望幸》刺之。(计有功《唐诗纪事》)

(聂敏里)

韩 偓

韩偓(约842—923),字致尧(一作致光),小字冬郎,自号玉山樵人,京兆万年(今陕西西安)人。龙纪进士,官翰林学士,中书舍人。天复(901)初,进兵部侍郎、翰林承旨。后以不附朱温被贬斥,南依闽王王审知而卒。其诗多写艳情,辞藻华丽,有"香奁体"之称。后期诗风转变,不乏感时伤乱之作。有《韩内翰别集》《香奁集》。

醉 着(1)

万里清江万里天,一村桑柘一村烟(2)。
渔翁醉著无人唤,过午醒来雪满船。

【注释】(1)醉著:因醉而睡着。 (2)柘(zhè):落叶灌木或乔木。桑柘,一作"花柳"。

【今译】万里清江,映照着万里清澈的蓝天。淡淡炊烟,在远村的桑柘树上盘桓。那船上醉倒的渔翁,没有谁去呼唤。午后醒来时,白雪已覆盖了他

的小船。

【点评】这是一首田园诗,全诗视野由大及小,由远及近,在景物的缓慢推移和转换中,点染出一幅清淡闲远的清江蓝天图,表达了诗人物我两忘,与造化同游的心境和情趣。前两句写静景,"万里"写景物的空阔、清朗,"一村"写景物的娴静、平淡,画面有点有染,蕴含着诗人悠闲自在,淡泊宁静的心绪。后两句写景物的变化,天气由晴而雪,渔家由醉而醒,都是在自然而然的状态中发生的,人与物、情与景完全融合在一起,有出神入化之妙。

【集说】农圃家风,渔樵乐事,唐人绝句描写精矣。(王士禛《五代诗话》)

葛亚卿集句云:"万里清江万里天,一村桑柘一村烟。渔翁醉睡眠未醒,高唱夕阳孤岛边。"……岂若致光之浑成云。杜荀鹤亦有《溪兴》绝句曰:"山雨溪风卷钓丝,瓦瓯篷低独斟时。醉来睡着无人唤,流下前溪也不知。"语句俱弱,亦不若致光之雅健也。(王士禛《五代诗话》)

(聂敏里)

鱼 玄 机

鱼玄机(844?—871?),字幼微,一字兰蕙,长安(今陕西西安)人。初为李亿(字子安)妾,咸通中,出家为道士。后因虐杀侍婢被处死。有《鱼玄机诗》。

江陵愁望有寄[1]

枫叶千枝复万枝,江桥掩映暮帆迟。
忆君心似西江水[2],日夜东流无歇时。

【注释】(1)题一作《江陵愁望寄子安》。江陵:今属湖北,临长江。(2)西江:在此指长江。

【今译】江岸枫林千枝万枝,江桥掩映着小船缓行。忆君恰似长江流水,日夜向东永无尽期。

【点评】首联以江陵秋景兴起愁望之情,秋风已起,暮帆又归,不见伊人,

故领起后二句"忆君"之意。相思本属无形意念,以流水喻出,化抽象为具象,刻画相思之执着绵长。全诗即景寓情,譬喻生动,情味深长而又巧妙自然。

【集说】前半写江头凝望,久盼不归。后半以大江日夜东流,比相思之无尽,极真挚缠绵之致。(富寿荪 刘拜山《千首唐人绝句》)

(储兆文)

杜 荀 鹤

杜荀鹤(846—904),字彦之,号九华山人,池州石埭(今安徽太平)人。出身寒微,四十六岁才中进士,后任五代梁太祖(朱温)翰林学士,知制诰,在位五日而卒。常忤触官僚缙绅,险至遭害,其反映唐末社会动乱及民间疾苦的诗,在当时颇有影响,其他一些抒情、写景、酬赠小诗亦清新可读。有《唐风集》。

再经胡城县⁽¹⁾

去岁曾经此县城,县民无口不冤声。
今来县宰加朱绂⁽²⁾,便是生灵血染成。

【注释】(1)胡城县:唐县名。旧址在今安徽阜阳市西北。　(2)县宰:县令。朱绂(fú):红色官服。

【今译】去年我经过这个县城,县民众口一词皆冤声。今年听说县令又加官晋爵,那红色官服便是百姓的血染成。

七言绝句

【点评】写"去岁曾经",只提县民冤声。写"今来",只提县宰升官,留下悬念。结句一出,将县民冤声与县宰升官联成因果。前三句蓄足气势,结句引满而发,出人意料,戛然而止,催人深思。

【集说】三四句所以斥责之意严矣,非止于讽刺也。如此县官,实乃民贼。(刘永济《唐人绝句精华》)

（储兆文）

陈 玉 兰

陈玉兰,诗人王驾妻,《全唐诗》存其诗一首。

寄 夫

夫戍边关妾在吴⁽¹⁾,西风吹妾妾忧夫。
一行书信千行泪,寒到君边衣到无。

【注释】(1)吴:今江苏苏南一带,三国时属吴国。

【今译】夫君在戍守边关,我在家乡东吴,秋风吹寒到我身,我担忧起我的丈夫。寄上一封家书,饱含着我的千行泪,寒气到你身边时,我寄的寒衣到了否?

【点评】以诗代笺,在唐代颇为流行,这首诗便是女诗人在给戍守边关的丈夫寄寒衣时捎上的诗笺,它刻画了少妇在寄衣前后的一系列心理活动。一、二句由念夫而忧夫,丈夫戍守边关,自己在深闺终日思念,秋风吹来,由

七言绝句

自己的寒冷而忧心丈夫的衣薄。三、四句写寄衣时和泪修书与寄衣后的揣度悬想。上句补足首联的思夫,结句细微处见少妇的体贴与焦灼,衣寄出后心并未安宁,而是心逐寒衣,魂随衣去。诗的每一句都包含着两层相对或相关的意思,在矛盾中见思妇的复杂心态。除首句外,其余三句每句都含复字,造成回环往复、谐美动听的句式,与诗情的哀怨缠绵、委婉曲折相副,增加了诗的韵律美和情感氛围。

【集说】情到真处,不假雕琢,自成至文,且无一字可易,几于天籁矣。最好在第二句,绝似盛唐人语。(黄叔灿《唐诗笺注》)

(储兆文)

花蕊夫人

花蕊夫人(883?—926),姓徐,一说姓费,号花蕊夫人,五代后蜀主孟昶之妃,青城(今四川都江堰市)人。后蜀亡国后,被掳入宋宫,为太祖所宠。《全唐诗》存其诗一卷,共一百五十余首。

述亡国诗

君王城上竖降旗,妾在深宫那得知。

十四万人齐解甲⁽¹⁾,宁无一个是男儿⁽²⁾。

【注释】(1)解甲:缴械投降。 (2)宁无:难道没有。

【今译】君王在城头竖起了降旗,我身在深宫又哪里得知? 那十四万投降的将士啊,难道竟无一个堂堂男子?!

【点评】这首诗冲口而出,酣畅自然,而作者面对宋太祖时的不卑不亢、开脱己责、指斥将士的神情活现于读者眼前。"君王"句轻点笔锋,以示出降

七言绝句

之易，"妾在"句反诘中蕴含深意：一则亡国与我无关，我独出"女祸亡国"之外；二则我于深宫，不问国事，即便知道，亦无补于事；三则若我不在深宫，若我不是女子，我当以身殉国，决不投降。故引发出三四句对十四万将士的斥责与蔑视，哀国家之不幸，怒将士之不争，痛快淋漓，英气凛然而无雌声。

【集说】孟蜀时，花蕊夫人号能诗，而世不传。王平父因治馆中废书，得一轴八九十首，而存者才三十余篇，大约似王建句。（刘攽《中山诗话》）

费氏，蜀之青城人，以才色入蜀宫，后主嬖之，号花蕊夫人，效王建作宫词百首。国亡，入备后宫。太祖闻之，召使陈诗。诵其《国亡》诗云……太祖悦。盖蜀兵十四万，而王师数万尔。（陈师道《后山诗话》）

前蜀王衍降后，唐王承旨作诗云："蜀朝昏主出降时，衔璧牵羊倒系旗。二十万人齐拱手，更无一个是男儿。"其后花蕊夫人记孟昶之亡，作诗云……乃知沿袭前作。（吴幵《优古堂诗话》）

（储兆文）

张　泌

张泌(930? —?),字子澄,淮右(今江苏江都)人。南唐时曾任句容(今属江苏)县尉,官至内史舍人。《全唐诗》存其诗二十首。

寄　人[(1)]

别梦依依到谢家[(2)],小廊回合曲阑斜。
多情只有春庭月,犹为离人照落花。

【注释】(1)清人李良年《词坛纪事》云:“张泌仕南唐为内史舍人。初与邻女浣衣相善,作《江神子》词。……后经年不复相见,张夜梦之,写绝句云云。”此诗即梦后写就的绝句。　(2)谢家:东晋大族谢氏才女谢道韫家,指代作者所思慕的浣衣女家。

【今译】离别后的梦魂飘飘荡荡来到你家,走廊还是那么环绕着,栏杆还是那么曲折光滑。只有多情的春月悬挂在庭院的上空,还为我照着纷纷飘谢的落花。

七言绝句

【点评】"别梦"领起全篇。诗人曾与一女子相恋,后来分手,而不能忘怀,故结想成梦。在梦中诗人来到意中人家,昔日小廊、曲阑依旧,但不见伊人,唯有"当时明月在",依旧照落花。现实中不相见,寄希望于梦中,已觉可怜,而梦中仍不能见,则情何以堪!诗写幽幽梦境,深情绵邈,梦中之小廊回合、曲阑微斜、月照落花诸景迷离凄清,而梦中之景与梦中之情紧相糅合,更令人在静谧幽冷中体会到一种凄艳的苦恋。

【集说】末二句无情翻出有情。(敫英《唐诗绝句类选》)

上二句写梦,下二句言醒后所见之景。以为多情者唯有一月,于夜深时犹在春庭之上,为离人照着落花。即"蜡烛有心还惜别,替人垂泪到天明"意。(王文濡《唐诗评注读本》)

(储兆文)

唐温如

唐温如,生平不详。《全唐诗》存诗一首。

题龙阳县青草湖⁽¹⁾

西风吹老洞庭波,一夜湘君白发多⁽²⁾。
醉后不知天在水,满船清梦压星河。

【注释】(1)龙阳县:今湖南汉寿。青草湖:在洞庭湖的东南部,因湖的南面有青草山而得名。 (2)湘君:湘水之神,指舜之二妃。

【今译】浩荡的秋风,吹老了洞庭湖的水波,一夜之间,湘君的白发又增加了许多。醉后哪里分辨得出是天倒映在水中,满船的幽梦,压住了下面的星河。

【点评】写洞庭秋景,不作表面的描摹刻画,而将自己独特的内在感受注入客观物象。秋风一年一度、亘古如斯地吹皱浩渺的洞庭,着一"老"字,便

七言绝句

融进了天荒地老的历史沉重感,而"一夜湘君白发多",又从美丽而伤感的神话中透出人世沧桑的凄婉慨叹。接下写醉后与梦中感受,以幻觉为诗,切情入理,境界亦妙。此篇涉入物象的内在生命和感受的真实域界,写景迷离而清新,叙梦似幻而真切,结想奇妙,一片神行。

【集说】波浪而被吹老,湘君而忽生白发,皆醉中狂想,用字造语惊人。第三句点明,结句尤非人意所料,"压"字一字千钧。全诗意奇境奇而语尤险狠。(周本淳《唐人绝句类选》)

(储兆文)

沈　彬

　　沈彬(生卒年不详),字子文,筠州高安(今属江西)人。彬早有诗名,下笔成章。唐末应进士,不第,浪迹湖湘。隐居云阳山,后归乡里,访名山洞府,学神仙虚无之道。南唐烈祖李昇镇金陵,辟为秘书郎,入东宫辅世子,后授吏部郎中致仕。年八十余。《全唐诗》存其诗十九首。

都门送别⁽¹⁾

岸柳萧疏野荻秋,都门行客莫回头。
一条灞水清如剑,不为离人割断愁。

【注释】(1)这是一首送别诗。都门:京城之门,指长安(今陕西西安)。

【今译】河岸上枯柳萧疏,芦荻在秋风中颤抖,离京远行的客人,请不要再度回头。清清如剑的灞河水,割不断别恨离愁。

【点评】自古以来送别的诗很多,这首小诗却另辟蹊径,自具一格。首句

为送别渲染出一片阴郁冷落凋零的气氛，让人倍感压抑，在这种气氛中送别，自然心情不会好受。接下来诗人劝客人不要回首，不要留恋，大胆地走上新的征途。客人是什么人，因何而离京，诗人没有明说。但从后两句看，客人带着深重的忧愁离去，可以推测客人在京时不甚得意，而离去似乎无可奈何，不然他何以在一个秋风萧瑟的季节带着深深的忧愁走向远方？将灞水比作长剑，既写出了秋季河水的清冷，又给人心理上以寒气逼人的感觉。"不为离人割断愁"一句极写愁之深。这一"愁"字既有离别时主客之愁，也暗寓往日不得意之愁和前程飘缈之愁。全诗情与景互相交融，比喻新颖。

【集说】三四奇想奇语，未经人道。以水不能断愁，故劝行客莫回头也。（周本淳《唐人绝句类选》）

（孙明君）

佚 名

唐代诗人,生平事迹不详。

杂 诗

近寒食雨草萋萋,著麦苗风柳映堤。
等是有家归未得,杜鹃休向耳边啼。

【今译】寒食将近,一场春雨,芳草葱葱郁郁。微风吹拂,麦浪起伏,垂柳掩映湖堤。杜鹃和我同样是有家难归。希望它别在我这旅愁人的耳边鸣啼!

【点评】这是一首游子怀归诗。首二句写景。"寒食",点明时间,有"佳节倍思亲"之隐义;"草萋萋"与"柳映堤"为诗人精选的物象,芳草与垂柳在古诗词里历来与游子思归绾结合一处,如"王孙游兮不归,春草生兮萋萋""昔我往矣,杨柳依依"等。后二句言情。"杜鹃"也历来与思乡相连,其鸣声似云"不如归去",诗人用呼告的方式,劝说杜鹃不要再凄厉地鸣叫,以增加自己欲归不得的伤感,诗人引杜鹃为同类,在劝慰中益见悲痛。全诗用乐景

七言绝句

写悲,物象清新秀朗,情感含蓄沉着,又采用独特的句式("近寒食雨""著麦苗风"采用一、二、一式)和呼告的方式,使这首小诗既清新可喜,又含思婉转、曲折有致。

【集说】沉郁深痛。(宋顾乐《唐人万首绝句选评》)

"等是"二句,责怪杜鹃无情,益见有家难归之恨,意更沉痛。清黄仲则《听子规》"只解千山唤行客,不知身是未归魂",殆即从此脱化。(富寿荪刘拜山《千首唐人绝句》)

(储兆文)

金 缕 衣(1)

劝君莫惜金缕衣,劝君须惜少年时。
有花堪折直须折(2),莫待无花空折枝。

【注释】(1)金缕衣:华美的衣服。一为古代曲调名。诗题也作《杂诗》,传为杜秋娘作。 (2)堪:可以。直须折:一定将它摘下。

【今译】劝君不要只爱惜华美的金缕衣,劝君要珍惜大好光阴少年时。有花可摘时你一定要摘,莫要等到无花时空折绿枝。

【点评】一、二句在物与时的矛盾中,舍物取时,三、四句在时的范围内,更深入一步劝人应及时努力,而勿错过良机。诗用意明显单一,用语朴实直露,却能以意为主,以理取胜,富有艺术感染力。

【集说】风情甚豪,仍有悯世之意。(钟惺《名媛诗归》)

词气明爽,手口相应。其"莫惜""须惜""堪折""须折""空折",层层跌宕,读之不厌,可称能事。(陆昶《历朝名媛诗词》)

即圣贤惜阴之意,言近旨远。(孙洙《唐诗三百首》)

(储兆文)

图书在版编目（CIP）数据

唐诗观止/尚永亮本书主编．－－西安：陕西人民
教育出版社，2019.1

（中国古典文学观止丛书/尚永亮主编）

ISBN 978 - 7 - 5450 - 6411 - 7

Ⅰ．①唐… Ⅱ．①尚… Ⅲ．①唐诗 - 诗歌评论
Ⅳ．①I207.227.42

中国版本图书馆 CIP 数据核字（2018）第 297254 号

中国古典文学观止丛书

唐诗观止

尚永亮　主编

出　　版	陕西新华出版传媒集团	
	陕西人民教育出版社	
发　　行	陕西人民教育出版社	
地　　址	西安市丈八五路 58 号	
责任编辑	李怡萱　董方红	
装帧设计	张　田	
经　　销	各地新华书店	
印　　刷	北京市松源印刷有限公司	
开　　本	787 mm×1092 mm　1/16	
印　　张	45.625	
字　　数	670 千字	
版　　次	2019 年 1 月第 1 版	
印　　次	2019 年 1 月第 1 次印刷	
书　　号	ISBN 978 - 7 - 5450 - 6411 - 7	
定　　价	128.00 元